# La armadura de la luz

**Ken Follett** es uno de los autores más queridos y admirados por los lectores de todo el mundo, y las ventas de sus libros superan los ciento ochenta y ocho millones de ejemplares. Su primer gran éxito literario llegó en 1978 con *El ojo de la aguja* (*La isla de las tormentas*), un thriller de espionaje ambientado en la Segunda Guerra Mundial. En 1989 publicó *Los pilares de la Tierra*, el épico relato de la construcción de una catedral medieval que se ha convertido en su novela más popular. Su continuación, *Un mundo sin fin*, se publicó en 2007, y en 2017 vio la luz la tercera parte, *Una columna de fuego*, que transcurre en la Inglaterra del siglo XVI, durante el reinado de Isabel I. En 2020 llegó a las librerías la aclamada precuela de la saga, *Las tinieblas y el alba*, que se remonta al año 1000, cuando Kingsbridge era un asentamiento anglosajón bajo la amenaza de los invasores vikingos. En 2021 se publicó *Nunca* y en 2023 *La armadura de la luz*, la quinta parte de la saga Los Pilares de la Tierra. La saga completa ya ha superado los cincuenta millones de ejemplares vendidos. Follett, que ama la música casi tanto como los libros, es un gran aficionado a tocar el bajo. Vive en Stevenage, Hertfordshire, con su esposa Barbara. Entre los dos tienen cinco hijos, seis nietos y tres perros labradores.

Para más información, visite la página web del autor:
www.kenfollett.es

Biblioteca

# KEN FOLLET

## La armadura de la luz

Traducción de
**ANUVELA**

DEBOLS!LLO

Papel certificado por el Forest Stewardship Council®

FSC
www.fsc.org
MIXTO
Papel | Apoyando la silvicultura responsable
FSC® C117695

Penguin
Random House
Grupo Editorial

Título original: *The Armour of Light*

Primera edición en este formato: febrero de 2025


Diseño del mapa: Daren Cook
Diseño de la cubierta: A partir de las cubiertas originales de Tal Goretsky y Daren Cook / Penguin Random House Grupo Editorial / Yolanda Artola
Imagen de la cubierta: © Adobe Stock Photo



*Printed in Spain* – Impreso en España

ISBN: 978-84-663-7976-2
Depósito legal: B-21.291-2024

Compuesto en La Nueva Edimac, S. L.
Impreso en Black Print CPI Ibérica
Sant Andreu de la Barca (Barcelona)

P379762

Este libro está dedicado a los historiadores. Hay miles de ellos en todo el mundo, algunos encerrados en bibliotecas, concentrados en la lectura de manuscritos milenarios, tratando de desentrañar lenguas muertas codificadas en misteriosos jeroglíficos. Otros pasan horas arrodillados en el suelo, examinando la tierra que sepulta los emplazamientos de las ruinas de distintas construcciones, buscando fragmentos de civilizaciones perdidas. Pero muchos más dedican su tiempo a leer toda clase de documentación oficial, absolutamente soporífera, relacionada con crisis políticas olvidadas hace ya mucho tiempo. Se muestran implacables en su búsqueda de la verdad.

Sin ellos no entenderíamos el mundo del que venimos, y eso haría aún más difícil saber hacia dónde vamos.

Desechemos, pues, las obras de las tinieblas,
y vistámonos con la armadura de la luz.

*Romanos 13, 12*

PRIMERA PARTE

# La máquina de hilar

## 1792-1793

# 1

Sal Clitheroe nunca había oído gritar a su marido, hasta ese día. A partir de entonces, no volvería a oírlo gritar jamás, salvo en sueños.

Era mediodía cuando llegó a Brook Field. Sabía qué hora era por la textura de la luz que asomaba tímidamente entre las nubes gris perla que encapotaban el cielo. El campo era una extensión de poco más de hectárea y media de terreno llano y embarrado, con un impetuoso riachuelo que fluía por un lado y una loma baja en el extremo sur. El día era frío y seco, pero había llovido durante toda la semana, y Sal se abrió paso chapoteando entre los charcos, con el pegajoso fango tratando de arrancarle los zapatos hechos con sus propias manos. Le costaba trabajo avanzar por el lodazal, pero era una mujer grande y fuerte y no se cansaba con facilidad.

Había cuatro hombres recogiendo una cosecha invernal de nabos, agachándose, incorporándose y levantando y apilando los tubérculos nudosos de color pardo en unas cestas amplias y bajas llamadas corbes. Cuando el corbe estaba lleno hasta arriba, el jornalero lo llevaba al pie de la loma y volcaba los nabos en el interior de un robusto carro de roble de cuatro ruedas. Sal vio que los hombres casi habían terminado, pues no quedaba ni un solo nabo en la parte más próxima del campo y los jornaleros ya habían alcanzado la ladera del monte.

Todos iban vestidos de igual modo: llevaban camisas sin cuello, calzones cortos hasta la rodilla tejidos a mano por sus mujeres y chalecos que habían comprado de segunda mano o bien heredado de entre la ropa desechada por hombres de las clases más pudientes. Los chalecos nunca se desgastaban. El padre de Sal había tenido uno muy elegante, un chaleco cruzado a rayas rojas y marrones y ribeteado con cordoncillo, sin duda descartado por algún dandi de ciudad. Su hija nunca lo había visto vestido con otra cosa, y lo habían enterrado con él.

Los jornaleros iban calzados con botas usadas y remendadas una y otra vez, y todos llevaban la cabeza cubierta con una prenda distinta: un gorro de pelo de conejo, un sombrero de paja de ala ancha, un sombrero alto de fieltro y un sombrero de tres picos que podía haber pertenecido a un oficial de la armada.

Sal reconoció el gorro de pelo. Era de su marido, Harry, y se lo había hecho ella misma, después de cazar al conejo, matarlo de una pedrada, desollarlo y guisarlo a la cazuela con una cebolla. Aunque habría reconocido a Harry también sin el gorro, incluso de lejos, por la barba pelirroja.

Harry era un hombre delgado pero fibroso, y no aparentaba lo fuerte que era en realidad: podía llenar su cesta de nabos, cargándola hasta arriba como los jornaleros más corpulentos. Solo de mirar aquel cuerpo duro y musculoso al fondo del barrizal, Sal ya sintió una punzada de deseo en su interior, una mezcla perfecta de placer y expectación, como si acabara de percibir el cálido olor de un hogar de leña tras haber pasado frío a la intemperie.

Mientras atravesaba el lodazal, le llegaron sus voces. Cada escasos minutos, un hombre interpelaba a otro y luego seguía un breve intercambio que acababa en un estallido de risas. Sal no alcanzaba a descifrar sus palabras, pero se imaginaba la clase de cosas que estarían diciendo. Seguro que se trataba de las pullas y las chanzas típicas entre peones del campo, joviales exabruptos y desenfadadas obscenidades, bromas destinadas a aliviar la monotonía del trabajo duro y repetitivo.

Había un quinto hombre observándolos, de pie junto al carro

y con una fusta corta en la mano. Iba mejor vestido que los otros, con una casaca azul y unas lustrosas botas negras hasta la rodilla. Se llamaba Will Riddick, tenía treinta años y era el hijo mayor del terrateniente de Badford. El campo pertenecía a su padre, al igual que la yegua y el carro. Will lucía una mata espesa de pelo negro que le llegaba a la barbilla, y no parecía muy contento. Sal creía adivinar por qué: supervisar la recolección de la cosecha de nabos no era tarea suya, y creía estar rebajándose por dedicar su tiempo a tan despreciable labor; sin embargo, el administrador del terrateniente se había puesto enfermo y Sal supuso que Will se había visto obligado a sustituirlo, muy a su pesar.

Junto a Sal, el hijo de esta correteaba descalzo por el terreno enfangado, tratando de seguir a su madre y no quedarse atrás, hasta que la mujer se volvió para agacharse y tomarlo en brazos sin ninguna dificultad; luego siguió andando con el niño en brazos, mientras él apoyaba la cabeza en el hombro de ella. Sal estrechaba su cuerpecillo cálido y delgado con más fuerza de lo necesario, simplemente porque lo quería muchísimo.

Le habría gustado tener más hijos, pero había sufrido ya dos abortos y alumbrado a otro hijo sin vida. Había abandonado toda esperanza y empezado a decirse a sí misma que, siendo tan pobres como eran, un niño era más que suficiente. Estaba volcada por completo en su hijo, puede que incluso demasiado, pues con frecuencia los niños pequeños sucumbían a la enfermedad o se los llevaba por delante un accidente, y Sal sabía que le rompería el corazón perderlo para siempre.

Lo había llamado Christopher, pero cuando empezó a balbucear sus primeras palabras él mismo acortó su propio nombre hasta dejarlo en Kit, y así era como lo llamaban ahora. Tenía seis años y era menudo para su edad. Sal esperaba que, al hacerse mayor, llegase a ser como Harry, flaco pero fuerte. Desde luego, había heredado el pelo pelirrojo de su padre.

Era hora de comer, y Sal llevaba un cesto con queso, pan y tres manzanas esmirriadas. Por detrás de ella, un poco rezagada, también iba andando otra de las esposas de los jornaleros, Annie

Mann, una mujer enérgica y vigorosa de la edad de Sal; y otras dos se aproximaban desde la dirección opuesta, con el mismo cometido, bajando por la colina con cestas en la mano y un reguero de chiquillos a la zaga. Los hombres dejaron de trabajar, agradecidos por la interrupción, se limpiaron las manos sucias de tierra en los calzones y se dirigieron hacia el arroyo, para poder sentarse en la ribera de hierba.

Sal llegó a la vereda y dejó a Kit en el suelo con cuidado.

Will Riddick se sacó un reloj con cadena del bolsillo de su chaleco y consultó la hora frunciendo el ceño.

—No es mediodía aún —dijo.

Sal estaba segura de que era mentira, pero nadie más tenía ningún reloj.

—Vosotros, seguid trabajando —ordenó. Sal no se sorprendió. Will era una persona mezquina. Su padre, el terrateniente, podía ser un hombre duro, pero Will era peor—. Terminad la faena, y luego podréis comeros vuestra pitanza —añadió. Había cierto dejo de desdén en la forma en que lo dijo, como si la comida de los jornaleros fuese una cosa despreciable. Sal pensó que, al volver a la casa solariega, a Will sin duda lo aguardaría un buen rosbif con patatas, y seguramente una jarra de cerveza fuerte con que acompañarlo.

Tres de los hombres se agacharon de nuevo para seguir trabajando, pero el cuarto no lo hizo. Era Ike Clitheroe, el tío de Harry, un hombre de unos cincuenta años con la barba entreverada de canas.

—Es mejor no cargar en exceso el carro, señor Riddick.

—Déjame a mí la decisión de cargarlo demasiado o no.

—Con todo el respeto, señor —insistió Ike—, pero ese freno está ya muy gastado.

—No le pasa nada al maldito carro —dijo Will—. Lo que pasa es que queréis dejar de trabajar antes de tiempo, siempre hacéis lo mismo.

El marido de Sal intervino entonces. Harry nunca perdía la ocasión de participar en una discusión.

—Debería hacer caso de lo que dice el tío Ike —le recomendó a Will—. De lo contrario, podría perder su carro, su yegua e incluso todos sus puñeteros nabos.

Los otros hombres se echaron a reír, pero nunca era sensato hacer bromas a expensas de los señores del lugar, y Will frunció el ceño y dijo con gesto sombrío:

—Cierra esa bocaza insolente, Harry Clitheroe.

Sal notó que la manita de Kit apretaba la suya con fuerza. Su padre estaba metiéndose en un lío y, pese a su corta edad, el pequeño percibía el peligro.

La insolencia era el punto débil de Harry. Era un hombre honrado y muy trabajador, pero no creía que los señores fuesen mejores que él. Sal lo amaba por su amor propio y porque pensaba por sí mismo, pero eso era justo lo que molestaba de él a los patrones, y muchas veces se veía en apuros por su desobediencia e insubordinación. Sin embargo, esta vez ya había verbalizado lo que pensaba y no añadió nada más, sino que volvió a ponerse a trabajar.

Las mujeres depositaron sus cestas a la orilla del riachuelo. Sal y Annie fueron a ayudar a sus maridos a coger los nabos mientras las otras dos mujeres, que eran mayores, se quedaban junto a las viandas.

Entre todos acabaron enseguida, momento en que se hizo evidente que Will se había equivocado al estacionar el carro al pie de la colina. Debería haberlo dejado cincuenta metros más adelante, separado de la loma, a fin de darle espacio a la yegua para que pudiese tomar carrerilla antes de enfilar la pendiente. Se quedó pensando un momento y anunció:

—Vosotros empujad el carro por detrás, para ayudar a arrancar a la yegua. —A continuación, se subió al asiento, sacó la fusta y dijo—: ¡Arre!

La yegua gris encajó el latigazo.

Los cuatro jornaleros se situaron detrás del carro y empezaron a empujar. Los pies les resbalaban sobre la superficie embarrada del camino. Harry tensó todos los músculos de los hombros. Sal, que era igual de fuerte que cualquiera de los hombres, se sumó a ellos, y el pequeño Kit la imitó, cosa que hizo sonreír a los adultos.

Las ruedas traquetearon, la yegua bajó la testuz y se dispuso a seguir la senda marcada; el látigo restalló y el carro se movió. Los hombres se retiraron y observaron mientras subía la cuesta, pero entonces la yegua aminoró el paso y Will exclamó:

—¡Seguid empujando!

Todos echaron a correr, apoyaron las manos en la parte de atrás del carro y volvieron a empujar. Una vez más, el vehículo cogió velocidad y, durante unos metros, el animal siguió avanzando sin problemas, tensando los poderosos músculos de los cuartos delanteros bajo las guarniciones de cuero, pero no conseguía mantener el paso. Redujo la marcha y luego trastabilló en el barro resbaladizo. Por un momento pareció que recuperaba el equilibrio, pero había perdido impulso y el carro se detuvo por completo. Will siguió fustigando a la yegua y Sal y los hombres empujaron con todas sus fuerzas, pero no conseguían sujetar el carro, y las altísimas ruedas de madera empezaron a girar despacio hacia atrás.

Todos oyeron un fuerte crujido cuando Will tiró de la manivela del freno de zapata y Sal vio las dos mitades partidas del tarugo de madera de un freno salir disparadas de la rueda trasera izquierda.

—Ya se lo advertí a ese malnacido —le oyó decir al tío Ike.

Empujaron con todas sus fuerzas, pero el carro seguía retrocediendo, y Sal tuvo un mal presentimiento ante la inminencia del peligro. El carro cogió velocidad en la dirección opuesta a la que se suponía que tenía que ir.

—¡Empujad, malditos holgazanes! —gritó Will.

Ike apartó las manos de la parte de atrás y exclamó:

—¡No va a aguantar!

La yegua resbaló de nuevo y esta vez perdió el equilibrio por completo. Parte de los arreos de cuero se rompieron, el animal cayó al suelo y el carro la arrastró consigo.

Will se bajó de un salto del asiento. El carro, completamente fuera de control, empezó a coger cada vez más y más velocidad. Sin pensarlo dos veces, Sal cogió a Kit en brazos y saltó a un lado, apartándose del camino de las ruedas.

—¡Quitaos todos de en medio! —gritó Ike.

Los hombres se retiraron justo en el momento en que el carro giraba con brusquedad y se volcaba de lado. Sal vio a Harry chocar contra Ike y ambos cayeron al suelo. Ike salió rodando hacia el margen del camino, pero Harry fue a parar justo en mitad de la trayectoria del carro, que aterrizó sobre él y le aplastó la pierna, de manera que esta quedó atrapada bajo el borde de la pesada plataforma de roble.

Fue entonces cuando Harry gritó.

Sal se quedó paralizada, con el corazón encogido de miedo. Su marido estaba malherido, gravemente malherido. Durante unos segundos, todos permanecieron inmóviles, enmudecidos por el horror. Los nabos del carro salieron rodando por el suelo, y algunos acabaron entre salpicaduras en el agua del riachuelo.

—¡Sal! ¡Sal! —gritó Harry, desgañitándose de dolor.

—¡Quitadle el carro de encima, rápido! —gritó ella.

Todos corrieron a levantar el carro. Consiguieron apartarlo de la pierna de Harry, pero las gigantescas ruedas dificultaban la labor de levantarlo, y Sal dedujo que tenían que subirlo apoyándolo sobre las llantas de las ruedas para poder ponerlo derecho.

—¡Hay que empujar desde abajo con el hombro! —gritó, y todos comprendieron enseguida lo que pretendía. Sin embargo, la madera pesaba mucho y tenían que empujar cuesta arriba. Por un angustioso momento temió que el carro se les cayera y volviese a aplastar a Harry por segunda vez—. ¡Vamos, empujad! —gritó—. ¡Todos a la vez!

—¡Arriba! —dijeron todos a una, y de pronto el carro se inclinó a un lado y se enderezó, al tiempo que las ruedas del extremo aterrizaban en el suelo con gran estrépito.

Entonces Sal vio la pierna de Harry y dio un grito ahogado, horrorizada. La tenía completamente aplastada, desde el muslo hasta la espinilla. Unas astillas de hueso le sobresalían de la piel, y los calzones estaban empapados en sangre. Tenía los ojos cerrados y un pavoroso gemido escapaba de sus labios entreabiertos.

—Dios santo, apiádate de él —oyó Sal decir al tío Ike.

Kit se puso a llorar.

Sal también quería llorar, pero se contuvo: había que buscar ayuda. ¿Quién se daría más prisa? Miró a su alrededor y reparó en Annie.

—Annie, ve corriendo al pueblo, lo más rápido que puedas, y busca a Alec. —Alec Pollock era el cirujano barbero—. Dile que se reúna con nosotros en mi casa. Él sabrá qué hacer.

—Vigila a mis hijos —le pidió Annie, y salió corriendo.

Sal se arrodilló junto a Harry, hincando las rodillas en el barro. El hombre abrió los ojos.

—Ayúdame, Sal —dijo—. Ayúdame.

—Voy a llevarte a casa, amor mío —repuso. Introdujo las manos por debajo del cuerpo de su marido, pero, cuando intentó levantarlo, Harry volvió a gritar de dolor. Sal retiró las manos de inmediato—. Ayúdame, Dios mío —susurró.

—Vosotros —oyó a Will dirigirse a los hombres—, empezad a volver a cargar los nabos en el carro. ¡Vamos! ¡Moveos!

—Que alguien le haga callar antes de que yo misma le cierre la boca —dijo Sal en voz baja.

—¿Y su yegua, señor Riddick? —preguntó Ike—. ¿Podrá levantarse?

Rodeó el carro para atender al pobre animal, desviando así la atención para que Will dejara en paz a Harry.

«Gracias, tío Ike. Qué listo eres», pensó Sal.

Se dirigió entonces al marido de Annie, Jimmy Mann, el dueño del sombrero de tres picos.

—Jimmy, ve al aserradero y pídeles que armen rápidamente una camilla con dos o tres tablones para poder transportar a Harry.

—Ahora mismo voy —contestó Jimmy.

—Ayudadme a levantar a esta yegua —ordenó Will.

Pero Ike señaló:

—No va a poder mantenerse en pie nunca más, señor Riddick.

Hubo una pausa antes de que Will volviera a hablar.

—Creo que tienes razón —dijo.

—¿Por qué no va a buscar un arma? Para poner fin al sufrimiento del pobre animal —le sugirió Ike.

—Sí —respondió Will, pero no parecía muy decidido, y Sal se dio cuenta de que, bajo toda su fanfarronería, estaba conmocionado por lo ocurrido.

—Tómese un buen trago de brandy, si lleva la petaca consigo —le propuso Ike.

—Buena idea.

Mientras el terrateniente bebía, Ike dijo:

—A ese pobre muchacho, con la pierna aplastada, no le vendría mal echar un trago. Podría aliviarle el dolor.

Will no respondió, pero, al cabo de unos minutos, Ike rodeó el carro de nuevo con una petaca de plata en la mano. Al mismo tiempo, Will echaba a andar con brío en la dirección opuesta.

—Bien hecho, Ike —murmuró Sal.

Ike le dio la petaca y ella la acercó a los labios de Harry y le vertió un chorrito en la boca. Él tosió, tragó y abrió los ojos. Sal le dio un poco más y él bebió con ansia.

—Que tome todo lo que pueda —dijo Ike—. No sabemos qué es lo que va a tener que hacerle Alec.

Por un momento Sal se preguntó qué habría querido decir con eso Ike, y entonces se dio cuenta de que su tío pensaba que tal vez habría que amputarle la pierna.

—Oh, no… —musitó ella—. Por favor, Dios mío…

—Tú dale más brandy.

El alcohol devolvió algo de color al rostro de Harry. En un murmullo casi inaudible, dijo:

—Me duele, Sal, me duele mucho…

—Va a venir el cirujano.

Fue lo único que se le ocurrió decir. Su propia impotencia la sacaba de quicio.

Mientras esperaban, las mujeres dieron de comer a los niños. Sal le dio a Kit las manzanas de su cesta. Los hombres se pusieron a recoger los nabos desparramados por el suelo y a colocarlos de nuevo en el carro. Era algo que habría que hacer tarde o temprano.

Jimmy Mann regresó cargado con una puerta de madera que se balanceaba peligrosamente sobre su hombro. La dejó en el suelo con dificultad, jadeando por el esfuerzo de transportar el pesado objeto durante casi un kilómetro.

—Es para esa casa nueva que están construyendo junto a la fábrica —explicó—. Me han dicho que tengamos cuidado y no la rompamos.

Depositó la puerta junto a Harry.

Ahora tenían que subir al herido a la camilla improvisada, y eso iba a dolerle. Sal se arrodilló junto a la cabeza de su marido. El tío Ike dio un paso adelante con la intención de ayudar, pero la mujer lo disuadió con un ademán. Nadie podía intentar hacer aquello con más delicadeza que ella. Sujetó a Harry de los brazos por debajo de las axilas y fue deslizando de lado poco a poco la parte superior del tronco para colocarla encima de la puerta. Él no reaccionó. Siguió arrastrándolo, muy despacio, hasta que la totalidad del torso descansaba sobre la puerta. Sin embargo, al final Sal no tuvo más remedio que moverle las piernas. Se situó de pie a horcajadas sobre él y luego se agachó, lo agarró de las caderas y puso sus piernas encima de la puerta de un solo movimiento súbito y veloz.

Harry gritó por tercera vez.

El grito fue desvaneciéndose y se transformó en un sollozo.

—Ahora vamos a levantar la camilla —dijo Sal. Se arrodilló junto a una esquina de la puerta y tres de los hombres sujetaron las otras esquinas—. Lo mejor es hacerlo despacio —indicó—. Que se mantenga recta. —Agarraron la madera y la levantaron muy, muy despacio para colocarse debajo de ella lo antes posible y, finalmente, la apoyaron sobre sus hombros—. ¿Listos? —preguntó Sal—. Intentad avanzar todos a la vez. Uno, dos, tres…, ¡ya!

Echaron a andar a campo traviesa. Sal miró atrás y vio a Kit, aturdido y triste, pero siguiéndola de cerca y cargado con la cesta. Los dos hijos pequeños de Annie iban detrás de su padre, Jimmy, que soportaba sobre su hombro la esquina inferior izquierda de la camilla.

Badford era un pueblo grande, de un millar de habitantes o más, y la casa de Sal quedaba a kilómetro y medio de distancia. Iba a ser una caminata lenta y larga, pero se sabía tan bien el camino que probablemente podría recorrerlo con los ojos cerrados. Había vivido allí toda su vida, y sus padres estaban enterrados en el camposanto que había junto a la iglesia de St. Matthew. La única otra población que conocía era Kingsbridge, y hacía diez años de la última vez que había estado allí. Pero Badford había cambiado a lo largo del tiempo, y para entonces ya no era tan fácil ir de un extremo del pueblo al otro. Nuevas ideas habían transformado la agricultura y la ganadería, y ahora había vallas y setos que obstaculizaban el paso. El grupo que transportaba a Harry tenía que sortear verjas y caminos serpenteantes entre dominios privados.

Se les fueron sumando más hombres que trabajaban en otros campos, y también mujeres que salían de sus casas para ver qué pasaba, así como niños pequeños, e incluso perros, y todos los siguieron, conversando entre ellos y hablando del pobre Harry y de la desgracia tan grande que acababa de sufrir.

Mientras Sal caminaba, con el hombro dolorido por el peso de Harry y la puerta, recordó que cuando tenía cinco años —en aquel entonces la llamaban Sally— pensaba en las tierras que rodeaban el pueblo como en una especie de periferia indefinida pero estrecha, un poco como el huerto que rodeaba la casa donde vivía. En su imaginación, el mundo entero era poco más grande que Badford. La primera vez que la llevaron a visitar Kingsbridge, la ciudad le había resultado chocante: multitudes de personas, calles abarrotadas, los puestos del mercado llenos de comida, ropa y cosas de las que nunca había oído hablar siquiera, como un loro, un globo terráqueo, un libro en el que se podía escribir, una bandeja de plata… Y luego estaba la catedral, extraordinariamente alta, extrañamente hermosa, fría y silenciosa tras sus muros; era evidente que aquel era el lugar donde vivía Dios.

Kit solo era un poco mayor que ella cuando hizo aquella asombrosa visita a la ciudad. Trató de imaginar qué era lo que pensaría su hijo en ese momento. Suponía que siempre había visto a su padre como a un ser invulnerable —como todos los niños— y ahora estaba intentando hacerse a la idea de que Harry estuviera malherido e imposibilitado. Pensó que Kit debía de estar asustado y confuso. Iba a necesitar que lo confortaran para recuperar su seguridad.

Al fin vislumbraron su casa. Era una de las más humildes del pueblo, hecha de adobe y de un entramado de cañas y ramas. Las ventanas tenían postigos, pero carecían de cristales.

—Kit, adelántate y abre la puerta, ¿quieres? —dijo Sal.

El niño hizo lo que le decía su madre y llevaron a Harry directamente adentro. La multitud se quedó fuera, asomándose de vez en cuando a mirar.

La casa disponía de una sola estancia con dos camastros, uno estrecho y otro más ancho, ambos simples estructuras de tablones sin barnizar que Harry había armado con clavos. Cada uno estaba cubierto por sendos jergones rellenos de paja.

—Dejémoslo en la cama grande —dijo Sal.

A continuación, depositaron a Harry, tumbado aún encima de la puerta, sobre la cama.

Los tres hombres y Sal se enderezaron y empezaron a frotarse las doloridas manos y a estirar la espalda entumecida. Sal miró a Harry, que estaba pálido e inmóvil y apenas respiraba.

—Dios mío, ten piedad y no te lo lleves de mi lado —murmuró ella.

Kit se puso delante de su madre y la abrazó, presionando su carita contra el vientre de ella, que no había recuperado su tersura después de dar a luz. Ella le acarició la cabeza; quiso reconfortarlo diciéndole unas palabras de consuelo, pero no se le ocurría nada. Cualquier cosa que no se alejase de la verdad lo angustiaría sobremanera.

Sal se percató de que los hombres paseaban la mirada por la casa. Era muy pobre, pero las de ellos no serían muy distintas, pues todos eran peones del campo. Su rueca estaba en medio de la habitación. Era muy bonita, tallada con precisión y de madera pulida. La había heredado de su madre. Al lado había una pila de carretes de hilo terminado, a la espera de que el pañero fuera a recogerlos. La rueca costeaba los lujos: té con azúcar, leche para Kit, carne dos veces por semana.

—¡Una biblia! —exclamó Jimmy Mann al ver el único otro objeto caro de la casa. El voluminoso libro ocupaba el centro de la mesa, con el cierre de latón de color verde por el paso de los años y la encuadernación de cuero manchada de tantas manos sucias que la habían sujetado.

—Era de mi padre —dijo Sal.

—Pero ¿sabes leer?

—Él me enseñó.

Se quedaron muy impresionados. Sal dedujo que ninguno sabría leer más que cuatro cosas: sus nombres, probablemente, y tal vez los precios escritos con tiza en los mercados y tabernas.

—¿Pasamos a Harry de la puerta al jergón? —sugirió Jimmy.

—Estará más cómodo —dijo Sal.

—Y yo me quedaré más tranquilo cuando devuelva esa puerta al aserradero intacta.

Sal se desplazó al otro lado de la cama, se arrodilló en el suelo de tierra y extendió los brazos para recibir a Harry cuando resbalase de la puerta. Los tres hombres la agarraron por el otro lado.

—Despacio, con cuidado —dijo Sal. Los tres levantaron el tablón, la puerta se inclinó y Harry se deslizó un par de centímetros y gimió de dolor—. Inclinadla un poco más —indicó la mujer. Esta vez Harry se desplazó hasta el borde de la puerta y Sal deslizó las manos por debajo de su cuerpo—. Más —señaló—, y tirad de la puerta hacia vosotros un par de dedos.

Mientras Harry se movía, Sal deslizó las manos y luego los antebrazos por debajo de su cuerpo. Su propósito era conseguir que el cuerpo en sí permaneciera lo más inmóvil posible, y parecía estar funcionando, porque su marido no emitía ningún ruido. De pronto, a Sal se le ocurrió pensar que tal vez su silencio no presagiara nada bueno.

Al final, los hombres retiraron la puerta demasiado bruscamente y la pierna malherida de Harry aterrizó en el jergón con un golpe sordo. Volvió a gritar de nuevo. Esta vez, Sal lo interpretó como una buena señal, pues indicaba que aún seguía vivo.

Annie Mann llegó acompañada de Alec, el cirujano. Lo primero que hizo la mujer fue comprobar que sus hijos estaban bien. Luego miró a Harry. No dijo nada, pero Sal se dio cuenta de que su mal aspecto la había impresionado.

Alec Pollock era un hombre elegante, ataviado con una casaca y unos calzones ya viejos pero que aún se conservaban en muy buen estado. No tenía más formación médica que la que había recibido de su padre, quien había ejercido de cirujano barbero antes que él y le había legado los afilados cuchillos y otros instrumentos, pues esa era toda la certificación que requería un cirujano.

Llevaba consigo una arqueta con un asa, y la dejó en el suelo junto a la chimenea. Luego miró a Harry.

Sal escudriñó el rostro de Alec en busca de algún indicio, pero su gesto era impenetrable.

—Harry, ¿puedes oírme? —le dijo—. ¿Cómo te encuentras?

No respondió.

Alec examinó la pierna aplastada. Para entonces, el jergón ya estaba empapado en sangre. El cirujano tocó los huesos que asomaban por la piel. Harry lanzó un gemido de dolor, pero no fue tan terrible como sus gritos. Alec inspeccionó la herida con el dedo, y Harry volvió a gemir. Luego el cirujano lo agarró del tobillo y le levantó la pierna, y entonces Harry gritó.

—No pinta bien, ¿verdad que no? —dijo Sal.

Alec la miró y vaciló un instante antes de responder con un simple no.

—¿Puedes hacer algo?

—No puedo arreglarle los huesos rotos —dijo—. A veces sí se puede: cuando solo hay uno roto y no está del todo fuera de su sitio, a veces puedo volver a colocarlo en la posición correcta, inmovilizarlo con una tablilla y darle la oportunidad de que se cure por sí solo, pero la rodilla es demasiado compleja y los daños sufridos por los huesos de Harry demasiado graves.

—¿Y entonces...?

—El mayor peligro es que la herida se infecte y cause la gangrena de la carne. Eso puede ser fatal. La solución entonces es amputar la pierna.

—No —dijo Sal, con la voz trémula de desesperación—. No, no puedes cortarle la pierna, ya ha sufrido bastante agonía.

—Pero eso podría salvarle la vida.

—Tiene que haber alguna alternativa.

—Puedo intentar cauterizar la herida —repuso con aire incierto—, pero, si eso no funciona, la amputación será la única solución.

—Inténtalo, por favor.

—Está bien. —Alec se agachó y abrió la arqueta de madera—. Sal, ¿puedes echar algún leño al fuego? Necesito que arda bien fuerte.

Sal se apresuró a avivar las llamas del hogar.

Alec extrajo un cuenco de loza de la arqueta y una jarra con un tapón.

—No tendrás algo de brandy... —le dijo a Sal.

—No —respondió ella, pero entonces recordó la petaca de Will. Se la había guardado en el bolsillo—. Sí, sí que tengo —rectificó, sacando el frasco.

Alec arqueó las cejas.

—Es de Will Riddick —explicó—. El accidente fue culpa suya, maldito estúpido. Ojalá fuese su rodilla la que hubiese quedado aplastada por ese carro.

Alec hizo como si no hubiese oído el insulto dirigido al hijo del terrateniente.

—Que Harry beba todo lo que pueda. Si se desmaya, mucho mejor.

Sal se sentó en la cama junto a su marido, le levantó la cabeza y le dio a beber el brandy mientras Alec calentaba aceite en el cuenco. Para cuando la petaca se quedó vacía, el aceite ya hervía y burbujeaba en el recipiente, una imagen que a Sal le revolvió el estómago.

El cirujano puso un plato ancho y plano bajo la rodilla de Harry. Un público horrorizado presenciaba la escena junto a la mujer: los tres jornaleros, Annie y sus dos hijos y Kit, con el rostro blanco como el papel.

Cuando llegó el momento, Alec actuó con veloz precisión. Haciendo uso de unas tenazas, apartó el cuenco del fuego y vertió el líquido hirviendo sobre la rodilla de Harry.

Este lanzó el alarido más espeluznante de todos cuantos había proferido hasta entonces y luego se quedó inconsciente.

Todos los niños estallaron en llanto.

Un olor a carne humana chamuscada se esparció por la habitación.

El aceite quedó recogido en el plato llano bajo la rodilla de Harry y Alec lo agitó moviéndolo a un lado y a otro para asegurarse de que también sellaba la parte inferior de la rodilla, cauterizando así la herida por completo. A continuación, retiró el plato, devolvió el aceite a la jarra y le colocó el tapón.

—Le enviaré mi factura al terrateniente —le dijo a Sal.

—Espero que te pague —contestó ella—, porque yo no puedo.

—Es su deber pagarme. Un terrateniente tiene obligaciones que cumplir para con sus trabajadores, pero no hay ninguna ley que lo obligue a hacerlo. En cualquier caso, es un asunto entre él y yo. Tú no te preocupes. Harry no va a querer comer nada, pero intenta que beba algo de líquido si puedes. Lo mejor es el té. La cerveza también está bien, o agua fresca. Y que no coja frío.

Empezó a guardar sus utensilios en la arqueta.

—¿Hay algo más que pueda hacer? —dijo Sal.

Alec se encogió de hombros.

—Rezar por él —le contestó.

# 2

Amos Barrowfield se dio cuenta de que algo iba mal en cuanto Badford apareció ante sus ojos.

Había hombres trabajando en los campos, pero no tantos como esperaba. Salvo por un carro vacío, el camino que entraba en el pueblo estaba desierto. Ni siquiera se veía a ningún perro.

Amos era pañero, o más bien capataz de talleres domésticos. El pañero era su padre, para ser exactos, pero Obadiah tenía cincuenta años y a menudo le faltaba el aliento, de manera que era su hijo quien se ocupaba de recorrer la campiña conduciendo una recua de bestias de carga para visitar las casas de campo. Llevaba los caballos cargados con sacos de lana cruda, los vellones de las ovejas esquiladas.

La tarea de transformar esos vellones en tela la realizaban principalmente aldeanos que trabajaban desde sus casas. Primero había que desenredar y limpiar el vellón, procedimiento que recibía el nombre de emborrizar o cardar. Luego se hilaba la lana en interminables longitudes de hilo que se devanaba en carretes. Por último, el hilo se tejía en un telar y se convertía en largos de paño de casi un metro de ancho. El paño era la principal industria del oeste de Inglaterra, y Kingsbridge era su capital.

Amos imaginaba que Adán y Eva, después de morder la fruta del árbol de la ciencia, también debieron de realizar esos diferentes trabajos ellos mismos para fabricarse ropa con la que cubrir su desnudez; aunque la Biblia no decía mucho sobre cardar e hilar, y tampoco sobre cómo debió de construir Adán su telar.

Al llegar al pueblo, Amos vio que no había desaparecido todo el mundo. Algo había entretenido a los jornaleros, pero los trabajadores del paño seguían en sus casas. Se les pagaba según la cantidad que producían, así que no era fácil distraerlos de la faena.

Se dirigió primero a la casa de un cardador que se llamaba Mick Seabrook. En la mano derecha, Mick sostenía un enorme cepillo con púas de hierro; en la izquierda, un bloque de madera sencilla del mismo tamaño. Entre ambos tenía un pelluzgón de lana cruda que iba cepillando con gesto firme e infatigable. Cuando la maraña de rizos sucios mezclados con barro y vegetación se había transformado en una masa de fibras limpias y lisas, las enroscaba formando un cordón holgado que recibía el nombre de mecha.

—¿Se ha enterado de lo de Harry Clitheroe? —fue lo primero que Mick le dijo a Amos.

—No —repuso este—. Acabo de llegar, eres mi primera visita. ¿Qué le ha pasado a Harry?

—Un carro descontrolado le ha aplastado una pierna. Dicen que no podrá volver a trabajar.

—Qué horror. ¿Cómo ha sido?

—La gente cuenta versiones diferentes. Will Riddick dice que Harry estaba fanfarroneando y quería demostrar que era capaz de empujar él solito todo un carro cargado. Pero Ike Clitheroe dice que la culpa ha sido de Will, por cargar demasiado el carro.

—Sal estará destrozada. —Amos conocía a los Clitheroe y pensaba que su matrimonio había sido fruto del amor. Harry era un tipo duro, pero haría cualquier cosa por Sal; ella lo llevaba por donde quería, pero también lo adoraba—. Iré a verlos ahora.

Pagó a Mick, le entregó un nuevo cargamento de vellones y se llevó un saco de mechas terminadas.

No tardó en descubrir adónde habían ido todos los aldeanos

que faltaban: alrededor de la humilde casa de los Clitheroe se había formado una muchedumbre.

Sal era hilandera. Al contrario que Mick, ella no podía trabajar doce horas todos los días porque tenía muchos otros deberes que atender: coserles la ropa a Harry y a Kit, cultivar verduras en su huerto, comprar y preparar comida, hacer la colada, limpiar y bregar con todas las faenas domésticas imaginables. A Amos le habría gustado que dispusiera de más tiempo para hilar, porque había escasez de hilo.

La gente le abrió paso cuando llegó. Allí era conocido, ya que ofrecía a muchos vecinos una ocupación alternativa al mal pagado trabajo agrícola. Varios hombres lo saludaron con calidez.

—El cirujano acaba de irse, señor Barrowfield —informó uno.

Amos entró. Harry estaba tendido en la cama, pálido e inmóvil, con los ojos cerrados y respirando de forma superficial. Había varias personas de pie alrededor de la cama. Cuando los ojos de Amos se acostumbraron a la penumbra del interior, las reconoció a casi todas.

—¿Qué ha ocurrido? —le preguntó a Sal.

El rostro de la mujer estaba torcido en una mueca de amargura e impotencia.

—El carro se ha descontrolado porque Will Riddick lo ha cargado demasiado. Los hombres han intentado pararlo, pero al volcar le ha aplastado la pierna a Harry.

—¿Qué ha dicho Alec Pollock?

—Quería amputársela, pero le he pedido que intentara cauterizarle la herida con aceite hirviendo. —Miró a su marido, inconsciente en la cama, y añadió con tristeza—: La verdad es que no creo que ningún tratamiento le sirva de nada.

—Pobre Harry —dijo Amos.

—Temo que esté preparándose para cruzar el río Jordán. —La voz de Sal se quebró entonces, y empezó a sollozar.

Amos oyó a un niño y reconoció a Kit.

—¡No llores, mamá! —pidió el pequeño, asustado.

Los sollozos de Sal remitieron cuando le puso a su hijo una mano en el hombro y apretó.

—Está bien, Kit, no lloraré.

Amos no sabía qué decir. Su elocuencia se vio derrotada ante esa terrible escena de dolor familiar en la lúgubre estancia de un hogar pobre, así que se decidió por algo prosaico:

—No te importunaré pidiéndote que hiles esta semana.

—Ay, pídamelo, por favor —dijo ella—. Ahora más que nunca quiero trabajar. Con Harry convaleciente, dependo del dinero que gane hilando.

—El terrateniente debería hacerse cargo de vosotros —dijo uno de los hombres, y Amos reconoció a Ike Clitheroe.

—Sí que debería —coincidió Jimmy Mann con él—, pero eso no quiere decir que vaya a hacerlo.

Muchos terratenientes se sentían responsables de las viudas y los huérfanos, pero no había garantía alguna, y Riddick era un hombre mezquino.

Sal señaló la pila de carretes que tenía junto a su rueca.

—Casi he terminado con lo de la semana pasada. Supongo que se quedará esta noche en Badford, ¿no?

—Sí.

—Acabaré lo que falta por la noche y se lo entregaré todo antes de que se marche.

Amos sabía que trabajaría hasta el alba si hacía falta.

—¿Estás segura?

—Por la Biblia que sí.

—Muy bien.

Amos salió de la casa y desató un saco del lomo del primer caballo. En teoría, una hilandera podía procesar una libra de lana al día, pero pocas de ellas se pasaban la jornada entera sentadas a la rueca; la mayoría, como Sal, combinaba el hilado con otros deberes.

Cargó el saco hasta la casa y lo dejó en el suelo, junto a la rueca. Después se detuvo a mirar a Harry una vez más. El herido no se había movido lo más mínimo. Parecía muerto, pero Amos nunca había visto morir a un hombre, así que en realidad no podía saberlo. Pensó que era mejor no especular.

Se despidió.

Fue entonces a un edificio que no quedaba muy lejos de la casa de Sal, un establo que Roger Riddick, el menor de los tres hijos del terrateniente, había reformado para instalar allí un taller. Amos y Roger tenían la misma edad, diecinueve años, y habían ido juntos a la Escuela de Gramática de Kingsbridge. Roger había sido un alumno aplicado al que no le interesaban los deportes, la bebida ni las chicas, y por ello había soportado burlas de todo tipo hasta que Amos dio un paso al frente para defenderlo; después de eso, se hicieron amigos.

Amos llamó a la puerta y entró. Roger había reformado la edificación con grandes ventanas, y tenía un banco de trabajo colocado contra una de ellas para aprovechar la luz. En la pared había herramientas colgadas de ganchos, y cajas y botes que contenían alambres enrollados, pequeños lingotes de metales diferentes, clavos, tornillos y cola. A Roger le encantaba fabricar juguetes ingeniosos: un ratón que emitía chillidos y movía la cola, o un ataúd cuya tapa se abría a la vez que el cadáver se incorporaba. También había inventado una máquina que desatascaba cañerías aunque la obstrucción estuviera a varios metros de distancia e incluso a la vuelta de algún recodo.

Saludó a Amos con una amplia sonrisa y dejó el formón que estaba usando.

—¡Qué oportuno! —exclamó—. Estaba a punto de irme a casa a comer. Supongo que nos acompañarás, ¿no?

—Esperaba que me lo ofrecieras. Gracias.

Roger tenía el pelo rubio y la tez rosada, al contrario que su padre y sus hermanos, que eran todos morenos, por lo que Amos suponía que debía de parecerse a su difunta madre, fallecida hacía varios años.

Salieron del taller y Roger cerró con llave. De camino a la casa solariega, comentaron el desdichado incidente de Harry

Clitheroe mientras Amos llevaba de las riendas su recua de caballos.

—La cerrilidad de mi hermano Will ha provocado el accidente —opinó Roger con franqueza.

Roger había ingresado en el College de Kingsbridge, el que fuera fundado en Oxford por los monjes de Kingsbridge durante la Edad Media. Hacía varias semanas que había empezado a estudiar allí, y era la primera vez que regresaba a casa. A Amos le habría encantado ir a la universidad, pero su padre había insistido en que se metiera en el negocio. «Tal vez las cosas cambien con el paso de las generaciones —se dijo—. Puede que algún hijo mío vaya a Oxford algún día».

—¿Cómo es la universidad? —preguntó.

—Muy divertida —contestó Roger—. Una juerga continua. Aunque por desgracia he perdido algo de dinero jugando a las cartas.

Amos sonrió.

—Bueno, me refería al estudio.

—¡Ah! Pues no está mal. Nada difícil por el momento. No me apasionan la teología ni la retórica. Las matemáticas me gustan, pero los profesores están obsesionados con la astronomía. Tendría que haber ido a Cambridge; por lo visto, las matemáticas son mejores allí.

—Lo tendré en cuenta cuando le toque a mi hijo.

—¿Ya estás pensando en casarte?

—Lo pienso todo el rato, pero no es probable que vaya a suceder pronto. No tengo ni un triste penique, y mi padre no me dará nada hasta que deje atrás mis días de aprendiz.

—No importa. Así tienes tiempo para tantear el terreno.

Tantear el terreno no era el estilo de Amos. Cambió de tema.

—Si puedo abusar de tu amabilidad y no te importa, me iría bien una cama esta noche.

—Por supuesto. Mi padre se alegrará de verte. Sus hijos le aburrimos y tú le caes bien, a pesar de lo que considera tus ideas «radicales». Disfruta discutiendo contigo.

—No soy un radical.

—Desde luego que no. Debería presentarle a algunos hombres que conozco de Oxford. Sus opiniones le abrasarían los oídos.

—Supongo que sí —comentó Amos riendo.

Al imaginar la vida de Roger, que estudiaba libros y discutía sobre ideas con un grupo de jóvenes brillantes, sintió envidia.

La casa solariega era un bonito edificio jacobeo de un tono rojizo que tenía ventanas de vidrieras formadas por muchas hojas pequeñas de cristal emplomadas. Llevaron los caballos de Amos a los establos para que les dieran agua y luego entraron en la casa grande.

Era un hogar compuesto solo por hombres, así que el sitio no estaba demasiado limpio. Se percibía el tufillo del corral, y Amos vio incluso la cola de una rata escabulléndose bajo una puerta. Fueron los primeros en llegar al comedor. Encima de la chimenea había un retrato de la difunta esposa del terrateniente. El cuadro estaba oscurecido por los años y el polvo, como si nadie se tomara ya la molestia de mirarlo.

El señor del lugar hizo su aparición. Era un hombre grande, con el rostro rubicundo, obeso pero aún vigoroso a sus cincuenta y tantos años.

—Este sábado hay un torneo de peleas en Kingsbridge —anunció con entusiasmo—. La Bestia de Bristol se enfrentará a todo el que se atreva con él y ofrece una guinea a cualquiera que consiga mantenerse en pie durante quince minutos.

—Te lo pasarás en grande —dijo Roger. A los hombres de su familia les encantaban los deportes, sobre todo las peleas y las carreras de caballos, y más aún si podían apostar sobre el resultado—. Yo prefiero jugarme el dinero a las cartas —añadió—. Me gusta calcular las probabilidades.

Entonces entró George Riddick, el hermano mediano. Era más alto que la media, tenía el pelo negro y los ojos oscuros, y se parecía a su padre, solo que se peinaba con la raya en medio.

Y por fin llegó Will, seguido de cerca por un mayordomo

con un caldero lleno de sopa humeante. El aroma provocó que a Amos se le hiciera la boca agua.

En el aparador había un jamón, un queso y una hogaza de pan. Cada cual se cortó lo que quiso, y el mayordomo sirvió vino de Oporto en sus copas.

Amos siempre saludaba a los criados, así que se dirigió al hombre:

—Hola, Platts, ¿cómo está?

—Bastante bien, señor Barrowfield —contestó el mayordomo a regañadientes.

No todos los criados correspondían a la amabilidad de Amos.

—El lord teniente ha reunido a la Milicia de Shiring —comentó Will tras cortar una gruesa loncha de jamón.

La milicia era la fuerza de defensa del lugar. Los reclutas se elegían por sorteo, y de momento Amos se había librado. Que él recordara, la milicia siempre había estado inactiva, salvo por las seis semanas anuales de instrucción, que consistían en acampar en las colinas del norte de Kingsbridge, marchar y formar cuadros, aprender a cargar un mosquete y a dispararlo. Por lo visto, eso estaba a punto de cambiar.

—También yo lo he oído, pero no es solo en Shiring. Han movilizado a diez condados.

Era una noticia sorprendente. ¿Qué clase de crisis esperaba el gobierno?

—Soy teniente, así que ayudaré a organizar la asamblea de tropas. Seguramente tendré que trasladarme a Kingsbridge una temporada —dijo Will.

Aunque Amos había evitado el reclutamiento hasta la fecha, podían llamarlo a filas si había una nueva leva. No estaba seguro de qué le parecía eso. No deseaba hacerse soldado, pero tal vez fuera mejor que seguir siendo esclavo de su padre.

—¿Quién es el oficial al mando? —preguntó el terrateniente—. Lo he olvidado.

—El coronel Henry Northwood —contestó Will.

Henry, vizconde de Northwood, era el hijo del conde de Shiring. Capitanear la milicia era un deber tradicional del heredero del condado.

—El primer ministro Pitt considera que la situación es grave —dijo el terrateniente.

Comieron y bebieron sumidos en un silencio meditabundo durante un rato, luego Roger apartó su plato.

—La milicia tiene dos funciones: defender el país de una invasión y sofocar los disturbios —comentó con tono reflexivo—. Puede que vayamos a la guerra con Francia... No me sorprendería. Pero, aunque ese fuera el caso, los franceses tardarían meses en preparar una invasión, lo cual nos daría tiempo más que de sobra para reunir a la milicia. Así que no creo que sea ese el motivo. Lo cual quiere decir que el gobierno debe de esperar disturbios. Me pregunto por qué.

—Ya sabes por qué —dijo Will—. Hace apenas una década desde que los norteamericanos derrocaron al rey para fundar una república, y tres años desde que la turba de París asaltó la Bastilla. Y ese demonio de francés, Brissot, dijo: «No descansaremos hasta que Europa entera arda en llamas». La revolución se extiende como la viruela.

—No creo que sea necesario dejarse llevar por el pánico —opinó Roger—. ¿Qué han conseguido los revolucionarios, en realidad? Han otorgado la igualdad a los protestantes, por ejemplo. George, como clérigo protestante, tú sin duda les reconocerás ese mérito, ¿o no?

George era el rector de Badford.

—Ya veremos cuánto dura eso —dijo con aire adusto.

—Han abolido el feudalismo —siguió Roger—, han acabado con el derecho del rey a encerrar a la gente en la Bastilla sin un juicio y han instituido una monarquía constitucional..., que es lo que tenemos en Gran Bretaña.

Todo lo que decía Roger era cierto, pero, aun así, Amos pensó que no lo estaba entendiendo bien. Para Amos, en la Francia revolucionaria no había libertad real: no había libertad de expresión ni libertad de religión. En realidad, Inglaterra era más abierta.

Will tomó la palabra con enojo, señalando ostensiblemente con el dedo índice.

—¿Y qué me dices de las masacres de septiembre en Francia? Los revolucionarios mataron a miles de personas. Sin pruebas, sin jurado, sin juicio. «Yo digo que eres un contrarrevolucionario, y tú también». Pum, pum, muertos los dos. ¡Algunas de las víctimas eran niños!

—Una tragedia, eso te lo concedo —repuso Roger—, y una mancha en la reputación de Francia. Pero ¿de verdad creemos que pasaría lo mismo aquí? Nuestros revolucionarios no asaltan prisiones; escriben panfletos y cartas a los periódicos.

—¡Por ahí se empieza! —Will dio un trago de vino.

—La culpa es de los metodistas —apuntó George.

—¿Y dónde esconden la guillotina? —contestó Roger riendo.

George no hizo caso del comentario.

—En sus escuelas dominicales enseñan a leer a los niños pobres, que luego crecen y leen el libro de Thomas Paine y se indignan, así que acaban apuntándose a algún que otro club de descontentos. Los disturbios son el siguiente paso lógico.

El terrateniente se volvió hacia Amos.

—Estás muy callado esta tarde. Normalmente defiendes ideas nuevas.

—No sé nada de ideas nuevas —contestó Amos—. Me parece que siempre es bueno escuchar a la gente, incluso a los que carecen de educación y son estrechos de miras. Se consigue mejor trabajo de los peones si estos saben que te importa lo que piensan. Así que, si los ingleses creen que habría que cambiar el Parlamento, me parece que deberíamos escuchar lo que tienen que decir.

—Muy bien expresado —dijo Roger.

—Pero tengo trabajo que hacer. —Amos se levantó—. De nuevo, señor, le agradezco su amable hospitalidad. Ahora debo continuar con mis visitas, pero le ruego que me permita regresar esta noche.

—Por supuesto, por supuesto —dijo el terrateniente.

Amos salió.

Se pasó el resto de la tarde visitando a los artesanos en sus casas, recogiendo su trabajo terminado, pagándoles y entregándoles más materia prima para procesar. Después, cuando el sol se puso, regresó a la casa de los Clitheroe.

Oyó la música desde lejos: cuarenta o cincuenta personas cantando a pleno pulmón. Los Clitheroe era metodistas, igual que Amos, y los metodistas no utilizaban instrumentos musicales en sus ceremonias. Por eso, para compensar, se esforzaban más aún en seguir el compás y a menudo cantaban a cuatro voces. El himno era *Love Divine, All Loves Excelling*, una composición popular de Charles Wesley, hermano y fundador del metodismo. Amos apretó el paso. Le encantaba el sonido del canto sin acompañamiento instrumental y estaba impaciente por unirse a los demás.

Badford, al igual que Kingsbridge, contaba con un grupo metodista muy activo. Por el momento, el metodismo era un movimiento de reforma dentro de la Iglesia de Inglaterra encabezado principalmente por el propio clero anglicano. Se hablaba de una posible escisión, pero la mayoría de los metodistas seguían comulgando en la iglesia anglicana.

Al acercarse más, vio una muchedumbre ante la casa de Sal y Harry. Muchas personas sostenían antorchas encendidas para dar luz, y las llamas proyectaban sombras parpadeantes que bailaban como espíritus malignos. El jefe oficioso de la comunidad metodista era Brian Pikestaff, un granjero independiente que poseía doce hectáreas de terreno. Como era el dueño de su propia tierra, el terrateniente no podía impedirle que celebrara reuniones metodistas en su granero. De haber sido arrendatario, probablemente lo habría desahuciado ya.

El himno terminó y Pikestaff habló del amor entre Harry, Sal y Kit. Dijo que era un amor verdadero, todo lo cerca que un amor humano podía estar del amor divino que el grupo había ensalzado en sus cánticos. La gente se echó a llorar.

Cuando Brian terminó, Jimmy Mann se quitó el sombrero de tres picos y, con él en la mano, empezó a rezar de forma improvisada. Aquello era lo normal en el metodismo. La gente rezaba o proponía un himno siempre que su espíritu se lo pedía. En teoría, todos eran iguales a ojos de Dios, aunque en la práctica era poco frecuente que una mujer alzara su voz.

Jimmy le pidió al Señor que sanara a Harry para que pudiera seguir ocupándose de su familia, pero la oración se vio bruscamente interrumpida. George Riddick apareció de pronto con un farol en la mano y una cruz en el pecho. Se había puesto todos sus hábitos clericales: la sotana, la toga con mangas abombadas y la birreta de Canterbury, un gorro con cuatro puntas angulosas.

—¡Esto es vergonzoso! —exclamó.

Jimmy calló, abrió los ojos, volvió a cerrarlos y prosiguió:

—Oh, Dios padre, escucha esta tarde nuestras plegarias, pues te rogamos…

—¡Ya basta! —vociferó George, y Jimmy se vio obligado a parar.

Brian Pikestaff habló con afabilidad.

—Buenas tardes, rector Riddick. ¿Querría unirse a nuestros rezos? Pedimos al Señor que cure a nuestro hermano Harry Clitheroe.

—Son los clérigos quienes llaman a los feligreses a orar —contestó George con rabia—, ¡no al revés!

—Pero usted no lo ha hecho, ¿verdad, rector? —dijo Brian.

George se quedó perplejo un instante.

—No nos ha llamado a orar por Harry —añadió Brian—, que ahora mismo, mientras hablamos, está en la orilla del gran río oscuro, esperando a saber si la voluntad de Dios es que lo cruce esta noche para acudir ante su divina presencia. Si nos hubiera llamado, rector, habríamos estado encantados de asistir a la iglesia de St. Matthew a rezar con usted. Pero, como no lo ha hecho, aquí estamos.

—Sois unos aldeanos ignorantes —despotricó George—. Por eso Dios dispone que tengáis a un clérigo por encima.

—¿Ignorantes? —Era una voz de mujer, y Amos reconoció a Annie Mann, una de sus hilanderas—. No somos tan ignorantes como para cargar un carro de nabos en exceso.

Se oyeron exclamaciones de aquiescencia, e incluso alguna risa.

—Dios os ha supeditado a aquellos que saben más que vosotros —dijo George—, y vuestro deber es el de obedecer a la autoridad, no desafiarla.

Se hizo un breve silencio, luego todos oyeron un fuerte gemido agónico que salía del interior de la casa.

Amos abrió la puerta y entró.

Sal y Kit estaban arrodillados al otro lado de la cama, con las manos unidas en oración. El cirujano, Alec Pollock, estaba de pie junto al cabecero, sosteniéndole la muñeca a Harry.

El hombre volvió a gritar.

—Se marcha, Sal —dijo Alec—. Nos deja.

—Ay, Dios mío —se lamentó Sal mientras Kit se echaba a llorar.

Amos guardó silencio, aún en la puerta, observando.

—Nos ha dejado, Sal —anunció Alec un minuto después.

La mujer rodeó al pequeño con un brazo, y juntos siguieron llorando.

—Ya ha dejado de sufrir, por fin —añadió Alec—. Ahora está con nuestro señor Jesucristo.

—Amén —repuso Amos.

# 3

En los terrenos del palacio episcopal, donde —según contaban las leyendas de Kingsbridge— una vez los monjes cultivaran sus habas y sus coles, Arabella Latimer había creado un jardín de rosas.

Su familia se había mostrado sorprendida, porque ella nunca había expresado interés alguno por cultivar nada. Todos sus deberes estaban orientados hacia su marido, el obispo: llevar su casa, organizar comidas para los clérigos de mayor rango y demás gerifaltes del condado, hacer acto de presencia junto a él ataviada con ropajes caros pero respetables. Y de pronto, un día, anunció que iba a cultivar rosas.

Se trataba de un nuevo entretenimiento que ya había hecho volar la imaginación de unas cuantas damas modernas. No era exactamente el último grito, pero sí causaba bastante furor, y a Arabella, que había leído algo al respecto en *The Lady's Magazine*, le había agradado la idea.

Su única hija, Elsie, no había esperado que el entusiasmo le durase mucho. Anticipó que su madre se cansaría enseguida de tanto agacharse y pasar la azada, regar y abonar, y de que las uñas le quedaran tan sucias de tierra que no había manera de limpiarlas del todo. «Se aburrirá en cuatro días», masculló en su momento el obispo, Stephen Latimer, y siguió leyendo *The Critical Review*.

Ambos se habían equivocado.

Cuando Elsie salió buscando a su madre a las ocho y media de la mañana, la encontró en el jardín, con un guarda trabajando a su lado, amontonando estiércol de los establos alrededor de los troncos de las plantas mientras una lluvia de húmeda aguanieve les caía sobre la cabeza.

—Las estoy protegiendo de la helada —explicó Arabella, que volvió la cabeza por encima del hombro al ver a Elsie, y luego siguió con su trabajo.

A su hija le hizo gracia. Se preguntó si su madre habría sostenido una pala en las manos antes de ese día.

Miró alrededor. En esa época del año, en invierno, los rosales no eran más que palos desnudos, pero la forma del jardín ya era visible. Se entraba a él por un arco de cestería que en verano sostendría una profusión de tallos de rosal trepador. De ahí se llegaba a un cuadrado de rosales bajos que al florecer estallarían en vivos colores. Más allá, una espaldera sujeta a un tramo de muro medio derruido —construido por los antiguos monjes para proteger el huerto, tal vez— servía de apoyo a unas enredaderas que crecían como la mala hierba cuando hacía calor y cuyas flores parecían brillantes explosiones, como si los ángeles del cielo hubieran sido descuidados con su pintura.

Hacía tiempo que Elsie notaba que la vida de su madre estaba tristemente vacía, pero habría deseado para ella una actividad de mayor trascendencia que la jardinería. Sin embargo, ella era una idealista y una intelectual, mientras que Arabella no era ni lo uno ni lo otro. «Todo tiene su tiempo —decía su padre, citando el Eclesiastés—, y todo lo que se quiere debajo del cielo tiene su hora». Las rosas habían llevado la felicidad a la vida de Arabella.

Hacía frío y Elsie tenía algo importante que decir.

—¿Tardará mucho, madre? —preguntó.

—Casi he terminado.

Arabella tenía treinta y ocho años, era mucho más joven que su marido y todavía resultaba una mujer elegante. Era alta y esbelta, con una melena castaño claro entreverada de caoba. Tenía pecas en la nariz, cosa que la gente consideraba una imperfección, aunque de algún modo en ella resultaban encantadoras. Elsie no se parecía a su madre ni en su aspecto físico ni en el carácter. Tenía el pelo oscuro y los ojos color avellana, pero la gente decía que su sonrisa era bonita.

Arabella le pasó la pala al guarda y las dos mujeres se apresuraron a entrar. Mientras Elsie se secaba un poco el pelo mojado con una toalla, su madre se quitó las botas y el manto.

—Esta mañana voy a preguntarle a mi padre sobre la escuela dominical —anunció Elsie.

Era su gran proyecto. Le horrorizaba la forma en que trataban a los niños en su ciudad. A menudo empezaban a trabajar a los siete años y bregaban catorce horas al día de lunes a viernes, más otras doce los sábados. La mayoría jamás aprendía a leer ni a escribir más que unas pocas palabras. Necesitaban una escuela dominical.

Su padre sabía todo eso, pero no parecía importarle. Ella, sin embargo, tenía un plan para ganárselo.

—Espero que esté de buen humor —señaló su madre.

—Me apoyará usted, ¿verdad?

—Desde luego. Me parece un proyecto magnífico.

Elsie quería de ella algo más que una expresión de buena voluntad.

—Sé que tiene recelos, pero... Por favor, no se enfade si le pido que se los guarde para usted, solo por hoy.

—Faltaría más, cariño. Soy muy diplomática, ya lo sabes.

Elsie no lo sabía en absoluto, pero no dijo nada.

—Pondrá objeciones, pero me encargaré de ellas. Solo quiero que murmure usted alguna palabra de aliento de vez en cuando, que diga «Tienes razón» o «Muy buena idea», o alguna otra cosa por el estilo.

A Arabella, la insistencia de su hija parecía divertirle, e irritarla solo ligeramente.

—Cariño, ya te he entendido, no te preocupes. Eres como un

actor: no deseas una crítica considerada, quieres un público entregado.

Lo había dicho con ironía, pero Elsie fingió no darse cuenta.

—Gracias.

Entraron en el comedor. El servicio estaba alineado a lo largo de un lateral de la sala en orden de precedencia. Primero los hombres: mayordomo, ayuda de cámara, lacayo, limpiabotas; y luego las mujeres: ama de llaves, cocinera, dos doncellas y la fregona. La mesa estaba puesta con una porcelana decorada con florecillas de ese estilo que estaba tan de moda y recibía el nombre de *chinoiserie*.

Junto al lugar del obispo había un ejemplar de *The Times* de hacía dos días. Tardaba un día en viajar de Londres a Bristol por un camino de peaje, y otro día más para llegar a Kingsbridge pasando por caminos rurales llenos de barro húmedo y con un sinfín de surcos. Esa velocidad le parecía milagrosa a la gente de la avanzada edad del obispo, que recordaba cuando se necesitaba una semana entera para cubrir ese trayecto.

El obispo entró. Elsie y Arabella retiraron sus sillas y se arrodillaron en la alfombra apoyando los codos en los asientos y uniendo las manos. La tetera siseó mientras el hombre entonaba las oraciones con reverencia pero sin pausa, impaciente por hincarle el diente a la panceta. Después del último amén, el servicio regresó a sus tareas y enseguida llegó la comida de la cocina.

Elsie comió un poco de pan con mantequilla, dio unos sorbitos de té y esperó el momento oportuno. Estaba tensa; deseaba la escuela dominical con todas sus fuerzas. Le partía el corazón ver que tantos niños de Kingsbridge eran unos completos analfabetos. Estudió con discreción el rostro de su padre al comer, intentando adivinar su estado de ánimo. El hombre tenía cincuenta y cinco años, el pelo gris y cada vez más ralo. Antaño había sido una figura imponente, alto y ancho de espaldas —Elsie aún era capaz de recordarlo—, pero disfrutaba demasiado de la comida, así que había acabado por engordar, tenía la cara bien redonda y la cintura enorme, y caminaba encorvado.

Cuando el obispo quedó agradablemente ahíto de tostadas y té, y antes de que abriera *The Times*, la doncella, Mason, entró con una jarra de leche fresca y Elsie puso en marcha su jugada. Le dedicó una discreta cabezada a Mason; era la señal que habían acordado de antemano, y la doncella sabía qué hacer.

—Hay algo que querría preguntarle, padre —dijo Elsie. Siempre era mejor camuflar cualquier cosa que tuviera que decir como el ruego de una aclaración: al obispo le gustaba explicar y, en cambio, no que le dijeran lo que tenía que hacer.

—Adelante —contestó con una sonrisa benévola.

—Nuestra ciudad goza de buena reputación en el mundo de la enseñanza. La biblioteca de nuestra catedral atrae a estudiosos de toda Europa occidental. La Escuela de Gramática de Kingsbridge es famosa en todo el país. Y por supuesto también el College de Kingsbridge, en Oxford, donde usted mismo estudió.

—Muy cierto, querida, pero todo eso ya lo sé.

—Y, sin embargo, hemos fracasado.

—En modo alguno.

Elsie vaciló un momento, pero ya había tomado impulso. Con el corazón desbocado, alzó la voz:

—Adelante, Mason, por favor.

La doncella entró guiando a un niño sucio de unos diez u once años. Un olor desagradable entró con él en la sala. Sorprendentemente, no parecía intimidado por el entorno en el que se encontraba.

—Quisiera presentarle a Jimmy Passfield —le dijo Elsie a su padre.

—*Me se* habían prometido salchichas con mostaza, pero no veo *ningunas* —soltó el niño, hablando con la arrogancia de un duque, aunque sin su gramática.

—¿Qué demonios significa esto? —preguntó el obispo.

Ella rezó por que el hombre no estallara.

—Por favor, padre, escuche uno o dos minutos. —Sin esperar a su beneplácito, se volvió hacia el niño y preguntó—: ¿Sabes leer, Jimmy?

Contuvo el aliento, pues no estaba segura de lo que respondería el chiquillo.

—No me hace falta —dijo Jimmy, desafiante—. Lo sé todo. Puedo decir los horarios de la diligencia de todos los días de la semana sin mirar ni una sola vez el trozo de papel que hay clavado en la posada Bell.

El obispo carraspeó, pero Elsie no hizo caso y planteó la pregunta crucial:

—¿Conoces a Jesucristo?

—Conozco a todo el mundo, y en Kingsbridge no hay nadie que se llame así. Lo juro. —Dio una palmada y escupió al fuego.

El obispo se quedó mudo de asombro..., tal como Elsie había esperado.

—Sí que hay un gabarrero que sube de vez en cuando por el río desde Combe y que se llama Jason Cryer. —Meneó un dedo en dirección a Elsie con gesto reprobatorio—. Me apuesto lo que sea a que *te se* ha confundido el nombre.

Elsie insistió.

—¿Vas a la iglesia?

—Fui una vez, pero no quisieron darme ni un trago del vino ese, así que me largué.

—¿No quieres que te perdonen tus pecados?

Jimmy se indignó.

—Yo nunca he pecado, nunca jamás, y ese lechón que le birlaron a la señora Andrews en Well Street no tuvo nada que ver conmigo. Ni siquiera estuve allí.

—Está bien, está bien, Elsie —dijo el obispo—, ya has demostrado lo que querías. Mason, llévate a este niño.

—Y dale unas salchichas —añadió Elsie.

—Con mostaza —exigió Jimmy.

—Con mostaza —repitió ella.

Mason y Jimmy salieron.

Arabella aplaudió y rio.

—¡Qué pillín más maravilloso! ¡No le teme a nadie!

—No hay pocos como él, padre —dijo Elsie, seria—. La

mitad de los niños de Kingsbridge son como este. Nunca han visto una escuela por dentro y, si sus padres no los obligan a ir a la iglesia, ni siquiera aprenden lo que es la religión cristiana.

El obispo estaba verdaderamente conmocionado.

—Pero ¿acaso crees que hay algo que podamos hacer al respecto? —preguntó.

Ese era el momento que ella había estado preparando.

—Algunos conciudadanos hablan de fundar una escuela dominical.

No era del todo cierto. La escuela había sido idea de la propia Elsie y, aunque tenía a varias personas que la apoyaban, seguramente no se llevaría a cabo sin ella. Aun así, no quería que su padre supiera lo fácil que le sería frustrar su plan.

—Pero ya hay escuelas para niños en la ciudad —dijo el hombre—. Tengo entendido que la señora Baines, en Fish Street, enseña buenos preceptos cristianos, aunque dudo un poco de ese lugar de Loversfield al que los metodistas envían a sus hijos.

—Esas escuelas cobran cuotas, claro.

—¿Cómo iban a funcionar, si no?

—Yo estoy hablando de una escuela gratuita para los niños pobres los domingos por la tarde.

—Entiendo. —Estaba preparando sus objeciones. Elsie lo intuía—. ¿Y dónde tendría lugar?

—En la Lonja de la Lana, quizá. Nunca se usa los domingos.

—¿Crees que el alcalde permitiría que los hijos de los pobres pisaran el recinto de la Lonja de la Lana? La mitad de ellos no están ni enseñados. Válgame Dios, si hasta en la catedral he visto... Bueno, mejor dejémoslo.

—Estoy segura de que podríamos controlar a esos niños. Pero, si no nos permiten usar la Lonja de la Lana, hay otras posibilidades.

—¿Y quién se encargaría de la enseñanza?

—Tenemos a varios voluntarios, entre ellos Amos Barrowfield, que fue a la escuela de gramática.

—Ya sabía yo que Amos saldría en esto de una forma o de otra —murmuró Arabella.

Elsie se sonrojó y fingió no haber oído nada.

El obispo hizo caso omiso del comentario de su mujer y ni se fijó en el azoramiento de Elsie.

—El joven Barrowfield es metodista, tengo entendido —dijo.

—El canónigo Midwinter será el benefactor.

—Otro metodista, aun siendo canónigo de la catedral.

—Me han pedido que esté yo al mando, y yo no soy metodista.

—¡Al mando! Eres muy joven para eso.

—Tengo veinte años y una educación lo suficientemente buena como para enseñar a leer a los niños.

—No me gusta —dijo el obispo con vehemencia.

Elsie no estaba sorprendida, aunque lo definitivo de su tono la desanimó. Había esperado que no desaprobara la idea, y tenía un plan para acabar de convencerlo.

—¿Y por qué no le gusta, si puede saberse? —preguntó entonces.

—Verás, querida, no es bueno que las clases trabajadoras aprendan a leer y a escribir —dijo el hombre adoptando el tono paternalista del anciano que comparte su sabiduría con un joven utópico—. Los libros y los periódicos les llenan la cabeza de ideas que solo entienden a medias. Les hace estar descontentos con la condición que Dios les ha impuesto en esta vida. Tienen necias ocurrencias sobre la igualdad y la democracia.

—Pero deberían leer la Biblia.

—¡Peor aún! Entienden las Escrituras del revés y acusan de falsa doctrina a la institución de la Iglesia. Se convierten en disidentes, en inconformistas, y luego quieren construir sus propias iglesias, como los presbiterianos y los congregacionalistas. Y los metodistas.

—Los metodistas no tienen iglesias propias.

—Dales tiempo.

Su padre era hábil en el toma y daca de la argumentación;

había estudiado en Oxford. Elsie solía disfrutar del reto que le suponía, pero ese proyecto era demasiado importante para dejarse vencer en un simple duelo dialéctico. Sin embargo, había preparado una segunda visita, una que tal vez lograra convencer a su padre, y debía continuar con la discusión hasta que esta hiciera acto de presencia.

—¿No cree que leer la Biblia ayudaría a los trabajadores a resistirse a los falsos profetas? —preguntó.

—Es mucho mejor que escuchen a los clérigos.

—Pero no lo hacen, así que me está hablando de un inalcanzable.

Arabella se echó a reír.

—Cómo sois... —dijo—. Discutís como *whigs* y *tories*. ¡Ni que estuviéramos hablando de la Revolución francesa! Se trata de una escuela dominical, de niños sentados en el suelo garabateando sus nombres en pequeñas pizarras y cantando *We're Marching to Zion*.

La doncella asomó la cabeza por la puerta.

—El señor Shoveller está aquí, ilustrísima —anunció.

—¿Shoveller?

—El dueño de la tejeduría. Lo llaman Spade —explicó Elsie. Spade, «el Pala», porque su apellido significaba «paleador»—. Ha traído un paño para enseñárnoslo a madre y a mí. —Se volvió hacia la doncella—. Que pase, Mason, y sírvele una taza de té.

Un dueño de tejeduría estaba varios peldaños por debajo de la familia del obispo en la escala social, pero Spade era un hombre educado y encantador; había aprendido etiqueta de salón por su cuenta para poder venderles sus telas a las clases más altas. Entró cargado con un rollo de paño. Con su atractivo de hombre curtido, el cabello rebelde y una sonrisa arrebatadora, siempre iba bien vestido gracias a las prendas confeccionadas con sus propios géneros.

—No era mi intención interrumpir el desayuno de su ilustrísima —dijo tras hacer una reverencia.

Elsie reparó en que su padre no estaba muy contento, pero que fingía que no le molestaba.

—Pase, por favor, señor Shoveller.

—Es muy amable, señor. —Spade se quedó de pie donde todos pudieran verlo desenrollar unos palmos de paño—. Esto es lo que la señorita Latimer tenía tantas ganas de contemplar.

A Elsie no le interesaba mucho la ropa —al igual que las rosas de su madre, era algo demasiado frívolo para llamarle la atención—, pero incluso ella se quedó atónita ante los esplendorosos colores del tejido: un rojo tierra y un intenso amarillo mostaza que formaban un estampado de cuadros. Spade rodeó la mesa y lo sostuvo delante de Arabella, con cuidado de no tocarla.

—No todo el mundo puede lucir estos colores, pero son perfectos para usted, señora Latimer —dijo.

La mujer se levantó y se miró en el espejo que había sobre la chimenea.

—Uy, sí. Creo que me quedan muy bien.

—El tejido es una mezcla de seda y lana merina —explicó Spade—. Muy suave... Tóquelo.

Arabella, obediente, acarició la tela.

—Es cálido pero ligero —añadió Spade—. Perfecto para un abrigo o una capa de primavera.

Elsie pensó que también debía de ser caro, pero su padre era rico y nunca parecía importarle que su mujer gastara su dinero.

Spade se colocó detrás de Arabella y le echó la tela alrededor de los hombros. Ella se recogió el género en el cuello y se volvió un poco a la derecha y un poco a la izquierda, para verse desde ángulos diferentes.

Mason le acercó una taza de té a Spade. Él dejó el rollo de tela en una silla para que Arabella pudiera seguir posando con ella, luego se sentó a la mesa a beberse el té.

—Estábamos comentando la idea de abrir una escuela dominical gratuita para los hijos de los pobres —dijo Elsie.

—Siento haberlos interrumpido.

—En modo alguno. Me interesaría mucho conocer su opinión.

—Me parece una idea espléndida.

—Mi padre teme que adoctrine a los niños en el metodismo. El canónigo Charles será el benefactor, y Amos Barrowfield me ayudará con las clases.

—Su ilustrísima es inteligente —opinó Spade. En teoría, debía apoyar a Elsie, no al obispo—. Yo mismo soy metodista —continuó—, pero creo que a los niños se les deberían enseñar las verdades básicas, y no importunarlos con sutilezas doctrinales.

Era un argumento bueno y sencillo, aunque Elsie no vio que conmoviera a su padre.

Spade siguió con su razonamiento:

—Pero, si en su escuela todos son metodistas, Elsie, la Iglesia anglicana debería abrir su propia escuela dominical, para ofrecer una alternativa.

El obispo soltó un gruñido de sorpresa. Esa no la había visto venir.

—Y estoy seguro de que a muchos conciudadanos les encantaría la idea de que el obispo en persona les relatara historias bíblicas a sus hijos —dijo Spade.

Elsie estaba al borde de la risa. El rostro de su padre era la viva imagen del horror. Detestaba la idea de contar historias bíblicas a los sucios hijos de los pobres de Kingsbridge.

—Pero, Spade —repuso—, yo estaría al mando de la escuela, así que podría encargarme de que los niños solo aprendieran los elementos de la fe que la Iglesia anglicana y los reformistas metodistas tienen en común.

—¡Ah! En tal caso, retiro lo dicho. Y, por cierto, me parece que será usted una magnífica maestra.

El obispo parecía aliviado.

—Bueno, pues monta esa escuela dominical si así ha de ser —dijo—. Tengo que ir a ocuparme de mis deberes. Que pase un buen día, señor Shoveller —se despidió antes de salir.

—Elsie, ¿lo habías planeado? —preguntó su madre.

—Por supuesto que sí. Y gracias, Spade. Ha estado magnífico.

—Un placer. —El hombre se volvió hacia Arabella—. Señora Latimer, si se decide a encargar una prenda con esta preciosa tela, mi hermana estará encantada de confeccionarla.

La hermana de Spade, Kate Shoveller, era una costurera muy capaz y tenía una tienda en High Street que regentaba junto a otra mujer, Rebecca Liddle. Sus prendas seguían la última moda del vestir y el negocio les iba muy bien.

—Debería encargar un abrigo, madre. Quedará precioso —dijo Elsie, ya que quería compensar a Spade por el favor que acababa de hacerle.

—Me parece que sí —repuso Arabella—. Por favor, dígale a la señorita Shoveller que iré a verla a la tienda.

—Será un placer, por supuesto —contestó Spade con una reverencia.

# 4

La víspera del funeral, Sal pasó la noche en vela, a ratos compungida por la pérdida de Harry y a ratos angustiada pensando en cómo se las arreglaría sin el salario de su esposo.

El cuerpo del difunto yacía en el frío interior de la iglesia, envuelto en una mortaja, y Sal tenía la cama para ella sola. La sentía vacía y no paraba de temblar. La última vez que había dormido sin compañía había sido la noche antes de su boda, ocho años atrás.

Kit ocupaba la cama individual y, por su forma de respirar, su madre sabía que estaba dormido. Al menos él había sido capaz de olvidar la pena durante el sueño.

Vapuleada por los recuerdos agridulces y la ansiedad por el futuro incierto, Sal fue durmiéndose y despertando de forma intermitente hasta que vislumbró la luz por las rendijas de los postigos, momento en que se levantó y encendió el fuego. Se sentó a la rueca y, cuando Kit despertó, preparó el desayuno, consistente en pan de centeno untado con manteca y una taza de té. Sal no tardaría en ser demasiado pobre para comprar la infusión.

El funeral estaba previsto para la tarde. La camisa de Kit tenía la tela casi traslúcida por el desgaste y unos jirones sin remiendo posible. Sal no quería que su hijo pareciera un pordiosero precisamente ese día. Guardaba una vieja camisa de Harry que podía ajustar a la talla del niño, y se sentó a cortar y coser la prenda.

Cuando estaba terminando, oyó unos disparos. Debía de tratarse de Will Riddick, cazando perdices en Mill Field. Él era el culpable de su repentina pobreza y estaba convencida de que el hombre tenía la obligación de hacer algo al respecto. La rabia fue ascendiendo por la garganta de Sal hasta que tomó la decisión de encararse con él.

—No te muevas —le ordenó a Kit—. Barre el suelo.

Y salió a la fría mañana.

Will se encontraba en el campo con su setter blanco y negro. Mientras Sal se acercaba a él por la espalda, se produjo una desbandada de pájaros en el bosque de al lado; Will siguió su vuelo con la escopeta y disparó dos veces. Era un buen tirador, y cayeron al suelo dos aves, grises y de alas rayadas, más o menos del tamaño de una paloma. Otro hombre emergió de entre los árboles, y Sal reconoció el pelo lacio y la complexión huesuda de Platts, el mayordomo de la casa solariega. Resultaba evidente que estaba asustando a las aves para Will.

El perro salió corriendo hacia el lugar donde habían caído las presas. El animal regresó con una de las piezas y luego fue a cobrar la segunda.

—¡Tiro! —le gritó Will a Platts.

En ese momento, Sal ya había llegado al lugar donde se encontraba apostado Will.

Se recordó a sí misma que no valía la pena tratar mal a los poderosos. En ocasiones se los podía disuadir o engatusar, o incluso hacerlos sentir avergonzados e impelidos a actuar con rectitud, pero no se los podía intimidar. Cualquier intento de obligarlos a hacer algo solo conseguía que se aferraran más a su postura.

—¿Qué quieres? —preguntó Will con brusquedad.

—Necesito saber qué piensa hacer por mí… — y añadió, tal vez demasiado tarde—: señor.

Will recargó la escopeta.

—¿Por qué tendría que hacer algo por ti?

—Porque Harry estaba trabajando a sus órdenes. Porque usted ordenó seguir cargando el carro. Porque no quiso escuchar las advertencias del tío Ike. Porque usted mató a mi marido.

Will se puso lívido.

—La culpa fue solo suya.

Sal se obligó a adoptar un tono de voz sereno y razonable.

—A lo mejor hay personas que se creen lo que usted les ha contado, pero yo sé la verdad. Usted estaba allí y yo también.

Will permaneció impasible, sujetando con relajación la escopeta, pero con el cañón apuntando hacia la mujer. A ella le quedó clara la amenaza tácita, aunque no lo creía capaz de apretar el gatillo. Sería difícil hacerlo pasar por un accidente solo dos días después de que él hubiese matado a su marido.

—Supongo que quieres una limosna.

—Quiero lo que usted me ha quitado: el salario de mi esposo, ocho chelines semanales.

Will soltó una risa forzada.

—No puedes obligarme a pagarte ocho chelines a la semana. ¿Por qué no te buscas otro marido? —La miró de pies a cabeza, con el semblante lleno de menosprecio a su humilde vestido y sus zapatos de fabricación casera—. Alguien habrá que quiera quedarse contigo.

Sal no se sintió insultada. Sabía que los hombres la encontraban atractiva. El mismo Will le había dedicado alguna que otra mirada lasciva. Sin embargo, no podía imaginarse casándose de nuevo.

No obstante, ese no era el argumento adecuado a las circunstancias.

—Si eso ocurre, puede dejar de pagarme —replicó en cambio.

—No pienso ni empezar.

Se oyó el aleteo de los pájaros cuando estos volvieron a levantar el vuelo, y Will se volvió y disparó. Otras dos perdices cayeron a tierra. El perro le trajo una y fue a cobrar la otra.

Will recogió la presa depositada a sus pies.

—Toma —le dijo a Sal—. Te doy una perdiz.

El ave tenía el pecho gris claro manchado de sangre, pero seguía viva. Sal se sintió tentada a cogerla. Podría cocinar una rica cena para Kit y ella con la perdiz.

—Como compensación por lo de tu marido; vale más o menos lo mismo —añadió Will.

Sal lanzó un grito ahogado, como si el hombre acabara de pegarle un puñetazo. No lograba recuperar el aliento para hablar. ¿Cómo se atrevía a decir que su marido valía lo que una perdiz? Fuera de sí de rabia, dio media vuelta, se alejó dando grandes zancadas y lo dejó ahí plantado, con el ave en la mano. Sal estaba que echaba humo, de haberse quedado más tiempo habría soltado alguna barbaridad.

Cruzó el campo pisando con fuerza en dirección a su casa, pero cambió de idea y decidió acudir al terrateniente. No es que fuera un santo, precisamente, pero no era tan malvado como Will. Además, alguien tenía que hacer algo por ella.

El acceso por la puerta principal de la casa solariega estaba prohibido a los aldeanos. Sintió la tentación de incumplir la norma, aunque vaciló. No quería usar la puerta trasera y encontrarse con el personal del servicio, puesto que ellos insistirían en hacerla esperar mientras le preguntaban al terrateniente si podía atenderla, y su respuesta podría ser negativa. No obstante, había una entrada lateral utilizada por los aldeanos el día del pago del arrendamiento. A Sal le constaba que ese acceso conducía, a través de un pasillo corto, al salón principal y el gabinete del terrateniente.

Rodeó la casa hasta la fachada lateral e intentó abrir esa puerta. No estaba cerrada con llave.

Entró.

La puerta del gabinete estaba abierta y llegaba el olor a la humareda del tabaco. Sal asomó la cabeza y vio al terrateniente sentado a su mesa de escritorio, fumando en pipa, mientras escribía en un libro de contabilidad.

—Ruego me disculpe, señor —dijo ella al tiempo que llamaba antes de entrar.

El hombre levantó la vista y se sacó la pipa de la boca.

—¿Qué estás haciendo aquí? —preguntó, molesto—. No es el día del pago del arrendamiento.

—La puerta lateral no estaba cerrada con llave y necesitaba hablar con usted urgentemente.

Sal accedió al gabinete y cerró después de entrar.

—Deberías haber entrado por la puerta de servicio. ¿Quién te has creído que eres?

—Señor, debo saber qué hará por mí ahora que he perdido a mi esposo. Tengo un niño al que alimentar y vestir.

El hombre se mostró vacilante. Sal creía que, si podía, el terrateniente Riddick escurriría el bulto de su responsabilidad. Sin embargo, también suponía que tendría cargo de conciencia. En público, seguramente negaría que Will fuera culpable de la muerte de Harry. No obstante, no era tan malvado como su hijo. Sal percibió la indecisión y el bochorno plasmados en el rostro ruborizado del hombre.

—Para eso está el Auxilio de los Pobres —dijo en cuanto pareció que se le endurecía el corazón.

Los propietarios de la aldea pagaban una cantidad anual para ayudar a los pobres de la parroquia. El fondo era administrado por la Iglesia.

—Consúltalo con el rector —sugirió el terrateniente—. Él es el supervisor de los pobres.

—Señor, el rector Riddick odia a los metodistas.

—Entonces no deberías ser metodista, ¿no te parece? —replicó él como sacándose un as de la manga.

—Se supone que el Auxilio de los Pobres no es solo para las personas que comulgan con el rector.

—La Iglesia de Inglaterra es la que dona el dinero.

—Pero no es el dinero de la Iglesia, ¿verdad? El dinero es de los propietarios. ¿Se equivocan al pensar que la Iglesia obrará con justicia?

El terrateniente se enfureció.

—Eres de esas personas que se creen en el derecho de corregir a sus superiores, ¿verdad?

Sal perdió toda esperanza. Cualquier discusión con un poderoso acababa siempre igual. La aristocracia tenía la razón por el hecho de serlo, al margen de las leyes, las promesas o la lógica. Solo los pobres debían acatar las normas.

A ella ya no le quedaban energías. Tendría que suplicarle al rector Riddick, quien haría todo lo posible por no prestarle ayuda.

Sal abandonó la habitación sin volver a abrir la boca. Salió de la casa por la puerta lateral y regresó caminando a su hogar. Se sentía desesperanzada y abatida.

Terminó los arreglos de la camisa para Kit y cenaron pan con queso. Entonces, la campana empezó a tañer y se encaminaron hacia la iglesia de St. Matthew. Ya había llegado muchísima gente, y la nave estaba abarrotada. El templo era un pequeño edificio medieval y debería haber sido ampliado para albergar a la creciente población local, pero los Riddick no estaban dispuestos a gastar su dinero en las obras.

Algunos de los dolientes no conocían a Harry personalmente, y Sal se preguntó por qué habrían pedido librar en el trabajo para asistir al funeral; entonces se dio cuenta de que la muerte de su esposo era algo especial. No se había producido por enfermedad ni por vejez, ni por un accidente inevitable; ninguna de las causas habituales. Harry había muerto por la inconsciencia y la brutalidad de Will Riddick. Con su asistencia al funeral, los lugareños dejaban claro que la vida de Harry importaba, y que su muerte no podía olvidarse sin más.

Por lo visto, el rector Riddick lo interpretó así. Entró vistiendo el hábito, se quedó mirando sorprendido a la numerosa multitud y adoptó expresión de enfado. Avanzó a toda prisa hacia el altar e inició el oficio. Sal estaba bastante segura de que el rector habría preferido no oficiar el funeral, pero era el único clérigo de la aldea. Por otra parte, lo que cobraba por todos los bautizos, bodas y funerales en una población tan numerosa como aquella sumaba un importante complemento a su salario.

Ofició la liturgia a tal velocidad que la congregación empezó a murmurar disgustada. El rector lo ignoró y aceleró su sermón para llegar al final. A Sal apenas le importó. No dejaba de pensar en que no volvería a ver a Harry nunca más, y llorar era todo cuanto podía hacer.

El tío Ike se había encargado de organizar a los portadores del féretro, y la congregación los siguió en procesión hasta el cementerio. Brian Pikestaff se situó junto a Sal para consolarla y la rodeó con un brazo a la altura de sus hombros trémulos.

El rector pronunció la última oración mientras bajaban el cuerpo a la fosa.

Una vez finalizado el servicio, se acercó a Sal. La viuda se preguntó si le dedicaría unas palabras de fingido consuelo.

—Mi padre me ha hablado de tu visita —le dijo en cambio—. Iré a verte esta tarde, dentro de un rato.

Y se marchó a todo correr.

Cuando se hubo ido, Brian Pikestaff pronunció un breve panegírico. Habló sobre Harry con afecto y respeto, y sus palabras fueron celebradas con gestos de asentimiento y murmullos de «amén», protagonizados por todos cuantos rodeaban la tumba. Dijo una oración y después cantaron todos *Love's Redeeming Work is Done.*

Sal estrechó la mano de un par de amigos íntimos y les agradeció su presencia, luego tomó a Kit de la mano y ambos se alejaron a toda prisa.

Poco después de llegar a casa, se presentó Brian, quien le traía una pluma fuente y un frasquito de tinta.

—Se me ha ocurrido que a lo mejor querrías escribir el nombre de Harry en tu biblia —dijo—. No me quedaré. Devuélveme la pluma y el frasquito cuando te vaya bien.

A Sal se le daba mejor la lectura que la escritura, aunque sabía escribir las fechas y copiar cualquier cosa. El nombre de Harry ya estaba en el libro junto a la fecha de su boda y, cuando

Sal se sentó a la mesa con el libro delante y la pluma en la mano, rememoró ese día de hacía ocho años. Recordó lo feliz que se había sentido al casarse con él. Entonces estrenó el mismo vestido que llevaba puesto en ese momento. Había pronunciado la frase «hasta que la muerte nos separe», pero jamás imaginó que eso ocurriría tan poco tiempo después de decirlo. Durante unos segundos se permitió sentir todo el peso de la tristeza.

A continuación se enjugó las lágrimas y escribió con trazo lento y cuidadoso: «Harold Clitheroe, fallecido el 4 de diciembre de 1792».

Le habría gustado anotar algo sobre la forma en que murió, pero no sabía cómo escribir «atropellado por un carro» ni «por la estupidez del hijo del terrateniente». De todas formas, seguramente era mejor no dejar constancia escrita sobre esa clase de cosas.

La vida debía volver a la normalidad, así que se sentó a la rueca y trabajó con la luz natural que entraba por la puerta abierta. Kit se acomodó junto a ella, como solía hacer, para ir pasándole los cabos sueltos de lana sin hilar, directamente de sus manos a las de su madre: ella los iba introduciendo por el orificio al tiempo que hacía girar la rueda que, a su vez, rotaba el volante de la rueca y retorcía la lana hasta convertirla en el resistente hilo de un ovillo.

Kit parecía pensativo.

—¿Por qué tenemos que morirnos antes de ir al cielo? —le preguntó a su madre, pasado un rato.

Sal también se había hecho preguntas como esas de niña, aunque recordaba haber sido algo mayor que su hijo, debía de tener unos doce años, y no seis. Sin embargo, no tardó en darse cuenta de que había pocas explicaciones útiles para los aspectos más confusos de la religión, por eso dejó de preguntar. Tenía el pálpito de que Kit iba a ser más insistente.

—No sé por qué, lo siento —respondió—. Nadie lo sabe. Es un misterio.

—¿Alguien ha ido al cielo sin morirse?

Sal estuvo a punto de decir que no, pero de pronto creyó recordar algo; lo pensó unos segundos y supo de qué se trataba.

—Sí, hubo un hombre que lo hizo, se llamaba Elías.

—Entonces ¿no lo enterraron en un cementerio junto a una iglesia?

—No.

Sal estaba bastante segura de que no existían las iglesias en la época de los profetas del Antiguo Testamento, aunque decidió no corregir el error de Kit.

—¿Y cómo fue al cielo?

—Subió arrastrado por un tornado. —Para que el niño no formulara la inevitable pregunta, añadió—: No sé por qué.

Kit se quedó callado, y Sal supuso que estaría pensando en su padre y en cómo había ascendido al cielo junto a Dios y los ángeles.

El pequeño tenía otra pregunta.

—¿Para qué sirve la rueda más grande?

Esa sí la podía responder.

—La rueda es mucho más grande que el volante al que hace girar; eso sí que lo entiendes, ¿verdad?

—Sí.

—Cuando la rueda gira una vez, el volante gira cinco veces. Eso significa que el volante va mucho más deprisa.

—Pero ¿no puedes hacer que solo gire el volante?

—Eso es lo que hacían antes de que se inventara la rueda más grande. Aunque es difícil hacer que el volante gire deprisa. Una se cansa enseguida. Mientras que podrías estar girando la rueda muy despacio todo el día.

El niño se quedó mirando el artilugio, muy pensativo, contemplando su giro. Era una criatura especial. Sal reconocía que todas las madres pensaban lo mismo de sus hijos, sobre todo las que tenían solo uno. No obstante, ella seguía creyendo que Kit era diferente a los demás. De mayor llegaría a ser algo más que jornalero. Además, no quería que viviera como ella, en una casa de turba sin chimenea.

En un pasado, Sal había tenido aspiraciones. Admiraba como a una heroína a su tía Sarah, la hermana mayor de su madre. Sarah se marchó de la aldea, se trasladó a Kingsbridge y empezó a vender baladas en la calle, cantándolas para estimular las ventas. Se casó con un hombre que imprimía las letras de las canciones y que aprendió aritmética para convertirse en su contable. Durante un tiempo, Sarah iba de visita a la aldea una o dos veces al año, bien vestida, con porte elegante y seguridad en sí misma. Siempre llevaba generosos regalos: seda para confeccionar un vestido, un pollo vivo, un cuenco de cristal. Comentaba las noticias que leía en los periódicos: la Revolución estadounidense; los viajes a Australia del capitán Cook; el nombramiento como primer ministro del joven William Pitt, a la sazón de veinticuatro años. Sal había deseado ser como su tía Sarah, pero entonces se enamoró de Harry y su vida tomó otro rumbo.

No acertaba a imaginar qué camino seguiría Kit en la suya, pero sabía muy bien cuál debía ser el punto de partida: el aprendizaje. Su madre le había enseñado las letras y los números, y el niño ya era capaz de escribir su nombre con un palo en la tierra. Sin embargo, a ella misma no le habían enseñado gran cosa y no tardó en transmitirle a su hijo sus pocos conocimientos.

Había una escuela en la aldea dirigida por el rector; la familia Riddick lo controlaba prácticamente todo en el lugar. La cuota escolar era un penique diario. Sal enviaba a Kit siempre que le sobraba esa cantidad, pero eso no sucedía muy a menudo, y, en ausencia de Harry en la familia, podría no volver a suceder jamás. Sin embargo, ella estaba más decidida que nunca a conseguir que Kit prosperase, aunque no sabía cómo hacerlo.

—¿Podemos leer? —preguntó Kit.

—Buena idea. Ve a buscar el libro.

El niño cruzó la estancia y recogió la biblia. La puso sobre el suelo para que ambos pudieran verla mientras trabajaban.

—¿Qué vamos a leer?

—Vamos a leer la historia del muchacho que mató al gigante.

Sal recogió el pesado volumen y localizó el capítulo diecisiete del Primer Libro de Samuel.

Retomaron el trabajo al tiempo que Kit intentaba leer. Sal tuvo que ayudarlo con todos los nombres y con muchas de las palabras. Siendo niña, ella había preguntado por el significado de «seis codos y un palmo», así que, en ese momento, pudo explicarle a Kit que Goliat medía casi tres metros de alto.

Mientras ambos intentaban descifrar el significado de la palabra «oprobio», entró el rector sin llamar a la puerta.

Kit dejó de leer y Sal se levantó.

—¿Qué es esto? —preguntó el rector—. ¿Estáis leyendo?

—Es la historia de David y Goliat —respondió Sal.

—Hummm... Cómo os gusta a los metodistas leer la Biblia por vuestra cuenta. Más os valdría escuchar a vuestro rector.

No era el momento de enzarzarse en una discusión con él.

—Es el único libro que hay en la casa, señor, y no creo que al niño le haga daño escuchar la palabra santa de Dios. Le pido perdón si me he equivocado.

—Bueno, no he venido por eso. —Miró a su alrededor en busca de un sitio para sentarse. Como no había sillas en la casa, se acercó un taburete de tres patas—. Quieres que la Iglesia te conceda el Auxilio de los Pobres.

Sal no lo corrigió diciéndole que el dinero no era de la Iglesia. Debía mostrarse humilde o el rector podía negárselo definitivamente. No había nadie a quien acudir más allá del supervisor de los pobres, ningún cargo más alto en la jerarquía al que Sal pudiera recurrir.

—Sí, por favor, rector —dijo por tanto, bajando la vista.

—¿Cuánto pagas por el arrendamiento de la casa?

—Seis peniques a la semana, señor.

—La parroquia se encargará de pagarlo.

Sal pensó que la primera de las preocupaciones del rector era que el dueño de la casa no perdiera ningún ingreso. Con todo, le aliviaba saber que el niño y ella seguirían teniendo un techo bajo el que vivir.

—Pero sí ganas bastante como hilandera.

—Amos Barrowfield me paga un chelín por libra de lana hilada; si me quedo trabajando una noche entera, consigo hilar tres libras a la semana.

—Eso son tres chelines, que es prácticamente la mitad del salario de un jornalero.

—Tres octavas partes, señor —lo corrigió ella.

Los redondeos eran peligrosos cuando había que contar hasta el último penique.

—Bueno, ya es hora de que Kit empiece a trabajar.

Sal se quedó atónita.

—¡Si tiene seis años!

—Sí, y pronto cumplirá los siete. Es la edad habitual para que un niño tenga su primer trabajo.

—No cumplirá los siete hasta el mes de marzo.

—El 25 de marzo. He consultado la fecha en los registros de la parroquia. No falta mucho.

Faltaban más de tres meses y eso era mucho tiempo para un niño de seis años. No obstante, Sal objetó algo distinto.

—¿Qué trabajo desempeñaría? Es invierno; nadie necesita contratar ayudantes durante esta estación del año.

—Necesitamos un limpiabotas en la casa solariega.

Conque ese era su plan.

—¿En qué consistirían las funciones de Kit?

—Aprenderá a lustrar botas hasta dejarlas relucientes, por supuesto. Además de otras tareas similares: afilar cuchillos, ir a buscar leña, limpiar los orinales…, toda esa clase de cosas.

Sal miró a Kit, quien estaba sentado escuchando, con los ojos abiertos como platos. El niño era tan pequeño y vulnerable que su madre sintió ganas de romper a llorar. Pero el rector tenía razón: ya casi había llegado la hora de que empezara a trabajar.

—Le irá bien aprender a comportarse en la casa del terrateniente. A lo mejor llega a ser un hombre menos insolente que su padre —añadió el rector.

Sal intentó ignorar la afrenta a Harry.

—¿Cuánto le pagarían?

—Un chelín a la semana, que está bastante bien para un niño.

Sal reconoció que el rector tenía razón.

—Claro está que también lo alimentarán y lo vestirán. —El rector se quedó mirando los calcetines zurcidos del niño y la pelliza, que le iba grande—. No puede ir vestido de esa guisa.

Kit se animó ante la perspectiva de tener ropa nueva.

—Y dormirá en la casa solariega, por supuesto —añadió el rector.

La idea desanimó a Sal, aunque no le sorprendió: la mayoría de los sirvientes vivían en la propiedad. No habría nadie con ella en la casa. Qué solitaria iba a ser su vida.

Kit también estaba disgustado y se le anegaron los ojos en lágrimas.

—Deja de lloriquear, muchacho —lo reprendió el rector—, y da las gracias de contar con un hogar caliente y abundante en comida. Hay niños de tu edad trabajando en las minas de carbón.

A Sal le constaba que era cierto.

—Yo quiero estar con mi madre —protestó Kit entre sollozos.

—Y yo con la mía, pero está muerta —repuso el rector—. Tú seguirás teniendo a la tuya y, cada domingo, te darán medio día libre por las tardes y podrás venir a visitarla.

Eso hizo llorar incluso más al niño.

—Acaba de perder a su padre y ahora cree que va a perder a su madre —lo disculpó Sal bajando la voz.

—Bueno, pues no es así, y lo comprobará este mismo domingo, cuando venga a visitarte.

Eso impactó a Sal.

—¿Quiere llevárselo hoy?

—No tiene sentido esperar. Cuanto antes empiece, antes se acostumbrará. Aunque si no estás tan apurada como decías…

—De acuerdo.

—Entonces me lo llevaré ahora.

—¡Me escaparé! —chilló Kit con tono agudo y desafiante.

El rector se encogió de hombros.

—Entonces iremos a por ti, te haremos volver y te azotaremos.

—¡Y yo me escaparé otra vez!

—Si lo haces, te traeremos de vuelta una vez más; aunque creo que la primera azotaina será suficiente.

—Vamos, Kit —le dijo Sal—, déjate de lloriqueos. —Le habló con firmeza, aunque ella también estaba a punto de llorar—. Tu padre ya no está y tú debes hacerte hombre antes de lo esperado. Si te portas bien, podrás comer y cenar, y tener ropa bonita.

—El terrateniente restará tres peniques semanales por los gastos en comida y bebida, y seis peniques, durante las primeras cuarenta semanas, por la ropa —aclaró el rector.

—Pero ¡eso significa que solo recibirá tres peniques semanales!

—Y ese será el valor de su trabajo, al menos al principio.

—¿Y cuánto me dará por el Auxilio de los Pobres?

El rector fingió sentirse ofendido.

—Nada, por supuesto.

—Pero ¿de qué voy a vivir?

—Ahora que no tienes ni marido ni hijo a los que cuidar, puedes hilar todos los días. Calculo que podrías doblar tus ingresos. Ganarás seis chelines a la semana para gastarlos tú sola.

Sal calculó que debería hilar doce horas diarias, seis días a la semana, para obtener esa cantidad. Tendría el huerto lleno de malas hierbas, la ropa, harapienta, viviría a base de pan con queso, pero podría subsistir. Y también lo haría Kit.

El rector se levantó.

—Ven conmigo, muchacho.

—Te veré el domingo, Kit, y me lo contarás todo. Dame un beso de despedida —dijo Sal.

El niño no dejó de llorar, pero abrazó a su madre, ella lo besó y luego quebró el abrazo.

—Reza tus oraciones y Jesús cuidará de ti —aseguró.

El rector tomó de la mano con firmeza a Kit y ambos salieron de la casa.

—¡Pórtate bien, Kit! —gritó ella.

A continuación se sentó y rompió a llorar.

El rector Riddick llevaba a Kit de la mano mientras cruzaban la aldea a pie. Su sujeción no resultaba cálida ni reconfortante, sino mucho más firme, lo suficiente para evitar que Kit saliera corriendo. Sin embargo, el niño no tenía intención de huir. La amenaza del rector sobre la azotaina lo había asustado demasiado para pensar en hacerlo.

En ese momento, todo le daba miedo: el no tener padre, el haber dejado a su madre, el rector, el despreciable Will y el todopoderoso terrateniente.

Mientras seguía caminando junto al rector, apresurándose cada pocos pasos para seguir su ritmo, los aldeanos se quedaban mirándolo con curiosidad, sobre todo sus amigos y parientes; pero nadie decía nada ni se atrevía a preguntarle al rector.

El niño volvió a ser presa del pánico a medida que se acercaban a la casa solariega. Era el edificio más grande de la aldea, más aún que la iglesia, y estaba construido con la misma piedra amarillenta. Kit conocía bien el exterior, aunque en ese instante lo vio con otros ojos. La fachada tenía una puerta central con una escalera y un porche, y contó once ventanas, dos a cada lado de la puerta, cinco en el piso de arriba y dos más en la azotea. Cuando estuvieron más cerca, también se fijó en que había un sótano.

El niño no tenía ni idea de qué podría haber en el interior de una edificación tan gigantesca. Recordó a Margaret Pikestaff diciéndole que todo cuanto había allí era de oro, incluso las sillas, aunque sospechaba que ella lo había confundido con el cielo.

La iglesia era grande porque allí tenían que caber todos los habitantes de la aldea para los oficios, pero la casa solariega era solo para cuatro personas: el terrateniente y sus tres hijos, además de unos pocos sirvientes. ¿Qué harían con todo ese espacio? La vivienda de Kit tenía una sola estancia para tres ocupantes. La casa ante la que se encontraba el niño era todo un misterio, lo cual la hacía siniestra a sus ojos.

El rector lo condujo por la escalera y a través de la enorme puerta.

—No entres nunca por aquí a menos que sea con el terrateniente o con uno de nosotros, sus tres hijos. Hay una puerta trasera para ti y los demás sirvientes.

Kit entendió que ya era uno de los sirvientes. «Soy el que lustra las botas —se dijo—. Me gustaría saber hacerlo. Me pregunto qué hacen los demás sirvientes. Me pregunto si ellos se escaparon, los volvieron a traer y los azotaron».

La puerta principal se cerró tras ellos y el rector le soltó la mano al niño.

Se encontraban en un vestíbulo más grande que el interior de su casa. Las paredes estaban revestidas de madera oscura, había cuatro puertas y una amplia escalinata para ascender a la planta superior. La cabeza de un ciervo sobre la chimenea lo miraba amenazante, aunque parecía incapaz de moverse, y el niño tenía casi la certeza de que el animal no estaba vivo. Apenas había luz en el vestíbulo, y se notaba un tenue olor desagradable que el niño no reconocía.

Una de las puertas se abrió y Will Riddick entró en la estancia.

Kit intentó esconderse detrás del rector, pero Will lo vio y frunció el ceño.

—Ese no será el pequeño mocoso de Clitheroe, ¿verdad, George?

—Sí —respondió el rector.

—¿Por qué demonios lo has traído?

—Tranquilízate, Will. Necesitamos un limpiabotas.

—¿Por qué tiene que ser él?

—Porque está disponible y porque su madre necesita el dinero.

—No quiero a ese maldito mocoso en la casa.

La madre de Kit jamás usaba expresiones como «maldito» ni «qué demonios», y fruncía el ceño en las raras ocasiones en las que su padre las utilizaba. Kit jamás había pronunciado esas palabras.

—No seas estúpido, el niño no tiene nada de malo —repuso el rector.

El rostro de Will se enrojeció aún más.

—Ya sé que crees que la muerte de Clitheroe fue culpa mía.

—Jamás he dicho tal cosa.

—Has traído aquí al mocoso para reprochármelo constantemente.

Kit no sabía qué significaba «reprochar», pero suponía que Will no quería que le recordasen qué había hecho. Y el accidente sí que fue culpa suya, hasta un niño se habría dado cuenta.

Kit siempre había querido tener un hermanito para jugar con él, aunque nunca se imaginó que los hermanos se pelearan así.

—En cualquier caso, contratar al niño fue idea de nuestro padre —puntualizó el rector.

—De acuerdo. Hablaré con él. Enviará al niño de regreso con su madre.

El rector se encogió de hombros.

—Puedes intentarlo. A mí me trae sin cuidado.

Kit deseaba con todo su corazón que lo enviaran de regreso con su madre.

Will cruzó el vestíbulo y salió por otra puerta, y Kit se preguntó si él mismo llegaría a orientarse en una casa tan complicada.

Sin embargo, algo más importante le rondaba la cabeza.

—¿Me van a enviar a casa? —preguntó con ansiedad.

—No —dijo el rector—. El terrateniente no suele cambiar de opinión y no lo hará solo porque Will se sienta ofendido.

Kit volvió a hundirse en la miseria.

—Debes aprenderte el nombre de las estancias —añadió el rector. Abrió una puerta—. Sala de estar. Echa un vistazo rápido.

El niño entró con nerviosismo y miró a su alrededor. Por lo visto, había más muebles en esa habitación que en todas las casas de la aldea juntas: había alfombras, sillas, numerosas mesitas, cortinas, cojines, cuadros y objetos de decoración. Hasta un piano mucho más grande que el único que el niño había visto jamás, el de la casa de Pikestaff. La cuestión era que había tantas cosas en aquella sala de estar que no quedaba sitio para estar realmente.

Seguía intentando asimilarlo todo cuando el rector tiró de él hacia atrás y cerró la puerta de golpe.

Pasaron a la puerta siguiente.

—Comedor.

Esa estancia era más sencilla, con una mesa en el centro y sillas a su alrededor, además de varios aparadores. En las paredes había cuadros de hombres y mujeres. Kit se sintió intrigado por un objeto colgado del techo, con forma de araña y docenas de velas clavadas en las patas. Tal vez se tratara de un lugar práctico para guardar las velas: así, cuando fuera de noche, se podía sacar una de allí y encenderla.

Cruzaron el vestíbulo.

—Sala del billar.

Allí había otro tipo de mesa, con los bordes levantados y bolas de colores sobre una superficie verde. Kit jamás había oído la palabra «billar» y se quedó perplejo, pues no sabía cuál podría ser la finalidad de la estancia.

—Despacho —dijo el rector delante de la cuarta puerta. Era por donde se había marchado Will, y el rector no la abrió. Kit oyó las voces que estaban dando en su interior—. Están discutiendo sobre ti —aclaró el hombre.

El niño no logró distinguir qué decían.

En el fondo del vestíbulo había una puerta verde que Kit no había visto antes. El rector lo condujo a través de ella hasta una zona de la casa con un ambiente distinto: no había cuadros en las paredes, los suelos no estaban alfombrados y las molduras necesitaban una mano de pintura. Descendieron por una escalera hasta el sótano y entraron en una habitación donde había dos hombres y dos mujeres sentados a la mesa, cenando temprano. Los cuatro se levantaron en cuanto entró el rector.

—Este es el nuevo limpiabotas —dijo el rector—. Kit Clitheroe.

Lo miraron con interés. El mayor de los dos hombres tragó un bocado antes de hablar.

—¿Es el hijo del hombre que...? —preguntó.

—Exacto. Kit, este es Platts, el mayordomo —aclaró el rector señalando a la persona que acababa de hablar—. Te dirigirás a él como «señor Platts» y harás todo cuanto te ordene.

El mayordomo tenía una nariz enorme cubierta de finas líneas rojas.

—Junto a él está Cecil, el lacayo.

Cecil era bastante joven y tenía un bulto en el cuello que, como Kit ya sabía, se llamaba forúnculo.

El rector señaló a una mujer de mediana edad con el rostro ovalado.

—La señora Jackson es la cocinera, y Fanny es la doncella.

Fanny tenía unos doce o trece años, supuso Kit. Era una chica delgada con pecas y parecía casi tan asustada como él.

—Supongo que tendrás que enseñarle todo, Platts —comentó el rector—. Su padre era insolente y desobediente, así que, si el chico ha salido igual, habrá que darle una buena azotaina.

—Sí, señor, eso haré —dijo Platts.

Kit intentó no llorar, pero se le escaparon las lágrimas y empezaron a caerle por las mejillas.

—Necesitará ropa —intervino la cocinera—. Parece un espantajo.

—Hay un baúl con ropa de niño en alguna parte —señaló Platts—. Seguramente sería de sus hermanos y suya cuando eran pequeños. Con su permiso, veremos si hay algo que le sirva a Kit.

—Desde luego —accedió el rector—. Lo dejo en tus manos.

Y se marchó.

Kit se quedó mirando a los cuatro sirvientes mientras se preguntaba qué debía hacer o decir, pero no se le ocurría nada, así que permaneció ahí plantado y callado.

—No te disgustes, hombrecito —dijo Cecil después de un

rato—, aquí no damos muchas azotainas. Será mejor que cenes algo. Ve a sentarte junto a Fanny y sírvete una porción del pastel de carne de cerdo de la señora Jackson.

Kit se acercó a un extremo de la mesa y se sentó en el banco junto a la doncella. La chica agarró un plato, un cuchillo y un tenedor, y cortó una porción del gran pastel colocado en el centro de la mesa.

—Gracias, señorita —dijo Kit.

Estaba demasiado disgustado para comer, pero los presentes esperaban que lo hiciera, así que cortó un trozo del pastel y se obligó a engullirlo. Nunca lo había probado y le maravilló su delicioso sabor.

La comida fue interrumpida de nuevo, en esta ocasión por Roger, el hijo menor del terrateniente.

—¿El niño está aquí? —preguntó al entrar.

Todos volvieron a levantarse, y Kit hizo lo propio.

—Buenas tardes, señor Roger —saludó Platts.

—Ah, estás aquí, pequeño Kit —observó Roger—. Veo que te han servido una porción de pastel. Bueno, entonces no te va tan mal.

Kit no estaba muy seguro de qué responder.

—Gracias, señor Roger —dijo al final.

—Ahora escucha, Kit. Entiendo que es duro dejar el hogar, pero, ¿sabes?, tienes que ser valiente. ¿Lo intentarás?

—Sí, señor Roger.

El hijo menor del terrateniente se volvió hacia Platts.

—Sé amable con él, Platts. Ya sabes por lo que ha pasado.

—Sí, señor, todos lo sabemos.

Roger miró a los demás.

—Confío en todos vosotros. Mostradle algo de compasión, sobre todo al principio.

Kit no sabía qué significaba la palabra «compasión», pero supuso que era algo parecido a la lástima.

—No se preocupe, señor Roger —dijo Cecil.

—Eres un buen hombre. Gracias.

Roger se marchó.

Todos volvieron a sentarse.

Kit decidió que Roger era una persona maravillosa.

Una vez terminaron de cenar, la señora Jackson preparó el té, y a Kit le sirvieron una taza, con mucha leche y un terrón de azúcar, y eso también fue maravilloso.

—Gracias, señora Jackson —dijo Platts cuando por fin se levantó de la mesa.

—Gracias, señora Jackson —repitieron los otros tres comensales a coro.

Kit supuso que él también debía decirlo y así lo hizo.

—Buen chico —lo animó Cecil—. Ahora más me vale enseñarte a lustrar un par de botas.

# 5

Amos Barrowfield trabajaba en un frío almacén situado en la parte trasera de su casa familiar, cerca de la catedral de Kingsbridge. La tarde declinaba y él preparaba los bultos que la mañana siguiente, temprano, acarrearían los animales de carga, a los que en esos momentos se daba de comer en la caballeriza adyacente.

Se afanaba cuanto podía, pues tenía la intención de encontrarse con una chica un rato después.

Ataba los sacos en fardos que resultara fácil colocar sobre los ponis en el gélido amanecer cuando advirtió que no tenía suficiente hilo. Un incordio. Su padre debería haber comprado más en la Lonja de la Lana de Kingsbridge, en High Street.

Molesto por la demora que esto supondría en sus planes para la velada, salió del almacén, cruzó el patio, donde percibió el olor a nieve en el aire, y entró en la casa. Era una residencia antigua y majestuosa, y algo descuidada: faltaban algunas tejas en la cubierta, y en el rellano superior de la escalera un cubo recogía el agua que se filtraba por ellas. Construida con ladrillo, disponía de una cocina en la planta inferior, dos plantas principales y una buhardilla. Solo tres miembros componían la familia Barrowfield, pero la práctica totalidad de la planta baja estaba consagrada al trabajo. Varios sirvientes pernoctaban también en la casa.

Amos cruzó apresurado el vestíbulo de mármol ajedrezado en dirección al despacho, situado en la parte delantera y con acceso directo a la calle. En la gran mesa central había diversas bobinas de algunas de las telas que los Barrowfield vendían: franela suave, gabardina tupida, velarte para prendas de abrigo, jersey para marineros. Aunque Obadiah poseía un extraordinario conocimiento de los tipos de lana y las modalidades de punto tradicionales, se resistía a expandir el negocio. Amos veía una oportunidad lucrativa en la demanda, si bien reducida, de tejidos lujosos: angora, merino y mezclas de seda con otras materias, pero su padre prefería limitarse a lo que conocía.

Obadiah estaba sentado a la mesa, hojeando un grueso libro de contabilidad a la luz de un candil. Amos sabía que, físicamente, no podían parecerse menos: su padre era menudo y calvo; él era alto y lucía una densa mata de pelo ondulado. Obadiah tenía la cara redondeada y la nariz chata; Amos la tenía alargada y rematada por un mentón protuberante. Ambos vestían telas suntuosas, una forma de promocionar los bienes con los que comerciaban, pero mientras que Amos iba pulcro e impecable, Obadiah llevaba el fular suelto, el chaleco abierto y las calcetas arrugadas.

—No queda hilo —dijo Amos sin más preámbulo—. Como ya debe de saber.

Obadiah alzó la mirada; parecía molesto por la interrupción. Amos se preparó para mantener una discusión: en los últimos meses su padre se había vuelto irritable.

—Sí, lo sé —repuso Obadiah—. No encontré hilo a un precio razonable. En la última subasta, un pañero de Yorkshire lo compró todo a un precio ridículamente alto.

—¿Qué quiere que les diga a los tejedores?

Obadiah suspiró con fastidio.

—Diles que se tomen una semana libre.

—¿Y dejamos que sus hijos pasen hambre?

—Mi negocio no consiste en dar de comer a los hijos de otros.

Esa era la principal diferencia entre padre e hijo: Amos creía que tenía cierta responsabilidad para con las personas cuyo sustento dependía de él. Obadiah no. Pero Amos no quería enzarzarse en un nuevo enfrentamiento, de modo que optó por otro argumento.

—Si alguien les ofrece trabajo, lo aceptarán.

—Que así sea.

Era más que mera irritabilidad, pensó Amos. Era casi como si a su padre ya no le importara el negocio. ¿Qué le pasaba?

—Podrían no volver a trabajar con nosotros —dijo Amos—. Nos faltará mercancía.

—¿Y qué esperas que haga yo? —preguntó Obadiah alzando la voz y con un tono airado de exasperación.

—No lo sé. Usted es el patrón, como no se cansa de repetirme.

—Encárgate del problema, ¿de acuerdo?

—No se me paga para dirigir el negocio. De hecho, no se me paga.

—¡Eres un aprendiz! Y seguirás siéndolo hasta que cumplas los veintiuno. Esa es la costumbre.

—No, no lo es —replicó Amos, cada vez más enojado—. La mayoría de los aprendices reciben una paga, aunque sea exigua. Yo no recibo nada.

Obadiah resollaba por el simple esfuerzo de discutir.

—No tienes que sufragarte la comida ni la ropa ni el alojamiento. ¿Para qué necesitas dinero?

Amos quería dinero para invitar a salir a una chica, pero no se lo dijo.

—Para no sentirme como un niño.

—¿Es el único motivo que se te ocurre?

—Tengo diecinueve años y hago la mayor parte del trabajo. Me corresponde un salario por derecho.

—Aún no eres un hombre, así que las decisiones las tomo yo.

—Sí, usted toma las decisiones. Y por eso no queda hilo. —Amos salió del despacho hecho una furia.

Estaba tan perplejo como iracundo. Su padre no atendía a razones. ¿Sería solo que se estaba volviendo arisco y avaro con la edad? Pero apenas contaba cincuenta años. ¿Habría algo más, alguna otra razón que propiciara ese talante?

Sin dinero, Amos en verdad se sentía como un niño. Si quería cortejar a una chica, esta podría, de repente, tener sed y pedirle que la invitara a una cerveza en una taberna. O a él podría apetecerle comprarle una naranja en un puesto del mercado. Salir a pasear era el primer paso en un noviazgo para las chicas respetables de Kingsbridge. A Amos no le interesaba mucho la otra clase de chicas. Había oído hablar de Bella Lovegood, que en realidad se llamaba Betty Larchwood y no era respetable. Varios chicos de su edad aseguraban haber estado con ella, y era posible que en uno o dos casos fuera cierto. Amos no se habría visto tentado ni de haber tenido dinero. Sentía lástima por Bella, pero no atracción.

¿Y si iniciaba algo serio con una chica y quería llevarla a ver una obra en el Teatro de Kingsbridge o a un baile en el Salón de Actos? ¿Cómo iba a pagar las entradas?

Volvió al almacén y acabó de empaquetar deprisa. Le molestaba la indolencia con que su padre había permitido que se acabase el hilo. ¿Estaría perdiendo facultades?

Aunque tenía hambre, ya no le daba tiempo a cenar con sus padres. Se dirigió a la cocina, donde encontró a su madre, sentada junto al hogar con un vestido azul de suave astracán confeccionado por uno de los tejedores de Badford. Charlaba con la cocinera, Ellen, que estaba recostada contra la mesa. Su madre le dio unas cariñosas palmadas en el hombro y Ellen le brindó una sonrisa afectuosa: ambas lo habían consentido la mayor parte de su vida.

Amos cortó unas lonchas de jamón y se dispuso a comerlas de pie, con un trozo de pan y un vaso de cerveza ligera del barril.

—Antes de que se casara con papá, ¿salieron juntos? —le preguntó a su madre.

Ella sonrió tímida, como una muchacha, y por un instante

dio la impresión de que su cabello gris se oscurecía y adquiría lustre, sus arrugas desaparecían, y ella volvía a ser una joven hermosa.

—Claro —contestó.

—¿Adónde iban? ¿Qué hacían?

—No gran cosa. Nos poníamos la ropa de ir a la iglesia y nos limitábamos a pasear por la ciudad: entrábamos en las tiendas, hablábamos con amigos de nuestra edad. Parece aburrido, ¿verdad?, pero a mí me emocionaba porque tu padre me gustaba mucho.

—¿Le compraba él cosas?

—No muy a menudo. Un día, en el mercado de Kingsbridge, me compró un lazo azul para el pelo. Todavía lo conservo, en el joyero.

—Entonces, disponía de dinero.

—Sí. Tenía veintiocho años y le iba bien.

—¿Fue usted la primera chica a la que cortejó?

—¡Amos! —exclamó Ellen—. ¡Esa no es pregunta para una madre!

—Lo siento. Me he dejado llevar. Discúlpeme.

—No importa.

—Tengo que irme.

—¿Al encuentro metodista?

—Sí.

Su madre sacó una moneda del monedero y se la dio. Los metodistas permitían asistir a los encuentros sin contribuir si uno decía que no podía permitírselo; era lo que Amos había hecho durante un tiempo, pero cuando ella lo supo insistió en darle el dinero. Su padre había objetado: consideraba a los metodistas unos pendencieros. Sin embargo, por una vez su madre desafió su autoridad: «Mi hijo no necesita caridad —repuso indignada—. ¡Qué vergüenza!». Y su padre cedió.

Amos le dio las gracias por la moneda y salió a la calle y a la luz de las farolas. En Kingsbridge, Main Street y High Street estaban ya iluminadas con lámparas de aceite, sufragadas por el consejo municipal con la premisa de que la luz reducía la criminalidad.

Se dirigió con paso ligero a la Casa Metodista de High Street. Se trataba de una edificación de ladrillo, sobria y pintada de blanco, con grandes ventanales que simbolizaban la iluminación espiritual. La gente a menudo se refería a ella como «capilla» o «templo», pero no era una iglesia consagrada, tal como habían recalcado los metodistas mientras recaudaban fondos para su construcción entre los pequeños pañeros y los artesanos prósperos que conformaban la mayor parte de su grey. Muchos de ellos consideraban que debían escindirse de la Iglesia anglicana, pero otros preferían permanecer en ella y reformarla desde su seno.

A Amos no le interesaba demasiado nada de esto. Creía que la religión tenía que ver con cómo vivía cada uno su vida. Por eso se enfadó cuando su padre le dijo: «Mi negocio no consiste en dar de comer a los hijos de otros». Le llamaba «ingenuo» e «idealista». «Tal vez lo sea —pensó—. Tal vez Jesús también lo fuera».

A Amos le gustaban los animados debates sobre la Biblia que tenían lugar en la Casa Metodista porque allí podía opinar y ser escuchado con cortesía y respeto, en lugar de tener que oír que debía guardar silencio y creerse lo que decía el clero, los hombres de mayor edad o su padre. Y había algo más: muchas personas de su edad participaban en los encuentros, de modo que la Casa Metodista era, sin pretenderlo, una especie de club para jóvenes respetables. Y acudían muchas chicas guapas.

Aquella noche confiaba en ver a una en particular. Se llamaba Jane Midwinter, y a él le parecía la más guapa de todas. Pensaba mucho en ella cuando salía a montar sin nada que contemplar salvo los campos. Creía que él también le gustaba a Jane, pero no estaba seguro.

Entró en la Casa. No podía parecerse menos a una catedral, algo probablemente deliberado. Allí no había estatuas, lienzos, vidrieras de colores ni menaje de plata con piedras preciosas. El mobiliario se reducía a las sillas y los bancos. La límpida luz de

Dios entraba por las ventanas y se reflejaba en las paredes pintadas de un tono claro. En la catedral, solo el cántico etéreo del coro o el sonsonete del pastor rompían el sacro silencio; allí, en cambio, todo el mundo podía hablar, rezar o proponer un himno. Cantaban en voz alta, sin acompañamiento, como tenían por costumbre hacer los metodistas. Había en su liturgia una nota de entusiasmo de la que carecían los oficios de la Iglesia anglicana.

Recorrió la sala con la mirada y, deleitado, vio que Jane ya estaba allí. Su piel clara y sus cejas negras le aceleraron el corazón. La chica llevaba un vestido de cachemira del mismo gris delicado que sus ojos. Pero, por desgracia, los asientos contiguos al suyo ya estaban ocupados por sus amigas.

El padre de la joven saludó a Amos; era el cabeza de los metodistas de Kingsbridge, el canónigo Charles Midwinter, un hombre apuesto y carismático con una densa mata de cabello gris y largo. Un canónigo era el pastor que dirigía el cabildo, el comité gestor de la catedral. El obispo de Kingsbridge toleraba el metodismo del canónigo Midwinter, aunque no sin reticencias. A Amos le parecía comprensible: los obispos eran susceptibles de convertirse en la diana de las críticas de un movimiento que proclamaba la necesidad de reformar la Iglesia.

—¿Cómo está tu padre? —le preguntó el canónigo Midwinter estrechándole la mano.

—No ha mejorado, pero tampoco ha empeorado —contestó Amos—. Le cuesta respirar y no puede levantar balas de tela.

—Tal vez debería jubilarse y dejar el negocio en tus manos.

—Ojalá lo hiciera.

—Pero no debe de ser fácil traspasarlo para alguien que lleva tanto tiempo dirigiéndolo.

Amos solo estaba centrado en su propia insatisfacción y no había tenido en cuenta que la situación también podría estar siendo difícil para su padre. Sintió una punzada de bochorno. El canónigo Midwinter sabía mostrarle a uno su propia imagen, como si fuera un espejo. Resultaba más eficaz que un sermón sobre el pecado.

Amos se acercó un poco más a Jane y se sentó en un banco al lado de Rupe Underwood. Rupe era algo mayor que él —tenía veinticinco años— y cintero, un buen oficio cuando la gente tenía dinero para gastar, no tan bueno en caso contrario.

—Va a nevar —dijo.

—Espero que no. Mañana tengo que ir a Lordsborough.

—Ponte dos pares de calcetas.

Amos no podía tomarse un día libre, hiciera el tiempo que hiciera. Todo el sistema dependía de que él transportara la mercancía. Tenía que ir aunque acabara congelado.

Antes de que pudiera acercarse aún más a Jane, el canónigo Midwinter abrió el debate leyendo las Bienaventuranzas del Evangelio según san Mateo: «Bienaventurados los pobres en espíritu, porque de ellos es el reino de los cielos». A Amos estas palabras de Jesús le parecían místicas y nunca les había encontrado el sentido. Escuchó con atención y disfrutó con el intercambio de argumentos, pero se sentía demasiado confundido para intervenir. «Tendré algo sobre lo que meditar mañana, en el viaje», pensó; así, para variar, no pensaría en Jane.

A continuación sirvieron el té con leche y azúcar en tazas de loza y platillos. A los metodistas les encantaba el té, una bebida que nunca le volvía a uno agresivo ni estúpido ni lujurioso, por muchas tazas que tomara.

Amos buscó a Jane con la mirada y vio que Rupe ya la había acorralado. Un flequillo rubio y largo le cubría la frente, y de cuando en cuando el chico sacudía la cabeza para apartárselo de los ojos, un gesto que en cierto modo irritaba a Amos.

Se fijó en los zapatos de Jane: eran sobrios, de cuero negro, pero con una cinta atada en un gran lazo en lugar de cordones, y tacones que la hacían parecer tres o cuatro centímetros más alta. Vio que la chica se reía tras oír un comentario de Rupe y le daba unas palmaditas en el pecho en una fingida reprimenda. ¿Prefería a Rupe antes que a él? Confiaba en que no fuera así.

Mientras esperaba a que Jane quedara libre Amos charló con David Shoveller, conocido como Spade. Contaba treinta años y era, además de un tejedor sumamente diestro, propietario de un telar que confeccionaba y vendía a precios elevados telas exclusivas. Tenía a varias personas contratadas, entre ellos otros tejedores. Al igual que Amos, la ropa que llevaba promocionaba sus productos, y aquel día había optado por un abrigo de tweed de urdimbre gris y azul moteada en rojo y amarillo.

A Amos le gustaba pedir consejo a Spade; era un hombre elegante sin caer en la condescendencia. Amos le comentó el problema del hilo.

—Escasea —dijo Spade—. No solo en Kingsbridge: en todas partes. —Spade leía periódicos y revistas, por lo que estaba bien informado.

Amos no salía de su asombro.

—¿Cómo ha podido pasar algo así?

—Te diré cómo —contestó Spade. Tomó un sorbo de té caliente mientras ordenaba sus pensamientos—. Hay un nuevo invento llamado «lanzadera volante». Se acciona una palanca y la lanzadera salta de un extremo al otro del telar. Permite trabajar al doble de velocidad.

Amos había oído hablar de ella.

—Creía que no había prosperado.

—Aquí no. Yo la uso, pero la mayoría de los tejedores del oeste de Inglaterra no. Creen que es el demonio quien mueve la lanzadera. En cambio, sí se ha popularizado en Yorkshire.

—Mi padre me ha dicho que un hombre de Yorkshire compró todo el hilo en la última subasta.

—Bueno, pues ya sabes por qué escasea. El doble de paño requiere el doble de hilo. Pero nosotros lo confeccionamos en ruecas, como se ha hecho desde sabe Dios cuándo, es posible que desde antes de que Noé construyera el arca.

—Entonces necesitamos a más hilanderos. ¿A ti también te falta hilo?

—Vi venir el problema y me abastecí. Me sorprende que tu padre no lo hiciera. Obadiah siempre ha sido previsor.

—Ya no —repuso Amos.

Se volvió; había visto que Jane ya no hablaba con Rupe y ansiaba alcanzarla antes de que se interpusiera algún otro muchacho. Cruzó la sala a grandes zancadas con la taza y el platillo en las manos.

—Buenas tardes, Jane.

—Hola, Amos. Un debate interesante, ¿verdad?

Amos no quería hablar de las Bienaventuranzas.

—Me gusta mucho tu vestido.

—Gracias.

—Es del mismo color que tus ojos.

Jane ladeó la cabeza y sonrió, una pose característica en ella que hacía que a él se le secara la boca de puro deseo.

—Me halaga que te hayas fijado en mis ojos.

—¿Es algo insólito?

—Muchos hombres no saben de qué color tienen los ojos sus esposas.

Amos se rio.

—Cuesta creerlo. ¿Puedo preguntarte algo?

—Sí, aunque podría no contestarte.

—¿Querrías salir conmigo?

Ella volvió a sonreír, pero negó con la cabeza, y él supo al instante que sus sueños estaban condenados al fracaso.

—Me caes bien —dijo Jane—. Eres adorable.

Él no quería ser adorable. Tenía la impresión de que las chicas no se prendaban de los chicos adorables.

—Pero no quiero encariñarme con un chico que solo puede ofrecer esperanzas —añadió.

Amos no supo qué decir. No se consideraba alguien que solo podía ofrecer esperanzas, y le sorprendió que ella lo viera de ese modo.

—Somos metodistas, y como tales tenemos que decir la verdad siempre. Lo siento —concluyó Jane.

Se miraron unos instantes más; ella posó su mano ligeramente en el brazo de él en un gesto compasivo y se dio media vuelta.

Amos se marchó a casa.

# 6

Fanny, la doncella de trece años de edad, despertó a Kit a las cinco de la mañana. Era una muchacha flaca y pecosa, y llevaba el cabello, fino y pardusco, embutido en una cofia blanca y sucia. Era amable con Kit y le enseñaba a hacer todo; él la adoraba y la llamaba Fan.

Esa mañana, Fan tenía una mala noticia que darle.

—El señor Will ha vuelto.

—¡Oh, no!

—Llegó anoche, tarde.

Kit estaba consternado. Will Riddick lo odiaba y era cruel con él siempre que tenía la ocasión. Cuando Will se fue a Kingsbridge, Kit dio gracias al cielo. Will había estado ausente seis benditas semanas, haciendo algo con la Milicia. La prórroga había llegado a su fin.

Will no era dado a madrugar, de modo que Kit tal vez aún estaría a salvo unas horas.

Kit y Fan se vistieron deprisa y cruzaron la casa, fría y oscura, alumbrándose con una vela que llevaba la muchacha. Kit podría haber tenido miedo entre las sombras de las estancias de las plantas superiores, pero se sentía a salvo con ella.

La primera tarea matutina de Fan era limpiar las chimeneas de la planta baja, y la de Kit, lustrar las botas; sin embargo, solían compartir ambas tareas porque les gustaba trabajar juntos. Retiraron la ceniza fría de los hogares, aplicaron plumbagina con un trapo a los utensilios de hierro y los frotaron hasta dejarlos brillantes, y dispusieron yesca y madera para que estuvieran listos en cuanto la familia se levantara.

Hablaban en voz baja mientras trabajaban. La familia de Fan había contraído unas fiebres seis inviernos atrás y ella era la única superviviente. Le había dicho a Kit que se sentía afortunada por tener ese empleo, que le proporcionaba comida, ropa y un cobijo donde dormir. Fan no sabía qué habría sido de ella de lo contrario.

Tras escuchar su historia, Kit dejó de compadecerse tanto de sí mismo. A fin de cuentas, él aún tenía a su madre.

Cuando acabaron con las chimeneas, fueron recogiendo las botas en el pasillo de los dormitorios y las bajaron al cuarto de las botas por la escalera de servicio. Tenían que retirar el barro adherido, untarlas de sebo mezclado con plumbagina, y lustrar el cuero hasta que quedara reluciente. Haciendo esto último, a Kit enseguida le dolían los brazos, así que Fan le enseñó la manera más sencilla de sacarles brillo: escupir en las botas. Aun así, sus brazos eran mucho más endebles que los de ella, y Fan solía rematar el trabajo por él.

Cuando la familia hacía acto de presencia para desayunar, ambos podían entrar en las habitaciones. Cada una de ellas disponía de una chimenea y una bacinilla con tapa. En primer lugar limpiaban el hogar y encendían un fuego, como habían hecho en las estancias de la planta baja, y después Kit llevaba la bacinilla abajo, vertía su contenido en la trascocina, la lavaba y la devolvía a su sitio mientras Fan hacía la cama y ordenaba. Después repetían la operación en el siguiente dormitorio.

Ese día no consiguieron acabar su trabajo.

El problema se produjo en el dormitorio de Will. Había sido el último en levantarse, por lo que lo habían dejado para el final. Con Kit habituado ya a las tareas, trabajaban deprisa y solían acabar antes de que Will volviera a la planta superior.

Pero ese día no fue así.

Fan estaba lustrando los hierros y Kit acababa de coger la bacinilla cuando Will entró. Iba ataviado con la ropa de equitación y con la fusta en la mano, y era evidente que se había olvidado el sombrero, que tomó de la cómoda.

En ese instante reparó en ellos y dejó escapar un resuello de sorpresa, como asustado. Al momento recobró la compostura.

—¡¿Qué hacéis aquí?! —les gritó.

Sabía a la perfección lo que hacían, pero el sobresalto lo había irritado.

Ambos se aterrorizaron de tal modo que Fan volcó el tarro de plumbagina y manchó la alfombra, y Kit dejó caer la bacinilla, cuyo contenido se derramó. El muchacho miró horrorizado el desastre que acababa de provocar: un charco con tres deposiciones marrones.

—¡Imbéciles! —bramó Will.

Cuando se enfadaba, sus ojos se tornaban tan protuberantes que daban la impresión de estar a punto de estallar. Sujetó a Kit de un brazo y le azotó el trasero con la fusta de montar. Kit aulló de dolor e intentó zafarse de él, pero Will era mucho más fuerte. Will volvió a golpearle, y el pequeño sollozó desconsolado.

—¡Déjele en paz! —chilló Fan, y se abalanzó contra Will.

Will arrojó a Kit al suelo y agarró a Fan.

—Ah, tú también quieres, ¿verdad? —le dijo.

Kit oyó el silbido del látigo y su golpe seco contra la espalda de Fan. Se puso en pie y vio que Will le subía el vestido y empezaba a azotar su escuálido trasero.

Kit quería demostrar coraje y defender a Fan, tal como ella lo había defendido a él, pero tenía demasiado miedo, y lo único que conseguía hacer era llorar.

—¿Qué demonios está pasando aquí? —preguntó otra voz—. Will, ¿qué crees que estás haciendo?

Era Roger, el hermano de Will, que dejó de fustigar a Fan y se volvió hacia él.

—No te inmiscuyas en esto.

—¡Deja en paz a los niños, pedazo de bestia! —exclamó Roger.

—Si no vas con cuidado, también te azotaré a ti.

Roger no parecía asustado, aunque era menudo y delgado, mientras que Will era corpulento y fornido.

—Inténtalo —repuso, sonriente—. Al menos sería una pelea más justa que esta. ¿Te gusta azotar el culo de las niñas?

—Te aconsejo que no seas tan insensato.

Aunque estaban discutiendo, Kit vio que Will empezaba a calmarse. Sentía un agradecimiento infinito hacia Roger por haberlos salvado a Fan y a él. Will podría haberlos matado a los dos.

—No entiendo por qué azotas como un poseso a estos desdichados niños —le dijo Roger.

—A los niños hay que castigarlos, todo el mundo lo dice. Así se vuelven obedientes. Y a las niñas aún más: las convierte en esposas respetables que veneran a sus maridos.

—Tú no sabes nada de esposas, idiota. Ven a desayunar. Quizá eso te ayude a mejorar ese humor.

Will miró a Fan y a Kit, que sintió un escalofrío de terror.

—Recoged esta porquería o volveré a azotaros —se limitó a decir.

—Sí, señor Riddick —contestaron ellos con voces aterradas.

Will salió de la habitación seguido por Roger.

Kit corrió hacia Fan y enterró la cara en su vestido, temblando. Ella lo abrazó.

—Tranquilo, tranquilo —le dijo—. Enseguida dejará de dolerte.

Él intentó ser valiente.

—Creo que ya está pasando.

—Muy bien —le contestó ella mientras deshacía su abrazo—. Vamos a limpiar esto.

El domingo por la tarde Kit vio a su madre.

Cuando la familia Riddick había acabado de cenar y todo estaba recogido, el servicio disponía de unas horas libres, hasta el momento de acostarse. Su madre lo esperaba junto a la entrada posterior de la mansión, como siempre. Él se arrojó hacia ella y la abrazó con todas sus fuerzas, hundiendo la cabeza en su tierno seno.

Cuando llegaron a casa, se sentaron a la rueca como en los viejos tiempos: los dos solos. Él le tendía las hebras de lana cardada y ella las introducía con cuidado en el mecanismo mientras hacía girar la rueda. En el suelo había husos con hilo.

—¡Has trabajado mucho! —exclamó Kit—. Amos se pondrá muy contento contigo.

—Cuéntame qué has hecho hoy —le pidió ella.

Mientras hilaban, él le narró todo lo ocurrido durante la semana: las tareas que había realizado, lo que había comido, los momentos en que se había sentido contento y aquellos otros en los que había pasado miedo. Ella se enfadó tanto con Will Riddick que Kit enseguida cambió de tema y le habló de Fan y de lo amable que era. La quería, dijo, y cuando crecieran se casaría con ella.

Su madre sonrió.

—Ya veremos —dijo—. Antes decías que te casarías conmigo.

—Eso es una tontería. Uno no puede casarse con su madre, todo el mundo lo sabe.

—Tú no lo sabías cuando tenías tres años.

Charlar con ella los domingos le hacía sentirse mejor para afrontar la semana entrante. Odiaba a Will, pero la mayoría de los habitantes de la casa no eran ni afables ni crueles, y Roger y Fan estaban de su parte. Adoraba a Roger.

Se sintió mayor mientras le contaba a su madre cómo limpiaba y lustraba, especialmente cuando ella dijo:

—¡Vaya! ¡Qué hijito tan trabajador y responsable tengo!

La tarde voló, demasiado deprisa. Ella solía reservarle algún pequeño capricho: una loncha de jamón, un tazón de leche fresca, una manzana. Ese día le dio una tostada con miel.

El sabor permaneció en la boca del pequeño mientras ambos caminaban de vuelta hacia la casa solariega, al anochecer. Al aproximarse a ella y caer en la cuenta de que de nuevo no vería a su madre en toda una semana, Kit rompió a llorar.

—Vamos, vamos —le dijo ella—. Ya casi tienes siete años. Debes comportarte como un hombrecito, porque eso es lo que eres.

Él intentó dominarse, pero las lágrimas seguían brotando de sus ojos.

Frente a la puerta trasera, se colgó del cuello de su madre. Ella lo estrechó contra sí un rato y luego deshizo el abrazo, lo empujó con cariño para que entrara y cerró la puerta a su espalda.

Las mañanas de los lunes, Kit debía limpiar y lustrar las sillas y otros arreos de equitación. Parte de ellos se ensuciaban al usarlos, y todo debía untarse con sebo para conservar el cuero flexible e impermeable. Kit llevaba a cabo esta tarea en la trascocina mientras Fan barría las alfombras arriba. Las sillas de montar pesaban mucho y a Kit no le quedaba más remedio que acarrearlas una a una por el patio de la caballeriza.

No le gustaban los caballos. Le daban miedo. Nunca había visto a su madre ni a su padre a lomos de uno.

El terrateniente y sus hijos tenían diez ejemplares en el establo. El señor Riddick se trasladaba en un cabriolé, un carro de dos ruedas con capota tirado por un robusto poni. Tanto el rector George como el señor Roger disponían de caballos propios, una gran yegua el primero y un ágil castrado el segundo. Will prefería los de caza, grandes y rápidos, y poseía dos, uno de ellos adquirido hacía poco, un semental de color pardo oscuro llamado Steel. También había cuatro caballos de tiro.

Kit cargaba con un haz de correas de cuero cuando salió al patio y vio a Steel junto al escalón. Nobby, un viejo mozo de cuadra, sujetaba la brida para contener al animal. No era tarea fácil: el caballo parecía inquieto y agitaba la testuz como para zafarse. Tenía los ojos muy abiertos, la dentadura a la vista y las orejas echadas atrás. Sacudía la cola con fuerza, y con las patas delanteras separadas daba la impresión de estar a punto de lanzarse a galopar.

Kit cruzó el patio y rodeó al caballo lo más alejado de él que pudo.

Will estaba sobre el escalón, con un pie en un estribo y las riendas en una mano, dispuesto a montar, y Roger lo observaba.

—Yo lo llevaría a pasear un rato por el prado para sosegarlo —sugirió Roger—. Está de mal humor.

—Tonterías —replicó Will—. Solo está excitado. Quiere que lo hagan galopar durante media hora. Eso lo calmará. —Pasó la pierna sobre el lomo del caballo—. Abre la puerta, Nobby.

En cuanto Nobby soltó la brida, Steel dio unos pasos a un lado, nervioso. Will tiró de las riendas.

—¡Estate quieto, maldito bicho! —gritó.

El caballo obvió la orden y reculó.

Se acercaba a Kit.

—¡Cuidado, Kit! —advirtió Roger.

El terror paralizó al muchacho.

Will, aferrado a las riendas, miró por encima del hombro.

—¡Apártate de mi maldito camino, niñato! —bramó.

Kit se volvió, avanzó dos pasos, resbaló con una pila de estiércol y dejó caer las correas al suelo antes de caer él también. Vio que Roger corría hacia él, pero los cuartos traseros de Steel estaban cada vez más cerca. Will vociferaba palabras incoherentes mientras desplegaba la fusta y Nobby intentaba alcanzar la brida, pero el caballo seguía aproximándose.

Con Steel ya casi encima de él, Kit consiguió ponerse a gatas. Y entonces vio volar una pata del animal. La herradura lo golpeó en la cabeza.

El muchacho sintió un dolor indecible, y después todo se desvaneció.

Cuando volvió en sí, Kit sentía una terrible jaqueca. Nada en su corta vida le había dolido tanto.

—Tiene suerte de estar vivo —oyó decir a una voz masculina.

Empezó a gimotear a causa del dolor.

—Está despertando —añadió la voz.

Kit abrió los ojos y vio a Alec Pollock, el cirujano, ataviado con una impecable capa.

—Me duele la cabeza —dijo.

—Incorpórate y bebe esto —le contestó Alec—. Es Godfrey's Cordial, una medicina. Lleva láudano para calmar el dolor.

Otro hombre se acercó a la cama, y Kit reconoció el cabello rubio y la cara sonrosada de Roger, que pasó un brazo bajo sus hombros y lo elevó con delicadeza hasta sentarlo. El movimiento agravó la jaqueca.

Alec aproximó una taza a sus labios.

—Con cuidado, que no se derrame nada. El láudano es caro.

Kit bebió. No sabía qué era el láudano, pero el brebaje le recordó a la leche caliente. Tal vez Alec había vertido un poco en la taza, como se hacía con el azúcar en el té.

—Vuelve a echarte, e intenta no moverte.

Kit obedeció. El dolor de cabeza persistía, aunque algo más débil, y el muchacho dejó de llorar.

—¿Sabes lo que te ha pasado? —le preguntó Alec.

—¡Se me cayeron las correas! Fue sin querer, lo siento.

—¿Y después?

—Creo que Steel me dio una coz.

—Es bueno que lo recuerdes. ¿Qué tal la cabeza ahora?

Kit se sorprendió al reparar en que le dolía mucho menos.

—No tan mal como antes.

—Es el efecto de lo que te he dado.

—¿Estoy en un apuro por haber dejado caer las correas?

—No, Kit. No estás en ningún apuro. No fue culpa tuya —contestó Roger.

—Uf, qué bien.

—Ahora escúchame, voy a explicarte algo —le dijo Alec.

—Sí, señor.

—El hueso de tu cabeza se llama «cráneo». Es probable que la coz de Steel haya abierto una pequeña fisura en él. Se curará si durante las próximas seis semanas apenas te mueves.

A Kit le costaba imaginarse inmóvil tanto tiempo.

—Fan te traerá la comida, y, cuando necesites hacer pipí y caca, te dará un recipiente especial para que lo uses sin tener que levantarte.

Kit miró a su alrededor por primera vez. Aquel no era el desabrido cuarto de la buhardilla donde solía compartir cama con Platts y Cecil. Allí las sábanas eran grises y las paredes estaban pintadas de verde. La estancia donde se encontraba estaba empapelada con motivos florales y las sábanas eran blancas.

—¿Dónde estoy? —preguntó.

—En la habitación de invitados —contestó Roger.

—¿Estoy en la casa solariega?

—Sí.

—¿Por qué estoy aquí?

—Porque estás malherido. Tendrás que quedarte hasta que te recuperes.

Kit se sintió inquieto. Se le estaba tratando como a un invitado. Se preguntó qué opinaría al respecto el terrateniente.

—Pero ¡tengo que limpiar las botas! —dijo, ansioso.

Roger se rio.

—Fanny las limpiará.

—Fan no podrá hacerlo, ya tiene mucho trabajo.

—No te preocupes, Kit —dijo Roger—. Nos encargaremos de todo y Fanny lo llevará bien.

Parecía encontrar algo gracioso en la inquietud de Kit, que prefirió no decir nada más sobre eso. Pensó en alguna otra cuestión.

—¿Podré ir a ver a mi madre?

—De ninguna manera. Nada de movimientos innecesarios —contestó Alec.

—Pero tu madre podrá venir a verte. Me aseguraré de que así sea —dijo Roger.

—Sí, por favor —repuso Kit—. Necesito mucho verla, por favor.

# 7

Amos soñaba que mantenía una conversación intensa y privada con Jane Midwinter. El roce de las cabezas le resultaba excitante, hablaban en voz baja y trataban un tema muy personal. Lo embargaba una sensación cálida y plácida. Hasta que Rupe Underwood apareció por detrás y trató de llamar su atención. Amos no quería poner fin a aquel momento especial con Jane, por lo que al principio decidió hacer caso omiso de Rupe, pero el joven lo zarandeó por un hombro. Fue entonces cuando comprendió que estaba soñando, aunque deseaba tanto que el sueño continuara que también intentó ignorar el zarandeo. No funcionó, y abandonó sus fantasías con la tristeza de un ángel caído al que se le impide la entrada en el Cielo.

—Amos, despierta —oyó que decía su madre.

Aún era de noche. Y su madre no solía despertarlo por las mañanas. Él siempre se levantaba con tiempo de sobra para hacer lo que tuviera que hacer y por lo general salía de casa cuando ella seguía en la cama. Además, recordó, era domingo.

Abrió los ojos y se incorporó. Su madre estaba junto a la cama con una vela en la mano e iba completamente vestida.

—¿Qué hora es? —preguntó Amos.

La mujer se echó a llorar.

—Amos, mi niño —dijo—. Tu padre ha fallecido.

Primero reaccionó con incredulidad.

—¡Pero si anoche en la cena estaba bien!

—Lo sé.

La mujer se limpió la nariz en la manga, algo que nunca haría en circunstancias normales. Aquel gesto acabó de convencerlo.

—¿Qué ha pasado?

—Me he despertado, no sé por qué. Puede que tu padre hiciera algún ruido... o que lo supiera de alguna manera. Lo llamé, pero no me contestó. Encendí la vela de la mesita para echarle un vistazo y me di cuenta de que estaba tumbado de espalda, con los ojos abiertos, mirando al techo, y no respiraba.

Amos pensó que despertarse junto a un cadáver debía de ser una experiencia espantosa.

—Pobre madre.

Le tomó la mano.

La mujer necesitaba hablar y contárselo todo.

—Levanté a Ellen y juntas lo hemos lavado. —Amos se dijo que seguramente habían procurado no hacer ruido, aunque de todos modos él siempre había tenido el sueño pesado—. Lo hemos envuelto en una mortaja y nos hemos ayudado de unos peniques para cerrarle los párpados. Luego he ido a asearme y a vestirme, antes de venir a decírtelo.

Amos retiró las mantas y se levantó en camisa de dormir.

—Quiero verlo.

Su madre asintió, como si fuera lo que esperaba.

Atravesaron juntos el descansillo que separaba su habitación del dormitorio de sus padres.

El hombre yacía en la cama con dosel, con la cabeza sobre una almohada de un blanco inmaculado, bien peinado y cubierto con una manta ajustada al cuerpo, más pulcro y aseado de lo que nunca había estado en vida. Amos había oído decir que los cadáveres tenían tan buen aspecto que la persona parecía que siguiera viva, pero aquel no era el caso: su padre ya no estaba con ellos. Amos solo veía una envoltura, hueca, una imagen tan patente que resultaba espeluznante. No habría sabido determinar qué tenía el rostro de su padre que le diera aquella impresión, pero no cabía ninguna duda: estaba incuestionablemente muerto.

De pronto, fue tal el dolor y la aflicción que lo embargaron que rompió a llorar. Sollozó con fuerza, deshecho en un torrente de lágrimas, mientras una parte de él se preguntaba de dónde venía tanta pena. Su padre había sido cruel y mezquino con él, lo había tratado como a un caballo de tiro, una bestia de carga que valía en tanto fuera útil. Y aun así Amos estaba desconsolado, incapaz de reprimir los sollozos. Se limpió la cara varias veces, pero las lágrimas no dejaban de manar.

—Vístete y baja a la cocina a comer algo —dijo su madre cuando, por fin, la tormenta hubo pasado—. Hay mucho que hacer; estar ocupados nos ayudará a sobrellevarlo.

Amos asintió y se dejó guiar fuera de la habitación. De vuelta en su dormitorio, empezó a vestirse. De manera automática, comenzó a ponerse la ropa de diario hasta que cayó en la cuenta de que tenía que quitársela y comenzar de nuevo. Escogió una chaqueta de color gris oscuro con chaleco a juego y un pañuelo negro para el cuello. La rutina de ajustarse las prendas y abotonarse lo sosegó, y ya había recuperado el control de sí mismo cuando apareció en la cocina.

Se sentó a la mesa.

—Tenemos que pensar en el funeral —dijo su madre, tendiéndole una taza de té—. Me gustaría que las exequias se celebraran en la catedral. Tu padre era un hombre prominente de Kingsbridge, tiene todo el derecho.

—¿Quiere que hable con el obispo?

—Si no te importa.

—Claro.

Ellen colocó un plato de tostadas untadas con mantequilla delante de Amos. El joven había dudado que pudiera comer algo, pero el olor lo hizo salivar. Cogió una rebanada y dio cuenta de ella en cuestión de segundos.

—¿Y el convite tras el entierro? —preguntó luego.

—De eso ya nos ocupamos Ellen y yo.

—Con algo de ayuda, quizá —apuntó Ellen.

—Pero necesitaré dinero de la caja fuerte —añadió la madre.

—No se preocupe —dijo Amos—, sé dónde está la llave.

Comió otra tostada.

Su madre lo miró con una sonrisa llorosa.

—Ahora el dinero es tuyo, supongo. Y también el negocio.

—Tengo diecinueve años, yo diría que es suyo, madre, al menos hasta que cumpla los veintiuno.

La mujer se encogió de hombros.

—Eres el hombre de la casa.

Lo era... Antes de lo esperado. Hacía mucho que anhelaba tomar las riendas, pero en esos momentos no se sentía especialmente emocionado ni satisfecho. Al contrario, la perspectiva de dirigir el negocio sin la ayuda de los conocimientos y la experiencia de su padre lo intimidaba.

Alargó la mano para coger otra tostada, pero ya no quedaba ninguna.

Empezaba a amanecer.

—Ellen, date una vuelta por la casa y asegúrate de que todas las cortinas estén echadas —dijo la madre. De ese modo, quien pasara por delante sabría que alguien había fallecido—. Yo taparé los espejos.

Cubrir los espejos también era algo que se hacía por costumbre, si bien Amos ignoraba el motivo.

—Hay que empezar a avisar a la gente —dijo el joven. Pensaba en el alcalde y el director de la *Kingsbridge Gazette*—. Puede que vaya a ver ahora al obispo, si no es demasiado temprano.

—Considerará una cortesía que haya sido el primero en ser informado —convino su madre—. Es muy pejiguero para esas cosas.

Amos se puso el sobretodo y salió a la fría mañana de domingo. La casa de su padre —suya en esos momentos— se alzaba en High Street. Caminó hasta el cruce con Main Street, el centro comercial de la ciudad, cuyas cuatro esquinas ocupaban la Lonja de la Lana, la Casa Consistorial, el Salón de Actos y el Teatro

Kingsbridge. Dobló hacia Main Street y bajó la cuesta, pasando junto a la catedral y el cementerio situado al norte. El cuerpo de su padre pronto yacería allí, pero su alma ya estaba en el cielo.

El palacio del obispo, frente a la posada Bell, era una casa magnífica de altos ventanales y un porche elaborado, todo construido con piedra de la cantera que había proveído a los constructores de la catedral. Amos conocía a la doncella de mediana edad que lo había hecho pasar, Linda Mason.

—Hola, Linda, tengo que hablar con el obispo.

—Está descansando tras el primer oficio de la mañana —dijo ella—. ¿Puedo decirle de qué se trata?

—Mi padre ha muerto esta noche.

—¡Cielo santo! Amos, cuánto lo siento.

—Gracias.

—Avisaré al obispo de que estás aquí. Siéntate junto al fuego.

Amos acercó una silla al fuego de carbón y paseó la vista por el gran vestíbulo. Estaba decorado con gusto, con tonos claros y cuadros de paisajes anodinos. No había imágenes religiosas, seguramente por sus implicaciones católicas.

Un minuto después apareció la hija del obispo, Elsie. Amos sonrió, contento de verla. Era tenaz e inteligente, y los dos tenían entre manos la planificación de la escuela dominical. La chica le gustaba, pero carecía del atractivo irresistible de Jane Midwinter. Elsie era muy poco agraciada, tenía la boca y la nariz grandes, pero —como se vio obligado a reconocer en ese momento— poseía una sonrisa encantadora.

—Hola, señor Barrowfield —lo saludó Elsie—, ¿qué le trae por aquí?

—He venido a ver al obispo —contestó Amos—. Mi padre ha muerto.

Elsie le dio un apretón en la parte superior del brazo para expresarle sus condolencias.

—Cuánto lo siento por usted. Y por su madre.

Amos asintió.

—Llevaban casados veinte años.

—Cuanto más tiempo llevaran juntos, más duro debe de ser.

—Supongo que sí. Hace días que no la veo. ¿Qué se sabe de la escuela dominical?

—La gente parece creer que va a consistir en que enseñe a leer a una docena de niños metidos en un cuartucho. Quiero hacer mucho más, tener más niños, puede que un centenar, y también quiero enseñarles a escribir y hacer cálculos. Tendríamos que darles algo que les gustara para atraerlos, puede que un trozo de bizcocho al final de las clases.

—Estoy de acuerdo. ¿Cuándo podremos empezar?

—No estoy segura del todo, pero pronto. Aquí viene mi padre.

El obispo descendió la amplia escalera con las vestiduras propias del domingo.

—Padre, ha venido Amos Barrowfield —dijo Elsie—. Su padre, Obadiah, ha muerto.

—Me lo ha dicho Mason. —El obispo le estrechó la mano a Amos—. Un día triste para ustedes, señor Barrowfield —dijo con voz estentórea, como si estuviera lanzando un sermón—, pero consolémonos con la idea de que su padre ahora está con Cristo, pues eso es mucho mejor, como nos dice el apóstol Pablo.

—Gracias, su ilustrísima —dijo Amos—. Mi madre quería que fuera la primera persona que lo supiera.

—Muy considerado de su parte.

—Y me ha pedido que le preguntara si el funeral podría celebrarse en la catedral.

—Diría que sí. Un concejal y un cristiano practicante tiene todo el derecho del mundo. Lo consultaré con los demás clérigos, pero no preveo ningún problema.

—Será un gran consuelo para mi madre.

—Bien. Ahora debo dirigir las oraciones de la casa. Vamos, Elsie.

El obispo y su hija se encaminaron al comedor y Amos salió por la puerta principal.

Dos días después, Amos y cinco pañeros, todos tocados con sombreros negros, cargaron con el féretro al hombro y abandonaron la casa de High Street, enfilaron la calle hasta Main Street y continuaron hasta la catedral, donde lo depositaron sobre los caballetes que había dispuestos frente al altar.

A Amos le sorprendió lo abarrotada que estaba la nave. Más de un centenar de personas habían acudido al sepelio, puede que doscientas. Jane estaba entre ellas, lo cual lo complació.

Tenía sentimientos encontrados con respecto a la catedral. A los metodistas no les gustaba la pompa de la iglesia tradicional, todas aquellas vestiduras y ornamentos enjoyados, preferían rezar en una habitación sencilla decorada sin ostentación. Prestaban más atención a lo que ocurría en el interior del creyente. Aun así, los grandes pilares y las altas bóvedas de la catedral siempre le elevaban el espíritu. Lo único que verdaderamente odiaba de la Iglesia de Inglaterra era su actitud dogmática. El clero consideraba que él debía creer lo que le decían que debía creer mientras que los metodistas respetaban su derecho a tener opinión propia.

La Iglesia mostraba la misma actitud que su padre, quien yacía en esos momentos en el ataúd.

Por fin se había librado de su tiranía, pensó cuando empezó el oficio, aunque la libertad se acompañaba de angustia. Tendría que quedarse en Kingsbridge para verse con los clientes y comprar lana, por lo que debía buscar a alguien que se hiciera cargo de sus rondas. Había pensado en abastecerse de suficientes existencias con que hacer frente a cualquier escasez que se presentara de forma inesperada, aunque no se trataba de una tarea tan sencilla como podía parecer en un primer momento, dado que tendría que comprar cuando los precios estuvieran bajos. Quería expandir el negocio, pero no sabía dónde encontrar más artesanos, sobre todo hilanderos. «Ahora que el viejo ya no está, necesito a alguien que me eche una mano. No contaba con esto», pensó.

Estaba tan absorto en sus preocupaciones que el final del

oficio lo pilló por sorpresa y tardó unos segundos en comprender que tenía que ayudar a levantar el féretro.

Atravesaron la nave con el ataúd de Obadiah al hombro, cruzaron el portalón occidental y se dirigieron al muro norte de la iglesia, donde se encontraba el cementerio. Pasaron junto a la tumba monumental del prior Philip, el monje responsable de la construcción de la catedral más de seiscientos años atrás. Se detuvieron delante de la nueva tumba.

La visión del hoyo profundo y la pila de tierra que había al lado impactó profundamente a Amos. La escena en sí no tenía nada de inusual ni inesperado, la impresión se debía a la idea de que el cuerpo de su padre yacería en aquel agujero frío y embarrado hasta el día del juicio final.

Se leyó otra oración e hicieron descender el ataúd a la tumba.

Amos tomó un puñado de tierra de la pila. Se detuvo frente al hoyo un momento y bajó la vista, sobrecogido por la dura irrevocabilidad de lo que estaba a punto de hacer. Luego dejó resbalar la tierra por entre los dedos sobre el ataúd. Cuando ya no le quedaba nada en la mano, se volvió y se alejó.

Su madre, ahogada entre sollozos, lo imitó, tomó un puñado de tierra, lo arrojó a la tumba y se apartó con paso vacilante. Mientras los demás asistentes al entierro formaban una fila a la espera de su turno, agarró a Amos por el brazo.

—Llévame a casa —le dijo.

Ellen la había transformado en previsión de la gran cantidad de personas que acudirían al convite tras el entierro. Había un barril de cerveza en el salón, junto con docenas de jarras de barro, y la mesa del comedor estaba repleta de bizcochos, pasteles, tartas variadas y pan de melaza. La sala de estar, en el piso superior, se había dispuesto para los invitados más distinguidos, y había jerez, madeira y burdeos, además de aperitivos más refinados: empanadillas de venado, pescado en salazón, tarta de conejo y gambas.

Al ver todo aquello, la madre de Amos recobró la compostura. Se quitó el abrigo y se puso manos a la obra para asegurarse de que todo saliera bien. Amos se preparó para recibir a los invitados, que comenzaron a llegar apenas dos minutos después. Estrechó manos, agradeció las condolencias, animó a los conciudadanos de a pie a que se sirvieran cerveza y dirigió a los especiales arriba, entre ellos el canónigo Midwinter y Jane. Empezaba a sentirse como un tejedor, repitiendo las mismas acciones una y otra vez hasta que las hacía de manera casi inconsciente.

Todo el mundo hablaba de Francia. Los revolucionarios habían decapitado al rey Luis XVI y luego le habían declarado la guerra a Inglaterra. Spade decía que la mayoría del ejército regular británico estaba en la India o en el Caribe. De un tiempo a esa parte, la Milicia de Shiring hacía instrucción a diario en los campos de las afueras de Kingsbridge.

Amos estaba ansioso por hablar con Jane y fue a buscarla cuando los invitados empezaron a marcharse. Creía que quizá lo tomaría más en serio ahora que era dueño de un negocio. Era una chica práctica, una buena cualidad para una esposa, se dijo, aunque eso no fuera muy romántico.

Subió a la sala de estar y la encontró en el descansillo. La joven lucía un vestido negro de una franela brillante que, junto con el cabello oscuro, la envolvían de una elegancia sorprendente.

—He soñado contigo —le dijo, hablando en voz baja para que no lo oyeran los demás.

Ella lo miró con aquellos ojos grises que, como siempre, lo desarmaron.

—¿Algo bueno? —preguntó ella—. ¿O fue una pesadilla?

—Muy bueno. No quería que terminara.

Jane abrió mucho los ojos y puso cara de susto.

—¡Espero que te comportaras de manera respetuosa en ese sueño!

—Claro que sí. Solo hablábamos, como ahora, pero era... No sé. Perfecto.

—¿De qué hablábamos?

—No estoy seguro, pero los dos parecíamos muy interesados.

—Pues no sé qué podría ser… —Se encogió de hombros—. ¿Cómo terminó?

—Me desperté.

—Eso es lo malo de los sueños.

Como le ocurría siempre que estaba con ella, Amos deseó no tener que hablar para poder concentrarse en mirarla. No hacía falta que Jane hiciera nada, lo cautivaba sin querer.

—Mi mundo ha dado un giro drástico desde la última vez que hablé contigo.

—Siento mucho lo de tu padre.

—Estos dos últimos años no hemos hecho más que discutir, pero me sorprende lo mucho que me entristece perderlo.

—Es lo que pasa con la familia. Los quieres aun cuando los odies.

Amos pensó que tenía mucha razón y las palabras de Jane le recordaron a su padre cuando le daba por filosofar.

No sabía cómo formularle la pregunta que deseaba hacerle, así que decidió lanzarse sin más.

—¿Querrías salir conmigo?

—Ya me lo pediste y ya te contesté —repuso ella.

Una respuesta descorazonadora, pero, por otro lado, no era un rechazo categórico.

—Creía que a lo mejor habrías cambiado de opinión —dijo.

—¿Por qué iba a cambiar de opinión?

—Porque ya no soy un chico que solo ofrece esperanzas.

Jane frunció el ceño.

—Yo diría que lo sigues siendo.

—No —insistió Amos, negando con la cabeza—. Soy dueño de un negocio rentable. Y de una casa. Podría casarme mañana mismo.

—Pero si tu negocio está ahogado en deudas.

Amos no esperaba aquello. Retrocedió un paso, como si le hubieran dirigido una amenaza.

—¿Deudas? No, en absoluto.

—Es lo que dice mi padre.

Amos estaba atónito. El canónigo Midwinter no era de los que propagaban rumores infundados.

—¿Cómo? —dijo—. ¿Cuánto? ¿A quién se le debe?

—¿No lo sabías?

—Sigo sin saberlo.

—No sé decirte por qué, ni la cantidad prestada, pero sí sé a quién se le debe: al concejal Hornbeam.

Amos seguía estupefacto. Conocía a Hornbeam, naturalmente, ¿quién no? Había acudido al convite tras el sepelio y hacía pocos minutos que Amos lo había visto hablando con su amigo Humphrey Frogmore. Hornbeam había llegado a Kingsbridge hacía quince años. Le había comprado el negocio al concejal Drinkwater, el suegro del canónigo Midwinter, y lo había convertido en la empresa textil más boyante de la ciudad. Obadiah lo respetaba, pues lo consideraba un duro hombre de negocios, aunque no era santo de su devoción.

—¿Por qué iba mi padre a pedirle dinero? Ni a él ni a nadie.

—No lo sé.

Amos miró a su alrededor en busca de aquella figura alta y de gesto adusto, ataviada con sobriedad, aunque con ropa costosa, y tocada con una peluca rizada de color castaño claro, su única concesión a la vanidad.

—Ha estado aquí, pero estoy casi segura de que ya se ha ido —dijo Jane.

—Iré a buscarlo.

—Amos, espera.

—¿Por qué?

—Porque no es una buena persona. Si vas a hablar con él de este asunto, deberías hacerlo armado de toda la información.

Amos se obligó a detenerse a pensar.

—Tienes toda la razón —reconoció al cabo de un momento—. Gracias.

—Espera a que se hayan ido los invitados, ayuda a tu madre a recoger la casa, averigua cómo están las cuentas y entonces ve a ver a Hornbeam.

—Eso es exactamente lo que voy a hacer —dijo Amos.

Jane se fue con su padre, pero aún quedaban invitados que le impedían ocuparse de aquello que le urgía hacer. Había un grupo abajo que parecía dispuesto a seguir allí hasta que el barril estuviera vacío. La madre de Amos y Ellen empezaron a recoger a su alrededor, llevándose la vajilla usada y las sobras de la comida. Finalmente, Amos pidió con amabilidad a los últimos rezagados que volvieran a casa.

Y a continuación se dirigió al despacho.

Durante los dos días que habían transcurrido desde la muerte de su padre, había estado demasiado ocupado con los preparativos del funeral para echar un vistazo a los libros y en esos momentos lamentaba no haber encontrado la ocasión de hacerlo.

Creía conocer el despacho como cualquier otro rincón de la casa, pero entonces comprendió que, en realidad, no sabía dónde estaban las cosas. Había facturas y recibos en cajones y en cajas repartidas por el suelo. Encontró un cuaderno con nombres y direcciones, tanto de Kingsbridge como de otros lugares, pero en ninguna parte indicaba si se trataba de clientes, proveedores ni nada por el estilo. En una mesa auxiliar vio cerca de una docena de pesados libros de contabilidad, algunos de pie y otros tumbados, pero ninguno llevaba título. Siempre que preguntaba a su padre acerca de cualquier asunto relacionado con el dinero, este le respondía que no hacía falta que se preocupara de aquellas cuestiones hasta que tuviera veintiún años.

Empezó con los libros de contabilidad y escogió uno al azar. No era difícil de entender. Se trataba de un registro diario del dinero que entraba y salía, y se saldaba a final de cada mes. La mayoría de los meses, los ingresos superaban a los gastos, de modo que había beneficios. De vez en cuando había alguna pérdida. Volvió a la primera página y vio que databa de siete años atrás.

Buscó el libro de contabilidad más reciente y, al mirar los saldos mensuales, comprobó que las entradas ya no eran tan frecuentes como las salidas. Frunció el ceño. ¿Cómo era posible? Repasó los dos últimos años y vio que las pérdidas habían ido en aumento de manera gradual. Sin embargo, había varias entradas con una anotación misteriosa: «De la cuenta H.». Las cifras eran redondas —diez libras, quince libras, veinte—, pero todas saldaban aproximadamente el déficit de los meses anteriores. Y había pequeñas cantidades regulares que aparecían como: «Int. 5 %».

Empezó a hacerse una ligera idea de lo que ocurría, y resultaba bastante preocupante.

Llevado por una corazonada, consultó la última página del libro más reciente y encontró una columna corta anotada como «Cuenta H.». Empezaba dieciocho meses atrás. Cada entrada se correspondía con otra de los saldos mensuales. La mayoría de las cantidades de la última página eran negativas.

Amos no daba crédito a lo que veía.

Su padre llevaba dos años con pérdidas y había pedido dinero prestado para enjugarlas. Dos entradas positivas en la última página demostraban que había devuelto parte del dinero, pero no había tardado en verse obligado a volver a endeudarse.

«Int.» significaba interés, y «H.» tenía que ser Hornbeam.

Jane estaba en lo cierto.

El saldo al pie de la última página era de ciento cuatro libras, trece chelines y ocho peniques.

Amos estaba anonadado. Creía que iba a heredar un negocio rentable, pero acababan de endosarle una deuda descomunal. Cien libras era lo que costaba una casa señorial en Kingsbridge.

Tenía que saldar la deuda. Para Amos, era una vergüenza y una deshonra deber dinero y no pagarlo. No podría volver a mirarse en el espejo si se convertía en esa clase de persona.

Aunque lograra revertir las pérdidas y obtener un beneficio modesto de una libra al mes, aún tardaría casi nueve años en finiquitar la deuda... y eso sin contar con que su madre y él tenían que comer.

Aquello explicaba la mezquindad y el secretismo de su padre de los últimos años. Obadiah había tratado de ocultar la precaria situación en la que se encontraban, quizá con la esperanza de poder enderezar el negocio, aunque no parecía que hubiera avanzado mucho al respecto. O quizá aquella falta de aliento que lo había aquejado los últimos tiempos también le había afectado la cabeza.

Debía hablar con Hornbeam y averiguar cuál era la situación real, si bien habría de escoger las preguntas con cuidado. Necesitaba dejarle bien claro que la deuda se saldaría lo antes posible. Tenía que impresionarlo con su determinación.

Por si fuera poco, Hornbeam no era el único del que tenía que preocuparse, habría otros hombres de negocios en Kingsbridge que también estarían ojo avizor. Teniendo en cuenta que conocían a su padre y que Amos había demostrado su valía como ayudante, serían benévolos con él, al menos al principio; sin embargo, si empezaba declarándose en bancarrota, su amistad valdría lo mismo que el papel mojado. Era importante que todo el mundo supiera que Amos estaba dejándose la piel para saldar las deudas de su padre.

¿Hornbeam se mostraría comprensivo a pesar de su severidad? Había intentado ayudar a Obadiah a hacer frente a las dificultades económicas por las que pasaba el negocio, lo cual era una buena señal... Aunque había cobrado intereses, claro. Y conocía a Amos desde que era niño, cosa que quizá sirviera de algo.

Envalentonado por aquella visión optimista, Amos salió del despacho por la puerta que daba a la calle y se dirigió a la residencia de Hornbeam.

Se alzaba al norte de High Street, cerca de la iglesia de St. Mark, en un barrio antiguamente ocupado por viviendas adosadas y baratas venidas a menos que habían sido derruidas para dar paso a casas grandes y elegantes que incluso disponían de establos. La de Hornbeam tenía ventanas simétricas y un pórtico con columnas de mármol. Amos recordó que su padre le había contado que Hornbeam había contratado a un arquitecto barato de Bristol, le había entregado un muestrario de los trabajos de Robert Adam y le había pedido una versión económica de un palacio clásico. A un costado, casi detrás del edificio principal, se encontraba el patio de las cuadras, donde un mozo muerto de frío estaba limpiando el carruaje.

Un lacayo abrió la puerta. Tenía un aire taciturno, a juego con la voz sombría con que contestó cuando Amos preguntó por el concejal Hornbeam.

—Iré a ver si puede recibirlo, señor.

Nada más entrar, a Amos lo asaltó la atmósfera de la casa de inmediato: oscura, formal, estricta. Un reloj de pie hacía tictac en el amplio vestíbulo, y un par de sillones de roble pulido y respaldo recto transmitían escasa comodidad. No había alfombras. Sobre la chimenea apagada, en un marco dorado, había un retrato de Hornbeam con gesto severo.

Mientras esperaba, Howard, el hijo de Hornbeam, apareció por la escalera del sótano como un secreto familiar saliendo a la luz. Era un chico grande, y bastante afable cuando su padre no estaba cerca. Amos y Howard habían ido juntos a la Escuela de Gramática de Kingsbridge; Howard era un par de años más pequeño y no muy espabilado. La inteligencia y la fuerte personalidad del padre las había heredado Deborah, su otra hija, a quien, naturalmente, se le había negado la asistencia a la escuela.

Howard saludó a Amos y se estrecharon la mano cuando el lacayo triste reapareció y anunció que el señor Hornbeam recibiría a Amos.

—Ya lo acompaño yo, Simpson —dijo Howard.

El joven llevó a Amos hasta la puerta del fondo del amplio vestíbulo, lo hizo pasar al despacho de Hornbeam y se retiró.

La habitación recordaba a una celda: no había ni alfombras, ni cuadros, ni tapices y un fuego exiguo ardía en la diminuta chimenea. Hornbeam estaba sentado tras una mesa, todavía ataviado con la ropa que había llevado al funeral. Rondaba los cuarenta años, de rostro carnoso y cejas pobladas. El hombre se apresuró a quitarse los anteojos, como si lo contrariara necesitarlos. No invitó a Amos a sentarse.

El joven estaba acostumbrado a la hostilidad y no se dejó intimidar por la frialdad de Hornbeam. Había tratado con tejedores e hilanderos descontentos, y con clientes insatisfechos, y siempre le había resultado fácil apaciguarlos.

—Gracias por asistir al funeral de mi padre, señor —dijo.

Hornbeam no se desenvolvía bien en situaciones sociales y se limitó a encogerse de hombros, una respuesta inadecuada para la ocasión.

—Ambos éramos concejales —dijo. Y añadió al momento—: Y amigos.

No le ofreció ni un té ni una copa de vino.

—He venido a verle porque acabo de enterarme de que ha estado prestando dinero a mi padre —dijo Amos, de pie delante del escritorio como un escolar que se hubiera portado mal—. No sabía nada.

—Ciento cuatro libras —especificó Hornbeam.

Amos sonrió.

—Con trece chelines y ocho peniques.

Hornbeam no le devolvió la sonrisa.

—Sí.

—Gracias por ayudarlo cuando más lo necesitaba.

—No soy un filántropo, le cobraba intereses —se apresuró a apuntar Hornbeam, quien no deseaba que nadie creyera que se dedicaba a repartir dádivas.

—Un cinco por ciento.

Para tratarse de un préstamo personal arriesgado, no podía considerarse abusivo.

Hornbeam no supo qué contestar a eso, de modo que se limitó a inclinar la cabeza, dándole la razón.

Amos comprendió que no había encanto personal que valiera ante la indiferencia adamantina de Hornbeam.

—No obstante, es ahora mi deber saldar la deuda.

—En efecto, así es.

—A pesar de no ser el responsable del problema, debo resolverlo.

—Prosiga.

Amos lo pensó un momento. Tenía un plan, y era bueno, o

eso creía. Tal vez lo suficiente para vencer la irascibilidad de Hornbeam.

—Primero, he de conseguir que el negocio sea rentable, de manera que pueda prescindir de más préstamos. Mi padre había acumulado mercancía antigua que los clientes habían dejado de comprar: rebajaré el precio a la mitad para deshacerme de ella. Y quiero concentrarme en paño de mejor calidad que vender a precios más altos. De esa manera creo que podría obtener beneficios en cuestión de un año. Cuento con poder empezar a reembolsarle su dinero en Año Nuevo de 1794.

—Conque cuenta con ello.

No era una respuesta alentadora. Habría esperado que Hornbeam se alegrara al saber que iba a recuperar su dinero, si bien era cierto que siempre había sido un hombre taciturno.

Amos prosiguió.

—A partir de ahí espero hacer el negocio incluso más rentable de manera que pueda aumentar el ritmo de los reembolsos.

—¿Y cómo piensa hacerlo?

—Mediante la expansión, principalmente. Buscaré más hilanderos a fin de contar con un abastecimiento seguro de hilo y luego más tejedores.

Hornbeam asintió, como si lo aprobara, y Amos se sintió un poco mejor.

—Espero que vea que no se trata de un plan descabellado —dijo, deseando obtener un respaldo más claro.

En lugar de contestar, Hornbeam le hizo una pregunta.

—¿Cuánto calcula que tardará en saldar la deuda?

—Creo que puedo hacerlo en cuatro años.

Se hizo un largo silencio hasta que Hornbeam volvió a hablar.

—Tiene cuatro días.

Amos lo miró sin comprender.

—¿Qué quiere decir?

—Lo que he dicho. Le doy cuatro días para que salde la deuda.

—Pero… Acabo de explicarle…

—Y ahora me toca a mí explicárselo a usted.

Amos tuvo un mal presentimiento, pero se mordió la lengua.

—Por favor, adelante —se limitó a decir.

—No le presté dinero a usted, se lo presté a su padre. Lo conocía y confiaba en él. Pero ya no está con nosotros. A usted no lo conozco, no confío en usted y me trae sin cuidado. No le prestaré dinero, y no estoy dispuesto a permitir que herede el préstamo de su padre.

—¿Y eso qué significa?

—Significa que tiene cuatro días para saldar la deuda.

—Pero no puedo.

—Lo sé. Por eso, de aquí a cuatro días pasaré a ser dueño de su negocio.

Amos se quedó helado.

—¡No puede hacer eso!

—Le aseguro que sí. Es lo que se acordó con su padre, y firmó un contrato a tal efecto. Encontrará una copia del documento entre sus papeles, igual que yo guardo otra aquí.

—¡Entonces no me ha dejado nada!

—Todas las existencias son mías, y la semana que viene mis viajantes empezarán a ponerse en contacto con los artesanos que han estado trabajando para ustedes. El negocio continuará, pero será mío.

Amos miró fijamente a Hornbeam. Estuvo tentado de preguntarle por qué lo odiaba, pero no había odio en su rostro, solo una satisfacción maliciosa traicionada por una sonrisa triunfal apenas perceptible, poco más que una ligera elevación de una de las comisuras de los labios.

Hornbeam no era malvado, solo codicioso e implacable.

Amos se sintió impotente, pero era demasiado orgulloso para reconocerlo. Se dirigió a la puerta.

—Hasta de aquí a cuatro días, señor Hornbeam —dijo.

Y se fue.

# 8

Spade estaba ante su telar, pasando el hilo por el lizo vertical para formar la urdimbre y fijando las hebras con cuidado de manera que se mantuvieran tensas. Alguien llamó a la puerta y, cuando levantó la cabeza, vio entrar a Amos.

A Spade le sorprendió que anduviese de acá para allá habiendo pasado aún tan poco tiempo desde el funeral. Amos no parecía triste sino más bien derrotado, lo cual resultaba muy poco natural en él puesto que a veces se mostraba nervioso o enfadado pero siempre conservaba el optimismo propio de la juventud. En ese momento parecía haber abandonado toda esperanza, y Spade sintió una punzada de compasión.

—Hola, Amos —lo saludó—. ¿Te apetece una taza de té?

—Sí, gracias —dijo Amos—. He estado en casa de Hornbeam y no me ha ofrecido ni un vaso de agua, el condenado.

Spade se echó a reír.

—Es capaz de decir que no puede permitírselo.

—Es un malnacido.

—Ven y cuéntamelo todo.

Spade tenía un taller con un almacén anexos a una pequeña vivienda para un hombre solo. Trabajaba mucho en el telar pero también se servía de otros tejedores, entre los que contaba con uno casi tan habilidoso como él: Sime Jackson. La labor del tejedor estaba bien pagada, pero Spade era ambicioso y quería más.

Llevó a Amos a su espacio privado, donde disponía de un camastro estrecho, una mesa redonda y un hogar. Era una vivienda modesta. Spade empleaba toda su fuerza creativa en las piezas que tejía; era su pasión.

—Siéntate —dijo señalando una silla de madera. Puso un hervidor en el fuego, añadió unas cucharadas de té a un cazo y, a continuación, se sentó en un taburete a esperar a que el agua se calentara—. ¿Qué quiere ahora ese viejo demonio?

Amos sostuvo las manos frente al calor del fuego. Se le veía muy decaído y Spade sintió lástima por él.

—He descubierto que mi padre llevaba dos años perdiendo dinero.

—Hummm... Es cierto que había perdido energía.

—Pero Hornbeam lo salvó del apuro mediante préstamos.

Spade frunció el entrecejo.

—No es propio de Hornbeam ayudar a alguien con problemas.

—Le cobraba intereses.

—Cómo no. ¿Cuánto dinero le debes?

—Ciento cuatro libras con trece chelines y ocho peniques.

Spade soltó un silbido.

—Es muchísimo.

—A duras penas puedo creer que me esté viendo en esta situación —dijo Amos, y a Spade le conmovió su inocencia juvenil—. Soy un comerciante honrado y muy trabajador, pero estoy en la bancarrota. Me siento como un mentecato. ¿Cómo es posible que me esté ocurriendo esto?

El pobre muchacho lo estaba pasando fatal. Spade se puso en pie, pensativo, y vertió el agua hirviendo sobre las hojas de té.

—Tendrás que devolverle el dinero. Puede que te lleve años, pero por lo menos el mal trago te servirá para forjarte una buena reputación.

—Exacto, tardaré años en reunir el dinero. Pero Hornbeam me ha dado solo cuatro días.

—¿Qué? Eso es imposible. ¿Cómo se le ocurre?

Spade removió el té en el cazo y lo sirvió en dos tazas.

—Le he dicho que no podría.

—¿Y qué te ha contestado?

—Dice que me quitará el negocio. Tiene un contrato.

En ese momento Spade lo comprendió todo.

—Claro, eso es.

—¿Qué quieres decir con «eso es»?

—Me preguntaba por qué motivo un hombre tan agarrado como Hornbeam invertiría dinero en un negocio que no funciona, y ahora ya lo entiendo. —Le tendió una taza a Amos—. No lo hizo por amabilidad sino que esperaba que tu padre quebrara, y todo el tiempo tuvo en mente quedarse con la empresa.

—¿Hasta ese punto es ladino?

—Ese hombre es insaciable. Quiere convertirse en el amo del mundo.

—A lo mejor debería retorcerle el cuello, y luego que me cuelguen por asesino.

Spade sonrió.

—No te precipites. No me gustaría verte en la horca, y seguro que la mayoría de los habitantes de Kingsbridge piensan como yo.

—No sé qué otra cosa puedo hacer.

—¿Cuánto tiempo dices que te ha dado Hornbeam?

—Cuatro días. ¿Por qué?

—Solo pensaba.

El anhelo iluminó el rostro de Amos.

—¿Qué pensabas?

—No te entusiasmes demasiado. Estoy intentando idear otra forma de salir del atolladero, pero puede que no funcione.

—Explícamelo.

—No, deja que antes le dé un par de vueltas.

Amos hizo un esfuerzo visible por controlar su impaciencia.

—De acuerdo, estoy dispuesto a lo que sea.

—Hoy es martes. Los cuatro días vencen el sábado. Ven a verme el viernes por la tarde.

Amos apuró su taza y se puso en pie para marcharse.

—¿No puedes darme ninguna pista?

—Es que es probable que el plan no funcione. Te lo contaré el viernes.

—Bueno, gracias de todas formas por buscar una solución. Eres un verdadero amigo, Spade.

Cuando Amos se hubo marchado, Spade permaneció un rato sentado, reflexionando. Había algo en Hornbeam que no le cuadraba. El hombre era rico; era una persona influyente en la ciudad, concejal y juez de paz; estaba casado con una mujer buena y obediente que le había dado dos hijos. ¿Cuál era su motivación? Acumulaba más dinero del que podía gastar puesto que no tenía ningún interés en dar fiestas suntuosas, en poseer caballos de carreras ni en acudir a lujosos clubs de juego de Londres y perder cientos de libras a manos del azar. Sin embargo, su avaricia llegaba al punto de explotar a un pobre huérfano sin experiencia con tal de quedarse con su negocio.

Pero tal vez consiguieran hacer fracasar su plan.

Una idea empezaba a tomar forma en la mente de Spade.

Se abrigó con el sobretodo y salió en mitad del frío para dirigirse a casa del canónigo Midwinter.

Las casas más antiguas y elegantes de Kingsbridge pertenecían a la Iglesia y estaban reservadas a los altos cargos. Midwinter poseía una mansión jacobina enfrente de la catedral, en la que probablemente era la ubicación más codiciada de toda la ciudad. Guiaron a Spade hasta un cómodo salón decorado con el estilo clásico tan de moda desde que él tuvo edad suficiente para fijarse en esas cosas: un techo pintado de colores, sillas con esbeltas patas y, sobre la repisa de la chimenea, dos urnas de color crema ornamentadas con guirnaldas y festones que, con toda probabilidad, procedían de la famosa fábrica de cerámica de Josiah Wedgwood. Spade supuso que el espacio había sido diseñado por la difunta esposa de Midwinter.

El canónigo estaba tomando el té acompañado por Jane, su hija. La chica era bastante guapa, pensó Spade, con unos grandes ojos grises. Todo el mundo sabía que Amos estaba enamorado de ella y Spade comprendía por qué, aunque él la encontraba más bien fría y tal vez algo calculadora. Belinda Goodnight, que era la chismosa número uno de la ciudad, le había revelado que Jane jamás se casaría con Amos.

Midwinter tenía también dos hijos, ambos muy inteligentes y mayores que Jane, que estaban estudiando en la Universidad de Edimburgo. Los metodistas preferían enviar a sus hijos a las universidades escocesas porque allí hacían menos hincapié en el dogma de la Iglesia de Inglaterra y más en materias útiles como la medicina y la ingeniería.

El canónigo y su hija obsequiaron a Spade con un cálido saludo. Él tomó asiento y aceptó una taza de té. Tras una charla de cortesía, les contó la historia de Amos y Hornbeam.

Jane se sintió indignada por Amos.

—Cómo se le ocurre a Hornbeam hacer una cosa así, ¡el mismo día del funeral del padre de Amos!

—Hornbeam se habrá asegurado de que todos los documentos estén en orden y de que el contrato no se pueda rebatir legalmente —comentó Midwinter.

—Sin duda —convino Spade.

—¡Pero seguro que podemos hacer algo para evitarlo! —terció Jane.

—Hay una solución posible —empezó a decir Spade—. Por eso he venido.

—Sigue —lo animó Midwinter.

Spade expresó la idea que había estado rumiando.

—Amos es un chico inteligente y muy trabajador. Con el tiempo, estoy seguro de que podrá saldar la deuda.

—Pero tiempo es precisamente lo que Hornbeam no está dispuesto a darle —observó Midwinter.

—¿Y si unos cuantos de nosotros unimos fuerzas y le prestamos a Amos el dinero que necesita para pagarle a Hornbeam el sábado?

—¡Qué idea tan magnífica! —exclamó Jane con entusiasmo.

Midwinter asintió despacio.

—Hay cierto riesgo, pero, como bien dices, lo más probable es que Amos acabe pagando la deuda.

—Creo que podemos encontrar a suficientes hombres dispuestos a apoyar a un compañero metodista en momentos de crisis.

—Estoy seguro.

Spade se alegró de que a Midwinter le gustara la idea, pero todavía podía hacer una cosa más para garantizar el éxito de la misión: contribuir personalmente al fondo del préstamo.

—Yo aportaré con gusto diez libras —empezó por decir.

—Muy bien.

—Si fuese tan amable de apoyarme, canónigo Midwinter, y contribuir usted también con diez libras, me hallaría en una posición mucho más firme para convencer a otros metodistas de que deben unirse a nuestro esfuerzo.

Hubo una pausa durante la cual Spade aguardó en ascuas la reacción de Midwinter.

—Claro, me alegrará aportar esas diez libras —dijo el hombre por fin.

Spade, más tranquilo, siguió hablando.

—Tendremos que establecer una fecha para el pago de la deuda; digamos dentro de diez años.

—Me parece bien.

—Y Amos deberá pagar intereses.

—Por supuesto.

Jane, que se había quedado pensativa, intervino en la conversación.

—Pero Amos tendrá que ahorrar todo el dinero que gane para devolver el préstamo. Será pobre durante diez años.

—Es cierto —reconoció Spade—. Ah, y lo más importante: me gustaría que usted, canónigo Midwinter, fuese el tesorero del fondo.

Midwinter se encogió de hombros.

—Puedes ser tú el tesorero. Todo el mundo sabe que eres honrado.

Spade sonrió.

—Pero usted es canónigo de la catedral, y eso ofrece las máximas garantías.

—Muy bien.

Jane aplaudió.

—Así que Amos está salvado... Bueno, lo estará.

—Aún no hemos solucionado el problema —dijo Spade—. Solo acabamos de empezar.

A Spade le gustaba la tienda de su hermana. Kate y él compartían el amor por las telas: los colores, los distintos tejidos, el suave tacto del merino o la contundente caída del tweed. Su padre había sido tejedor y su madre, costurera, de manera que ellos se criaron dentro del mundo textil, igual que los príncipes y las princesas se crían en la ociosidad y el lujo.

Examinó el abrigo que Kate había creado para Arabella Latimer, la esposa del obispo. Tenía un cuello en forma de capa con tres gruesos de tela, las mangas ceñidas y una cintura alta y entallada desde la cual caía formando pliegues hasta los tobillos, lo cual permitía lucir la riqueza de colores y el sobrio motivo de cuadros del tejido.

—Le quedará precioso —opinó Spade—. Sabía de antemano que harías un buen trabajo.

—Más vale que le quede bien —contestó Kate—. Le costará una fortuna.

—Confía en mí —dijo Spade—. Sé lo que les gusta a las mujeres.

Kate hizo un ruidito burlón y Spade se echó a reír.

A Kate le gustaba vestir con encajes; los lucía en el chal que le cubría los hombros, en los grandes volantes que adornaban sus mangas y en la sobrefalda. Era guapa y los adornos de encaje le favorecían; pero la verdadera razón por la que los llevaba era que había invertido en una gran partida de esa tela y quería mostrarla a las clientas.

La tienda ocupaba la planta baja de una casa en High Street que había sido el hogar de Kate y Spade durante su infancia. Actualmente Kate vivía allí con su compañera, Rebecca. En la planta de arriba había dormitorios que la clientela podía usar para probarse las prendas, y encima de esta había otra planta superior donde se encontraban las dependencias de Kate y Rebecca. La cocina estaba ubicada en el sótano.

Mientras Spade admiraba el abrigo de la señora Latimer, su cuñado bajó las escaleras ataviado con un uniforme de la milicia sin estrenar. Kate no solía diseñar prendas para hombre, pero Freddie Caines era el hermano menor de la difunta esposa de Spade. El joven tenía dieciocho años y acababan de alistarlo como recluta. Kate le había confeccionado el uniforme como un favor especial.

—Vaya, ¡qué bien te sienta! —dijo Kate.

Tenía razón, y la sonrisa que mostraba Freddie revelaba que era consciente de ello.

—Serás él único soldado de toda la Milicia de Shiring que lleva un uniforme hecho a medida —comentó Spade.

Los uniformes de los oficiales eran confeccionados de forma personalizada, pero los demás rangos tenían que contentarse con prendas estándar más baratas.

—¿Puedo llevármelo puesto? —preguntó Freddie—. Tengo ganas de lucirlo.

—Claro —dijo Kate.

—Luego volveré a por mi ropa. La he dejado arriba.

Cuando Freddie se marchaba, la señora Latimer entró de la calle con la punta de la nariz roja por el frío. Spade la saludó con una reverencia y Kate hizo una genuflexión en señal del respeto que merecía la esposa de un obispo.

Sin embargo, Arabella Latimer siempre se mostraba próxima y cordial. Vio de inmediato el abrigo nuevo depositado sobre la mesa.

—¿Es este? —preguntó—. Es precioso.

Acarició y palpó la tela con ambas manos. Era obvio que disfrutaba del tacto.

«Qué mujer tan sensual —pensó Spade—. Qué pena que se malogre con ese obispo gordo».

—Pruébeselo —la animó Kate—. Quítese la capa.

La señora Latimer todavía llevaba puestas las prendas del funeral. Spade se situó detrás de ella.

—Permítame que la ayude.

Notó que el pelo le olía bien; se perfumaba los rizos de color caoba con algún cosmético.

La mujer se despojó de la capa y Spade la colgó en una percha. Debajo, llevaba un vestido de seda increíblemente elegante del tono marrón oscuro de la madera quemada, que sabía que le favorecía.

Kate cogió el abrigo nuevo y lo sostuvo en alto para que la señora Latimer se lo pusiera.

Spade contemplaba la escena fijamente, más concentrado en el aspecto de la mujer que en el abrigo. Su pelo era una composición poética de distintas tonalidades: el intenso color del té, el de las hojas de otoño, el rojo anaranjado y el rubio del heno. El abrigo lo resaltaba a la perfección.

Arabella se abrochó el abrigo.

—Me aprieta un poco —dijo.

Kate abrió la puerta del taller.

—Becca, querida, ven a echar un vistazo, por favor.

Su compañera, Rebecca, salió de la trastienda con un acerico y un dedal. La joven contrastaba mucho con Kate por su aspecto anodino y sus prendas sencillas, el pelo recogido en un moño tirante y las mangas remangadas. Saludó a la señora Latimer con una reverencia y caminó en círculos a su alrededor mientras observaba el abrigo con mirada crítica.

—Hummm… —musitó, pero rectificó al instante, como si acabara de recordar cuál era su deber—. Le sienta estupendamente.

—De verdad que sí —convino Kate.

—El canesú le va un poco ceñido. —Rebecca se sacó una tiza de la manga y trazó una marca en el abrigo—. Le faltan un par de centímetros —añadió, y a continuación se colocó detrás de la señora Latimer y recorrió con las manos los costados de la prenda—. También en la cintura. —Trazó otra marca con la tiza—. Los hombros están perfectos. —Retrocedió un paso—. Y la falda tiene una buena caída. Por lo demás, le queda de maravilla.

La señora Latimer se miró en el gran espejo de pie.

—Dios mío, tengo la nariz roja.

—Es por la ginebra —soltó Spade.

—¡David! —exclamó Kate.

Solo lo llamaba por su verdadero nombre cuando le echaba una reprimenda, tal como hacía su madre.

—Es este viento helado —se quejó la señora Latimer, pero lo dijo con una risita que daba a entender que no le había molestado la broma. Examinó el abrigo en el espejo—. No veo el momento de estrenarlo.

—Puedo tenerlo terminado mañana —dijo Becca.

—Estupendo.

La mujer se desabrochó la prenda y Kate la ayudó a quitársela. A continuación, Spade le acercó la capa y la sostuvo en alto. Mientras se anudaba la cinta que le ajustaba la prenda al cuello, la mujer se dirigió a Becca.

—Volveré mañana.

—Gracias, señora Latimer —respondió Becca.

La señora Latimer se marchó.

—Qué mujer tan atractiva —opinó Kate—. Es guapa y tiene porte, y también una bonita figura.

—Si tanto te gusta, adelante, declárate.

—Lo haría con gusto si no fuera porque tengo a alguien mejor, cariño.

Becca se tranquilizó.

—Además, ella no tiene la misma inclinación que nosotras —añadió Kate.

—¿Por qué estás tan segura? —dijo Becca.

—Porque le gusta mucho mi hermano.

—Tonterías —soltó Spade entre risas.

Spade salió de la tienda por la puerta trasera. Cuando heredó la finca junto con su hermana, construyó el almacén de la tejeduría en la parte de atrás, donde antes había un jardín de árboles frutales, y su hermana se quedó con la casa.

Kate y Becca vivían como marido y mujer en todos los sentidos. Se amaban y compartían cama. Eran muy discretas, pero Spade tenía una relación muy estrecha con su hermana y hacía muchos años que conocía su secreto, aunque estaba bastante seguro de que nadie más lo sabía.

Cruzó el patio y, al llegar al almacén, vio la alta figura de Amos Barrowfield, que entraba por la verja del callejón trasero.

Era viernes, por lo que Spade esperaba su visita. Amos estaba hecho un manojo de nervios; se le veía pálido, tenía los ojos desorbitados, y no paraba quieto. Spade sostuvo la puerta abierta.

—Pasa —dijo, y lo guio hasta sus dependencias privadas, donde tomaron asiento—. Tengo noticias para ti —anunció.

Amos parecía asustado.

—¿Son buenas o malas?

Spade introdujo la mano en su camisa y sacó un papel.

—Lee esto.

Amos lo cogió.

Era un pagaré manuscrito del Thomson's Kingsbridge Bank, el más antiguo de los tres que había en la ciudad, y ordenaba que se pagaran ciento cuatro libras con trece chelines y ocho peniques a Joseph Hornbeam.

Daba la impresión de que Amos se había quedado sin palabras. Cuando levantó la cabeza y miró a Spade, tenía los ojos arrasados en lágrimas.

—Es solo un préstamo, claro —dijo Spade.

—No me atrevo a creérmelo. Estoy salvado.

Spade se extendió con los detalles para dar tiempo a que Amos se tranquilizara.

—El canónigo Midwinter es el fideicomisario de un grupo de compañeros metodistas que han unido fuerzas para ayudarte a salir del bache.

—No doy crédito a la suerte que tengo.

—Sin embargo, tengo que advertirte que guardes el secreto de la procedencia del dinero. No le importa a nadie más.

—Por supuesto.

—Tendrás que pagar un cuatro por ciento de interés y devolver el capital en un plazo de diez años.

Amos miró a Spade casi con veneración.

—Has sido tú quien lo ha hecho posible, ¿verdad, Spade?

—Lo hemos hecho entre el canónigo Midwinter y yo.

—¿Cómo voy a agradecértelo?

Spade sacudió la cabeza.

—Trabaja mucho, dirige bien el negocio y devuélvele a todo el mundo su dinero cuando llegue el momento. Es todo cuanto te pido.

—Lo haré, lo prometo. Casi no doy crédito a la suerte que he tenido. Gracias a Dios, y gracias a ti.

Spade se puso en pie.

—Aún no está todo solucionado. Tenemos que asegurarnos de que Hornbeam no nos juegue ninguna mala pasada.

—De acuerdo.

—Primero deberás firmar el contrato del préstamo con el canónigo Midwinter delante de un juez de paz. Luego tendrás que entregarle el pagaré a Hornbeam, y te recomiendo encarecidamente que lo hagas en presencia del mismo juez.

—¿A quién habéis designado?

En Kingsbridge había varios jueces de paz, y algunos estaban compinchados con Hornbeam, como por ejemplo Humphrey Frogmore.

—He hablado con el concejal Drinkwater, el presidente de la Judicatura de Paz. Es el suegro de Midwinter, como debes de saber.

—Buena elección.

Todo el mundo sabía que Drinkwater era un hombre honrado.

—Tendrás que pagarle, claro, y serán cinco chelines. Los jueces suelen cobrar por ese tipo de servicios.

Amos sonrió.

—Ahora puedo permitírmelo.

Salieron del almacén de Spade. Primero se dirigieron a casa de Amos para sacar los cinco chelines de su caja fuerte. A continuación, fueron a casa de Drinkwater, en Fish Lane. Se trataba de una construcción modesta, antigua y con un entramado de madera.

Drinkwater estaba esperándolos. Se hallaba en una habitación que hacía las veces de despacho, sentado detrás de una mesa con todo el recado de escribir: plumas, papel, tinta, arena secante y cera de lacre. El hombre era calvo, pero ese día llevaba puesta una peluca para indicar que estaba desempeñando una función oficial.

Leyó el contrato del préstamo que le entregó Spade.

—Todo está correcto —dijo, y empujó el papel hacia el otro lado de la mesa.

Amos cogió una pluma, la introdujo en el tintero y firmó con su nombre. A continuación Drinkwater firmó en calidad de notario.

Spade cogió el documento, esparció arena por encima para secar la tinta, lo enrolló con cuidado y lo guardó dentro de su camisa.

—Solo me queda asegurarme de devolver el préstamo —dijo Amos.

—Lo harás —respondió Drinkwater—. Todos confiamos en ti.

Amos parecía temeroso pero resuelto.

Drinkwater se atavió con un sobretodo viejo y bastante raído, y los tres hombres se encaminaron a casa de Hornbeam.

Mientras esperaban en el salón, Amos observó el retrato de Hornbeam.

—La última vez que estuve aquí, me llevé el mayor susto de mi vida —dijo.

—Pues hoy el susto se lo llevará Hornbeam —respondió Spade.

Un lacayo los hizo pasar al despacho. Hornbeam se sorprendió mucho de verlos.

—¿Qué pasa aquí? —dijo con tono molesto—. Esperaba la visita del joven Barrowfield, pero no de una comitiva.

—Venimos por lo de la deuda del joven Barrowfield —anunció Spade.

—Si se trata de pedir clemencia, es una pérdida de tiempo.

—Ah, no —dijo Spade—. No esperamos que se muestre usted clemente.

La actitud arrogante de Hornbeam se vio alterada por un atisbo de duda.

—Bueno, no me hagan perder el tiempo. ¿Qué quieren?

—Nada —dijo Spade—. Pero Barrowfield tiene algo para usted.

Amos le tendió el pagaré bancario y a continuación intervino Drinkwater.

—Hornbeam, antes de presentar este pagaré en el banco tendrá que entregarme todos los documentos que posee en relación con las deudas que contrajo con usted el difunto Obadiah Barrowfield. Imagino que es ese fajo de papeles que hay sobre el escritorio, pero, si no los encuentra de inmediato, tendrá que devolverle el pagaré al joven Barrowfield.

El rostro carnoso de Hornbeam palideció, luego adoptó un tono rosado y finalmente enrojeció de rabia. El hombre ignoró a Drinkwater y se dirigió a Amos.

—¿De dónde has sacado el dinero? —preguntó alzando la voz.

Amos parecía amedrentado, pero no se echó atrás.

—No creo que eso le incumba, concejal.

«Bien dicho, Amos», pensó Spade.

—¡Lo has robado! —gritó Hornbeam.

Drinkwater intercedió.

—Le aseguro, Hornbeam, que el dinero tiene una procedencia honrada.

Hornbeam se volvió en contra de Drinkwater.

—¿Qué se le ha perdido a usted por aquí? ¡Esto no es cosa suya!

—He venido en calidad de juez de paz, para ser testigo de una transacción legal que consiste en el pago de una deuda —dijo Drinkwater con calma—. Para evitar malentendidos, tal vez debería escribir una nota sencilla que diga que Barrowfield ha saldado por completo la deuda contraída con usted. Yo puedo dar fe y Barrowfield se guardará el documento.

—¡Aquí tiene que haber gato encerrado! —protestó Hornbeam.

—Cálmese antes de decir algo de lo que quizá se arrepienta —le aconsejó Drinkwater—. Los dos somos jueces de paz, y no es propio que nos hablemos a gritos como si fuéramos verduleros.

Hornbeam estuvo a punto de gruñir una réplica, pero se contuvo. Sin mediar palabra, cogió una hoja, escribió una nota y se la entregó a Drinkwater.

Este la examinó.

—Hummm... Apenas es legible —dijo. A continuación cogió una pluma y firmó el documento antes de dárselo a Amos.

Hornbeam les habló entre dientes.

—Si con esto termina su cometido, les deseo a todos buenas noches.

Los tres se pusieron en pie y salieron de la estancia musitando palabras de despedida.

Cuando estuvieron en la calle, Spade se relajó y se echó a reír.

—Menuda escenita —dijo—. ¡Se ha puesto hecho una furia!

—Siento que haya sido tan grosero con usted, concejal —se disculpó Amos a Drinkwater.

El hombre asintió.

—Esta noche me he ganado un enemigo —repuso.

—Imagino que los tres nos hemos ganado la enemistad de Hornbeam —observó Spade tras pensarlo.

Amos se dirigió a ellos con pesar.

—Agradezco mucho el gesto. Hornbeam es un enemigo terrible.

—Ya lo sé —dijo Spade—. Pero un hombre debe hacer lo correcto, aunque a veces eso conlleve dificultades.

Al día siguiente, Spade se encaminó a la tienda con la esperanza de ver a la señora Latimer cuando acudiera a recoger el abrigo nuevo. Tuvo suerte. Su entrada fue como la llegada de una cálida brisa, y él volvió a pensar en lo atractiva que era.

Cuando se probó el abrigo, Spade observó su cuerpo con la excusa de comprobar cómo le quedaba la prenda. Tenía unas curvas maravillosas, y no pudo evitar imaginar sus pechos debajo de aquella ropa.

Él creía que estaba siendo discreto, pero la mujer captó su mirada y Spade se sintió profundamente avergonzado. La señora Latimer arqueó las cejas de manera casi imperceptible y lo obsequió con un sincero gesto de interés, como si aquella mirada la hubiera sorprendido sin llegar a disgustarle.

A Spade lo invadió un bochorno indescriptible al ver que lo había pillado mirándola, y apartó la vista de inmediato mientras sentía cómo le ardían las mejillas.

—Sí —dijo Kate—. Me parece que Becca lo ha dejado perfecto.

—Discúlpenme, señoras, pero debo volver al trabajo —se excusó Spade, y salió por la puerta trasera.

Estaba enfadado consigo mismo por haberse comportado de forma irrespetuosa. Sin embargo, también se sentía intrigado por la reacción de la señora Latimer. No se había mostrado ofendida. Más bien parecía alegrarse de que él se hubiera fijado en sus pechos.

«¿Qué estoy haciendo?», se dijo.

Llevaba una década sin mantener relaciones íntimas, desde que murió su esposa, Betsy. No es que no sintiera deseos de hacerlo; más bien al contrario. Había pensado en varias mujeres. Los hombres viudos solían volver a casarse, casi siempre con mujeres más jóvenes. Pero a él las muchachas no le llamaban la atención. Una mujer joven debe casarse con un hombre joven, pensaba. Luego apareció Cissy Bagshaw, la viuda de un pañero, una mujer práctica y enérgica de su misma edad. Ella le había dejado claro que estaría encantada de compartir lecho con él y avenirse a lo que ella llamaba «hacer un apaño», como si ambos fueran prendas de vestir que pudieran retocarse o sustituirse a conveniencia. A Spade le gustaba aquella mujer, pero con eso no bastaba. El amor que había sentido por Betsy era auténtica pasión, y no valía la pena plantearse nada que no estuviera a la altura.

Sin embargo, de repente, percibía que quizá podría llegar a sentir pasión por Arabella Latimer. Algo se removía en lo más profundo de su ser cuando estaba con ella. No era solo su aspecto, aunque también eso le complacía. Tenía que ver con la forma en que parecía entender el mundo, como si le resultara divertido pero aún tuviera que llegar a serlo más. Él lo veía de la misma manera.

Cuando imaginaba cómo sería estar casado con Arabella, sentía que nunca se cansarían de hacer el amor y que siempre tendrían algo de que hablar.

Y a ella no le había importado que se fijara en sus pechos.

Pero ya estaba casada.

Con el obispo.

«O sea que será mejor que me olvide de ella», pensó.

# 9

Cuando la alegría por haber dejado a Hornbeam con un palmo de narices empezó a desvanecerse, Amos se puso a pensar en el futuro. Tenía ante sí un camino que se le hacía cuesta arriba. Estaba dispuesto a trabajar duro —eso no era ninguna novedad—, pero ¿sería suficiente? Si lograba ampliar el negocio podría devolver antes la deuda e incluso empezar a acumular algo de dinero. Sin embargo, la escasez de hilo se interponía en sus planes. ¿Cómo podía conseguir más?

Se le pasó por la cabeza la idea de pagar más a los hilanderos. Como casi todos eran mujeres, su labor estaba muy mal remunerada. Si les aumentaba la tarifa, ¿habría más hilanderas? No estaba seguro. Las mujeres tenían otras responsabilidades y muchas simplemente no disponían de tiempo. Además, el sector era conservador: si Amos subía sus tarifas, otros pañeros de Kingsbridge lo acusarían de llevar el negocio a la ruina.

Sin embargo, la idea de tener que pasar años y años bregando para poder subsistir y que le cuadrasen las cuentas le resultaba tremendamente deprimente.

Una tarde, a última hora, se cruzó con Roger Riddick en Fish Street.

—Oye, Amos, compañero —dijo Roger, recurriendo al tono propio de los universitarios—. ¿Podría quedarme a dormir en tu casa esta noche?

—Por supuesto, será un placer —respondió Amos—. Yo siempre he gozado de vuestra hospitalidad en Badford Manor. Quédate un mes, si quieres.

—No, no, volveré a casa mañana, pero es que he perdido todo mi dinero en el local de Culliver, y estaré sin blanca hasta que el terrateniente me dé mi siguiente asignación.

Hugh Culliver, conocido por todos como Sport, tenía un local en Fish Street. La planta baja era una taberna y un café, el primer piso era un garito de apuestas y, encima, en la última planta, había un burdel. Roger era cliente asiduo del primer piso.

—En casa nos espera la cena —dijo Amos.

—Estupendo.

Se pusieron en camino.

—Bueno, ¿y tú cómo estás? ¿Cómo te van las cosas? —preguntó Roger.

—Pues... la chica de la que estoy enamorado prefiere a un cintero de pelo rubio.

—Me parece que encontrarás una solución a ese problema en la planta superior del establecimiento de Culliver.

Amos hizo caso omiso de aquella sugerencia. La idea de ir con prostitutas no le tentaba lo más mínimo.

—Aún tengo mucho terreno que recuperar antes de empezar a devolver la deuda de mi padre.

—¿Y esta guerra te va a afectar? Los franceses están ganando en todas partes: Saboya, Niza, Renania, Bélgica...

—Buena parte del paño procedente del oeste de Inglaterra se exporta a la Europa continental, y la guerra va a trastocar eso, pero habrá contratos de avituallamiento con el ejército para compensarlo. Nuestras tropas van a necesitar muchos uniformes nuevos, así que espero poder llevarme un pellizco... si es que consigo el hilo.

Llegaron a la casa. La madre de Amos tenía ya lista una cena a base de jamón y cebollas encurtidas acompañada de pan y cerveza. No tardó en colocar otro plato en la mesa para Roger y luego se fue a la cama, despidiéndose de ellos:

—Os dejaré para que podáis hablar tranquilos, muchachos.

Roger dio un largo trago de cerveza.

—¿Conque hay escasez de hilo, dices? —preguntó.

—Sí. Spade cree que es por culpa de la lanzadera volante. Las tejedoras trabajan más rápido, pero las hilanderas no.

—Estuve en Combe no hace mucho y fui a visitar una fábrica de algodón del padre de un compañero de estudios en la universidad.

Amos asintió con la cabeza. La mayor parte de la fabricación de algodón tenía lugar en el norte y en la zona central de Inglaterra, pero también había unas pocas fábricas en el sur, casi todas en ciudades portuarias como Combe y Bristol, que era donde atracaban los barcos cargados con balas de algodón crudo.

—Ya sabes que los productores de tejidos de algodón han inventado una máquina de hilar, ¿verdad? —siguió diciendo Roger.

—Sí, ya lo había oído. Pero no funciona con la lana.

—La llaman la hiladora Jenny..., es un artilugio fabuloso —dijo Roger con entusiasmo. A él le apasionaban toda clase de máquinas, cuanto más complicadas, mejor—. Una sola persona puede hilar ocho carretes a la vez. Y el artilugio es tan fácil de usar que puede hacerlo una mujer.

—Ojalá tuviera yo una máquina capaz de trabajar ocho veces más rápido que la rueca tradicional —repuso Amos—, pero las fibras de algodón son más resistentes que la lana. Esta se rompe muy fácilmente.

Roger se quedó pensativo.

—Eso es un problema —dijo—, pero no veo por qué tendría que ser insalvable. Podría reducirse la tensión de los hilos, y tal vez podrías usar la máquina con la lana más gruesa y dura, y reservar el hilado manual para el material más delicado... Tengo que echarle otro vistazo a esa máquina.

Amos empezó a albergar un atisbo de esperanza. Sabía lo ingenioso que era Roger en su taller de Badford.

—¿Por qué no vamos juntos a Combe? —le propuso.

Roger se encogió de hombros.

—¿Por qué no?

—Hay una diligencia pasado mañana. Podríamos estar ahí a media tarde.

—Muy bien —convino Roger—. No tengo nada más que hacer, ahora que he perdido todo mi dinero.

Amos puso un anuncio en la *Kingsbridge Gazette* y en el *Combe Herald*:

A todos los estimados comerciantes de paño:
el señor Amos Barrowfield desea anunciar
que el sólido negocio familiar de su padre,
el difunto Obadiah Barrowfield,
**prosigue adelante sin interrupción.**
Los tejidos finos son nuestra especialidad:
mohair, merino, cachemira fina,
tanto en estado puro como en mezclas con seda, algodón y lino.
**SE ATIENDEN TODAS LAS SOLICITUDES A VUELTA DE CORREO.**
Amos Barrowfield
High Street
Kingsbridge

Se lo mostró a Spade en la Casa Metodista.

—Muy bien —dijo Spade—. Sin criticar a tu padre, das a entender que las dificultades recientes por las que atravesaba la empresa se han solucionado y que ahora el negocio está en manos de una nueva dirección, más dinámica.

—Exacto —repuso Amos, complacido.

—Creo firmemente en la publicidad —observó Spade—. No es que pueda vender tus productos por sí misma, pero crea oportunidades.

Eso era justo lo que pensaba Amos.

Esa noche se reunían para su sesión de estudio de la Biblia, y el tema era la historia de Caín y Abel, pero, en cuanto salió a relucir el tema del asesinato, se pusieron a hablar de la ejecución del rey de Francia. El obispo de Kingsbridge había pronunciado un sermón en el que sostenía que lo que habían hecho los revolucionarios franceses podía considerarse un asesinato.

Esa era la opinión de la nobleza británica, el clero y la mayor parte de la clase política. El primer ministro William Pitt no disimulaba su virulenta hostilidad hacia los revolucionarios franceses, pero los *whigs* de la oposición estaban divididos; en su mayoría apoyaban a Pitt, pero una minoría sustancial veía muchos aspectos positivos en la revolución. La población estaba igual de dividida: una minoría defendía hacer reformas democráticas, en la línea de los franceses, pero una cauta mayoría declaraba su lealtad al rey Jorge III y su oposición a la revolución.

Rupe Underwood se alineaba con Pitt.

—Fue un asesinato en toda regla —dijo con indignación—. ¡Un acto inicuo!

Un mechón del flequillo le cayó sobre la frente y echó la cabeza hacia atrás para devolverlo a su sitio.

Luego miró a Jane.

Amos se dio cuenta de que estaba actuando única y exclusivamente para Jane. Esa noche, la joven era la elegancia personificada, como de costumbre, ataviada con un vestido azul marino y un sombrero de copa, como el de un hombre. ¿Se sentiría atraída por la postura de superioridad moral de Rupe?

Spade veía las cosas de otro modo, como solía ocurrir.

—El día que el rey francés acabó en la guillotina, nosotros aquí en Kingsbridge ahorcamos a Josiah Pond por robar una oveja. ¿Eso también fue un asesinato?

A Amos le habría gustado terciar con algún comentario ingenioso para impresionar a Jane y hacer quedar a Rupe como a un necio, pero no sabía muy bien de qué lado estaba él ni qué pensaba exactamente sobre la Revolución francesa.

—Dios hizo rey a Luis XVI —señaló Rupe con actitud beata.

—Y Dios hizo un hombre pobre a Josiah —replicó Spade.

«Pero ¿por qué no se me habrá ocurrido a mí esa respuesta?», pensó Amos.

—Josiah Pond era un ladrón, y fue juzgado y hallado culpable por un tribunal —dijo Rupe.

—Y Luis era un traidor, acusado de conspirar con los enemigos de su patria —respondió Spade—. Fue juzgado y hallado culpable, igual que Josiah. Solo que la traición es peor que robar una oveja, en mi opinión.

Amos decidió que no le hacía falta dejar en evidencia a Rupe porque Spade ya lo estaba haciendo por él.

Rupe adoptó entonces un tono pretencioso:

—La mácula de esa ejecución acompañará a todos y cada uno de los franceses durante cientos de años.

Spade sonrió.

—¿Y te acompaña a ti, Rupe, una mácula similar?

El hombre frunció el ceño, sin comprender.

—Yo nunca he matado a un rey, obviamente.

—Pero tus ancestros y los míos ejecutaron a Carlos I, rey de Inglaterra, hace ciento cuarenta y tantos años. Siguiendo tu lógica, nosotros cargamos aún con la mácula de esa ejecución.

Los argumentos de Rupe empezaban a flaquear.

—Matar a un rey nunca ha traído nada bueno —dijo a la desesperada.

—No estoy de acuerdo —replicó Spade tajante—. Desde que los ingleses matamos a nuestro rey hemos gozado de más de un siglo de libertad religiosa, cada vez mayor, mientras que los franceses se han visto forzados a ser católicos… hasta ahora.

A Amos le pareció que Spade estaba yendo demasiado lejos, y al menos en ese momento encontró las palabras para intervenir:

—Pero han muerto muchísimos franceses por sostener opiniones contrarias —apuntó.

—¿Oyes, Spade? —exclamó Rupe—. ¿Qué le dices a Amos?

—Le digo que tiene razón—contestó Spade para sorpresa de todos—. Solo os recuerdo las palabras del Señor: «Saca primero la viga de tu propio ojo, y entonces verás bien para sacar la paja del ojo de tu hermano». En lugar de centrarnos en lo que los franceses están haciendo mal, deberíamos preguntarnos qué reformas son necesarias aquí, en nuestro propio país.

Entonces intervino el canónigo Midwinter.

—Amigos, creo que hemos llevado el debate lo suficientemente lejos por esta noche —dijo—. Cuando salgamos de aquí, todos los presentes podemos preguntarnos qué pensaría nuestro Señor, recordando que Él mismo fue ejecutado.

Aquello sorprendió a Amos. Resultaba fácil olvidar que la religión cristiana giraba en torno a la sangre, la tortura y la muerte…, sobre todo allí, en el austero interior de la Casa Metodista, viendo aquellas paredes encaladas y el mobiliario sencillo. Los católicos solían inclinarse más por el realismo, con sus estatuas de la Crucifixión y sus cuadros con la representación de la tortura y la muerte de sus mártires.

Midwinter siguió hablando:

—¿Condenaría el Señor la ejecución en la guillotina del rey francés? Y, de ser así, ¿aprobaría el ahorcamiento de Josiah Pond? No ofrezco ninguna respuesta a estas preguntas, simplemente creo que reflexionar sobre ellas a la luz de las enseñanzas de Jesús puede aclarar nuestra mente y mostrarnos que tales cuestiones nunca son sencillas. Y, ahora, acabemos con una oración.

Todos inclinaron la cabeza.

La oración fue breve.

—Oh, Señor, concédenos el valor para luchar por lo que está bien y la humildad para saber cuándo nos equivocamos. Amén.

—Amén —entonó Spade en voz alta.

Al llegar a Kingsbridge, la diligencia que cubría el trayecto entre Bristol y Combe se detuvo en la taberna Bell, en la plaza del mercado. Amos y Roger ocuparon sendos asientos en el exterior. Amos no podía permitirse una plaza en el interior y Roger estaba sin blanca.

—¡Te devolveré el dinero! —dijo Roger, pero Amos se negó. Sentía un gran aprecio por su amigo, pero no era sensato hacer préstamos a los jugadores empedernidos.

El carruaje dejó la plaza del mercado y enfiló hacia Main Street, donde la mayoría de las casas habían pasado a ser comercios. Atravesó el río por la doble estructura conocida como el Puente de Merthin, por su constructor medieval. El vehículo avanzó desde la ribera septentrional hasta la isla de los Leprosos, pasó por el Hospital de Caris y luego siguió cruzando el río hasta llegar a la ribera sur. A partir de ahí enfiló la carretera serpenteante que atravesaba el próspero barrio en las afueras llamado Loversfield, el «campo de los enamorados». Amos suponía que, en tiempos, allí era a donde iban las parejas que no estaban casadas para pasar un rato a solas. Sin embargo, allí ya no quedaba rastro de ningún campo, aunque algunos de los jardines contaban con huertos. Luego el carruaje pasó por una larga sucesión de casas diseminadas más pobres y salió al fin a campo abierto.

Hacía frío, pero ambos hombres iban abrigados con enormes sobretodos y bufandas y gorros de punto. Roger fumaba una pipa. En las tabernas donde la diligencia fue deteniéndose a hacer posta para cambiar de caballos compraron bebidas reconfortantes: té, sopa o whisky con agua caliente.

Amos estaba imbuido de optimismo. Se decía a sí mismo que era demasiado pronto para hacerse muchas ilusiones, pero no podía evitar pensar que la idea de Roger quizá transformara su negocio por completo: ¡una máquina capaz de hilar ocho bobinas de hilo a la vez!

Pasaron la noche en una posada y luego, por la mañana, fueron a casa del amigo de Roger, Percy Frankland. El padre de Percy era un comerciante próspero y los recibió con un opíparo desayuno junto con su esposa y sus dos hijos adolescentes, además de Percy. Amos apenas probó bocado. Estaba bastante tenso por la visita, temiendo que sus esperanzas se viesen truncadas.

Nada más desayunar se dirigieron al almacén, que estaba en los mismos terrenos de la casa. La planta baja estaba destinada al almacenaje, mientras que la hilatura tenía lugar en la planta de arriba.

Cuando Amos entró por fin en la sala de hilar, aún tardó un buen rato en asimilar lo que veían sus ojos; luego se dio cuenta de que no era una sola máquina, sino una fila entera de máquinas hiladoras.

Cada máquina era como una mesa pequeña que llegaba a la altura de la cintura, de casi un metro de largo y medio metro de ancho, sostenida por cuatro patas de aspecto robusto. Al parecer, el artilugio estaba manejado por dos personas: una mujer y un niño. La mujer se situaba en un extremo sumamente estrecho mientras los hilos se tensaban hasta los husos del extremo contrario. Con la mano derecha accionaba una gigantesca rueda en un lado. La rueda hilaba los ocho husos que retorcían el algodón hasta convertirlo en un hilo tenso. Cuando la mujer consideraba que el hilo ya estaba lo bastante tirante, empleaba la mano izquierda para empujar hacia delante un travesaño que cargaba ocho nuevas mechas sueltas.

Había ocho máquinas en la sala.

—¿Qué hace el niño? —preguntó Amos al señor Frankland.

—Es el encargado de reparar los hilos rotos de su madre —contestó el señor Frankland.

Vieron a un niño de unos once años en plena faena. El pequeño se metió debajo de la máquina para que así su madre no tuviese que interrumpir su trabajo. A los peones de las fábricas textiles les pagaban por las cantidades de hilo que producían, nunca por sus horas de trabajo. El chiquillo tomó los extremos de los dos hilos y se los puso en la palma de la mano izquierda de modo que se solapasen unos siete u ocho centímetros. A continuación, usó la palma de la mano derecha para frotar los hilos con movimientos cortos, presionando con fuerza. Cuando apartó la mano derecha, los dos hilos se habían entrelazado de manera que formaban uno solo de nuevo. El proceso apenas había durado unos pocos segundos.

Amos advirtió que las palmas de las manos del niño estaban

encallecidas por el movimiento de frotación constante. Cogió la mano derecha del pequeño y le tocó la parte engrosada.

—Tengo las manos duras —dijo el niño con orgullo—. Ya no me sale ni una miaja de sangre siquiera...

—Parece que los hilos deben de romperse a menudo si es que hace falta tener a alguien de forma continua para repararlos —le dijo Amos al señor Frankland.

—Me temo que así es.

Aquello no era nada bueno.

—Si la fibra de algodón se rompe tan a menudo, la lana podría romperse a todas horas —le dijo Amos a Roger—. Hasta a las hiladoras manuales como Sal Clitheroe se les rompen los hilos de vez en cuando.

—¿Hay algún momento concreto del proceso en que es más probable que el hilo se rompa? —le preguntó Roger al niño—. ¿Entiendes lo que quiero decir?

—Sí, señor —respondió el chico—. Es cuando se tensa el hilo. Sobre todo si mi madre estira demasiado.

—Tal vez yo pueda hacer algo al respecto —le dijo Roger a Amos.

Amos no cabía en sí de júbilo. Aquella máquina podía facilitarle el hilo que necesitaba para ampliar el negocio. Pero no solo eso: tampoco tendría que ir de aquí para allá buscando gente por los pueblos. Una sala llena de máquinas hiladoras en su almacén podía proporcionarle más hilo que todas las aldeanas juntas. Y si alguna se ponía enferma y no podía trabajar, él no tardaría una semana en enterarse. La máquina le otorgaría más control sobre el proceso.

Reprimiendo su entusiasmo, intentó abordar el tema desde un punto de vista práctico.

—No sé si la hiladora Jenny puede modificarse para trabajar con lana, pero, si decidiera que sí es posible, ¿adónde tendría que acudir para comprar una? —le preguntó a Frankland.

—Hay varios sitios en el norte, donde las fabrican —contestó el hombre. Dudó un momento antes de añadir—: Aunque también podría venderle una de las mías. Estoy a punto de sustituirlas por una máquina más grande que se llama mula hiladora. Es capaz de hilar cuarenta y ocho hilos a la vez.

Amos se quedó atónito.

—¡Cuarenta y ocho!

—Montones de husos brotando por todas partes como las flores en primavera —comentó Roger.

Amos se centró en los aspectos prácticos.

—¿Cuándo cree que le entregarán la mula hiladora?

—Uno de estos días.

—¿Y cuánto pide por una hiladora Jenny de segunda mano?

—Me costaron seis libras, y no se desgastan..., así que podría venderle una usada por cuatro libras.

«Y la tendría en solo unos días», pensó Amos.

Podía conseguir juntar cuatro libras, aunque se quedaría sin ningún margen para emergencias. Sin embargo, su cabeza volvía una y otra vez a la misma pregunta: ¿funcionaría aquella máquina con las fibras de lana? Y la respuesta siempre era la misma: el único modo de averiguarlo era probándolo.

Aun así, seguía indeciso.

—Un maestro algodonero va a venir mañana a echar un vistazo a las máquinas —dijo Frankland.

—Le daré una respuesta esta tarde —contestó Amos—. Y gracias por esta oportunidad. Se lo agradezco enormemente.

Frankland sonrió y asintió con la cabeza.

—Entretanto, tengo que hablar en serio con mi ingeniero.

Todos se estrecharon la mano y Amos y Roger abandonaron el edificio.

Fueron a una taberna y pidieron una cena ligera. Roger estaba rebosante de entusiasmo, con el rostro sonrosado rojo de excitación.

—Ya sé cómo reducir el índice de hilos rotos —anunció—. Lo estoy visualizando.

—Qué bien —repuso Amos. Sabía que estaba en una encrucijada de su vida: si llevaba aquel plan adelante y las cosas salían mal, luego tendría que resignarse a pasar más años aún de los previstos ahorrando el dinero necesario para saldar su deuda; pero si las cosas salían bien, empezaría a ganar dinero de verdad—. Es un riesgo —le dijo a Roger.

—Me gustan los riesgos —contestó su amigo.

—Yo los detesto —replicó Amos.

Pero compró la máquina.

Amos decidió dejarse llevar por el optimismo y postularse para conseguir un contrato para el avituallamiento del ejército antes de que llegase la hiladora Jenny.

El coronel de la Milicia de Kingsbridge era el vizconde Henry Northwood, el hijo y heredero del conde de Shiring. Por lo general, el cargo era sobre todo simbólico, pero en Shiring la tradición dictaba que el hijo del conde fuese un coronel en activo. Northwood también era miembro del Parlamento por Kingsbridge: tal como decía Spade, a la nobleza le gustaba que los cargos importantes se quedaran en la familia.

Por lo general, Northwood vivía con su padre en Earlscastle, pero una vez que convocaron a la milicia había alquilado Willard House, un edificio de grandes dimensiones en la plaza del mercado con espacio para el coronel y varios de los oficiales de más alto rango. Según contaba la leyenda de Kingsbridge, antiguamente la casa había pertenecido a Ned Willard, quien había sido una figura muy relevante en la corte de la reina Isabel, aunque nadie sabía con exactitud por qué.

La llegada de Northwood había causado un gran revuelo social: a sus veintitrés años estaba soltero y era, sin lugar a duda, el mejor partido de todo el condado.

Amos no lo conocía, y tampoco conocía a nadie que pudiese presentárselo, por lo que decidió ir hasta Willard House a probar suerte.

En la espaciosa sala de entrada lo detuvo un hombre de unos cuarenta años vestido con el uniforme de sargento: calzones y polainas blancas, una chaqueta corta roja y un chacó. El rojo de la chaqueta era en realidad de un color rosa apagado, señal del deficiente proceso de tintado.

—¿Qué es lo que quiere, joven? —dijo el sargento con brusquedad.

—He venido a hablar con el vizconde Northwood, su coronel.

—¿Lo espera?

—No. Tenga la bondad de decirle que Amos Barrowfield querría hablar con él sobre el uniforme que lleva usted puesto.

—¿Sobre mi uniforme? —exclamó el hombre con indignación.

—Sí, debería ser rojo, y no rosa. —El sargento se miró las mangas y frunció el ceño. Amos siguió hablando—: Me gustaría ver a la Milicia de Shiring bien vestida, y supongo que el vizconde Northwood opinará lo mismo.

El sargento vaciló durante largo rato antes de decir:

—Espere aquí. Iré a preguntar.

Allí de pie en la entrada, Amos reparó en que el lugar era un hervidero de actividad: los hombres iban a toda prisa de una estancia a otra y mantenían breves conversaciones al cruzarse en la escalera. Transmitía una impresión de bulliciosa eficiencia. Muchos de los oficiales del ejército que pertenecían a la aristocracia eran hombres despreocupados e indolentes, eso era algo que sabía todo el mundo, pero tal vez Northwood fuese diferente.

—Sígame, por favor —dijo el sargento al volver junto a Amos.

Lo condujo a una espaciosa sala en la parte delantera de la casa, con un ventanal que daba a la fachada oeste de la catedral. Northwood estaba sentado tras un enorme escritorio, y un buen fuego ardía vigorosamente en la chimenea.

También sentado cerca del escritorio, vestido con un uniforme de teniente y con un puñado de papeles en la mano, había un hombre al que Amos ya conocía: Archie Donaldson, un metodista. Amos lo saludó con un movimiento de cabeza e hizo una inclinación ante el vizconde.

Northwood no llevaba peluca y lucía el pelo corto y rizado. Tenía una enorme nariz y una expresión afable, pero examinó a

Amos con un brillo inteligente en la mirada. «Solo dispongo de un minuto para impresionar a este hombre —pensó Amos—, y, si no lo logro, me echarán de aquí sin pestañear».

—Amos Barrowfield, señor, pañero de Kingsbridge.

—¿Qué le pasa al uniforme del sargento Beach, Barrowfield?

—Que lo han teñido con rubia granza, un tinte vegetal de color rosado más que rojo, que se destiñe rápidamente. Quizá sea pasable para los soldados rasos, pero la tela de los uniformes de los sargentos y otros suboficiales debería teñirse con extracto de laca, que proviene de un insecto escama y se usa para obtener un rojo intenso, aunque no es tan caro como la cochinilla, a partir de la que se produce el auténtico «rojo del Imperio británico» y que se utiliza para los uniformes de los oficiales.

—Me gustan los hombres que conocen al detalle el negocio al que se dedican —comentó Northwood.

Amos se sintió muy satisfecho.

—Y me imagino que pretende suministrar a la milicia el paño para los uniformes —continuó Northwood.

—Me gustaría ofrecerle un velarte robusto y resistente a las inclemencias del tiempo, de dieciséis onzas, para los soldados rasos y los sargentos. Para los oficiales le propongo un velarte más fino y ligero, igual de práctico pero con un acabado más suave, hecho de una lana española especial de importación. Las telas finas son mi especialidad, señor.

—Entiendo.

Amos estaba completamente lanzado.

—En cuanto a los precios…

Northwood levantó la mano para interrumpirlo.

—Ya he oído suficiente, gracias.

Amos se calló. Supuso que estaba a punto de rechazar su propuesta.

Sin embargo, Northwood no lo despachó, sino que se volvió hacia Donaldson.

—Escriba una nota, por favor —dijo. Donaldson cogió una hoja de papel y mojó una pluma en el tintero—. Dígale al comandante que tenga la bondad de hablar con Barrowfield sobre el paño para los uniformes. —Northwood se dirigió entonces a Amos—. Quiero que vaya a ver al comandante Will Riddick.

Amos reprimió un gruñido extrañado.

Donaldson secó la nota y se la dio a Amos, sin molestarse en sellarla o doblarla siquiera.

—Riddick es el responsable de todas las compras, con ayuda del oficial de intendencia. Tiene un despacho en esta casa, justo al subir las escaleras. Gracias por haber venido.

Amos hizo una inclinación y salió, disimulando su consternación. Había impresionado a Northwood, o al menos esa era su sensación, pero seguramente no le había servido de nada.

Encontró a Riddick en la planta superior, en la parte del fondo de la casa, en una pequeña habitación saturada de humo de pipa. Will vestía una casaca roja y calzones blancos. Recibió a Amos con desconfianza.

El pañero trató de mostrarse lo más cordial posible.

—Me alegro de verte, Will —dijo con jovialidad—. Vengo de hablar con el coronel Northwood. Te ha escrito esta nota.

Amos le dio la hoja.

Will la leyó, demorándose en la lectura del papel más tiempo del que parecería necesario para un mensaje tan breve. A continuación, tomando una decisión, dijo:

—¿Sabes qué? Vamos a tratar este asunto mientras nos tomamos una jarra de cerveza.

—Como quieras —contestó Amos, aunque no sentía ninguna necesidad de tomar cerveza a tan temprana hora del día.

Salieron de la casa. Amos dio por sentado que irían a la taberna Bell, a pocos pasos de allí, pero Will lo condujo cuesta abajo y torció por Fish Street. Para consternación de Amos, se detuvo en el establecimiento de Sport Culliver.

—¿Te importa si vamos a otro sitio? —dijo Amos—. Este local tiene mala reputación.

—Tonterías —repuso Will—. Solo vamos a tomar una cerveza. No hace falta que subamos al piso de arriba.

Entró en el interior.

Amos lo siguió, con la esperanza de que no los viese ningún metodista.

Aunque nunca había estado allí, lo cierto era que la planta baja tenía el mismo aspecto que cualquier otra taberna, por suerte, y apenas había indicios de las prácticas de vicio y perdición que tenían lugar en otras partes del establecimiento. Era un consuelo, pero aún estaba incómodo. Se sentaron en un rincón apacible y Will pidió dos jarras de *porter*, una cerveza fuerte.

Amos decidió ir directo al grano.

—Puedo ofrecerte velarte para los uniformes de los reclutas a un chelín el metro —le propuso—. No vas a conseguir mejor precio en ningún sitio. El mismo paño teñido con laca para los sargentos y otros suboficiales, tres peniques más. Y el velarte extrafino, para los oficiales, de rojo Imperio británico, a solo tres chelines y seis peniques el metro. Que me parta un rayo si te sale mejor con otro pañero de Kingsbridge.

—¿De dónde vas a sacar el hilo? Me han dicho que hay escasez.

A Amos le sorprendía que Will estuviese tan bien informado.

—Cuento con un proveedor especial —dijo. Casi era la verdad: iban a entregarle la hiladora Jenny en cualquier momento.

—¿Qué proveedor?

—No puedo decírtelo.

Un camarero les sirvió la cerveza y se quedó plantado de pie, esperando. Will miró a Amos y este se dio cuenta de que pretendía que pagase él. Se sacó unas monedas de la bolsa y se las dio al hombre.

Will tomó un largo trago de cerveza oscura y lanzó un suspiro de satisfacción.

—Supón que la milicia necesitase cien uniformes de sargento —dijo.

—Entonces necesitarías doscientos metros de velarte teñido con extracto de laca a un chelín con tres peniques, de modo que te costarían doce libras con diez chelines. Si me encargas el pedido ahora mismo podría dejártelo en doce libras. Estoy haciéndote un precio muy ajustado, pero sé que estarás tan satisfecho con la calidad del tejido que me encargarás más.

Amos tomó un sorbo de cerveza para disimular los nervios.

—Eso suena bien —dijo Will.

—Me alegro.

Además de satisfecho, Amos estaba sorprendido. No esperaba que le fuese a resultar tan fácil venderle su género a Will, y, aunque no era un pedido muy grande, aquello podía ser solo el principio.

—Voy a casa, preparo la factura por el encargo y te la traigo de aquí a unos minutos para que la firmes.

—Muy bien.

—Gracias —dijo Amos, levantando su jarra y acercándola a la de Will para entrechocarla con la suya, un gesto que simbolizaba llegar a un acuerdo. Ambos bebieron.

—Una cosa más —añadió Will—. Haz la factura por catorce libras.

Amos no entendía qué quería decir.

—Pero si el precio es doce.

—Y doce es lo que voy a pagarte.

—Entonces ¿cómo voy a hacerte la factura por catorce?

—Así es como hacemos las cosas en el ejército.

De pronto, Amos ató cabos.

—Le dirás al ejército que el precio son catorce libras, a mí me pagarás doce y te quedarás con dos para ti.

Will no lo negó.

—¡Eso es un soborno! —protestó Amos, absolutamente indignado.

—¡Baja la voz! —Will miró alrededor, pero estaban solos—. Sé más discreto, insensato.

—Pero ¡es una estafa!

—¿Se puede saber qué te pasa? Así es como se hacen negocios. ¿Cómo puedes ser tan ingenuo?

Por un momento, Amos se preguntó si Will estaría diciendo

la verdad, si todos los tratos comerciales de esa clase conllevaban sobornos. Tal vez aquella era una de las cosas que su padre no le había contado. Entonces recordó cuántos pañeros de Kingsbridge eran metodistas y estuvo seguro de que ellos nunca serían comerciantes corruptos.

—No pienso emitir una factura falsa —dijo.

—Pues, en ese caso, te quedas sin pedido.

—¿Crees que encontrarás a otro pañero dispuesto a pagarte un soborno?

—Estoy seguro.

Amos negó con la cabeza.

—Bueno, pues no es así como hacemos negocios los metodistas.

—Peor para vosotros —dijo Will y vació su jarra de cerveza.

# 10

Will Riddick regresó a Badford un día antes de que Kit acabara sus seis semanas de reposo absoluto.

Fue mala suerte que el protector de Kit, Roger, hubiera partido una semana antes. El servicio había oído decir que estaba en Kingsbridge, en la casa de Amos Barrowfield, trabajando en un proyecto misterioso del que nadie sabía nada.

Kit estaba impaciente por levantarse de la cama.

Al principio, cuando le dolía la cabeza y todavía notaba la conmoción, ni siquiera había querido moverse. Estaba tan cansado que fue un alivio poder quedarse en esa cama suave y cálida. Tres veces al día, Fan lo ayudaba a incorporarse y le daba de comer gachas, caldo o pan empapado en leche tibia. El esfuerzo de comer lo agotaba, así que volvía a tumbarse en cuanto había terminado.

La situación fue cambiando paulatinamente. A veces veía pájaros por su ventana, y convenció a Fan para que dejara migas en el alféizar y, así, atraerlos. Fan solía sentarse un rato con él después de la cena del servicio y, cuando no tenían nada de que hablar, él le contaba las historias bíblicas que sabía gracias a su madre: el arca de Noé, Jonás y la ballena, José y su túnica de colores. Fan no conocía muchos relatos de la Biblia. Se había quedado huérfana a la edad de siete años y había entrado a trabajar en la casa solariega, donde nadie se ocupaba de contar historias a los niños. No sabía leer ni escribir, ni siquiera su nombre. A Kit le sorprendió enterarse de que no le pagaban un sueldo. «Es como si trabajara para mis padres —explicó ella—. O eso dice el terrateniente».

Cuando Kit se lo contó a su madre, Sal comentó: «Para mí eso es esclavitud», pero se arrepintió enseguida de haberlo dicho y le advirtió a su hijo que no lo repitiera jamás.

Su madre iba a verlo todos los domingos por la tarde. Entraba por la puerta de la cocina y subía por la escalera trasera para no cruzarse con el terrateniente o sus hijos. Fan decía que ni siquiera sabían que iba a visitarlo.

Kit tenía muchísimas ganas de volver a la normalidad. Quería vestirse y comer en la cocina con los demás sirvientes. Incluso le apetecía volver a limpiar chimeneas y sacar brillo a las botas con Fan.

Pero su entusiasmo se esfumó de golpe. Con Will en la casa, estaría más seguro si seguía encerrado.

El día de su alta tenía que quedarse en la cama hasta que lo hubiera examinado el cirujano, Alec Pollock. Poco después del desayuno, Alec entró en la habitación con su casaca raída.

—¿Cómo se encuentra mi joven paciente después de seis semanas? —preguntó.

Kit dijo la verdad.

—Estoy bien, señor. Seguro que ya puedo volver a trabajar. —No mencionó que tenía miedo de Will.

—Bueno, parece que estás mejorando.

—Agradezco la cama y la comida —añadió Kit.

—Sí, sí. A ver, ¿por qué no me dices tu nombre completo?

—Christopher Clitheroe. —Se preguntó por qué querría saber eso el cirujano.

—¿Y en qué época del año estamos?

—A finales de invierno, principios de primavera.

—¿Recuerdas cómo se llama la madre de Jesús?

—María.

—Bueno, pues parece que ese maldito caballo de Will no te ha dejado secuelas graves en el cerebro.

Kit comprendió entonces por qué el cirujano le había hecho unas preguntas con respuestas tan obvias: para asegurarse de que tenía la cabeza bien.

—¿Significa eso que puedo trabajar? —quiso saber.

—No, todavía no. Tu madre podrá llevarte a casa con ella, pero no deberías hacer ningún esfuerzo durante otras tres semanas.

Menudo alivio. Podría escapar de Will un poco más y, después, tal vez este tuviera que regresar de nuevo a Kingsbridge. Kit se sintió más animado.

—Déjate la venda en la cabeza para que los demás niños sepan que no puedes participar en juegos bruscos —le indicó Alec—. Nada de jugar al balón, correr o pelear, y mucho menos trabajar.

—Pero mi madre necesita el dinero.

Alec no pareció tomarse eso muy en serio.

—Ya trabajarás cuando estés recuperado del todo.

—No soy ningún holgazán.

—Nadie piensa que lo seas, Kit. Lo que piensan es que un caballo peligroso te dio una coz en la cabeza, que es lo que pasó. Ahora iré a hablar con tu madre. Disfruta de tu última mañana en cama.

Sal añoraba a Kit. Desde que no lo tenía con ella, se sentía casi tan desolada como cuando perdió a Harry. No le gustaba estar sola en casa, sin nadie con quien hablar. No había reparado en que su vida girara en torno a Kit de una forma tan absoluta. Constantemente sentía el impulso de comprobar cómo se encontraba: si tenía hambre, o frío, si estaba cerca, si estaba a salvo. Sin embargo, durante esas últimas semanas otros habían cuidado de él por primera vez desde que nació.

Se alegró de ver entrar a Alec Pollock. Sabía que ese día se cumplían las seis semanas desde el día en que el caballo de Will le dio la coz a su hijo. Enseguida se levantó de la rueca.

—¿Ya está lo bastante recuperado para dejar la cama?

—Sí. Las secuelas podrían haber sido graves, pero lo ha superado. O eso creo.

—Que Dios te bendiga, Alec.

—Es un chico listo, ¿verdad? ¿Me dijiste que tiene seis años?

—Casi siete, ya.

—Está muy espabilado para su edad.

—Eso creo yo, pero todas las madres piensan que sus hijos son extraordinarios, ¿no?

—Sí, aunque no se ajuste a la verdad. —Alec rio—. Ya me he dado cuenta.

—O sea que está sano.

—Pero quiero que te lo quedes en casa tres semanas más. No dejes que salga a jugar ni que haga nada muy activo, no vaya a caerse y a darse un golpe en la cabeza.

—Me aseguraré de ello.

—Después de esas tres semanas, deja que vuelva a la normalidad.

—Te estoy muy agradecida. Sabes que no puedo pagarte.

—Le enviaré la cuenta al terrateniente y esperemos que se haga cargo.

Alec se marchó y Sal se puso los zapatos y el sombrero y se echó una manta sobre los hombros. El tiempo seguía siendo fresco, aunque ya no helaba.

En los campos, los hombres estaban empezando con el arado de la primavera. La gente la saludaba cuando pasaba junto a las casas.

—Voy a buscar a mi Kit a la casa solariega para traérmelo a la mía, alabado sea el Señor —les decía ella a todos.

Caminaba deprisa. No había necesidad alguna de apresurarse, pero, ahora que Kit estaba a punto de recuperar la libertad, Sal estaba impaciente.

Entró por la puerta de la cocina, como de costumbre, y subió por la escalera trasera. Cuando vio al niño de pie en el dormitorio con la misma ropa harapienta que llevaba el día que entró en la casa solariega, se echó a llorar.

Aún con lágrimas en los ojos, se arrodilló en el suelo y lo abrazó con ternura.

—No te preocupes, que lloro de alegría —dijo.

Estaba feliz porque su hijo no había muerto, pero eso no se lo confesó.

Cuando recuperó la compostura, se levantó y reparó entonces en que Fanny estaba en la habitación, de pie junto a la cama, y también la abrazó a ella.

—Gracias por ser tan buena con mi pequeño.

—Es natural. Kit es un cielo —repuso la chica.

El niño abrazó a Fanny y le dio un beso en su mejilla llena de espinillas.

—Volveré muy pronto para ayudarte con las chimeneas y las botas —prometió.

—Tómate tu tiempo para recuperarte —contestó ella.

Sal le dio la mano y salieron juntos de la habitación. Y allí, en el descansillo, se encontraron con Will.

A Sal se le escapó un grito de sorpresa y se quedó inmóvil un momento mientras notaba que Kit le apretaba la mano con miedo. Entonces hizo una reverencia, bajó los ojos para no mirar a Will directamente e intentó pasar por su lado sin decir nada.

Él se interpuso en su camino.

Kit se encogió e intentó esconderse tras las faldas de su madre.

—No vuelvas a traerlo por aquí —dijo Will—. Ese criajo no sirve para nada.

Sal reprimió su ira. ¿Acaso no había hecho Will ya suficiente? Había matado a su marido y herido a su hijo y, aun así, todavía le quedaban ganas de hostigarla.

—Haré lo que mande el terrateniente, por supuesto —contestó con una voz que a duras penas lograba controlar.

—El terrateniente se alegrará de librarse de ese mequetrefe.

—En tal caso, nos vamos ya, señor. Que tenga un buen día.

Pero Will no se apartaba.

Sal dio un paso hacia él y lo miró a la cara. Era casi igual de alta que Will, y tan fornida como él. Su tono cambió sin que ella lo pretendiera.

—Déjeme pasar —dijo con una voz grave y clara, apenas capaz de ocultar su rabia.

Vio un destello de miedo en los ojos del joven, como si empezara a lamentar ese enfrentamiento, pero también notó que no pensaba recular. Estaba decidido a buscarle problemas.

—¿Me estás amenazando? —dijo. Su desdén no resultaba convincente del todo.

—Tómeselo como le parezca.

—Kit tiene que irse a su casa, señor Will —dijo Fanny con una voz aguda y asustada—. Lo ha dicho el cirujano.

—No sé por qué se ha molestado mi padre en enviar al cirujano. Si el mocoso hubiera muerto, tampoco habría sido una gran pérdida.

Aquello fue demasiado para Sal. Desearle la muerte a alguien era una maldición terrible, y Will casi había matado a Kit ya. Sin pensar lo que hacía, tomó impulso con el brazo derecho y le propinó un puñetazo en un lado de la cabeza. Sal era ancha de espaldas y tenía mucha fuerza en los brazos, así que se oyó un buen golpe cuando su puño hizo diana.

Will se tambaleó, aturdido, y cayó al suelo aullando de dolor. Fanny ahogó un grito de horror.

Sal miró a Will. Le salía sangre de la oreja. Se quedó horrorizada por lo que acababa de hacer.

—Que Dios me perdone —dijo.

Will no hizo ademán de levantarse. Se quedó allí tendido, gimiendo.

Kit se echó a llorar.

Sal lo tomó de la mano y rodeó con él a Will, que seguía quejándose de dolor. Tenían que salir de esa casa lo antes posible. Llevó a Kit hasta la escalera y se apresuró a bajar. Cruzaron la cocina sin dirigirle la palabra a ninguno de los demás sirvientes, que se los quedaron mirando.

Salieron por la puerta trasera y regresaron a casa.

Esa tarde, el terrateniente mandó llamar a Sal.

Había infringido la ley, por supuesto. Era culpable de un delito. Peor aún: era una aldeana sencilla que había atacado a un caballero. Tenía graves problemas.

La ley y el orden eran responsabilidad de los jueces de paz, también llamados magistrados. Los nombraba el lord teniente, el representante del rey en el condado. No eran hombres de leyes, sino los terratenientes locales. Una ciudad como Kingsbridge contaba con varios jueces de paz, pero en un pueblo solía haber uno solo, y en Badford era el terrateniente Riddick.

Los delitos graves los juzgaban dos o más de esos jueces, y las acusaciones que conllevaban pena de muerte debían ser vistas por un juez de la audiencia provincial. Pero los delitos menores, como ir borracho, vagabundear o agredir a alguien sin causarle mucho daño, podía despacharlos un solo juez, normalmente desde su propia casa.

De modo que el terrateniente Riddick sería juez y jurado de Sal.

La declararía culpable, por supuesto, pero ¿cómo la castigaría? Un juez de paz podía ordenar que un delincuente pasara un día en el cepo, sentado en el suelo con las piernas inmovilizadas, un castigo que más que nada suponía una humillación.

La sentencia que Sal temía eran los azotes, algo que los jueces de paz ordenaban a menudo y que era el pan de todos los días en el ejército o la armada. Solía consistir en un acto público. Ataban al convicto a un poste, desnudo o semidesnudo; seguramente la ropa que llevara acabaría hecha jirones de todas formas durante el suplicio. El látigo que se usaba solía ser el temido gato de nueve colas, cuyas nueve trallas de cuero llevaban piedras y clavos engastados para rajar la piel cuanto antes.

La ebriedad podía castigarse con seis azotes; una pelea, con doce. Por atacar a un caballero era probable que le cayeran veinticuatro: una auténtica tortura. En el ejército, algunos hombres recibían cientos de latigazos y a veces morían. Los castigos civiles no eran tan salvajes, pero tampoco eran suaves.

Sal acudió enseguida a la casa solariega y se llevó a Kit consigo; no podía dejarlo solo. Mientras caminaban el uno junto al otro, se preguntó qué podría decir en su defensa. Will era responsable de lo ocurrido, por lo menos en parte, pero señalar eso no sería muy inteligente. Con ello solo conseguiría echar más leña al fuego. A la aristocracia se le permitía poner excusas para sus delitos, pero de la gente corriente se esperaba contrición: cualquier intento de justificarse conllevaría un castigo aún más severo, sin duda.

En la casa solariega, Platts, el mayordomo, la acompañó a la biblioteca, donde el terrateniente Riddick aguardaba sentado tras un escritorio. Will estaba junto a él con un vendaje que le cubría la oreja, y el rector George se había instalado en una mesa auxiliar, con pluma, tinta y un cuaderno. No invitaron a Sal a tomar asiento.

—Bueno, Will, será mejor que cuentes lo ocurrido —dijo el terrateniente.

—Esta mujer se encaró conmigo en el descansillo de arriba.

Ya estaba mintiendo, pero Sal no protestó.

—Le dije que se apartara de en medio —prosiguió Will—, y entonces me dio un puñetazo en la cabeza.

El terrateniente miró a Sal.

—¿Qué tienes que decir en tu defensa?

—Lamento mucho lo sucedido —contestó Sal—. Solo puedo añadir que creo que las tragedias que ha sufrido mi familia estos últimos meses me han hecho perder la cabeza.

—Pero eso no es motivo para atacar a Will —dijo Riddick.

—De pronto pensé que el señor Will era en parte responsable de la muerte de mi marido, y también del terrible accidente de mi hijo. Parecía no compadecerse de mí, y considerar que mi hijo no es importante.

—¿Importante, dices? —repitió Will—. ¡Mira a ese crío! Si es completamente inútil... ¿Por qué iba a derramar una lágrima por él? Claro que considero que no es importante. Estos aldeanos tienen demasiados críos, de todos modos. Uno menos no es nada por lo que llorar.

Sal intentó hablar con humildad.

—Su madre sí lloraría, señor.

El terrateniente miró a Will con el ceño fruncido; parecía incómodo. Era un hombre duro, pero no tan malicioso como su primogénito. Sal vio que Will no se estaba haciendo ningún favor al hablar de esa forma. Había demostrado su desprecio por el niño, y ni siquiera su familia le permitiría algo así.

—Lo siento, señor —dijo Sal—, pero Kit es mi único hijo.

—¡Y menos mal! —exclamó Will—. Ni siquiera eres capaz de cuidar de uno... Tienes que traerlo aquí para que disfrute de alojamiento y comida.

—Señor, en toda mi vida, antes y después de casarme, jamás había pedido el auxilio de la parroquia hasta que mi marido murió.

—Ah, conque la culpa es de los demás, ¿no? —replicó Will.

Sal se limitó a mirarlo fijamente a los ojos sin decir nada.

Su silencio fue lo bastante elocuente para provocar la reacción del terrateniente.

—Está bien, me parece que los hechos están claros —dijo—. A menos que alguno de los dos sienta la necesidad de añadir algo más.

—Que la azoten —pidió Will.

El terrateniente asintió con la cabeza.

—Es un castigo adecuado por agredir a un caballero.

—¡No, por favor! —rogó Sal.

—Sin embargo —añadió el hombre—, esta mujer ha sufrido mucho en los últimos tiempos, y eso no ha sido culpa suya.

—¿Qué piensa hacer entonces, padre? —exclamó Will, indignado.

El terrateniente se volvió contra él.

—¡Cierra esa boca, chico! —ordenó.

Will se encogió visiblemente.

—Soy tu padre. ¿Acaso crees que estoy orgulloso de lo que le has hecho a esta humilde familia del pueblo?

Will estaba demasiado perplejo para contestar.

El terrateniente se volvió de nuevo hacia Sal.

—Me inspiras cierta compasión, Sal Clitheroe, pero no puedo pasar por alto el delito que has cometido. Si te quedas en el pueblo, tendrás que recibir los azotes. Si te marchas, en cambio, olvidaré el asunto.

—¡Marcharme! —exclamó Sal.

—No puedo dejar que vivas aquí sin un castigo. Siempre te señalarían como la mujer que le dio un puñetazo al hijo del terrateniente y no sufrió represalias.

—Pero ¿adónde iré?

—Ni lo sé ni me importa. Pero, si mañana antes del alba no has desaparecido, recibirás treinta y seis latigazos.

—Es que...

—No digas una palabra más. Has salido bien parada. Ahora, fuera de esta casa y márchate de Badford en cuanto amanezca.

Sal no se movió.

—Y considérate más que afortunada, maldita sea —dijo Will.

Sal tomó a Kit de la mano y salió con él.

En el pueblo, todo el mundo sabía que Sal había derribado a Will Riddick de un puñetazo. Muchos de sus amigos la estaban esperando cuando regresó de la casa solariega. Annie Mann le preguntó qué había ocurrido. Sal sabía que le dolería relatarlo y quería hacerlo una sola vez, así que le pidió a Annie que enviara a la gente a casa de Brian Pikestaff.

Cuando llegó allí, Brian estaba limpiando el barro de su arado después de una larga jornada en los campos. Sal le preguntó si podía reunir a los vecinos en su granero y, tal como esperaba, el hombre accedió con gusto.

Mientras esperaba a que llegaran, intentó poner en orden sus pensamientos. Le resultaba difícil imaginar cómo sería la vida a partir del día siguiente. ¿Adónde iría? ¿Cómo se ganaría el sustento?

Cuando tuvo a sus amigos reunidos delante, relató la historia en detalle. Todos profirieron imprecaciones entre murmullos al oír que Will le había deseado la muerte a Kit, la jalearon cuando explicó cómo lo había tumbado de un solo golpe, y suspiraron con horror cuando les comunicó la sentencia de destierro.

—Me marcharé al alba —dijo—. Tan solo os pido que recéis por mí.

Brian se levantó e improvisó una oración rogando a Dios que cuidara de Sal y de Kit pasara lo que pasase. Después empezaron las preguntas. Todos querían saber lo mismo que ella se preguntaba y para lo que aún no tenía respuesta.

Brian fue más práctico.

—Tendréis que marcharos solo con lo que podáis cargar. El resto de vuestras pertenencias las guardaremos aquí, en este granero. Así, cuando os hayáis instalado en algún otro lugar, podrás regresar a buscarlo todo con un carro.

Su preocupación y su bondad hizo que a Sal le dieran ganas de llorar.

—Mi tía tiene una casa de huéspedes en Combe —dijo Mick Seabrook, el cardador—. Es un sitio barato y limpio.

—Está bien saberlo —dijo Sal, aunque Combe quedaba a dos días de distancia, un trayecto intimidante para alguien que apenas había salido de Badford—. Pero tendré que ganarme la vida. No puedo acogerme al Auxilio de los Pobres; solo te lo dan en la parroquia donde naciste.

—¿Y en la cantera de Outhenham? —apuntó Jimmy Mann—. Siempre necesitan mano de obra.

Sal estaba dudosa.

—¿Contratan a mujeres?

No había estado en Outhenham, pero conocía de sobra los prejuicios de los hombres.

—No lo sé, pero tú eres tan fuerte como la mayoría de nosotros —contestó Jimmy.

—Eso es lo que les preocupa.

La gente quería ayudarla y le ofreció todo tipo de consejos, pero no eran más que ideas y conjeturas, y Sal y Kit se arriesgaban a morir de hambre mientras probaban suerte. Al cabo de un rato, Sal les dio las gracias a todos y se marchó con su hijito de la mano.

Mientras estaban en el granero había caído la noche, pero le resultó fácil encontrar el camino en la oscuridad. La noche del día siguiente, en cambio, se encontraría en un lugar desconocido.

De vuelta en casa, calentó un poco de caldo para cenar y luego acostó a Kit.

Se sentó un rato frente al fuego, dándole vueltas a la cabeza, y entonces oyó que llamaban a la puerta. Ike Clitheroe, el tío de Harry, entró con Jimmy Mann. Jimmy sostenía su sombrero de tres picos en las manos.

—Los amigos han hecho una colecta —anunció el tío Ike—. No es mucho.

Jimmy le mostró que su sombrero contenía una pequeña pila de peniques y algún que otro chelín. Ike tenía razón: no era mucho, pero podía resultar una ayuda crucial para los días difíciles que se avecinaban. La gente sin hogar tenía que comprar la comida en tabernas, donde era más cara.

Jimmy volcó las monedas en la mesa; una pequeña cascada de cobre y plata. Sal sabía lo duro que era para los pobres desprenderse de su dinero.

—No soy capaz de decirte… —Se atragantó y volvió a empezar—. No soy capaz de expresar lo agradecida que estoy de tener tan buenos amigos. —«Y lo triste que me siento de tener que dejarlos a todos», añadió para sí.

—Que Dios te bendiga, Sal —dijo Ike.

—Y a ti. Y a ti también, Jimmy.

Cuando se marcharon, Sal se acostó, pero tardó mucho en conciliar el sueño. La gente decía «que Dios te bendiga», pero a veces Dios no hacía caso, y últimamente ella se sentía más bien maldita. Dios le había enviado buenos amigos, pero también unos enemigos poderosos.

Se acordó de su tía Sarah, que en su día se marchó del pueblo por propia voluntad para ir a Kingsbridge a vender baladas en las calles. Sal siempre la había admirado. Tal vez también ella podría prosperar yéndose de allí. Antes de conocer a Harry nunca había deseado la vida del pueblo.

La tía Sarah se había ido a Kingsbridge; quizá también fuera lugar para Sal.

Cuanto más lo pensaba, mejor le parecía la idea. Podía llegar allí en solo medio día, aunque la caminata sería dura para las piernecillas de Kit. Y en la ciudad conocía por lo menos a una persona: Amos Barrowfield. Tal vez pudiera seguir hilando para él. Incluso era posible que les encontrara a Kit y a ella una habitación donde vivir.

Se sintió algo mejor al haber vislumbrado varias posibilidades. Estaba exhausta, y por fin se dejó vencer por el sueño. Aun así, despertó antes de que amaneciera. Sin saber muy bien qué hora era, recorrió la casa iluminada todavía por el tenue brillo de las ascuas de la lumbre, juntando las pocas cosas que se llevaría consigo.

No podía dejar la rueca de su madre. Pesaba mucho y tendría que cargar dieciséis kilómetros con ella, pero tal vez fuera su único medio de sustento.

No tenía ropa de recambio. Se pondría su único vestido, sus zapatos y su sombrero. Le habría gustado tener zapatos para Kit, pero nunca los había llevado antes de entrar a trabajar en la casa solariega. El abrigo del niño era demasiado grande, lo cual le pareció una bendición, porque, aunque siguiera creciendo, tardaría años en quedársele pequeño.

También se llevaría la olla, el cuchillo de cocinar y algo de comida que tenía en la casa. Dudó si coger también la biblia de su padre, pero decidió dejarla. Kit no podía comerse un libro.

Se preguntó si algún día tendría dinero para alquilar un carro y regresar a por sus muebles. No poseía muchos —dos camas, una mesa, dos taburetes y un banco—, pero los había hecho Harry y le encantaban.

Cuando las primeras luces del alba asomaron en el horizonte, al este, más allá de los campos, Sal despertó a Kit y preparó unas gachas. Después lavó la olla, las escudillas y las cucharas, y usó un trozo de cordel viejo para hacer un atado con ellas. Metió la comida en un saco y se lo dio a su hijo para que lo llevara. Luego salieron y cerró la puerta; no sabía si algún día la abriría de nuevo.

Primero fueron a la iglesia de St. Matthew. Allí, en el cementerio, había una sencilla cruz con el nombre de «Harry Clitheroe» cuidadosamente escrito con pintura blanca en la madera.

—Vamos a arrodillarnos un momento —le dijo a Kit.

El niño parecía desconcertado pero no preguntó nada, y ambos se arrodillaron ante la tumba.

Sal pensó en Harry: su cuerpo nervudo, su gusto por el debate, su amor por ella y su cariño por Kit. Estaba segura de que había ido al cielo. Recordó los días de su noviazgo: primero el coqueteo, luego los besos inseguros y las manos entrelazadas, los encuentros furtivos en el bosque los domingos después de misa, cuando no eran capaces de quitarse las manos de encima, y por fin el día en que se dieron cuenta de que querían compartir el resto de su vida. También recordó la agonía de su muerte y se preguntó cómo semejante crueldad podía ser la voluntad de Dios.

Entonces improvisó un rezo en voz alta, como hacían los metodistas en sus reuniones. Le pidió a Harry que cuidara de ella y de su hijo, y rogó a Dios que la ayudara a criar a Kit. Incluso suplicó perdón por el pecado del puñetazo a Will, aunque no fue capaz de rezar por que se le curara la oreja. Pidió que sus tribulaciones no duraran mucho más y luego dijo «amén». Kit siguió su ejemplo.

Se pusieron de pie y salieron del cementerio.

—¿Adónde vamos ahora? —preguntó el niño.

—A Kingsbridge —dijo Sal.

Amos y Roger se habían pasado los últimos días adaptando la hiladora Jenny.

Habían trabajado en una recámara del almacén de Amos, a puerta cerrada. No querían que la noticia del nuevo invento se conociera antes de que estuvieran preparados.

La estaban probando con lana inglesa, que era más dura que la importada de España o Irlanda; las fibras más largas hacían menos probable que se rompiera. Roger ató una mecha suelta a cada uno de los ocho husos y luego las enhebró por las abrazaderas que las mantenían tensas durante el hilado. Cuando terminó, Amos accionó la maquinaria.

Hilar a mano era un arte que había que aprender, pero utilizar la máquina era muy sencillo. Amos hizo girar despacio la gran rueda con la mano derecha, lo cual provocó que los husos giraran y enrollaran los hilos. Entonces detuvo la rueda y desplazó el travesaño hacia delante con cuidado, todo a lo largo de la máquina, para alimentar los husos con mecha nueva.

—¡Funciona! —exclamó, exultante.

—En el taller de Frankland giraban la rueda mucho más deprisa —dijo Roger.

Amos incrementó el ritmo y los hilos empezaron a romperse.

—Como nos temíamos —comentó Roger.

—¿Qué se puede hacer para arreglarlo?

—Tengo varias ideas.

Roger había probado diferentes estrategias a lo largo de varios días. La que funcionaba mejor requería lastrar los hilos para mantener una tensión constante en todas las fases del proceso. Dar con el peso exacto le había costado numerosas pruebas y fracasos. Ese día, después de una frustrante mañana sin demasiado éxito, por fin lo consiguieron, y entonces la madre de Amos los llamó a comer.

Sal recordaba Kingsbridge perfectamente. Aunque hacía diez años de su última visita, la experiencia había sido increíble y no había olvidado ningún detalle. Ese día vio lo mucho que había cambiado la ciudad.

Al acercarse desde las tierras elevadas del norte, reconoció los familiares puntos de referencia: la catedral, la cúpula de la Lonja de la Lana y el río con su característico puente doble. La ciudad le pareció mayor, sobre todo hacia el sudoeste, donde había más casas de las que recordaba. Pero también vio algo nuevo: allí donde el río se perdía de vista corriente arriba desde el puente, donde antes no había nada más que campos, vio media docena de edificios altos y alargados con hileras de ventanales, todos ellos cerca del agua. Recordaba vagamente haber oído a la gente hablar de esa clase de construcciones: eran las fábricas textiles donde se hacía el paño. Las edificaciones eran estrechas y tenían ventanas altas para que los trabajadores pudieran ver bien lo que hacían. El agua se usaba para batanar, o enfurtir, el paño. También para teñirlo. Y, donde el río bajaba con más fuerza, se aprovechaba para hacer funcionar la maquinaria. Sal razonó que parte de todo aquello ya debía de estar allí hacía diez años, pues Kingsbridge había sido una ciudad textil desde antes de que ella naciera. Solo que antes los edificios eran pequeños y estaban más diseminados; ahora habían crecido y se habían expandido hasta formar un barrio manufacturero bien diferenciado.

—Ya casi hemos llegado, Kit —dijo.

El niño estaba agotado y no hacía más que tropezar. Sal lo habría llevado en brazos, pero ya cargaba con la rueca y la olla.

Al entrar en la ciudad, le preguntó a una mujer que parecía amable dónde vivía Amos Barrowfield, y esta le indicó cómo llegar a una casa cerca de la catedral.

Una doncella le abrió la puerta.

—Soy una de las hilanderas de Amos Barrowfield —se presentó Sal—. Me gustaría hablar con él, si es posible.

La doncella fue precavida.

—¿Quién pregunta por él?

—Sal Clitheroe.

—¡Oh! —exclamó la chica—. Hemos oído hablar de ti. —Miró entonces a Kit—. ¿Y este es el niño que recibió una coz?

—Sí, este es Kit.

—Seguro que Amos querrá verte. Pasa. Me llamo Ellen, por cierto. —Los hizo entrar en la casa—. Justo están acabando de comer. ¿Quieres que os traiga un té a vosotros dos?

—Sería una bendición —dijo Sal.

Ellen los acompañó al comedor, donde Amos estaba sentado a la mesa con Roger Riddick. A ambos les sorprendió ver aparecer a Sal y a Kit.

Sal hizo una reverencia.

—Me han desterrado de Badford —anunció con brusquedad.

—¿Por qué? —preguntó Roger.

—Siento decir, señor Roger —confesó ella, avergonzada—, que le di un puñetazo en la cabeza a su hermano Will y lo tiré al suelo.

Hubo un momento de silencio, luego Roger estalló en carcajadas y, un segundo después, Amos se le unió también.

—¡Bien hecho! —exclamó Roger—. Alguien tendría que haberle dado ese puñetazo hace tiempo.

—Está muy bien reírse —dijo ella cuando los hombres se calmaron—, pero ahora no tengo donde ir, señor Barrowfield. Si encontrara un sitio para vivir aquí, en Kingsbridge, esperaba poder seguir hilando para usted. Si es que aún me quiere.

—¡Por supuesto que te quiero! —aseguró Amos.

Sal sintió que le quitaban un gran peso de encima.

—Estaré encantado de comprarte hilo —añadió Amos, que dudó un momento y luego dijo—: Pero tengo una idea mejor. Tal vez pueda ofrecerte un trabajo con el que ganarás más que hilando a mano.

—¿Y qué trabajo sería ese?

Amos se levantó.

—Tengo que enseñártelo —respondió—. Ven al almacén. Roger y yo tenemos una máquina nueva.

# SEGUNDA PARTE

# La Revuelta de las amas de casa

# 1795

# 11

Sal y Kit llevaban más de dos años trabajando para Amos. Durante ese tiempo, su lugar de trabajo había cambiado de ubicación. La empresa había crecido demasiado para la trastienda de la casa de Amos: en ese momento constaba de seis máquinas hiladoras y una habitación destinada a la máquina de batanado. Había alquilado un pequeño molino junto al río, en el noroeste de Kingsbridge, donde la corriente era lo bastante rápida para accionar los mazos del batán que encogían y tupían el paño.

Trabajaban desde las cinco de la mañana hasta las siete de la noche, salvo los sábados —benditos sábados—, cuando finalizaban su jornada a las cinco de la tarde. Todos los niños estaban constantemente cansados. No obstante, la vida les iba mejor que antes. La madre de Kit tenía dinero, vivían en una casa cálida con una chimenea en condiciones y, lo mejor de todo, habían escapado de los amenazantes hombres de Badford que habían matado a su padre. Kit esperaba no volver a vivir en una aldea nunca más.

Sin embargo, la guerra había cambiado las cosas, lenta y gradualmente, para peor. A sus nueve años, Kit ya era consciente del valor del dinero y entendía que los impuestos de guerra lo habían encarecido todo, mientras que los trabajadores del paño recibían el mismo salario. El pan no estaba gravado por los impuestos, pero su precio subió por la escasez de la cosecha de trigo. Durante un tiempo, una vez que hubo aprendido a manejar la hiladora Jenny, Sal pudo permitirse comprar carne de ternera, té con azúcar y pasteles; aunque, en el momento en que se encontraban, comían panceta y bebían cerveza aguada. En cualquier caso, disfrutaban de una vida más holgada que en la aldea.

La mejor amiga de Kit era una niña llamada Sue, más o menos de su edad y que, al igual que él, había perdido a su padre. Trabajaba con su madre, Joanie, en la máquina hiladora situada junto a la de Sal, en la fábrica textil Barrowfield's Mill.

Ese día era especial. En cuanto entraron en la fábrica, todos se fijaron en la presencia de un objeto, más o menos del tamaño de una cama con dosel o de un carruaje, situado a nivel del suelo, junto a la máquina del batán y cubierto con tela de arpillera. Debían de haberlo colocado allí la noche anterior, cuando ya se habían ido todos a casa.

Lo comentaron durante la media hora que tenían para comer, y la madre de Kit aventuró que debía de tratarse de la nueva máquina, aunque nadie había visto una tan grande jamás.

El amigo de Amos Barrowfield, Roger Riddick, apareció alrededor de media mañana. Kit no olvidaría jamás lo amable que había sido Roger con él cuando estaba en Badford. También recordaba que fue Roger quien adaptó la primera hiladora Jenny de Amos. En ese momento contaban ya con seis máquinas como esa, y Amos tenía previsto aumentar la cantidad hasta que la guerra empezó a afectar al negocio.

Barrowfield puso fin a la jornada media hora antes, y les pidió a los peones que se reunieran con él y con Roger en la planta baja, en torno al objeto misterioso. Ordenó a los hombres que detuvieran el batán, porque su ruidoso traqueteo imposibilitaba oír a nadie.

—Hace no mucho tiempo —empezó a decir—, el señor Shiplap de Combe me encargó quinientos metros de tela de lino y lana.

Era un encargo muy importante, incluso Kit lo sabía, y todos lo celebraron.

—Presupuesté el encargo en cincuenta y cinco libras —prosiguió Amos— y estaba dispuesto a rebajarlo hasta cincuenta. Pero él me ofreció treinta y cinco y me dijo que conocía a otro pañero en Kingsbridge dispuesto a cerrar el trato por ese precio. Ahora bien, yo sé que la única forma de que un pañero cumpla con ese trato es reduciendo el jornal de sus peones.

Se produjo un murmullo de descontento. Los hombres y mujeres que rodeaban a Kit adoptaron expresión de preocupación y rebeldía. No les gustaba oír nada relacionado con la reducción de las tarifas por pieza de tela.

—Por eso le dije que no había trato —remató Amos.

Los trabajadores se sintieron aliviados al oírlo.

—No me gustó tener que rechazar un encargo —aclaró Amos—, porque ya no recibimos tantos como antes y, si las cosas siguen así, tendré que prescindir de unos cuantos de vosotros.

Entonces, Kit se preocupó. Sabía que, en Kingsbridge, ningún pañero buscaba más peones. Había oído decir a su madre que ni siquiera sustituían a las personas que se marchaban, porque no sabían qué les depararía el futuro ni cuánto duraría la guerra. Amos no era el único que se enfrentaba a ese dilema.

—Pero he encontrado una solución. Sé cómo puedo cumplir con el encargo del señor Shiplap sin tener que rebajar las tarifas ni echar a nadie.

Se hizo un silencio. Kit tuvo la sensación de que los peones sospechaban de las intenciones de su patrón; no estaban seguros de si creerle o no.

Amos y Roger retiraron la tela de arpillera que cubría el objeto misterioso y la dejaron caer al suelo. Cuando el artilugio quedó totalmente a la vista, Kit seguía sin saber lo que era. Jamás había visto algo así.

El niño se dio cuenta de que los demás tampoco tenían ni idea. La perplejidad los dejó mudos a todos.

Había ocho rodillos cilíndricos de metal que formaban una

pirámide negra. A Kit le recordaron a una pila de tuberías de agua que había visto en una ocasión en High Street. Esos rodillos parecían estar tachonados de clavos. El artilugio en su totalidad estaba montado sobre una plataforma de roble macizo con patas cortas y anchas.

A todas luces se trataba de una máquina, pero ¿qué hacía exactamente?

Amos respondió la pregunta tácita.

—Esta es la solución a nuestro problema. Es una máquina de cardar.

Kit sabía lo que era cardar. Recordaba a Mick Seabrook, un cardador de lana de Badford. Mick usaba unos cepillos con púas de acero; en ese momento, el niño vio que cada rodillo estaba envuelto con una tira de cuero tachonada de clavos, iguales a las púas de los cepillos de Mick.

—Las máquinas como esta —prosiguió Amos— existen desde hace mucho tiempo, pero se han puesto de moda en los últimos años; esta que veis es la versión más moderna. El vellón se introduce a través del primer par de rodillos, y los clavos desenredan la lana y tensan las fibras.

—Pero el cardador se pasa el día haciéndolo sin parar —comentó Kit.

Los trabajadores se rieron, porque les pareció gracioso que el niño hablara.

—El pequeño tiene razón —intervino Joanie pasados unos minutos.

—Sí —aseguró Amos—. Y ese es el motivo por el que hay tantos rodillos. Con una sola pasada nunca basta. Por eso el vellón pasa por un segundo par de rodillos, con las púas más juntas; luego, por un tercero y por un cuarto, cada uno de los cuales carda con más precisión, retirando más residuos y consiguiendo que las fibras queden más tensas.

—Esta máquina se creó para cardar algodón —añadió Roger—, pero la lana es más suave, por eso he modificado las púas de acero, para que sean menos afiladas, y he agrandado los huecos entre los rodillos superiores y los inferiores, para que el proceso resulte menos agresivo.

—Además, ya la hemos probado y funciona —intervino Amos.

—¿Y quién hace girar los rodillos? —quiso saber Sal.

—Nadie —respondió Amos—. Como en el caso del batán, la máquina de cardar funciona gracias a la poderosa fuerza del río, canalizada por el movimiento del molino y transmitida a los rodillos a través de los engranajes y el carenado. Solo hace falta un hombre que supervise el mecanismo y realice pequeños ajustes mientras gira.

—Entonces ¿qué trabajo harán los cardadores manuales? —preguntó Joanie.

Kit pensó que la mujer tenía razón; Mick y los demás cardadores no serían necesarios si tenían las máquinas de cardar movidas por la noria del molino.

Amos parecía preparado para responder esa pregunta.

—No voy a mentiros —aseguró—. Todos me conocéis, no quiero que nadie pierda su sustento. Pero existe una alternativa: podría devolver la máquina a quien se la he comprado, olvidarme del encargo del señor Shiplap y deciros a la mitad de vosotros que no volváis mañana porque no tengo trabajo que ofreceros. O podría conservar vuestros puestos, pero tendría que rebajar las tarifas por pieza de tela. Tercera opción: podemos mantener las tarifas por pieza tal como las ofrecemos ahora, realizar el encargo para el señor Shiplap y conservar vuestros puestos de trabajo, si usamos la máquina de cardar.

—Podría usar su propio dinero para que todo siguiera igual —sugirió Joanie con tono desafiante.

—No tengo dinero suficiente —replicó Amos—. Todavía estoy pagando las deudas que me dejó mi padre hace tres años. ¿Y sabes cómo incurrió en esas deudas? —Su voz adquirió cierto tinte emotivo—. Siguió con este negocio a pesar de las pérdidas. Os diré algo que tengo muy claro: no pienso hacer lo mismo. Jamás.

—He oído que esas máquinas no hacen un buen trabajo —comentó una mujer.

Se oyó un murmullo de aprobación.

—A mí me parece una obra del diablo —añadió otra—. Con todos esos clavos.

Kit había oído a otras personas hablar así sobre la maquinaria. No entendían cómo funcionaban las máquinas y por eso decían que debía de manejarlas un diablillo atrapado en el interior. El niño sí entendía su funcionamiento y sabía que no había ningún ser maléfico dentro.

Se produjo un silencio de descontento, y entonces intervino la madre de Kit.

—No me gusta esta máquina —aseguró—. No quiero ver cómo los cardadores pierden su medio de vida. —Miró a su alrededor, a los demás peones, en su mayoría mujeres—. Pero confío en el señor Barrowfield. Si él dice que no tenemos otra opción, creo en su palabra. Lo siento, Joanie. Tenemos que aceptar la máquina de cardar.

Amos no dijo nada.

Los peones se miraron entre sí. Kit oyó un tumulto de comentarios, casi todos ellos por lo bajo; expresaban inconformidad, aunque no enfado. Solo parecían resignados. Poco a poco, todos se fueron marchando con actitud reflexiva, dándose las buenas noches en voz baja.

Sal, Kit, Joanie y Sue se fueron juntos. Los cuatro se dirigieron a casa caminando fatigosamente bajo la luz crepuscular. Mientras ellos trabajaban en el interior de la fábrica, fuera había estado lloviendo durante el día y, en ese momento, el sol del ocaso proyectaba sus destellos en los charcos. Cruzaron la plaza del mercado mientras un farolero iba haciendo la ronda con su lanza, en cuyo extremo se encontraba la mecha para el encendido. En el centro de la plaza los instrumentos de tortura se veían en la penumbra: la horca, el cepo y el poste de latigazos, que, en realidad, estaba formado por dos postes y un travesaño, donde amarrarían al malhechor, con las manos atadas por encima de la cabeza, para poder azotarlo. La carpintería estaba manchada de color marrón por la sangre reseca. Kit intentó no mirar porque la asustaba.

Cuando pasaron por la catedral, las campanas empezaron a tañer. El lunes era el día de prácticas de los campaneros. Kit sabía que había siete campanas: la más aguda, la número uno, llamada «soprano», y la más grave, la número siete, la «tenor». Como siempre, los campaneros empezaban con una serie simple, tocando las siete campanas en orden descendente, de la más aguda a la más grave. Pronto pasarían a algo más complicado. A Kit le interesaba la forma en que variaban la melodía mediante las distintas combinaciones en el orden de las campanas. Seguían una lógica que le resultaba satisfactoria.

Sal y Kit compartían una casa con Sue y su familia en el barrio de arrendamientos más baratos del noroeste de la ciudad. En la parte trasera de la planta baja se encontraba la cocina, donde todos cocinaban y comían. La habitación que daba a la fachada principal la ocupaba el tío de Sue, Jarge, de veinticinco años, cinco más joven que Joanie, y que trabajaba en uno de los telares de Hornbeam. Además, Jarge era uno de los campaneros y Kit había aprendido mucho sobre las campanas gracias a él.

En la planta de arriba de la casa había dos camas. Joanie y Sue dormían juntas en la habitación que daba a la calle, y Sal y su hijo ocupaban la habitación del fondo. La mayoría de las personas pobres compartían la cama para entrar en calor y así ahorrarse el dinero de la leña o el carbón.

La habitación del desván, con techo abuhardillado, estaba ocupada por la tía de Joanie, Dottie Castle. Era mayor, no estaba muy bien de salud y malvivía zurciendo calcetines y remendando pantalones.

En cuanto llegaron a casa, Kit se tumbó en el colchón que compartía con su madre, el de la cama doble que se habían traído desde Badford. Notó que Sal le quitaba las botas y lo tapaba con una manta; a continuación, se quedó dormido.

Su madre lo despertó un poco más tarde y él bajó dando

tumbos por la escalera para cenar. Tomaron panceta con cebolla y pan untado con manteca. Todos tenían hambre y comieron deprisa. Joanie rebañó la sartén con otra rebanada de pan y la repartió entre los niños.

En cuanto terminaron de cenar, los dos pequeños se fueron a la cama. Kit se durmió en cuestión de segundos.

Sal se lavó la cara, se cepilló el pelo y se lo recogió con un viejo lazo rojo. Subió hasta la buhardilla y le pidió a la tía Dottie que vigilara a los niños durante un par de horas.

—Si se despiertan, dales un poco de pan —indicó—. Come tú un poco también, si tienes hambre.

—No, gracias, querida. Estoy satisfecha. Aquí sentada todo el día, no necesito gran cosa. Los que trabajáis en la fábrica necesitáis más.

—Como quieras.

Sal se quedó mirando a Kit, que dormía profundamente. Había una pizarra y un clavo junto a la cama. Todas las noches, la mujer practicaba escritura durante un rato, copiando pasajes de la biblia, su único libro. Estaba mejorando. Los domingos le enseñaba a Kit, porque el resto de los días él estaba demasiado cansado.

Le dio un beso en la frente y se fue a la otra habitación. Joanie estaba poniéndose un sombrero con flores bordadas por ella misma. También besó a su hija dormida. Ambas mujeres salieron a la calle.

Iban por Main Street. El centro de la ciudad estaba abarrotado de personas que habían salido de casa por la noche en busca de placer, compañía o, tal vez, amor. Sal había renunciado a ese sentimiento. Estaba bastante segura de que a Jarge, el hermano de Joanie, le habría gustado casarse con ella, pero Sal lo había desanimado. Ella había amado a Harry y él había muerto por la imprudencia de otro hombre; no quería arriesgarse a sufrir el mismo dolor, ni a dejar que su felicidad dependiera de una aristocracia cuyos crímenes quedaban impunes.

Cruzaron la plaza. The Bell era un gran establecimiento con una entrada para carruajes que conducía a un patio y a unos establos. Haciendo honor a su nombre, y colgada del arco de la entrada, había una campana, que se tañía para anunciar que la diligencia estaba a punto de partir. En un tiempo no muy lejano, se había tocado para invitar a la gente a ver alguna obra, pero, en esa época, las representaciones ya tenían lugar en el teatro.

The Bell albergaba una espaciosa taberna con una hilera de barriles, dispuestos a modo de barricada. Al entrar se oía el bullicio de la conversación y las risas, y la atmósfera era densa por el humo de pipa. Los campaneros ya estaban allí, ocupando su mesa de siempre junto a la chimenea, tocados con sus maltrechos sombreros y las jarras de cerámica delante. Les pagaban un chelín por cada vez que tocaban las campanas, así que, la noche de los lunes, siempre tenían dinero para cerveza.

Sal y Joanie le pidieron a la camarera una jarra para cada una, y se dieron cuenta de que el precio de la bebida había subido: antes costaba tres peniques y había llegado a cuatro.

—Pasa lo mismo que con el pan —les dijo la camarera—. Y es por el mismo motivo: el trigo está carísimo.

Cuando las mujeres tomaron asiento, Jarge las miró con mala cara.

—Hemos estado hablando sobre la nueva máquina de Barrowfield —dijo.

Sal tomó un buen trago de cerveza. No le gustaba emborracharse; de todas formas, solo podía permitirse una jarra, aunque le encantaba el sabor malteado de la bebida y su tono dorado.

—Una máquina para cardar —le dijo a Jarge.

—Una máquina para matar de hambre a los trabajadores, como prefiero llamarla —replicó Jarge—. En los últimos años, aquí, en el oeste de Inglaterra, cuando los patrones intentaron introducir máquinas modernas, hubo revueltas, y ellos recularon. Eso es lo que podría pasar ahora.

Sal negó con la cabeza.

—Tú dirás lo que quieras, pero ha sido mi salvación. Amos

Barrowfield estaba a punto de mandarnos a la mitad de nosotros a casa, porque el precio de mercado del paño es muy bajo, pero la nueva máquina le permitirá vender la tela más barata y yo podré seguir trabajando con la hiladora Jenny.

A Jarge no le gustaba ese razonamiento, pero sí le gustaba Sal, y controló su ira.

—Bueno, Sal, ¿y qué les dirías a los cardadores sobre la nueva máquina?

—No lo sé, Jarge. Pero sí sé que me despidieron y que estaba sin casa hasta que empecé a operar la primera hiladora Jenny de Barrowfield, y hoy mismo podría haber perdido mi empleo si él no hubiera comprado la máquina de cardar.

Alf Nash dio su opinión. No era campanero, pero a menudo se reunía con ellos, y Sal creía que estaba enamorado de Joanie. En ese momento, se encontraba sentado junto a ella. Alf era lechero y, como solía derramársele la leche sobre la ropa, olía siempre a queso. Sal no creía que Joanie llegase a enamorarse de él.

—Sal tiene algo de razón, Jarge —señaló.

Sime Jackson, un hilandero que trabajaba con Spade, era uno de los miembros más reflexivos del grupo.

—Me resulta muy difícil tomar partido en este tema —confesó—. Las máquinas ayudan a algunos y les quitan el trabajo a otros. ¿Cómo saber cuál es la mejor opción?

—Ese es nuestro problema —admitió Sal—. Sabemos hacer las preguntas, pero no conocemos las respuestas. Tenemos que averiguarlas y formarnos.

—Lo de formarnos no es para los de nuestra clase —replicó Alf—. No vamos a ir a la Universidad de Oxford.

Spade habló por primera vez. Era el maestro campanero, lo que significaba que era el jefe del grupo.

—En eso te equivocas, Alf —rebatió—. Por todo el país hay trabajadores estudiando de forma autodidacta. Se inscriben en bibliotecas y en clubes para compartir libros, en sociedades musicales y corales. Acuden a grupos de estudio de la Biblia y a reuniones de debate político. La Sociedad de Correspondencia de Londres tiene cientos de filiales.

A Sal le emocionó la idea.

—Eso es lo que deberíamos estar haciendo: estudiar y aprender. ¿Qué es eso de la sociedad que decías?

—Fue creada para hablar sobre la reforma del Parlamento. Sobre el voto para los trabajadores y todo lo demás. Ha llegado a todas partes.

—No, a Kingsbridge no ha llegado —repuso Jarge.

—Bueno, pues deberíamos tener una —dijo Sal—. Es justo lo que necesitamos.

Otro campanero, Jeremiah Hiscock, un impresor con tienda en Main Street, también intervino.

—Yo sé algo sobre la Sociedad de Correspondencia de Londres —comentó—. Mi hermano, que vive allí, imprime parte del material que utilizan. Son de su agrado. Dice que lo deciden todo por mayoría de voto, y que, en sus reuniones, no se hacen diferencias entre los señores y los hombres de a pie.

—¡Lo que demuestra que es posible! —exclamó Jarge.

—No lo tengo tan claro —comentó Sime con nerviosismo—. Acabarán llamándonos revolucionarios a todos.

—La Sociedad de Correspondencia de Londres no se ocupa de la revolución, sino de la reforma —rebatió Spade.

—Un momento —lo interrumpió Alf—. ¿No hubo unos hombres de esa sociedad juzgados por traición, justo antes de Navidad?

—Eran treinta —aclaró Spade, quien leía la prensa con avidez—. Fueron condenados por urdir un complot contra el rey y el Parlamento. La prueba presentada en su contra fue la campaña que llevaron a cabo para la reforma parlamentaria. Por lo visto, ahora es un delito decir que nuestro gobierno no es perfecto.

—No recuerdo si los ahorcaron o qué —añadió Alf.

—Tuvieron la desfachatez de llamar al primer ministro William Pitt a declarar —dijo Spade—. Tuvo que reconocer que, hace trece años, él también había hecho campaña por la reforma del Parlamento. La causa acabó tomándose a broma y el juez retiró los cargos.

—Aun así —Sime no parecía convencido—, no me gustaría ser juzgado por traición. Un jurado de Londres podría actuar de una forma y uno de Kingsbridge, de otra totalmente distinta.

—A mí no me asustan los jurados —aseveró Jarge—. Yo me arriesgaré.

—Tú eres valiente como un león, Jarge —dijo Sal—, pero también tenemos que ser inteligentes.

—Estoy de acuerdo con Sal —admitió Spade—. Creemos una sociedad, sí, pero no la llamemos filial del grupo de Londres, eso podría traernos problemas. Podemos llamarla... Sociedad Socrática, si os parece.

—Que me aspen si sé qué significa eso —protestó Jarge.

—Sócrates fue un filósofo griego que creía en que se podía llegar a la verdad a través del debate y la argumentación. El canónigo Midwinter me lo explicó. Me dijo que yo era socrático porque me gusta debatir.

—Yo conocí a un marinero griego. Bebía como un cosaco, pero no era un puñetero filósofo.

Los demás rieron.

—Llamadla como queráis —dijo Spade—, siempre que el nombre no suene subversivo. Podemos empezar con una reunión sobre cualquier otro tema, como la ciencia, hablaríamos de las teorías de Isaac Newton, por ejemplo. La reunión no puede celebrarse en secreto; se lo comunicaremos a la *Kingsbridge Gazette.* Crearemos un comité para organizarla. Le pediremos al canónigo Midwinter que sea el presidente. Al menos al principio, haremos que todo parezca respetable.

Sal estaba emocionada.

—¡Tenemos que hacerlo!

—Pero —objetó Jeremiah— ¿quién va a venir a hablar sobre ciencia a un puñado de trabajadores de Kingsbridge?

Todos estuvieron de acuerdo en que era muy poco probable. Sin embargo, Sal tuvo una idea brillante.

—Conozco a alguien que ha estudiado en Oxford —aseguró.

Todos la miraron con escepticismo, salvo Joanie.

—Te refieres a Roger Riddick —le dijo sonriendo.

—Exacto. Es amigo de Amos Barrowfield y pasa a menudo por nuestra fábrica.

—¿Se lo puedes pedir? —preguntó Spade.

—Por supuesto. Fui la primera que trabajó con su hiladora Jenny y sigo operando la misma máquina. Él siempre se me acerca para preguntarme cómo va todo.

—¿No le parecerá una petición demasiado atrevida, viniendo de ti?

—No lo creo. No es como su hermano Will.

—Entonces ¿se lo pedirás?

—En cuanto lo vea.

Poco después de aquello, se separaron.

—¿Estás segura sobre esto? —le preguntó Joanie a Sal mientras regresaban caminando.

—¿Sobre qué?

—¿Sobre lo de implicarte en esa sociedad?

—Sí, estoy impaciente por empezar.

—¿Por qué?

—Porque no hago más que trabajar, dormir y cuidar de mi hijo, y no quiero que mi vida se reduzca a eso.

Volvió a pensar en su tía Sarah, quien hablaba sobre las noticias que leía en la prensa.

—Pero te meterás en líos.

—No si es por aprender algo de ciencia.

—Pero no va a ser solo ciencia. Todos quieren hablar sobre libertad y democracia, y los derechos del hombre. Ya lo sabes.

—Bueno, se supone que los hombres ingleses tienen derecho a opinar.

—Cuando se dice eso, se refieren a la aristocracia. Los ricos no creen que las personas como nosotros debamos opinar sobre nada.

—Pero esos hombres de Londres fueron declarados inocentes.

—Eso no importa. Sime tiene razón: no puedes estar segura de que un jurado de Kingsbridge tome la misma decisión.

Sal empezó a pensar que Joanie tal vez estuviera en lo cierto.

—Si los peones de las fábricas empiezan a hablar de política —prosiguió Joanie—, los concejales y los jueces de paz se alarmarán, y su primera reacción será castigar a unas cuantas personas y asustar a otras tantas. A Jarge y a Spade no les importa, no tienen hijos. Si los deportan a Australia o si los ahorcan, solo sufrirán ellos. Pero tú tienes a Kit, y yo tengo a Sue, ¿quién cuidaría de ellos si nosotras faltamos?

—Oh, cielo santo, tienes razón. —Sal se había emocionado tanto con la idea de la Sociedad Socrática que no había calibrado el riesgo—. Pero ya he dicho que hablaría con Roger Riddick. Ahora no puedo darles plantón.

—Pues ten cuidado. Ten mucho cuidado.

—Lo tendré —aseguró Sal—. Te lo juro.

# 12

En una capilla lateral de la catedral de Kingsbridge había un mural de santa Mónica, patrona de las madres. La pintura era medieval y había sido encalada durante la Reforma, pero, tras doscientos cincuenta años, la capa blanca se había desconchado y el rostro de la santa era visible. Su piel se veía pálida, lo que confundía a Spade, porque se trataba de una mujer africana.

Spade encendió una vela ese primer día de agosto, exactamente doce años después de que su mujer, Betsy, hubiera fallecido. En el exterior, el cielo estaba preñado de nubes que avanzaban veloces y, cuando el sol las atravesó, iluminó los arcos de la nave y, fugazmente, tornó las piedras grises en hileras de plata brillante.

Spade permaneció de pie, contemplando la llama de la vela y evocando a Betsy. Recordaba lo emocionante que había sido para ambos, a los diecinueve años, crear juntos un hogar en una pequeña casa en las afueras de Kingsbridge. Se habían sentido como dos niños jugando a las casitas. El telar de él y la rueca de ella ocupaban una de las dos reducidas habitaciones, y tenían que preparar la comida y dormir en la cocina. Mientras él trabajaba, siempre podía levantar la vista y ver la cabellera negra de Betsy inclinada sobre la rueca, y jamás se sentía triste. Se habían sentido aún más felices cuando ella se quedó embarazada, y hablaban durante horas sobre cómo sería su hijo: guapo, inteligente, alto, travieso... Pero Betsy murió en el parto y su bebé jamás llegó a este mundo.

El tiempo se le pasó volando mientras recordaba, hasta que se percató de que había alguien junto a él. Se volvió y se encontró con Arabella Latimer mirándolo. Sin mediar palabra, ella le entregó una rosa roja, y él supuso que era de su jardín. Spade adivinó la intención del presente: tomó la rosa y la colocó con cuidado en el centro del altar.

La flor relucía como una mancha de sangre fresca sobre el mármol blanco.

Arabella se alejó caminando en silencio.

Spade se quedó allí unos minutos, pensando. Una rosa roja simbolizaba amor. Ella la había llevado para Betsy. Pero se la había entregado a él.

Salió de la capilla. Arabella estaba esperándolo en la nave.

—Usted lo entiende —dijo Spade.

—Claro. Acude a la misma capilla el primer día de agosto todos los años.

—Se ha fijado en eso.

—Lleva mucho tiempo haciéndolo.

—Doce años.

—Los metodistas no suelen rezar a los santos.

—Yo soy un metodista peculiar. No se me da bien seguir las normas. —Spade se encogió de hombros—. Lo mejor de los metodistas es que creen que los sentimientos importan más que las normas.

—¿Y usted también lo cree?

—Sí.

—Yo también.

—Pues será mejor que se haga metodista.

Ella sonrió.

—Menudo escándalo sería. ¡La mujer del obispo! —Se volvió y recogió un pequeño fardo con las sotanas de los monaguillos del coro recién lavadas que había dejado sobre la pila bautismal—. Tengo que guardar esto en la sacristía.

Spade no quería que la conversación terminara.

—Supongo que usted no es quien hace la colada, señora Latimer.

Por supuesto que no lo hacía.

—Yo la superviso —dijo ella.

—Bueno, pues puede supervisarme a mí mientras llevo las sotanas.

Hizo el amago de agarrar el fardo de las manos de la mujer y ella se lo entregó, encantada.

—Algunas veces tengo la sensación de que la mitad de mi vida está bajo supervisión —comentó ella—. Si no fuera por los libros, no sé qué haría para ocupar todo mi tiempo.

Él se sintió intrigado.

—¿Qué le gusta leer?

—Tengo un libro sobre los derechos de la mujer, de Mary Wollstonecraft. Pero debo mantenerlo oculto.

Spade no necesitó preguntar el porqué. Estaba seguro de que el obispo lo desaprobaría totalmente.

—También me gustan las novelas —dijo ella—. *Tom Jones* —añadió sonriendo—. Usted me recuerda a su protagonista.

Cruzaron la nave caminando juntos. No estaba ocurriendo mucho más, pero él sintió la tensión entre ambos como un secreto tácito.

No había olvidado ese instante en la tienda de su hermana, hacía más de dos años, cuando Arabella lo había pillado contemplando su figura y había enarcado una ceja, como intrigada, en lugar de ofendida. Esa mirada permanecía grabada en su memoria. Se había dicho a sí mismo que debía olvidarla, pero no lo había conseguido.

La siguió a través de una puerta baja en el transepto sur. La sacristía era una habitación pequeña y sin adornos, donde había una librería, un espejo y un gran baúl de madera de roble, el arcón para las casullas. La mujer levantó la pesada tapa del arcón y Spade colocó las sotanas, con delicadeza, en el interior. Arabella esparció unas cuantas ramitas de lavanda seca por encima para proteger las prendas de las polillas.

—Doce años —dijo luego, al tiempo que se volvía hacia Spade.

Él se quedó mirándola. Durante un instante salió el sol en el exterior, un rayo entró por la ventana, incidió sobre la cabellera de Arabella y resaltó sus reflejos de color caoba, que parecían brillar.

—Estaba recordando lo divertido que nos parecía todo cuando éramos unos jóvenes ingenuos —compartió él—. El placer inocente. No volveremos a sentirlo jamás.

—Estaba enamorado de Betsy.

—El amor es lo mejor del mundo y lo peor es perderlo.

Durante un instante, Spade sintió una tremenda tristeza y tuvo que contener las lágrimas.

—No, se equivoca —replicó ella—. Es peor estar atrapada y saber que jamás lo sentirás.

Spade se sobresaltó, no por lo que ella había dicho —que era algo que él mismo y otros podrían haber supuesto—, sino por el hecho de que le hiciera una confesión tan íntima. No obstante, sintió tanta curiosidad como sorpresa.

—¿Cómo llegó a suceder?

—El joven que me gustaba se casó con otra. Creí que me había roto el corazón, pero, en realidad, solo estaba furiosa. Entonces Stephen me pidió en matrimonio y accedí para darle una lección a aquel chico.

—Stephen es mucho mayor que usted.

—Me dobla la edad.

—Es difícil imaginarla comportándose con tanta impulsividad.

—De joven era una tonta. No es que sea muy lista ahora, pero antes era peor. —Le dio la espalda y bajó la tapa del arcón—. Usted me ha preguntado —apuntilló.

—Siento haberme metido donde nadie me llamaba.

—Aunque la mayoría de los hombres me habrían dicho lo que debería haber hecho.

—Yo no tengo ni idea de lo que debería haber hecho.

—Algo que muy pocos hombres están dispuestos a admitir.

Eso era cierto, y Spade rio.

Arabella se dirigió hacia la salida. Él puso la mano en el pomo de la puerta, pero, antes de poder abrírsela, ella lo besó.

Fue un gesto torpe. Ella arremetió contra él y plantó sus labios, erróneamente, en la barbilla del hombre.

Spade pensó que no tenía mucha práctica.

Sin embargo, Arabella reacomodó de inmediato sus labios y lo besó en la boca. Luego retrocedió, pero él tuvo la impresión de que no había terminado y, unos segundos después, volvió a besarlo. En esa ocasión, colocó sus labios sobre los de Spade y los dejó allí un rato. Él percibió su intencionalidad. Posó sus manos en los hombros de Arabella y correspondió al beso, moviendo sus labios con avidez. Ella se aferró al cuerpo masculino y presionó su torso contra el de Spade.

A él se le ocurrió que alguien podría entrar. No estaba seguro de qué haría la ciudad de Kingsbridge con un hombre que hubiera besado a la mujer del obispo. Sin embargo, estaba demasiado entregado al placer para renunciar a él. Ella le retiró las manos de los hombros y las dirigió hacia abajo, y Spade tocó entonces sus pechos turgentes. Los senos ocupaban todo el diámetro de sus palmas. Al apretujárselos con delicadeza, ella emitió un leve y grave gemido.

De pronto, Arabella recobró la cordura. Se apartó y lo miró fijamente a los ojos.

—Que Dios se apiade de mí —susurró en voz baja.

Se volvió, abrió la puerta y se alejó a toda prisa.

Spade se quedó ahí plantado, intentando entender qué acababa de ocurrir.

El concejal Joseph Hornbeam se deleitaba con la visión de un buen desayuno completo: panceta, riñones y salchichas, huevos, tostadas con mantequilla, té y café, leche y crema de leche. Aunque no comía mucho —café con crema de leche y alguna tostada—, le encantaba saber que podía darse un festín digno de un rey si le apetecía.

Deborah, su hija, era como él, pero Linnie, su mujer, y Howard, su hijo, lo engullían todo y eran personas rollizas, al igual que los sirvientes, que comían a base de sobras.

Hornbeam estaba leyendo *The Times.*

—España ha hecho las paces con Francia —comentó y dio un sorbo a su cremoso café.

—Pero la guerra no ha terminado, ¿verdad? —preguntó Deborah.

Era una joven de mente ágil. Se parecía a él.

—No ha terminado para Inglaterra, no —corroboró su padre—. No hemos hecho las paces con esos revolucionarios asesinos franceses y espero que no lo hagamos jamás.

Se quedó mirando a Deborah, valorándola. Pensó que no era muy atractiva, aunque era muy duro juzgar así a los propios hijos. Poseía una abundante melena ondulada de cabello negro y unos bonitos ojos castaños, pero su mentón era demasiado notorio para resultar bella. A sus dieciocho años, ya tenía edad para estar casada. Quizá pudieran engatusarla para escoger un marido que beneficiara al negocio familiar.

—Te vi hablando con Will Riddick en el teatro —comentó su padre.

Su hija lo miró como a un igual. No le tenía miedo. Su hermano sí, y también su madre. Deborah era respetuosa, pero no sumisa.

—Ah, ¿sí? —preguntó con tono neutro.

—¿Te gusta Riddick? —quiso saber el concejal intentando sonar despreocupado.

Ella hizo una pausa para pensarlo.

—Sí, me gusta. Es la clase de hombre que consigue lo que quiere. ¿Por qué lo pregunta, padre?

—A ambos nos va bien juntos con un negocio.

—Los contratos de avituallamiento para el ejército.

No se le escapaba nada.

—Exacto —dijo su padre—. Lo he invitado a cenar esta noche. Me alegro de que te guste; seguro que será una velada agradable.

El lacayo Simpson entró en la sala.

—Concejal Hornbeam, señor —dijo—, el lechero querría hablar con usted, si le parece conveniente.

—¿El lechero? —Hornbeam se sintió confundido—. ¿Qué demonios querrá ahora?

Hornbeam rara vez hablaba con los comerciantes que se encargaban de proveer a la casa. Entonces recordó que le había dejado un dinero a ese hombre: se llamaba Alfred Nash. Se levantó, tiró la servilleta a la silla y salió.

Nash aguardaba en el acceso a la vivienda situado en la parte de atrás, que llamaban vestíbulo trasero. La lluvia le había calado el abrigo y el sombrero, y el agua goteaba sobre el suelo. Hornbeam percibió el leve tufo a vaquería.

—¿Para qué has venido a verme, Nash? —preguntó con brusquedad.

Esperaba que el hombre no tuviera la intención de pedirle más dinero.

—Para facilitarle cierta información, señor concejal.

Eso era otra cosa.

—Adelante.

—He oído, por casualidad, algo que podría interesarle y que he pensado en transmitirle, puesto que usted tuvo la amabilidad de prestarme el dinero para ampliar mi vaquería.

—Muy bien. ¿Qué es lo que has oído?

—David Shoveller, al que llaman Spade, está creando una filial de la Sociedad de Correspondencia de Londres en Kingsbridge.

Esa sí que era una información interesante.

—Conque está haciendo eso, ¡por todos los diablos!

Hornbeam odiaba a Spade. Había frustrado su tan anhelado plan de quedarse con el negocio que pertenecía a Obadiah Barrowfield y que heredó Amos. El préstamo que Spade había conseguido para Amos había boicoteado a Hornbeam y su esfuerzo había sido en vano.

—Y como usted es el presidente de la Sociedad Reeves... —prosiguió Nash.

—Sí, por supuesto.

Las Sociedades Reeves habían sido creadas por el gobierno en oposición a las Sociedades de Correspondencia de Londres. La Sociedad Reeves de Kingsbridge había celebrado una par de reuniones deslucidas y se había disuelto, pero Hornbeam seguía contando con una práctica lista de hombres biempensantes que se oponían al radicalismo.

—¿Quién más está involucrado en ese nuevo grupo?

—Jarge Box, un tejedor. Y también Sal Clitheroe, que opera una máquina hiladora Jenny para Amos Barrowfield. Solo es una mujer, pero los demás la escuchan.

Las personas de su calaña enfurecían a Hornbeam.

—Solo quieren arrastrarnos a la perdición con ellos —comentó con amargura el concejal—. Aniquilaremos a esos alborotadores como la plaga que son. Spade acabará en la horca por traición.

Nash pareció sobresaltarse por la vehemencia de Hornbeam.

—Pero si decían que los hombres de Londres fueron declarados inocentes —comentó.

—Debilidad y más debilidad. Esa tibieza a la hora de reaccionar es la que favorece el florecimiento de este fenómeno. Pero Londres es Londres. Esto es Kingsbridge.

—Sí, señor.

—Encárgate de mantenerme informado sobre este asunto, Nash, ¿puedes hacerlo?

—Podría hacerlo, señor. Me han pedido que sea miembro de su comité.

—¿Has accedido?

—Les dije que me lo pensaría.

—Únete al comité. De esa forma, te enterarás de todo.

—Muy bien, señor.

—Y me informarás de cuanto oigas.

—Cumpliré encantado con el encargo.

—Les daremos una lección.

—Sí, señor. ¿Puedo mencionar otra cuestión?

Hornbeam había supuesto que Nash querría algo a cambio. Todo era un toma y daca.

—Adelante.

—El negocio va mal, con los impuestos de guerra y el precio de la comida y tantos peones que no encuentran trabajo porque no hay suficiente.

—Ya lo sé. A mí también me va mal.

Eso no era cierto. Hornbeam estaba beneficiándose de los contratos para el avituallamiento del ejército, pero seguía la filosofía de no admitir jamás que le iba bien.

—Si pudiera saltarme el siguiente pago trimestral del préstamo sería de gran ayuda.

—Un aplazamiento.

—Sí, señor. Al final se lo pagaré todo, por supuesto.

—Desde luego que lo harás. Pero tienes mi permiso para saltarte el siguiente pago.

—Gracias, señor.

Nash se llevó una mano a la gorra.

Hornbeam retomó su desayuno.

Pasados unos días, Roger Riddick se presentó en la fábrica textil de Barrowfield.

Cuanto más pensaba Sal en ello, más importante le parecía que Roger diera la primera charla en la Sociedad Socrática. Nadie pondría pegas a una lección de ciencia. Además, Roger era el hijo del terrateniente de Badford, lo que lo convertía en miembro de la élite dominante. Por si fuera poco, Roger no pediría ser remunerado, lo cual era importante, porque la sociedad no podía permitírselo.

Sal conocía al joven Riddick desde la infancia. Los niños no atendían a las normas relativas a las clases sociales, y el hijo de un terrateniente podía chapotear en el arroyo con la descendencia de unos peones del campo. Ella había visto crecer a Roger; ya durante la adolescencia, el chico había demostrado ser distinto a los demás miembros de su familia.

Sin embargo, eso no significaba necesariamente que él accediera a todo cuanto ella le pidiera.

Roger había perdido el aspecto aniñado, fue lo que pensó Sal cuando él entró en la sala de la hiladora. En ese momento tenía veintipocos años. Todavía era apuesto, esbelto y rubio, aunque no era su tipo, ella prefería los hombres más varoniles. De todas formas, Roger irradiaba encanto, sobre todo cuando esbozaba su sonrisa pícara. Les gustaba a todas las mujeres y él permitía incluso que bromearan con él al respecto.

—Hola, Sal —dijo—, ¿cómo va esa vieja máquina tuya? ¿Sigue con la misma salud de hierro?

—Sí, señor Riddick, y la hiladora Jenny también.

Era un jocoso intercambio que habían compartido varias veces en el pasado, y ambos rieron.

—Ahora la veo muy pequeña —comentó Roger—. En la actualidad fabrican máquinas con noventa y seis husos.

—Eso me han contado.

Roger vio a Kit.

—Hola, muchacho —saludó—. ¿Cómo va la cabeza?

—No me da ningún problema, señor —respondió Kit.

—Bien.

Las demás mujeres dejaron de trabajar para escuchar.

—¿Por qué no está en Oxford, señor Riddick? —le preguntó Joanie, situada en la máquina de al lado.

—Porque ya no soy estudiante. He finalizado mis tres años de estudios.

—Espero que haya aprobado sus exámenes.

—Sí. Fui el primero de mi promoción en perder dinero a las cartas.

—Y ahora ya lo sabe todo.

—Oh, no. Solo las mujeres lo saben todo.

Las demás lo jalearon.

—Después de Navidad, iré a otra universidad, a la Academia Prusiana de las Ciencias, en Berlín —dijo él.

—¡Prusia! —exclamó Sal—. Tendrá que aprender alemán.

—Y francés. Por algún motivo, las lecciones se imparten en esa lengua.

—¡Más estudio! ¿Es que no tiene fin?

—La verdad es que creo que no lo tiene.

—Bueno, pues la gente de Kingsbridge también va a ponerse a estudiar, así que ojo con ellos, a lo mejor se ponen a su altura.

—¿A qué viene eso? —preguntó él frunciendo el ceño.

—Vamos a crear un nuevo grupo que se llamará la Sociedad Socrática.

—Vais a crear una Sociedad Socrática.

Sal se dio cuenta de que Roger intentaba disimular su asombro.

—Y yo me he comprometido a pedirle si podría encargarse de la charla inaugural.

—¿De veras? —Él seguía perdido en la conversación, lo cual divertía a Sal—. Una charla —repitió él mientras resultaba evidente que intentaba entender lo que estaba escuchando—. Sí, bueno…

—Hemos pensado que podría hablar sobre Isaac Newton.

—Ah, ¿sí?

—Pero la verdad es que puede escoger cualquier tema científico.

—Bueno…, en Oxford estudiaba el sistema solar.

Sal no tenía ni idea de qué era el sistema solar.

—El sol, la luna y los planetas, ya sabes, y cómo giran y giran —dijo él tras haberse percatado de la perplejidad de Sal.

Eso no sonaba muy interesante, pensó Sal. Aunque ¿qué sabría ella?

—He construido una pequeña maqueta para mostrar cómo se mueven unos planetas con respecto a los demás —añadió Roger—. La he hecho por placer, pero podría ayudar a que la gente lo entendiera mejor.

Eso sí que sonaba bien. Y Roger estaba captando la idea muy deprisa. Tal vez Sal lo consiguiera.

—Se llama planetario —dijo él—. La maqueta. Hay otras personas que las han fabricado.

—Creo que debería enseñársela a todo el mundo, señor Riddick. Parece algo maravilloso.

—Puede que lo haga.

Sal intentó reprimir una sonrisa triunfal.

Apareció Amos Barrowfield.

—Has hecho que las mujeres dejen de trabajar, Roger —observó.

—Van a crear una Sociedad Socrática —comentó Roger.

—Espero que no lo hagan durante las horas de trabajo. —Amos le pasó a Roger un brazo por los hombros—. Acompáñame a ver la máquina de cardar en funcionamiento. Es una maravilla.

Se alejaron caminando.

De pronto, Roger se detuvo en lo alto de la escalera.

—Hazme saber en qué fecha será —le dijo a Sal—. Envíame una nota.

—Así lo haré —respondió ella.

Los dos hombres desaparecieron.

—No puedes enviarle una nota, Sal —objetó una de las mujeres—. Si casi no sabes escribir.

—Te sorprendería enterarte de lo que sé —repuso Sal.

Arabella se dirigía a Spade como si no hubiera ocurrido nada. Cuando sus caminos se cruzaban, en la plaza del mercado o en la tienda de la hermana de él o en la catedral, ella le sonreía con frialdad, le dedicaba unas palabras de cortesía y seguía caminando; como si nunca le hubiera entregado una rosa roja, como si no hubieran estado a solas en la sacristía y como si nunca lo hubiera besado, consumida por el deseo, ni le hubiera hecho posar las manos en sus pechos.

¿Qué se suponía que debía pensar él? Necesitaba que alguien lo aconsejara, algo que no solía requerir, pero no podía comentárselo a nadie. Lo poco que habían hecho —besarse, totalmente vestidos, y durante solo un minuto— resultaba peligroso tanto para Arabella como para él, pero, sobre todo, para ella: la mujer siempre era la culpable.

Tal vez no se repitiera. Tal vez ella quería que nunca más se mencionara ese beso, como si fuera un secreto que se llevarían a la tumba y sería olvidado hasta el día del juicio final. De ser así, Spade se sentiría decepcionado, pero acataría su voluntad. No obstante, su instinto le decía que ella tenía otros planes. El beso no había sido fortuito, ni por coqueteo, ni un juego, ni una pequeñez. Había expresado una emoción, un sentimiento profundo.

Spade intentó imaginarse cómo sería la vida de Arabella. El obispo no solo era mayor que ella, lo cual podría haber estado bien de haber sido él un anciano vital y locamente enamorado de su mujer; sino que era un hombre obeso, que se movía con parsimonia, pagado de sí mismo y sin sentido del humor. Tal vez, a la pareja no le quedara nada del deseo que había traído a Elsie a sus vidas. Spade jamás había estado en el piso superior del palacio del obispo, pero estaba convencido de que tenían dormitorios separados.

Seguramente esa situación había empezado hacía muchísimo tiempo, lo suficiente para que una mujer normal de mediana edad se sintiera decepcionada y furiosa, y empezara a tener fantasías con otros hombres.

¿Por qué Spade? Aunque se lo habría pensado dos veces antes de comentárselo a nadie, él sabía que solía gustar a las mujeres. A él le gustaba hablar con ellas porque acostumbraban a decir cosas con sentido. Si le hiciera una pregunta seria a una mujer, como por ejemplo: «¿Qué esperas de la vida?», ella respondería algo como: «Sobre todo, quiero ver a mis hijos como adultos bien situados y felices, preferiblemente con descendencia». Si le hiciera la misma pregunta a un hombre, recibiría una respuesta estúpida, del tipo: «Quiero casarme con una virgen de veinte años que tenga las tetas grandes y sea dueña de una taberna».

Si Spade no se equivocaba, y Arabella finalmente se dejaba llevar por el deseo e intentaba iniciar una aventura, ¿cómo reaccionaría él? Se dio cuenta enseguida de que la pregunta era innecesaria. No tomaría una decisión racional; no sería como comprar una casa. Ella lo hacía sentirse como un dique a punto de desbordarse en cualquier momento. Arabella era una mujer inteligente y apasionada que parecía enamorada de él, y Spade era incapaz de intentar siquiera resistirse.

Sin embargo, las consecuencias podían ser trágicas. Recordaba el caso de lady Worsley, víctima de una terrible humillación. En aquella época, él tenía dieciocho años, y estaba enamorado de Betsy, pero ya había desarrollado el hábito de leer la prensa, por lo general ejemplares pasados de fecha que los ricos tiraban a la basura. Lady Worsley había tenido un amante. Su marido lo demandó y le pedía veinte mil libras, el precio que le puso a la castidad de su mujer. Veinte mil libras era una cantidad elevadísima, suficiente para comprar una de las mejores casas de Londres. El amante, para nada un caballero, había argumentado durante el juicio que la castidad de la mujer no valía nada porque ya había cometido adulterio con veinte hombres antes que él. Hasta el último detalle de la vida amorosa de lady Worsley quedó expuesto durante el proceso, publicado en la prensa y seguido con avidez por la opinión pública de varios países. El jurado había tomado partido por el amante y había recompensado a sir Richard por los daños y perjuicios con un chelín, lo cual suponía que la castidad de su esposa no valía más que eso. Fue un veredicto cruelmente despectivo.

Era la clase de pesadilla a la que Spade se arriesgaba si entablaba una relación amorosa con la mujer del obispo.

Y Arabella sería quien más sufriría.

Spade cruzó la grandiosa entrada con columnas del Salón de Actos de Kingsbridge, donde en breve daría comienzo la primera reunión de la Sociedad Socrática.

Estaba impaciente por que saliera bien. Sal y los demás tenían grandes esperanzas puestas en el evento. Los trabajadores de Kingsbridge intentaban mejorar y se merecían tener éxito. El mismo Spade opinaba que era un gran paso para el progreso de la ciudad. Deseaba que Kingsbridge fuera un lugar en el que a los trabajadores se les considerara personas, no simple mano de obra. Sin embargo, ¿qué pasaría si nadie entendía la charla? ¿Y si los asistentes aburridos empezaban a alborotarse? Lo que sería peor: ¿y si el público no se presentaba?

Spade accedió al edificio al mismo tiempo que Arabella Latimer y su hija, Elsie; la élite de la ciudad mostraba interés en el acto. Él se sacudió el agua de lluvia del sombrero e hizo una reverencia a ambas mujeres.

—He oído que ha estado en Londres, señor Shoveller —dijo Arabella con rigidez—. Espero que la visita haya ido bien.

Era el típico comentario insustancial que se hacía en los encuentros casuales, y él se sintió decepcionado por su frialdad, pero le siguió la corriente.

—Disfruté del viaje y también hice negocios, señora Latimer. ¿Cómo han ido las cosas por Kingsbridge?

—Igual que siempre —respondió ella sin mirarlo. Luego añadió en voz baja—: Siempre lo mismo.

Spade se preguntó si Elsie sería capaz de percibir la tensión entre ambos. Las mujeres tenían una sensibilidad especial para ese tipo de cosas. Sin embargo, la joven no mostró ninguna señal de haberse percatado.

—Yo quiero ir a Londres —comentó—. Nunca he estado allí. ¿Es tan emocionante como cuentan?

—Emocionante, sí —dijo Spade—. Y también está abarrotada. Muy poblada, es ruidosa y sucia.

Entraron en el salón destinado a los juegos de naipes, donde iba a celebrarse la conferencia. Estaba casi al completo, lo que apaciguó la preocupación de Spade.

Había una caja de madera sobre una mesa en el centro de la sala, y Spade supuso que el planetario de Roger Riddick se encontraba en el interior. Las sillas y bancos estaban dispuestos en círculos en torno a la mesa.

Los asistentes eran una mezcla variopinta: los más pudientes con sus mejores ropas y los peones de la fábrica con los abrigos marrones oliva y las harapientas gorras que llevaban a diario. Se fijó en que estos últimos estaban sentados en los bancos del fondo, mientras que los asistentes bien vestidos ocupaban las sillas más próximas a la mesa. Spade sabía que esa disposición no había sido premeditada; los presentes crearon de forma instintiva la división social. No estaba seguro de si le resultaba curioso o un tanto triste.

Tan solo había unas pocas mujeres. A Spade no le sorprendía: los eventos como aquel estaban pensados para hombres, aunque las representantes del género femenino no tenían prohibida la asistencia.

Arabella le dio la espalda a Spade y señaló al otro lado de la sala, hacia el lugar donde se encontraban sentadas dos o tres mujeres juntas.

—Deberíamos ir a sentarnos allí —le dijo a Elsie, dejando claro que no quería sentarse junto a Spade.

Él lo entendió, pero se sintió rechazado.

Elsie se volvió hacia el lugar señalado por su madre. Durante un segundo, Spade sintió la mano de Arabella en la parte superior del brazo. Ella lo apretujó con fuerza y, al instante, apartó la mano y se dirigió hacia el otro extremo de la sala. Había sido un momento muy fugaz, pero, sin duda, se trataba de un mensaje de intimidad.

Spade se sintió ligeramente mareado. Una chica inexperta podía enviar señales equívocas, pero ninguna mujer madura tocaría así a un hombre sin un motivo concreto. Estaba diciéndole que se entendían en secreto, y que él no debía hacer caso a su frialdad aparente.

Spade se sintió emocionado, pero no pensaba hacer nada al respecto. Arabella era la que corría más peligro, así que ella debía dirigir la situación. Él se limitaría a seguir sus pasos.

Jarge Box se acercó a él con cara de enfado. No hacía falta mucho para enfadar a Jarge, por lo que Spade no se preocupó demasiado.

—¿Ocurre algo? —le preguntó sin darle mucha importancia.

—¡Hay demasiados patrones! —espetó Jarge, indignado.

Era cierto. Spade vio a Amos Barrowfield, al vizconde de Northwood, al concejal Drinkwater y a Will Riddick.

—¿Y eso es algo tan malo? —le preguntó a Jarge.

—¡No hemos creado la sociedad para ellos!

Spade asintió con la cabeza.

—En eso tienes razón. Por otra parte, con ellos aquí difícilmente nos acusarán de traición.

—No me gusta.

—Lo hablaremos más tarde. Después tenemos una reunión del comité.

—Está bien —se avino Jarge, apaciguado por un instante.

Tomaron asiento. El canónigo Midwinter se puso en pie y pidió silencio.

—Bienvenidos a la primera reunión de la Sociedad Socrática de Kingsbridge.

Las personas sentadas al fondo aplaudieron.

—Dios nos ha dado la capacidad de aprender —prosiguió Midwinter—, de entender el mundo que nos rodea; el día y la noche, los vientos y las mareas, el crecimiento de la hierba y de las criaturas que se alimentan de ella. Y nos ha dado la habilidad a todos nosotros, a los ricos y a los pobres, a los de alta cuna y a los desheredados. Durante cientos de años, Kingsbridge ha sido un centro de aprendizaje, y esta nueva sociedad es la última manifestación de esa sagrada tradición. Que Dios bendiga a la Sociedad Socrática.

—Amén —dijeron varias personas.

—Esta noche, nuestro orador es el señor Roger Riddick —prosiguió Midwinter—, recientemente licenciado por la Universidad de Oxford. Nos hablará sobre el sistema solar. Tiene la palabra, señor Riddick.

Roger se puso en pie y se situó junto a la mesa. Spade pensó que parecía relajado; tal vez había hecho algo parecido en la universidad. Antes de hablar describió, alrededor de la mesa, un círculo completo con parsimonia, mirando al público con una agradable sonrisa.

—Si doy una vuelta como esta, pero más deprisa, tendría la impresión de que todos ustedes están girando a mi alrededor —dijo y siguió dando vueltas—. Y, cuando la Tierra gira, lo cual crea el día y la noche, nos parece que el sol se mueve, porque sale por la mañana y se pone por la tarde. Pero las apariencias engañan. Ustedes no están moviéndose, ¿verdad? El que se mueve soy yo. Y el sol no está moviéndose, la Tierra es la que lo hace. —Se detuvo y añadió—: Estoy mareándome.

El público rio.

—La Tierra gira y también vuela. Da la vuelta al sol una vez al año. Como una pelota de críquet, puede girar mientras surca volando el aire. Además, la Tierra es uno de los siete planetas que hacen lo mismo. Esto está complicándose, ¿verdad?

Se oyeron risitas y murmullos de asentimiento. A Spade le pareció que a Roger se le daba bien aquello; hacía que todo pareciera muy sencillo y cotidiano.

—Por eso he fabricado esta maqueta, para enseñarles cómo los planetas dan vueltas alrededor del sol.

Los asistentes se echaron hacia delante en sus asientos cuando Roger abrió la caja situada sobre la mesa y sacó un artilugio que tenía el aspecto de una pequeña pila de discos metálicos. Del centro sobresalía un clavo alargado con una esfera amarilla adherida al extremo superior.

—Esto se llama planetario —aclaró Roger—. La esfera amarilla es el sol.

Spade se sentía encantado. La reunión marchaba bien. Vio a Sal y percibió que ella estaba disfrutando de lo lindo.

Cada disco de la pila tenía soldada una varilla con forma de ele, en cuyo extremo había una esfera encajada.

—Las esferas pequeñas son los planetas —aclaró Roger—.

Aunque hay una cosa que está mal en esta maqueta. ¿Alguien sabe de qué se trata?

Se hizo un silencio momentáneo.

—Es demasiado pequeña —dijo Elsie por fin.

Se oyó un murmullo de desaprobación por el hecho de que una mujer hubiera intervenido.

—¡Correcto! —exclamó Roger a pesar de la reacción del público.

Elsie no había ido a la Escuela de Gramática, porque las chicas tenían prohibida la asistencia, pero Spade recordó que Elsie había tenido un tutor durante un tiempo.

—Si esta maqueta estuviera construida a escala —dijo Roger—, la Tierra sería más pequeña que una lágrima y estaría a diez metros de distancia, en el otro extremo de la sala. En realidad, el sol está a ciento cincuenta millones de kilómetros de Kingsbridge.

Los presentes reaccionaron con suspiros de admiración ante la mención de una distancia tan inimaginable.

—Y todos los planetas se mueven, como estamos a punto de ver. —Paseó la mirada por el público en general—. ¿Quién es la persona más joven de aquí?

—Yo, yo —respondió enseguida alguien con voz aflautada.

Spade miró al otro extremo de la sala y vio a un niño pelirrojo levantándose: era el hijo de Sal, Kit. Tendría unos nueve años, calculó Spade. Los presentes rieron con su impaciencia, aunque él no le veía la gracia. Era un niño bastante serio.

—Acércate —dijo Roger, y se volvió hacia el público—. Este es Kit Clitheroe, nacido en Badford, como yo.

Kit se acercó a la mesa y el público lo aplaudió.

—Sujeta esa manivela con cuidado —indicó Roger—. Eso es. Ahora hazla girar lentamente.

Los planetas empezaron a orbitar alrededor del sol.

Kit observaba, fascinado, el efecto de su maniobra en el giro del planetario.

—¡Los planetas giran a distinta velocidad! —exclamó.

—Correcto —confirmó Roger.

—Es porque usted ha puesto unos engranajes —aclaró Kit observando más de cerca la maqueta—. Es como el mecanismo de un reloj —comentó con tono de admiración.

Spade ya había supuesto que la maqueta de Roger funcionaba con engranajes, pero le sorprendió e impresionó que un niño de nueve años pudiera deducirlo. Todos los peones de las fábricas trabajaban con máquinas, por supuesto, pero no todos entendían su funcionamiento.

Roger invitó a Kit a volver a su asiento.

—Dentro de unos minutos —dijo entonces—, todo el que quiera podrá acercarse a hacer girar el mecanismo.

Prosiguió con su charla y fue nombrando los planetas e indicando a cuánta distancia se encontraban del sol. Señaló la luna, pegada por una corta varilla a la Tierra, y luego mencionó algunos de los otros planetas y más lunas. Explicó por qué la inclinación de la Tierra marcaba la diferencia entre el verano y el invierno. El público estaba entregado.

Al finalizar, recibió una calurosa ovación y, a continuación, los asistentes se arremolinaron alrededor de la mesa, ansiosos por probar cómo hacer que los planetas orbitasen alrededor del sol.

Por último, el público empezó a marcharse. Roger volvió a guardar el planetario en la caja y se fue con Amos Barrowfield. Cuando los miembros del comité se quedaron a solas, colocaron algunos bancos en círculo y tomaron asiento.

El ánimo era triunfal.

—Os felicito a todos —dijo el canónigo Midwinter—. Lo habéis hecho posible; no me necesitabais a mí.

Jarge estaba descontento.

—¡Eso no era lo que yo quería! —protestó—. El sistema solar está muy bien, pero necesitamos aprender más sobre cómo cambiar las cosas para que nuestros hijos no pasen hambre.

—Jarge tiene razón —admitió Sal—. Esto ha sido un buen comienzo, y nos ha hecho parecer respetables, pero no nos sirve de nada cuando los precios de la comida están por las nubes y la gente no encuentra empleo.

Spade estaba de acuerdo con ambos.

—A lo mejor deberíamos hablar de *Los derechos del hombre*, el libro de Thomas Paine —sugirió el impresor Jeremiah Hiscock.

—Creo que el libro dice que una revolución está justificada cuando un gobierno fracasa en su obligación de proteger los derechos de su pueblo, y que, por tanto, la Revolución francesa fue algo positivo —comentó Midwinter con moderación.

—Eso nos metería en problemas —objetó Sime Jackson.

Spade había leído *Los derechos del hombre* y era un ferviente seguidor de las ideas de Tom Paine, pero entendía los recelos expresados tanto por Midwinter como por Jackson.

—Yo tengo una idea mejor —sugirió—. Escojamos un libro que critique a Paine.

—¿Por qué? —protestó Jarge.

—Tomemos como ejemplo *Razones para la conformidad dirigidas a la población trabajadora de la sociedad británica*, del arcediano Paley.

—¡No tenemos que promover ese tipo de ideas! ¿En qué estás pensando? —Jarge estaba escandalizado.

—Tranquilízate, Jarge, y ahora te diré lo que estoy pensando. Tanto si escogemos a Paine como a Paley, el tema es el mismo, la reforma del gobierno británico, así que podremos entablar el mismo debate. Pero, de cara al exterior, sería diferente. ¿Y cómo van a oponerse a que hablemos de un libro dirigido a nosotros y que nos dice que nos conformemos con lo que nos toca?

Jarge adoptó expresión de enfado, luego de confusión, después de reflexión y, al final, esbozó una sonrisa.

—Por todos los diablos, Spade, a pícaro no te gana nadie.

—Me lo tomaré como un cumplido —dijo Spade, y los demás rieron.

—Muy bien pensado, Spade —admitió Midwinter—. El grupo podría llegar a la conclusión de que los argumentos del arcediano Paley son tristemente débiles, por supuesto, pero eso, de ninguna manera, constituiría una traición.

—Hay un panfleto titulado *Réplica al arcediano Paley* —dijo Jeremiah—, publicado por la Sociedad de Correspondencia de Londres. Lo sé porque mi hermano lo imprimió para ellos. Incluso tengo un ejemplar en casa. Puedo imprimir unos cuantos.

—Eso sería muy útil —comentó Sal—, pero recuerda que es para personas que a lo mejor no saben leer. Creo que necesitamos a un orador que presente el tema.

—Yo conozco a la persona adecuada —dijo Midwinter—. Un clérigo que da clases en Oxford, Bartholomew Small, una suerte de inconformista entre los profesores. No es un revolucionario, pero simpatiza con las ideas de Paine.

—Perfecto —repuso Spade—. Por favor, pídale usted el favor, canónigo Midwinter. —Se volvió hacia todo el grupo—. Debemos mantener esto en secreto el máximo tiempo posible y anunciarlo en el último momento. Creedme, hay muchos hombres en esta ciudad que quieren que los trabajadores sigamos viviendo en la ignorancia. Si dejamos que corra la noticia demasiado pronto, le daremos al enemigo tiempo para organizarse. Nuestro lema es el secretismo.

Todos estuvieron de acuerdo.

# 13

Durante su infancia y su juventud, transcurridas en Londres, a Hornbeam lo habían aterrado los jueces y los castigos que imponían. Aunque ya era uno de ellos y no tenía nada que temer, en los recovecos de su mente pervivía un leve temblor, el fantasma de un recuerdo, que le provocó un escalofrío cuando el secretario llamó al orden en la sesión trimestral de otoño y los juicios dieron comienzo. Tuvo que tocarse la peluca para no olvidar que ahora él también era un patrón.

La Sala del Consejo de la Casa Consistorial hacía las veces de tribunal en la celebración de las sesiones trimestrales y las audiencias provinciales. A Hornbeam le gustaba la majestuosidad de aquella vieja estancia. Los paneles de madera barnizados y las vetustas vigas corroboraban su elevada condición. Sin embargo, cuando la llenaban los infractores de Kingsbridge y sus llorosas familias, anhelaba que estuviera mejor ventilada. No soportaba el olor de los pobres.

Con la ayuda de un secretario formado en leyes, los jueces procesaban casos de robo, agresión y violación frente a un jurado compuesto por terratenientes de Kingsbridge. Juzgaban todos los delitos a excepción de aquellos que acarreaban la pena de muerte, para los cuales se debía convocar a un jurado de acusación con competencia para deliberar si procedía elevar el caso a la audiencia provincial, el tribunal superior.

Aquel día instruyeron numerosos robos. Corría septiembre y la cosecha había sido mala por segundo año consecutivo. Una hogaza de pan de cuatro libras costaba un chelín, casi el doble de su precio habitual. La gente hurtaba comida, o cualquier cosa que pudiera trocarse fácilmente por dinero para comprar alimentos. El pueblo estaba desesperado, pero Hornbeam opinaba que eso no justificaba sus actos y proponía sentencias severas. Era preciso castigar a los ladrones; de lo contrario, el sistema entero se vendría abajo y la chusma lo invadiría todo.

Al declinar la tarde, los jueces se reunieron en una sala de menores dimensiones para beber vino madeira y comer bizcocho. Las decisiones más importantes en la vida de la ciudad a menudo se tomaban en momentos informales como ese. Hornbeam aprovechó el receso para sacar a colación la cuestión de la Sociedad Socrática de Spade con el concejal Drinkwater, presidente de la Judicatura de Paz.

—Me parece peligrosa —dijo—. Spade se hará con oradores que acabarán causando problemas al convencer a los jornaleros de que están mal pagados y deberían alzarse y derrocar a sus soberanos, como hicieron los franceses.

—Convengo con usted —intervino Will Riddick, que se había erigido en terrateniente de Badford y juez de paz tras la muerte de su padre—. Esa mujer violenta, Sal Clitheroe, es miembro de la sociedad. Se la desterró de Badford por intentar atacarme.

A Hornbeam le había llegado una versión distinta de la historia, en la que Sal había llegado a tumbar a Riddick de un puñetazo, aunque era comprensible que este omitiera el detalle humillante.

Hornbeam confiaba en que otros jueces advirtieran también el peligro, pero sus esperanzas se vieron frustradas.

—Yo asistí a la asamblea —dijo el concejal Drinkwater tras introducirse un dedo bajo la peluca para rascarse la calva—. Se habló del sistema solar. No hay nada nocivo en eso.

Hornbeam suspiró. Drinkwater solo había conocido comodidades en la vida. Había heredado el negocio de su padre y se lo había vendido a él; después había comprado una docena de casonas, las había alquilado y desde entonces vivía ocioso. No sabía que la prosperidad podía ser frágil; no había aprendido nada de la Revolución francesa. Su oposición no era de sorprender; aun así, Hornbeam tuvo que contener la sensación de pánico que lo asaltaba siempre que personas de corte liberal hacían oídos sordos a la amenaza de insurrección por parte de los plebeyos. Tomó un relajante sorbo de vino dulce y se esforzó por parecer tranquilo.

—Muy astuto por su parte —repuso—, pero se me ha informado de que en su segunda asamblea se planteará la reforma del Parlamento.

Drinkwater negó con la cabeza.

—Si me lo permite, Hornbeam, debo decirle que está usted mal informado. Sé por mi yerno, el canónigo Midwinter, que están estudiando el libro del arcediano Paley, que sostiene que la mano de obra debería sentirse satisfecha y hacer oídos sordos a las proclamas en favor de la reforma o la revolución.

Riddick señaló con un dedo a Drinkwater.

—Su yerno no seguirá siendo canónigo mucho tiempo. Ha renunciado a la Iglesia de Inglaterra y va a ser ministro de los metodistas. Ya están recaudando fondos para asignarle una retribución.

—Pero Paley sigue siendo arcediano —replicó Drinkwater—. Y su libro va dirigido a la clase trabajadora. No veo qué objeciones se podrían tener al respecto.

Paseando la mirada por los presentes, Hornbeam vio que no había conseguido convencerlos, por lo que se apresuró a zanjar el debate.

—Muy bien —dijo de mala gana.

De todos modos, contaba con un plan alternativo.

El receso llegó a su fin y Hornbeam abandonó la Sala del Consejo con Riddick. Fuera llovía a cántaros, siguiendo la tónica de todo el verano, y ambos se subieron el cuello de los abrigos y se calaron los sombreros. El segundo año consecutivo de mal tiempo estaba provocando el aumento del precio del grano; Hornbeam había adquirido un centenar de fanegas y las conservaba en un almacén. Tenía previsto duplicar la inversión cuando lo vendiera.

—Debo reconocer… que admiro a su hija, Deborah…, mucho… —dijo Riddick con tono titubeante, algo insólito en él, mientras caminaban por la calle—. Es… encantadora…, y también, eh…, inteligente, sí.

En parte tenía razón. Deborah era inteligente y atractiva, con la figura grácil de las chicas de diecinueve años, pero en realidad no era encantadora. Sin embargo, Riddick se había prendado de ella, o al menos había concluido que sería una buena esposa, algo que complacía a Hornbeam: su plan prosperaba deprisa, aunque intentó no dejar traslucir su satisfacción.

—Gracias —repuso con tono neutro.

—Pensé que debía decírselo.

—Un detalle por su parte.

—Usted conoce mi posición y mis recursos —añadió Riddick. Se sentía orgulloso de ser terrateniente en Badford, si bien, como soberano de apenas un millar de vecinos, tan solo pertenecía a una nobleza irrelevante—. Imagino que no necesito demostrarle que podría mantenerla y darle el estilo de vida al que está habituada.

—En absoluto.

A Hornbeam le interesaba más la posición de Riddick en la Milicia de Shiring. Le abonaba sustanciosos sobornos, de los que obtenía un buen rédito. Otros proveedores hacían cola para pagar mordidas a Riddick y vender mercancía a la milicia a precios inflados. Todos ganaban.

—Ignoro si Deborah me corresponde, pero quisiera averiguarlo…, con su permiso.

Hornbeam acalló su entusiasmo; no quería alentar a Riddick a solicitar un generoso acuerdo matrimonial.

—Cuenta usted con mi permiso y mis mejores deseos.

—Se lo agradezco.

Deborah era lo bastante sensata para comprender que debía casarse con alguien beneficioso para el negocio, y daba muestras de que Riddick le gustaba. No obstante, se había labrado cierta reputación por tratar con acritud a sus aldeanos, y eso podía desanimarla. En tal caso, Hornbeam tendría un problema.

Llegaron a su casa.

—Entre un momento —le dijo a Riddick—. Hay otra cuestión que quiero tratar con usted.

Una vez dentro, se quitaron los abrigos empapados y los colgaron; el suelo embaldosado se mojó con las gotas que se desprendían de ellos.

Hornbeam vio a su hijo Howard, que cruzaba el vestíbulo.

—Haz que alguien limpie esto, Howard.

—Enseguida —respondió su hijo, obediente, y se encaminó al sótano.

Hornbeam recordó entonces que también tenía que solucionar el problema de encontrar una prometida para Howard. Él ni siquiera lo intentaría; se conformaría con quien su padre escogiera. Pero ¿qué mujer querría casarse con él? Una que deseara comodidades y abundancia pero cuyo físico le impidiera acceder a ese tipo de vida. O, por decirlo claramente, que fuera ambiciosa pero poco agraciada. Hornbeam tendría que mantener los ojos bien abiertos.

Precedió a Riddick hasta su despacho, cuya chimenea estaba encendida. Advirtió que su invitado buscaba ansioso con la mirada una licorera en el aparador, pero acababan de tomar madeira en la Sala del Consejo y Hornbeam no consideraba necesario que un hombre bebiera vino cada vez que se sentaba.

—Lamento que no lograra convencer a los demás jueces. Hice lo que pude, pero no me secundaron.

—No se preocupe. Como suele decirse, todos los caminos llevan a Londres.

—Tiene un plan alternativo. —Riddick sonrió y afirmó con la cabeza y aire cómplice—. Debería haberlo supuesto.

—No le he dicho a Drinkwater todo lo que sé.

—Se guarda un as en la manga.

—Exacto. Jeremiah Hiscock está imprimiendo un panfleto de la Sociedad de Correspondencia de Londres titulado *Réplica al arcediano Paley*. Sospecho que contradice todo cuanto Paley sostiene. Tienen previsto repartir copias en la asamblea.

—¿Quién se lo ha dicho?

Se lo había dicho Nash, el propietario de la vaquería, pero Hornbeam no quiso compartirlo con él. Se tocó un lado de la nariz en un gesto característico de confidencialidad.

—Si me lo permite, preferiría reservarme esa información.

—Como desee. ¿De qué modo podemos utilizarla?

—Creo que sin preámbulo alguno. Sospecho que el panfleto es sedicioso hasta rayar en la criminalidad. En caso de que así sea, se presentarán cargos contra Hiscock.

Riddick asintió.

—¿Cómo procederemos?

—Nos personaremos en su casa con el alguacil; la registraremos y, si es culpable, ejerceremos nuestro derecho, en calidad de jueces, a aplicar un juicio sumario.

Riddick sonrió.

—Bien.

—Ahora vaya a ver a Phil Doye y dígale que se reúna con nosotros mañana al alba. Será mejor que lo acompañe un agente.

—De acuerdo. —Riddick se puso en pie.

—No le diga al alguacil Doye el motivo por el que lo requerimos; es preferible asegurarnos de que la noticia no se filtre y Hiscock tenga ocasión de quemar las pruebas antes de que lleguemos. Además, Doye no precisa de un motivo: basta con que dos jueces consideren necesario llevar a cabo un registro.

—En efecto.

—Le veré al amanecer.

—Cuente con ello.

Riddick se marchó.

Hornbeam contempló desde su silla el fuego en el hogar. Personas como Spade y Midwinter se creían astutos, pero no eran rival para Hornbeam: él acabaría con sus actividades subversivas.

De pronto cayó en la cuenta de que se estaba arriesgando. La información de Alf Nash podía no ser cierta, o bien Hiscock podía haber impreso los panfletos y haberlos escondido, o habérselos dado a alguien de confianza para que los guardara en un lugar seguro. Eran posibilidades incómodas. Si Hornbeam registraba la casa de Hiscock al amanecer junto con el alguacil y un agente y no encontraba nada que lo incriminara, haría el ridículo. Y la humillación era lo único que no toleraba. Era un hombre importante y de merecida deferencia. Por desgracia, a veces uno tenía que arriesgarse. En sus cuarenta y tantos años lo había hecho en varias ocasiones, pensó; siempre había salido airoso, y por lo general más rico que antes.

Su esposa, Linnie, abrió la puerta del despacho. Hacía veintidós años que se había casado con ella, y ya no era una esposa apropiada para él. Si pudiera retroceder en el tiempo, elegiría mejor. Linnie no era hermosa y hablaba como una londinense de baja estofa, precisamente lo que era. Se aferraba con terquedad a hábitos como dejar una hogaza de pan grande en la mesa y cortar con un cuchillo las rebanadas según se consumían. Pero librarse de ella acarrearía demasiados problemas. El divorcio era difícil de conseguir, pues requería un edicto particular aprobado por el Parlamento, y mancillaba la reputación de un hombre. En cualquier caso, ella gobernaba el hogar con eficiencia, y, en las raras ocasiones en que él quería sexo, siempre estaba dispuesta. Y había algo más: el servicio la apreciaba, lo que engrasaba los engranajes domésticos.

A él, el servicio no lo apreciaba. Lo temía, cosa que él prefería.

—Si has acabado, la cena está lista —le dijo su mujer.

—Iré enseguida —contestó Hornbeam.

Simpson, el sombrío lacayo, lo despertó temprano.

—Una mañana lluviosa, señor. Lo lamento.

«Yo no», se dijo Hornbeam pensando en el grano acumulado en su almacén, que le granjearía más dinero con cada nuevo día de lluvia.

—El señor Riddick está aquí, con el alguacil y el agente Davidson —le informó Simpson como anunciando una muerte trágica. Su tono nunca variaba; parecía desencantado incluso cuando avisaba de que la cena estaba servida.

Hornbeam se tomó el té que Simpson le había llevado y se vistió deprisa. Riddick lo esperaba en el vestíbulo. Hablaba en voz baja con el alguacil Doye, un hombre achaparrado y fanfarrón ataviado con una peluca barata. Doye llevaba consigo un pesado báculo coronado por un gran pomo de granito pulido, un objeto que podía pasar por bastón y que también hacía las veces de arma formidable.

Junto a la puerta se encontraba el agente Reg Davidson, un hombre de espaldas anchas que lucía los vestigios de varias reyertas: la nariz rota, un ojo semicerrado y la cicatriz de una herida de navaja en la nuca. Hornbeam pensó que si Davidson no fuese agente probablemente se ganaría la vida como asaltante de caminos, atacando y robando a hombres tan incautos como para llevar dinero encima después del ocaso.

Los abrigos de los tres recién llegados chorreaban profusamente agua de lluvia.

—Vamos a casa de Jeremiah Hiscock, en Main Street —les instruyó Hornbeam.

—La imprenta —dijo Doye.

—Exacto. Sospecho que Hiscock es culpable de imprimir un panfleto sedicioso y traidor. Si estoy en lo cierto, lo pagará. Lo detendremos y confiscaremos el material que haya impreso. Imagino que protestará y clamará a gritos su libertad de expresión, pero no opondrá verdadera resistencia.

—Sus empleados aún no habrán llegado —intervino Davidson—. No habrá nadie que nos plante pelea. —Parecía decepcionado.

Hornbeam salió el primero de la casa. Los cuatro hombres

caminaron a paso ligero por High Street y descendieron por la pendiente de Main Street. Las gárgolas de la catedral desaguaban la copiosa lluvia. La imprenta se encontraba al final de una calle, con vistas al río, cuyo caudal había crecido y fluía con furia.

Al igual que todos los comerciantes de Kingsbridge, a excepción de los más prósperos, Hiscock vivía y trabajaba en el mismo lugar. La casa carecía de sótano, y la fachada principal estaba intacta, de lo que Hornbeam coligió que la imprenta se encontraría en la parte trasera.

—Llame a la puerta, Doye —le ordenó Hornbeam.

El alguacil dio cuatro golpes con el pomo del báculo. Dentro, la familia deduciría al instante que no se trataba de la visita cordial de un vecino.

Abrió el propio Hiscock, un hombre alto y delgado de unos treinta años que se había puesto a toda prisa un abrigo sobre la camisa de dormir. Supo de inmediato que estaba en un aprieto, y el repentino miedo en sus ojos detonó en Hornbeam un escalofrío de placer.

—Los jueces hemos sido informados de que esta propiedad se está empleando para la impresión de material sedicioso —dijo Doye con un tono de suma presunción.

Hiscock hizo acopio de un ápice de coraje.

—Este es un país libre —contestó—. Los ingleses tenemos derecho a defender nuestra opinión. No somos siervos rusos.

—Su libertad no incluye el derecho a subvertir el gobierno, como hasta el más tonto sabe —intervino Hornbeam, y, con un gesto impaciente, instó a Doye a que avanzara.

—Hágase a un lado —le dijo Doye a Hiscock, y entró en la casa casi a la fuerza.

Hiscock retrocedió para dejarles pasar. Hornbeam siguió a Doye y los otros dos hicieron lo propio.

Tras su gesto desafiante, de pronto Doye se sorprendió inseguro: no sabía adónde dirigirse.

—Eh..., Hiscock —dijo tras un instante de titubeo—, se le ordena acompañar a los jueces a su imprenta.

Hiscock los precedió a través de la casa. Cuando cruzaron la cocina, los miraron su esposa, aterrada, una doncella perpleja y una niña de corta edad con el pulgar en la boca. Hiscock cogió una lámpara de aceite. La puerta trasera daba a un taller que olía a metal engrasado, papel nuevo y tinta.

Hornbeam miró alrededor y vaciló unos instantes ante aquella maquinaria desconocida para él, pero enseguida dedujo qué era qué. Identificó bandejas con letras metálicas, pulcramente dispuestas en columnas; una especie de armazón en el que había colocadas letras formando palabras y frases, y un recio dispositivo con una palanca alargada que sin duda sería la prensa. Por todas partes se apilaban balas y cajas de papel, parte de él en blanco y parte ya impreso.

Hornbeam miró las letras del armazón: debía de tratarse del trabajo que ocupaba a Hiscock esos días. Tal vez fuera el panfleto incriminatorio, pensó con el corazón algo acelerado. Pero no conseguía leer el texto.

—¡Más luz! —ordenó.

Hiscock obedeció y prendió varias lámparas. Hornbeam seguía sin distinguir qué ponía en el armazón; las palabras parecían estar dispuestas del revés.

—¿Está codificado? —preguntó con tono acusador.

Hiscock lo miró con desdén.

—Lo que está viendo es una imagen especular de lo que aparecerá en el papel —dijo. Luego, con tono despectivo, añadió—: Como hasta el más tonto sabe.

En cuanto oyó la explicación, Hornbeam cayó en la cuenta de que, obviamente, las letras metálicas debían colocarse de derecha a izquierda, a la inversa de como quedarían en el papel, y se sintió necio.

—Tiene lógica —repuso con tono seco, resentido por el «Como hasta el más tonto sabe» de Hiscock.

Mirando el armazón a la luz de esta información, vio que se trataba de un calendario del año siguiente, 1796.

—Los calendarios son mi especialidad —dijo Hiscock—.

Este incluye todas las festividades eclesiásticas del año. Gusta mucho entre el clero.

Hornbeam se volvió de espaldas a la prensa, impaciente.

—No es esto lo que estamos buscando. Abra todas esas cajas y desate las balas. Aquí hay propaganda revolucionaria.

—Cuando compruebe que aquí no hay nada de eso, ¿me ayudará a rehacer las cajas y a volver a atar las balas? —le preguntó Hiscock.

Una pregunta tan estúpida no merecía respuesta, y Hornbeam la obvió.

Doye y Davidson iniciaron la inspección, y Hornbeam y Riddick se limitaron a mirar. En ese momento entró la esposa de Hiscock, una mujer esbelta de figura cincelada. Desprendía un aire desafiante que no acababa de resultar verosímil.

—¿Qué está pasando?

—No te preocupes, querida —dijo Hiscock—. El alguacil busca algo que no está aquí.

A Hornbeam le inquietó un poco la seguridad que desprendía su voz.

La señora Hiscock miró al alguacil Doye.

—Está dejando esto hecho un desastre.

Doye abrió la boca para hablar, pero al parecer no se le ocurrió qué decir y volvió a cerrarla.

—Ve a la cocina —le dijo Hiscock a su mujer—. Dale el desayuno a Emmy.

La señora Hiscock vaciló; aunque saltaba a la vista que no le había gustado que la despacharan, al cabo de un momento se marchó.

Hornbeam miró alrededor. La mujer tenía razón: el desorden empezaba a reinar en el taller, pero lo más importante era que no estaban encontrando nada subversivo.

—Casi todo son calendarios —informó Doye—, y lo demás, folletos: una caja con la programación de los próximos estrenos del teatro, y uno de un comercio nuevo que vende vajillas de lujo.

—¿Satisfecho, Hornbeam? —preguntó Hiscock.

—Concejal Hornbeam para usted. —Empezaba a temer que aquello acabara siendo bochornoso. Aun así, insistió, obstinado—: Está aquí, en alguna parte. Registren las habitaciones.

Recorrieron la planta principal sin encontrar nada. El mobiliario de la familia era sencillo y humilde. Hiscock y su esposa presenciaban atentos el registro. En la planta superior había tres habitaciones y una buhardilla, probablemente destinada a la doncella. Comenzaron por el que a todas luces era el dormitorio matrimonial, donde la cama doble seguía sin hacer, cubierta con mantas de colores y almohadas arrebujadas. Doye rebuscó en el chifonier de la señora Hiscock.

—¿Algo de su interés entre mi ropa interior, alguacil?

—No te preocupes, querida —intervino Hiscock—. Están perdiendo el tiempo.

Pero su voz delataba un leve temblor, y Hornbeam pensó que sus hombres se acercaban a algo, algún hallazgo.

No encontraron nada en el armario ropero ni en la cómoda. Junto a la cama había una biblia encuadernada en cuero, no especialmente vieja pero sí muy usada. Hornbeam la cogió y la abrió; era la versión más común, la traducción del rey Jacobo. La hojeó, y algo cayó al suelo. Hornbeam se agachó para recogerlo.

Era un panfleto de dieciséis páginas, y un título encabezaba la primera: *Réplica al arcediano Paley*.

—Vaya, vaya... —dijo Hornbeam, y suspiró satisfecho.

—No hay nada subversivo en eso —repuso Hiscock, pero había palidecido—. Es un complemento para el estudio de la Biblia —añadió con tono desesperado.

Hornbeam abrió el panfleto al azar.

—Página tres: «Beneficios de la Revolución francesa». —Alzó la mirada y sus labios formaron una mueca burlona—. Dime, te lo ruego, ¿en qué pasaje de la Biblia se menciona la Revolución francesa?

—En Proverbios, capítulo veintiocho —contestó Hiscock

sin vacilar, y citó—: «León rugiente y oso hambriento es el príncipe impío sobre el pueblo pobre».

Hornbeam lo ignoró y siguió examinando el panfleto.

—Página cinco: «Algunas ventajas de la república como modalidad de gobierno».

—El autor está en su derecho de expresar su opinión —replicó Hiscock—. No tengo por qué estar de acuerdo con todo lo que afirma.

—Última página: «Francia no es nuestro enemigo». —Hornbeam miró a Hiscock—. Si esto no es socavar nuestras fuerzas militares, no sé qué podría serlo. —Se volvió hacia Riddick—. Considero que se le ha encontrado en posesión de material sedicioso y traidor. ¿Qué opina?

—Convengo con usted.

Hornbeam miró de nuevo a Hiscock.

—Dos jueces le consideran culpable. La traición es un delito castigado con la horca.

Hiscock se echó a temblar.

—Salgamos a deliberar la pena.

Hornbeam abrió la puerta y la sostuvo para ceder el paso a Riddick. Ambos salieron al descansillo y Hornbeam cerró tras él; el alguacil y el agente se quedaron con los Hiscock.

—No podemos ahorcarlo por nuestra cuenta —dijo Riddick—, y no confío en que la audiencia provincial lo considere culpable.

—Yo tampoco —convino Hornbeam—. Por desgracia, no hay pruebas de que sea él quien ha imprimido o difundido ese veneno. Es posible que alguien se haya llevado ya los panfletos y los haya escondido, pero solo son conjeturas.

—Entonces ¿flagelación?

—Es lo único que podemos aplicar.

—Una docena de latigazos, quizá.

—Más —replicó Hornbeam recordando el desdén en las palabras de Hiscock: «Como hasta el más tonto sabe».

—Usted dirá.

Volvieron a entrar en la casa.

—Recibirás un castigo leve, teniendo en cuenta el delito que has cometido —le dijo Hornbeam a Hiscock—. Serás flagelado en la plaza del mercado.

—¡No! —gritó la señora Hiscock.

—Recibirás cincuenta latigazos —añadió Hornbeam, ufano.

A Hiscock le flaquearon las piernas y estuvo a punto de desplomarse.

La señora Hiscock rompió en sollozos desesperados.

—Alguacil, llévelo a la prisión de Kingsbridge.

Spade trabajaba en el telar cuando Susan Hiscock irrumpió en su taller con la cabeza al descubierto, el oscuro cabello empapado por la lluvia y los grandes ojos enrojecidos por el llanto.

—¡Se lo han llevado! —exclamó.

—¿Quién?

—El concejal Hornbeam, el terrateniente Riddick y el alguacil Doye.

—¿A quién se han llevado?

—A mi Jerry, ¡y lo van a azotar!

—Cálmate. Ven a mi despacho. —Le cedió el paso—. Siéntate. Haré un poco de té. Respira profundamente y cuéntame con detalle qué ha pasado.

Ella le refirió lo ocurrido mientras él ponía el hervidor al fuego y reunía hojas de té, un tazón, leche y azúcar. Spade endulzó la infusión a conciencia para que la mujer recuperase algo de brío. Su relato lo perturbó. Hornbeam estaba actuando contra la Sociedad Socrática pese a sus precauciones.

—¡Cincuenta latigazos! —añadió ella cuando acabó de relatarle los hechos—. ¡Es abusivo! ¡Esto no es la armada!

Cincuenta latigazos no eran un castigo: eran una tortura. Hornbeam quería aterrar al pueblo. Tenía la fanática determinación de impedir que los trabajadores de Kingsbridge adquirieran conciencia de clase.

—¿Qué voy a hacer?

—Tienes que ir a ver a Jerry a la cárcel.

—¿Me permitirán visitarlo?

—Hablaré con el carcelero, George Gilmore; le llaman Gil. Él te dejará entrar. Bastará con que le des un chelín.

—¡Gracias al cielo! Al menos podré ver a Jerry.

—Llévale algo de comida caliente y una garrafa de cerveza. Eso lo ayudará a conservar el ánimo.

—De acuerdo.

Susan ya no parecía tan hundida; saber que podía hacer algo por Jeremiah la había alentado.

A Spade no le quedaba más remedio que agravar su dolor.

—También necesitará unos pantalones viejos y un cinturón ancho de cuero.

Ella se extrañó.

—¿Por qué?

Debía decírselo.

—Los pantalones quedarán destrozados con los azotes. El cinturón le protegerá los riñones.

Algunos hombres orinaban sangre durante semanas. Otros nunca se recuperaban.

—Oh, Dios... —Susan volvió a llorar, un llanto mudo, más de pena que de pánico.

Spade le formuló la pregunta que pesaba en su mente:

—¿Dijeron quién delató a tu marido?

—No.

—¿Alguna pista?

—No.

Spade asintió con la cabeza. Tenía que haber sido alguien del comité. Había dos o tres opciones, pero pensó que la más probable era Alf Nash. Encontraba algo sospechoso en ese lechero.

«Lo averiguaré», pensó con determinación.

A Susan apenas le importaba quién fuera el traidor; solo pensaba en su esposo.

—Le llevaré un estofado de panceta y alubias —dijo—. Su madre se lo cocinaba. —Se puso en pie—. Gracias, Spade.

—Dile de mi parte que le envío... —Spade no sabía cómo acabar la frase. ¿Sus mejores deseos? ¿Recuerdos? ¿Bendiciones?—. Todo mi cariño —concluyó.

—Lo haré.

Susan se marchó, aún afligida pero algo más calmada y entera. Spade volvió al telar y reflexionó sobre la noticia mientras trabajaba. Si en adelante la Sociedad Socrática necesitaba imprimir material, tendría que recurrir a otro impresor, alguien que estuviera fuera del alcance de los jueces de Kingsbridge, tal vez de Combe.

No había avanzado mucho cuando volvieron a interrumpirle; esta vez era su hermana, Kate, ataviada con un delantal de lona con alfileres prendidos.

—¿Puedes venir a casa? —le preguntó—. Tienes visita.

—¿Quién es?

Aunque no había nadie lo bastante cerca para oírla, ella bajó la voz.

—La esposa del obispo.

Spade sintió una mezcla de entusiasmo y temor. El mero hecho de ver a Arabella lo hacía estremecer, y ahora ella quería verlo a él. Pero su mutua atracción era peligrosa. Aun así, Spade no pensaba rehusar la cita.

—Voy —dijo, y se apresuró con Kate por el patio lluvioso.

—Arriba, puerta de la derecha —le informó Kate una vez en la casa—. No hay nadie más.

—Gracias.

Spade subió la escalera. Las tres estancias de la planta eran dormitorios, pero se usaban casi de forma exclusiva como probadores para los clientes. Arabella se encontraba en la más grande, junto a la cama, con el abrigo de cuadros que Kate le había confeccionado tres años antes con paño de Spade.

—¡Señora Latimer! Es un honor —la saludó Spade con actitud formal.

—Cierra la puerta —le dijo ella en voz baja.

—¿Qué ocurre?

—Van a azotar a Jeremiah Hiscock por tenencia de un panfleto sedicioso.

—Lo sé, su esposa acaba de decírmelo. Las noticias vuelan. Pero ¿por qué te afecta tanto?

—¡Porque tú podrías ser el siguiente! —contestó ella en un susurro desesperado.

El hecho de que eso le preocupara de tal modo conmovió a Spade. Pero ¿tenía ella motivo real para inquietarse? ¿Estaba él infringiendo la ley? No poseía materiales sediciosos, pero sí participaba en la organización de una asamblea en la que se podría criticar al gobierno, cuestionar la conveniencia de la guerra contra Francia y argumentar en favor del republicanismo. No quedaba claro si eso constituía un delito, pero los jueces tenían manga ancha para interpretar la ley a su antojo.

Aunque la flagelación era un castigo doloroso y humillante, Spade no podía retractarse de la Sociedad Socrática a esas alturas. Hornbeam y Riddick eran unos bravucones y unos sinvergüenzas, y no pensaba permitir que gobernaran Kingsbridge como si fueran la realeza.

—No creo que corra peligro —le dijo a Arabella intentando transmitir más seguridad de la que sentía.

—¡No soporto imaginarlo! —repuso ella, y se lanzó a sus brazos—. He pensado en tu cuerpo tantas veces y tantas horas..., y ahora no consigo dejar de imaginar tu piel rasgada y arrancada y ensangrentada.

Él la abrazó.

—Te importo de verdad... —dijo, sorprendido por la fuerza de la pasión de Arabella.

Ella se retiró y se enjugó los ojos.

—Tienes que acabar con la Sociedad Socrática. Va a causar problemas. El obispo dice que los jueces no la consentirán.

—No puedo abandonar ahora.

—¡Es tu orgullo el que habla por ti!

—Tal vez sí.

—Por favor, ¿acaso hace algún bien toda esa cháchara revolucionaria? Solo provoca que la gente se sienta insatisfecha con lo que le ha tocado en suerte.

—¿Es eso lo que dice el obispo?

—Bueno, sí, pero ¿no crees que tiene razón?

—Él no lo entiende. La gente como nosotros valoramos mucho el derecho a tener opiniones propias y expresarlas. No imaginas lo importante que es.

—Dices «la gente como nosotros». ¿Crees que yo soy diferente?

—Bien..., sí. Eres la esposa del obispo. Puedes hacer lo que quieras.

—Sabes que eso no es verdad. Si pudiera hacer lo que quiero, estaría en esa cama contigo. —Lo miró fijamente, y a Spade lo maravillaron sus fascinantes ojos entre ambarinos y castaños—. Desnuda —añadió.

Aquello era extraordinario. Él nunca había oído hablar de ese modo a ninguna mujer, y aún menos a la esposa de un obispo. Lo invadió una alegría exultante.

—Por algo así valdría la pena ser azotado.

Arabella se acercó más a él y se desabrochó el abrigo. Era una invitación, y él le acarició el cuerpo, explorando sus curvas, percibiendo su calidez a través del vestido. Ella lo miraba a los ojos mientras él la tocaba. Spade estaba seguro de que iban a hacer el amor, en aquel momento, en aquella cama.

Entonces oyó la voz de Kate.

—Puede probárselo arriba, señora Tolliver.

Spade y Arabella se quedaron petrificados.

Se oyeron pasos en la escalera.

—Ah, gracias —dijo otra voz.

Spade corrió con sigilo hasta la puerta. Estaba cerrada, pero no había llave en la cerradura. Vio que Arabella había palidecido y apretó la punta de una bota contra el bajo de la puerta para impedir que alguien la abriera desde fuera.

En ese instante se oyó el sonido de otra manilla al ser accionada y otra puerta al abrirse. La señora Tolliver había entrado en el dormitorio de enfrente. Esa puerta se cerró y en la suya se oyó un toque suave.

—Despejado —dijo Kate en voz baja.

Spade abrió para dejar salir a Arabella.

—Tú primera —le indicó.

Ella se marchó sin pronunciar palabra.

Kate miró la cerradura.

—Intentaré conseguir una llave.

Spade sabía que Kate le guardaría el secreto. Él había guardado el suyo durante años. Recordó entrar en su habitación cuando eran adolescentes y verla besar los pechos de su amiga. Se fue a toda prisa, pero más tarde hablaron y ella le confesó que le gustaban las mujeres, no los hombres, pero que no debía saberse. Él le prometió no decírselo a nadie, y había cumplido su promesa.

Kate lo miró con severidad.

—Ve con cuidado, por lo que más quieras —le dijo.

Él sonrió.

—Eso es justo lo que te he dicho yo muchas veces. Pero nos arriesgamos por amor.

—No es lo mismo. Nadie sospecha de dos mujeres. Creen que el sexo no es posible sin una verga. Pero tú eres un hombre soltero, y ella, la esposa del obispo: si os descubren, os crucificarán.

No los crucificarían en un sentido literal, por descontado, pero sí impedirían por todos los medios que él prosiguiera con su negocio en Kingsbridge.

—¡Nunca hemos hecho nada! —exclamó él—. Bueno, sí, nos hemos dado un beso.

—Pero vais a hacer más, ¿verdad?

—Eh...

Ella negó con la cabeza en un gesto exasperado.

—Somos iguales.

Bajaron juntos la escalera. Spade salió por la puerta trasera y cruzó el patio en dirección al taller.

Tenía que hablar con Alf Nash. Quería ver si sus reacciones delatarían algún indicio de culpa; sería revelador. A esas horas, Alf se encontraría en la lechería. Spade se puso el abrigo y el sombrero, cogió la jarra de la leche y salió a la calle.

Alf estaba solo en el establecimiento, contando las ganancias de la mañana. Tenía la cara regordeta y aspecto saludable, como no podía ser de otro modo con tanta leche y tanto queso a su disposición. Spade dejó la jarra en el mostrador.

Alf sumergió una jarra medidora en un cubo de leche. Spade esperó hasta que estuvo concentrado vertiéndola en la suya.

—¿Sabes que han detenido a Jeremiah? —preguntó entonces, y observó con atención la cara del lechero mientras aguardaba la respuesta.

—He perdido la cuenta de las veces que me lo han dicho —contestó Alf con voz firme, sin un ápice de vacilación—. Todo el mundo habla de eso. —Acabó de servir la leche y dijo—: Será un penique, Spade. —Su semblante permanecía impasible, pero no lo miró a los ojos.

Spade le tendió la moneda.

Sospechaba que Alf era culpable, pero quería cerciorarse del todo, y de pronto se le ocurrió la manera de conseguirlo.

—Solo encontraron un panfleto, el original procedente de Londres —le dijo con tono confidencial tras inclinarse sobre el mostrador.

—Eso he oído.

—Por suerte, Jeremiah acabó de imprimir las copias ayer y las guardó en mi trastienda. —Era mentira.

Alf lo miró directamente por primera vez.

—¿En tu trastienda? Muy astuto.

Se había creído la mentira, pensó Spade, satisfecho.

—Hemos burlado a ese cerdo de Hornbeam —dijo, y elaboró aún más la argucia—: Tenemos todas las copias que necesitamos para la asamblea.

—Magnífica noticia —repuso Alf, pero su tono carecía de emoción alguna, y Spade supo que estaba fingiendo.

Cogió su jarra y se encaminó hacia la puerta. Tenía algo que añadir y se dio media vuelta.

—No le digas a nadie lo que acabo de contarte, por favor.

—Por supuesto —contestó Alf.

—Ni siquiera a otros miembros del comité. Las paredes oyen.

—Soy una tumba.

Durante la hora previa al mediodía, una muchedumbre se congregó en la plaza del mercado para presenciar la flagelación. Los puestos ya exponían los productos; aunque la taberna Bell estaba abierta, a la gente no le sobraba el dinero. No obstante, la plaza se abarrotó, salvo por un pequeño margen alrededor del poste de flagelación, que los presentes evitaban como si estuviera infectado y temieran contagiarse.

El verdugo de Kingsbridge aguardaba de pie junto al poste con el látigo en la mano. Se llamaba Morgan Ivinson, y azotar formaba parte de sus funciones. Era un hombre impopular a quien la popularidad le traía sin cuidado, afortunadamente, porque nadie quería trabar amistad con un verdugo. Cobraba una libra por semana y otra más por cada ejecución, una remuneración considerable para el poco esfuerzo que el trabajo requería.

Recibía dos chelines y seis peniques por una flagelación.

Llevaron a Jeremiah a la plaza desde la prisión de Kingsbridge, adyacente a la Casa Consistorial. Con el torso desnudo y las manos atadas al frente, fue escoltado a pie a lo largo de Main Street por dos agentes. En cuanto la muchedumbre lo vio, un murmullo compasivo la recorrió.

Si el condenado hubiera sido un ladrón o un asaltante de caminos, la gente lo habría abucheado e insultado, e incluso habría lanzado basura contra él: el pueblo aborrecía a los ladrones. Pero aquello era diferente. Conocían a Jeremiah, que no había hecho daño a nadie. Tan solo había leído un panfleto que abogaba por la reforma, y la mayoría de los presentes creían que hacía mucho tiempo que la reforma debería haberse llevado a cabo. De modo que en esta ocasión no hubo demasiadas mofas, y, cuando varios tipos situados cerca del poste empezaron a rechiflarse, otros los acallaron.

Spade se encontraba en la escalinata de la catedral, observando la escena. A su lado estaba Joanie, con lo que parecía una sábana grande y limpia.

—¿Para qué es eso? —le preguntó Spade.

—Ya lo verás —contestó Joanie.

Sal y Jarge también habían acudido.

—Dime, Spade, ¿quién nos ha delatado? Alguien le dijo a Hornbeam que Jeremiah iba a imprimir ese panfleto. ¿Quién fue? —le preguntó Sal.

—No lo sé —respondió Spade—, pero voy a averiguarlo.

—Cuando lo sepas, infórmame —le dijo Jarge.

—¿Y qué harás?

—Explicarle al hombre lo errado de su conducta.

Spade asintió con la cabeza. Sabía qué conllevaría la explicación de Jarge, y no eran palabras edificantes y serenas.

El alguacil Doye se abrió paso a través de la multitud con aire oficioso. Los agentes llevaron a Jeremiah al poste de flagelación, una tosca estructura de tres vigas de madera con forma de marco de puerta. Hornbeam y Riddick subieron en último lugar, en condición de jueces que habían dictado la sentencia.

Situaron a Jeremiah en el rectángulo de la estructura, como en un lienzo enmarcado. Ataron sus manos al travesaño, sobre su cabeza, y su espalda quedó completamente expuesta.

El látigo era el habitual gato de nueve colas; cantos y clavos engastados en el cuero aumentaban la capacidad destructora de sus nueve trallas. Ivinson lo agitó, como tanteando su peso, y enderezó las trallas con esmero.

Todas las ciudades y los pueblos disponían de ese instrumento, como también todas las naves de la Armada Real y todas las unidades del ejército. Se consideraba esencial para preservar la ley y el orden, y la disciplina militar. Se decía que desalentaba la criminalidad y las malas conductas. Spade dudaba que así fuera.

Un clérigo salió de la catedral. Spade, Jarge, Sal y Joanie se hicieron a un lado para dejarlo pasar. Spade no lo conocía; era muy joven y con toda probabilidad diácono. El obispo no se rebajaría a asistir a aquel castigo rutinario, pero la Iglesia debía dar muestra de que lo aprobaba. La muchedumbre atisbó el hábito y el murmullo menguó; el clérigo entonó en voz alta una plegaria y rogó a Dios que perdonara la falta del condenado. No fueron muchos los que dijeron «Amén».

Hornbeam hizo un gesto afirmativo en dirección a Ivinson, quien se posicionó detrás y a la izquierda de Jeremiah, lo que le permitiría un amplio movimiento del brazo derecho.

La multitud enmudeció.

Ivinson descargó el primer latigazo.

El golpe del cuero contra la piel se oyó en toda la plaza. Jeremiah no emitió sonido alguno. En su espalda aparecieron verdugones rojos, pero no sangró.

Ivinson echó el brazo atrás y volvió a golpear. Esta vez se vieron algunos puntos de sangre.

Ivinson se tomaba su tiempo: el castigo no tenía por qué ser rápido. Si se cansaba, la tortura sencillamente se prolongaría. Echó el brazo atrás y azotó por tercera vez, y Jeremiah empezó a sangrar por varias heridas. Dejó escapar un gruñido.

La flagelación prosiguió. En la espalda de Jeremiah fueron aflorando más cortes. Para variar, Ivinson le azotó las piernas; los pantalones de Jeremiah se rasgaron y sus nalgas quedaron a la vista.

—¡Diez! —voceó el alguacil Doye. Contar los latigazos también era parte de su trabajo.

Jeremiah pronto tuvo toda la espalda ensangrentada. El látigo ya no restallaba sobre piel, sino sobre carne, y el hombre aulló de dolor.

—¡Veinte! —anunció el alguacil.

El tormento resultaba un espectáculo tedioso, y algunos espectadores abandonaron la plaza, repelidos y también aburridos, pero la mayoría se quedaron hasta el final. Jeremiah empezó a gritar con cada latigazo, y antes de recibir el siguiente emitía un sonido horrendo entre el sollozo y el gemido.

—¡Treinta!

Ivinson comenzaba a fatigarse y espaciaba los trallazos, pero parecía golpear con idéntica fuerza. Cuando alzaba el látigo, este arrastraba consigo jirones de piel y carne, y los espectadores se encogían y reculaban, asqueados por los pellejos que caían sobre ellos como una lluvia viviente.

Jeremiah estaba ya desnudo por completo, salvo por las botas y el cinturón de cuero. Empezaba a perder la capacidad para gritar, y en lugar de hacerlo lloraba como un niño.

—¡Cuarenta! —informó Doye.

Spade dio gracias al cielo por que aquello se acercara al final.

—Ahora —le dijo Jarge a Joanie a los cuarenta y cinco.

Spade observó a los hermanos abrirse paso entre la muchedumbre en dirección al poste de flagelación.

Jeremiah tenía los ojos cerrados, pero seguía llorando.

El último latigazo restalló.

—¡Cincuenta!

Jarge se situó delante de Jeremiah. Los agentes le desataron las manos y el hombre se derrumbó, pero Jarge lo sostuvo en pie antes de que cayera al suelo. Joanie desplegó la sábana y cubrió con ella su espalda destrozada. Él le dio la vuelta y ella envolvió su torso para ocultar su desnudez. Jarge volvió a girarlo, se agachó, dejó que Jeremiah, semiinconsciente, cayera sobre su hombro y se incorporó.

Lo llevaron a su casa y al cuidado de su esposa.

Dos días después, unos fuertes golpes en la puerta de su trastienda despertaron a Spade al alba.

Sabía quién era. Menos de cuarenta y ocho horas antes le

había dicho a Alf Nash que los panfletos subversivos estaban ocultos allí. Alf se había creído la mentira y, tal como Spade había pretendido, había filtrado la falsa información secreta a Hornbeam, quien a su vez había informado al alguacil Doye. Eran los golpes perentorios del alguacil lo que oía.

Alf era el traidor, y había caído en la trampa.

—¡Voy! —voceó Spade.

Pero se tomó su tiempo para ponerse los pantalones, las botas, la camisa y el chaleco. No tenía intención de personarse ante la autoridad a medio vestir. Era importante parecer respetable.

Los golpes se repitieron, más fuertes e insistentes.

—¡Un poco de paciencia! —gritó Spade—. ¡Ya voy!

Abrió la puerta.

Tal como esperaba, se encontró frente a Hornbeam, Riddick, Doye y Davidson.

—Los jueces hemos sido informados de que en esta propiedad se esconde material impreso sedicioso y traidor —informó Doye.

Spade se volvió hacia Hornbeam, que lo fulminaba con la mirada de tal modo que le recordó aquel dicho de «Si las miradas matasen…».

—Es usted muy bienvenido, concejal.

Hornbeam parecía desconcertado.

—¿Bienvenido?

—Por supuesto. —Spade sonrió—. Van a registrar esta propiedad a conciencia y a limpiar mi nombre del indecente rumor que corre. Le estaré sumamente agradecido. —Vio que la desazón tensaba la cara de Hornbeam—. Pasen, por favor. —Sostuvo la puerta y se apartó mientras los otros entraban en tromba.

Empezaron a buscar.

—Necesitarán algo de luz —les dijo Spade.

Prendió cuatro lámparas y entregó una a cada hombre. Todos parecían incómodos. Estaban acostumbrados a topar con el resentimiento y la obstrucción de los habitantes de los hogares que iban a registrar, y no alcanzaban a comprender la reacción cordial de Spade.

Examinaron las balas de paño que había en la trastienda, arrancaron las mantas de la cama e inspeccionaron el telar de Spade y los de los demás tejedores, como si centenares de panfletos pudieran estar ocultos entre la urdimbre y la trama.

Finalmente se rindieron. Hornbeam estaba tan furioso y frustrado que parecía a punto de estallar.

Spade acompañó al grupo a la calle. Había amanecido y en High Street se veían ya viandantes que se dirigían a trabajar y a abrir sus negocios. Spade insistió en estrecharle la mano al iracundo Hornbeam, agradeciéndole su cortesía en voz bien alta para captar la atención de los transeúntes. Muy pronto todos los vecinos de la ciudad sabrían que Hornbeam había registrado la trastienda de Spade y no había encontrado nada.

Spade volvió adentro y se preparó el desayuno. Mientras lavaba el plato, Jarge entró.

—Ya me he enterado —dijo—. ¿Por qué creía el alguacil Doye que tenías tú los panfletos subversivos?

—Porque Alf Nash se lo dijo.

Jarge parecía confuso.

—Pero no los tienes.

—Por supuesto que no.

—Entonces ¿por qué creía Alf que sí?

—Alguien se lo dijo.

—¿Quién?

—Yo.

—Pero... —Jarge estaba perplejo—. Espera un momento...

Spade sonrió al ver que Jarge ataba cabos y caía en la cuenta.

—Eres un zorro, Spade. —Spade asintió con la cabeza—. Esto demuestra que Alf Nash es un traidor. Por lo tanto, tuvo que ser él quien delató a Jeremiah.

—Eso creo.

—Me parece que ya sé lo que hay que hacer ahora —dijo Jarge con expresión adusta.

—No me cabe la menor duda —contestó Spade.

# 14

Hornbeam observaba a Isobel Marsh durante el desayuno en actitud reflexiva.

Todo el mundo la llamaba Bel, aunque la belleza no era una de sus cualidades. En cualquier caso se trataba de una joven de carácter alegre y animado, y la familia de Hornbeam le tenía un gran aprecio. Bel había pasado allí la noche anterior. Mientras almorzaban, Deborah y Bel hojeaban las páginas de una revista llamada *Gallery of Fashion* y reían cuando se topaban con lo que consideraban sombreros ridículos, de ala ancha y engalanados con cintas, plumas y broches.

Howard también se había unido a la diversión, y aquello era justo lo que había llamado la atención de Hornbeam y por lo que había decidido estudiar a Bel con detenimiento. La joven tenía unos vivaces ojos azules y unos labios carnosos y rojos que luchaban por cerrarse sobre unos incisivos bastante prominentes. Encajaba bastante bien como posible candidata para Howard.

Su padre, Isaac Marsh, era dueño de la tintorería mejor dirigida de la ciudad. Tenía empleados a cerca de una docena de peones y hacía mucho dinero. Unos años atrás, Hornbeam había llevado a cabo discretas averiguaciones para saber si Marsh estaría dispuesto a vender el negocio. Habría sido una magnífica incorporación al imperio de Hornbeam. Sin embargo, la respuesta había sido negativa.

Aun así, Bel era hija única. Si se casara con Howard, heredarían la tintorería. Y, a efectos prácticos, acabaría siendo de Hornbeam.

—¡Parece que tenga un nido de palomas en la cabeza! —comentó Howard mientras su padre observaba a los jóvenes sentados a la mesa.

Las chicas se rieron tontamente y Bel le dio un manotazo de broma en el brazo. El chico fingió que le había dolido y dijo que lo tenía roto, y Bel rio de nuevo. Parecía que le gustaba Howard.

Era la primera vez que Hornbeam veía flirtear a su hijo. A su manera, al muchacho no se le daba mal. Desde luego aquello no lo había heredado de su padre. «Vaya, vaya, puede que al final sí que me quede con la tintorería», pensó Hornbeam.

Su mujer, Linnie, pidió más leche al lacayo.

—Disculpe, señora, pero nos hemos quedado sin leche —dijo Simpson con su expresión trágica habitual.

Aquello irritó a Hornbeam. ¿Tantos sirvientes y no eran capaces de organizarse entre ellos a fin de que hubiera suficiente leche para el desayuno de la familia?

—¿Cómo es posible que no quede? —preguntó, contrariado.

—Nash no ha pasado esta mañana, señor, así que he tenido que enviar a la doncella a la vaquería. Debe de estar a punto de llegar.

—No pasa nada, Simpson, podemos esperar unos minutos —dijo Linnie.

—Gracias, señora.

A Hornbeam no le gustaba que Linnie se mostrara tan indulgente con el servicio, pero no dijo nada porque estaba pensando en algo más importante. El anuncio de Simpson había hecho saltar una alarma. Alf Nash no había hecho el reparto de leche esa mañana. ¿Por qué?

El resultado infructuoso del registro del almacén de Spade lo inquietaba. Sospechaba que el astuto Spade había trasladado los panfletos delictivos, seguramente después de haber recibido un chivatazo. Sin embargo, ¿quién podría haberlo puesto sobre aviso? Hornbeam aún no había logrado averiguar de quién podría tratarse. En cualquier caso, aquello era nuevo. ¿Qué había ocurrido que había impedido que Nash hiciera la ronda esa mañana?

Lo cierto es que estaba preocupado. Se levantó. Linnie enarcó una ceja, su marido no se había acabado el café.

—Tengo un asunto del que ocuparme —masculló Hornbeam a modo de explicación y se marchó.

Se puso el abrigo, el sombrero y un par de botas de montar para no mojarse las perneras de los pantalones y abandonó la casa. Agobiado, apretó el paso bajo la lluvia hasta que llegó a la vaquería, en la que agradeció entrar. Se topó con un nutrido grupo de personas, la mayoría sirvientes de las casas grandes del norte de High Street, que llevaban jarras de distintos tamaños. Su doncella, Jean, se encontraba entre ellos, pero la ignoró.

La hermana de Nash, Pauline, estaba detrás del mostrador, atendiendo con brío al número inusual de clientes tan deprisa como podía. Hornbeam se abrió paso hasta el frente.

—Buenos días, señorita Nash.

La mujer lo miró con frialdad.

—Buenos días, concejal. Siento que no haya llegado el reparto...

—No se preocupe por eso —la interrumpió él con impaciencia—. He venido a hablar con Nash.

—Me temo que está en cama, enfermo. ¿Quiere leche? Puedo prestarle una jarra...

Hornbeam no estaba de humor para tolerar las insolencias de una mujer.

—Solo quiero verlo, si no le importa —respondió, alzando la voz.

La mujer vaciló, a punto de insubordinarse, pero le faltó valor para oponerse.

—Si insiste —contestó, malhumorada.

Hornbeam rodeó el mostrador. Pauline dejó a sus clientes y condujo a Hornbeam a las dependencias interiores. El hombre la siguió por una escalera hasta que Pauline abrió una puerta y asomó la cabeza.

—El concejal Hornbeam está aquí, Alfie —dijo—. ¿Te sientes con fuerzas para recibirlo?

Hornbeam la apartó a un lado para entrar. El olor a leche agria le confirmó al instante que aquella habitación pertenecía a Nash. Estaba decorada con colores apagados y carecía de cualquier toque femenino como cojines, adornos o tejidos bordados. A pesar de que Nash pasaba de los treinta, seguía soltero.

Hornbeam lo encontró tumbado sobre la ropa de cama y le sorprendió descubrir que iba vendado prácticamente de arriba abajo. Llevaba una pierna y un brazo entablillados y la cabeza envuelta en una venda, moteada de manchas de sangre. Tenía un aspecto espantoso.

—Pase, señor Hornbeam —dijo con voz pastosa, como si le doliera la boca.

Pauline se quedó en la puerta, con los brazos en jarras.

—Esto es culpa suya —le espetó Pauline a Hornbeam.

Aquello lo enfureció.

—Eso será todo, señorita Nash —contestó con frialdad, sin perder los estribos.

La mujer hizo caso omiso.

—Espero que haya venido a reparar el daño que ha hecho.

—Yo no he hecho nada.

—Vuelve a la tienda, Pauline —dijo Nash—. Estás perdiendo dinero ahí de pie.

Pauline se fue contrariada, sin hacer una reverencia.

—¿Qué demonios te ha ocurrido? —le preguntó Hornbeam a Nash.

Nash no se volvió para mirar a Hornbeam, quizá le doliera mover la cabeza.

—Esta mañana, antes del alba, fui al establo de las vacas para ponerme a trabajar y me atacaron tres hombres con la cara tapada y unos garrotes en la mano —contestó con la mirada clavada en el techo.

Era lo que Hornbeam había temido. No le cupo duda de que Spade estaba detrás de todo aquello.

—Has ido a ver al cirujano, evidentemente.

—Dice que tengo un brazo roto y una espinilla fracturada.

—Pareces muy tranquilo.

—No lo estaba mucho hasta que me dio láudano.

El láudano era opio disuelto en alcohol.

Hornbeam acercó una silla y se sentó cerca de Nash.

—De acuerdo, piénsalo bien —dijo con voz mesurada, reprimiendo la rabia—: aunque llevaran la cara tapada, ¿creíste reconocer a alguno de los hombres?

Supuso que Spade no se encontraría entre ellos, el hombre era demasiado astuto para arriesgarse a algo así, pero tal vez pudiera relacionar a los demás con él.

—Estaba oscuro —dijo Nash apesadumbrado—. No pude ver nada. Cuando quise darme cuenta, ya estaba en el suelo. Solo pensaba en alejarme de los garrotes.

—¿Qué oíste?

—Solo gruñidos. Ninguno dijo nada.

—¿Y no gritaste?

—Sí, hasta que me partieron la boca.

—Así que no puedes identificarlos.

—Claro que puedo —protestó Nash indignado—. Han sido los tipos esos que crearon la Sociedad Socrática.

—Evidentemente.

—Están furiosos por lo del castigo de Hiscock y, no sé cómo, saben que yo tuve la culpa. De todas maneras, si se hubiera tratado de una docena de azotes no hubiera pasado nada, pero se le fue la mano.

Hornbeam pasó por alto la crítica.

—No podemos acusar a nadie si no sabes quiénes fueron. No puedes presentarte ante un tribunal y decir que te dieron una paliza porque yo te había encargado que los espiaras.

—Entonces ¿se supone que tengo que quedarme de brazos cruzados? ¿Qué voy a decirle al alguacil Doye? Seguro que vendrá a preguntar.

—No te preocupes por Doye. Tú solo dile que te atacaron unos hombres con la cara tapada.

—Me quitaron la bolsa donde llevo el cambio, todo peniques y medios peniques. En total no llegaba ni a cinco chelines.

—Se ha matado a gente por menos. Vale para que aparezca publicado en la *Kingsbridge Gazette*, pero quienes te atacaron en realidad no iban detrás del dinero. Se lo llevaron para que el ataque pareciera un robo y así desviar la atención de la Sociedad Socrática.

—No van a engañar a nadie.

—No, pero hace que nuestra versión sea difícil de demostrar, lo que significa que debemos encararlo de otra manera.

Permanecieron en silencio unos minutos, mientras Hornbeam pensaba.

—Esto es cosa de ese maldito Spade —dijo—. Seguramente fue quien descubrió que eras un espía.

—¿Qué le hace pensar eso?

Hornbeam empezó a hacerse una idea de lo que había ocurrido.

—Él te dijo que los panfletos estaban en su almacén. Solo a ti, a nadie más. Y, cuando me presenté para buscarlos, quedó claro que tú me lo habías contado y que, por lo tanto, eras el espía.

—Y allí nunca hubo panfletos.

—Puede que ni los hayan impreso.

—Era una trampa.

—Y hemos caído en ella.

Hornbeam pensó disgustado que Spade era endiabladamente astuto. Había que aplastarlo. Sí, se dijo, como a una cucaracha bajo la bota.

—Se acabó lo de hacer de espía —dijo Nash.

—Por descontado. Ahora ya no me sirves de nada.

—No puedo decir que lo lamente. Pero tendrá que echarme una mano con el dinero. El cirujano dice que pasarán meses antes de que pueda volver a hacer el reparto.

—Pues busca a alguien que lo haga por ti.

—Lo haré, pero tendré que pagarle, unos doce chelines a la semana.

—Correré con los gastos mientras estés impedido.

—Y luego está el cirujano.

Hornbeam sabía que no le quedaba más remedio que pagar. Si se negaba, Nash iría por la ciudad como una plañidera y todo saldría a la luz, la gente sabría que Hornbeam había colocado un espía en la Sociedad Socrática para acabar con ella. Y eso lo dejaría en muy mal lugar.

—De acuerdo.

Sin embargo, el dinero no era la mayor preocupación de Hornbeam. Spade lo había superado en astucia, algo que lo irritaba hasta límites insospechados. Tenía que hacer algo al respecto.

Se levantó.

—Avísame cuando encuentres a alguien que se ocupe del reparto de la leche y te enviaré el dinero.

Se dirigió a la puerta, ansioso por irse antes de que a Nash se le ocurrieran más peticiones. Se volvió un momento: Nash continuaba inmóvil, mirando al techo, blanco como un cadáver. Hornbeam se marchó.

Continuó dándole vueltas a la cabeza mientras caminaba bajo la lluvia. Tenía la sensación de que la situación empezaba a escapar a su control y eso lo sacaba de quicio. Por dos veces había intentado poner fin a la Sociedad Socrática y las dos había fracasado: primero, el concejal Drinkwater se había negado a proscribirla, y luego castigar a Hiscock se había vuelto en su contra.

El verdadero problema, se dijo frustrado, era que la ley resultaba demasiado vaga y permisiva. El país debía prohibir la sedición con más contundencia. Los periódicos hablaban de leyes más duras contra la traición. Los miembros del Parlamento deberían dejarse de tanta cháchara y mover el trasero para hacer algo. ¿Para qué querían un Parlamento si no era para mantener la paz y aplastar a los alborotadores?

El representante de Kingsbridge era el vizconde Northwood. Northwood nunca se había tomado sus deberes parlamentarios muy en serio y ahora que el país estaba en guerra y la milicia estaba en activo tenía una buena excusa para continuar desatendiéndolos. Sin embargo, seguía acudiendo a Westminster de cuando en cuando, de manera que quizá podría persuadirlo para que apoyara la promulgación de nuevas leyes contra grupos como la Sociedad Socrática.

Hornbeam fue a la plaza del mercado y entró en Willard House.

Dio unas patadas en el suelo para sacudirse la lluvia en el gran vestíbulo y se dirigió a un sargento que empezaba a peinar canas.

—El concejal Hornbeam desea ver al coronel Northwood de inmediato.

—Preguntaré si el coronel está disponible —dijo el sargento con altanería.

Típico de un advenedizo de cuna humilde, pensó Hornbeam. Seguramente había sido mayordomo antes de que lo reclutara la milicia.

—¿Cómo se llama? —quiso saber Hornbeam.

Era evidente que al hombre no le gustó que se dirigieran a él en aquellos términos, pero no tuvo valor para hacerle frente a un concejal.

—Sargento Beach.

—Adelante, Beach.

Northwood era un *whig* y, aunque eran más liberales que los *tories*, reflexionó Hornbeam mientras esperaba, Northwood tenía fama de ser un firme partidario de la disciplina militar, algo que solía acompañarse de una postura severa respecto de la insubordinación. Bien mirado, había muchas posibilidades de que Northwood estuviera en contra de la Sociedad Socrática.

Decidió que no mencionaría lo que le había ocurrido a Alf Nash. Debía evitar que pareciera que buscaba una venganza personal. Lo mejor sería presentarse como un ciudadano preocupado por el bien común.

El sargento Beach regresó enseguida: parecía que, a diferencia de su sargento, Northwood sí era consciente de la posición que ocupaba Hornbeam. Segundos después, el concejal era conducido a una espaciosa sala situada al frente de la casa, con vistas a la fachada occidental de la catedral y en la que ardía un buen fuego.

Northwood estaba sentado detrás de un gran escritorio. A un lado había un joven vestido con uniforme de teniente, por lo que parecía claro que se trataba de uno de sus asistentes, pero, para sorpresa de Hornbeam, Jane Midwinter, la bella hija del indeseable del canónigo, también se encontraba en la habitación, ataviada con una casaca roja, como un soldado. Estaba sentada en el borde de la mesa de Northwood, como si fuera su dueña.

Cuando la joven vio al concejal, se levantó e hizo una leve reverencia, a la que este correspondió con educación. Hornbeam recordó que había oído hablar a Deborah y a Bel acerca de Jane y que habían dicho que la joven le había echado el ojo a Northwood, así que cabía suponer que estaba allí haciendo sus pinitos en la conquista de su corazón. Media mañana no era una hora habitual para hacer una visita, pero tal vez Jane Midwinter era una de aquellas bellas mujeres que creían que podían hacer cuanto se les antojase.

Las jóvenes pensaban que Jane no tenía ninguna posibilidad de cazar al vizconde porque su padre era metodista; sin embargo, viendo la expresión alelada que tenía Northwood en esos momentos, Hornbeam sospechó que podrían estar equivocadas.

Esperaba que no se quedara. Para su alivio, la joven se dirigió a la puerta, le lanzó un beso a Northwood y se marchó.

El vizconde se sonrojó y pareció incómodo.

—Por favor, tome asiento, concejal —dijo a continuación.

—Gracias, señor.

Hornbeam se sentó. La vulnerabilidad de Northwood ante Jane sugería que tenía un punto débil y aquello no era una buena noticia. En los tiempos que corrían, se necesitaban hombres duros.

En realidad tanto daba qué tiempos corrieran, siempre se necesitaban hombres duros.

—¿Le apetece tomar algo? —preguntó Northwood con amabilidad—. Hace un día de mil demonios.

Sobre la mesa había una bandeja con una cafetera y una jarra de nata. Hornbeam recordó que no había acabado de desayunar.

—Un café, muchísimas gracias. Y, si puede ser, con una gotita de nata.

—Por supuesto. Sargento, traiga otra taza, aligere.

—Enseguida, señor.

Beach se fue.

—Bueno, concejal, imagino que su visita tendrá un motivo —dijo Northwood con cortesía, si bien con cierta brusquedad.

—Espero que la tela que les he suministrado para los uniformes de los soldados haya sido de su satisfacción.

—Eso creo. No ha habido quejas.

—Bien. Sé que delega la responsabilidad de las compras, pero, si por cualquier razón deseara hablar conmigo sobre la tela, naturalmente estaré encantado de hacer cuanto esté en mi mano por usted.

—Gracias —dijo Northwood con cierta impaciencia.

Hornbeam se apresuró a abordar el verdadero motivo de su visita.

—Sin embargo, a quien he venido a ver es a nuestro representante en el Parlamento y no al oficial al mando de nuestra milicia. Espero que le parezca bien.

—Por descontado.

—Me preocupa la Sociedad Socrática que han formado David Shoveller, también conocido como Spade, y algunos de los elementos de más baja estofa de la ciudad. Creo que, en realidad, tienen intenciones subversivas.

—Ah, ¿sí? Asistí a su primera reunión.

Hornbeam no se esperaba aquel revés.

—No estuvo mal. Bastante inofensiva —prosiguió Northwood.

—Ahí tiene una muestra de lo astuto que es Spade, señor. Ha logrado que algunos de nosotros nos confiemos demasiado.

A Northwood no le hizo gracia la implicación tácita de haberse dejado engañar.

—No veo ningún indicio de que pudieran ser violentos.

—Resulta que sé que su segunda reunión tratará sobre reformar el Parlamento.

Northwood no pareció impresionado en exceso.

—Eso ya es distinto, naturalmente —dijo, si bien no parecía muy preocupado. El sargento les llevó una taza y un plato de porcelana, sirvió el café y la nata y se los tendió a Hornbeam mientras Northwood proseguía—: Todo depende de lo que se diga, pero desde luego no podemos prohibir la reunión por adelantado. Planear una reunión para debatir sobre el Parlamento no va contra la ley.

—Ese es el problema —insistió Hornbeam—, debería ser ilegal. Y he oído que en Westminster últimamente se habla bastante acerca de endurecer las leyes contra la sedición.

—Hummm... En eso tiene razón. Pitt, el primer ministro, es partidario de tomar medidas contundentes, pero los ingleses tienen derecho a sostener su propia opinión, ¿no cree? Somos un país libre, dentro de lo razonable.

—Desde luego, y soy un acérrimo defensor de la libertad de expresión. —Nada más lejos de la realidad, pero quedaba bien decirlo—. No obstante, estamos en guerra, y el país necesita estar unido contra los malditos franceses.

Northwood sacudió la cabeza.

—Hay que tener cuidado con el uso de la represión, es fácil llevarla demasiado lejos.

Un extremo que jamás había preocupado a Hornbeam.

—No sé a qué se refiere.

—Bueno, estoy seguro de que ha oído lo que le ha ocurrido a Alf Nash, el lechero.

Hornbeam se sobresaltó. ¿Cómo era posible que Northwood ya estuviera al tanto de lo sucedido?

—¿Y qué tiene que ver eso con lo que estamos hablando?

—Se dice que Nash delató al impresor al que azotaron y que le han dado una paliza en venganza.

—¡Eso es indignante! —protestó Hornbeam, sabiendo muy bien que era justo lo que había ocurrido. Imaginó que Spade y sus amigos ya se habían encargado de hacer correr la voz por la ciudad.

—Alguna vez he hecho azotar a un hombre —dijo Northwood—. Un castigo apropiado cuando se comete un robo o una violación, pero una docena de azotes son más que suficientes. El hombre recibe un castigo físico y es humillado delante de sus amigos, de manera que promete no volver a correr ese riesgo. Sin embargo, las penas de cincuenta o más azotes se consideran despiadadas y crueles, y despiertan simpatía por el delincuente, quien se convierte en un héroe y muestra las cicatrices como medallas ganadas en el campo de batalla. Lo único que consigue el castigo es el efecto contrario.

Hornbeam comprendió que no llegaría a ninguna parte.

—Bueno, lo único que digo es que a los comerciantes de Kingsbridge en general les gustaría que se prohibieran las reuniones subversivas.

—Y no me extraña, pero también tenemos un deber para con nuestros inferiores, ¿no cree? Un caballo que nunca abandona el establo no tarda en perder su fuerza.

Hornbeam estaba malgastando el tiempo. Se levantó de manera abrupta.

—Gracias por recibirme, señor.

Northwood permaneció sentado.

—Siempre es un placer hablar con uno de mis electores más prominentes.

Hornbeam se fue invadido por un desasosiego que casi se

acercaba al pánico. Ya había sufrido tres derrotas. Las fuerzas del desorden contaban con aliados en lugares insospechados.

Tenía que pensar, y no deseaba volver a casa, donde lo interrumpirían con los contratiempos del día a día. Cruzó la plaza del mercado y entró en la catedral. La serenidad que se respiraba allí dentro y las piedras frías y grises le ayudaban a concentrarse.

La autocomplacencia era el verdadero problema. La gente no veía ningún peligro en una agrupación de trabajadores con ansias de conocimiento. Qué equivocada estaba, pero él debía sacarla de su letargo. Cualquier grupo que animara a unos meros peones a hablar con libertad suponía abrir una puerta, y la insurrección nunca andaba demasiado lejos para colarse por ella.

Si la siguiente reunión de la sociedad deviniera en un acto violento, se demostraría que tenía razón.

Quizá pudiera arreglarse.

Sí, se dijo, aquella podría ser la respuesta.

Un brote de violencia en la reunión volvería a la ciudad contra la sociedad. Seguramente habría quien querría saber quién lo había iniciado, pero serían los menos. Aquel cariño repentino por la libertad de expresión no tendría nada que hacer frente a unas cuantas ventanas rotas.

¿Cómo podría organizarlo?

Pensó de inmediato en Will Riddick. A pesar de que los Riddick pertenecían a la aristocracia, Will confraternizaba con los bajos fondos de Kingsbridge. Pasaba mucho tiempo en la casa de mala fama de Sport Culliver. Seguro que conocía a unos cuantos rufianes pendencieros.

Hornbeam volvió a salir bajo la lluvia y se dirigió a casa de Riddick.

El mayordomo tomó el abrigo y el sombrero mojados de Hornbeam y los colgó cerca del fuego del gran vestíbulo.

—El señor Riddick está almorzando, concejal —dijo.

Hornbeam le echó un vistazo al reloj de bolsillo. Casi era mediodía. Un almuerzo tardío. El mayordomo abrió una puerta y dijo dirigiéndose a quien estuviera en la habitación:

—El concejal Hornbeam está aquí, señor.

«Hazlo pasar», se oyó.

Hornbeam entró en el comedor y vio que Riddick no estaba solo. Sentada a su lado había una joven en bata y camisón, con la larga melena oscura despeinada. Delante de ellos había dispuesta una fuente de huesos de caña, partidos por la mitad y asados, y los dos estaban rebañando el tuétano con una cuchara y engulléndolo con deleite.

—Adelante, Hornbeam —dijo Riddick—. Ah, por cierto, esta es...

Dio la impresión de que no recordaba el nombre de la joven.

—Mariana —lo asistió ella, mirándolo con una ceja enarcada—. Es que soy española.

«Tiene de española lo mismo que mi trasero», pensó Hornbeam.

—Coja un hueso —lo animó Riddick de manera hospitalaria—. Están deliciosos.

Bebió un largo trago de una jarra de cerveza. Tenía los ojos enrojecidos.

—No, gracias —dijo Hornbeam. Se volvió hacia el mayordomo, quien estaba a punto de abandonar la estancia—. Pero agradecería una taza de un café bien cargado, con nata.

—Enseguida, señor.

Hornbeam se sentó. Se sentía incómodo en la misma mesa que Mariana, creía que la prostitución era una lacra, pero necesitaba la ayuda de Will.

—Llevo un tiempo intentando que se promulgue una prohibición contra la Sociedad Socrática esa que ha fundado Spade.

—Y la mala pécora de Sal Clitheroe.

—Sí. A Alf Nash le han propinado una paliza y el vizconde Northwood, nuestro representante en el Parlamento, prefiere mantenerse al margen.

—Pero usted tiene un plan, ¿verdad? —dijo Riddick de manera cómplice.

—Ay, no —se lamentó Mariana—, me he manchado el pecho de tuétano. ¿Puedes ayudarme a limpiarlo, Willy?

Riddick cogió una servilleta y le limpió la parte superior de los pechos, que estaba a la vista.

—¿Por qué no con la lengua? —lo animó Mariana.

Aquello fue demasiado para Hornbeam.

—Mire, Will, ¿podríamos hablar en privado?

—Por supuesto —repuso Riddick—. Anda, vete, preciosa.

Mariana se levantó haciendo un mohín.

—Ya te pasaré la lengua más tarde, cariño —dijo Riddick.

—Estaré esperando.

—Sería hora de que dejara esas cosas —señaló Hornbeam cuando se cerró la puerta—. Está a punto de casarse... con mi hija.

Riddick pareció avergonzado.

—Tiene razón, tiene razón —dijo—. De hecho, en realidad solo estaba despidiéndome de Mariana.

—Bien.

Hornbeam no lo creyó ni por un instante, pero prefirió no incidir en el asunto, no deseaba poner en peligro las pingües ganancias que estaba obteniendo con la ayuda de Riddick.

—Seré un marido modelo —prometió Riddick—. Se acabó la vida de soltero.

—Me alegra mucho oír eso. Sentar a una fulana a la mesa del desayuno sobrepasa con mucho los límites del comportamiento respetable.

El mayordomo regresó con el café de Hornbeam.

—Cuénteme su plan —dijo Riddick.

—Es probable que las personas que vayan a la reunión de Spade ya comulguen con él y, por lo tanto, no habrá nadie dispuesto a rebatir sus opiniones. Lo que necesitan es una oposición contundente.

—¿Contundente?

Hornbeam pensó que Riddick las cazaba al vuelo.

—Estoy convencido de que hay muchos conciudadanos firmemente patriotas a los que les indignarían el tipo de sandeces que sueltan Spade y Sal.

Riddick asintió despacio.

—E imagino que debe de saber de algunos de esos conciudadanos.

—Lo que sí sé es dónde encontrarlos. Habría que empezar por la taberna Slaughterhouse, al final de los muelles.

Aquello pintaba bien.

—¿Cree que podría conseguir que algunos asistieran a la próxima reunión?

—Ya lo creo —contestó Riddick sonriente—. Estarán encantados de pasarse por allí.

# 15

Amos se topó con Rupe Underwood en High Street y cayó en la cuenta de que hacía un tiempo que no se veían. Los metodistas por fin se habían escindido de la Iglesia de Inglaterra y Rupe seguramente se encontraba entre quienes habían decidido continuar en la confesión oficial.

—¿Has renunciado a los metodistas? —le preguntó Amos sin tapujos.

—He renunciado a Jane —contestó Rupe con acritud. Volvió la cabeza con un gesto brusco para apartarse el pelo de los ojos—. O, mejor dicho, ella ha renunciado a mí.

Una noticia importante, al menos para Amos.

—¿Qué ha pasado?

La decepción y el rencor se dibujaron en el atractivo rostro de Rupe.

—Me ha dado con la puerta en las narices, eso es lo que ha pasado, así que toda para ti. No me provocará ni celos. Por lo que a mí respecta, es toda tuya.

—¿Has cancelado el compromiso?

—Nunca estuvimos formalmente comprometidos. Teníamos una especie de entente. Ya no. «Adiós y que Dios te bendiga», eso es lo que me ha dicho.

Amos lo sentía por Rupe, pero al mismo tiempo no pudo evitar que lo invadiera la esperanza. «Si Jane no quiere saber nada de Rupe, ¿existe alguna posibilidad de que me acepte a mí?». Ni siquiera se atrevía a pensarlo.

—¿Te ha dicho los motivos de la ruptura?

—No ha sido sincera. Según ella, se ha dado cuenta de que no me quiere. Dudo que me haya querido nunca. Lo que ocurre es no soy lo bastante rico.

Amos seguía sin entenderlo.

—Pero ha tenido que ocurrir algo para que haya cambiado de parecer.

—Sí, su padre ha dejado su cargo. Ya no es canónigo de la catedral.

—Lo sé, pero... —Y entonces lo comprendió—. Ahora es pobre.

—El hombre vivirá de lo que los metodistas consigan reunir para pagarle. Ya no habrá ni vestidos elegantes, ni doncellas que la vistan y la peinen, ni combinaciones bordadas.

Amos se escandalizó al oír hablar de combinaciones. ¿Cómo iba a saber Rupe qué tipo de combinación utilizaba Jane? Aunque habían sido algo parecido a una pareja durante mucho tiempo. Quizá ella le había permitido ciertas libertades.

No, imposible.

Amos prefirió no pensarlo más.

—¿Está enamorada de otra persona? —preguntó.

—Por lo que sé, no. Flirtea con todo el mundo. Puede que Howard Hornbeam sea el soltero más rico de Kingsbridge, quizá ahora le ponga ojitos a él.

Amos no lo descartó. Howard no era muy espabilado, y desde luego tenía poco de agraciado, pero era un tipo cordial, a diferencia de su padre.

—Howard es un par de años más joven que Jane, creo.

—Eso no la detendrá —aseguró Rupe.

Los domingos, tras el oficio de la mañana en las iglesias y los templos de la ciudad, algunos ciudadanos de Kingsbridge tenían por costumbre visitar el cementerio. De cuando en cuando, Amos sentía el impulso de dedicar unos minutos a la memoria de su padre y dejaba la Casa Metodista para acudir al camposanto de la catedral.

Siempre se detenía frente a la tumba del prior Philip, el monumento más grande del lugar. Philip, un monje del siglo XII, era una figura legendaria, aunque se sabía poco acerca de él. Según el Libro de Timothy, una crónica sobre la catedral escrita en la Edad Media y continuada posteriormente, Philip organizó la reconstrucción de la catedral después de que un incendio la destruyera.

Amos apartó la vista del monumento y vio que Jane Midwinter se encontraba frente a otra tumba, a unos metros de él, vestida de un gris sobrio. Llevaba esperando encontrar el momento de hablar con ella desde que se había topado con Rupe y aquel no era el más apropiado, pero fue incapaz de resistir la tentación. Se acercó y se detuvo a su lado a leer la inscripción de la lápida:

*Janet Emily Midwinter*
*4 de abril de 1750*
*12 de agosto de 1783*
*Amada esposa de Charles*
*y madre de Julian, Lionel y Jane*
*«Con Cristo, pues eso es mucho mejor»*

Intentó traer a la memoria a la madre de Jane, pero le costó.

—Apenas la recuerdo —dijo—. Debía de tener diez años cuando murió.

—Le gustaba la ropa bonita. También las fiestas y los cotilleos. Admiraba a la nobleza. Le habría encantado conocer al rey.

Jane tenía los ojos húmedos. Algo le encogía el corazón. Aunque ¿no estaría fingiendo? Lo hacía a menudo.

—Y tú eres como tu madre —comentó Amos, aunque estaba de más decirlo.

—A diferencia de mis hermanos. —Julian y Lionel estudiaban fuera, en universidades escocesas—. Ellos son como mi padre, solo trabajar y trabajar, sin tiempo para el esparcimiento. Adoro a mi padre, pero no puedo llevar su tipo de vida.

Amos vio que Jane estaba de un humor desacostumbrado, nunca la había oído hablar con tanta sinceridad sobre ella misma.

—Y el problema de Rupe es que él también es como mi padre —prosiguió.

Le ocurría a la mayoría de los pañeros de Kingsbridge. Trabajaban duro y apenas les quedaba tiempo que dedicar al ocio.

—Igual que yo, supongo —dijo Amos, cayendo en la cuenta en ese momento.

—Igual que tú, querido Amos, aunque no tengo derecho a criticarte. ¿Dónde está la tumba de tu padre?

Amos le ofreció el brazo y ella descansó una mano con suavidad sobre su manga, de manera cordial, pero no íntima, mientras cruzaban el cementerio.

Jane nunca le había hablado con tanto afecto, aunque acababa de explicarle por qué nunca sería su amada. Amos se dijo que no entendía a las mujeres.

Llegaron a la tumba de su padre. El joven se arrodilló junto a la lápida y retiró el montoncito de basura que se había acumulado encima: hojas muertas, un jirón de tela, una pluma de paloma, una cáscara de castaña.

—Supongo que yo también soy como mi padre —dijo, y se levantó.

—En ese sentido, quizá, pero eres una persona muy noble y eso te convierte en alguien que impone.

Amos se echó a reír.

—¿Qué voy a imponer? Ya me gustaría.

Jane negó con la cabeza.

—Digámoslo de otra manera: no me gustaría tenerte de enemigo.

Amos la miró directamente a los grandes ojos grises.

—Ni de marido —dijo con tristeza.

—Ni de marido. Lo siento, Amos.

Deseaba besarla.

—Sí, yo también lo siento.

El teatro de Kingsbridge se parecía a las demás casas grandes de la ciudad, de estilo clásico y con hileras de ventanas idénticas. El interior lo ocupaba una gran sala de suelo liso y llena de bancos, con un escenario al fondo. Las paredes estaban recorridas por una galería que se sostenía sobre postes de madera. Cuanto más cerca del escenario, más caros eran los asientos, por lo que Amos tenía la sensación de que los ricos, con sus trajes elegantes, formaban parte de la función.

La primera obra que se representaría aquella noche era *El judío de Venecia*, para la que se había dispuesto un telón de fondo que representaba una ciudad ribereña, repleta de barcas y navíos. Elsie fue a sentarse junto a Amos. Llevaban más de dos años dirigiendo juntos la escuela dominical y se habían hecho amigos íntimos.

A diferencia de Elsie, Amos nunca había visto una obra de Shakespeare. Había ido al teatro a ver ballet, ópera y comedias musicales, pero aquella era su primera obra teatral propiamente dicha y estaba expectante. Elsie, además, también había leído la que se representaba esa noche.

—En realidad se llama *El mercader de Venecia* —comentó la joven.

—Supongo que si cambian «mercader» por «judío» se venden más entradas.

—Imagino que sí.

Había judíos en Combe y en Bristol. La mayoría de ellos se dedicaban a la reexportación: compraban tabaco en Virginia y lo vendían en el continente europeo. Muchos los odiaban, aunque Amos no entendía por qué. Creían en el mismo dios que los anglicanos y los metodistas, ¿no?

—La gente dice que resulta difícil entender las obras de Shakespeare —dijo Amos.

—A veces. Usan un lenguaje anticuado, pero si escuchas con atención te llegará al corazón de la misma manera.

—Spade dice que pueden ser violentas.

—Sí, un poco sangrientas en algún momento. Hay una escena en *El rey Lear*...

Amos vio entrar a Jane Midwinter.

Elsie dejó de hablar de Shakespeare.

—Sabes que Jane ha roto con el pobre Rupe Underwood, ¿no? —comentó Elsie.

—Sí. A Rupe no le ha sentado muy bien.

—¿Qué se ha creído Jane? Ha tenido al pobre pendiente de ella durante dos años y ahora se deshace de él como si se tratara de un criado incompetente.

—Rupe no es muy rico y ella quiere vivir con comodidad. Hay mucha gente así.

—Tendría que haber imaginado que la justificarías —dijo Elsie—. Esa chica no conoce el amor.

Amos se encogió de hombros.

—Creo que yo tampoco.

—Pobre del hombre que se enamore de ella.

Tanta crítica hacia Jane estaba empezando a incomodar a Amos.

—Es de esas mujeres que gustan a los hombres y desagradan a las mujeres, no sé por qué.

—Yo sí lo sé.

Se hizo el silencio en la sala y Amos señaló el escenario, contento de poder dejar de lado la discusión. Habían aparecido tres actores.

—En verdad ignoro por qué estoy tan triste —dijo uno.

—Yo sí sé por qué lo estoy —comentó Elsie.

Amos se preguntó a qué se referiría, pero la obra lo atrapó por completo.

Cuando Antonio explicó que toda su riqueza estaba invertida en barcos que se encontraban en el mar en ese momento, Amos se volvió hacia Elsie.

—Entiendo lo que es eso —murmuró—, tener mercancía valiosa en tránsito y casi no poder dormir pensando si estará a salvo.

La segunda escena, en la que Porcia se lamenta porque no puede decidir con quién casarse y debe hacerlo con el ganador de un concurso relacionado con escoger entre tres cofres, uno de oro, otro de plata y el último de plomo, lo incomodó.

—¿Por qué hace su padre algo así? —dijo—. No tiene sentido.

—Es una fábula —respondió Elsie.

—Soy muy mayor para fábulas.

La función se animó cuando Shylock apareció en la tercera escena. Irrumpió en el escenario con una nariz de pega y una peluca que parecía una mata de un rojo vivo, y, cuando el público lo abucheó, él corrió al frente del escenario y les gruñó. Al principio, todo el mundo rio. Hasta que llegó el momento en que acuerda prestar a Antonio tres mil ducados con la condición de que, si este no le devuelve la suma en la fecha indicada, debe pagarle un desquite.

—El desquite ha de ser una libra exacta de vuestra carne, que podrá ser cortada de la parte del cuerpo que me plazca —dijo Shylock con malicia.

—Nunca se avendrá a algo así —aseguró Amos, quien hubo de ahogar un grito cuando Antonio proclamó a continuación: «Me satisface, sí. Avalo el pagaré».

Durante el intermedio hubo un ballet, aunque la mayoría del público lo ignoró y prefirió salir a estirar las piernas, comprar comida y bebida y charlar con los amigos. Elsie desapareció. El rumor de las conversaciones entre tanta gente acabó convirtiéndose en un rugido. Amos se percató de que Jane se dirigía derecha al vizconde Northwood. Era una trepadora sin remordimientos, pero a Henry Northwood no parecía importarle. Amos se acercó un poco más para oír lo que decía Jane.

—Mi padre cree que no hay que odiar a los judíos —comentaba Jane—. ¿Usted qué opina, lord Northwood?

—Mentiría si dijera que ningún extranjero me quita el sueño —contestó.

—No podría estar más de acuerdo —repuso Jane.

Amos pensó con acritud que Jane le daría la razón dijera lo que dijese. En realidad, ella no odiaba a los judíos, simplemente adoraba a los nobles.

—Los ingleses no tenemos parangón —afirmó Northwood.

—Por supuesto. Aun así, me gustaría viajar. ¿Ha estado en el extranjero?

—Pasé un año en el continente. Aprendí alguna palabra de francés y alemán, y compré varios cuadros en Italia.

—¡Qué suerte! ¿Es un amante de la pintura?

—Dentro de mis sencillos gustos de soldado. Siempre que aparezcan caballos, o perros.

—Algún día me encantaría ver sus cuadros.

—Claro, por supuesto, cómo no, pero están en Earlscastle, y tengo mucho que hacer en Kingsbridge. Verá, la milicia, aunque solo sirva en casa, se encarga de la defensa de nuestro país para que el ejército regular pueda luchar en el extranjero. —Amos observó que, una vez que el tema había virado hacia la vida militar, Henry se había vuelto locuaz. El hombre añadió—: Aunque para eso la milicia tiene que estar lista para luchar, ¿no cree?

A Jane no le apetecía hablar de la milicia.

—Nunca he estado en Earlscastle —dijo.

Amos no se quedó para oír la respuesta de Henry a aquella clara insinuación porque la obra estaba a punto de reanudarse. Se apresuró a volver a su asiento.

—¿Me acompañarás luego a casa? —le preguntó Elsie cuando se sentó.

—Claro —contestó él.

Elsie pareció muy complacida, aunque Amos no acertaba a imaginar por qué.

Shylock lo había atrapado y estaba muy contrariado por los amantes de Belmont, pero nunca había visto nada igual y al final de la función decidió que quería ver más obras de Shakespeare.

—Puede que necesite que me expliques algunas cosas —le comentó a Elsie, a quien una vez más parecieron contentar las palabras de Amos—. ¿Jane podría casarse con Northwood? —le preguntó a su amiga cuando salían—. ¿No pertenece a una clase social demasiado baja? Él será conde de Shiring cuando muera su padre, y ella es la hija de un mero clérigo, y además metodista. La condesa de Shiring a veces ha de acudir ante la presencia del rey, ¿no es cierto? Tú sabes más de esas cosas que yo.

Era cierto. Elsie, como hija del obispo, estaba más cerca de la nobleza que los pañeros. Era probable que incluso pudiera casarse con Northwood, aunque Amos estaba seguro de que no albergaba el menor deseo al respecto. Además, se enteraba de todos los cotilleos gracias a la cantidad de gente que pasaba por el palacio episcopal.

—Sería difícil, pero no imposible —contestó Elsie—. Los nobles a veces se casan con chicas inapropiadas, pero ya hace años que se acordó que Henry se casaría con Miranda, su prima segunda e hija única de lord Combe. De esa manera se unirán las dos heredades.

—Pero los acuerdos pueden anularse —repuso Amos—. El amor todo lo puede.

—No, ni mucho menos —sentenció Elsie.

Una fría y húmeda mañana de septiembre enterraron a tres niños de la misma familia en el cementerio de St. Luke. Los tres acudían de manera habitual a la escuela dominical de Elsie, quien había sido testigo de cómo iban perdiendo el color y quedándose en los huesos semana tras semana. Un trozo de bizcocho no había bastado para salvarlos.

El padre de los niños operaba una máquina de batanado en Kingsbridge hasta que, un día, un mazo que se había soltado de su eje salió volando, lo golpeó en la cabeza y lo mató. Después de aquello, la mujer y los hijos se habían mudado a una habitación barata situada en el sótano de una casa desvencijada y la madre había tratado de ganarse la vida como costurera, por lo que dejaba a los niños solos en el sótano cuando salía a buscar personas que necesitaran algún arreglo rápido y barato. Los niños habían enfermado, aquejados de los problemas respiratorios que padecían las personas que vivían en lugares fríos y húmedos, y, estando tan débiles, los tres habían sucumbido el mismo día, uno detrás de otro. La madre sollozaba junto a la tumba, con la cabeza cubierta con un trapo de algodón porque no tenía sombrero. Mientras entonaban el himno *El Señor es mi pastor*, a Elsie le asaltó el pensamiento pecaminoso de que el pastor había desatendido a aquellos tres corderos.

St. Luke era una pequeña iglesia de ladrillo de un barrio pobre cuyo párroco se cubría las piernas esqueléticas con unas calcetas negras zurcidas de cualquier manera. El entierro había reunido a una cantidad sorprendente de personas alrededor de la tumba, la mayoría de ellas vestidas prácticamente con harapos. Cantaban sin entusiasmo, tal vez pensando que el pastor tampoco había hecho mucho por ellas.

Elsie se preguntó si todo aquel dolor algún día se convertiría en rabia y, de ser así, cuánto faltaría para que ocurriera.

Se sentía angustiada e impotente al mismo tiempo. Pensó que podría haberse llevado a los tres niños a casa y haberles dado de comer en las cocinas del palacio a diario, aunque enseguida comprendió que solo era una fantasía alentada por la desesperación. Aun así, tenía que hacer algo.

Amos Barrowfield se acercó y se quedó a su lado mientras bajaban los tres pequeños ataúdes al hoyo. Vestía un abrigo largo y negro y cantó el himno con su potente voz de barítono. Tenía el rostro húmedo, por las lágrimas o por la lluvia, o quizá por ambas cosas. Su presencia la serenó y la consoló. Olvidó el frío, la lluvia y su abatimiento. Amos no hacía desaparecer los problemas, pero conseguía que parecieran más pequeños y manejables. Enlazó su brazo en el de Amos y este acercó la mano de Elsie a su pecho y se la apretó en un gesto de condolencia.

Cuando el entierro hubo acabado, se alejaron juntos del cementerio, aún cogidos del brazo.

—Volverá a ocurrir —dijo Elsie en voz baja—. Nuestros niños seguirán muriendo.

—Lo sé —coincidió él—. No basta con el bizcocho.

—Podríamos darles algo más… —pensó Elsie en voz alta—. Como caldo. ¿Por qué no?

—Veamos cómo podríamos hacerlo.

Aquella era una de las cosas que adoraba de Amos. Actuaba como si todo fuera posible. Quizá se debiera a haber tenido que superar tantas dificultades tras el fallecimiento de su padre. Había extraído una actitud positiva de la experiencia que complementaba la suya.

—En lugar de bizcochos, nuestros colaboradores podrían hacer caldo con nabo y guisantes.

—Sí, y trozos baratos de carne, como un poco de cuello de oveja.

Amos se pinzó la punta de la nariz, señal de que estaba pensando.

—¿Lo harán?

—Depende de quién se lo pida. ¿El pastor Charles podría encargarse de los metodistas?

—Se lo preguntaré.

—Yo me ocupo de los anglicanos.

—Podríamos pasarnos por las panaderías los domingos por la mañana y pedirles el pan duro que no hubieran vendido el sábado.

—Tengo entendido que venden los excedentes a un precio más bajo el sábado antes de cerrar, pero es probable que aún les quede algo…

—En cualquier caso, no se pierde nada por preguntar.

Habían llegado al palacio episcopal y se detuvieron frente a la puerta.

—¿Lo intentamos? —preguntó Elsie, emocionada.

Amos asintió con solemnidad.

—Creo que debemos hacerlo.

Elsie sintió ganas de besarlo, pero se limitó a soltarse del brazo.

—¿El próximo domingo?

—Por supuesto. Cuanto antes mejor.

Se despidieron.

Elsie no quería entrar todavía en el palacio, de modo que fue a la catedral, un buen lugar donde reflexionar. No estaban diciendo misa. Debía planear bien hasta el último detalle del nuevo programa de alimentación, pero era incapaz de pensar en otra cosa que no fuera Amos. Él no tenía ni la menor idea de hasta qué punto lo amaba, creía que solo eran amigos. Y además estaba cerrilmente obsesionado con Jane Midwinter, una chica que no le correspondía y que, en cualquier caso, no estaba a la altura de Amos. Elsie se vio tentada de pedirle a Dios que Amos la amara y olvidara a Jane, pero le pareció muy egoísta, no era el tipo de cosas en las que se debería rogar a Dios que interviniera.

Pasó junto a dos hombres que discutían en el pasillo sur. Reconoció a Stan Gittings, un jugador crónico, y a Sport Culliver, dueño del mayor garito de apuestas de la ciudad. Ninguno de los dos acudía a la iglesia con regularidad, de modo que probablemente habían entrado para discutir a resguardo de la lluvia. No le sorprendía. La gente a menudo solía ir allí a dirimir un problema, un trato o incluso una aventura. En aquel caso parecía que se trataba de dinero, pero no les prestó atención.

Reparó en una figura desconocida arrodillada delante del altar mayor. Era un hombre, joven, según le pareció, e iba envuelto en un sobretodo grande que ocultaba el resto de su indumentaria, por lo que Elsie no pudo saber si se trataba de un clérigo. Tenía el rostro alzado, pero los ojos cerrados, y movía los labios con fervor en una oración silenciosa. Se preguntó quién sería.

Iba a sentarse en silencio en el crucero sur, pero la discusión del pasillo se acaloró. Los hombres daban voces exaltadas y habían adoptado una postura agresiva. Se preguntó si no debería intervenir y pedirles que salieran de allí, pero pensándolo bien decidió que era menos probable que llegaran a las manos si se quedaban en la iglesia, así que abandonó la idea de tener un momento de paz y fue ella quien se encaminó hacia la salida, pasando junto a ellos sin decir nada.

—¡Si apuestas dinero que no tienes, debes asumir las consecuencias! —gritó Culliver a su espalda.

—¡Les conmino a que abandonen este lugar sagrado de inmediato! —oyó que decía otra voz un segundo después, cargada de indignación.

Elsie se volvió y vio que el joven que había estado rezando frente al altar mayor se dirigía con paso firme hacia los dos contendientes con el rostro —muy atractivo, según comprobó— arrebolado por la cólera.

—¡Fuera! —les gritó a Gittings y a Culliver—. ¡Fuera de aquí ahora mismo!

Gittings, un alfeñique vestido con harapos, pareció abochornado y dispuesto a salir corriendo, pero no era tan fácil intimidar a Culliver. No solo era alto y fornido, sino también una de las personas más acaudaladas de la ciudad. No era de los que se dejaban mangonear.

—¿Y quién diablos es usted? —preguntó.

—Me llamo Kenelm Mackintosh —respondió el joven con cierto orgullo.

Elsie cayó en la cuenta de que estaban esperándolo. La dimisión del canónigo Midwinter había provocado una serie de ascensos entre el clero de la catedral y el puesto de asistente personal del obispo había quedado vacante, de manera que el padre de Elsie había designado a un pariente lejano, un joven clérigo recientemente graduado en la Universidad de Oxford. Y allí estaba. Debía de acabar de bajar de la diligencia.

El joven se apresuró a desabrocharse el abrigo para dejar a la vista sus vestiduras de clérigo.

—Soy el asistente del obispo Latimer. Esta es la casa del Señor. Les ordeno que continúen su disputa en otro lugar.

—¿Quién se cree este tipo que es? —dijo Culliver dirigiéndose a Elsie, en la que acababa de reparar—. El mequetrefe.

—Váyase a casa, Sport —dijo Elsie con voz tranquila—. Y, si permite que Stan Gittings apueste a crédito, quien debe asumir las consecuencias es usted.

A Sport no le sentó bien aquella respuesta tan insolente, y menos de boca de una jovencita, y se dispuso a replicar, pero de pronto pareció pensárselo mejor y, tras una pausa, los dos hombres dieron media vuelta y se encaminaron hacia la puerta del pórtico sur.

Elsie miró al recién llegado con interés. Tendría su edad, unos veintidós años, y era tan bien parecido como para pasar por una chica, con una abundante melena rubia y unos interesantes ojos verdes. Además, había demostrado tener agallas al enfrentarse a un matón tan grande e imponente como Culliver. Sin embargo, la expresión del joven delataba cierta insatisfacción, era evidente que no le complacía la manera en que había acabado la confrontación.

—No son malas personas —dijo Elsie.

—Me las hubiera arreglado solo —contestó Mackintosh con altanería—, pero gracias de todas maneras.

Susceptible, se dijo Elsie. No importaba.

—Parece que la consideran una persona con autoridad —prosiguió el joven, claramente sorprendido de que una simple muchacha hubiera sido capaz de aplacar a dos hombres enfadados.

—¿Autoridad? —repitió Elsie—. No creo. Soy Elsie Latimer, la hija del obispo.

El joven se quedó desconcertado.

—Le ruego que me disculpe, señorita Latimer. No lo sabía.

—No tiene de qué disculparse. Y ahora ya nos hemos presentado. ¿Ha visto al obispo?

—No. He enviado mi equipaje al palacio y he venido directo aquí para agradecerle a Dios el haber llegado bien.

«Muy devoto —se dijo Elsie—, pero ¿de corazón o está haciendo el paripé?».

—En ese caso, permítame acompañarlo a conocerlo.

—Con sumo gusto.

Salieron de la catedral y atravesaron la plaza.

—Me han dicho que es escocés —dijo ella.

—Sí —contestó él con frialdad—. ¿Importa?

—A mí no. Simplemente me sorprende que no tenga acento.

—Me deshice de él en Oxford.

—¿De manera deliberada?

—No lamenté perderlo. La universidad está llena de prejuicios.

Las palabras eran amables, pero estaban impregnadas de un deje de amargura.

—Siento oír eso.

Entraron en el palacio y Elsie lo acompañó al despacho de su padre, una habitación acogedora, con un gran fuego y sin escritorio.

—El señor Mackintosh ha llegado, padre —anunció Elsie.

—¡Su equipaje ya está aquí! —El obispo se levantó del sillón tapizado y le estrechó la mano con entusiasmo—. Bienvenido, querido muchacho.

—Es un gran honor estar aquí, mi señor obispo, y le agradezco humildemente el privilegio.

El obispo se volvió hacia Elsie.

—Gracias, cariño —dijo, invitándola a retirarse.

Elsie no se movió del sitio.

—Acabo de estar en el funeral de tres niños de la escuela dominical, todos de la misma familia. Su padre murió, su madre hizo cuanto pudo para darles de comer, se resfriaron en la habitación húmeda en la que vivían y todos murieron el mismo día.

El obispo asintió.

—Ahora están con su padre celestial —dijo.

Su autocomplacencia irritó a Elsie.

—Su padre celestial podría preguntarse por qué sus vecinos no hicieron nada para ayudarlos —contestó alzando la voz—. Jesús dijo: «Apacienta mis corderos», como estoy segura de que recordará.

—Creo que es mejor que dejes la teología al clero, Elsie —dijo su padre, guiñándole un ojo con complicidad a Mackintosh, quien respondió con una sonrisa aduladora.

—Lo haré —repuso Elsie, y añadió de manera desafiante—: Y voy a apacentar a los corderos del Señor con un caldo que los reconforte.

—Ah, ¿sí? —contestó su padre con escepticismo.

—Al menos a los que van a mi escuela dominical.

—¿Y cómo lo harás?

—Nuestras cocinas son grandes y apenas notará el incremento en la cuenta.

El hombre se quedó desconcertado.

—¿Nuestras cocinas? ¿De verdad estás proponiendo alimentar a los niños pobres de la ciudad con lo que salga de nuestras cocinas?

—No solo de las nuestras. Los colaboradores de la escuela dominical harán lo mismo.

—Esto es ridículo. La escasez de alimentos es nacional. No podemos dar de comer a todo el mundo.

—A todo el mundo no, solo a mis pupilos de la escuela dominical. ¿Cómo voy a decirles que sean buenos y tengan buen corazón como Jesús y luego enviarlos a casa hambrientos?

El obispo se volvió hacia el recién llegado.

—¿Usted qué opina, señor Mackintosh?

La pregunta pareció incomodarlo: no le gustó que le pidieran que arbitrara entre Elsie y su padre.

—De lo único de lo que estoy seguro es de que mi deber es dejarme guiar por mi obispo —contestó tras un momento de vacilación— e imagino que a la señorita Latimer le ocurrirá lo mismo.

No era tan valiente como Elsie había creído.

—Los metodistas están muy comprometidos con la idea —repuso Elsie.

Algo que tenía más de esperanza que de certeza, pero se dijo que era una mentira piadosa.

Su padre pareció pensárselo. No quería parecer mezquino en comparación con los metodistas.

—¿Cuántos niños asisten a la escuela dominical?

—Nunca menos de un centenar. A veces hasta doscientos.

Mackintosh se sorprendió.

—¡Caramba! Lo habitual suele ser una docena de niños en una sala pequeña.

—¿Y tus amigos metodistas y tú queréis alimentarlos a todos? —preguntó el obispo dirigiéndose a Elsie.

—Por supuesto. Pero hay muchos anglicanos entre nuestros colaboradores.

—Bueno, será mejor que hables con tu madre, a ver qué cree ella que podrían aportar nuestras cocinas.

Elsie trató de controlar su expresión para evitar la sonrisa triunfal.

—Sí, padre —dijo.

# 16

Cuando Sal lanzó por primera vez la propuesta de la Sociedad Socrática no imaginaba que se convertiría en algo tan importante. Recordó el tono desenfadado con que comentó: «Eso es lo que deberíamos estar haciendo: estudiar y aprender. ¿Qué es eso de la sociedad que decías?». En aquel momento imaginó a un grupo de unas diez personas reunidas en una sala ubicada encima de alguna taberna. Sin embargo, el éxito de la charla de Roger Riddick había cambiado su punto de vista. Asistieron más de cien personas y la crónica del acto apareció publicada en la *Kingsbridge Gazette*. Además, el mérito era suyo. Jarge y Spade la habían animado y ayudado, pero ella fue el motor del éxito. Y estaba muy orgullosa de lo que había conseguido.

Con todo, ahora le daba la impresión de que la sociedad no era más que un primer paso. Formaba parte de un movimiento que estaba teniendo lugar en todo el país: la clase trabajadora se instruía por cuenta propia, leía libros y asistía a conferencias. Y tras ese movimiento había un objetivo: querían tener voz sobre la forma en que se gobernaba el país. Cuando había una guerra, les tocaba luchar, pero cuando el precio del pan se disparaba, pasaban hambre. «Nosotros lo sufrimos, de modo que también deberíamos decidir», razonó.

«Qué camino tan largo he recorrido desde Badford», pensó.

Un mes después, la segunda reunión de la sociedad le pareció más importante incluso. Los trabajadores de Kingsbridge estaban molestos por la subida de los precios, sobre todo en relación con los alimentos. En algunas poblaciones se habían producido disturbios para conseguir pan, y a menudo las protagonistas eran mujeres desesperadas por poder dar de comer a sus familias.

La asamblea se había programado para un sábado, el día en que la jornada de trabajo terminaba dos horas más temprano. Poco antes de que empezara el acto, Sal y Jarge fueron a casa del pastor Charles Midwinter para conocer al nuevo orador recién llegado, el reverendo Bartholomew Small.

El pastor Midwinter había abandonado la casa del canónigo, una mansión que se asemejaba a un palacio. Su nuevo hogar, situado a escasa distancia de la Casa Metodista, no era mucho mayor que la modesta vivienda de un peón. El pastor debía de sentir que lo habían degradado, pensó Sal, y sobre todo debía de sentirlo Jane, que se moría por vivir rodeada de lujos y placeres.

Cuando entraron en la sala de estar, Midwinter les ofreció un jerez. Sal no se sentía cómoda, y Jarge todavía menos. Se habían vestido lo mejor posible, pero llevaban los zapatos apedazados y sus prendas tenían el color desvaído. Con todo, el pastor los puso por las nubes cuando hizo las presentaciones.

—Reverendo Small, estas dos personas son los líderes intelectuales de la clase trabajadora de Kingsbridge.

—Es un placer conoceros a ambos —dijo Small.

Era un hombre delgado, de voz suave, y tenía el aspecto con el que Sal siempre había imaginado a un profesor universitario: pelo cano, con gafas y la espalda encorvada a causa de años enteros con la cabeza metida en los libros.

—A decir verdad, reverendo, la verdadera intelectual aquí es Sal.

La alabanza incomodó a Sal. «Yo no soy ninguna intelectual —pensó—. Pero da igual, estoy aprendiendo cosas».

—Dime, ¿cuántas personas se espera que asistan a la reunión de esta noche? —preguntó Small.

—Unas doscientas, más o menos —respondió Sal.

—¿Tantas? Yo estoy acostumbrado a tener una decena de alumnos.

Estaba un poco nervioso, lo cual sorprendió a la joven pero al mismo tiempo le dio confianza.

El pastor Midwinter apuró su copa de jerez y se puso de pie.

—No debemos llegar tarde —dijo.

Subieron por Main Street, donde la lluvia relucía por efecto de la luz de las farolas. Cuando se acercaban al Salón de Actos de Kingsbridge, a Sal le sorprendió ver a casi una decena de hombres de la Milicia de Shiring en el exterior del edificio, mojándose pero elegantemente ataviados con sus uniformes y armados con mosquetes. El cuñado de Spade, Freddie Caines, se encontraba entre ellos. ¿Por qué estaban allí?

Le horrorizó descubrir que los acompañaba Will Riddick, pertrechado con una espada. Era evidente que estaba al mando.

—¿Qué es esto? —le preguntó tras plantarse frente a él con los brazos en jarras—. No le necesitamos a usted ni a sus soldados.

Él la miró fijamente con una expresión que aunaba desprecio y un atisbo de temor.

—En calidad de juez de paz, he traído a la milicia para que actúe en previsión de que pueda haber problemas —dijo con aire de suficiencia.

—¿Problemas? —protestó Sal—. Esto es un grupo de debate. No habrá problemas.

—Eso ya lo veremos.

A Sal le llamó la atención una cosa.

—¿Por qué no está aquí el vizconde Henry Northwood? —preguntó con mala cara.

—El coronel Northwood no se encuentra hoy en la ciudad.

Era una lástima, ya que Northwood jamás habría actuado de una forma tan desafiante en su presencia. Will era malvado, además de un mentecato, y era evidente que albergaba un odio personal hacia Sal.

Pero ella no podía hacer nada al respecto.

Tras cruzar la puerta del edificio, Sal vio al alguacil Doye y al agente Davidson de pie junto a la entrada intentando aparentar que no eran conscientes de la mala fama que tenían.

Los asientos estaban dispuestos en hileras de cara a un atril. La asistencia era masiva, según observó Sal; mayor incluso que en la primera reunión. Había muchos artesanos sentados entre los peones: tejedores, tintoreros, guanteros y zapateros. Spade se hallaba en la última fila junto con los campaneros.

El impresor Jeremiah Hiscock también se encontraba allí, aunque saltaba a la vista que no había terminado de recuperarse de los azotes porque estaba pálido y parecía nervioso, y además su abultado abrigo indicaba que todavía llevaba gruesos vendajes en la espalda. Su esposa, Susan, permanecía sentada a su lado con aire desafiante, como retando a alguien a llamar malhechor a su marido.

Susan y Sal se contaban entre las pocas mujeres presentes en la sala. Solía decirse que la política era cosa de hombres, y algunas mujeres así lo creían, o fingían creerlo.

El público incluía a un grupo de jóvenes a quienes Sal había visto rondando por la taberna Slaughterhouse, cerca del río.

—No me gusta el aspecto de esos tipos —le comentó a Jarge.

—Los conozco —dijo él—. Son Mungo Landsman, Rob Appleyard y Nat Hammond. Buscan llamar la atención.

Sal y Jarge estaban sentados en primera fila junto a Midwinter y el reverendo Small. Al cabo de un momento, Spade se levantó y se acercó al atril. Hubo un murmullo de sorpresa; Spade era inteligente, eso lo sabía todo el mundo, y leía los periódicos, pero aun así solo era tejedor.

Sostenía en alto una copia de *Razones para la conformidad dirigidas a la población trabajadora de la sociedad británica*.

—Deberíamos prestar mucha atención a las palabras del señor Paley —empezó a decir—. Nos aconseja con mucha sabiduría cómo manejar nuestros asuntos aquí, en el oeste de Inglaterra, porque es arcediano... de Carlisle.

Se oyeron risotadas. Carlisle estaba en la frontera con Escocia, a casi quinientos kilómetros de Kingsbridge.

Spade prosiguió con el mismo tono. Sal había echado un vistazo al texto de Paley y sabía que contenía comentarios pomposos y condescendientes sobre la clase trabajadora. Spade leyó los peores pasajes con la voz desprovista de toda emoción, y con cada cita las risas iban en aumento. Empezó a jugar con el público fingiendo que se sentía perplejo y ofendido por su reacción, lo cual sirvió para que la gente aún riera más. Incluso a los *tories* les hacía gracia, y no hubo interrupciones del discurso ni se percibía hostilidad alguna.

—La cosa va bien —le susurró Midwinter a Sal.

Spade ocupó de nuevo su asiento entre vítores y aplausos, y a continuación Midwinter presentó al reverendo Small.

Paley era filósofo, y Small también. Además, Small tenía un enfoque académico. No mencionó la Revolución francesa ni el Parlamento británico. Sus argumentos se centraron en el derecho a gobernar. A los reyes los elegía Dios, admitió, pero también a los duques, los banqueros y los comerciantes, y ninguno de ellos era perfecto, de modo que nadie gobernaba por derecho divino. Los asistentes al acto empezaron a inquietarse, se removían con nerviosismo y se hacían comentarios los unos a los otros. Sal se sintió decepcionada, pero por lo menos Small no había dicho nada escandaloso.

De pronto, alguien se puso de pie y gritó:

—¡Dios salve al rey!

Sal vio que se trataba de Mungo Landsman.

—Oh, diantre… —dijo.

Varios hombres del público hicieron lo mismo.

—¡Dios salve al rey! —exclamaron tras ponerse de pie, y se sentaron al momento.

Sal reparó en que se trataba del grupo de la taberna Slaughterhouse, pero parecían más de los tres chicos que Jarge había nombrado. La consternación se apoderó de ella. ¿Qué estaba ocurriendo? Small no había dicho nada en concreto sobre el rey

Jorge, de modo que era imposible que su discurso los hubiera escandalizado. ¿Tenían planeada aquella reacción al margen de lo que él dijese? ¿Qué motivo tenían para acudir a la reunión con el único propósito de boicotearla?

Small prosiguió con su discurso, pero al cabo de muy poco tiempo volvieron a interrumpirlo.

—¡Traidor! —gritó alguien—. ¡Republicano! ¡Igualitario!

Sal se volvió sin levantarse.

—No podéis saber qué es si no escucháis lo que dice —repuso, enfadada.

—¡Puta! —le gritaron—. ¡Papista! ¡Francesa!

Jarge se puso de pie y se dirigió lentamente a la parte trasera para situarse cerca del grupito que gritaba. Lo siguió su amigo Jack Camp, que era aún más corpulento. No les dijeron nada a los alborotadores, pero permanecieron allí de brazos cruzados mirando al frente.

—Esto no pinta bien, Sal —musitó Midwinter—. Tal vez deberíamos dar por terminada la reunión.

A Sal se le cayó el alma a los pies.

—No —dijo, aunque estaba preocupada—. Eso sería rendirse y darles la razón.

—Si no, puede que sea peor.

Sal pensó que tal vez Midwinter estaba en lo cierto, pero no soportaba darse por vencida.

Small siguió hablando, pero no por mucho tiempo, porque de nuevo hubo gritos de protesta.

—¡Parece que de verdad busquen pelea! —exclamó Sal.

—Esto ya lo tenían preparado, estoy seguro —dijo Midwinter—. Alguien está decidido a desacreditar la sociedad.

Sal tenía la amarga sensación de que el pastor había dado en el clavo. Los tipos de la taberna Slaughterhouse no actuaban en respuesta a algo que se hubiera dicho, sino que seguían un plan trazado de antemano.

Y Riddick lo sabía, claro; por eso había acudido allí con la milicia. Todo formaba parte de una conspiración.

Pero ¿de quién era obra? Los gobernantes de la ciudad no aprobaban la existencia de la sociedad, pero ¿hasta el punto de propiciar un altercado?

—¿Quién haría una cosa así? —preguntó Sal.

—Un hombre asustado —respondió Midwinter.

Sal no comprendió a qué se refería.

Las personas sentadas cerca de los alborotadores empezaron a levantarse y a apartarse de ellos, sin duda preocupados por lo que pudiera ocurrir.

El reverendo Small interrumpió su discurso y se sentó. A continuación, Midwinter se puso de pie y se dirigió a los asistentes en voz alta.

—Ahora haremos un breve descanso y dentro de un cuarto de hora se celebrará un debate.

Sal tenía la esperanza de que eso serviría para calmar los ánimos, pero se desesperó al ver que no cambiaba nada. La gente empezó a correr hacia las puertas. Sal no perdía de vista a la pandilla de la taberna Slaughterhouse. Los tipos no se movieron de su sitio, satisfechos de haber conseguido que cundiera el pánico.

Entonces Sal vio cómo una mujer que huía tropezaba con Mungo Landsman. Él se tambaleó y, acto seguido, le propinó un puñetazo en la cara a la mujer, lo que provocó que empezara a sangrarle la nariz. Como consecuencia, Jarge la emprendió a golpes con Mungo, y en cuestión de segundos había media docena de personas enzarzadas en una pelea.

A Sal le habría gustado darles su merecido a unos cuantos de los alborotadores, pero resistió la tentación. ¿Dónde estaba el alguacil Doye? A los pocos instantes de formularse esa pregunta, lo vio entrar por la puerta del lado opuesto de la sala. ¿Por qué habría salido? Obtuvo la respuesta de inmediato, cuando descubrió que iba seguido de Will Riddick y la milicia. Los soldados, junto con el agente Davidson, intervinieron para separar a los participantes en la pelea, detuvieron a algunos hombres, los ataron y los obligaron a permanecer tumbados en el suelo. Al ver lo que estaba sucediendo, la mayoría de los implicados en la reyerta olvidaron sus agravios y salieron huyendo.

—Voy a asegurarme de que detienen a esos matones de la taberna Slaughterhouse.

Se dirigió hacia los soldados con aire decidido, pero Will Riddick le salió al paso.

—Mantente apartada de esto, Sal Clitheroe —dijo, y con una sonrisa mezquina añadió—: No quiero que sufras ningún daño.

—Usted estaba fuera del edificio y no ha visto quién ha empezado la pelea, pero yo se lo diré —repuso Sal.

—Deja la justicia para los jueces —dijo Riddick.

—Pero usted también es juez. ¿No quiere saberlo?

—Estoy ocupado. Apártate de mi camino.

Sal empezó a tomar nota mentalmente de los nombres de los detenidos. Algunos pertenecían al grupo de la taberna Slaughterhouse, pero otros eran simples víctimas. Jarge estaba entre ellos.

Riddick les ordenó que se pusieran de pie. Los ataron juntos y los llevaron al exterior. Sal y Midwinter los siguieron. Los trasladaron hasta la prisión de Kingsbridge, situada justo enfrente del Salón de Actos, donde fueron entregados a Gil Gilmore, el carcelero. Cuando los prisioneros desaparecieron camino del oscuro interior de la cárcel, Sal se dirigió a Riddick.

—Más le vale que todos los hombres a los que ha detenido sean procesados en el tribunal. Asegúrese de que no sueltan a ninguno por favoritismo.

Por la expresión de Riddick, Sal se dio cuenta de que eso era precisamente lo que tenía planeado.

—No te preocupes —repuso él sin concederle la más mínima importancia.

—Si se demuestra que alguno de los detenidos recibe un trato de favor por su parte, sería motivo para no procesar a ninguno, ¿no es cierto? —dijo Midwinter.

—Déjeme las leyes a mí. Usted concéntrese en la teología.

Los jueces se reunieron el lunes por la mañana en la antecámara contigua a la Sala del Consejo. Hornbeam no cabía en la piel porque la segunda reunión de la Sociedad Socrática había acabado en una reyerta —tal como él tenía planeado—, pero no se contentó con eso. Se pasó todo el domingo preparando el juicio, allanando el terreno para que se declarase culpables a los detenidos y sus condenas fuesen severas.

Todos los miembros del jurado eran hombres de una franja de edad entre los veintiún años y los setenta que poseían propiedades en Kingsbridge cuyo arrendamiento les proporcionaba, como mínimo, cuarenta chelines al año. Los hombres que formaban ese grupo tenían también derecho a votar, y la ley que regulaba el proceso se llamaba el Derecho de Voto de los Cuarenta Chelines. Constituían la élite rectora de la ciudad y, en general, no les costaba mucho considerar culpables a los trabajadores.

La obligación de formar el jurado recaía sobre el alguacil, que debía elegir a los miembros al azar. Sin embargo, algunos de los ciudadanos aptos no eran muy de fiar según el punto de vista de Hornbeam, de manera que intercambió unas palabras con Doye y le pidió que excluyera a los metodistas y otros inconformistas porque tal vez simpatizaran con aquellos que trataban de crear un grupo de debate. Doye no le puso ninguna pega.

A Hornbeam solo le molestaba que Spade no estuviera entre los detenidos.

El concejal Drinkwater era el presidente de la Judicatura de Paz y presidiría también el tribunal. Hornbeam temía que se mostrara demasiado indulgente, pero creía que Will Riddick compensaría su tendencia a inclinarse por el perdón.

Mientras los jueces aguardaban a que sacaran a los acusados de la cárcel, Hornbeam leía *The Times*, aparentemente relajado.

—En Francia los monárquicos han perdido otra vez —comentó—. No conozco de nada a ese joven general, Napoleón Bonaparte. ¿Alguno ha oído hablar de él?

—Yo no —dijo Drinkwater mientras se colocaba bien la peluca frente a un espejo.

—Yo tampoco —dijo Riddick, que no leía mucho los periódicos.

—Lo pintan como al mismísimo demonio —prosiguió Hornbeam—. Aquí dice que desplegó cuarenta cañones en las calles de París y las limpió de monárquicos. Siguió a la carga incluso después de que le dispararan a su caballo con él montado encima.

—No me gusta oír que disparan a hombres con cañones —opinó Drinkwater—. Me parece muy poco caballeroso. Una batalla debe librarse cuerpo a cuerpo, pistola contra pistola o espada contra espada.

—Es posible —dijo Hornbeam—. De todos modos, ojalá el general Bonaparte estuviera en nuestro bando.

El secretario asomó la cabeza por la puerta y avisó de que el jurado ya estaba a punto.

—Muy bien, pues dígales que guarden silencio —le ordenó Drinkwater.

Los tres jueces entraron en la sala de vistas y tomaron asiento.

La sala estaba llena. Había doce acusados, numerosos testigos y todos sus familiares y amigos, además de otras personas que simplemente habían acudido porque se trataba de un gran acontecimiento en la ciudad. Los miembros del jurado se hallaban sentados en bancos situados en un lateral. Los demás estaban de pie.

En la sala no había más abogados que el secretario de los jueces, Luke McCullough. Los abogados rara vez se personaban ante el tribunal, excepto en Londres, quizá. En la mayoría de los casos era la propia víctima del delito quien se constituía como acusación. Ese día, puesto que el altercado había tenido lugar durante un acto público, el alguacil Doye sería quien la ejerciera.

Doye anunció los nombres de los acusados de agresión, que incluían a Jarge Box, Jack Camp y Susan Hiscock. En la lista no constaban los tipos de la taberna Slaughterhouse: Mungo Landsman, Rob Appleyard y Nat Hammond. Hornbeam le había ordenado al alguacil que los dejase en libertad sin cargos. No obstante, se hallaban en la sala en calidad de testigos.

—Qué pena que no detuvieran a esa puta de Sal Clitheroe —le susurró Riddick a Hornbeam.

Drinkwater habló.

—Uno de los acusados, Jarge Box, también estaba entre los organizadores del acto, de modo que oiremos su caso en primer lugar.

Hornbeam se dio cuenta de que él no era el único que había hecho planes con respecto al juicio. Le sorprendió que Drinkwater demostrara tener tanta previsión, aunque tal vez hubiera comentado el caso con su yerno, el pastor Midwinter, un hombre inteligente que podría haberle sugerido cuál era la mejor forma de abordar las cosas. Y Jarge Box también parecía estar al corriente, pues no le sorprendió que lo llamasen a declarar en primer lugar.

Sobre Box recaía la acusación de haber agredido a Mungo Landsman, y se declaró inocente. Landsman juró decir la verdad y explicó que Box lo había tirado al suelo y luego la había emprendido a patadas contra él. Le preguntaron a Box si tenía algo que decir.

—Si a sus señorías les complace, querría explicarles qué ocurrió —dijo, y a Hornbeam no le cupo duda de que había ensayado la frase.

Además, Box llevaba puesto un abrigo decente y unos pulcros zapatos que seguro que había pedido prestados para la ocasión.

—De acuerdo, adelante —accedió Drinkwater.

Box estaba nervioso a causa del ambiente formal en que tenía lugar el juicio, pero se sobrepuso y empezó a hablar con seguridad.

—La reunión se desarrolló con paz y tranquilidad durante casi una hora antes de que empezaran los problemas —explicó—. El reverendo Small de Oxford...

Hornbeam lo interrumpió.

—Small no fue el único orador, ¿verdad?

Eso desconcentró a Box. Tardó unos instantes en poner las ideas en orden y, a continuación, respondió.

—También habló Spade, quiero decir David Shoveller.

—¿Sobre qué tema? —preguntó Hornbeam.

—Hummm…, sobre el libro del arcediano Paley dirigido a la clase trabajadora.

—¿Es cierto que hizo reír al público?

—Solo leyó algunos fragmentos.

—¿Con tono burlón?

—Con su tono habitual.

—Bueno, si la gente se ríe cuando les leen el libro en voz alta, puede que la culpa sea del autor y no del lector —terció Drinkwater, y se oyeron unas risitas entre los asistentes—. Sigue, Box.

Box se animó.

—El reverendo Small estaba hablando de los monarcas en general, no concretamente del rey Jorge, cuando Mungo Landsman se levantó y empezó a gritar «¡Dios salve al rey!». Luego, otras personas se pusieron de pie y empezaron a gritar lo mismo. No comprendíamos qué era lo que les había ofendido, parecía que hubieran asistido a la reunión con la intención de causar problemas. Nos preguntamos si alguien les pagó para que lo hicieran.

—¡Es cierto! —gritó alguien del público.

La voz era de una mujer.

—Es esa tal Clitheroe —masculló Riddick.

Box siguió hablando.

—El señor Small continuó con su discurso, pero volvieron a interrumpirlo acusándolo de traidor, republicano e igualitario. La señora Sarah Clitheroe dijo que no podían saber qué era si no escuchaban lo que decía, pero ellos la llamaron puta, lo cual es una cochina mentira.

Hornbeam volvió a interrumpirlo.

—¿Se refiere a Sal Clitheroe? Dicen que fue ella quien montó la sociedad.

—Sí —respondió Box.

—¿La mujer que se marchó de Badford después de agredir al

hijo del terrateniente? —preguntó Hornbeam mirando directamente a Sal.

Box estaba a la defensiva y tardó unos instantes en contestar.

—Riddick mató a su marido.

Will Riddick habló desde su asiento en el banco.

—Desde luego que no.

—No estamos aquí para juzgar ese caso —dijo Drinkwater con impaciencia—. Siga con la explicación de los hechos, Box.

—Sí, señoría. Jack Camp y yo nos situamos cerca de los alborotadores, pero no sirvió de nada. Hacían tanto ruido que el orador no pudo seguir hablando, y el pastor Midwinter pidió que se hiciera una pausa con la esperanza de que Mungo y sus amigos se callaran o se marcharan para que pudiéramos celebrar un debate tranquilo y comunicar algunas ideas. Pero muchas personas se precipitaron hacia la puerta, porque yo diría que se asustaron con los gritos, y decidieron marcharse a casa.

Hornbeam lo interrumpió por tercera vez.

—Vaya al grano, hombre. ¿Agredió usted a Mungo Landsman?

Pero no era tan fácil conseguir que Jarge se desviara de su discurso.

—Lydia Mallet intentaba salir cuando tropezó con Mungo y él le dio un puñetazo en la cara —explicó.

—¿Está aquí Lydia Mallet? —preguntó Drinkwater.

Una joven salió de entre la multitud. Era guapa, aunque tenía la nariz y los labios rojos e hinchados.

—¿Eso se lo hizo Mungo Landsman? —le preguntó Drinkwater.

Ella asintió.

—Por favor, responda «sí», si es el caso.

—*Zí* —dijo, y todo el mundo se echó a reír—. *Do ziento, no puedo hablad bien* —añadió, y hubo más risas.

—Creo que eso nos sirve para corroborar los hechos —dijo Drinkwater, y miró al alguacil—. Si el relato se ajusta a la verdad, resulta sorprendente que Landsman no se encuentre entre los acusados.

—Es por falta de pruebas, su señoría —repuso el alguacil Doye.

Drinkwater estaba claramente descontento, pero no quiso presionarlo más.

—¿Qué ocurrió a continuación, Box?

—Que tiré al suelo a Mungo.

—¿Por qué?

Jarge respondió con indignación.

—¡Porque le había pegado a una mujer!

—¿Y por qué le dio patadas? —preguntó Hornbeam.

—Para que no se levantara.

—No debería haberlo hecho —dijo Drinkwater—. Eso es tomarse la justicia por su mano. Debería haber informado sobre Landsman al alguacil.

—¡Phil Doye había salido a buscar a la milicia!

—Pues debería haberlo informado más tarde. Eso es todo, Box. Creo que tenemos la información necesaria.

Hornbeam estaba enfadado por la forma en que se estaba desarrollando el juicio. Él no habría permitido que Box se alargara tanto en explicar los hechos que provocaron la violencia. Posiblemente eso despertaría la compasión del jurado. Y saltaba a la vista que Drinkwater, a su vez, estaba enfadado porque habían soltado a los tipos de la taberna Slaughterhouse.

Como de costumbre, el tribunal oiría todos los casos antes de pedirle al jurado que emitiera su fallo. No era una buena práctica, ya que a lo largo del proceso solían olvidar la mayor parte de lo que se había dicho. Por otra parte, cuando no tenían claro el veredicto solían decantarse por el de culpabilidad, lo cual Hornbeam veía con buenos ojos puesto que, según él, casi todo el mundo que se metía en líos con la ley merecía ser castigado.

Los casos se repetían. A le había dado un puñetazo a B porque B había empujado a C. Cada uno de los acusados afirmaba haber respondido a una provocación. Nadie había resultado herido de gravedad: había habido moratones y costillas rotas, una persona había perdido un diente y otra tenía una torcedura en la muñeca. En todos los casos, Drinkwater se esforzaba por recalcar que una provocación no justificaba la violencia. Al final, el jurado los declaró a todos culpables.

Era hora de que los jueces decidieran la pena, por lo que hablaron entre sí en voz baja.

—En mi opinión, merecen claramente ser azotados —dijo Hornbeam.

—No, no —respondió Drinkwater—. Yo creo que deberíamos castigarlos a todos con un día en el cepo.

—Propongo ofrecerles que paguen una multa de diez chelines a cambio —musitó Hornbeam, ya que quería tener la potestad de salvar a algunos elegidos.

—No —repuso Drinkwater con firmeza—. Todos deben ser tratados por igual. No quiero que la mitad acabe en el cepo mientras los otros campan a sus anchas porque alguien les ha pagado la multa.

Eso era exactamente lo que Hornbeam había planeado, pero sabía reconocer cuándo había perdido una batalla.

—Muy bien —se limitó a afirmar.

Como siempre, tenía un plan alternativo.

Hornbeam despreciaba a los miembros de la clase trabajadora, sobre todo si actuaban en masa, y el peor ejemplo de ello era la muchedumbre que asaltaba las calles de Londres. Aun así, le sorprendió la noticia que leyó en el periódico a la mañana siguiente. Mientras el rey se dirigía al Parlamento en su carruaje, había sido víctima de un ataque por parte de unos vándalos que gritaban: «¡Pan y paz!». Las pedradas rompieron el cristal del carruaje.

¡El rey, apedreado! Jamás había llegado a oídos de Hornbeam un insulto semejante contra un monarca. Eso era alta traición. Y, sin embargo, mientras la indignación lo carcomía, se dio cuenta de que la noticia podría resultarle de ayuda cuando ese mismo día se reuniera con el lord teniente, el conde de Shiring.

Dobló el periódico con cuidado y lo guardó en el interior de su abrigo. A continuación, salió a la calle.

Estaba orgulloso del carruaje que lo aguardaba frente a la puerta de entrada. El maestro de coches de la realeza, John Hatchett, lo había construido para él en su taller de Long Acre, en Londres. Se trataba de un modelo llamado Berlina, rápido pero estable, con pocas probabilidades de volcar a causa de la velocidad. La cabina era azul con perfiles dorados y la pintura relucía gracias al barniz.

Riddick ya estaba dentro. Iban a viajar juntos hasta Earlscastle, ya que sería difícil que el lord teniente ignorase una queja presentada por dos jueces.

Cruzaron la plaza del mercado, que bullía de ajetreo a pesar de que era aún temprano. Hornbeam detuvo el carruaje para poder observar a los condenados a sufrir castigo.

El artilugio llamado cepo sujetaba al reo por las piernas y lo obligaba a permanecer sentado en el suelo en una posición incómoda durante todo el día. Suponía más una humillación que dolor en sí. Esa mañana, las doce personas a quienes los jueces habían declarado culpables yacían expuestas bajo la lluvia.

Los condenados solían ser objeto de burlas y maltrato y no podían hacer nada por evitarlo. A veces les arrojaban estiércol del muladar. Estaba prohibido ejercer la violencia contra ellos, pero la frontera entre lo que se consideraba violencia y lo que no era muy difusa. Sin embargo, ese día los ciudadanos de la plaza no mostraban hostilidad alguna hacia los reos, lo cual indicaba que les inspiraban compasión.

A Hornbeam le daba igual. No sentía deseos de ser popular. Eso no proporcionaba dinero.

Miró a Jarge Box, el cabecilla, y a su hermana, Joanie, sentados el uno al lado del otro. No parecía que lo estuvieran pasando muy mal. Joanie charlaba con una mujer que acarreaba una cesta de la compra. Jarge bebía cerveza de una jarra que probablemente le había llevado un simpatizante.

Entonces Hornbeam reparó en Sal Clitheroe, la responsable

de que se hubiera organizado la reunión y que ni siquiera había sido acusada. Se hallaba al lado de Box y sostenía una pesada pala de madera sobre el hombro. Estaba allí para defenderlo si era necesario, y Hornbeam tenía sus dudas de que alguien se atreviera a meterse con ella.

En conjunto, la cosa resultaba muy frustrante.

—Los verdaderos culpables son los organizadores —comentó Riddick—. Y no están aquí.

Hornbeam asintió para mostrar su acuerdo.

—Seguramente esta tarde, cuando volvamos de Earlscastle, tendremos más control sobre lo que sucede en los tribunales de la ciudad.

Le ordenó al cochero que se pusiera en marcha.

Era un largo viaje y Riddick propuso jugar unas partidas de cartas, pero Hornbeam no quiso. Le desagradaban los juegos de azar, sobre todo si implicaban la posibilidad de perder dinero.

Riddick le preguntó si conocía bien al conde.

—Muy poco —respondió él. Evocó a una figura de gran parecido con el vizconde Northwood, más mayor, con la nariz igual de grande y la misma mirada perspicaz pero con la cabeza calva en lugar de poblada por rizos castaños—. Hemos coincidido en algunas ceremonias y tuve que entrevistarme con él antes de que me nombraran juez. Eso es todo.

—Yo tampoco lo conozco.

—No entiende de negocios, por supuesto, como le ocurre a la mayoría de los aristócratas. Se creen que son las tierras las que generan riqueza. Están anclados en los años oscuros.

Riddick asintió.

—El hijo es más bien tolerante. Tiene tendencia a referirse a Inglaterra como un país independiente. No sé hasta qué punto el viejo es igual.

—Pues vamos a averiguarlo.

Había mucho en juego. Si la reunión iba bien, Hornbeam regresaría a Kingsbridge convertido en un hombre considerablemente más poderoso.

Al cabo de varias horas divisaron Earlscastle. La antigua fortaleza conservaba su nombre aunque de ella solo quedaba en pie un corto tramo del muro defensivo, con sus almenas y sus aspilleras. La parte moderna estaba hecha de ladrillo rojo, tenía grandes ventanas de cristal emplomado y contaba con chimeneas alargadas que proyectaban humo hacia los nubarrones del cielo. Los grajos posados sobre los altos olmos graznaron con desdén mientras Hornbeam y Riddick bajaban del carruaje y se apresuraban a entrar en el edificio.

—Espero que el conde nos invite a comer —dijo Riddick mientras se quitaban los abrigos en el vestíbulo—. Me muero de hambre.

—No cuente con ello —respondió Hornbeam.

El conde los recibió en la biblioteca en lugar de hacerlos pasar al salón, mostrando así que ambos tenían una posición social inferior y que, en consecuencia, consideraba que el encuentro era una mera reunión de negocios. Llevaba puesta una prenda de abrigo de color ciruela y una peluca plateada.

A Hornbeam le sorprendió descubrir al vizconde Northwood, sin el uniforme y ataviado con ropa de montar. Debía de ser allí donde estuvo durante la reunión de la Sociedad Socrática. Su presencia le pareció inoportuna, ya que era poco probable que se mostrara de acuerdo con la estrategia que Hornbeam estaba a punto de plantear.

En la enorme chimenea ardía un buen fuego, lo cual alegró a Hornbeam ya que había pasado frío durante el trayecto en el carruaje.

Un lacayo les ofreció jerez y galletas, pero Hornbeam rechazó la invitación porque tenía la sensación de que debía conservar la máxima capacidad de reacción.

Hornbeam narró lo sucedido durante la reunión de la Sociedad Socrática: primero habló un orador revolucionario y hubo protestas por parte de los ciudadanos leales al rey seguidas de intimidaciones por parte de los bravucones republicanos, lo cual acabó en un altercado.

El conde escuchó con atención, pero el semblante de Northwood mostraba escepticismo.

—¿Hubo algún muerto? —preguntó.

—No, pero sí varios heridos.

—¿De gravedad?

Hornbeam estaba a punto de responder que sí, faltando a la verdad, cuando se le ocurrió pensar que tal vez Northwood hubiese recibido información de su edecán, el teniente Donaldson, de modo que no le quedaba otro remedio que responder con franqueza.

—Más bien no —dijo.

—De modo que fue más una simple pelea que un verdadero altercado—repuso Northwood, haciéndose eco de lo que Drinkwater había expresado durante el juicio. Sí, no cabía duda de que el vizconde había recibido información.

—Se juzgó a doce personas —siguió diciendo Hornbeam—. El concejal Drinkwater presidió el tribunal, y ahí fue cuando las cosas empezaron a torcerse. Primero rebajó los cargos imputando a los acusados por agresión en lugar de por alteración del orden público. El jurado actuó con sensatez y los consideró a todos culpables, pero Drinkwater insistió en aplicarles una pena menor y los condenó a pasar un día en el cepo. Y allí es donde están ahora, mientras charlan con los transeúntes y beben jarras de cerveza que la gente les lleva.

—Es una burla a la justicia —añadió Riddick.

—Así que ustedes consideran que es grave —dijo el conde.

—Sin duda —respondió Hornbeam.

—¿Qué creen que deberíamos hacer?

Hornbeam dio un hondo suspiro. Había llegado el momento crucial.

—El concejal Drinkwater tiene setenta años —anunció—. No es que la edad sea un problema, por supuesto —se apresuró a añadir al recordar que el conde se estaba acercando a los sesenta—. Sin embargo, a Drinkwater la madurez lo ha hecho entrar en esa fase de benevolencia en la que algunos hombres están dispuestos a perdonarlo todo, lo cual es una actitud apropiada para un abuelo, tal vez, pero no para el presidente de la Judicatura de Paz.

—¿Me está pidiendo que destituya a Drinkwater?

—Como juez de paz, sí. Por supuesto, seguirá siendo concejal.

—Y me imagino que usted quiere ocupar la presidencia en su lugar, ¿verdad, Hornbeam? —terció Northwood.

—Aceptaré el puesto humildemente si me lo ofrecen.

—El concejal Hornbeam es la persona adecuada, señor —apostilló Riddick—. Es el pañero más importante de la ciudad, y sin duda antes o después será el alcalde.

«Ya está —pensó Hornbeam—, ya hemos presentado nuestro plan. Ahora, a ver cómo lo reciben».

El conde pareció vacilar.

—No estoy seguro de que lo que me han expuesto sea motivo para destituir a Drinkwater. Es una medida muy drástica.

Eso era precisamente lo que Hornbeam se temía.

—No hagamos una montaña de un grano de arena —dijo Northwood—. Todo ciudadano de Inglaterra tiene derecho a defender sus opiniones, y la Sociedad Socrática de Kingsbridge es un grupo de debate. Unas cuantas narices rotas no hacen una revolución. No creo que la sociedad suponga ninguna amenaza para su majestad el rey Jorge ni para la constitución británica.

Era bonito hacerse ilusiones, pensó Hornbeam, pero no se atrevió a decirlo en voz alta.

Hubo un silencio. El conde parecía firme en su postura y su hijo daba muestras de estar encantado con el resultado de la conversación. Riddick se sentía desconcertado. No era precisamente un genio y no tenía ni idea de qué debía hacer a continuación.

Sin embargo, Hornbeam se había guardado un as en la manga, o más bien en el bolsillo.

—Me pregunto, señor, si ha leído algún periódico hoy. —Sacó el ejemplar de *The Times*—. Dicen que el rey ha sido apedreado por una multitud en Londres.

—¡Santo cielo! —exclamó el conde.

—No lo sabía —dijo Riddick.

—¿Es eso cierto? —preguntó Northwood.

—Según explica esta noticia, gritaban «pan y paz».

Hornbeam desdobló el periódico y se lo entregó al conde, quien leyó unas cuantas líneas.

—¡Han roto las ventanas del carruaje! —exclamó.

—Puede que esté exagerando —empezó a decir Hornbeam con hipocresía—, pero estoy convencido de que quienes gozamos de autoridad en estas tierras debemos adoptar medidas más firmes contra los agitadores y los revolucionarios.

—Empiezo a plantearme que su postura es acertada —comentó el conde.

Northwood guardaba silencio.

—Esa gente son unas bestias —afirmó Riddick.

—Así es como empiezan las revoluciones, ¿no es cierto? —dijo Hornbeam—. Las ideas subversivas conducen a la violencia, y la violencia engendra más violencia.

—Puede que esté en lo cierto —admitió el conde.

Estaba entrando en razón, pensó Hornbeam, pero el hijo era un obstáculo.

En ese momento apareció una mujer ataviada con un caro traje de montar y un bello sombrerito. Saludó al conde con una reverencia.

—Siento interrumpirlo, tío, pero la partida de caza está esperando al primo Henry.

Northwood se puso de pie.

—Le ruego que me perdone, señorita Miranda. Es una conversación importante... —Saltaba a la vista que no deseaba marcharse.

Sin embargo, el conde intervino.

—Estás disculpado, Henry. Gracias por tu ayuda —dijo.

Hornbeam reparó en que aquella joven era la prima de Henry, Miranda Littlehampton, con quien se decía que estaba prometido de forma no oficial. Hornbeam no era ningún experto en relaciones amorosas, pero le pareció que Miranda veía con mejores ojos a Henry que él a ella.

La cuestión es que Henry acabó por marcharse, y eso supuso un golpe de suerte para Hornbeam.

—Qué mujer tan guapa —dijo Riddick con admiración.

«Cállese, memo —pensó Hornbeam—. El conde no necesita que apruebe la elección de su futura nuera». Y se apresuró a atajarlo.

—El señor Riddick y yo le estamos muy agradecidos por habernos recibido hoy. Los dos apreciamos el privilegio que supone y sabemos que esta conversación será de vital importancia para su condado y, en especial, para la ciudad de Kingsbridge.

Era pura adulación, pero consiguió que el conde desviara la atención del desacertado comentario de Riddick sobre Miranda.

—Sí —respondió el conde—. Les agradezco que me hayan comunicado lo sucedido. Creo que haré lo que me sugiere y le diré a Drinkwater que ha llegado el momento de que se retire.

«Ah, dulce victoria», se dijo Hornbeam con honda satisfacción mientras mantenía el semblante totalmente inexpresivo.

—Le escribiré a Drinkwater —dijo el conde a continuación.

—Si desea que yo le haga entrega de la carta... —se ofreció Hornbeam, muy predispuesto.

—Es mejor que no —repuso el conde con gravedad—. A Drinkwater podría parecerle una falta de consideración. Le daré la carta a Northwood.

Hornbeam se dio cuenta de que se había precipitado en saborear el triunfo.

—Sí, señor, por supuesto, qué necio soy.

—Imagino que deben de tener prisa por emprender el camino de regreso. Hay un buen trecho hasta Kingsbridge.

El tono del conde no admitía discusión, y no pensaba pedirles a los visitantes que se quedaran a comer, de modo que Hornbeam se puso de pie.

—Con su permiso, señor, nos marchamos.

El conde tiró del cordel de la campana y, al cabo de un momento, apareció un lacayo. Hornbeam y Riddick se despidieron con una inclinación de cabeza y salieron al vestíbulo. El conde no los acompañó.

Se pusieron los abrigos y salieron a la calle. El carruaje de Hornbeam los estaba esperando, reluciente bajo la lluvia. Entraron, y los caballos emprendieron la marcha.

—Tengo que descubrirme ante usted, Hornbeam. Es un zorro taimado.

—Sí —respondió Hornbeam—. Ya lo sé.

# 17

La mano de obra recibía su paga los sábados a las cinco de la tarde, cuando terminaba la jornada en las fábricas. Aunque todos trabajaban unas horas fijas, la cantidad que recibían dependía de cuánto hilo hubieran producido. Sal y Kit solían conseguir lo suficiente para ganar unos doce chelines. Tres años antes, con eso se habrían sentido ricos, pero desde entonces las malas cosechas habían hecho aumentar el precio de los alimentos, y los impuestos de guerra habían convertido otras necesidades básicas en algo prohibitivo. Ahora, con doce chelines apenas les alcanzaba para pasar la semana.

Sal y Joanie se fueron directas a pagar el alquiler avanzando pesadamente bajo la llovizna implacable. Kit y Sue las seguían. Disponer de un hogar con chimenea era más importante aún que tener comida. De frío se moría uno antes que de hambre, y empezar a atrasarse con el alquiler era el primer paso de la caída hacia la indigencia más absoluta.

Su casa era propiedad de la catedral, pero la oficina de arrendamiento estaba en el barrio humilde donde vivían. El alquiler ascendía a un chelín a la semana, y Sal pagaba cinco de los doce peniques totales, pues ocupaba un poco menos de la mitad del edificio. Entregaron el dinero y luego fueron al mercado. Ya había oscurecido, pero los puestos estaban bien iluminados gracias a la luz de las lámparas.

Sal le pidió a un panadero una hogaza corriente, la de cuatro libras.

—Será un chelín con dos peniques —dijo el hombre.

—¡Pero si ayer valía un chelín con un penique! —se indignó ella—. ¡Y solo siete peniques hace apenas un año!

El panadero contestó con cansancio, como si hubiera estado escuchando la misma queja todo el día.

—Lo sé —dijo—. Pero el costal de harina solía valer trece chelines y ahora me piden veintiséis por él. ¿Qué quiere que le haga? Si vendo por debajo del precio de coste, me arruinaré en una semana.

Sal estaba convencida de que exageraba, pero de todas formas entendía su postura. Compró la hogaza, igual que Joanie, pero ¿qué harían si el pan seguía subiendo?

Aquello no era un problema solo de Kingsbridge. Spade comentaba que sucedía lo mismo por todo el país. En algunas ciudades, las mujeres habían provocado disturbios, a menudo en la puerta de una tienda como punto de partida.

Dentro del edificio del mercado que había en el lado sur de la catedral encontraron un carnicero cuyo género conseguía que se le hiciese a uno la boca agua —cortes de ternera, cerdo y añojo—, pero estaba todo demasiado caro. Sal buscó faisán o perdiz, aves de caza con apenas carne, y correosa, que habría que estofar. En esa época del año solían encontrarse, pero ese día no había nada.

—Es por el tiempo —comentó el carnicero—. Con estos malditos días de lluvia, los cazadores no pueden ni ver a los pájaros, y mucho menos abatir a esos malnacidos.

Sal y Joanie echaron un vistazo a la carne curada y ahumada, panceta y vaca en salmuera, pero hasta eso estaba por las nubes. Al final compraron bacalao en salazón.

—No me gusta —protestó Sue.

—Da gracias... Hay niños que no comen más que gachas —dijo Joanie con brusquedad.

De camino a casa pasaron por el Salón de Actos, donde estaba a punto de dar comienzo una fiesta. Los carruajes se acercaban a la entrada y las damas intentaban que sus fastuosos vestidos no se mojaran al entrar corriendo en el edificio. Por la parte de atrás llegaban entregas de último momento para la cocina: enormes sacos llenos de hogazas, jamones enteros y barriles de oporto. Todavía quedaba gente que podía permitirse esa clase de lujos.

Joanie se dirigió a un mozo que cargaba con una cesta de naranjas de España.

—¿De qué es la fiesta?

—Es para el concejal Hornbeam —contestó él—. Una boda doble.

Sal había oído hablar del acontecimiento. Howard Hornbeam se había casado con Bel Marsh, y Deborah Hornbeam con Will Riddick.

—Va a ser una celebración por todo lo alto —dijo el mozo—. Se esperan un par de cientos de personas.

Esa concurrencia incluiría a más de la mitad de los votantes de la ciudad. Hornbeam ya presidía la Judicatura de Paz y sin duda se presentaría a alcalde algún día. En algunas ciudades, el puesto de alcalde rotaba anualmente entre los concejales, pero en Kingsbridge lo elegían y permanecía en activo hasta que se jubilaba, o hasta que los demás concejales lo expulsaban. Por el momento, el alcalde Fishwick gozaba de buena salud y era popular. Hornbeam, sin embargo, debía de estar preparándose para una carrera de largo recorrido.

Las mujeres regresaron a casa, y Sal llevó el pan y el pescado en salazón a la cocina. Más tarde dejarían que el fuego se extinguiera y saldrían a la taberna Bell llevándose a los niños con ellas. Si ahorraban dinero en leña para el fuego, podrían permitirse una jarra de cerveza. Pensar eso la animó. Además, el día siguiente era el de descanso.

Joanie llamó a la tía Dottie gritando su nombre escaleras arriba. Jarge entró en la cocina y todos se sentaron alrededor de la mesa mientras este cortaba tajadas de pescado.

—Sube un momento a buscar a la tía —le pidió Joanie a Sue, puesto que Dottie no aparecía—. Debe de estar dormida.

Sue se metió un buen trozo de pan en la boca y obedeció.

—No me habla —informó la niña al regresar un minuto después.

Se produjo un instante de silencio.

—Ay, madre mía —dijo Joanie.

Corrió arriba seguida de los demás y todos abarrotaron la habitación de Dottie en el desván. La anciana estaba tumbada boca arriba en la cama. Tenía los ojos muy abiertos, pero sin ver nada, y también la boca, aunque no respiraba. Sal ya había visto a otros cadáveres y sabía qué aspecto tenían, así que no le cupo duda alguna de que Dottie había fallecido. Joanie no decía nada, pero le caían lágrimas por las mejillas. Sal buscó el latido de la mujer y luego su pulso, pero solo para comprobar lo que ya sabía. Mientras tocaba el cadáver, se dio cuenta de que Dottie se había quedado muy flaca. No se había fijado antes, y se sintió culpable.

Era lo que sucedía cuando escaseaba la comida. Sal sabía que los más jóvenes y los muy ancianos eran quienes morían primero.

Los niños pusieron ojos de susto. Aunque Sal pensó en hacerlos salir de la habitación, al final decidió que se quedaran. Verían a muchos difuntos a lo largo de la vida, así que más les valía empezar a acostumbrarse.

Dottie había sido hermana de la madre de Joanie, a quien había criado cuando su madre murió. Joanie estaba desconsolada. Lo superaría, pero Sal tendría que hacerse cargo de todo durante una temporada. Dottie también era tía de Jarge, pero la relación entre ellos nunca había sido muy estrecha. Además, de todos modos, gran parte de lo que había que hacer era tarea de mujeres.

Sal y Joanie tendrían que lavar el cuerpo y vestirlo con una mortaja; un gasto muy oneroso que añadir al aumento generalizado de los precios. Luego Sal iría a buscar al párroco de St. Mark para preparar el funeral. Si era posible celebrarlo al día siguiente, el domingo, todos podrían trabajar el lunes con normalidad y, así, evitarían perder un día de paga.

—Jarge —dijo Sal—, ¿quieres darles la cena a los niños mientras Joanie y yo nos ocupamos del cuerpo de la pobre Dottie?

—¡Oh! —exclamó él—. Sí, claro. Vosotros dos, bajad conmigo.

Y salieron.

Sal se arremangó.

Elsie y su madre, Arabella, estaban sentadas en un lateral del salón de baile, contemplando a quienes participaban en las idas y venidas del baile de la gavota. Las mujeres llevaban faldas que se hinchaban al girar, mangas airosas y voluminosos volantes, todos de vivos colores, además de altísimos peinados sujetos con cintas. Los hombres, por su parte, parecían ir acorazados con sus ceñidos chalecos y sus casacas de hombros almidonados.

—Se me hace raro verlos bailar —comentó Elsie—. Estamos perdiendo la guerra, la gente apenas puede permitirse el pan y el carruaje del rey ha sido apedreado. ¿Cómo podemos ser tan frívolos?

—Es en momentos así cuando más se necesita la frivolidad —dijo su madre—. No podemos pasarnos todo el rato pensando en desgracias.

—Supongo que no. O tal vez a la gente no le importa la guerra, el rey ni los trabajadores hambrientos de las fábricas.

—Esa podría ser una forma agradable de vivir, para quien lo consiga. Una dichosa indolencia.

Elsie pensó que para ella no, pero prefirió no decir nada. Quería a su madre, aunque no tuvieran demasiado en común. Tampoco compartía mucho con su padre. A veces se preguntaba de dónde había salido.

Imaginó qué clase de niños tendrían las dos parejas de recién casados que ocupaban la pista de baile. La descendencia de

Howard Hornbeam seguramente sería regordeta y holgazana, como él.

—A Howard se lo ve abrumado pero contento —comentó.

—El compromiso ha sido muy breve, y he oído que su opinión no contó mucho en cuanto a la elección de la novia —señaló Arabella—. Tiene derecho a sentirse abrumado.

—De todos modos, parece contento con ella.

—Pese a los dientes de conejo.

—Tal vez piense que podría haber sido mucho peor. El concejal Hornbeam podría haberle escogido a alguien horrible.

—Pues Bel Marsh ya puede dar gracias por esa misma razón. Howard es un buen chico. No se parece en nada a su padre.

Elsie asintió con aquiescencia.

—A Bel se la ve bastante ufana —comentó dirigiendo su atención hacia la otra pareja, que bailaba con más solemnidad. Estaba convencida de que el terrateniente Riddick desatendería a sus hijos, por suerte para ellos—. Seguro que lo único que quiere Riddick es que alguien le lleve la casa para poder pasarse todo el día bebiendo, jugando y frecuentando la compañía de rameras.

—Tal vez descubra que Deborah tiene sus propias ideas al respecto. Mírale el mentón. Es señal de determinación.

—Espero que así sea. Me encantaría ver los apuros de Riddick intentando controlar a una mujer fuerte.

Kenelm Mackintosh se acercó y se sentó junto a Elsie.

—Qué agradable ocasión esta que nos reúne —dijo—. Dos parejas que han encontrado la felicidad en el santo matrimonio.

Elsie pensó que, si encontraban o no la felicidad, el tiempo lo diría.

—¿Es santo el matrimonio cuando lo han acordado los padres?

—Lo que importa es la elección de Dios —repuso él tras dudar un momento.

Era una respuesta evasiva, pero Elsie no dijo nada.

La gavota terminó y anunciaron un minueto, una danza que

se bailaba en pareja. El tintorero Isaac Marsh, el padre de Bel, apareció entonces y se ofreció a sacar a bailar a Arabella.

—Encantada —dijo ella, levantándose.

Aquello sucedía a menudo. Arabella debía de ser la mujer de mediana edad más atractiva de todo Kingsbridge, y muchos hombres aprovechaban cualquier ocasión para hacerle la corte. Ella disfrutaba de las atenciones y la admiración, así que solía aceptar.

—¿Qué espera usted de un matrimonio? —le preguntó Elsie a Mackintosh.

—Encontrar a alguien que apoye mi sagrada vocación —contestó él enseguida.

—Muy sensato. Los cónyuges deberían ofrecerse apoyo mutuo —añadió ella, convirtiéndolo en una vía de doble sentido.

—Exacto —repuso él sin darse cuenta de que había modificado su idea—. ¿Y usted? ¿Qué desea del matrimonio?

—Hijos —contestó Elsie—. Me imagino una gran casa llena de niños... Cuatro, o puede que cinco, todos sanos y felices, con juguetes y libros y mascotas.

—Bueno, esa es sin duda la voluntad de Dios. Por supuesto, no seguiría dirigiendo la escuela dominical después de casada.

—Ya lo creo que sí.

Él levantó las cejas.

—¿No se dedicaría a su marido en cuerpo y alma?

—Creo que podría hacer ambas cosas. Además, a fin de cuentas, también la escuela dominical es una obra del Señor.

Él asintió, aunque a regañadientes.

—Lo es, sí.

A Elsie le pareció que la conversación había tomado un rumbo muy personal. Ella solo había pretendido cuestionar esa presunción suya tan simplista de que el matrimonio conllevaba la felicidad, pero él se había desviado del tema preguntando si ella continuaría trabajando después de la boda y cómo pensaba dedicarse al cuidado de su marido. Casi era como si la considerara una posible esposa para sí.

Antes de poder reaccionar, Elsie vio acercarse al hombre con quien sí se casaría sin pensarlo dos veces. Amos llevaba una casaca nueva de color rojo oscuro con un chaleco rosa claro. Al darse cuenta de que no conocía a Mackintosh de nada, Elsie los presentó.

—He oído hablar mucho de usted, desde luego —dijo Mackintosh—. La señorita Latimer pasa mucho tiempo en su compañía. —Su tono resultó ligeramente reprobatorio.

—Dirigimos juntos la escuela dominical —repuso Amos—. Por cierto, tal vez conozca a mi amigo Roger Riddick. Acaba de graduarse en Oxford, igual que usted, según tengo entendido.

Mackintosh reaccionó con cautela.

—Me he cruzado con Riddick un par de veces, sí.

—En enero se irá a Berlín.

—Me temo que él y yo nos movíamos en círculos diferentes.

—Seguro que sí. —Amos rio—. Roger es un jugador empedernido... Un pasatiempo no muy adecuado para un estudiante de teología. Pero como ingeniero es brillante.

—Dígame —apuntó Mackintosh—, ¿qué formación tiene usted para enseñar en la escuela dominical?

Amos no tenía ninguna, por supuesto, y Elsie consideró que Mackintosh había obrado con muy poco tacto.

—Al recordar mis días de escuela —dijo Amos tras pensarlo un poco—, creo que mis mejores maestros fueron los que sabían hablar claro. Las mentes desordenadas producen frases confusas, así que pongo empeño en que todo resulte fácil de entender.

—A Amos se le da muy bien enseñar —añadió Elsie.

—Pero nunca ha realizado un estudio sistemático de las Escrituras —insistió Mackintosh con terquedad.

Elsie comprendió que estaba intentando recalcar su superioridad. Ya había dejado caer que Elsie pasaba mucho tiempo con Amos; tal vez lo considerase un rival en liza por sus afectos.

Si pensaba eso, había dado en el clavo.

—Pero conozco las Escrituras muy bien —repuso Amos con

buen talante—. Asisto a una clase de estudio metodista de la Biblia una vez a la semana. Hace años que lo hago.

—Ah, claro —dijo Mackintosh con una sonrisa condescendiente—. El estudio metodista de la Biblia...

Con ello hacía hincapié en el hecho de que él había estudiado en la universidad y Amos no. Elsie sabía que los jóvenes eran así. Su madre, que a veces podía ser algo vulgar, se había referido a esa clase de competición entre dos varones como «a ver quién mea más lejos».

Entonces apareció su padre. Caminaba con paso lento, como si estuviera cansado, y Elsie se preguntó con congoja si se encontraría mal.

Mackintosh enseguida se puso en pie.

—Ilustrísima —saludó.

—Sé un buen chico y ve a buscar al arcediano, ¿quieres? —pidió el obispo. Parecía faltarle el aliento—. Tengo que hablar con él sobre los oficios de mañana.

—Enseguida, ilustrísima.

Mackintosh se apresuró a hacer el recado y el obispo siguió su camino.

—Roger me ha contado que Mackintosh no era muy popular en Oxford —le confesó Amos a Elsie.

—¿Te dijo por qué?

—Ese hombre es un adulador, siempre está intentando ganarse el favor de las personas importantes.

—Creo que es ambicioso.

—Parece gustarte.

Ella negó con la cabeza.

—Ni me gusta ni me disgusta.

—No tienes nada en común con él.

A Elsie no le hizo gracia que la conversación estuviera tomando esos derroteros. Frunció el ceño.

—¿Por qué pretendes dejarlo en mal lugar delante de mí?

—Porque sé lo que se propone el muy pillo.

—Ah, ¿sí?

—Quiere casarse contigo porque eso lo ayudará a ascender.

Elsie se enfureció al oír eso.

—¿Conque ese es el motivo? Mira tú por dónde…

Amos no supo cómo interpretar su reacción.

—Por supuesto. Nadie se interpondrá en la carrera del yerno de un obispo dentro de la Iglesia.

Elsie estaba que echaba humo.

—Y lo sabes a ciencia cierta.

—Sí.

—No crees posible que el reverendo Mackintosh sencillamente se haya enamorado de mí.

—No, claro que no.

—¿Y qué hace que te parezca tan improbable que un joven se enamore de mí?

Al darse cuenta de las implicaciones de lo que acababa de decir, Amos se azoró.

—¡No me refería a eso!

—Pues parecías pensarlo.

—No puedes saber lo que pienso.

—Claro que sí. Las mujeres siempre sabemos lo que piensan los hombres.

Entonces se les acercó Jane Midwinter, vestida de seda negra.

—No tengo a nadie con quien bailar —se lamentó.

Amos se levantó enseguida.

—Ahora ya sí —dijo, y se la llevó a la pista.

Elsie sintió ganas de llorar.

Su madre regresó entonces a su asiento.

—¿Se encuentra bien mi padre? —preguntó Elsie—. Parecía algo débil. Me pregunto si no estará enfermo.

—No lo sé —respondió Arabella—. Dice que está bien, pero tiene sobrepeso y el menor esfuerzo parece agotarlo.

—Vaya por Dios.

—Hay algo más que te preocupa —comentó Arabella, perspicaz.

Elsie no podía esconderle nada a su madre.

—Estoy molesta con Amos.

Arabella se sorprendió.

—Eso es raro. Le tienes mucho afecto, ¿verdad?

—Sí, pero quiere casarse con Jane Midwinter.

—Y ella bebe los vientos por el vizconde Northwood.

Elsie decidió hablarle de Mackintosh a su madre.

—Creo que el señor Mackintosh quiere casarse conmigo.

—Desde luego. He visto cómo te mira.

—¿De verdad? —Elsie no había reparado en ello—. Pues yo no podría amarlo jamás.

Arabella se encogió de hombros.

—Tu padre y yo nunca sentimos una gran pasión. Es un hombre terriblemente presuntuoso, pero me ha proporcionado comodidad y estabilidad, y por eso lo aprecio. Él, por su lado, cree que soy una mujer muy especial, Dios lo bendiga. Pero no ha sido un amor que pidiera a gritos ser consumado con urgencia por ninguna de las dos partes... Tú ya me entiendes.

Elsie lo entendía. La conversación había adoptado un cariz muy íntimo. Le daba un poco de vergüenza, pero al mismo tiempo estaba fascinada.

—¿Y ahora? ¿Se alegra de haberse casado con él?

—¡Desde luego! —Arabella sonrió y alargó una mano para tomar la de su hija—. Si no, no te habría tenido.

Nadie trabajaba en un día sagrado. Las fiestas religiosas importantes eran días de descanso para los trabajadores de Kingsbridge. Libraban el Viernes Santo, el Lunes de Pentecostés, el día de Todos los Santos y el de Navidad, y uno más que se celebraba solo allí: San Adolfo, a finales de año. Adolfo era el santo patrón de la catedral de Kingsbridge, y en su día se celebraba una feria especial.

Caía una lluvia suave, no tan perjudicial como los últimos aguaceros. A esas alturas del año, los granjeros tenían que decidir cuántas cabezas de ganado podrían permitirse mantener durante el invierno y luego sacrificaban al resto, así que el precio de la carne solía bajar bastante. Además, la mayoría había guardado parte de la cosecha de cereal para venderla más adelante, cuando la abundancia del verano hubiera menguado.

Sal, Joanie y Jarge fueron a la plaza del mercado esperando encontrar alguna ganga, tal vez un trozo barato de ternera o cerdo, y los niños los acompañaron con ganas de pasarlo bien.

Pero se llevaron un chasco. No había muchos alimentos a la venta, y nada era barato. Las mujeres estaban furiosas con los precios; apenas lograban soportar el miedo a no ser capaces de alimentar a sus familias. Mujeres que no sabían ni cómo se llamaba el primer ministro comentaban que habría que destituirlo. Querían que terminara la guerra. Algunas decían que el país necesitaba una revolución como las de Estados Unidos y Francia.

Sal compró callos, intestinos de oveja que tenían que hervirse durante horas para ablandarlos lo suficiente como para poder masticarlos y que no sabían a nada a menos que se cocinaran con cebollas. Deseó conseguir aunque solo fuera un poco de carne de verdad para Kit, que aún era muy pequeño y trabajaba muchísimo.

En el lado norte de la plaza, junto al cementerio, estaban subastando grano. Detrás del subastador había altas pilas de sacos, cada una de ellas propiedad de un vendedor distinto. Sal oyó a los panaderos mascullando con rabia por lo precios que se alcanzaban.

—¡Si pagara tanto por el cereal, mi pan costaría más que la ternera! —exclamó uno.

—El mayor lote de hoy, cien fanegas de trigo —anunció el subastador—. ¿Qué pujas oigo?

—Mirad allí —dijo Joanie—. Detrás de la mujer del sombrero rojo.

Sal observó la multitud.

—¿Es quien yo creo que es? —preguntó Joanie.

—¿Te refieres al concejal Hornbeam?

—Me había parecido que era él. ¿Qué hace en una subasta de grano si es pañero?

—Tal vez solo esté curioseando... Como nosotros.

—Con la curiosidad de una serpiente.

A medida que el precio del lote iba subiendo, un murmullo de descontento recorrió el público. Jamás podrían permitirse el pan que se horneara con ese trigo.

—El granjero que vende ese lote va a ganar muchísimo dinero —señaló Joanie.

Una idea surgió entonces en la cabeza de Sal.

—Puede que no sea un granjero.

—¿Quién más tendría trigo para vender?

—Alguien que se lo comprara a un granjero en época de cosecha y lo haya almacenado hasta que el precio se ha multiplicado. —Recordó una palabra de un periódico—: Un especulador.

—¿Qué? —dijo Jarge, sorprendido por ese concepto—. ¿Eso no es ilegal?

—No lo creo —repuso Sal.

—Pues debería serlo, maldita sea.

Ella estaba de acuerdo.

El cereal se vendió a un precio que sobrepasaba todo lo que hubiera imaginado. Incluso quedó fuera del alcance de los panaderos de Kingsbridge.

Varios hombres empezaron a cargar los sacos en un carretón. Cada saco contenía una fanega y pesaba unas sesenta libras, así que los hombres tenían que trabajar de dos en dos, asiendo cada uno un extremo del saco para luego lanzarlo juntos al carretón. Sal no reconoció a ninguno de ellos. Debían de ser de fuera de la ciudad.

—Me pregunto quién habrá comprado el trigo —reflexionó en voz alta.

La mujer que tenían delante se giró entonces. Sal la conocía de vista: era la señora Dodds.

—No lo sé —dijo—, pero ese hombre del chaleco amarillo que está hablando ahora con el subastador es Silas Child, el mercader de grano de Combe.

—¿Cree que es el comprador? —preguntó Joanie.

—Parece probable, ¿no? Y esos hombres que se llevan los sacos deben de ser sus gabarreros.

—Pero eso significa que se llevarán el cereal de Kingsbridge.

—Así es.

—Bueno, pues eso no está bien —dijo Joanie, enfadada—. El trigo de Kingsbridge no debería acabar en Combe.

—Puede que acabe más lejos aún —apuntó la señora Dodds—. He oído decir que nuestro grano se vende incluso en Francia, porque los franceses son más ricos que nosotros.

—¿Cómo pueden vender grano al enemigo?

—Hay quien haría cualquier cosa por dinero.

—Eso es cierto. Así ardan en el infierno —dijo Jarge.

El carretón estuvo cargado enseguida y dos hombres se lo llevaron, sujetando cada uno un mango. Giraron por Main Street, ambos muy inclinados hacia atrás y tirando con fuerza de los mangos para impedir que se les escapara pendiente abajo.

—Kit y Sue —ordenó Sal—, seguid a ese carretón, id a ver adónde va y luego volved todo lo deprisa que podáis para decírmelo.

Los niños echaron a correr.

Sime Jackson apareció entonces.

—La gente dice que esa carga de cien fanegas se va a Francia —comentó.

El rumor ya corría como la pólvora.

Algunas mujeres se agruparon alrededor del segundo carretón y empezaron a hostigar a los hombres. Desde lejos, Sal oyó que decían algo de «Francia» y «Silas Child», y entonces alguien exclamó: «¡Pan y paz!». Era la consigna que le habían gritado al rey en Londres.

Silas Child, con su chaleco amarillo, empezaba a poner cara de preocupación.

Hornbeam había desaparecido.

Kit y Sue regresaron sin aliento tras subir corriendo por Main Street.

—El carretón ha ido a la orilla del río —informó Kit.

—Están cargando los sacos en una gabarra —añadió Sue.

—He preguntado de quién era la gabarra y un hombre me ha dicho que de Silas Child —siguió Kit.

—Eso lo aclara todo —dijo Sal.

La señora Dodds, que había oído a Kit, se volvió entonces hacia la mujer de al lado.

—¿Has oído eso? Están cargando nuestro trigo en una gabarra de Combe.

La vecina se volvió hacia la siguiente mujer y repitió la noticia.

—Me voy a la orilla a verlo con mis propios ojos —anunció Joanie.

Sal quiso aconsejarle que llevara cuidado, pero Joanie era tan testaruda como su hermano, Jarge, y echó a andar por la plaza sin esperar a consultarlo con nadie. Sal, Jarge y los niños la siguieron. La señora Dodds fue tras ellos, y más personas de las allí reunidas tuvieron la misma idea.

—¡Pan y paz! —empezaron a vociferar.

Sal vio a Will Riddick que, a todas luces apresurado, entraba en Willard House, el cuartel general de la milicia. Al pasar por delante de la ventana delantera, vio también a Hornbeam allí dentro, mirando a la calle con el ceño fruncido a causa de la preocupación.

Hornbeam estaba en el despacho de Northwood.

—Tiene que detener esto —le dijo a Riddick.

—No sé cómo…

—Haga lo que sea necesario. Reúna a sus soldados.

—El coronel Northwood les ha dado el día libre por San Adolfo.

—¿Dónde demonios está Northwood?

—En Earlscastle.

—¿Todavía?

—Sí. Y muchos hombres están ahí fuera, en la plaza, con sus novias.

Era cierto. Hornbeam miró al exterior ofuscado por la frustración. Los soldados iban de uniforme porque no disponían de dinero suficiente para tener dos mudas, pero estaban disfrutando de la festividad como cualquier otro ciudadano.

—Algunas ciudades están protegidas por milicias de otros condados —dijo—. Es mejor sistema. Así se evita esta clase de confraternización. Los hombres están más dispuestos a emplear la violencia cuando no conocen a los alborotadores.

—Estoy de acuerdo, pero Northwood no lo permitirá —opinó Riddick—. Dice que va en contra de la tradición.

—Northwood es un necio rematado.

—El duque de Richmond también está en contra, y él es teniente general de intendencia. Dice que dificulta el reclutamiento: los hombres no quieren que se los lleven lejos de su hogar.

Hornbeam sabía que no podía luchar contra duques y vizcondes, al menos no hasta que lo nombraran miembro del Parlamento.

—Salga ahí fuera y ordéneles que formen —le dijo a Riddick.

Este dudó.

—No les va a gustar.

—No tendrán más remedio que hacer lo que les mandan. Esto va camino de acabar en disturbios.

Riddick no podía negarlo.

—Muy bien —accedió, y salió al gran vestíbulo seguido de Hornbeam.

El sargento Beach estaba allí.

—¿Señor?

—Recorra la plaza y hable con todos los hombres de uniforme. Dígales que vengan aquí. Proporcióneles mosquetes y munición y ordéneles que formen junto al río.

El sargento parecía incómodo y a punto de expresar una protesta, pero entonces vio la mirada de Hornbeam y cambió de opinión.

—Enseguida, señor. —Y salió.

El joven teniente Donaldson bajó la escalera.

—Vaya a por mosquetes y munición —ordenó Riddick.

—Sí, señor.

Dos soldados entraron desde la plaza con mala cara.

—Ustedes dos, abotónense la guerrera e intenten parecer soldados. ¿Dónde están sus sombreros?

—Yo no lo he traído, señor —dijo uno, y añadió con resquemor—: Hoy es festivo.

—Lo era, pero ya no. Adecéntense. El sargento Beach les dará un arma.

El segundo hombre era Freddie Caines, que según recordaba Riddick estaba emparentado con ese alborotador de Spade.

—¿Contra quién vamos a disparar, señor? —preguntó.

—Contra quien yo ordene.

Era evidente que a Caines no le gustaba la idea.

Donaldson regresó con mosquetes y munición. Hornbeam no era un hombre militar, pero sabía que los mosquetes de chispa regulares eran de ánima lisa, no demasiado precisos. En algunos regimientos, a los tiradores de primera les daban fusiles, que tenían unas estrías en espiral dentro del cañón para que la bala girara y volara en línea recta, pero la mayoría de los soldados solían disparar contra una aglomeración de tropas enemigas y la precisión no era una prioridad.

Ese día, el enemigo sería una muchedumbre de civiles, casi todos mujeres, así que, de nuevo, la precisión no era fundamental.

Donaldson le dio un arma y un puñado de cartuchos de papel a cada hombre, y ellos guardaron la munición en la cartuchera de cuero a prueba de agua que llevaban colgada del cinto.

Dos soldados más llegaron de la plaza y Riddick les repitió las órdenes. A esos les siguieron otros, y entonces regresó el sargento Beach.

—Ya están todos, señor —anunció.

—¿Qué? —En el vestíbulo solo había quince o veinte hombres—. ¡Pero si eran por lo menos cien en la plaza!

—Para serle sincero, comandante, muchos se han escabullido cuando han visto lo que estaba ocurriendo.

—Redacte una lista con sus nombres. Serán azotados.

—Haré lo que pueda, señor, pero no puedo nombrar a hombres con los que no he hablado, no sé si me…

—Bah, calle esa boca, estúpido. Reúna a todo el que encuentre en este edificio, oficiales y soldados rasos. Recogeremos a más de camino al río.

—¡Menuda falta de disciplina! —exclamó Hornbeam con frustración.

—No lo entiendo —dijo Riddick—. Insisto en ordenar que azoten por lo menos a un hombre todas las semanas para tenerlos a raya. Los aldeanos de Badford jamás me dieron tantos problemas. ¿Qué les pasa a estos soldados?

—Comandante —dijo Donaldson—, ¿no debería leer alguien la Ley de Disturbios?

—Sí —dijo Riddick—. Envíe a un hombre a por el alcalde.

La muchedumbre bajaba despacio por Main Street. Todo el mundo los contemplaba e incluso había quien se les unía. A Sal le asombró lo deprisa que creció la turba. Antes de llegar a mitad de camino del río ya eran por lo menos un centenar de personas, casi todas mujeres.

—¡Llamad a la milicia! —oyó que gritaba un hombre entre los guardias.

Empezaba a pensar que lo que estaba haciendo tal vez no fuera muy inteligente. Desde luego que tenían derecho a saber adónde se llevaban el cereal, pero, con lo exaltados que estaban los ánimos, la multitud no se limitaría a formular educadas preguntas.

Le preocupaba Jarge. Tenía buen corazón pero también un temperamento explosivo.

—No hagas nada precipitado, por favor —pidió.

Él le devolvió una mirada oscura.

—Ninguna mujer tiene que darle consejos a un hombre.

—Lo siento, pero no quiero verte azotado como Jeremiah Hiscock.

—Sé cuidarme solo.

Sal se preguntó por qué se preocupaba tanto. Era el hermano de su mejor amiga, pero eso no la hacía responsable de él.

Joanie se había adelantado y encabezaba la marcha. Sal miró a su alrededor y se aseguró de tener cerca a los niños.

Llegaron al río y torcieron al oeste por la orilla hasta alcanzar el carretón, que estaba aparcado delante de la taberna Slaughterhouse. Ya lo tenían medio descargado. Un gabarrero se echó un saco al hombro y cruzó por el tablón estrecho y corto que llevaba a la embarcación mientras un segundo hombre realizaba el trayecto contrario. Era un trabajo pesado y los dos parecían fuertes.

Joanie se plantó delante del carretón con las manos en las caderas y sacó la mandíbula hacia delante con agresividad.

—¿Y a ti qué tripa se te ha roto? —preguntó el gabarrero.

—Tenéis que dejar de trabajar —dijo ella.

El hombre pareció desconcertado, pero se limitó a soltar una risa desdeñosa antes de contestar:

—Trabajo para el señor Child, no para ti.

—Este cereal es de Kingsbridge y no se va a ir a Combe, ni tampoco a Francia.

—Eso no es de tu incumbencia.

—Sí es de mi incumbencia: no puedes cargar esa gabarra.

—¿Y quién va a impedírmelo? ¿Tú?

—En efecto. Junto con todas estas personas.

—¿Un puñado de mujeres?

—Exacto. Un puñado de mujeres que no piensan enviar a sus hijos a la cama con hambre. No permitiremos que os llevéis ese grano.

—Pues yo no pienso dejar de trabajar.

El hombre se inclinó para levantar un saco, pero Joanie puso el pie sobre la mercancía.

Entonces él tomó impulso y le pegó un puñetazo en un lado de la cara. Joanie se tambaleó hacia atrás. Sal, furiosa, soltó un grito.

El gabarrero volvió a inclinarse hacia el saco, pero antes de que pudiera cargarlo se vio atacado por media docena de mujeres. Era un hombre fuerte, así que se resistió con energía y lanzó varios puñetazos con los que tumbó a dos o tres de ellas... Pero otras las sustituían inmediatamente. Sal estuvo a punto de unírseles, pero vio que no la necesitaban: las mujeres agarraron al hombre de los brazos y las piernas y lo inmovilizaron en el suelo.

Su compañero, al regresar de la gabarra a por otro saco, vio lo que ocurría y se metió en la reyerta lanzando golpes contra todas ellas e intentando apartarlas del primer hombre. Dos gabarreros más saltaron a tierra firme para ayudarlos en la refriega.

Sal se volvió y vio a Kit y a Sue tras ella. Se apresuró a levantarlos a ambos y abrirse paso entre la muchedumbre con uno debajo de cada brazo. Un momento después vio a una vecina amable, Jenny Jenkins, una viuda sin hijos que les tenía mucho cariño a los niños.

—Jenny, ¿podrías llevártelos a casa para que estén a salvo?

—Por supuesto —dijo esta. Los tomó a los dos de la mano y se alejaron de allí.

Sal dio media vuelta y vio a Jarge detrás de ella.

—Has hecho bien —señaló este—. Más vale prevenir.

Pero Sal miraba más allá de él. Treinta o cuarenta soldados de la milicia llegaban encabezados por Will Riddick. El cuñado de Spade, Freddie Caines, estaba entre ellos. Los soldados se rieron al ver la escena de la orilla y jalearon a las mujeres de Kingsbridge, que les estaban dando una paliza a los gabarreros de Combe.

—¿Qué demonios están haciendo? —oyó que rugía Riddick—. ¡A formar!

El sargento repitió la orden, pero los hombres no hicieron caso alguno.

Justo entonces, otros gabarreros que estaban cargando más carretones en la plaza bajaron por Main Street y empezaron a empujar con brutalidad a los allí reunidos, sin duda para acudir al rescate de sus compañeros de la orilla. Algunos llevaban armas improvisadas, palos de madera, mazos y demás, que usaban para abrirse paso golpeando sin piedad.

Delante de la taberna Slaughterhouse, el alcalde Fishwick estaba leyendo la Ley de Disturbios, pero nadie le prestaba atención.

—¡Armas al hombro! —gritó Riddick.

Sal ya había oído esa orden antes. Los hombres de la milicia realizaban varios días de instrucción en un campo del otro lado del río, no muy lejos de Barrowfield's Mill. Había unos veinte movimientos diferentes en la secuencia de disparo. Después de «armas al hombro» iba «preparen armas», luego «presenten armas» y «calen bayonetas», y después de eso ya no recordaba más. Los hombres lo repetían tantas veces que sus movimientos se volvían automáticos, como los de Sal cuando accionaba la hiladora Jenny. Spade le había explicado que, en teoría, en la batalla seguirían la secuencia por mucho que se vieran rodeados por el caos. Se preguntó si funcionaría de verdad.

Vio que ese día los hombres parecían reacios. Sus movimientos eran lentos y descoordinados, pero no desobedecieron las órdenes.

Todos ellos arrancaron de un mordisco el extremo de un cartucho de papel y vertieron un poco de pólvora para cebar la cazoleta. Después insertaron la parte principal del cartucho en el cañón y presionaron bien con la baqueta que iba sujeta debajo de este. Kit, que se interesaba por toda clase de artefactos, le había explicado que el mecanismo de disparo producía una chispa que encendía la pólvora del cebo, cuya explosión entraba por el oído del arma para prender la carga principal de pólvora y hacer que la bala saliera disparada por el aire.

Sal pensó que, sin duda, muchachos de Kingsbridge como Freddie Caines no querrían disparar contra sus propias conciudadanas.

—¿Puedes buscarme una piedra? —le pidió en voz baja a Jarge sin apartar los ojos de Riddick.

—Claro.

La calle estaba adoquinada y las ruedas de hierro de los carros que iban y venían del río sin parar dañaban la superficie y desprendían el mortero. Las reparaciones eran continuas, pero siempre había piedras sueltas. Jarge le pasó una. Su superficie redondeada y suave se acomodó fácilmente en la mano derecha de Sal.

—¡Preparados! —oyó que gritaba Riddick.

Aquel era el penúltimo movimiento, y los hombres se cuadraron con las armas dirigidas aún al cielo.

Y entonces:

—¡Fuego!

Los hombres apuntaron los mosquetes contra la multitud, pero nadie disparó.

—¡Fuego! —repitió Riddick.

Sal vio que Freddie empezaba a toquetear su arma, abría el mecanismo de disparo, examinaba la cazoleta... Otros no tardaron en seguir su ejemplo. Había muchos motivos por los que un arma podía fallar y no disparar: que el pedernal no produjera una chispa, que la pólvora estuviera húmeda o que el cebo se encendiera pero la explosión no pasara por el oído.

Sin embargo, era prácticamente imposible que esos accidentes se dieran en veinticinco armas a la vez.

Aquello no podía estar ocurriendo.

—Todo está húmedo, sargento —oyó que decía Freddie—. Es por la lluvia. La pólvora mojada no sirve de nada.

—¡Sandeces! —vociferó Riddick con la cara congestionada.

—Es que no quieren disparar contra sus amigos y vecinos, señor —dijo el sargento.

Riddick se encendió de ira.

—¡Ya lo creo que dispararán!

Le arrebató un mosquete a uno de los hombres. Mientras apuntaba, Sal tiró la piedra y le dio justo en la nuca. Riddick dejó caer el arma y se desplomó en el suelo.

Ella soltó un suspiro de absoluta satisfacción.

—¡Cuidado, Sal! —exclamó Jarge entonces.

Pero algo golpeó a Sal en la cabeza y le hizo perder el conocimiento.

Cuando volvió en sí, estaba tumbada sobre una superficie dura. Abrió los ojos y vio la parte interior de un tejado de paja. Estaba en una sala grande. Olía a cerveza rancia, a cocina y a tabaco. Se encontraba en una taberna, sobre una mesa. Volvió la cabeza para mirar alrededor, pero le dolía demasiado.

—¿Te encuentras bien, Sal? —oyó que preguntaba Jarge. Por algún motivo, su voz estaba cargada de emoción.

Ella intentó volver la cabeza de nuevo y esta vez le costó un poco menos. Vio el rostro de Jarge por encima, a un lado.

—Me duele muchísimo la cabeza —dijo.

—Ay, Sal —repuso él—. Pensaba que estabas muerta. —Y, para asombro de ella, se echó a llorar.

Jarge se inclinó y apoyó la cabeza junto a la suya. Sal le rodeó los anchos hombros con un brazo, despacio, con delicadeza, y lo estrechó contra su pecho. Le había sorprendido su reacción. Tres años atrás había creído que quería casarse con ella, pero, como lo había desanimado, estaba convencida de que su ardor había desaparecido.

No era así, por lo visto.

Jarge lloró en silencio y sus lágrimas le humedecieron el cuello.

—Un gabarrero te ha golpeado con un tablón —explicó—. Te he sujetado antes de que cayeras al suelo. —Su voz se convirtió en un susurro—. Temía haberte pedido.

—Tendrán que golpearme más fuerte si quieren acabar conmigo —repuso ella.

—Echa un trago de esto —dijo una voz de mujer.

Sal volvió la cabeza con cuidado y vio a la esposa del dueño con un vaso en la mano. El propietario del Slaughterhouse era un rufián, pero su mujer era buena persona.

—Ayúdame a sentarme —pidió, y Jarge le puso un fuerte brazo bajo los hombros para incorporarla.

Sal notó un mareo durante unos segundos, pero por fin se le aclaró la cabeza y aceptó el vaso. Olía a brandy. Dio un sorbo, se sintió mejor y apuró la bebida.

—Justo lo que necesitaba —comentó.

—Esta es nuestra Sal... —dijo Jarge, que reía y lloraba al mismo tiempo.

Le dio una moneda a la tabernera y la mujer se llevó el vaso.

—Me he encargado de Will Riddick, ¿verdad? —quiso saber Sal.

Jarge se echó a reír.

—Ya lo creo.

—¿Lo ha visto alguien?

—Estaban demasiado ocupados intentando contener a esos gabarreros.

—Bien. ¿Y qué pasa ahora?

—La cosa se está calmando, por lo que oigo.

Sal prestó atención. Se oían gritos de mujeres y de hombres, algunos furiosos, pero no parecía que hubiera disturbios: nadie chillaba, no se rompían cristales, no había ruido de destrucción.

Deslizó las piernas para bajar los pies al suelo. Volvió a notar un pequeño mareo, pero de nuevo pasó enseguida.

—Espero que Joanie esté bien.

—La última vez que la he visto, era la que intentaba apaciguar los ánimos.

Sal apoyó su peso en los pies y se sintió bien.

—Sácame por la puerta de atrás, Jarge, para que pueda ir recuperándome.

Él la sostuvo rodeándole los hombros con un brazo y ella le pasó el suyo por la cintura. Salieron despacio por la puerta de atrás, la que daba al patio, y pasaron junto a la puerta abierta del granero.

Sal sintió entonces un fuerte impulso. Volvió su cuerpo hacia el de él y lo rodeó con ambos brazos.

—Bésame, Jarge —pidió.

Él inclinó la cabeza y la besó con una delicadeza sorprendente. Habían pasado más de tres años desde la última vez que un hombre la besaba así, y comprendió que había olvidado lo bien que sentaba.

—He bebido brandy —dijo, interrumpiendo el beso—. Podría embriagarte con mi aliento.

—Sería capaz de embriagarme solo con mirarte —repuso él.

Sal contempló su rostro. Su mirada rebosaba ternura.

—No he sabido valorarte, Jarge —dijo, y volvió a besarlo.

Esta vez fue un beso imperioso, sexual. Él le acarició el cuello y los pechos, luego deslizó una mano entre sus piernas. Sal notó que la invadía el deseo y comprendió que en los siguientes segundos él querría entrar en ella, y que ella también lo deseaba.

Lo apartó y paseó la mirada por el patio.

—En el granero —dijo.

Entraron y Jarge cerró la puerta. En la penumbra, Sal distinguió barriles de cerveza y sacos de patatas, además de un caballo aburrido en un establo. De pronto estaba contra la pared y Jarge le levantaba el vestido. A su lado había una caja de madera con botellas vacías, así que alzó una pierna para apoyar el pie en ella. Notó que estaba mojada, empapada, Jarge se deslizó en su interior sin ningún esfuerzo y Sal recordó lo maravilloso que era sentirse llena por dentro.

—Aaah —gimió él con voz trémula.

Se movieron juntos, despacio al principio, pero cada vez más deprisa.

El final llegó enseguida, y Sal le mordió el hombro para impedirse gritar. Permanecieron muy juntos, aún unidos, con los brazos entrelazados y estrechándose con fuerza. Unos instantes después, Sal empezó a moverse otra vez y en cuestión de segundos notó que los espasmos de placer se renovaban, más intensos en esta segunda ocasión.

Sucedió incluso una tercera, y Sal quedó tan exhausta que no podía ni tenerse en pie, así que puso fin a su abrazo para dejarse caer en el suelo, donde quedó sentada con la espalda apoyada en la pared del granero. Jarge se desplomó a su lado. Cuando Sal recobró el aliento, vio que él se frotaba el hombro y recordó que le había mordido.

—Ay, no. ¿Te he hecho daño? —preguntó—. Perdona.

—Te juro que no tienes nada por lo que pedir perdón.

Sal soltó una risilla y vio que el caballo la miraba con ociosa curiosidad.

En algún lugar de por allí cerca, un grito colectivo surgió de la multitud. Sal regresó al presente.

—Espero que Joanie esté bien.

—Será mejor que vayamos a ver —dijo Jarge.

Se levantaron y ella volvió a sentir un mareo, pero esta vez a causa de la pasión compartida. Se recuperó enseguida. Aun así, no soltó el brazo de Jarge mientras rodeaban la taberna y se acercaban a la orilla.

Llegaron a la parte de atrás de la muchedumbre que miraba al río. A un lado había una pequeña tropa de la Milicia de Shiring, hombres uniformados que empuñaban sus mosquetes, aunque con aspecto insurrecto y hosco. Will Riddick estaba sentado en un portal y alguien le examinaba la nuca. Era evidente que sus hombres seguían negándose a atacar. Sal había oído que en algunas ciudades, de hecho, la milicia se había puesto del lado de las amas de casa sublevadas y las había ayudado a robar alimentos.

Los gabarreros no estaban por ninguna parte.

En la orilla vio a Joanie, subida a algo y hablando a gritos.

—¡No somos ladrones! —exclamaba—. ¡No vamos a robar el grano!

Se oyeron susurros de descontento entre la turba, pero todos siguieron escuchando para ver adónde quería llegar.

Jarge y Sal se abrieron paso hasta el río. Habían descargado el cereal de la gabarra y Joanie estaba de pie sobre una pila de sacos.

—Propongo que los panaderos de Kingsbridge compren este grano… al precio al que estaba antes de la guerra —gritó.

—¿De qué servirá eso? —dijo Jarge en voz baja.

Pero Sal comprendió lo que se proponía su amiga.

—A condición —añadió esta— de que prometan vender la hogaza de cuatro libras al precio de antes: ¡siete peniques!

A la muchedumbre le pareció bien.

—Cualquier panadero que intente romper esta regla recibirá una visita... de varias mujeres de Kingsbridge... que le explicarán... lo que tiene que hacer.

Estalló una ovación.

—Que alguien vaya a por el señor Child. Lleva un chaleco amarillo y no estará muy lejos. Decidle que venga a buscar su dinero. No será tanto como lo que ha pagado él, pero mejor es eso que nada. Y los panaderos que hagan cola aquí, por favor, con el dinero en la mano.

Jarge meneaba la cabeza sin salir de su asombro.

—Mi hermana —dijo—. Única en su especie.

Sal estaba preocupada.

—Espero que no se meta en un lío por esto.

—Ha impedido que la turba robe el trigo. ¡Los jueces de paz deberían recompensarla!

Sal se encogió de hombros.

—¿Y desde cuándo son justos?

Varios panaderos de Kingsbridge se acercaron al frente de la multitud. Silas Child apareció con su chaleco amarillo y hubo una discusión. Sal imaginó que se trataba del precio exacto que costaba una fanega de trigo tres años atrás. Sin embargo, el asunto se resolvió enseguida. El dinero cambió de manos y los aprendices de los panaderos empezaron a alejarse cargados con sacos de cereal sobre los hombros.

—Bueno —comentó Jarge—, parece que todo ha terminado.

—No estés tan seguro —dijo Sal.

Al día siguiente, ante los jueces de paz del tribunal de delitos menores, Joanie fue acusada de provocar los disturbios: un delito capital.

Nadie esperaba algo así. Ella había insistido en que nadie robara el cereal y, sin embargo, de pronto se enfrentaba a la pena de muerte.

En la vista de ese día no podían declararla culpable. Los jueces de paz no tenían autoridad para sentenciar en un caso capital, solo podían convocar a un jurado de acusación para que o bien Joanie fuese procesada en una instancia superior, la audiencia provincial, o bien se desestimara la causa.

—No pueden procesarte —le dijo Jarge a su hermana, que tenía una enorme magulladura en la mejilla izquierda.

Sal, a quien le había salido un chichón en la cabeza, no las tenía todas consigo.

El pobre Freddie Caines había sido azotado al amanecer por encabezar el motín de los hombres de la milicia. Spade le había contado a Sal que Freddie se había presentado voluntario al ejército regular para apuntar con su arma a los enemigos de Inglaterra, y no a sus vecinos. Se incorporaría al 107.º Regimiento de Infantería (de Kingsbridge).

Hornbeam presidía la Judicatura de Paz. Will Riddick estaba sentado a su lado. No había duda de en qué bando estarían, pero ese día no eran ellos quienes tenían la última palabra: la decisión recaería sobre el jurado.

Sal estaba casi segura de que Hornbeam no había reparado en que Jarge era uno de sus tejedores. El hombre tenía a cientos de trabajadores y no podía conocerlos a todos, ni siquiera a la mayoría. Si lo descubría, tal vez quisiera despedirlo. O quizá decidiera que era mejor tenerlo tejiendo en la fábrica que fuera, causando problemas.

El alguacil Doye había confeccionado la lista del jurado, y Sal observó a los hombres con atención mientras prestaban juramento. Todos eran prósperos empresarios de Kingsbridge, todos orgullosos y conservadores. Muchos ciudadanos que estaban cualificados para hacer de jurado tenían convicciones liberales. Algunos incluso eran metodistas: Spade, Jeremiah Hiscock, el teniente Donaldson y otros. Pero ninguno de ellos había sido escogido ese día. Era evidente que Hornbeam había convencido a Doye para amañar la lista.

Joanie se declaró no culpable.

El primer testigo fue Joby Darke, un gabarrero, que dijo que Joanie lo había atacado y él había tenido que defenderse.

—Habíamos cargado como la mitad de los sacos en la gabarra, y entonces apareció ella con la turba e intentaron impedirme hacer mi trabajo —declaró—. Así que la aparté de en medio.

—¿Y cómo dices que hice eso? —lo interrumpió Joanie—. ¿Cómo te impedí trabajar?

—Te pusiste en medio.

—Puse un pie en un saco de grano, ¿verdad?

—Sí.

—¿Y eso te hizo daño?

El público de la sala se echó a reír y Darke se sonrojó.

—Claro que no.

Sal empezó a sentirse más optimista.

—Entonces ¿por qué me diste un puñetazo? —preguntó Joanie tocándose el moratón.

—Yo no hice eso.

—¡Sí que lo hiciste! ¡Sí! —exclamaron varias personas de la sala.

—¡Silencio! —gritó Hornbeam.

Spade dio un paso al frente.

—Yo lo vi —dijo—, y declararé bajo juramento que Joby Darke le dio un puñetazo en la cabeza a Joanie.

«Bien hecho, Spade», pensó Sal. Era uno de los pañeros, pero defendía a los trabajadores.

Hornbeam parecía molesto.

—Cuando quiera que hable, Shoveller, se lo diré. Prosiga, Darke. ¿Qué ocurrió después?

—Bueno, que cayó al suelo.

—¿Y luego?

—Luego me atacaron media docena de mujeres más.

—¡Menuda suerte! —gritó alguien, y todos rieron.

—¿Quién era la cabecilla de esas mujeres? —preguntó Hornbeam.

—Ella, Joanie, la que está acusada.

—¿Ella condujo a la turba desde la plaza del mercado hasta la orilla del río?

—Sí, ella fue.

Sal pensó que eso era cierto.

—De manera que fue la instigadora de los disturbios.

Aquello era una exageración, pero Darke dijo que sí.

—¿Cuántos puñetazos te di, Joby? —preguntó Joanie.

Él sonrió.

—Si me diste alguno, ni me enteré —contestó con fanfarronería.

—Y, aun así, ¿dices que provoqué los disturbios?

—Trajiste a todas esas mujeres.

—¿Y ellas te dieron una paliza?

—No exactamente. ¡Pero no podía quitármelas de encima!

—Entonces, no te apalearon.

—Me impidieron hacer mi trabajo.

—Eso ya lo has dicho.

—Y tú las dirigías.

—¿Qué les dije para que fueran a la orilla?

—Dijiste: «Seguidme», o algo por el estilo.

—¿Cuándo dije yo eso?

—Lo oí cuando salía de la plaza del mercado.

—Y dices que hice que esas mujeres te siguieran.

—Sí.

—Y que luego te impedí trabajar.

—Sí.

—Pero antes has dicho que ya habías descargado la mitad de los sacos antes de que yo llegara con ellas.

—Así es.

—Entonces, tuviste que salir de la plaza del mercado mucho antes que nosotras.

—Sí.

—¿Y cómo pudiste oírme decir que me siguieran, si ya estabas en la orilla descargando sacos?

—¡Ajá! —exclamó Jarge.

Hornbeam frunció el ceño y miró hacia él.

—Puede que tardaras un rato en convencerlas —dijo Darke.

—Lo cierto es que no pudiste oírme diciendo que me siguieran porque no lo hice. Te lo estás inventando.

—No, qué va.

—Eres un embustero, Joby Darke. —Joanie le volvió la espalda.

Sal pensó que había sido muy hábil, pero ¿habría convencido al jurado?

Los demás gabarreros relataron algo parecido, pero solo pudieron decir que las mujeres los habían atacado y que ellos se habían defendido; Sal pensó que el testimonio confuso de Darke había conseguido que los suyos parecieran menos fiables.

Joanie contó entonces su propia versión, recalcando que su papel principal había sido el de impedir que la multitud se llevara los sacos de grano.

—¡Pero los vendiste! —la interrumpió Hornbeam.

Aquello era irrefutable.

—A un precio justo, sí —reconoció ella.

—El precio del cereal lo pone el mercado, no puedes decidirlo tú.

—Pues ayer lo hice, ¿o no?

Los espectadores rieron.

—Y le di el dinero al señor Child —añadió.

—Pero era mucho menos de lo que él había pagado.

—¿Y quién le vendió el grano a un precio tan alto? ¿Fue usted, concejal Hornbeam? ¿Cuánto beneficio sacó? —Hornbeam intentó hacerla callar, pero ella levantó la voz por encima de él—: Tal vez debería devolverle usted ese dinero al señor Child. Eso sería lo justo, ¿no cree?

La cara de Hornbeam se encendió de ira.

—Mucho cuidado con lo que dices.

—Le ruego que me perdone, señoría.

—No hay mucha diferencia entre lo que hiciste tú y robar.

—Sí que la hay: yo no me beneficié. Pero eso no importa, ¿verdad?

—¿Por qué no, diablos?

—Porque no se me acusa de robar. Se me acusa de provocar los disturbios.

Sal pensó que esa había sido una jugada inteligente. Pero ¿serviría de algo? A los patrones no les gustaba que sus trabajadores fueran demasiado listos. «No te pago para que pienses —solían decir—, te pago para que hagas lo que se te ordena».

—Me parece que Luke McCullough confirmará lo que digo —añadió Joanie.

—No respondo preguntas de los acusados —dijo con acritud McCullough, el secretario.

Aun así, Hornbeam estaba aturullado. Había llevado el interrogatorio en una dirección equivocada.

—Iniciaste los disturbios, robaste el grano del señor Child y luego lo vendiste —insistió.

—Y le entregué el dinero al señor Child.

—¿Quieres llamar a algún testigo?

—Por supuesto que sí.

Primero testificó Sal, luego Jarge, después la señora Dodds y muchos más. Todos declararon que Joanie no le había pedido a nadie que la siguiera, no había atacado a nadie e incluso había impedido que robaran el grano.

El jurado se retiró a una sala anexa.

Sal, Jarge y Spade fueron a arropar a Joanie, que compartía la misma preocupación que Sal.

—¿Creéis que me he pasado de lista?

—No lo sé —dijo Spade—. Pero no puedes mostrarte dócil y sumisa; con eso solo consigues que piensen que eres culpable y tienes cargo de conciencia. Hay que demostrar cierto carácter.

—El jurado son todo hombres de Kingsbridge —dijo Jarge—. Deberían saber que estuvo mal vender el grano a otra ciudad cuando aquí hay gente muriéndose de hambre.

—Una cosa en la que están todos de acuerdo es en que tienen derecho a sacar beneficio —objetó Spade—. No importa quién sufra por ello.

—Eso es verdad, maldita sea —dijo Jarge.

El jurado entró de nuevo.

—No vayas a buscarte ahora unos azotes, Jarge —le advirtió Sal en voz baja.

—¿De qué estás hablando?

—Si esto acaba mal para Joanie, no grites ni amenaces al jurado o a los jueces. Solo conseguirás que te castiguen. A ese cerdo de Riddick le encantaría verte azotado. Ten la boca cerrada, pase lo que pase. ¿Serás capaz?

—Claro que sí.

El jurado se puso en pie delante de los jueces.

—¿Cuál es su decisión? —preguntó Hornbeam.

—Que sea procesada en la audiencia provincial —dijo uno de ellos.

Un grito de protesta se alzó de entre el público.

Sal miró a Jarge.

—No digas ni hagas nada, por favor.

—Malditos sean sus huesos —se limitó a susurrar él.

# 18

Sal estaba tumbada en la cama, en brazos de Jarge, y con la cabeza apoyada en su hombro. Apretaba los senos contra el torso de su amante, que se expandía y contraía con cada jadeo. Aparte de la respiración de ambos, no se oía ningún otro ruido en la casa: Kit y Sue dormían profundamente en el piso de arriba. En la calle, a cierta distancia, dos borrachos discutían, pero, por lo demás, la ciudad estaba sumida en el silencio. Sal tenía el cuello empapado de sudor y notaba las sábanas ásperas sobre las piernas desnudas.

Se sentía feliz. Había echado de menos aquella sensación, casi sin darse cuenta: lo placentero de la intimidad con un hombre, el puro deleite de hacer el amor. Tras la violenta muerte de Harry, Sal había perdido interés en el enamoramiento. Sin embargo, con el tiempo y de forma imperceptible, le había ido gustando cada vez más el corpulento, fuerte, apasionado e impetuoso Jarge, y, ahora, estar entre sus brazos la llenaba de júbilo. Desde el día de los disturbios y del apasionado arrebato de ambos en el granero de la parte trasera de la taberna Slaughterhouse, se había acostado con él todas las noches. De lo único de lo que se lamentaba era de no haberlo hecho antes.

A medida que su respiración se apaciguó y la euforia amainó, pensó en la pobre Joanie, encerrada en la cárcel de Kingsbridge. Joanie tenía una manta y Sal le llevaba comida a diario, pero el edificio era frío y los catres eran duros. La situación enfurecía a Sal. Los hombres que se beneficiaban de los elevados precios deberían haber sido los juzgados, y no ella.

Era imposible saber cuál sería el resultado de un juicio, pero la vista en el tribunal de delitos menores no había ido bien y eso era muy mal augurio. Sal creía que no podían condenar a su amiga a la horca, aunque siempre cabía esa posibilidad. El ambiente había cambiado desde el apedreamiento del carruaje del rey y los disturbios por la falta de comida: la élite gobernante británica mostraba una actitud implacable. En Kingsbridge, los tenderos ya no fiaban, los propietarios desahuciaban a los inquilinos morosos y los jueces fallaban duras sentencias. Hornbeam y Riddick ya eran hombres crueles de por sí, pero en esos momentos contaban con el apoyo de muchos otros empresarios como ellos. Tal como Spade no se cansaba de decir: los patrones tenían miedo.

A Sal también le preocupaba el dinero. Joanie no estaba ganando nada, ni tampoco Sue, pero ambas tenían que seguir comiendo. Sal le había alquilado el desván a una viuda, aunque solo le pagaba cuatro peniques semanales, ya que se trataba de una habitación individual sin chimenea.

Sal lanzó un suspiro y Jarge la oyó.

—¿En qué estás pensando? —preguntó.

En ocasiones podía ser un hombre sensible.

—En que no tenemos suficiente dinero.

Ella notó cómo él se encogía de hombros.

—Menuda novedad —comentó Jarge.

Sal le hizo la misma pregunta.

—¿En qué estás pensando?

—En que deberíamos casarnos.

Eso sorprendió a la mujer, aunque, pensándolo mejor, no debería. Ya convivían, como si estuvieran casados, y cuidaban de la sobrina de él y del hijo de ella; se comportaban como una familia.

—Nosotros los peones no somos estrictos con esas cosas —remarcó Jarge—, pero no pasará mucho tiempo sin que nuestros amigos y vecinos esperen que formalicemos nuestra situación.

Era cierto. Se había corrido el rumor y, en algún momento, el párroco se presentaría en la puerta para recordarles que Dios debía bendecir su unión. Sin embargo, ¿era eso lo que quería Sal? De momento se sentía feliz, pero ¿estaba lo bastante segura para decirle al mundo que pertenecía a Jarge?

—Y además... —añadió él, aunque luego dudó, se removió con incomodidad y se rascó el muslo; Sal ya sabía que eran señales de que un hombre intentaba expresar una emoción desconocida para él.

—¿Y además qué? —lo animó ella.

—Me gustaría casarme contigo porque te amo. —Abochornado, añadió—: Pues ya está, ahora ya lo he dicho.

Aquella confesión no la sorprendió, aunque sí la conmovió. No obstante, ella misma no había pensado mucho en su futuro junto a Jarge. Podía ser un hombre amable, pero tenía una vena violenta que la echaba para atrás. Sal era consciente de que la violencia era algo frecuente en los hombres fuertes que habían sido apaleados por la vida y se sentían frustrados ante sus injusticias. Por si fuera poco, la ley no ofrecía mucha protección a las mujeres.

—Yo también te amo, Jarge —reconoció ella.

—Bueno, ¡pues ya está todo hablado!

—No todo.

—¿Qué quieres decir?

—Jarge, mi Harry jamás me puso la mano encima.

—¿Y...?

—Algunos hombres, muchos, de hecho, creen que pueden escarmentar a su mujer... a puñetazo limpio.

—Ya lo sé.

—Lo sabes, pero ¿qué opinas al respecto?

—Jamás he pegado a una mujer y jamás lo haré.

—Júrame que nunca me harás daño ni se lo harás a Kit.

—¿No te fías de mí? —Parecía dolido.

Sal insistió.

—No me casaré a menos que hagas una promesa solemne. Pero no lo prometas si no lo dices de corazón.

—Jamás os haré daño ni a Kit ni a ti, lo digo de corazón y lo juro por Dios.

—Entonces me casaré contigo y lo haré encantada de la vida.

—Bien. —Él se volvió hacia un lado para abrazarla—. Iré a ver al párroco para que prepare las amonestaciones.

Estaba pletórico.

Ella lo besó en los labios y acarició su terso miembro viril. Lo hizo como gesto de afecto, pero notó cómo el órgano se agrandaba de inmediato en su mano.

—¿Otra vez? —preguntó—. ¿Ya?

—Si quieres...

—Oh, sí —dijo ella—. Claro que quiero.

Tras el oficio de la comunión en la Casa Metodista, el pastor Charles Midwinter realizó un anuncio.

—En los pasados días, el primer ministro Pitt ha promulgado dos nuevas leyes que debemos conocer —dijo—. Spade va a explicarlas.

Spade se puso en pie.

—El Parlamento ha aprobado la Ley de Traición y la Ley de Reuniones Sediciosas. Estas leyes tipifican como delito la crítica al gobierno o al rey, o el hecho de convocar una reunión con el propósito de criticar a cualquiera de los dos.

Amos ya lo sabía y estaba en contra de ello. Su vinculación con una religión inconformista lo impulsaba a defender con vehemencia la libertad de expresión. Opinaba que nadie tenía derecho a hacer callar a ningún hombre.

Otros feligreses no se habían parado a pensar en las nuevas leyes, y el brutal resumen de Spade provocó un barullo de indignación.

—Todavía no sabemos cómo se aplicará esta nueva legislación —aclaró Spade cuando la baraúnda se apaciguó—, pero, al menos en principio, una reunión como el debate de la Sociedad Socrática sobre el libro del arcediano Paley no sería ilegal. El tribunal no tendría que probar que se produjeron disturbios, sino solo que hubo críticas.

—Pero ¡no somos siervos! —exclamó el teniente Donaldson—. Intentan retroceder a la Edad Media.

—Se parece más al Reinado del Terror de París —afirmó Rupe Underwood—, cuando ejecutaban a cualquiera sospechoso de no apoyar la Revolución.

—Eso es —corroboró Spade—. Algunos periódicos lo llaman «el Terror de Pitt».

—¿Cómo demonios justifican una ley así?

—Pitt ofreció un discurso en el que decía que el pueblo solo debía recurrir al Parlamento, y a ninguna otra instancia, para la reparación de los posibles agravios de los que hubiera que quejarse, con la firme confianza de que serían desagraviados.

—Pero el Parlamento no representa al pueblo: representa a la aristocracia y a los terratenientes.

—Está claro. A mí me parece que el discurso de Pitt fue de risa.

Susan Hiscock, la mujer del impresor que había sido azotado, intervino entonces:

—¿Se nos considera delincuentes solo por estar hablando de esto?

—En pocas palabras, sí —afirmó Spade.

—Pero ¿por qué lo han hecho?

—Están asustados —aclaró Spade—. No pueden ganar la guerra ni alimentar al pueblo. Kingsbridge no es la única ciudad donde se han producido disturbios por los alimentos. Les aterroriza que la multitud cante eso de «pan y paz» y lance piedras al rey. Creen que morirán todos en la guillotina.

El pastor Midwinter volvió a ponerse en pie.

—Somos metodistas —dijo—. Eso significa que creemos en el derecho de todos a tener sus propias creencias sobre Dios. Lo que todavía no es ilegal. Pero debemos ser cautelosos. Al margen de nuestra opinión sobre el primer ministro Pitt y su gobierno, y sobre la guerra, debemos mantenerlo en secreto, al menos hasta que sepamos cómo se aplicarán esas nuevas leyes.

—Estoy de acuerdo —convino Spade.

Spade y Midwinter eran los dos hombres más respetados en los círculos liberales de Kingsbridge, y la congregación aceptó lo que habían dicho.

La reunión se dio por terminada y Amos se acercó a Jane Midwinter. La mujer ya no estrenaba ropa cada pocos meses porque su padre era solo pastor y no el canónigo de una catedral, aunque seguía teniendo un aspecto irresistible con su casaca roja del ejército inglés y el sombrero de estilo militar.

Por una vez, no había salido corriendo al final del servicio. Por lo general, planificaba sus tiempos para estar cruzando la plaza en el preciso instante en que la congregación anglicana salía de la catedral, a fin de coquetear con el vizconde Northwood. Sin embargo, aquel día este se encontraba en Earlscastle.

—Tu amigo Northwood se perdió los disturbios —comentó Amos.

—Estoy segura de que no se hubiera producido tal revuelta de haber estado el vizconde al mando de la milicia en lugar de ese estúpido de Riddick —respondió ella.

Amos estaba de acuerdo en que Riddick era un estúpido, aunque no tenía tan claro que Henry o que ninguna otra persona pudiera haber evitado el tumulto.

—En cualquier caso, ¿para qué ha ido a Earlscastle?

—Espero que quiera decirle a su padre que no piensa casarse con Miranda, su prima caballuna.

—¿Eso te ha dicho él?

—No de forma tan prolija.

—¿Crees que quiere casarse contigo?

—No me cabe ninguna duda —respondió ella con despreocupación, pero Amos no la creyó.

La miró fijamente a los ojos plateados.

—¿Tú lo amas? —preguntó.

Ella bien podría haberle contestado que se metiera en sus asuntos, pero respondió a la pregunta.

—Estaré más que feliz de casarme con lord Northwood —dijo. Su tono desafiante le indicó a Amos que no estaba del todo segura—. Seré condesa y mis amigas serán todas mujeres de la nobleza. Tendré hermosos vestidos y los luciré en fiestas maravillosas. Me presentarán ante el rey. El monarca me pedirá que sea su amante y yo le diré: «Pero, su Majestad, eso debe de ser pecado, ¿verdad?», y fingiré pesadumbre.

Jane jamás había abrazado las virtudes metodistas de la modestia y la abnegación, por lo que su contestación no sorprendió a Amos. Era seguidora de la religión de su padre sin un compromiso formal. Si se casaba con Northwood, regresaría al seno de la Iglesia de Inglaterra en un visto y no visto.

—Pero tú no amas a Northwood —afirmó Amos.

—Hablas como mi padre.

—Tu padre es el mejor hombre de Kingsbridge, y la comparación me honra sobremanera. Pero sigo afirmando que tú no amas a Northwood.

—Amos, eres un hombre tierno y me gustas, pero no tienes derecho a importunarme.

—Yo te amo. Y lo sabes.

—Qué desgraciados seríamos juntos, una abeja obrera y una mariposa.

—Tú podrías ser la abeja reina.

—Amos, tú no puedes convertirme en reina.

—Ya eres la reina de mi corazón.

—¡Qué poético!

Amos tuvo la sensación de estar comportándose como un necio. Aunque la realidad era que Northwood no se había declarado a Jane Midwinter. Ni siquiera la había invitado a conocer a su padre.

Tal vez jamás ocurriera.

Sal y Jarge se casaron en la iglesia de St. Luke un sábado por la tarde después del trabajo. No tenían dinero para celebrar un convite, así que llevaron consigo al templo solo a Kit y a Sue. No obstante, para sorpresa de Sal, se presentaron Amos Barrowfield y Elsie Latimer, que firmaron en calidad de testigos. A continuación, su patrón la sorprendió al decirle que tenía cuatro litros de cerveza y un pequeño barril de ostras esperándola en el exterior.

—¿Le parecería bien que lo compartiésemos con Joanie? —preguntó Sal.

—Perfectamente bien —respondió Amos—. Le daré a Gil Gilbert un chelín, le ofreceré una jarra de cerveza y estará encantado de dejarnos entrar en la cárcel.

La comitiva nupcial abandonó la iglesia y se dirigió hacia la prisión. El recinto estaba compuesto por dos grandes casas antiguas convertidas en una, con barrotes en las ventanas y cerrojos en todas las puertas. Gil los condujo sin problema hasta la pequeña habitación de Joanie. Las láminas de la vieja tarima estaban desniveladas, las paredes estaban llenas de moho y la chimenea, fría y vacía, pero a nadie le importaba. Cuatro adultos y dos niños ocupaban ese mismo espacio, y la atmósfera no tardaba en caldearse. Amos les sirvió cerveza a todos y Jarge abrió las ostras con su navaja de bolsillo. Gil les ofreció venderles una barra de pan para acompañar el festín y les pidió el escandaloso precio de dos chelines, pero Amos lo pagó de todos modos.

—Dejémosle sacarse un dinero extra —comentó.

—A la salud de mi hermano —dijo Joanie y levantó su jarra para ofrecer un brindis—. Yo creía que no encontraría una buena mujer, pero ha escogido a la mejor, que Dios lo bendiga.

—Pues sí que tengo a la mejor —afirmó Jarge—. ¿Ahora quién se atreverá a decir que no soy listo?

—Hacéis una pareja perfecta —sentenció Amos—: dos trabajadores incansables y de buen corazón. Por si fuera poco, Kit es el niño más listo de la escuela dominical.

—Y Sue es la niña más popular —añadió Elsie a renglón seguido.

Sal estaba eufórica. Había imaginado una velada tranquila en casa, cenando estofado de cuello de cordero, y, en lugar de eso, estaban disfrutando de un auténtico banquete.

—Apuesto a que las bodas de los aristócratas no son tan divertidas —afirmó—. Todos con sus ropas almidonadas y sus buenos modales.

—Mi buena señora —dijo Joanie—, tendría que haberle dicho que soy lady Johanna, duquesa de Shiring.

Kit y Sue lloraban de risa.

Sal le siguió el juego.

—Me siento honrada por su condescendencia, duquesa Johanna —dijo haciendo una reverencia—, pero debo señalar que soy la condesa de Kingsbridge, y que soy casi tan noble como usted.

—Oye, tú, ábreme una ostra —le dijo Joanie a Jarge.

—Mi querida duquesa —replicó Jarge—, me ha confundido usted con el mayordomo, pero en realidad soy el obispo de Box y no puedo abrir ostras con estas manos delicadas y blancas como lirios.

Enseñó las palmas, que estaban marrones, llenas de cicatrices y para nada impolutas.

—Querido obispo —intervino Sal, riendo con nerviosismo—, me parece usted muy atractivo, deme un beso.

Jarge la besó y todos aplaudieron.

Sal echó un vistazo a la habitación y se dio cuenta de que todas las personas importantes en su vida estaban presentes: su hijo, su marido, su mejor amiga, la amiga de su hijo, la mujer que estaba educando a Kit y Amos, el patrón que siempre le había traído buena suerte. Había personas crueles y malvadas en Kingsbridge y en el mundo, pero todos los que la acompañaban en esa estancia eran buena gente.

—El cielo debe de ser así —dijo.

Engulló una ostra más y tomó un buen trago de cerveza.

—Y dudo que en el cielo haya algo tan delicioso como la combinación de ostras con cerveza —concluyó.

Kingsbridge se enorgullecía de ser una ciudad con audiencia provincial. Era una señal de distinción y el reconocimiento como lugar más importante del condado de Shiring. La visita bianual de un juez de Londres constituía un gran acontecimiento en la agenda social y el visitante siempre era agasajado con más invitaciones de las que podía aceptar.

En honor al magistrado, el consejo ofrecía el magnífico Baile de la Audiencia Provincial. No obstante, a los concejales no les gustaba despilfarrar: las entradas tenían un precio elevado y el evento reportaba beneficios.

La casa de Hornbeam se encontraba a tan solo medio kilómetro del Salón de Actos, y era una noche agradable, así que el concejal decidió ir caminando con su familia. Por fortuna, las incesantes lluvias de verano y otoño habían remitido, aunque ya era demasiado tarde para recuperar la cosecha.

La comitiva de Hornbeam estaba compuesta por tres parejas: Linnie y el concejal, Howard y Bel, y Deborah con Will Riddick. Los jóvenes caballeros llevaban guantes blancos y botas lustrosas, y pañuelos atados al cuello con grandes lazos, lo que a Hornbeam le parecía ridículo. Las jóvenes damas lucían un escote más pronunciado de lo que al concejal le gustaba, pero ya era demasiado tarde para obligarlas a cambiarse.

En el pórtico de entrada había una multitud de personas de la ciudad; en su mayoría, mujeres envueltas en chales para protegerse los hombros del frío, presenciando la llegada de los ricos. Intercambiaban comentarios en voz baja ante la exhibición de joyas y aplaudían al ver cualquier atuendo llamativo: una capa de amarillo chillón, un abrigo blanco de piel, un sombrero de copa con plumas y lazos. Hornbeam ignoró a la chusma y siguió con la vista al frente, pero los demás miembros de su familia iban agitando la mano y asintiendo con la cabeza para saludar a los conocidos mientras pasaban entre la multitud de admiradores.

Por fin se encontraban en el interior. Los organizadores habían invertido una pequeña fortuna en velas, y el lugar contaba con una potente iluminación, lo que permitía contemplar a los anfitriones, hombres elegantísimos y mujeres vestidas con magnificencia. Incluso Hornbeam se quedó impresionado. Los pañeros de Kingsbridge y sus familias vestían sus mejores tejidos para esa clase de eventos. Los hombres lucían casaca de color morado, azul intenso, verde lima y marrón cobrizo. Las mujeres iban engalanadas con llamativos estampados de cuadros y coloridas rayas, tejidos plisados y fruncidos, ornamentados con fajines y metros de encaje. Constituía todo un despliegue promocional de la genialidad colectiva de Kingsbridge.

Los presentes empezaron a alinearse para la contradanza, en la que la pareja dominante cambiaba de forma continua. Hornbeam se fijó en que el vizconde Northwood estaba participando. Para su sorpresa, el noble tenía aspecto de haber bebido ya bastante champán.

—Espero que esta orquesta sepa tocar el vals —declaró Deborah.

—Ni lo sueñes —repuso Hornbeam de inmediato. Jamás había visto bailar la mentada danza, pero había oído hablar de ese nuevo baile de moda—. Este es el Baile de la Audiencia Provincial, un evento respetable organizado por el consejo municipal. Así que nada de danzas obscenas.

Deborah tenía por costumbre acatar la voluntad de su padre, pero, en esa ocasión, rebatió su argumento.

—¡No tiene nada de obsceno! La gente de Londres lo baila a todas horas.

—No estamos en Londres y aquí no permitimos los bailes que requieren que dos personas se abracen... de frente. Es repulsivo. ¡Podrían no estar casados!

—¿Sabe, padre? —dijo Howard riendo con malicia—, la verdad es que las mujeres pueden quedarse embarazadas bailando vals.

Los demás se desternillaron de risa.

Hornbeam se mostró muy molesto.

—Ese comentario no es de gran ayuda, Howard, sobre todo delante de las señoras.

—Vaya. Lo siento.

—Padre —dijo Deborah—, habla usted como un viejo pañero que se niega a usar la nueva maquinaria. ¡Debería adaptarse a los tiempos modernos!

Hornbeam se sintió ofendido. No se consideraba a sí mismo un hombre anticuado de ideas fijas.

—Esa es una comparación ridícula —replicó, enojado.

Deborah era la única de la familia capaz de ponerse a su altura en una discusión.

—¿Y si autoriza que toquen solo uno o dos valses?

—No habrá vals; es mi última palabra.

Los jóvenes desistieron y se unieron a la contradanza. Hornbeam vio, torciendo el gesto por la repulsa, que Amos Barrowfield estaba participando.

Siempre pasaba algo que lo ponía de malhumor.

Tras la fiesta de celebración de la boda, Sal se encontraba sentada en la cocina con una pluma que le habían prestado, un pequeño frasquito de tinta y la biblia abierta de su padre. Escribió la fecha y la palabra «matrimonio».

—¿Cómo se escribe Jarge?

—¿Qué estás haciendo? —preguntó él.

—Estoy inscribiendo la fecha de nuestra boda en la biblia de la familia.

Él miró por encima del hombro de Sal.

—Qué libro tan bonito —comentó.

Sal era consciente de que el ejemplar era ya viejo, pero tenía un precioso cierre de latón y estaba impreso con letras claras y fáciles de leer.

—Debe de haber costado lo suyo —comentó Jarge.

—Seguramente —corroboró ella—. Lo compró mi abuelo. ¿Cómo se deletrea tu nombre?

—No sé si lo he visto escrito alguna vez.

—Así que, si lo escribo mal, no te darás cuenta.

Él rio.

—Tampoco es que me importe.

Sal escribió: «Jarj Boks y Sarah Clitheroe».

—Muy bien —sentenció Jarge.

A Sal no le parecía bien, pero ya estaba hecho. Sopló la tinta para secarla. Cuando esta dejó de brillar y adquirió un color negro apagado, ella cerró el libro.

—Ahora vamos a ver cómo llegan los invitados del baile —sugirió.

A Elsie no le gustaba mucho bailar, pero sí hacerlo con Amos, quien se movía con gracilidad y precisión. La contradanza era enérgica y, al concluir la música, abandonaron la zona de baile jadeando por el esfuerzo.

Esa noche, el Salón de Actos tenía un aspecto muy diferente al que Elsie estaba habituada durante la escuela dominical. Aunque, en realidad, ese era el ambiente al que estaba destinado el lugar: con el sonido de la música y las conversaciones, las botellas descorchadas y las copas llenas, vaciadas enseguida y rápidamente recargadas. Sin embargo, a Elsie le gustaba más cuando los únicos ocupantes eran los niños pobres decididos a aprender.

—Bueno, ahora ya he estado en la cárcel. Ha sido mi primera vez —le dijo a Amos.

Él rio.

—Hace ya tiempo que conozco a Sal. Estaba muy enamorada de su primer marido, Harry, y me alegro de volver a verla feliz.

—Eres un buen hombre, Amos.

—A veces.

Elsie sabía que a él le avergonzaban los cumplidos, así que cambió rápidamente de tema.

—Siento que la Sociedad Socrática haya dado por concluida su actividad.

—Spade y el pastor Midwinter opinan que es lo mejor.

—Es una tremenda lástima.

—Queda algo de dinero, y van a invertirlo en la creación de un club para el intercambio de libros.

—Bueno, algo es algo, aunque no beneficiará en nada a las personas analfabetas.

—Todo lo contrario: los hombres se inscriben para aprender a leer.

Amos miró por detrás de Elsie y le cambió la expresión.

Ella se volvió para ver qué había llamado su atención. Jane Midwinter estaba hablando con Northwood. Elsie tendría que haberlo supuesto. Oyó que Jane decía: «Ven al bufet y come algo antes de seguir bebiendo champán. No quiero que te pongas en ridículo». Era el típico comentario propio de una esposa o de una prometida.

Elsie se volvió en dirección a Amos.

—¿Qué harás si Jane se casa con Northwood? —preguntó.

—No lo hará. El conde no lo permitirá.

—Pero ¿qué harías si la boda se celebrara? —insistió ella.

—No lo sé. —Amos parecía incómodo—. Nada, supongo. —De pronto, se mostró más animado—. Hay una guerra en marcha, y Northwood tendrá que ir a luchar tarde o temprano. Si cae en la batalla, Jane volverá a quedarse soltera.

Se trataba de un comentario despiadado, lo que no era típico de Amos.

—Así que te limitarás a tener paciencia y no perder la esperanza.

—Algo así. Discúlpame.

La dejó para seguir a Jane y a Northwood.

Elsie fue presa de la desesperación. No tenía nada que hacer. Amos seguiría siéndole fiel a Jane aunque ella se casara con otro. Debía aceptar la realidad.

Pensó que ya tenía veintitrés años y que seguía soltera. Lo

único que quería era una casa llena de niños. Bel Marsh ya era Bel Hornbeam, y Deborah Hornbeam era Deborah Riddick, y seguramente no tardarían en tener hijos, mientras ella seguía prendada de un hombre enamorado de otra.

Decidió que no pensaba convertirse en una vieja solterona. Y que debía olvidar a Amos.

Tomó una copa de champán para animarse.

Arabella Latimer estaba deslumbrante con su vestido de color teja, confeccionado con uno de los tejidos de lana de cachemira de Spade. El corpiño fruncido y la cintura alta resaltaban su generoso busto. Spade apenas podía quitarle los ojos de encima.

—Si consigo que la orquesta toque un vals, ¿lo bailarías conmigo? —le preguntó.

—Me encantaría —dijo ella—. Pero no sé bailarlo.

—Yo te enseñaré. Aprendí en Londres. Es fácil. Habrá muchas personas aprendiéndolo; en Kingsbridge jamás se ha bailado el vals antes.

—Está bien. Espero que el clero no se escandalice.

—Les gusta escandalizarse. Da algo de emoción a sus vidas.

Spade se dirigió hacia los músicos y, cuando los intérpretes finalizaron el tema que estaba bailándose, le enseñó al director de orquesta una corona de plata, el equivalente a cinco chelines.

—¿Pueden tocar un vals? —le preguntó.

—Por supuesto —respondió el director—. Aunque no creo que al concejal Hornbeam le guste.

Eso molestó a Spade, pero se obligó a sonreír.

—El señor Hornbeam no siempre se sale con la suya —rebatió con rabia contenida. Levantó la moneda y añadió—: Depende de usted —dijo.

El director de orquesta se quedó con el dinero.

Spade regresó junto a Arabella.

—Es así: un, dos tres, un, dos, tres. Un paso hacia atrás con el pie izquierdo; luego, uno hacia un lado y hacia atrás con el derecho; y juntas los pies, como los extranjeros que entrechocan los tacones al saludar haciendo una reverencia.

Se situó frente a ella, sin tocarla, y ensayaron los pasos al unísono.

Arabella captó la idea enseguida.

—La verdad es que no es difícil —comentó.

Le brillaban los ojos y se veía el deseo en su mirada; Spade empezó a creer que correspondía su enamoramiento con la misma pasión que él.

Nadie les prestó mucha atención. En bailes como ese, era frecuente ver a algunas personas aprendiendo pasos complicados de danzas con una coreografía tan pautada como el cotillón, que implicaba la participación de cuatro parejas que formaban un cuadrado tocándose únicamente las manos.

La alemanda concluyó y se hizo una pausa en la música. Por lo general, el director de orquesta anunciaba el próximo baile para que los presentes se preparasen, pero esa vez no lo hizo, tal vez por el temor de que alguien prohibiera el vals antes de empezar y tuviera que devolver los cinco chelines. La música empezó a sonar sin previo aviso, pero el vigoroso ritmo resultaba inconfundible. Los asistentes a la fiesta se mostraron confundidos ante la novedosa música.

—Allá vamos —dijo Spade—. Pon tu mano derecha en mi hombro izquierdo.

Él le colocó la mano en la cintura, de tacto terso y mullido, y ligeramente caliente. Le sostuvo la otra mano a la altura del hombro. Sus cuerpos se tocaron.

—Esto es muy íntimo —comentó Arabella, pero no fue una queja.

Spade dio el primer paso y ella le siguió sin dificultad. En cuestión de minutos estaban bailando el vals como si ya lo hubieran hecho muchas veces.

—Somos los únicos que bailan —dijo Arabella.

Spade se dio cuenta de que el barullo de la conversación y las risas se había silenciado y que había numerosas personas observando cómo bailaba con la mujer del obispo. Empezó a preguntarse si habría sido un error. No quería que Arabella tuviera problemas con su marido.

Vio que Hornbeam estaba mirándolo con expresión airada.

—¡Oh, Dios mío! —exclamó Arabella—. ¡Están todos mirándonos!

Spade tenía a su enamorada entre los brazos y no quería dejar de bailar.

—Al diablo con ellos —espetó.

Ella rio.

—Menudo tontorrón estás hecho. Te adoro.

Entonces Deborah Hornbeam tiró de Will Riddick para llevarlo a la pista de baile; también se unió el hermano de Deborah, Howard, seguido por su reciente esposa, Bel, y ambas parejas empezaron a bailar el vals.

—Gracias a Dios que se han animado —dijo Arabella.

Spade se quedó mirando a los jóvenes de la familia Hornbeam.

—Han estado practicando en casa. Seguro que el concejal no lo sabía.

Otras parejas se unieron, y enseguida hubo un centenar de personas bailando el vals, o intentándolo al menos. Al ganar confianza, Spade estrechó el cuerpo de Arabella más hacia sí y ella reaccionó presionando su anatomía contra la de él mientras giraban dando vueltas por la pista de baile.

—Oh, Dios, esto es como copular… —le susurró ella al oído.

Spade sonrió, encantado.

—Si crees que esto es como copular —murmuró—, es que no has estado haciéndolo como es debido.

El vals tocó a su fin y el director de orquesta anunció un cotillón. Kenelm le pidió a Elsie que fuera su pareja y la joven accedió. Él la llevaba bien y ella pensó que su propia torpeza quedaba disimulada.

—Vamos a beber champán —sugirió él después.

Era su tercera copa y se sentía relajada.

—¿Bailó mucho cuando estaba en Oxford?

Kenelm negó con la cabeza.

—Allí no había mujeres. —Y luego añadió—: Nadie con quien un aspirante a clérigo bailaría, en cualquier caso.

—Déjelo ya —dijo ella.

—¿Que deje el qué?

—Que deje de juzgar a todo el mundo. Resulta poco atractivo. Es usted un clérigo, y todos dan por supuesto que no le interesan las mujeres inadecuadas. No tiene por qué hacer hincapié en ello.

Él frunció el ceño, molesto, y pareció que estaba a punto de rebatir sus palabras, pero luego dudó y adoptó una expresión pensativa.

A Amos le gustaba bailar y dominaba el vals, pero no se unió a la danza. Estaba siguiendo a Jane y a Northwood. Era consciente de estar comportándose de forma incorrecta, pero ellos no lo vieron, porque se habían fundido en un abrazo. Nadie más se había percatado de la presencia de Amos, no todavía.

Fueron hacia el bufet, se unieron al baile y luego se trasladaron hasta el paseo fluvial. Al final atravesaron las puertas que conducían al jardín iluminado por los faroles.

Era una noche fría y había pocas personas en el exterior. Amos inspiró el aire húmedo.

Jane se había puesto una capa para protegerse del relente. La pareja recorrió el paseo de punta a punta. Northwood iba dando unos pasos un tanto erráticos; Jane estaba del todo sobria. Resultaba difícil ver sus rostros en la penumbra, pero sus cabezas inclinadas estaban cerca y su conversación era, sin duda, intensa.

Amos se apoyó contra la pared del edificio, como si estuviera tomando el fresco. Algo importante estaba ocurriendo entre Jane y Northwood, algo más que simple coqueteo.

Entonces desaparecieron.

Se habían escondido detrás de un grupo de arbustos altos. En ese momento quedaban ocultos a la vista de cualquiera. ¿Qué estarían haciendo? Tenía que saberlo. Acortó camino pisando el césped. No pudo evitarlo.

Al acercarse, logró vislumbrarlos por fin a través de los matorrales. Estaban abrazados y besándose, y Amos oyó a Northwood gemir de placer. Sentía curiosidad y vergüenza, al mismo tiempo, por estar espiando. Northwood estaba haciendo las cosas con las que él había soñado. Se debatía entre el impulso de atacar al hombre y la premura de alejarse sin que lo oyeran.

Vio la mano de Northwood cerca de los pechos de Jane.

Se aproximó un poco más.

—No —dijo Jane entre susurros y apartó la mano de Northwood.

Amos se quedó quieto.

—El hombre que se case conmigo —dijo Jane sujetando las manos de Northwood entre las suyas— podrá acariciarme los pechos siempre que lo desee y yo estaré encantada de permitírselo.

Amos oyó suspirar a Northwood.

—Cásate conmigo, Jane —imploró él.

—¡Oh, Henry! —exclamó ella—. ¡Me casaré contigo!

Entonces volvieron a besarse, pero la joven deshizo el abrazo. Tomó de la mano a Northwood y lo sacó de entre los arbustos. Amos se volvió enseguida y fingió estar paseando como si nada.

Pero Jane no era tonta.

—¡Amos! —exclamó—. ¡Estamos prometidos!

Ella no se detuvo, sino que llevó a Northwood hasta el interior y Amos los siguió.

Sujetando a su pareja con firmeza por el brazo, Jane se acercó a su padre, el pastor Midwinter, quien estaba hablando con el concejal Drinkwater y las dos hijas de Hornbeam, Deborah y Bel.

—Padre —dijo Jane—, Henry tiene algo que decirle.

Eso solo podía significar una cosa, sobre todo porque Jane había usado el nombre de pila de Northwood. Deborah y Bel soltaron un gritito de placer.

El vizconde estaba achispado, pero sus buenos modales salieron al rescate.

—Señor, ¿me concede el permiso para pedir la mano de su hija en matrimonio?

El pastor se mostró dubitativo. La última esperanza de Amos era que Midwinter pusiera alguna excusa y le dijera a Northwood que fuera a visitarlo al día siguiente, para que pudieran discutir la propuesta de forma apropiada.

Sin embargo, Drinkwater, abuelo de Jane, fue incapaz de contener su alegría.

—¡Qué noticia tan espléndida! —exclamó.

—¡Jane va a casarse con el vizconde Northwood! ¡Bravo! —exclamó Bel Hornbeam.

Resultaba evidente que Midwinter estaba descontento por la forma en que lo habían hecho. Sin embargo, si no se lo permitía a su hija, quedaría en evidencia.

—Sí, señor —accedió tras una larga pausa—, tiene el permiso para pedir la mano de mi hija.

—Gracias —dijo Northwood.

—Bien hecho, señorita Midwinter —susurró Deborah Riddick con admiración.

Tenía muy claro que todo había sido sabiamente orquestado por Jane.

—Dedicaré mi vida a convertirte en el marido más feliz del mundo —aseguró la joven tomando de la mano a Northwood y mirándolo a los ojos.

Amos dio media vuelta, salió del edificio y se dirigió a casa.

Elsie vio cómo Amos se marchaba y supo, por su semblante, que había pasado algo malo. No tardó mucho en averiguar de qué se trataba. En cuestión de minutos se creó un ambiente de excitación en la sala y los presentes empezaron a comentar lo ocurrido, animados, con tono sorprendido y un tanto escandalizado. A continuación, Kenelm Mackintosh se acercó a ella.

—Northwood ha pedido en matrimonio a Jane Midwinter y ella ha aceptado —informó.

—Bueno, bueno —dijo Elsie—. Así que Jane ha conseguido el hombre que deseaba.

«Y yo no», pensó.

—¿No le sorprende?

—No mucho. Jane lleva meses esforzándose por conseguirlo.

—Pero su padre es metodista... ¡Y Northwood va a convertirse en el conde de Shiring!

—Y Jane será la condesa.

—Me preocupa que el metodismo esté empezando a ser considerado una parte integrante de la cristiandad inglesa.

—¿Por qué? El protestantismo ya se ha convertido en una parte integrante de la cristiandad europea.

Él permaneció mudo durante un instante ante esa réplica. Elsie disfrutó de ver que se había quedado sin palabras; era un auténtico placer contemplarlo.

—Algunas veces puede ser usted terriblemente frívola —dijo él al final.

—Vaya, señor Mackintosh, cualquiera diría que empieza a conocerme.

Él se quedó mirándola un instante.

—Es muy inteligente.

—Vaya, qué cumplido, ¡sobre todo viniendo de un hombre!

—Otra vez su superficialidad.

—Ya lo sé.

—A pesar de eso, la admiro.

Esa era una frase dicha en código. Quería decir: «Estoy enamorándome de ti». Ella reprimió las ganas de hacer una broma. Había supuesto que él estaba empezando a sentir una especie de ternura hacia ella, y un sentimiento tan auténtico no debía tomarse a la ligera. Por otra parte, Kenelm jamás la había mirado con el deseo encendido con el que Amos miraba a Jane. Elsie no podía evitar recordar lo que había dicho Amos: «Quiere casarse contigo porque eso lo ayudará a ascender. Por supuesto. Nadie se interpondrá en la carrera del yerno de un obispo dentro de la Iglesia».

—¿Es ambicioso? —preguntó ella.

—Ambicioso para la obra del Señor, sí. Y mi esposa tendrá el placer de ayudarme a servirle.

Sus palabras eran estereotipadas, aunque parecía sincero.

—Para la obra del Señor, de acuerdo, pero ¿en qué sentido?

—Si es su voluntad, creo que podría convertirme en obispo. Tengo la formación necesaria y soy un hombre entregado y trabajador.

—¿Se definiría como un hombre orgulloso?

Él se sentía incómodo con ese interrogatorio, pero lo sufrió con docilidad.

—He tenido alguna ocasión en la que confesar el pecado del orgullo, sí.

Eso sí que era sinceridad.

—Me encantan los niños, ¿y a usted?

—No he tenido ocasión de tratarlos mucho. No tengo hermanas y solo tengo un hermano, que es doce años mayor que yo. Mi primer recuerdo es el de su partida del hogar y de Escocia. Se fue para desempeñar un trabajo en Manchester y yo me fui a Oxford. No hay muchas oportunidades en Escocia para los jóvenes con aspiraciones.

—Para algunas personas, la enseñanza puede ser la obra de Dios.

—Estoy de acuerdo. «Dejad que los niños se acerquen a mí y no se lo impidáis; porque suyo es el reino de los cielos», dijo Jesús.

—Intenta ayudar en la escuela dominical, pero jamás está cómodo con los pequeños.

—A lo mejor podría enseñarme usted.

Era la primera vez que ella lo veía comportarse con humildad. En alguna parte de su ser había un hombre honesto.

—He hablado con su padre —dijo Mackintosh.

Elsie entró en pánico. Kenelm iba a proponerse y ella no sabía qué contestarle.

—No veo a mi padre —dijo ella mirando a su alrededor.

—Se ha marchado. No se encontraba bien. Estoy algo preocupado por su salud.

—¿Y mi madre? —preguntó Elsie para ganar tiempo.

—Ha dicho que ya encontraría a alguien que la acompañara a casa dando un paseo, y que su padre no debía preocuparse.

—Ah, bueno.

—Le he dicho a su padre que me he enamorado de usted...

—Me siento honrada. —Era una frase formal que no la comprometía con ninguna repuesta.

—... y le he dicho que tenía la ligera esperanza de que me correspondiera.

Elsie no sabía qué contestar, estaba totalmente perdida.

—Señorita Latimer, o, debería decir, mi querida Elsie, ¿quieres casarte conmigo?

Había llegado el momento y ella debía tomar una decisión que cambiaría su vida.

Con la misma certeza de que era posible conocer la auténtica naturaleza de una persona, Elsie sabía que Amos jamás se casaría con ella. Además, durante los últimos minutos había visto un lado de Mackintosh que él jamás le había mostrado antes. Al final resultaba que sí podía convertirse en un buen padre.

Elsie jamás lo amaría de forma apasionada. Sin embargo, el matrimonio de sus progenitores había sido así. Y, cuando le había preguntado a su madre si se alegraba de haberse casado con su padre, ella le había dicho: «¡Desde luego! Si no, no te habría tenido». Elsie pensó que así se sentiría ella, contenta de haberse casado por la posibilidad de tener hijos.

Concluyó que, de haber tenido dieciocho años, habría dicho

que no. Pero tenía veintitrés. Y no poseía la habilidad de Jane para atraer a los hombres. No sabía ladear la cabeza, sonreír con timidez y hablar con voz susurrante y tono confidente para que se le acercaran más con tal de escucharla. Lo había intentado, pero se sentía deshonesta y estúpida. No obstante, sí que ansiaba tener a alguien que la besara por las noches y deseaba, con toda su alma, ser madre, querer a sus hijos y criarlos para que fueran personas buenas, inteligentes y amables. No quería envejecer sola.

No quería ser una anciana sin hijos.

—Gracias por honrarme con tu petición de mano, Kenelm —dijo—. Sí, quiero casarme contigo.

—Gracias a Dios —se congratuló Kenelm.

Spade utilizó su llave personal para abrir la puerta del atrio norte de la catedral. Entró y Arabella lo siguió. En el interior hacía más frío que afuera. Al cerrar la puerta, él no veía nada. Buscando a tientas, encontró la cerradura y echó la llave.

—Sujétate a los faldones de mi casaca y sígueme —le dijo a Arabella—. Creo que puedo avanzar en la oscuridad.

Con los brazos estirados por delante como si fuera ciego, para no acabar chocando contra una columna, se dirigió hacia el oeste intentando avanzar en línea recta. Tras unos segundos se dio cuenta de que empezaba a vislumbrar las ventanas; siluetas gris oscuro y acabadas en punta sobre el fondo negro intenso de la sillería. Cuando llegó a la altura de la última ventana, supo que se encontraba a solo dos o tres pasos de la pared del fondo. Apoyó las manos sobre la fría piedra y se volvió. Siguió por el muro y dobló la esquina hacia el nártex, un vestíbulo situado por debajo del campanario. Encontró una puerta y la abrió. Una vez estuvieron dentro, volvió a cerrarla con llave.

Ascendieron por la escalera de caracol hacia la sala de las cuerdas.

—¡No veo nada! —protestó Arabella.

La tomó entre sus brazos y la besó. Ella lo correspondió con entusiasmo, le tomó la cara entre las manos y hundió los dedos en su cabellera. Él le tocó los pechos por encima del vestido, disfrutando de su volumen, su tersura y su calidez.

—Pero yo quiero verte —protestó ella.

—Dejé aquí una bolsa el lunes después de una práctica —explicó Spade, jadeando con fuerza—. Quédate aquí mientras voy a buscarla.

Él cruzó la sala, tropezando con las alfombras y notando cómo las cuerdas colgantes rozaban la tela de su casaca. Se arrodilló y buscó a tientas hasta dar con la saca que había ocultado en el lugar. Sacó una vela y una cajita de yescas para encender la mecha. En la sala de cuerdas no había ventanas, así que la lumbre no se vería desde el exterior.

Se volvió hacia ella. Ambos se sonrieron al verse alumbrados por la tenue luz.

—Lo tenías todo planeado —dijo Arabella—. Qué listo eres.

—Era más un sueño que un plan.

Cuando la mecha fue prendiendo con más intensidad, él derramó unas gotas céreas sobre los tablones del suelo para pegar la base de la vela y la mantuvo derecha sobre la cera caliente hasta que esta se solidificó.

—Vamos a tumbarnos en el suelo —sugirió ella—. No me importa que sea incómodo.

—Se me ocurre algo mejor.

Sobre los tablones estaban los jergones que usaban los campaneros para prevenir el desgaste de las cuerdas por el cabo que rozaba el suelo. Spade levantó varios de los jergones y los amontonó en una pila para improvisar un lecho.

—¡Has pensado en todo!

—Llevo meses imaginando este momento.

Ella rio con nerviosismo.

—Yo también.

Él se tumbó y la miró.

Para su sorpresa, Arabella se quedó de pie delante de él y se levantó la falda del vestido hasta la cintura. Tenía las piernas blancas y torneadas. Spade se había preguntado si llevaría ropa interior, una nueva moda muy atrevida, pero no era así: su vello púbico era de color castaño rojizo y el hombre deseó besarlo.

Su erección abultó la solapa delantera de los calzones y se sintió avergonzado, lo cual era una tontería, y lo sabía, pero no podía evitarlo.

Arabella no se mostró en absoluto abochornada. Se arrodilló entre sus piernas abiertas y le desabrochó los botones de la solapa para liberar su miembro viril.

—¡Oh, qué belleza! —exclamó y lo agarró con una mano.

—Estoy a punto de estallar de placer —dijo Spade.

—¡No, espérame! —Se sentó sobre él y se introdujo su miembro—. No empujes, todavía no.

Cuando la penetró hasta el fondo, ella se inclinó hacia delante, lo sujetó por los brazos y lo besó. Luego levantó la cabeza, lo miró a los ojos y empezó a moverse muy despacio. Él la agarró por las caderas y se acompasó con su ritmo.

—Mantén los ojos abiertos —dijo ella—. Quiero que me mires.

A Spade no le costó obedecer; ella estaba irresistible con su melena rojiza ondulante y sus enormes ojos color miel, los labios entreabiertos y su maravilloso busto hinchándose y deshinchándose al compás de sus gemidos. ¿Qué había hecho él para merecer a una mujer tan fabulosa?

Spade quería seguir así para siempre, pero no estaba seguro de poder aguantar ni un minuto más. Sin embargo, fue ella la que perdió el control. Lo agarraba tan fuerte por los brazos que llegó a hacerle daño, aunque a Spade apenas le importaba, porque él también estaba dejándose llevar, y alcanzaron el éxtasis al unísono.

—¡Qué placer! —exclamó ella cuando se dejó caer sobre su torso—. ¡Qué placer!

Él la abrazó y le acarició el pelo.

—Me alegro de que tuvieras las llaves —dijo ella pasado un minuto.

A Spade le sorprendió, pues le pareció un comentario divertido, y rompió a reír. Ella también rio.

Entonces, Arabella lanzó un suspiro.

—¡Menudas cosas te he dicho! ¡Menudas cosas he hecho! Yo no suelo..., es decir, nunca antes... Oh, maldición, voy a callarme.

»Lo que quería era que durase más —dijo por fin, pasado un minuto—, pero no podía esperar.

—No te preocupes —la tranquilizó él—. Siempre nos queda el mañana.

En el tribunal de la audiencia provincial, las pruebas de la acusación contra Joanie fueron las mismas, pero la defensa fue mejor, en opinión de Sal. Amos Barrowfield juró que Joanie había trabajado para él durante años, que siempre había sido honrada y respetable, que jamás se había comportado de forma violenta y que no podía haber incitado a la multitud a la revuelta. Otros prohombres de Kingsbridge ofrecieron un testimonio similar: el pastor Midwinter, Spade, e incluso el párroco de St. Luke. Además, Silas Child reconoció que Joanie le había entregado todo el dinero.

El jurado estuvo deliberando fuera de la sala durante largo rato. Esto no sorprendió a nadie. El de primera instancia solo había tenido que decidir si enviar a Joanie a la audiencia provincial; este jurado, en cambio, estaba tomando la decisión de perdonarle la vida o condenarla a la horca.

—¿Qué opinas? —le preguntó Sal a Spade.

—El hecho de que le diera el dinero a Child es un gran factor a su favor. Lo que está en su contra es la multitud que apedreó el carruaje del rey.

—¡Eso no fue culpa de Joanie! —protestó Jarge, de pie junto a Sal.

—Yo no digo que sea justo, pero el ataque contra el rey ha suscitado una actitud implacable en general.

Sal sabía que con eso se refería a la pena de muerte.

—Le pido a Dios que te equivoques —rogó ella con fervor.

—Amén —dijo Spade.

Entre los asistentes de la sala, el juicio no era el único tema de conversación. Muchos de ellos estaban hablando sobre los dos compromisos que se habían producido durante el Baile de la Audiencia Provincial. El de Northwood y Jane era la gran noticia. El día anterior, Jane Midwinter había asistido a la comunión en la catedral y no en la Casa Metodista, y se había sentado con Northwood, como si ya estuvieran casados. Luego, el pastor Midwinter había invitado al vizconde a la comida dominical en su modesta casa, y él había asistido. Sin embargo, todos estaban esperando la reacción del padre del pretendiente, el conde de Shiring. Seguramente se opondría, aunque al final no podría impedir que su hijo de veintisiete años se casara con la mujer de su elección.

El compromiso de Elsie Latimer y Kenelm Mackintosh no resultaba tan llamativo, aunque unas cuantas personas estaban sorprendidas de que ella hubiera dicho que sí.

Sin lugar a duda, ambas bodas se celebrarían en la catedral. Sal miró a Jarge y sonrió con ironía cuando pensó en lo distintas que serían esas nupcias a la suya. Sin embargo, no habría cambiado nada de su propia boda aunque hubiera podido.

Se le ocurrió que, si lo dijera en voz alta, nadie la creería.

El jurado volvió a entrar en la sala y el secretario le preguntó a su presidente si consideraban a Joanie culpable o inocente.

—Culpable —sentenció el hombre.

Joanie se tambaleó y pareció que iba a desplomarse, pero Jarge la sujetó.

Se oyeron murmullos de indignación entre el público.

Sal vio sonreír a Will Riddick. Deseó haberlo matado con la piedra que le tiró.

—Prisionera del banquillo de los acusados —dijo el juez—. Ha sido usted declarada culpable de un delito castigado con la pena de muerte.

Joanie palideció de terror.

—Sin embargo —prosiguió el juez—, sus conciudadanos han implorado la indulgencia, y el mercader Silas Child ha declarado que usted le entregó todo el dinero que recibió por la venta del grano robado.

Sal estaba segura de que su amiga no moriría en la horca. Pero ¿cuál sería el castigo? ¿Latigazos? ¿Trabajos forzados? ¿El cepo?

—Por ese motivo, no la condenaré a la pena capital.

—¡Oh, gracias, Dios mío! —exclamó Jarge.

—En lugar de eso, será trasladada a la colonia penal de Nueva Gales del Sur, en Australia, donde permanecerá recluida durante catorce años.

—¡No! —gritó Jarge.

No fue el único. La multitud se sintió indignada, y hubo más gritos de protesta.

—¡Abandonen la sala! —exclamó el juez levantando la voz.

El alguacil y los agentes empezaron a echar a los presentes a empujones. El juez desapareció por la puerta hacia la antesala. Sal tomó a Jarge del brazo y le habló para distraerlo y evitar que reaccionara con violencia.

—Son catorce años, Jarge..., solo tendrá cuarenta y cuatro.

—No suelen regresar cuando termina la condena, ya lo sabes. Cuando los enviaban a Norteamérica, pocos volvían, y Australia está mucho más lejos.

A Sal le constaba que eso era cierto. Una vez cumplida la pena, los prisioneros debían pagar el pasaje de regreso a casa y les resultaba casi imposible ganar el dinero suficiente estando allí. En casi todos los casos, el transporte les quedaba, en la práctica, vetado de por vida.

—Debemos conservar la esperanza, Jarge —dijo Sal.

La rabia que sentía él fue tornándose tristeza.

—¿Y qué pasa con la pequeña Sue? —preguntó Jarge a punto de romper a llorar.

—Tendrá que quedarse aquí. Nadie quiere llevar a una niña a una colonia penal, y, de todas formas, no está permitido.

—¡Se quedará sin madre ni padre!

—Nos tendrá a ti y a mí, Jarge —murmuró Sal con solemnidad—. Ahora es nuestra hija.

Kit sabía que había ocurrido algo terrible, pero, durante varios días, no consiguió que los adultos le revelaran los detalles. Sin embargo, su madre se dirigió a él y a Sue una mañana durante el desayuno.

—Kit y Sue, voy a intentar explicaros qué va a pasar hoy.

El niño se dijo a sí mismo que ya era hora. Se enderezó en el asiento, intrigado.

—Sue, esta mañana tu madre va a marcharse.

—¿Por qué? —preguntó la niña.

Kit también quiso conocer el motivo.

—El juez ha creído que hizo algo malo cuando impidió que los hombres cargaran los sacos de grano en la gabarra del señor Child.

Kit sabía lo ocurrido.

—Ese grano era de Kingsbridge, no debían enviarlo a otro lugar —protestó con tenacidad.

—Eso es lo que todos pensamos, pero el juez lo ha visto de otra forma, y él es quien tiene el poder —aclaró Jarge.

—¿Dónde se irá mi mamá? —preguntó Sue.

—A Nueva Gales del Sur, en Australia.

—¿Eso está lejos?

Kit ya sabía la respuesta. Era aficionado a memorizar ese tipo de datos.

—Está a dieciséis mil kilómetros de aquí —dijo, orgulloso de su conocimiento. Pero Sue puso cara de confusión, como si no entendiera cuánta distancia era esa. El niño añadió—: Un barco tarda medio año en llegar desde aquí.

—¡Medio año! —Eso sí lo entendió y rompió a llorar—. Pero ¿cuándo volverá?

—Será dentro de mucho tiempo —dijo Sal—. Dentro de catorce años.

—Tú y yo ya seremos mayores cuando vuelva —le dijo Kit a Sue.

—Kit, deja que yo conteste a las preguntas, por favor —le advirtió su madre.

—Perdón.

—Dentro de unos minutos, iremos al muelle del río para despedirnos de ella. Viajará en una barcaza hasta Combe, donde embarcará en una nave más grande para la larga travesía. Escuchad: el alguacil ha dicho que no podemos abrazarla ni besarla; de hecho, ni siquiera debemos intentar tocarla.

—¡Eso no es justo! —gritó Sue entre sollozos.

—Desde luego que no. Pero nos meteremos en un buen lío si incumplimos las normas. ¿Lo entendéis?

—Sí —dijo Sue.

—¿Kit?

—Sí.

—Entonces, podemos irnos.

Se pusieron los abrigos.

Kit sabía qué estaba ocurriendo aunque no lo entendía. Ninguna de las personas a las que conocía creía que Joanie fuera una delincuente. ¿Cómo podía el juez haber hecho algo tan malvado?

Se había presentado una multitud en el muelle del río. Ya había otros habitantes de Kingsbridge deportados a Australia, pero eran ladrones y asesinos. Joanie era mujer y madre. Kit percibió la furia de los presentes a su alrededor, con sus abrigos harapientos y sus viejos sombreros, apiñados bajo la fina lluvia, dolidos, pero impotentes.

Joanie apareció, escoltada por el alguacil Doye, y un sordo murmullo de hostilidad se elevó entre las personas que estaban esperando. El niño vio que la madre de Sue estaba encadenada por los tobillos, lo que la hacía caminar dando pequeños pasos. Su hija también lo vio.

—¿Por qué lleva cadenas en los pies?

—Para evitar que se escape —dijo Kit.

La niña rompió a llorar.

—Kit, te he dicho que me dejaras responder las preguntas a mí —lo reprendió Sal, enfadada—. La has disgustado.

—Lo siento.

El niño opinaba que él solo decía la verdad, pero su madre no estaba de humor para que le llevaran la contraria.

Alguien empezó a aplaudir y los demás se unieron. De pronto, Joanie fue consciente de la multitud y cambió su postura. No podía modificar su forma peculiar de andar, pero sí se irguió, levantó bien la cabeza y fue mirando a ambos lados para saludar con un gesto de asentimiento a las personas que conocía. A Kit se le ocurrió que aquello era mejor para Sue, en lugar de ver a su madre desdichada.

El aplauso se intensificó a medida que Joanie se acercaba a la barcaza.

Kit tomó a su amiga de la mano para consolarla. Sal la tomó de la otra mano, seguramente para retenerla en caso de que saliera corriendo hacia su madre.

Joanie cruzó la pasarela y puso el pie en la cubierta de la nave.

La niña chilló y Sal la tomó en brazos enseguida. Sue pataleaba y braceaba, pero la mujer la contuvo con fuerza.

El gabarrero soltó amarras y alejó la nave del muelle. La corriente empujó con suavidad la barcaza hacia la corriente, con fuerza pero sin pausa.

Ya en cubierta, Joanie se volvió hacia la costa y contempló la multitud. Kit se preguntó cómo podía mantenerse tan callada y serena, limitándose a mirar. Estaba dejando a su familia y el lugar donde había pasado toda la vida, y se marchaba a un sitio nuevo en la otra punta del planeta; la idea resultaba tan aterradora que Kit intentó apartar ese pensamiento.

La corriente arrastró la barcaza río abajo a toda velocidad. Los chillidos de Sue empezaron a apaciguarse. La multitud dejó de aplaudir.

La embarcación viró por el primer recodo del río y desapareció de la vista.

TERCERA PARTE

# La Ley de Asociación

## 1799

# 19

Amos Barrowfield se levantó a las cuatro de la madrugada. Estaba solo en casa; su madre había muerto hacía dos años. Se vistió deprisa y salió a la calle unos minutos después con un farol. Era una mañana fría de primavera y, pese a lo intempestivo de la hora, ya había más vecinos en pie. Se veían luces en todas las moradas humildes, y centenares de trabajadores recorrían las calles oscuras en dirección a las fábricas.

Amos vio a dos hombres de guardia a las puertas de los cuarteles de la milicia y pensó con amargura que el paño rojo de sus uniformes era factura de Hornbeam.

Kingsbridge había perdido el aire de prosperidad de antaño. Sus habitantes no podían permitirse pintar las puertas o reemplazar los vidrios rotos de las ventanas. Algunos comercios habían cerrado y los tristes escaparates de otros apenas exhibían mercancía. Los comerciantes adquirían lo más barato, no lo mejor, por lo que la demanda de los paños de alta calidad en los que Amos estaba especializado escaseaba.

Eran las consecuencias de la guerra. Una coalición formada por Gran Bretaña, Rusia, el Imperio otomano y el reino de Nápoles atacaba el Imperio francés en gran parte de Europa y Oriente Próximo, y estaba perdiendo. Los franceses sufrían reveses ocasionales, pero siempre se recomponían. «Por esta absurda guerra —pensó Amos— a todos nos está costando ganarnos la vida. Y el descontento de los trabajadores va en aumento».

La luz de la luna centellaba en las pequeñas ondas del río. Amos cruzó el puente en dirección a la isla de los Leprosos y también vio luces en el hospital de Caris. El segundo arco del puente lo llevó al barrio periférico de Loversfield, donde dobló a la izquierda.

En aquella ribera del río, Hornbeam había construido largas hileras de casas adosadas por las fachadas laterales y posteriores, y había instalado una bomba de agua y un excusado en mitad de cada calle. Sus inquilinos eran los peones que trabajaban en las fábricas cercanas.

En la accidentada campiña que se extendía al norte y al este de la ciudad, el río y sus afluentes llevaban suficiente caudal para hacer girar las ruedas de los molinos y proporcionar al mismo tiempo un suministro ilimitado de agua para teñir y batanar. El lugar no respondía a ningún plan urbanístico: las edificaciones, las represas y los caces de los molinos se ubicaban donde corría el agua.

Amos ascendió en paralelo al río hasta su fábrica. Saludó con la cabeza al somnoliento vigilante, abrió la cerradura y entró. Encendía las lámparas cuando Hamish Law apareció con botas de montar y una capa azul larga.

Hamish había asumido el trabajo del que se había encargado Amos antes de que su padre muriera: recorría los pueblos e iba a ver a sus trabajadores. Siempre se cuidaba de ir bien vestido y se tomaba la molestia de desviarse del camino para mostrarse cordial con la gente. Sin embargo, su naturaleza bondadosa no le impedía plantar cara a los rufianes que le salían al paso. En pocas palabras: era una versión más joven de Amos.

Mano a mano, colocaron los fardos sobre los animales de carga y hablaron de los sitios a los que Hamish acudiría aquel día y los artesanos con los que trataría. La mayor parte del hilado ya se llevaba a cabo en la fábrica, con máquinas, por lo que había menos hilanderos a quienes visitar; en cualquier caso, el tejido seguía siendo un oficio manual, y los tejedores trabajaban en casa o en las fábricas.

—Será mejor que les avises de que seguramente la próxima semana no habrá trabajo —le dijo Amos a Hamish—. No tengo más encargos y acumular paño sería un lujo inasumible.

—Quizá surja algo los próximos días —repuso Hamish, optimista.

—Confiemos en que así sea.

Los obreros empezaron a llegar; comían pan, bebían cerveza ligera en jarras de barro y parloteaban como gorriones tempraneros. Siempre tenían mucho de que hablar. Trabajaban con tanto ahínco y tantas horas que a Amos le parecía milagroso que les quedara energía para conversar.

A las cinco de la mañana comenzó la actividad: el golpeteo de los batanes, el traqueteo y el zumbido de las hiladoras Jenny, y el tableteo de los telares mientras los tejedores hacían pasar las lanzaderas de derecha a izquierda y viceversa. A Amos, todo aquel ruido mecánico le resultaba melódico. Confeccionaba paño para abrigar a la gente, pagaba salarios para alimentar a las familias, acumulaba beneficios para mantener a flote el negocio... Pero pronto lo asaltaron de nuevo las preocupaciones.

Fue a buscar a Sal Box, representante extraoficial de los trabajadores. Tenía buen aspecto pese a las dificultades; el matrimonio le había sentado bien, aunque a Amos su marido, Jarge, le parecía un tanto bruto.

Las máquinas hiladoras funcionaban ahora con energía hidráulica, por lo que los hilanderos ya no tenían que hacer girar la rueda a mano. Eso permitía a una hilandera experimentada como Sal supervisar tres máquinas a la vez.

Tuvieron que alzar la voz para hacerse oír por encima del ruido.

—No tengo ningún encargo para la semana que viene —le dijo Amos—, a menos que consiga vender algo en el último momento.

—Le convendría recibir encargos militares —repuso Sal—. Ahí es donde está todo el dinero.

Muchos pañeros se habrían ofendido al recibir consejo de un

subordinado, pero Amos no. Le agradaba saber lo que sus empleados opinaban. Y acababa de recibir una información importante: sospechaban que no aceptaba contratos para la Milicia de Shiring. Ahora tenía la oportunidad de enmendar el rumor.

—No creas que no lo he intentado, pero Will Riddick se los asigna todos a su suegro.

La expresión de Sal se ensombreció.

—Ese Will Riddick debería pagar por lo que hace.

—Es imposible participar del negocio.

—Eso no está bien.

—Lo sé.

—Hay muchas cosas que no están bien en este país.

—Pero quien diga eso podría ser acusado de traición —se apresuró a replicar Amos.

Sal apretó los labios en una mueca reprobatoria.

Amos reparó en que Kit no se encontraba con ella.

—¿Dónde está tu chico?

—Ha ido a ayudar a Jenny Jenkins.

Amos miró alrededor. Una de las hiladoras estaba parada y Kit se encorvaba sobre ella, acercando su cabellera pelirroja a la maquinaria. Amos cruzó la sala para averiguar qué ocurría.

Kit tenía catorce años, pero aún era muy niño, con la voz aflautada y sin rastro de barba.

—¿Qué haces? —le preguntó Amos.

Kit pareció inquietarse, temeroso de estar a punto de recibir una reprimenda.

—Tensar un huso con la uña del pulgar, señor Barrowfield, aunque volverá a aflojarse. Espero no haber hecho nada malo.

—No, muchacho, descuida. Pero ese no es tu trabajo, ¿no?

—No, señor. Las mujeres me pidieron ayuda.

—Es verdad, señor Barrowfield —confirmó Jenny—. A Kit se le dan tan bien las máquinas que todos recurrimos a él cuando algo no funciona, y suele arreglarlo en un periquete.

Amos se volvió hacia Kit.

—¿Cómo es que dominas tanto esto?

—Trabajo aquí desde los seis años, así que supongo que he acabado por conocer bien las máquinas hiladoras, señor. —Amos recordó que a Kit siempre le había fascinado la mecánica—. Y podría hacerlo mucho mejor si dispusiera de un destornillador en lugar de tener que usar la uña —añadió el chico.

—No me cabe la menor duda.

Amos se quedó pensativo. Por lo general, los propios peones reparaban las máquinas, a menudo dedicando mucho tiempo a un problema sencillo. Si un especialista se encargaba de hacerlo, se ahorraría mucho tiempo y la producción aumentaría.

Observó a su pequeño ingeniero y sopesó la posibilidad de crear oficialmente el puesto. Le gustaba recompensar a quienes hacían más de lo imprescindible: eso motivaba a los demás. Decidió asignar a Kit un cargo y un salario semanal. En realidad no podía permitirse ser generoso, pero unos pocos chelines no iban a suponer gran diferencia.

No obstante, prefería acordarlo antes con Sal. No creía que la mujer pusiera objeciones, pero con ella siempre era preferible asegurarse antes. Amos volvió a su lado.

—Kit es muy inteligente —le dijo.

Sal se hinchió de orgullo.

—Si le soy sincera, señor Barrowfield, siempre he creído que mi hijo estaba predestinado a algo extraordinario.

—Bueno, esto no es muy extraordinario, pero estoy pensando en nombrarle capataz; sería el encargado del mantenimiento a tiempo completo.

A Sal se le iluminó el rostro.

—Es usted muy amable, señor.

—Sería solo reconocer algo que ya está pasando.

—Sí, es cierto.

—Le pagaré cinco chelines a la semana.

Sal se sobresaltó.

—Es un gesto muy bondadoso, señor Barrowfield.

—Me gusta pagar a las personas lo que merecen..., siempre que puedo.

Amos escrutó el semblante de Sal y encontró alivio en él. Unos chelines adicionales supondrían una diferencia enorme en su presupuesto semanal.

—Si al final tengo que cerrar la fábrica la próxima semana —dijo—, Kit podría venir a revisar todas las máquinas aprovechando que están inactivas. Siempre es mejor prevenir que curar. ¿Estás de acuerdo?

—Sí, señor. Se lo diré.

—Bien —concluyó Amos—. Le compraré un destornillador.

Hornbeam llevó a Howard a conocer la fábrica nueva.

Howard había tenido un hijo con su esposa Bel, con quien llevaba tres años casado. Le habían puesto de nombre Joseph, como su abuelo, lo que complació a Hornbeam más de lo que él mismo habría imaginado. «Siempre y cuando no lo llaméis Joey —les dijo—. Detesto ese nombre. Llamadle Joe si queréis abreviar». No le importaba que el crío le recordara los tiempos en que había sido un niño escuálido que hurgaba en los montones de basura de Londres y se llamaba Joey, pero no quería tener que compartir sus sentimientos al respecto. Su familia haría lo que él dijera sin preguntar por qué.

Joe tenía cerca de dos años y ya era alto para su edad: sería espigado, como el propio Hornbeam. Y nadie le llamaría Joey.

Así, la fortuna de Hornbeam pasaría a una tercera generación; una forma de inmortalidad.

Deborah y Will Riddick aún no tenían hijos, pero era demasiado pronto para perder la esperanza de que ellos también le dieran nietos.

La fábrica nueva, que estaba casi acabada, ocupaba el solar donde antes había habido una porqueriza. Los peones llevados desde Combe se alojaban en pequeñas carpas de campaña, prendían hogueras y cavaban letrinas por toda el área. Hornbeam y Howard caminaban por un terreno lodoso batido por las ruedas de los carros. La fábrica nueva reemplazaría a las otras tres que Hornbeam poseía.

—Se consagrará en exclusiva a producir paño para uniformes —dijo—, destinados no solo a la Milicia de Shiring y el 107.º Regimiento de Infantería de Kingsbridge, sino también a otros doce clientes importantes.

La fábrica no se encontraba a orillas del río, sino junto a un pequeño arroyo, ya que no sería el agua lo que accionaría la maquinaria. Hornbeam lo había mantenido todo en secreto; ni siquiera se lo había contado a su familia, pero empezaba a ser imposible ocultar las obras de construcción, y había decidido airear la noticia. Estaba informando a Howard en presencia de los trabajadores.

—Esta será la primera fábrica de Kingsbridge que funcione con vapor —anunció, ufano.

—¡Con vapor! —exclamó Howard.

El vapor era más estable que el agua del río, cuya fuerza variaba de un día para otro, y más potente que un caballo o un buey. Ya se empleaba en centenares de fábricas, sobre todo en el norte de Inglaterra. Kingsbridge había tardado en sumarse a esa nueva tecnología, pero por fin había llegado el día.

Entraron. Era imponente; la única edificación de la ciudad más grande que aquella era la catedral.

Los peones encalaban las paredes y acristalaban los grandes ventanales: las fábricas textiles necesitaban luz. Mantenían conversaciones a voces en los amplios espacios, y algunos cantaban mientras trabajaban. Los hombres procedentes de Combe no sabían quién era Hornbeam; de lo contrario, habrían guardado silencio cuando pasó junto a ellos. Por una vez, a él no le importó este lapsus. Estaba demasiado extasiado con su edificio.

Mostró a Howard el horno de carbón, que era del tamaño de una casa pequeña. Encima había una caldera construida a la misma escala. Junto a ellos se alzaba un cilindro tan alto como el propio Hornbeam, engranado a un volante que a su vez estaba conectado a un colector.

—Ese colector transmite la energía a toda la fábrica —dijo Hornbeam—. Vamos arriba.

Precedió por la escalera a Howard.

—Esta es la sala de tejido. —En ella había docenas de telares dispuestos en cuatro filas paralelas—. ¿Ves esos travesaños que recorren todo el techo? Están conectados a los telares por medio de correas de transmisión. Cuando el árbol gira, la correa proporciona al telar la energía que le permite llevar a cabo los cuatro procesos del tejido: en primer lugar, levanta hebras alternas en la urdimbre para abrir la calada como si fuera la boca de un cocodrilo; en segundo lugar, hace pasar la lanzadera a través la calada, como por entre los dientes del cocodrilo, y, en tercer lugar, aprieta con fuerza la hebra contra la garganta de la calada, el movimiento al que llaman «ajuste de la trama». A continuación repite el proceso a la inversa, completando el tejido.

—¡Es fantástico! —exclamó Howard.

—Pero no es factible con la fuerza hidráulica. Los telares mecánicos requieren de una fuente de energía exacta y estable: ciento veinte revoluciones por minuto, cinco arriba o cinco abajo. De lo contrario, se corre el riesgo de que la lanzadera se desplace demasiado deprisa o se detenga. El río no puede proporcionar esa energía exacta y constante, el vapor sí.

—¿Necesitaremos siquiera a algún trabajador?

—Sí, pero cada uno podrá supervisar tres o cuatro telares mecánicos a la vez, según me han dicho; a veces más, en función del operario. Apenas necesitaremos a la cuarta parte de nuestra mano de obra actual.

—Ya me lo imagino —dijo Howard—: este sinfín de telares trabajando solos, generando dinero todo el día, con solo un puñado de peones…

Hornbeam estaba entusiasmado, pero también algo inquieto. Cuando las obras de la fábrica finalizaran, habría invertido en ella todos los ahorros de los últimos veinte años, además de un sustancioso préstamo del Thomson's Kingsbridge Bank. No obstante, estaba seguro de que obtendría beneficios: había demostrado tener buen criterio comercial en numerosas ocasiones. Y tenía bien hilvanados los contratos de paño militar. Aun así, no existía negocio sin riesgo.

Howard compartía sus pensamientos.

—¿Y si llega la paz? —preguntó.

—No es probable que eso ocurra. Esta guerra dura ya seis años y no hay indicios de que vaya a acabar pronto.

En el camino de vuelta cruzaron una barriada de casas que habían construido para los trabajadores. En las calles se acumulaban la basura y la inmundicia.

—Esta gente es repulsiva —dijo Hornbeam.

—En realidad, es culpa nuestra —repuso Howard.

—¿Cómo va a ser culpa nuestra que la gente viva entre la mugre? —replicó Hornbeam, indignado.

Howard tembló, pero por una vez se mantuvo firme.

—Son casas adosadas. No tienen patio.

—Ah, sí..., había olvidado ese detalle. Es algo que nos ahorra mucho dinero.

—Pero así no hay otro sitio donde dejar los desperdicios que la calle.

—Hum.

Los peones estaban ultimando una calle nueva.

—Me han contactado tres personas interesadas en abrir comercios aquí —comentó Howard.

—Nosotros ya tenemos nuestros propios comercios, y son muy rentables.

—Los trabajadores dicen que en nuestras tiendas todo es más caro. Algunos prefieren ir a la ciudad para no pagar más.

—¿Por qué íbamos a invitar a competidores a que vengan y hagan menguar nuestras ganancias?

Howard se encogió de hombros.

—Sí, la verdad es que no hay motivo.

—No —dijo Hornbeam—. Que paguen o caminen.

La Feria de Mayo se celebraba en un prado adyacente a un bosque, a las afueras de la ciudad. Amos presenciaba la danza de la cuerda, un espectáculo en el que mujeres jóvenes ataviadas con ropa ceñida hacían cabriolas sobre una soga tensada a unos tres metros del suelo, cuando Jane, ahora vizcondesa Northwood, lo distrajo. Su estampa era más cautivadora que la de las bailarinas de la cuerda. Llevaba un sombrero de paja adornado con lazos y flores, y un pequeño parasol, el último grito en la moda. Ese día desprendía una belleza excepcional.

En ese instante, Amos pensó que quizá algo fallaba en él. Estaba bastante seguro de que no era normal que un joven llevara siete años obsesionado con una mujer que, sencillamente, no le correspondía.

Jane lo tomó de un brazo y pasearon juntos, disfrutando del sol primaveral; curiosearon en los puestos y las barras de cerveza mientras fingían no ver a las prostitutas.

Se detuvieron ante una compañía de acróbatas y él le preguntó cómo estaba. Convencional como era, la pregunta obtuvo una respuesta de una franqueza inesperada.

—¡Apenas veo a Henry! Pasa todo el tiempo con la milicia, adiestrándola e instruyéndola y qué sé yo. En realidad nunca entran en combate. No le veo el sentido.

—Su función es defender a la patria, por eso de cuando en cuando ceden unidades militares para que luchen en el extranjero.

Jane no quería explicaciones.

—Insiste en que vaya a vivir a Earlscastle, donde nunca pasa nada. ¡Veo más a su padre que a él! Si me diera por tener una aventura, le estaría bien empleado.

Amos miró alrededor, temeroso de que alguien hubiese oído aquel comentario tan impropio de una dama; por suerte, no había nadie cerca.

Se aproximaron a un cuadrilátero de boxeo donde un luchador apodado Pegleg Punch, «Puño Patapalo», ofrecía una libra a cualquiera capaz de derribarlo. Pese a su discapacidad —tenía una pierna de madera—, su aspecto era aterrador, con unas espaldas enormes, la nariz rota y cicatrices en los brazos.

—No aceptaría el reto ni por cincuenta libras —dijo Amos.

—Me alegra oír eso —replicó Jane.

Mungo Landsman, uno de los bravucones que merodeaban por la taberna Slaughterhouse, pagó el chelín. Era un tipo corpulento con aire de villano, y saltó al cuadrilátero ansioso por luchar. Antes de tener tiempo siquiera de alzar los puños, Pegleg fue hacia él y empezó a propinarle golpes en la cabeza y el cuerpo, tan rápidos que costaba seguirlos. Cuando el hombre cayó desplomado, Pegleg le dio una patada con la pierna de madera y la muchedumbre lo vitoreó. El boxeador sonrió de oreja a oreja y dejó a la vista los pocos dientes que conservaba.

Amos y Jane se alejaron de allí. Amos se preguntó a qué se suponía que debía dedicarse una mujer como ella después de casarse con un hombre rico pero tan atareado.

—Imagino que querrás tener hijos —dijo.

—Es mi deber engendrar a un heredero —contestó ella—, aunque es pura teoría. No hay muchas probabilidades de que Henry y yo tengamos hijos dado el poco tiempo que pasamos juntos.

Amos meditó sobre eso. Jane había conseguido lo que quería: casarse con Henry. Hasta entonces, la gente aseguraba que Henry nunca se casaría con alguien inferior a él en el escalafón social. Su padre había acordado un matrimonio más apropiado, y debió de oponerse con firmeza cuando su hijo decidió repudiar ese plan. Jane había superado todos los obstáculos. Pero eso no la había hecho feliz.

Llegaron a un puesto donde Sport Culliver, ataviado con una chistera roja, vendía madeira por copas. Iban a pasar de largo cuando Sport llamó a Jane.

—Mi señora vizcondesa, no tome madeira corriente; ese es para el populacho. Tengo una variedad especial para usted. —Se agachó y sacó una botella de debajo de la mesa—. Este es el mejor madeira que jamás se ha elaborado.

—Me apetece una copa —le dijo Jane a Amos.

—Que sean dos, por favor, Sport —le pidió Amos a Culliver.

Culliver sirvió el vino en dos copas grandes y se las tendió.

—Serán dos chelines, señor Barrowfield —dijo, no antes de que Jane hubiese catado su copa.

—¿Qué lleva este vino, polvo de oro? —se sorprendió Amos.

—Ya le dije que era el mejor.

Amos pagó y luego tomó un sorbo: era bueno, pero no el mejor. Le hizo una mueca a Sport.

—Si algún día buscas trabajo como vendedor de paño, ven a verme —le dijo.

—Es usted muy amable, señor Barrowfield, pero prefiero seguir con lo que conozco.

Amos asintió. El comercio de paño no era para Culliver. Había mucho más dinero en la bebida, el juego y la prostitución.

Apuraron las copas y se alejaron del puesto por un sendero que llevaba al bosque. Jane se volvió y habló con una joven que se encontraba detrás de ellos, y Amos cayó en la cuenta de que la chica los había estado siguiendo; sin duda se trataba de una carabina.

—Sukey, tengo un poco de frío. ¿Serías tan amable de ir a buscar mi chal al carruaje?

—Sí, señora —contestó la joven.

Jane y Amos siguieron andando, ya sin carabina.

—Bueno, al menos puedes comprarte toda la ropa que quieras. Hoy estás preciosa.

—Tengo habitaciones llenas de ropa, pero ¿dónde voy a exhibirla? Esta aburrida Feria de Mayo de Kingsbridge es el acontecimiento social más emocionante al que he asistido en los últimos tres meses. Esperaba que Henry me llevara a fiestas en Londres. ¡Ja! Ni siquiera hemos ido a Londres. Está demasiado ocupado…, con la milicia, por supuesto.

Amos pensó que con toda probabilidad Northwood consideraba que Jane no tenía suficiente categoría para relacionarse con sus amigos aristócratas, pero no lo verbalizó.

—Algo de vida social debéis de tener.

—Las fiestas con los oficiales..., con las esposas de los oficiales —contestó Jane, desdeñosa—. Nunca me ha presentado a nadie ni remotamente próximo a la realeza.

Eso confirmaba aún más sus sospechas.

A Jane no la habían educado para apreciar el ascenso social. Su padre había renunciado a una posición clerical elevada para ser pastor metodista; ella había abandonado los valores que Charles Midwinter le había inculcado.

—Anhelas todo lo que no deberías anhelar —le dijo Amos.

Jane no toleraba las críticas.

—¿Y tú? —replicó, vehemente—. ¿Qué estás haciendo tú con tu vida? Te dedicas en cuerpo y alma a tu negocio. Vives solo. Ganas dinero, pero tampoco mucho. ¿Qué sentido tiene?

Amos se quedó pensativo. Jane llevaba razón. Al principio quiso hacerse cargo del negocio de su padre, luego trató con desesperación de saldar su deuda, pero ahora que había satisfecho esos dos objetivos, seguía trabajando de sol a sol. Sin embargo, el negocio no lo agobiaba; de hecho, le agradaba.

—No lo sé, me parece algo natural —contestó.

—Se te ha aleccionado para creer que un hombre debe dejarse la piel trabajando, pero no por ello es verdad.

—No es solo eso. —Había algo más, algo que nunca había tenido muy en cuenta; pero, ahora que ella se lo había preguntado, empezó a vislumbrar la respuesta—. Quiero demostrar que puede haber industria sin explotación —dijo—. Y negocio sin corrupción.

—De modo que todo tiene que ver con el metodismo.

—¿Eso crees? No estoy seguro de que los metodistas ostenten el monopolio de la amabilidad y la honradez.

—Crees que no soy feliz porque me casé con el hombre equivocado.

Eso era un giro inesperado.

—No era mi intención criticarte...

—Pero estoy en lo cierto, ¿no es así?

—Lo que creo es que serías más feliz si te hubieras casado por amor —contestó Amos con prudencia.

—Sería más feliz si me hubiera casado contigo.

Jane sabía dejarle perplejo con declaraciones imprevisibles.

—No era eso lo que quería decir —se defendió él.

—De todos modos, es verdad. Cautivé a Henry, pero el hechizo se ha desvanecido. Tú me amabas de verdad. Puede que aún me ames.

Amos miró alrededor con la esperanza de que no hubiera nadie lo bastante cerca para oírlos. Reparó en que se habían adentrado en el bosque y estaban solos.

Jane interpretó su silencio como un sí.

—Lo sabía —dijo.

Se puso de puntillas y lo besó en los labios.

Amos estaba demasiado estupefacto para reaccionar. Se quedó inmóvil, petrificado, mirándola.

Jane lo abrazó y apretó su cuerpo contra él. Amos sintió el contacto de sus pechos, su vientre y sus caderas.

—Estamos solos —le dijo Jane—. Bésame como es debido.

Amos había fantaseado con ese momento más veces de las que podría haber contado.

—Esto no está bien —se sorprendió diciendo.

—Está tan bien como cualquier cosa en este mundo. Querido Amos, sé que me amas. Solo un beso, nada más.

—Pero estás casada con Henry —insistió él.

—Al infierno con Henry.

Amos tomó sus manos y las apartó de su cintura.

—Me sentiría muy avergonzado —dijo.

—Ah, ahora soy algo de lo que avergonzarse.

—Solo cuando traicionas a tu esposo de este modo.

Jane se separó de él, dio media vuelta y se alejó.

Incluso entonces, con aquel andar enfurecido, resultaba irresistiblemente seductora.

Amos la observó.

«Soy tonto de remate», pensó.

Eran las ocho de la tarde, y Sal y Jarge se disponían a irse a la cama.

—Corre el rumor de que la fábrica nueva de Hornbeam tendrá una máquina de vapor gigantesca que hará funcionar docenas de telares —comentó Jarge—, y que la mayoría de los tejedores ya no seremos necesarios porque un solo hombre supervisará cuatro telares de vapor.

—¿Es eso posible? ¿Puede una máquina de vapor ser un tejedor? —preguntó Sal.

—Yo no veo cómo.

Sal arrugó el entrecejo.

—He oído que los telares de vapor ya se utilizan en las fábricas textiles del norte.

—Me cuesta creerlo —repuso Jarge.

—Supongamos que es verdad. ¿Qué consecuencias tendrá?

—Tres de cada cuatro tejedores de Hornbeam nos veremos obligados a buscar otro trabajo. Y, estando las cosas como están, es posible que no lo encontremos. Pero ¿qué podemos hacer?

Sal no creía tener una respuesta para eso. Daba la impresión de que se había erigido en una especie de líder de los trabajadores de Kingsbridge, pero no sabía cómo había ocurrido ni se sentía cualificada para desempeñar bien esa función.

—En el pasado, los trabajadores se rebelaron contra las máquinas nuevas.

—Y se les castigó por ello —replicó Sal.

—Eso no significa que tengamos que permitir que los patrones hagan con nosotros lo que se les antoje —dijo Jarge con tono beligerante.

—No nos precipitemos —intentó calmarlo Sal—. Antes de hacer nada, tenemos que averiguar si el rumor es cierto.

—¿Y cómo vamos a averiguarlo?

—Podemos ir a echar un vistazo. Los constructores están

acampados allí mismo, pero no les importará que curioseemos mientras no estropeemos nada.

—Vale —convino Jarge.

—Iremos el domingo por la tarde.

Kit nunca había visto una máquina de vapor, pero había oído hablar de ella y estaba fascinado. ¿Cómo podía el vapor hacer funcionar un mecanismo? Entendía que el agua hiciera girar una rueda de molino, pero el vapor solo era aire..., ¿no?

El domingo, después de comer, cuando Sue y él estaban a punto de acudir a la escuela dominical de Elsie Mackintosh, Sal y Jarge se prepararon para salir.

—¿Adónde vais? —le preguntó Kit a su madre.

—Vamos a echar un vistazo a la nueva y enorme fábrica de Hornbeam.

—Voy con vosotros.

—No, no vienes.

—Quiero ver la máquina de vapor.

—No podrías ver nada, las instalaciones están cerradas.

—Entonces ¿para qué vais?

Sal suspiró, como siempre que Kit tenía razón y ella estaba equivocada.

—Haz lo que te mando y ve a la escuela dominical.

Sue y él se marcharon.

—Vamos a seguirlos —propuso Kit en cuanto salieron del campo de visión de la casa.

Sue no era tan valiente como Kit.

—Nos meteremos en un lío.

—No me importa.

—Yo me voy a la escuela dominical.

—Pues adiós.

Vigiló la casa escondido tras una esquina, y, cuando los adultos salieron, echó a andar tras ellos a una distancia prudencial; tenía una vaga idea de hacia dónde se encaminaban. Muchas familias iban a pasear al campo las tardes de los domingos en busca de aire fresco, de modo que nadie sospecharía de él. Aunque hacía frío, cada poco el sol se abría paso entre las nubes, un recordatorio de que el verano se aproximaba.

Las fábricas estaban en silencio, y en la quietud dominical Kit alcanzaba a oír el canto de los pájaros, el viento entre los árboles e incluso la corriente del río.

En el enclave de la antigua porqueriza, algunos peones disputaban un partido de fútbol con porterías improvisadas mientras otros los miraban. Kit vio que Sal hablaba con uno de ellos; parecía cordial. Supuso que ella le estaría diciendo que solo querían dar una vuelta por allí. El hombre se encogió de hombros, como si no le importara.

La fábrica nueva era alargada y estrecha, y se había construido con la misma piedra que la catedral. Kit observó desde la distancia mientras los mayores rodeaban el edificio parándose a mirar por las ventanas.

El muchacho supuso que querían entrar. Él también quería, pero al parecer las puertas tenían el pestillo echado, y las ventanas de la planta baja estaban cerradas. Todos alzaron la mirada: en la planta superior había ventanas abiertas.

—Me parece haber visto una escalera en la parte de atrás —oyó Kit que decía Jarge.

Jarge y Sal se dirigieron al lateral del edificio más alejado del partido de fútbol. En el suelo había una escalera con los travesaños manchados de cal. Jarge la cogió y la colocó contra la fachada: llegaba hasta las ventanas superiores. Subió por ella mientras Sal permanecía encaramada al primer peldaño para estabilizarla.

Jarge se asomó por una ventana.

—Vale, estoy sentenciado —dijo al cabo de un rato.

—¿Qué ves? —preguntó Sal, impaciente.

—Telares. Muchos. Imposible contarlos.

—¿Puedes entrar?

—La abertura de la ventana es demasiado pequeña, no quepo.

Kit salió de detrás de una pila de madera.

—Yo sí —dijo.

—¡Serás desobediente! —exclamó Sal—. ¡Deberías estar en la escuela dominical!

—Pero él sí cabría. Y después podría abrirnos una puerta.

—Le daría unos azotes —dijo ella.

Jarge bajó.

—Adelante, Kit —le animó—. Yo sujetaré la escalera.

Kit subió y se introdujo por la ventana. Una vez dentro, miró alrededor maravillado. Nunca había visto tantos telares en un mismo lugar. Quería averiguar cómo funcionaban, pero sabía que antes debía dejar entrar a los mayores. Corrió escalera abajo y encontró una puerta con un pestillo echado pero sin cerrar con llave. La abrió y se hizo a un lado para dejar entrar a Jarge y a Sal, y luego la cerró a toda prisa.

La máquina de vapor estaba allí, en la planta baja.

Kit la examinó, algo atemorizado por sus dimensiones y su evidente potencia. Identificó el enorme horno y, sobre él, la caldera, donde el agua se convertiría en vapor. Una tubería llevaba el vapor caliente hacia el interior de un cilindro. Era evidente que dentro del cilindro había algo que subía y bajaba, ya que por arriba estaba conectado al extremo de un travesaño que parecía una báscula gigantesca. Cuando ese extremo del travesaño subiera y bajara, el otro bajaría y subiría, y así haría girar una rueda descomunal.

Kit supuso que a partir de ahí funcionaría como una rueda hidráulica.

Lo extraordinario era que el vapor tuviera suficiente fuerza para accionar el mecanismo de metal y madera.

Sal y Jarge subieron a la planta superior, seguidos por Kit. Allí había cuatro filas de telares, todos nuevos y relucientes, aún sin hilo. Kit dedujo que la máquina de vapor debía de hacer girar el gran eje del techo, que estaba conectado a cada telar por medio de correas de transmisión.

Jarge se sentía apabullado.

—No lo entiendo... —dijo rascándose la cabeza a través del sombrero.

—Mira qué ocurre si tiras de esa correa —dijo Kit.

Jarge dudó unos instantes, pero al final accedió.

—Voy.

En un primer momento no ocurrió nada.

Luego se oyó un ruido seco procedente del telar y uno de los lizos se elevó. Si en el telar ya se hubiese dispuesto el hilo, el lizo habría alzado hebras alternas en la urdimbre, formando el hueco o calada.

A continuación se oyó otro ruido seco cuando la lanzadera volante saltó de un lado del telar al otro.

Kit vio un mecanismo en la parte posterior del telar, un sistema de piñones y bielas que dirigían el movimiento hacia la siguiente tarea.

Jarge no salía de su asombro.

—Está pasando todo... ¡sin un tejedor!

Un ruido más: el batán se desplazó veloz en la calada; apretaría la hebra contra el vértice de la uve.

Con otro ruido seco, un lizo bajó y otro subió para elevar las otras hebras invisibles. La lanzadera regresó a su posición original, y la calada volvió a desplazarse hacia el vértice.

Y el proceso se repitió.

—Pero ¿cómo sabe lo que hay que hacer en cada momento? —preguntó Jarge. Su voz desprendía una nota de atemorizada superstición al añadir—: Dentro de la máquina debe de haber un diablillo haciéndola funcionar.

—Es un mecanismo —explicó Kit—. Como el de los relojes.

—Como el de los relojes... —musitó Jarge—. En realidad nunca he entendido cómo funcionan los relojes.

Kit estaba estupefacto por otro motivo.

—Todos estos telares trabajan a la vez... ¡accionados por esa máquina de vapor!

—Tiene que haber algo más que vapor —insistió Jarge; parecía amedrentado.

—Estoy segura de que el paño que salga de ahí no será bueno ni suave —terció Sal.

Kit había oído decir a los peones que Satán habitaba en las máquinas y que estas nunca harían el trabajo tan bien como un menestral. Él creía que se equivocaban.

—Puede que Hornbeam sea un demonio inmundo —dijo Sal con aire pensativo—, pero nunca malgastaría su dinero. Si estas máquinas funcionan...

—Si estas máquinas funcionan, ¿qué sentido tendrá ser tejedor? —concluyó Jarge.

—Esto no puede permitirse —musitó Sal casi para sí misma—. ¿Qué podemos hacer?

—Destrozar las máquinas —propuso Jarge—. Hay suficientes tejedores, unos cien, trabajando para Hornbeam. Si vienen todos con martillos, ¿quién los va a detener?

«Y luego los llevarán a Australia, como a Joanie», pensó Kit.

—¿Sabéis qué? —dijo Sal—, me gustaría hablar de esto con Spade y saber qué opina al respecto.

«A Spade se le ocurrirá algo mejor que destrozarlo todo», pensó Kit.

Sal envió a Kit a la escuela dominical.

—Aún llegarás a tiempo para la sopa —le dijo.

La conversación con Spade versaría sobre cómo actuar contra los patrones, y Sal no quería que ningún niño la oyera. Kit era un muchacho brillante, pero demasiado joven para confiarle secretos.

Spade estaba acabando de cenar y en la mesa había pan y queso. Invitó a sus visitantes a que los degustasen, y Jarge aceptó. Sal le resumió lo que habían visto en la fábrica nueva.

—Había oído rumores —dijo Spade cuando Sal acabó—. Acabáis de confirmarme que son ciertos.

—La cuestión es ¿qué vamos a hacer? —le preguntó ella.

—Destrozar las máquinas —masculló Jarge con la boca llena de pan y queso.

Spade asintió con la cabeza.

—Pero ese sería el último recurso.

—¿Y qué alternativa tenemos?

—Podríais organizar un sindicato, una asociación de trabajadores.

Sal hizo un gesto afirmativo. Era algo en lo que ya había pensado, aunque de forma vaga, porque no estaba segura de qué eran los sindicatos ni de lo que hacían.

—¿Cómo ayudaría eso? —preguntó Jarge.

—Para empezar, todos los peones irán a una; así tendrán más fuerza que si actuaran de forma individual.

Sal no había caído en eso, aunque le pareció obvio cuando lo oyó.

—¿Y después?

—Habrá que ver si el patrón está dispuesto a hablar con vosotros, tener una idea de la medida de su determinación.

—¿Y si sigue en sus trece?

—¿Qué haría Hornbeam si un buen día ninguno de sus tejedores se presentara en su puesto de trabajo?

—¡Una huelga! —exclamó Jarge—. Me gusta la idea.

—Se está dando mucho en otras partes del país —dijo Spade.

Sal asintió despacio.

—¿Cómo viven los huelguistas sin sus salarios?

—Tendríais que recaudar dinero entre otros trabajadores para ayudarles, pedir monedas en la plaza del mercado, pero no sería fácil. Los tejedores tendrían que apretarse el cinturón.

—Y Hornbeam no estaría produciendo beneficios.

—Perdería dinero con cada día que pasara. He oído que pidió un préstamo sustancioso al Thomson's Kingsbridge Bank para construir la fábrica. Recordad que está pagando intereses.

—Aun así —intervino Sal—, los tejedores pasarían hambre antes que Hornbeam.

—Entonces sí destrozaríamos las máquinas —propuso Jarge.

—Es como una guerra —terció Spade—. Al principio los dos bandos esperan ganar. Uno de ellos se equivoca.

—Si lo hiciéramos, ¿cuál sería el primer paso? —preguntó Sal.

—Hablar con los demás tejedores —contestó Spade—, averiguar si están dispuestos a luchar. Si creéis que contáis con suficiente apoyo, alquiláis una sala y convocáis una asamblea. Tú sabes cómo organizarla, Sal.

«Supongo que sí —pensó ella—, aunque no es que me sobre tiempo precisamente, después de trabajar catorce horas al día y cuidar de dos niños». Aun así, sabía que no podía renunciar a ese desafío. Llevaba demasiado tiempo indignada por el trato que recibían las personas como ella en su propio país. Ahora tenía la oportunidad de hacer algo al respecto. Y no podía rechazarla.

La gente que afirmaba que las cosas nunca cambiarían se equivocaba. Inglaterra había cambiado en el pasado; Sal recordaba que su padre lo decía, y volvería a cambiar si la gente como ella se empeñaba en que así fuera.

—Sí —dijo—, sé cómo organizarla.

Spade adoraba a su hermana Kate, pero no tanto para vivir con ella. Kate compartía la casa con Becca y él tenía su dormitorio en el taller. Aunque llevaban vidas independientes, su relación era íntima. Los dos conocían los secretos del otro.

El martes por la mañana, a las once en punto, Spade entró en la casa por la parte trasera. Se detuvo un momento junto a la puerta de la tienda, escuchando. Oyó voces. Kate y Becca discutían a menudo, pero en ese momento parecían charlar con calma. Spade no distinguió una tercera voz: no había clientes. Llamó a la puerta y asomó la cabeza.

—¿Despejado? —preguntó.

—Despejado —contestó Kate, sonriente.

Spade cerró la puerta y subió la escalera. Una vez arriba, se dirigió hacia una de las habitaciones que hacían las veces de probador.

Arabella estaba tendida en la cama.

Desnuda.

«Qué afortunado soy», pensó Spade.

Empujó la puerta y la cerró con llave, se dio media vuelta y sonrió a Arabella.

—Ojalá tuviera un retrato tuyo así —dijo.

—¡Dios nos libre!

Spade se sentó en una silla y se quitó las botas.

—Yo mismo podría pintarlo. De niño dibujaba.

—¿Y si alguien lo viera? La noticia correría como la pólvora.

—Lo escondería en un lugar secreto, lo sacaría por la noche y lo contemplaría a la luz de un candil. —Se quitó el abrigo, el chaleco y los calzones—. ¿A ti no te gustaría tener un retrato mío?

—No, gracias. Prefiero la versión de carne y hueso.

—Nunca fui un chico guapo.

—Es tu tacto lo que me gusta.

—Entonces ¿quieres una escultura?

—Una estatua de tamaño real, con todos los detalles.

—¿Como esa italiana tan famosa?

—¿Te refieres al *David* de Miguel Ángel?

—Si tú lo dices…

—Rotundamente no. Tiene una colita diminuta, toda encogidita.

—Quizá el modelo tenía frío.

—Mi estatua tendría un manubrio precioso y rollizo.

—¿Y dónde esconderías esa obra de arte?

—Debajo de mi cama, por supuesto. Luego la sacaría, como tú con el cuadro.

—¿Y qué harías mientras la contemplaras?

Ella se llevó las manos a la entrepierna y se acarició; el vello caoba asomaba entre sus dedos.

—Esto.

Spade se acostó a su lado.

—Por suerte, esta mañana tenemos las versiones de carne y hueso.

—Ah, sí —dijo Arabella, y se encaramó a él.

Eran amantes desde la noche del Baile de la Audiencia Provincial; de eso hacía tres años. La tienda de Kate era su lugar de encuentro habitual. Estaban enamorados, pero no podían casarse, de modo que intentaban disfrutar al máximo el uno del otro. Spade se sentía un poco culpable. No podía creer que Dios concediera a sus hijos deseos sexuales imperiosos y luego los torturara con la frustración. Arabella, por su parte, no parecía pensar en el pecado.

Eran discretos. Nadie los había descubierto en todo ese tiempo, y Spade creía que podrían seguir así eternamente.

Cuando acabaron, se quedaron tendidos boca arriba en la cama, uno al lado del otro, jadeantes.

—Yo nunca había sido así, ¿sabes? La forma en que te hablo..., lo que hago...

—Te has sorprendido a ti misma. —También lo había sorprendido a él, que era más joven y de una clase social inferior; además, Arabella estaba casada—. ¿Dónde aprendiste esas palabras? —le preguntó.

—De otras chicas, cuando éramos jóvenes, pero nunca se las había dicho a ningún hombre, hasta que llegaste tú. Vivía con la sensación de estar en una cárcel, y tú me sacaste de ella.

—Me alegro de haberlo hecho.

Ella se puso un poco más seria.

—Tengo que decirte algo.

—¿Es una noticia buena o mala?

—Supongo que mala, aunque no me ha hecho sentir mal.

—¡Qué intriga!

—Estoy embarazada.

—¡Santo Dios!

—Creías que era demasiado mayor. Es cierto, puedes decirlo. Yo también lo creía. Tengo cuarenta y cinco años.

Llevaba razón: él había dado por hecho que ya no podría concebir un hijo, pero cada mujer era un mundo.

—¿Estás enfadado? —le preguntó Arabella.

—¡Claro que no!

—Entonces ¿qué?

—No te ofendas.

—Lo intentaré.

—Estoy contento…, más contento de lo que sabría expresarte. ¡Estoy pletórico!

Ella se sorprendió.

—¿De veras? ¿Por qué?

—Durante dieciséis años he vivido con la tristeza de que mi único hijo muriera incluso antes de nacer. Ahora Dios me está dando otra oportunidad de ser padre, y eso me emociona.

Ella lo abrazó con fuerza.

—Me alegro tanto…

Spade disfrutó cuanto pudo de aquella dicha, pero debían afrontar las dificultades que se avecinaban.

—No quiero que tengas problemas —dijo.

—No creo que los tenga. La gente estará demasiado ocupada hablando de mi edad para preguntarse quién es el padre. —Su expresión delataba más preocupación de la que dejaba traslucir.

—¿Qué le dirás al obispo? —le preguntó Spade—. Él y tú no…

—No en los últimos diez años, por lo menos.

—Supongo que podrías forzar un encuentro…

Ella parecía asqueada.

—Ni siquiera estoy segura de que él aún pueda.

—¿Entonces?

—No lo sé.

Spade vio que estaba asustada.

—Tendrás que decirle algo.

—Sí —contestó ella, abatida.

Una semana después, Sal y Jarge se sentaron con Spade en la taberna Bell.

—Hornbeam quiere veros…, a los dos —les dijo Spade.

—¿A mí por qué? —preguntó Sal—. No le estoy amenazando con una huelga.

—Hornbeam siempre tiene espías, así que sabe que estás ayudando a Jarge. Y su yerno, Will Riddick, le ha convencido de que eres el demonio encarnado en mujer.

—Me sorprende que se digne hablar conmigo.

—No pensaba hacerlo, pero lo convencí.

—¿Cómo lo conseguiste?

—Le dije que nueve de cada diez empleados se habían afiliado a tu sindicato.

No era verdad. La proporción real era de unos cinco de cada diez, algo que se había logrado en solo una semana, y la cifra seguía aumentando.

Aunque Sal estaba conmovida por semejante éxito, le inquietaba enfrentarse en persona a Hornbeam. Era un hombre muy seguro de sí mismo, acostumbrado a contender, un bravucón experimentado. ¿Cómo iba a confrontarlo?

—Qué amable por su parte rebajarse a mi nivel —dijo con sarcasmo para ocultar su miedo.

Spade sonrió.

—No es tan inteligente como cree. Si de verdad fuera astuto, intentaría ganarse tu amistad.

A Sal le gustaba la forma de pensar de Spade. Siempre quería evitar que las discusiones desembocaran en disputas.

—¿Debería hacerme amiga de Hornbeam? —preguntó.

—Él nunca se permitiría trabar amistad con una trabajadora de su fábrica, pero podrías desarmarlo diciéndole que compartís un problema.

A Sal le pareció una buena idea, mejor que un ataque frontal.

El tabernero se acercó a ellos.

—¿Qué va a ser, Spade? —le preguntó.

—Nada, gracias. Tenemos que marcharnos.

—¿Vamos a ir ahora? —se sorprendió Sal.

—Sí. Está en la Casa Consistorial y quiere veros antes de volver a casa para cenar.

Sal se puso muy nerviosa.

—¡Pero no llevo mi mejor sombrero!

Spade se rio.

—Él tampoco, estoy seguro.

—De acuerdo, pues —dijo Sal, y se puso en pie.

Spade y Jarge hicieron lo propio.

—Si queréis, os acompaño —se ofreció Spade—. Es probable que Hornbeam tampoco se presente solo.

—Sí, por favor.

—Pero debéis hablar vosotros. Si hablo yo por vuestra boca, le daremos a entender que los trabajadores sois débiles.

A Sal le pareció lógico.

Desde la taberna, subieron por Main Street hasta la Casa Consistorial. Hornbeam los esperaba con su hija, Deborah, en la majestuosa sala en la que se reunía el consejo y hacía las veces de tribunal. Will Riddick estaba con ellos. A Sal la desazonó encontrarse allí con dos jueces; nada les impediría sentenciarla en ese mismo momento. Sintió la garganta atorada y temió no ser capaz de hablar; supuso que esa había sido la intención de Hornbeam: quería hacer que se sintiera vulnerable y desprotegida. Advirtió que Jarge estaba aún más nervioso que ella, pero tenía que combatir la intimidación como fuera. Tenía que ser fuerte.

Hornbeam estaba de pie frente al extremo de una mesa alargada alrededor de la cual se sentaban los concejales en sus reuniones: otro símbolo de su poder sobre las personas como Sal. ¿Qué podía hacer ella para sentirse una igual?

En cuanto se hizo esa pregunta supo la respuesta.

—Sentémonos, ¿les parece? —dijo antes de que Hornbeam tuviese ocasión de hablar, y retiró una silla.

Se quedó perplejo. ¿Cómo era capaz una trabajadora de la fábrica de invitar a un pañero a sentarse? Pero Deborah lo hizo, y a Sal le pareció ver que reprimía una sonrisa.

Hornbeam tomó asiento.

Sal decidió seguir llevando la iniciativa.

—Usted y yo tenemos un problema —dijo tras recordar la sugerencia de Spade.

Él adoptó un aire altanero.

—¿Qué problema podría compartir yo contigo?

—Su fábrica nueva tiene telares de vapor.

—¿Cómo lo sabes? ¿Has allanado mis propiedades?

—No existe ley que prohíba mirar por las ventanas —replicó Sal con resolución—. Para eso sirve el vidrio.

Oyó a Spade reírse entre dientes.

«Voy bien», pensó.

Hornbeam estaba desconcertado. No esperaba que Sal fuera locuaz, y aún menos aguda.

—Tenemos entendido que has creado un sindicato —atacó Will Riddick.

—Tampoco existe ley que prohíba eso.

—Pues debería.

Sal se volvió hacia Hornbeam.

—De los tejedores con que cuenta ahora, ¿a cuántos se les va a decir que ya no hay trabajo para ellos cuando traslade el negocio a la Porqueriza?

—El nombre de la fábrica es Hornbeam's Mill.

Quizá fuera cierto, pero todo el mundo conocía a esa factoría en concreto por el nombre de Porqueriza. Este detalle lo enfureció sobremanera.

—¿A cuántos? —repitió Sal.

—Eso es asunto mío.

—Si los tejedores van a la huelga, también será asunto suyo.

—Haré lo que considere oportuno para mi negocio.

—Señor Box —intervino Deborah mirando a Jarge—, usted trabaja en la Upper Mill de Hornbeam.

«Han caído en eso», pensó Sal.

—Puede despedirme si quiere —contestó Jarge—. Soy un buen tejedor. Encontraré trabajo en otra parte.

—Solo quisiera saber qué expectativas concretas tiene de esta reunión. Sin duda no esperará que mi padre renuncie a la fábrica nueva y a la máquina de vapor.

«Interesante —pensó Sal—; la hija es más razonable que el padre».

—Sí, eso es lo que espero —respondió Jarge, desafiante.

—Nuestra principal preocupación —informó Sal— es que los tejedores se queden sin trabajo debido a su máquina de vapor.

—Qué idea tan absurda —replicó Hornbeam—. Precisamente el objetivo de la máquina de vapor es reemplazar a la mano de obra.

—En ese caso habrá problemas.

—¿Me estás amenazando?

—Estoy intentando hacerle ver la realidad, pero se niega a escucharme —dijo Sal, sorprendida del desdén que desprendía su propia voz. Se puso en pie, pasmando de nuevo a Hornbeam: era él quien siempre ponía fin a las reuniones—. Buenas tardes.

Abandonó la sala seguida por Jarge y Spade.

—¡Has estado brillante! —le dijo Spade una vez en la calle.

A Sal ya no le importaba si lo había hecho bien.

—Hornbeam es un terco redomado, ¿verdad?

—Me temo que sí.

—Pues tenemos que ir a la huelga.

—Que así sea —convino Spade.

# 20

En el jardín de Arabella, el espinoso rosal de la variedad pimpinela, que siempre era el primero en florecer, había estallado en un sinfín de delicadas flores blancas con el centro amarillo. Elsie estaba sentada en un banco de madera, aspirando el aire fresco de primera hora de la mañana, con Stevie, su hijo de dos años, sobre el regazo. El pequeño tenía el cabello rojizo, cosa que debía de haber heredado de su abuela materna, esquivando el color moreno del de Elsie. Madre e hijo observaban cómo Arabella, vestida con su delantal y arrodillada en el suelo, extraía las malas hierbas de la tierra y las iba arrojando dentro de una cesta. Arabella adoraba su jardín de rosas. En los años transcurridos desde que empezó a plantarlas se la veía más feliz, con más energía y al mismo tiempo más tranquila.

A Stevie lo habían llamado igual que a su abuelo Stephen, el obispo. Al principio Elsie albergaba el secreto deseo de ponerle el nombre de Amos, pero no se le ocurrió ninguna excusa verosímil. El niño se removía entre sus brazos porque quería ayudar a su abuela. Elsie lo bajó al suelo y él fue tambaleándose hasta Arabella.

—No toques las plantas, tienen espinas —le advirtió Elsie. El pequeño no tardó ni un segundo en agarrar un tallo y, al herirse la mano, se echó a llorar y volvió corriendo junto a su madre—. ¡Tienes que obedecer a mamá! —le riñó ella.

—Claro, aunque eso es precisamente lo que tu mamá no hacía nunca —dijo la abuela en voz baja.

Elsie se echó a reír. Era cierto.

—¿Qué tal van las cosas en la escuela? —le preguntó Arabella.

—Es un momento muy emocionante —respondió la joven. Había dejado de ser una escuela dominical. Todos los niños que trabajaban en las fábricas de Hornbeam estaban en huelga, de modo que ella les daba clases a diario. Y los padres enviaban a sus hijos allí para que comieran gratis.

—Esto representa una gran oportunidad —explicó la chica, entusiasmada—. Es la única situación en que esos niños podrán recibir educación a tiempo completo, así que tenemos que sacarle el máximo partido. Temía que las personas que colaboran conmigo se quejaran de que es demasiado trabajo, pero han decidido que vamos a ir todos a una. Benditos sean. El pastor Midwinter imparte lecciones todos los días.

Hubo una pausa en la conversación, pero Elsie la retomó enseguida.

—Madre, diría sin temor a equivocarme que estoy esperando otro hijo.

—¡Qué maravilla! —Arabella dejó el desplantador en el suelo y se puso de pie para abrazar a su hija—. A lo mejor esta vez es una niña. ¿A que sería estupendo?

—Sí, aunque la verdad es que a mí me da igual.

—¿Qué nombre le pondrás si es niña?

—Arabella, claro.

—Seguro que tu padre querrá que la llames Martha porque era el nombre de su madre.

—Pues no voy a ponerme terca con él —dijo Elsie, y al momento añadió—: Por lo menos, no sobre ese tema.

Arabella se arrodilló de nuevo y siguió desbrozando el jardín. Tenía un aire pensativo.

—Parece que esta primavera está siendo muy fértil.

Elsie no tenía claro a qué se refería.

—Una flor no hace primavera, y un embarazo no hace una estación fértil.

—¡Ah! —exclamó su madre un poco avergonzada—. Yo... me refería al jardín.

—Las rosas pimpinela tienen un aspecto magnífico este año.

—Eso es lo que quería decir.

Elsie tuvo la impresión de que su madre le ocultaba algo, y al pensarlo mejor se dio cuenta de que últimamente le pasaba a menudo. Hubo una época en que se lo contaban todo la una a la otra. Arabella estaba al tanto del amor sin esperanzas que ella sentía por Amos, pero poco a poco había dejado de confiarle sus cosas y Elsie se preguntaba por qué.

Antes de que pudiera indagar más, apareció Kenelm, su marido. Se había aseado y afeitado y rebosaba dinamismo y ganas de hacer las cosas bien.

Elsie y Kenelm seguían viviendo en el palacio episcopal. Allí había mucho espacio y más comodidades que en ninguna casa que él pudiera permitirse con su salario de ayudante del obispo.

En tres años de matrimonio, Elsie había descubierto que la gran virtud de su marido era la meticulosidad. Lo hacía todo con gran esmero. Realizaba los trabajos para su padre cuidadosamente y sin demora, hasta tal punto que el obispo se deshacía en alabanzas con él. Kenelm también cumplía con su deber de padre. Todas las noches se sentaba junto a la cama de Stevie y rezaban juntos una oración, aunque no le dirigía la palabra al niño en ninguna otra circunstancia. Elsie había visto que otros padres jugaban con sus hijos a lanzarlos y atraparlos en el aire y que estos chillaban de puro gozo, pero su esposo consideraba que ese tipo de cosas ponía en entredicho su dignidad. El sexo era otra de las obligaciones que satisfacía a conciencia —una vez a la semana, los sábados por la noche—, y ambos lo disfrutaban, aunque siempre era monótono.

Con todo, el motivo principal de los cálidos sentimientos que albergaba hacia Kenelm era el pequeño que en esos momentos estaba sentado en su regazo. Él le había dado a Stevie, y también al nuevo hijo que crecía en su vientre. Mientras tanto, Amos seguía obsesionado con Jane. Elsie los había visto juntos en la Feria de Mayo, enfrascados en una conversación. Jane iba de punta en blanco y llevaba una ridícula sombrillita, y Amos se aferraba a sus palabras como si ella fuese una profetisa de cuyos labios brotaran perlas de sabiduría. Si Elsie hubiese conservado las esperanzas que tenía puestas en su amado, todavía estaría esperándolo. Besó la coronilla pelirroja de Stevie y se sintió inmensamente feliz por tenerlo consigo.

De todas formas, era en Amos en quien seguía pensando los sábados por la noche.

Kenelm saludó a Arabella con una inclinación de cabeza.

—El obispo le desea buenos días, señora Latimer, y me ruega que le haga saber que el desayuno está servido.

—Gracias —dijo Arabella, y se puso de pie.

Entraron todos en la casa. Elsie llevó a Stevie a su cuarto, donde lo dejó con la niñera. Ella había desayunado temprano en la cocina, de modo que se puso el tocado y salió muy contenta hacia la escuela.

No tenía la posibilidad de hacer uso del Salón de Actos como escuela durante la semana, pero había alquilado por poco dinero un viejo edificio en un barrio del sudoeste llamado Fishponds. Allí acudían habitualmente cincuenta niños como mínimo. Los que nunca habían asistido a la escuela dominical no sabían casi nada y los maestros tenían que empezar de cero. Les enseñaban el alfabeto, aritmética básica, el padrenuestro y cómo comer con cuchillo y tenedor.

Aguardó de pie al lado del pastor Midwinter mientras contemplaban con ilusión la llegada de los niños, que parloteaban a voz en cuello. Aunque estaban en los huesos, llevaban ropa harapienta y, en su mayoría, iban descalzos, estaban tan ávidos por empaparse de conocimientos como la tierra del desierto ansía empaparse de lluvia. Elsie se compadeció de aquellos que pasaban la vida tejiendo paños de lana, porque jamás llegarían a sentir esa intensa emoción.

Ese día le tocaba enseñar a los más pequeños, que también eran los más difíciles de controlar. En primer lugar, los retó con la aritmética: «Un panecillo de pasas cuesta medio penique. ¿Cuántos podéis comprar con seis peniques?». A continuación, les enseñó a escribir su nombre y los de los demás niños. Tras el recreo de media mañana hizo que aprendieran un salmo de memoria y les explicó el relato de cuando Jesús caminó sobre las aguas. Durante la última hora los niños empezaron a mostrarse inquietos porque el edificio se llenó del olor a sopa de queso.

Amos llegó a la hora de comer. Tenía, como siempre, un aspecto impecable. Ese día lucía una casaca granate que era la favorita de Elsie. La ayudó a repartir la sopa, y luego ambos se sirvieron un cuenco y se sentaron aparte para poder hablar. Ella luchó contra el fuerte deseo de acariciarle las ondas del pelo y tuvo cuidado de no fijar la mirada en sus profundos ojos castaños. Anhelaba acostarse junto a él por las noches y despertarse a su lado por las mañanas, pero eso era algo que no sucedería jamás. Sin embargo, al menos gozaba de su estrecha amistad, y se sentía agradecida por ello.

Le preguntó por la huelga.

—Hornbeam no está dispuesto a negociar —dijo él—. Se niega a plantearse siquiera un cambio de planes.

—Pero no puede dirigir la fábrica sin mano de obra.

—Claro que no. Pero cree que los huelguistas se cansarán antes que él. Dice: «Ya se arrastrarán hasta mí y me suplicarán que vuelva a darles trabajo».

—¿Piensas que tiene razón?

—Es posible. Él cuenta con más reservas que los trabajadores, pero ellos tienen recursos de otro tipo. En esta época del año los bosques están llenos de crías de conejo y pajarillos, si sabes atraparlos. Y en el campo crecen hierbas y frutos comestibles, como las pamplinas, las majuelas, las hojas de lima, los tallos de malva o la acedera.

—Esa comida engorda poco.

—También hay formas menos honradas de salir adelante. No

es un buen momento para andar por ahí de noche con la bolsa llena de dinero.

—Ay, querido…

—No debes preocuparte. Posiblemente eres la única persona rica de la ciudad a quien no le robarán, porque les das de comer a sus hijos. Te tienen por una santa.

«Pero una santa estaría enamorada de su marido —pensó Elsie—; de su marido y de ningún otro hombre».

—En realidad, nadie sabe cómo acabará esto —prosiguió Amos—. En el país ha habido más huelgas, y algunas las han ganado los patrones y otras, los trabajadores.

Las lecciones de la tarde eran más cortas y Elsie regresó a casa a tiempo de darle a Stevie la merienda: una tostada con mantequilla. A continuación fue a reunirse con su madre en la sala de estar para tomar el té.

Su padre llegó unos minutos más tarde. Tenía algo en mente, Elsie lo notaba porque se removía con nerviosismo.

—¿Has salido de compras, querida? —le preguntó a Arabella a la vez que le entregaba una taza.

—Sí.

—Tengo entendido que sueles frecuentar la tienda de Kate Shoveller.

—Es la mejor costurera de Kingsbridge e incluso de todo el condado de Shiring.

—Seguro que sí. —El obispo arrojó un terrón de azúcar en su té y lo removió más tiempo del necesario. Por fin volvió a hablar—. ¿Sigue estando soltera?

—Sí, que yo sepa —respondió Arabella—. ¿Por qué lo preguntas?

También Elsie se preguntaba adónde quería ir a parar su padre.

—Me parece raro que una mujer sana siga soltera a los treinta años, ¿a ti no?

—¿Es raro?

—Por lo menos es lógico preguntarse el motivo.

—No todo el mundo está hecho para casarse —terció Elsie—. Algunas mujeres no le ven sentido a atarse a un hombre de por vida.

Al obispo le horrorizó su comentario.

—¿Atarse? ¡Por Dios! El matrimonio es un santo sacramento.

—Pero no es obligatorio, ¿verdad? El apóstol san Pablo dice que es mejor casarse que estarse quemando, lo cual me parece un motivo más bien pobre.

—¡Qué descontenta pareces!

—Madre y yo tenemos mucha suerte con nuestros esposos, por supuesto.

El obispo no estaba seguro de si le estaba tomando el pelo.

—Está bien que lo digas —respondió, vacilante—. Sea como fuere, el hermano de la señorita Shoveller está detrás de la huelga. No sé si lo sabíais.

—Creía que la organizadora era Sal Box —dijo Elsie.

—Sal es una mujer. Ella actúa, pero el cerebro es Spade.

Elsie decidió no cuestionar la asunción de que ninguna mujer contaba con un cerebro apto para la organización.

—¿Y por qué querría Spade organizar una huelga? —se limitó a preguntar—. Él también es pañero, aunque siga trabajando en el telar de vez en cuando.

—Es una buena pregunta. De hecho, se ha estado hablando de nombrarlo concejal. Su comportamiento resulta desconcertante. En cualquier caso, Arabella, por favor no tengas tratos con la señorita Shoveller más allá de ser su clienta. No me gustaría que mi esposa estableciera con esa gente ninguna otra relación que la estrictamente comercial.

Elsie esperaba que su madre se mostrara contraria a esa decisión, pero la aceptó sin rechistar.

—No se me ocurrirá hacer nada por el estilo, querido —le aseguró al obispo—. Ni siquiera hacía falta que me lo dijeras.

—Me alegra oír eso, y perdóname por haber sacado el tema.

—No hay nada que perdonar.

Elsie estaba segura de que tras ese intercambio tan rígido y formal se escondía alguna otra cosa, y albergaba ciertas sospechas de que tenía que ver con Becca, la compañera de Kate Shoveller. Había oído comentarios de muchachas que decían que algunas mujeres amaban a otra mujer en lugar de a un hombre, aunque no alcanzaba a imaginar qué significaba eso con exactitud. A fin de cuentas, la anatomía es la anatomía. Y, para probarse las nuevas prendas que confeccionaban para ellas, las clientas tenían que desvestirse en las habitaciones del piso de encima de la tienda de Kate. ¿Habría oído su padre algún rumor absurdo de que Arabella estaba implicada en esa clase de cosas?

El obispo se terminó el té y regresó a su gabinete. Elsie aprovechó el momento para hablar con su madre.

—¿A qué ha venido eso?

Arabella emitió un sonido que indicaba que el asunto no merecía ninguna importancia.

—A tu padre le ronda algo por la cabeza, pero no tengo ni idea de qué es.

Elsie no terminaba de creérselo, pero no insistió. Fue arriba para ayudar a la niñera a acostar a Stevie. Al cabo de un rato, Kenelm acudió para rezar una oración con su hijo. Mientras él estaba allí, Mason, la doncella, asomó la cabeza por la puerta.

—Señora Mackintosh, el obispo desea verla en su gabinete —anunció.

—Voy enseguida —respondió Elsie.

—¿Qué quiere tu padre? —preguntó Kenelm.

—No lo sé.

—El concejal Hornbeam y el señor Riddick están con el obispo —explicó Mason amablemente.

Kenelm puso mala cara.

—¿Y el obispo no ha pedido que acuda yo?

—No, señor.

El hombre se molestó. Detestaba que prescindieran de él en situaciones de cualquier índole, ya que era muy susceptible al rechazo. Tenía una gran predisposición a sentirse poco respetado, despreciado o infravalorado. Más de una vez Elsie le había dicho que en ocasiones las personas actúan sin pensar y que seguro que si lo excluían era sin mala intención, pero él jamás la creía.

Elsie bajó al gabinete de su padre. Hornbeam y Riddick llevaban puesta la peluca, lo cual significaba que se trataba de una visita formal. Riddick parecía un poco borracho, cosa nada rara en él a esas horas de la noche. Hornbeam mostraba su habitual actitud terca y decidida. Ambos se pusieron de pie y saludaron a Elsie con una inclinación de cabeza cuando esta entró, a lo cual ella correspondió con una reverencia antes de tomar asiento.

—Querida —empezó a decir su padre—, el concejal Hornbeam y el señor Riddick desean hablarte de una cosa.

—Ah, ¿sí?

—Se trata de su escuela —anunció Hornbeam.

Elsie puso mala cara. La escuela era motivo de controversia solo porque contaba con el apoyo tanto de los anglicanos como de los metodistas, y en ocasiones un grupo trataba de excluir al otro. Sin embargo, por lo que ella sabía, tanto a Hornbeam como a Riddick les traían sin cuidado las discrepancias religiosas.

—¿Qué pasa con mi escuela? —dijo, y percibió la hostilidad en su propia voz.

—Tengo entendido que les da de comer gratis a los hijos de los huelguistas —prosiguió Hornbeam.

De modo que se trataba de eso. Recordó que la mejor forma de defenderse era contraatacar.

—Esta ciudad cuenta con una oportunidad de oro —empezó a decir—. Durante un tiempo limitado tenemos la posibilidad de inculcar ciertos conocimientos a unos niños que de otro modo se pasarían el día entero, durante seis días a la semana, trabajando con máquinas en una fábrica. Debemos sacarle el máximo partido a esta situación, ¿no cree?

Hornbeam no le permitió llevar la voz cantante.

—Por desgracia, eso significa que está dando apoyo a la huelga. Sin duda no lo hace con esa intención, pero es lo que se deriva de sus actos.

—¿Qué diantres trata de decirme? —soltó Elsie, aunque veía claramente adónde quería ir a parar el concejal y le daba muy mala espina.

—Tenemos la esperanza de que el hambre haga entrar en razón a los seguidores de la huelga. Y, aunque algunos estarán dispuestos a sufrirla, la mayoría no soportará ver que sus hijos pasan esas penurias.

—¿Me está diciendo…? —Elsie hizo una pausa para tomar aire. Apenas daba crédito a lo que acababa de oír—. ¿Me está diciendo que tengo que dejar de darles de comer a unos niños que se mueren de hambre? ¿Es esa la forma de presionar a los trabajadores para que vuelvan a ocupar sus puestos?

A Hornbeam no le afectó la muestra de sorpresa de Elsie.

—Es lo mejor para todas las partes implicadas. Si se prolonga la huelga, se prolonga el sufrimiento.

—El concejal Hornbeam tiene razón, querida, y lo sabes —convino el obispo.

—Jesús le dijo a Pedro: «Apacienta mis ovejas». ¿No corremos el riesgo de olvidarnos de eso? —repuso Elsie, indignada.

Riddick intervino por primera vez.

—Dicen que el diablo puede citar la Biblia en su provecho —apostilló.

—Es mejor que te calles y no te metas en honduras, Will.

Riddick enrojeció de rabia. Lo habían insultado, pero no se le ocurrió ninguna réplica aguda. Fue Hornbeam quien contestó.

—En serio, señora Mackintosh, debemos pedirle que deje de interferir en nuestros asuntos.

—No interfiero, solo les doy de comer a niños que pasan hambre, tal como dicta el deber de todo cristiano, y no pienso dejar de hacerlo para que los pañeros se lucren.

—¿Quién proporciona los alimentos?

Elsie no quiso responder a esa pregunta porque su padre no se había dado cuenta de que, en gran parte, la sopa con que alimentaba a los niños procedía de la cocina del palacio.

—Es una gentileza de ciudadanos generosos, tanto anglicanos como metodistas.

—¿Qué ciudadanos?

Elsie sabía lo que pretendía Hornbeam.

—Quiere una lista con los nombres de modo que pueda ir en su busca y presionarlos para que retiren la ayuda.

Hornbeam se sonrojó, lo cual confirmaba que la acusación era cierta.

—¡Me gustaría saber quién está impidiendo el desarrollo comercial de esta ciudad! —exclamó, enfadado.

En ese momento llamaron a la puerta y Kenelm asomó la cabeza.

—¿Hay algo en lo que pueda ayudarle, mi señor? —dijo con ganas de colaborar. Quería estar al tanto de lo que se estuviera cociendo.

Al obispo pareció molestarle la interrupción.

—Por el momento no, Mackintosh —dijo con sequedad.

A Kenelm eso le sentó como una bofetada. Tras vacilar un instante, salió y cerró la puerta. Elsie sabía que se pasaría toda la noche enfadado. Con todo, el paréntesis le había procurado un momento para pensar.

—Concejal Hornbeam —empezó a decir—, si tanto le preocupa el futuro comercial de esta ciudad, ¿por qué no negocia con los trabajadores? A lo mejor descubre que es posible llegar a un acuerdo.

Hornbeam se incorporó de golpe.

—¡No permitiré que los peones me digan cómo tengo que dirigir el negocio!

—De modo que no se trata tanto de la actividad comercial en sí como de su orgullo —observó Elsie.

—¡Eso no es cierto!

—Me pide a mí que deje de darles de comer a cincuenta niños hambrientos y, sin embargo, usted no es capaz de rebajarse y avenirse a hablar con los tejedores. Eso dice muy poco en su favor, concejal.

Todos guardaron silencio. Tanto Riddick como el obispo miraron a Hornbeam a la espera de que diera una respuesta y Elsie se percató de que también ellos creían que su obstinación formaba parte del problema.

—De todos modos, aunque quisiera, no podría impedir que los niños obtuvieran su ración de comida gratis porque el pastor Midwinter me reemplazaría en mi labor —dijo—. La única diferencia es que la escuela sería metodista.

Eso no era del todo cierto, ya que Elsie era el motor de aquella iniciativa y no estaba nada claro que las cosas siguieran funcionando sin ella. Sin embargo, su padre la creyó.

—Oh, no, cariño. No queremos una escuela metodista.

Hornbeam estaba furioso.

—Veo que estoy perdiendo el tiempo —dijo. Se puso de pie y Riddick hizo lo propio al instante.

El obispo no deseaba que aquella reunión terminase de forma tan hostil.

—Pero no se marchen tan pronto, tómense una copa de madeira —les ofreció.

Hornbeam no se ablandó.

—Me temo que tengo asuntos urgentes que resolver —dijo—. Que tenga un buen día, señor obispo. —Se despidió con una inclinación de cabeza—. Y usted también, señora Mackintosh.

Los dos visitantes se marcharon.

—He pasado un bochorno terrible —dijo el eclesiástico con tono molesto.

Elsie frunció el entrecejo.

—Me parece que Hornbeam debería haberse mostrado más abatido.

A pesar de lo enfadado que estaba el obispo, ese comentario despertó su curiosidad.

—¿Qué quieres decir?

—Que le ha salido mal la jugada, ya que lo que quería era intimidarme y no lo ha conseguido, pero aun así no se le ha visto desanimado, ¿verdad?

—No, no me lo parece.

—Pues yo creo que es porque tiene un plan alternativo.

Esa noche, Kenelm entró en el dormitorio de Elsie justo cuando ella acababa de ponerse el camisón. Sus dormitorios se comunicaban por una puerta, pero Kenelm solía utilizarla solo los sábados. Elsie sabía que no era el amor lo que le rondaba por la cabeza en ese momento.

—Tu padre me ha explicado lo que te ha ocurrido con el concejal Hornbeam —le confesó.

—Ha intentado que me comprometiera a dejar de darles de comer a los niños, pero no lo ha conseguido. Eso es todo.

—Ni mucho menos —repuso Kenelm.

Elsie se metió en la cama.

—Puedes acostarte a mi lado, si quieres —lo invitó—. Será más agradable.

—No digas ridiculeces. Estoy vestido de pies a cabeza.

—Pues quítate los zapatos.

—Deja de comportarte con tanta frivolidad. Estoy hablando en serio.

—¿Alguna vez haces algo que no sea en serio?

Kenelm ignoró ese comentario.

—¿Cómo has podido plantarle cara al hombre más poderoso de Kingsbridge?

—Muy fácil —respondió Elsie—: a él le da completamente igual que los niños pasen hambre. Cualquier buen cristiano le plantaría cara. Es un hombre malvado, y tenemos el deber de pararle los pies.

—¡No entiendes nada! —Kenelm bullía de indignación—. A los hombres poderosos hay que calmarlos, no provocarlos. Si no, te obligan a pasarlo mal.

—No digas necedades. ¿Qué mal puede hacernos Hornbeam a nosotros?

—Quién sabe. No deberías enemistarte con hombres como

él. Puede que algún día el arzobispo de Canterbury diga: «Estoy pensando en nombrar obispo a Kenelm Mackintosh», y alguien le conteste: «Ah, ¿sí? Pues su esposa es una alborotadora». Muchas veces pasan cosas así.

Elsie no daba crédito.

—¿Cómo es posible que te preocupes por eso cuando estamos hablando de niños que se mueren de hambre?

—Estoy pensando en mi porvenir. ¿Acaso todos los esfuerzos que hago por cumplir con la tarea encomendada por Dios van a verse menoscabados por una esposa inadecuada?

—¿Cómo que «tus esfuerzos por cumplir con la tarea encomendada por Dios»? Querrás decir tu carrera en la Iglesia.

—Es lo mismo.

—Ah, y eso es más importante que ofrecer sopa y pan a las criaturas de Dios, ¿verdad?

—Siempre tienes que reducirlo todo a frases simples.

—El hambre es simple. Cuando ves que alguien pasa hambre, le ofreces alimentos. Si esa no es la voluntad de Dios, nada lo es.

—Te crees que lo sabes todo sobre la voluntad de Dios.

—Y tú te crees más sabio.

—Soy más sabio. He recibido lecciones de los hombres más instruidos del mundo, y tu padre también. Tú, en cambio, eres una mujer ignorante y sin educación.

A Elsie le pareció un argumento tan tonto que ni siquiera merecía la pena rebatirlo.

—Sea como sea, no puedo cerrar la escuela. No depende de mí. Ya se lo he dicho a Hornbeam.

—Me da igual la escuela, y la huelga también. Lo que me preocupa es mi futuro, y quiero que mi esposa me obedezca y evite meterse en líos.

—Vaya, Kenelm —repuso Elsie—. Pues me parece que te has casado con la mujer equivocada.

# 21

El sábado por la tarde, después de que las fábricas cerraran a las cinco, Kit y sus amigos fueron a jugar al fútbol a un descampado cerca de las casas nuevas que habían construido en la otra orilla del río. Kit era menudo para su edad; corría y fintaba, pero le faltaba fuerza para chutar lejos y lo derribaban con facilidad. Pese a todo, disfrutaba jugando y lo hacía con entusiasmo.

Cuando el partido terminó, se dispersaron. Kit echó a andar sin rumbo y acabó en una calle flanqueada por casas nuevas cuyas puertas daban a la calzada. Llevado por la curiosidad y el aburrimiento, husmeó por una ventana y vio una salita sin apenas muebles, con el suelo de madera y las paredes enyesadas, y una escalera que conducía al piso superior. También había una chimenea, una mesa pequeña y dos bancos.

Sin ningún propósito en concreto, probó a ver si la puerta estaba abierta y, efectivamente, lo estaba. Kit vaciló en el escalón de entrada. Echó un vistazo a ambos lados de la calle, pero solo vio un puñado de niños con los que había estado jugando al fútbol. También recordó que Jarge siempre decía: «La curiosidad mató al gato».

Se coló en la casa y cerró la puerta tras él sin hacer ruido.

Olía a yeso y pintura fresca. Aguzó el oído un momento, pero no parecía que hubiera nadie arriba: estaba solo. En la mesa había cuatro cuencos, cuatro tazas y cuatro cucharas, de madera, todo nuevo. Le recordó un cuento que le contaba su madre, el de Ricitos de oro y los tres osos, pero los cuencos no contenían gachas. La chimenea estaba limpia y apagada. Nadie vivía allí todavía.

Subió la escalera, de puntillas, por si hubiera alguien durmiendo.

Había dos dormitorios, de una sola ventana, que también daban a la calle. Se percató de que no había ventanas en la parte trasera y recordó haber oído que alguien llamaba a aquellas viviendas «casas adosadas». Tenía sentido: todas compartían una pared con la de detrás y así se ahorraba en ladrillo.

No había camas, ni nadie durmiendo. En una de las habitaciones vio amontonados cuatro jergones de lona, seguramente rellenos de paja, y una pila pequeña de mantas. Podría decirse que la casa estaba lista para entrar a vivir.

Aunque para que entrara a vivir quién, se preguntó.

Y hasta allí llegó su interés por una vivienda vacía. Bajó la escalera y salió a la calle, pero se quedó de piedra al ver a un hombre corpulento y con el rostro rubicundo a apenas unos metros de él. Tan de piedra como el mismo hombre. Se miraron unos instantes y entonces el hombre profirió un rugido y se abalanzó hacia Kit.

El niño echó a correr.

—¡Ladronzuelo! —vociferó el extraño, aunque Kit no llevaba nada en las manos.

Continuó corriendo, con el corazón desbocado por el miedo. Aquel tipo debía de ser un vigilante o algo por el estilo que seguramente había estado mano sobre mano hasta entonces, aunque en esos momentos parecía decidido a echárselas a Kit. Los adultos corrían más que los niños siempre que estuvieran en condiciones, y, por lo poco que Kit había podido ver, las de aquel tipo dejaban que desear. Aun así, cuando echó un vistazo hacia atrás, vio que el vigilante estaba ganándole terreno. «Me voy a llevar una buena tunda», pensó, e intentó acelerar mientras veía cómo sus amigos huían despavoridos.

A unos metros por delante de él divisó algo raro: un carro grande, tirado por cuatro caballos, abarrotado de hombres, mujeres y niños. Lo dejó atrás y, al volverse de nuevo para comprobar dónde estaba su perseguidor, vio que el hombre se detenía, sin aliento, y que se apoyaba contra uno de los costados del carro para hablar con el conductor.

Kit se preguntó si estaría a salvo.

Aminoró el pasó, pero continuó corriendo hasta que creyó encontrarse a una distancia prudencial. Entonces se detuvo y se volvió, jadeando.

Las personas que iban en el carro eran forasteros, y miraban a su alrededor con sumo interés. Kit los oía hablar, aunque no entendía lo que decían. Reconocía algunas palabras, pero las pronunciaban con un acento raro.

Los recién llegados empezaron a descender del carro cargados con hatos y bolsas. El grupo parecía integrado por familias al completo —marido, mujer y niños—, además de un puñado de hombres jóvenes, unas treinta personas en total. Kit continuaba mirándolos cuando apareció otro carro, igual de repleto que el anterior.

«Sesenta personas», pensó Kit haciendo cálculos como de costumbre; quince o veinte familias.

Y entonces llegó un tercer carro, y un cuarto.

El hombre del rostro encendido se había olvidado del niño y estaba ocupado repartiendo a toda aquella gente entre las casas. No siempre lo entendían y él respondía gritándoles. Uno de los recién llegados, un hombre alto y de cabello oscuro con aspecto de tener cierta autoridad sobre los demás, se dirigió al grupo para traducir lo que decía el vigilante rubicundo, o eso supuso el niño.

Cuando las familias empezaron a dispersarse, el cabecilla, acompañado de una mujer y dos niños, echó a andar hacia donde estaba Kit, quien se decidió a hablarles.

—Hola —dijo.

El hombre contestó algo que Kit no entendió.

—¿Quiénes son? —preguntó el niño.

Kit creyó captar a medias la respuesta del recién llegado. Lo pensó un momento.

—¿Ha dicho que es tejedor?

—Es lo que he dicho. Igual que los demás.

—¿De dónde son?

El hombre dijo algo que sonó a «doblón».

—¿Está muy lejos?

—A tres días en barco de Bristol —contestó el tejedor, y esta vez Kit lo entendió, acostumbrándose al acento—, y luego un día y medio en ese carro.

—¿Por qué han venido a Kingsbridge?

—¿Así se llama este lugar?

—Sí.

—La fábrica de nuestro pueblo cerró y nos quedamos sin trabajo. Entonces vino un hombre y dijo que podíamos trabajar en una de Inglaterra. ¿Y tú quién eres, jovencito?

—Christopher Clitheroe, pero me llaman Kit. —Y añadió orgulloso—: Soy el capataz de Barrowfield's Mill.

—Bueno, Kit el Capataz: soy Colin Hennessy, encantado de conocerte.

La familia entró en la casa. En ese momento, el niño comprendió que las habían dejado todas abiertas y que por eso antes había podido colarse en una. Echó un vistazo por la puerta abierta y vio que los niños corrían emocionados por todas partes. La mujer parecía satisfecha.

Kit tenía la sensación de que estaba presenciando un suceso importante, aunque era incapaz de determinar por qué, y se encaminó hacia su propia casa, contento de ser el que llevara la noticia.

Su madre estaba preparando la cena, gachas con cebolleta. Jarge, que continuaba en huelga, estaba sentado delante de una jarra de cerveza. Kit había oído decir a Sal que la ociosidad era mala para Jarge porque bebía mucho.

—He visto una cosa rara —anunció.

—¿Y qué cosa rara has visto? —preguntó Sal, mientras Jarge seguía ensimismado.

—He estado en las casas nuevas.

—¿En las de la Porqueriza? ¿Y? —dijo Sal.

—Ya están acabadas. He visto una por dentro, y estaba lista para que allí viviera gente, con colchones y una mesa y tazas.

Su madre frunció el ceño.

—No es propio de Hornbeam andar regalando nada a sus inquilinos.

Kit decidió pasar por alto el incidente del vigilante.

—Y entonces ha aparecido un carro lleno de gente que hablaba raro.

Sal dejó la cuchara que estaba utilizando para remover las gachas y se volvió hacia Kit.

—¿De verdad? —dijo la mujer. Por su actitud, el niño comprendió que había acertado al creer que se trataba de algo importante—. ¿Cuánta gente?

—Unas treinta personas. Y luego llegaron tres carros más.

Jarge dejó la jarra en la mesa.

—Vaya, eso son más de cien personas.

—Ciento veinte —especificó Kit.

—¿Has hablado con ellos? —quiso saber Sal.

—Saludé a un hombre muy alto de pelo negro. Dijo que habían estado tres días en un barco.

—Forasteros —masculló Jarge.

—¿Les preguntaste de dónde eran? —dijo Sal.

—Sonó como a «doblón».

—Dublín —dijo Sal—. Son irlandeses.

—Me contó que era tejedor, y que habían cerrado la fábrica de su pueblo.

—No sabía que hubiera fábricas en Irlanda —comentó Sal.

—Pues sí —intervino Jarge—. Los vellones de las ovejas irlandesas son largos y suaves y con ellos se hace un buen tweed que abriga bastante y que llaman donegal.

—Todos son tejedores, según el hombre —añadió Kit.

—Por todos los diablos, Hornbeam ha traído esquiroles —maldijo Jarge.

—¿Esquiroles? —preguntó Kit, desconcertado.

—Rompehuelgas —le explicó Sal—. Hornbeam los pondrá a trabajar en las fábricas.

—Sí —dijo Jarge sombríamente—. Si viven lo suficiente.

Los domingos, Jane iba a comulgar a la catedral. Amos necesitaba hablar con ella, por lo que se saltó el oficio en la Casa Metodista y esperó fuera a que salieran los feligreses anglicanos.

Jane lucía un abrigo de un azul marino oscuro y apagado y un tocado anodino, el atuendo adecuado para la iglesia. Parecía muy seria, pero se animó al ver a Amos. El vizconde Northwood se encontraba a pocos pasos por detrás de ella, pero estaba en plena conversación con el concejal Drinkwater.

—Hace unos días, *The Times* publicaba que el duque de York quiere hacer reformas radicales en el Ejército —dijo Amos.

—Vaya, vaya, tú sí que sabes cómo hablarle a una chica, ¿eh? —contestó ella.

Amos se rio de sí mismo.

—Disculpa —dijo—. ¿Cómo estás? Bonito sombrero. El azul marino te sienta muy bien. Bueno, ¿has oído hablar de las reformas?

—De acuerdo, te conozco lo suficiente para saber que no vas a soltar ese hueso. Sí, estoy al tanto de las reformas, Henry apenas habla de otra cosa. El duque quiere que todos los soldados tengan un sobretodo, cosa que a mí me parece muy sensata. ¿Cómo van a luchar si se mueren de frío?

—El duque también cree que el ejército compra suministros a un precio demasiado elevado, que se está robando a la milicia, y tiene razón. Esos sobretodos costarán tres o cuatro veces lo que deberían.

—Espero que ahora no te vuelvas tan aburrido como mi marido.

—Esto no es aburrido. ¿Quién se encarga de las compras de la Milicia de Shiring?

—El comandante Will Riddick. Ah, creo que ya sé adónde quieres ir a parar.

—¿A quién le compra Riddick la tela de los uniformes?

—A su suegro, el concejal Hornbeam.

—Hace seis años, antes de que Riddick entrara en la familia Hornbeam, presenté una oferta para conseguir un contrato de avituallamiento para el ejército. Will aceptó mi precio, pero luego me pidió un soborno de un diez por ciento.

Jane lo miró incrédula.

—¿No lo denunciaste?

—No. —Amos se encogió de hombros—. Lo habría negado, y yo no habría podido demostrarlo, así que no hice nada.

—Entonces ¿por qué me lo cuentas?

—Porque espero que tú se lo cuentes a tu marido.

—Pero sigues sin poder demostrar nada.

—No, pero sabes que soy un hombre de principios y que nunca mentiría en algo así.

—Naturalmente. Sin embargo, ¿qué quieres que haga Henry? Si tú no puedes demostrar que se trata de un caso de corrupción, él tampoco.

—No necesita demostrar nada. Es el oficial al mando, puede asignarle otro puesto al comandante Riddick, maestro de armas, por ejemplo, y escoger a alguien que se encargue de las compras.

—¿Y si esa persona es tan corrupta como Will?

—Dile a Henry que escoja a un metodista.

Jane asintió pensativa.

—Creo que no le importaría hacerlo. Dice que los metodistas siempre son buenos oficiales.

Henry Northwood dejó al concejal Drinkwater y se acercó a su mujer. Amos lo saludó con una reverencia.

—¿Qué piensa de la huelga, Barrowfield? —le preguntó el vizconde.

—Los pañeros tienen derecho a ganar dinero y los trabajadores a un sueldo digno con el que vivir; en realidad no es tan complicado, señor. Pero se interponen la codicia y el orgullo.

—¿Cree que los patrones deberían ceder?

—Creo que ambas partes deberían hacer concesiones.

—Muy razonable —dijo Northwood. Tomó a Jane del brazo como si le perteneciera y se alejó con ella.

Los irlandeses empezaron a trabajar en las fábricas de Hornbeam el lunes. Esa tarde, tras la práctica del tañido de campanas, hubo una reunión en la parte trasera de la Bell. El espacio era grande, pero esa noche la mayoría de los tejedores en huelga se encontraban allí, además de Sal, Jarge y Spade, y no cabía ni un alfiler.

Parecía que a nadie le apetecía beber y se respiraba un ambiente tenso y expectante. Había que hacer algo, aunque no sabían muy bien qué. Algunos tejedores empuñaban bastones, palas de madera y mazos.

Sal quería evitar la violencia.

Jarge estaba a favor de presentar batalla.

—Un centenar de nosotros, mañana, en las puertas de la Porqueriza a las cuatro de la mañana, armados con palos. Y quien intente entrar en la fábrica se lleva una paliza. Así de sencillo.

—Tal cual —dijo Jack Camp, tejedor de la Upper Mill de Hornbeam, igual que Jarge.

El murmullo cargado de resentimiento que arrancó la propuesta indicó que gozaba de bastante apoyo.

—¿Y luego qué? —preguntó Sal.

—Hornbeam tendrá que ceder —dijo Jarge.

—¿De verdad crees que es de los que ceden, Jarge? —intervino Spade—. ¿No te parece que antes llamará a la milicia?

Jarge se echó a reír.

—No le iba a servir de nada. Los hombres de la milicia son nuestros amigos y vecinos.

—Cierto, se negaron a disparar contra las mujeres durante

los disturbios por el pan —reconoció Spade—, pero ¿quién nos asegura que volverá a ocurrir lo mismo? ¿Y si, en lugar de disparar, empiezan a detener gente?

—Van a tener problemas para detenerme a mí —se jactó Jarge.

—Lo sé —dijo Spade—. Y por eso se liará una buena y serán tres o cuatro soldados contra ti.

—Contra mí y mis amigos.

—Y a eso se le unirán más soldados y más amigos.

—Probablemente.

—Y volverá a haber disturbios.

—Bueno...

Spade insistió.

—Y Jarge, siento mencionarlo, pero tu hermana, Joanie, ha sido condenada por alteración del orden público, se ha librado de la horca por un pelo, la han deportado a Australia y puede que no vuelva nunca más.

—Lo sé —dijo Jarge, molesto al ver que su propuesta perdía fuelle.

Spade prosiguió, implacable.

—Por eso, si los trabajadores siguen tu plan, ¿cuántos más de vosotros crees que acabaréis deportados o ahorcados?

—¿Y qué es lo que propones, Spade —le espetó Jarge, indignado—, que nos quedemos aquí sentados de brazos cruzados?

—Que esperemos una semana —contestó Spade.

—¿Para qué?

—Para ver qué ocurre.

Se oyó un murmullo de descontento.

—Escuchadle, hacedle caso. Spade siempre sabe lo que dice —les pidió Sal.

—No va a ocurrir nada si nos limitamos a esperar —repuso Jarge, preocupado.

—No estés tan seguro. —Como siempre, Spade empleaba un tono tranquilo y razonable—. Mirad, ¿qué tenéis que perder? Esperad una semana. En una semana pueden ocurrir muchas cosas. Volvamos a reunirnos aquí el sábado por la noche, después de cenar. Si me equivoco y no ha ocurrido nada, será el momento de tomar medidas más drásticas.

Sal asintió a modo de aprobación.

—Sin riesgos innecesarios.

—Hasta entonces —prosiguió Spade—, no os metáis en líos. Si veis a un irlandés, alejaos. Sois peones de fábrica. Según las leyes no escritas de Inglaterra, sois culpables hasta que demostréis lo contrario.

Jarge aceptó la decisión del grupo, aunque a regañadientes. Sal no le quitaba ojo, preocupada, viéndolo cada vez más enfadado y más pegado a la jarra. El martes por la tarde, cuando terminó de trabajar, lo vio frente a la fábrica nueva de Hornbeam, atento a la salida de los irlandeses. Sin embargo, no les dijo nada y regresó a casa con Sal.

—¿Por qué estamos en guerra con Bonaparte y los franceses? —preguntó Jarge—. Tendríamos que estar luchando contra Hornbeam y los irlandeses.

Sal estaba de acuerdo con él.

—Tienes toda la razón, maldita sea —dijo—, pero hay que ser listos. Hornbeam es un zorro, como todos los de su calaña. Hay que impedir que esos malnacidos se burlen de nosotros.

Jarge parecía a punto de saltar, pero no dijo nada.

El hecho de que no tuviera trabajo empeoraba su humor. No tenía nada que hacer y se pasaba los días en la taberna. El jueves por la tarde, cuando Sal volvió a casa, vio que faltaba la biblia de su padre.

«La ha empeñado —dijo para sí misma—. La ha empeñado y está gastándose el dinero en bebida».

Se sentó en la cama y se echó a llorar.

Pero tenía niños que cuidar.

Estaba dándoles la cena —pan duro barato y manteca de cerdo— cuando Jarge entró tambaleándose, apestando a cerveza y de mal humor porque no tenía dinero para más.

—¿Dónde está la cena? —preguntó.

—¿Dónde está la biblia de mi padre? —repuso Sal.

Jarge se sentó a la mesa.

—La recuperaré cuando acabe la huelga, no te preocupes.

Lo había dicho sin darle importancia, lo cual la exasperó aún más.

Sal cortó una rebanada de pan, la untó de manteca y se la puso delante.

—Cómete eso a ver si absorbe la cerveza.

Jarge le dio un bocado, masticó, tragó e hizo una mueca.

—¿Pan con manteca? —protestó—. ¿Por qué no hay mantequilla?

—Ya sabes por qué no hay mantequilla —masculló Sal.

—Porque hay una huelga, ¿no lo sabes? —saltó Kit.

Aquello contrarió a Jarge.

—Ni se te ocurra contestarme, mierdecilla —dijo, arrastrando las palabras—. Aquí mando yo, no lo olvides.

Y sin más le propinó tal bofetón que el niño cayó de la silla al suelo.

Aquello hizo que Sal perdiera los estribos. La asaltó un recuerdo, tan vívido como si hubiera ocurrido el día anterior, de un Kit de seis años tumbado en la cama, en la casa solariega de Badford, con la cabeza vendada después de que el caballo de Will Riddick le hubiera fracturado el cráneo, y la rabia hirvió en su interior como un volcán. Se dirigió hacia Jarge, ciega de ira. Él vio su expresión y se apresuró a levantarse, con el susto y el miedo dibujados en la cara, y de pronto se la encontró encima. Sal le propinó una patada en la entrepierna y oyó gritar a Sue, pero hizo caso omiso. Cuando Jarge se llevó una mano a la ingle, lo golpeó en la cara dos veces, tres, cuatro. Tenía manos grandes y brazos fuertes.

—¡Aléjate de mí, loca del demonio! —gritó Jarge, retrocediendo.

—¡Para, para! —oyó gritar a Kit.

Sal volvió a golpearlo, esta vez cerca de la sien. Él la cogió por los brazos, pero estaba borracho y ella era fuerte y no pudo contenerla. Sal le propinó un puñetazo en la barriga y le puso la zancadilla mientras él se doblaba de dolor y cayó al suelo, como un árbol derribado.

La mujer agarró el cuchillo del pan que había en la mesa y se arrodilló sobre su pecho.

—Si vuelves a tocar a ese niño alguna vez, te juro por mi alma que te rajaré el cuello en mitad de la noche —le dijo acercándole la hoja a la cara.

—Mamá, déjalo —oyó decir a Kit.

Sal se levantó, jadeando, y guardó el cuchillo en un cajón. Los niños estaban en la escalera, a media altura, boquiabiertos, mirándola con miedo y admiración. Sal le examinó la cara a Kit. Tenía rojo el costado izquierdo y estaba empezando a hinchársele.

—¿Te duele la cabeza? —preguntó.

—No, la mejilla —dijo él.

Los dos niños bajaron la escalera con cautela.

Sal abrazó a Kit, sintiéndose aliviada; siempre temía que se hiciera daño en la cabeza.

Tenía los nudillos magullados y se había torcido el dedo anular izquierdo. Se frotó las manos para mitigar el dolor.

Jarge se puso en pie como pudo. Sal lo fulminó con la mirada, desafiándolo a que se revolviera contra ella. El hombre tenía toda la cara llena de cortes y magulladuras, pero no parecía que quisiera pelea. Estaba encorvado, con la cabeza gacha. Se sentó, entrelazó los brazos sobre la mesa, hundió la cara entre ellos y empezó a estremecerse. Sal supo que estaba llorando.

—Lo siento, Sal —dijo el hombre al cabo de un rato, levantando un poco la cabeza—. No sé qué me ha pasado. No quería hacerle daño al pobre muchacho. No te merezco, Sal. No soy lo bastante bueno para ti. Eres una buena mujer, lo sé.

Sal permaneció con los brazos cruzados, mirándolo.

—No me pidas que te perdone.

—No lo haré.

Sal no pudo evitar experimentar una punzada de compasión. Jarge se sentía como un miserable y no había llegado a lastimar de verdad a Kit, pero creía que era necesario establecer un límite claro, no quería que Jarge creyera que podía volver a pegar a su hijo y disculparse después.

—Necesito saber que esto no volverá a ocurrir —dijo.

—No volverá a pasar, lo juro. —Jarge se limpió la cara con la manga y alzó la vista hacia ella—. No me dejes, Sal.

Ella se lo quedó mirando largo rato, hasta que tomó una decisión.

—Será mejor que te acuestes y duermas la mona. —Lo agarró por el brazo y lo ayudó a levantarse—. Venga, arriba.

Lo llevó a la habitación que compartían, lo sentó en la orilla de la cama, se arrodilló y le quitó las botas.

Él alzó las piernas hacia la cama y se tumbó.

—Quédate conmigo un rato, Sal.

Ella vaciló, pero luego se acostó a su lado. Le pasó el brazo por detrás de la cabeza y le colocó la cara en el pecho. Jarge se quedó dormido en cuestión de segundos y todo su cuerpo se relajó.

Sal le besó la cara magullada.

—Te quiero —dijo—, pero no te perdonaré una segunda vez.

El sábado había hecho un buen día, y el sol aún lucía a las cinco y media cuando Hornbeam salió a tomar el aire al jardín de casa. Había sido una buena semana. Todas las fábricas estaban en funcionamiento gracias a los trabajadores irlandeses y algunos de los recién llegados estaban recibiendo instrucción sobre cómo manejar los telares de vapor. Había comido bien y en esos momentos se fumaba una pipa.

Sin embargo, su tranquilidad se vio truncada por un mensaje de su yerno, Will Riddick. El mensajero era un joven soldado vestido de uniforme, sudado y jadeante.

—Concejal Hornbeam, señor, le ruego que me disculpe: el

comandante Riddick le envía sus saludos y le pide que se reúna con él en la taberna Slaughterhouse lo antes posible —dijo el joven tras cuadrarse.

—¿Ha ocurrido algo? —preguntó Hornbeam.

—No lo sé, señor, solo me han dicho que le entregue este mensaje.

—De acuerdo. Sígame.

—Muy bien, señor.

Hornbeam entró en casa y se dirigió al lacayo, Simpson.

—Dígale a la señora Hornbeam que he tenido que salir por cuestiones de trabajo.

A continuación se puso la peluca, se miró en el espejo del vestíbulo para colocársela bien y salió de casa.

El mensajero y él caminaron a paso ligero y apenas tardaron unos minutos en bajar Main Street y cruzar hasta los barrios bajos. No le hizo falta llegar a la Slaughterhouse para que Hornbeam comprendiera por qué lo había llamado Riddick.

Los irlandeses estaban visitando la ciudad.

Hornbeam los vio cruzar el puente acompañados de sus hijos. Todos vestían la única muda que tenían, pero, igual que los trabajadores de Kingsbridge, se emperifollaban con un pañuelo llamativo, un lazo, una diadema o un sombrero desenfadado. Hornbeam había traído a ciento veinte personas de Irlanda y parecía que todas ellas habían salido a divertirse esa noche.

Se preguntó cómo reaccionaría la gente del lugar.

El mensajero lo acompañó hasta la Slaughterhouse, la taberna más grande de los muelles, a cuya puerta se congregaba una multitud de bebedores, disfrutando del sol. El lugar estaba concurrido, y muchos irlandeses ya estaban allí, trasegando cerveza. Se les distinguía por el género con el que estaban confeccionadas sus ropas, sutilmente distinto, un tweed que mezclaba hilos de colores en lugar de las rayas y los cuadros ordenados del tejido del oeste de Inglaterra.

El mensajero acompañó a Hornbeam al interior, donde el concejal vio a Riddick, quien también sostenía una jarra.

—Tendría que haber imaginado que ocurriría —se lamentó Hornbeam.

—Yo también —dijo Riddick—. Acaban de recibir la paga y quieren divertirse.

—Pero no parece haber hostilidad con la gente del lugar.

—De momento.

Hornbeam asintió.

—Deberíamos reunir una escuadra de soldados, por precaución.

Riddick se dirigió al mensajero.

—Saluda al teniente Donaldson de mi parte y dile que reúna a las compañías uno, dos y siete de inmediato, pero que las mantenga en los cuarteles a la espera de órdenes.

El joven repitió el mensaje palabra por palabra y Riddick lo despidió.

Hornbeam estaba preocupado. Si había problemas, les echarían la culpa a los irlandeses, y puede que incluso lo presionaran a él para que se deshiciera de ellos, lo cual lo dejaría a merced del maldito sindicato.

Tenía que ir a echar un vistazo.

—Vamos a dar un paseo —dijo.

Riddick apuró la jarra y salieron.

A pocos pasos de allí había otra taberna, más pequeña, The White Swan, con un letrero donde aparecía un cisne.

—Hay que tener valor para elegir un cisne —dijo Riddick en tono burlón— cuando todo el mundo la conoce por la taberna del Pato Roñoso.

Miraron dentro. Había forasteros tanto sentados como de pie, mezclados con la gente del lugar, en aparente paz y armonía.

En los puestos ambulantes vendían tentempiés fríos y calientes: manzanas asadas, nueces, tartas calientes y pan de jengibre. En el muelle había una gabarra que estaba descargando barriles de bígaros, unos caracolillos marinos comestibles que había que sacar de la concha con un pincho. A Hornbeam no le apetecían, pero Riddick compró un cucurucho, los aderezó con vinagre y se los fue comiendo y tirando las conchas al suelo mientras continuaban con el paseo.

Hornbeam y él se dieron una vuelta por el barrio. Echaron un vistazo en tabernas, garitos de apuestas y prostíbulos. Las tabernas eran muy rudimentarias, locales con mobiliario basto de fabricación propia donde principalmente servían cerveza y ginebra barata. Hornbeam supuso que no encontrarían irlandeses en las mesas de juego ya que iban escasos de dinero. Bella Lovegood, por quien los años no pasaban en balde, regentaba en esos momentos su propio negocio, donde encontraron a cuatro o cinco jóvenes irlandeses que esperaban con paciencia a que les llegara el turno con una chica. No vieron a ninguno en casa de Culliver, sin duda porque era demasiado caro para peones de fábrica.

Para cuando volvieron a la Slaughterhouse, el sol había empezado a ponerse sobre el río y los bebedores parecían más animados. El mensajero estaba esperándolos para comunicarles que el teniente Donaldson había reunido a las tres compañías.

—No se aleje demasiado —le dijo Riddick—. Puede que haya más mensajes.

El ambiente en el interior de la taberna era bullicioso, pero parecía distendido. Riddick pidió otra jarra y Hornbeam un vaso de madeira y se llevaron sus bebidas fuera, donde, aunque seguía haciendo calor, al menos se estaba más fresco que dentro de la taberna. Hornbeam empezó a creer que al final las cosas saldrían bien.

Una o dos personas comenzaron a protestar por los niños, quienes parecían especialmente llenos de energía mientras corrían por todas partes jugando a pillar. De cuando en cuando, uno tropezaba con un adulto y se escabullía sin disculparse.

—No sé si no convendría pedir que tuvieran a los niños controlados o, mejor aún, que los enviaran a la cama —comentó Hornbeam nervioso.

Un hombre vendía gruesas porciones de pan de jengibre dulce a los bebedores reunidos frente a la puerta de la Slaughterhouse. Hornbeam vio que un niño de unos ocho años le arrebataba a una mujer joven el trozo que tenía en la mano y se lo metía directamente en la boca, pero no fue lo bastante rápido y el acompañante de la mujer lo agarró por el brazo.

—¡Ladronzuelo! —gritó el hombre.

El niño trató de zafarse de él, pero no lo consiguió y empezó a chillar. La gente se volvió a mirar.

Hornbeam reconoció al hombre que sujetaba al niño: era Nat Hammond, uno de los jóvenes pendencieros que frecuentaban la Slaughterhouse. Hammond había comparecido dos o tres veces ante los jueces acusado de agresión.

—Deja en paz al pequeño Mikey —le advirtió momentos después un irlandés que se dirigía en su dirección.

«Maldita sea», oyó Hornbeam que murmuraba Riddick.

—¿Es tuyo? —preguntó Hammond en actitud hostil, zarandeando al niño.

—O sueltas a mi chico… o atente a las consecuencias —dijo el irlandés.

—Corra a los cuarteles y dígale a Donaldson que traiga a la milicia enseguida —ordenó Riddick dirigiéndose al mensajero.

El niño, Mikey, se envalentonó con la llegada de su padre y le lanzó una patada con todas sus fuerzas al hombre que lo tenía sujeto. Hammond gritó de sorpresa y dolor y le cruzó la cara al niño al tiempo que lo soltaba. Mikey cayó al suelo, sangrando por la naricilla.

El padre se abalanzó sobre Hammond y le propinó un puñetazo en la barriga.

—A ver ahora si tienes tantas ganas de arrearme a mí en la nariz en lugar de a un niño —dijo el irlandés cuando Hammond se dobló sobre sí mismo.

Riddick agarró a su suegro del brazo.

—Alejémonos de aquí —dijo.

Hornbeam obedeció sin rechistar.

A medida que retrocedían, dos hombres —un lugareño y un irlandés— trataron de interceder entre los dos contendientes, pero no tardaron en empezar a pegarse entre ellos. Se les unieron más hombres. Al principio, todos trataban de separar a los contendientes, pero enseguida acababan enzarzados en la pelea. Algunas mujeres acudieron al rescate de sus hombres y se unieron a la refriega. Los gritos se convirtieron en rugidos y atrajeron a los clientes del interior de la Slaughterhouse y de la otra taberna, la que todos conocían como el Pato Roñoso. El vendedor de bígaros intentaba mantener a la gente alejada de su barril, pero, teniendo en cuenta que su técnica consistía en apartarlos a puñetazos, no tardó en verse inmerso en la pelea. El barril volcó y se alejó rodando por el suelo, escupiendo bígaros y agua de mar sobre los adoquines.

Para consternación de Hornbeam, pronto hubo al menos cincuenta personas envueltas en la riña. Echó un vistazo al final de la calle, pero no vio señales de la milicia. Se devanó los sesos tratando de encontrar el modo de detener aquello, pero llegó a la conclusión de que cualquier cosa que Riddick o él hicieran los involucraría en la pelea.

Aquello pondría en tela de juicio a los esquiroles irlandeses y al propio Hornbeam. Era un desastre y, por lo que veía, estaba extendiéndose a las calles aledañas, atrayendo a los clientes de otras tabernas. Puede que incluso se viera obligado a enviar a los irlandeses de vuelta a casa.

Cómo complacería aquello a los huelguistas, pensó airado.

Por fin Donaldson llegó con la milicia. Algunos llevaban mosquetes, pero otros iban desarmados. Donaldson ordenó a los hombres armados que se mantuvieran alejados de la gente, preparados, y les dijo a los demás que detuvieran a todos los que estuvieran peleando.

A Hornbeam le habría gustado ver a la milicia abrir fuego, pero comprendió que aquello solo lo perjudicaría.

Los soldados empezaron a sacar a personas de en medio del alboroto y a atarlas, lo cual, por lo que Hornbeam pudo ver, tuvo cierto efecto ya que algunos contendientes se separaron y se alejaron a toda prisa antes de que también los prendieran a ellos.

—Hay que culpar de esto al nuevo sindicato —le dijo Hornbeam a Riddick—. Asegúrate de que detengan a todos los huelguistas que haya.

—¿Y cómo voy a saber quiénes son?

—Entonces busca a los cabecillas: Jarge Box, Jack Camp, Sal Box o al tipo ese, Spade.

Hornbeam sabía que no le costaría encontrar hombres que juraran que los líderes de la huelga habían creado problemas de manera deliberada.

—Buen plan —dijo Riddick, y le dio órdenes a un cabo.

Pensó que, con un poco suerte, al menos se llevarían a algunos huelguistas.

La batalla campal enseguida empezó a perder fuelle y cada vez quedaba menos gente peleando mientras los demás se escabullían. Muchos de los que seguían allí estaban en el suelo, frotándose las heridas y las magulladuras. Supuso que los irlandeses que habían escapado a la detención habrían puesto pies en polvorosa por el puente.

Hornbeam debía procurar limitar los daños.

—¿A cuántos has detenido? —le preguntó a Riddick.

—A veinte o treinta. Están encerrados en el granero de la Slaughterhouse de momento.

—Llévalos a la cárcel de Kingsbridge. Tómales todos los datos y ven a mi casa. Soltaremos a los irlandeses. Mañana temprano celebraré una vista en el tribunal de delitos menores, aunque sea domingo. Castigaré con dureza a los huelguistas y a sus cabecillas y seré benévolo con los demás. Quiero que a la población de Kingsbridge le quede claro que esto ha sido culpa del sindicato, no de los irlandeses.

—Buen plan.

Hornbeam se despidió y se fue a casa a la espera del siguiente paso.

Un niño entró precipitadamente en la Bell y se dirigió corriendo a Spade.

—¡Hay gente peleándose con los esquiroles en la Slaughterhouse! ¡La milicia está deteniendo a todo el mundo!

—¡Bien! —exclamó Jarge, levantándose—. Será mejor que nos plantemos allí cuanto antes.

—Siéntate, Jarge —le pidió Spade con firmeza.

—¡Qué...! ¿Vamos a quedarnos aquí sentados bebiendo cerveza mientras nuestros vecinos se parten la cara con los esquiroles? ¡Yo no!

—Piénsalo un momento, Jarge. Si vamos, nos detendrán.

—Bueno, hay cosas peores.

—Y nos llevarán ante los jueces. Y los jueces dirán que los irlandeses no tuvieron la culpa de los disturbios porque los iniciaron los huelguistas.

—Es lo que van a decir de todas maneras, ¿no?

—No pueden, porque estamos todos aquí. Prácticamente no hay ni un solo tejedor de Hornbeam que no haya pasado aquí la tarde entera con nosotros, bebiendo cerveza. Y hay un centenar de personas que pueden jurarlo, incluido el dueño de la posada, cuyo tío es concejal.

—Entonces... Entonces... —Jarge tardó un momento en comprenderlo—. Entonces tendrán que culpar a los esquiroles.

—Exacto.

Jarge se quedó pensativo.

—¿Tú sabías que esto iba a pasar, Spade?

—Supuse que era probable que pasara.

—Por eso no querías que el lunes fuéramos a la Porqueriza.

—Sí.

—Y por eso nos has hecho venir aquí a todos esta noche.

—Sí.

—Por todos los diablos —Jarge se echó a reír—. Ya te lo he dicho: eres un puñetero zorro, Spade.

El domingo por la mañana, después del oficio, el alcalde, Frank Fishwick, organizó una reunión improvisada en la Casa Consistorial a la que estaban convocados los pañeros prominentes de la ciudad, tanto anglicanos como metodistas, y entre los que se encontraban Hornbeam y Spade.

Spade sabía que no lo habían invitado porque fuera uno de los más prósperos, sino porque tenía una relación estrecha con los trabajadores y podía poner al corriente a los demás acerca de lo que estos decían y hacían.

El alcalde Fishwick era un hombre de unos cincuenta años que desprendía un aire de serena autoridad, corpulento, con la barba veteada de canas. Creía que era su deber procurar que los pañeros de Kingsbridge pudieran hacer negocio libres de trabas —no tenía tiempo para ideas peregrinas como los derechos del hombre y esa clase de tonterías—, pero no era tan combativo como Hornbeam. Spade no estaba seguro de qué postura adoptaría Fishwick ese día.

—Estoy convencido de que hay algo en lo que todos estaremos de acuerdo —empezó diciendo el alcalde—: las batallas campales en las calles de Kingsbridge son intolerables. Debemos ponerle fin a esto de inmediato.

Hornbeam pasó a la ofensiva al instante.

—El sábado por la tarde, mis trabajadores irlandeses estaban gastándose su bien merecida paga sin molestar a nadie cuando los atacaron unos alborotadores. Y lo sé porque estaba allí.

Los asistentes a la reunión miraron a Spade suponiendo que lo desmentiría, pero este permaneció en silencio.

Como Spade esperaba, fue otra persona quien se encargó de rebatir sus palabras: Amos Barrowfield, un tipo callado que de cuando en cuando sorprendía a todo el mundo con la firmeza de sus convicciones.

—Me da bastante igual quién iniciara la pelea —dijo Amos con sequedad—. Los altercados se produjeron porque ha traído a más de un centenar de forasteros a Kingsbridge para acabar con la huelga.

—¡Estaba en todo mi derecho! —protestó Hornbeam airadamente.

—No se lo niego, pero eso no nos lleva a ninguna parte, ¿no cree? —contestó Amos—. ¿Qué ocurrirá el próximo sábado, Hornbeam? ¿Tiene alguna propuesta acerca de cómo evitar que vuelva a suceder?

—Por descontado que la tengo. La pelea de anoche fue provocada de manera deliberada por el sindicato que han formado unos tejedores descontentos. Hay que pararle los pies a esa gente.

—Interesante —dijo Amos—. Si eso es cierto, entonces es evidente que los infractores deben ser llevados ante la justicia. Sin embargo, creo que esta mañana ha celebrado una vista para juzgar a los detenidos de anoche y...

—Sí, pero...

—Permítame acabar lo que estaba diciendo —pidió Amos levantando la voz—. Exijo que se me escuche.

—Déjele terminar, Hornbeam —dijo Fishwick con firmeza—. Aquí todos somos iguales.

Aquello complació a Spade. La intervención del alcalde indicaba que Hornbeam no llevaba todas las de ganar de antemano.

—Gracias, señor alcalde —dijo Amos—. Hornbeam, los demás jueces no han sido informados acerca de la vista que se celebraría esta mañana, de manera que no han podido asistir a ella, pero creo que entre los acusados no había ninguno de sus tejedores ni ninguno de los presuntos organizadores del sindicato.

—¡Porque fueron muy astutos! —protestó Hornbeam.

—Tan astutos quizá que, sabiamente, no provocaron los disturbios y, por lo tanto, son inocentes.

Hornbeam se puso rojo de ira, pero no supo qué decir.

Spade consideró que era el momento de intervenir.

—Yo puedo confirmarlo, señor alcalde —dijo—. Con su permiso.

—Por favor, señor Shoveller.

—Los huelguistas y quienes los apoyan se reunieron anoche para hablar de los problemas a los que se enfrentan. Yo estaba por casualidad en la Bell y puedo confirmar que permanecieron allí toda la noche. Les informaron de los disturbios y decidieron no intervenir. Continuaron en la taberna hasta bastante después de que los altercados terminaran. Asimismo, el dueño del local, sus empleados y al menos otros cincuenta clientes pueden dar fe de mis palabras. Por lo tanto, podemos estar casi seguros de que los huelguistas y sus partidarios no tuvieron nada que ver con el incidente.

—Pero aun así podrían haberlo organizado —repuso Hornbeam.

—Tal vez —intervino Amos—, pero no hay pruebas de ello, y no podemos actuar basándonos en meras suposiciones.

—En ese caso —dijo Fishwick, retomando las riendas del debate—, tal vez deberíamos discutir qué podríamos hacer para acabar con la huelga y evitar más conflictos de este tipo en nuestra ciudad. Obviamente, no podemos pedirle a nuestro amigo Hornbeam que no use sus telares de vapor, no podemos poner trabas al progreso.

—Se lo agradezco, aunque solo sea eso —murmuró Hornbeam.

—Sin embargo, quizá podríamos encontrar alguna concesión de poco calado que contentara a los peones —prosiguió Fishwick—. Señor Shoveller, posiblemente usted tenga más relación con los trabajadores que yo, ¿qué cree que los animaría a volver al trabajo?

—No puedo hablar en su nombre —repuso Spade, sintiendo cómo la decepción se extendía entre el grupo—. No obstante, podría proponer una vía.

—Adelante, por favor —dijo Fishwick.

—Se podría designar un pequeño grupo de pañeros, pongamos tres o cuatro personas, para que se reunieran con los representantes de los trabajadores y así explicarles qué peticiones son inviables y cuáles podrían ser factibles. Una vez establecidas las bases por ambas partes, nuestro grupo informaría al señor Hornbeam y el suyo a los trabajadores. Quizá así lograríamos llegar a un acuerdo.

Los pañeros estaban acostumbrados al trato comercial y comprendían el lenguaje de la negociación y el compromiso. Un murmullo de aprobación recorrió la mesa mientras los presentes asentían con la cabeza.

—Obviamente, el grupo no tendría potestad para tomar decisiones en nombre del señor Hornbeam —prosiguió Spade, animado—, como así tampoco el de los trabajadores. Sin embargo, es necesario que dispongan de cierta autoridad, y a tal fin propongo que sea usted, señor alcalde, quien lidere nuestro grupo.

Aquella propuesta también obtuvo el respaldo de los asistentes.

—Estoy a su servicio, por descontado. Y, señor Shoveller, es evidente que usted sería una gran ayuda para el grupo.

—Gracias. Haré cuanto pueda con sumo gusto.

—Y la señora Bagshaw —dijo alguien.

Spade estuvo de acuerdo. Cissy Bagshaw, la única mujer entre los presentes, estaba al frente del negocio que había heredado a la muerte de su marido. Era inteligente y de mentalidad abierta.

—¿Y el señor Barrowfield, quizá? —apuntó Fishwick.

Una vez más, todos coincidieron.

—Muy bien —dijo Fishwick—. Si están de acuerdo, señores y señora, me gustaría que empezáramos a trabajar hoy mismo.

«Y así es la manera en que el sindicato logra reconocimiento oficial —pensó Spade satisfecho—. Me pregunto qué hará Hornbeam ahora».

—¿Los demás hombres también hacen esto? —le preguntó Arabella a Spade.

—No lo sé —contestó él.

Estaba peinándole el vello púbico.

—Nadie me ha visto... ahí —dijo ella.

—Ah, ¿no? Pero os las compusisteis para concebir a Elsie...

—A oscuras.

—¿Los obispos tienen que hacerlo a oscuras?

A Arabella se le escapó una risita.

—Es probable que sea obligatorio.

—Entonces soy el primer hombre que ve este precioso rojo dorado.

—Sí. ¡Ay! No tires.

—Disculpa. Mejor un beso. Ya está. Pero tengo que deshacer los enredos.

—No tienes que hacerlo, lo haces porque te gusta.

—¿Quieres que te haga la raya?

—Eso sería muy vulgar.

—Si tú lo dices. ¿Ves? Así está mucho mejor. —Se incorporó en la cama, a su lado—. Voy a quedarme este peine para siempre.

—¿No te da un poco de asco lo de ahí abajo?

—Al contrario.

—Me alegro. —Se quedó callada un momento, por lo que Spade supo que algo le rondaba por la cabeza—. Hum... Tengo que decirte... —Vaciló—. Anoche me acosté con él.

Spade enarcó las cejas.

—Había bebido mucho oporto y luego se había pasado al brandy. Tuve que ayudarlo a desvestirse. Luego prácticamente cayó en la cama y empezó a roncar. Y vi mi oportunidad.

—Te metiste en la cama con él.

—Sí.

—Y...

—Lo único que hizo en toda la noche fue tirarse pedos.

—Ah, qué asco.

—Se quedó muy sorprendido cuando me encontró en la cama con él al despertarse. Hacía años de la última vez que habíamos dormido juntos.

Spade estaba fascinado, pero no las tenía todas consigo. ¿Qué había hecho Arabella? Temía una escena entre el obispo y ella que lo estropeara todo.

—¿Qué dijo?

—Dijo: «¿Qué haces aquí?».

Spade se echó a reír.

—¡Cómo se le ocurre a un hombre preguntarle a su mujer qué hace en su cama! ¿Qué le contestaste?

—Le dije: «Anoche estuviste muy insistente». Intenté parecer, ya sabes, recatada.

—Me habría gustado verlo. No puedo imaginarlo.

—Oh, señor Shoveller, me ha hecho sonrojar —dijo Arabella, imitando muy bien a una jovencita tímida.

Spade rio entre dientes.

—Entonces quiso saber qué había ocurrido —prosiguió Arabella—. Dijo: «¿Yo, de verdad...?», y contesté que sí. Lo cual es mentira. Luego, para que pareciera más creíble, dije: «No mucho rato, pero lo suficiente».

—¿Te creyó?

—Eso pienso. Pareció muy sorprendido y luego dijo que le dolía la cabeza. Yo dije que no me extrañaba, después de pasarse al brandy con todo el oporto que ya había bebido.

—¿Qué hiciste?

—Me fui a mi habitación, llamé a la doncella y le dije que enviara al lacayo al dormitorio del obispo con una tetera bien grande.

—Así que ahora, cuando le digas que estás embarazada...

—Le recordaré esta noche.

—Solo lo hicisteis una vez.

—Todos los embarazos son el resultado de una sola vez en concreto.

—¿Se lo tragará?

—Eso pienso —repitió.

Los pañeros volvieron a reunirse una semana después, en el mismo lugar y a la misma hora.

Spade consideraba que alcanzar un acuerdo era más importante que los términos del mismo puesto que validaría al sindicato como una herramienta útil tanto para los patrones como para los trabajadores.

El alcalde Fishwick los puso al corriente acerca del desarrollo del encuentro.

—Primero de todo, los trabajadores presentaron dos peticiones a las que, tal como dejamos claro, los patrones nunca accederían —dijo.

Esa forma de presentar la información había sido idea de Spade.

—Solicitaban que se enviara de vuelta a casa a los irlandeses.

—Ni hablar —dijo Hornbeam.

Fishwick hizo caso omiso de la interrupción.

—Les explicamos que eso solo puede decidirlo el concejal Hornbeam. Aunque algunos pañeros pudieran coincidir en que los irlandeses deberían volver a casa, no podemos obligar al señor Hornbeam.

—Muy cierto —murmuró alguien.

—Segundo, pedían que todo aquel al que se despidiera pudiera acogerse al auxilio de la parroquia en lugar de tener que entrar en el asilo para pobres de Kingsbridge.

Los trabajadores odiaban el asilo, donde estaban obligados a trabajar a cambio de comida y alojamiento. Era frío e incómodo, y sobre todo humillante. No se diferenciaba mucho de una cárcel.

—De nuevo debimos explicarles que no tenemos jurisdicción sobre el auxilio de la parroquia, que está en manos de la iglesia —prosiguió Fishwick.

Spade había propuesto aquel enfoque porque sabía que a los pañeros los tranquilizaría oír que el grupo se había resistido con firmeza a algunas de las peticiones de los trabajadores y, por lo tanto, estarían más receptivos cuando oyeran las demás.

—Llegamos ahora a la tercera petición, a la cual recomiendo que accedamos —dijo Fishwick—. Quieren que los peones que sean sustituidos por máquinas tengan prioridad a la hora de optar a un trabajo alternativo. Si accedemos, el consejo municipal, del cual muchos de los aquí presentes formamos parte, tendría que aprobar una resolución que lo estableciera como medida de cumplimiento obligatorio en Kingsbridge. Este paso aliviaría la crisis actual y nos allanaría el camino a todos en cuanto a la introducción de nueva maquinaria.

Spade, atento a sus expresiones, comprobó que la mayoría estaba de acuerdo.

—A fin de que este sistema funcione sin problemas, se presentaron dos propuestas más. Una: antes de instalar cualquier maquinaria, el patrón deberá informar a los trabajadores y debatir cuántas personas trabajarán en la máquina y cuántas serán sustituidas por esta.

—¿Así que ahora voy a tener que consultar con los peones antes de comprar una máquina? ¡Eso es ridículo! —comentó Hornbeam con mordacidad, como era previsible.

—En cualquier caso, algunos ya lo hacemos. Contribuye a que todo vaya sobre ruedas —dijo Amos.

Hornbeam resopló indignado.

—Y dos —prosiguió Fishwick—: los representantes de los patrones y de los trabajadores deberán velar por el cumplimiento de los acuerdos por ambas partes, de manera que cualquier problema pueda resolverse antes de que derive en un conflicto.

Se trataba de una idea innovadora, bastante enfrentada con la manera en que la mayoría de ellos estaban acostumbrados a relacionarse con sus peones. Aun así, Hornbeam fue el único que expresó su disconformidad.

—Convertirán a los trabajadores en patrones —dijo con desdén—. Y a los patrones en trabajadores.

Fishwick perdió la paciencia.

—Quienes estamos sentados a esta mesa no somos necios, Hornbeam —dijo, irritado—. Sabemos mantener una relación de cooperación sin convertirnos en esclavos.

Hubo un murmullo de aprobación.

Hornbeam alzó las manos en señal de derrota.

—Adelante —dijo—. ¿Quién soy yo para interponerme en su camino?

Spade estaba satisfecho. Era el resultado que Sal y Jarge esperaban, y pondría fin a la huelga. El sindicato se había convertido en parte integrante del entramado textil de Kingsbridge. Pero tenía algo más que decir.

—Los trabajadores se alegran de haber alcanzado un acuerdo, pero dejaron muy claro que nadie intentará castigar a los cabecillas de la huelga de ninguna manera. Eso, me temo, dinamitaría el trato por completo.

Se hizo un silencio mientras digerían la noticia.

—Señores, señora, con eso concluimos el orden del día —aprovechó para decir el alcalde Fishwick—, y les deseo a todos una copiosa comida de domingo.

Mientras se preparaban para marcharse, Hornbeam lanzó unas palabras de despedida.

—Todos ustedes se han rendido ante ese sindicato, pero tiene los días contados. Pronto serán completamente ilegales.

Se hizo un silencio embargado de sorpresa.

—Que tengan un buen día —dijo, y abandonó la sala.

## 22

La mayoría de los pañeros pensaban que Hornbeam se llenaba la boca por pura fanfarronería, pero Spade no estaba de acuerdo. El concejal no propagaría ninguna noticia cuya falsedad pudiera descubrirse fácilmente porque eso lo haría quedar como un necio. Tenía que haber algo de cierto en lo que decía. Cualquier amenaza por parte de Hornbeam era preocupante, de modo que Spade fue a ver a Charles Midwinter.

El pastor era de la opinión de que los metodistas debían estar bien informados sobre los asuntos que afectaban a su país, aunque no pudieran permitirse comprar periódicos o revistas especializadas, de modo que se había suscrito a varias publicaciones y guardaba los ejemplares durante un año en la sala de lectura de la Casa Metodista. Spade acudió para echar un vistazo a las ediciones pasadas. Le explicó a Midwinter lo que Hornbeam había dicho y el pastor lo ayudó a buscar artículos donde se mencionara una ley contraria a los sindicatos. Se sentaron en los extremos opuestos de una mesa sencilla, en una sala pequeña con una ventana grande, y hojearon las publicaciones empezando por las más recientes.

No tardaron mucho tiempo en encontrar información.

Supieron que el 17 de junio, el lunes anterior, el primer ministro William Pitt había anunciado el Proyecto de Ley de Asociación de los Trabajadores, que convertía en delito el hecho de que los peones se reunieran o asociaran con el fin de pedir un aumento del salario o interferir de cualquier otro modo en la libertad de los patrones para hacer lo que gustasen. Se decía que el proyecto de ley era la respuesta a la epidemia de huelgas que había habido últimamente. A Spade le parecía que considerarlo una epidemia resultaba excesivo, pero era cierto que se había producido mucha agitación en fábricas asoladas por los impuestos de guerra y las restricciones comerciales.

Los artículos eran breves y contenían poca información, lo cual tenía que ser el motivo por el que Spade no había captado el peligro cuando leía los periódicos a diario. Sin embargo, al prestar más atención vio claramente que pronto los sindicatos serían ilegalizados.

Y eso lo cambiaría todo. Los trabajadores se convertirían en un ejército sin armas.

El proyecto de ley había sido presentado en el Parlamento al día siguiente, y un día después se sometió a una segunda lectura en la Cámara de los Comunes, lo que significaba que había sido aprobado.

—Madre mía, qué rápido —exclamó Midwinter.

—Esos desgraciados se están dando prisa —dijo Spade.

Según la normativa parlamentaria, el proyecto de ley tenía que enviarse a un comité encargado de examinarlo con detalle y proponer posibles enmiendas.

—¿Sabe cuánto tiempo tarda ese proceso? —preguntó Spade.

Midwinter no estaba seguro.

—Creo que puede variar.

—Es importante saberlo. Puede que tengamos poco tiempo. Será mejor que se lo preguntemos a nuestro representante en el Parlamento.

—Yo no puedo votar —dijo Midwinter, que no poseía propiedades y, por tanto, no cumplía los requisitos del Derecho de Voto de los Cuarenta Chelines.

—Pero yo sí —repuso Spade—. Y usted puede acompañarme.

Abandonaron la Casa Metodista. Notaban la calidez del sol de junio en el rostro mientras caminaban con paso vivo hasta la plaza del mercado para entrar en Willard House.

El vizconde Northwood estaba terminando de comer y les ofreció una copa de oporto. Sobre la mesa había frutos secos y queso. Midwinter rechazó el oporto pero Spade aceptó la invitación. Estaba muy rico; era suave y dulce, y tenía un estimulante toque de brandy en la agradable nota final.

Spade le contó lo del dardo lanzado por Hornbeam y lo que posteriormente habían averiguado gracias a los periódicos de la última semana. A Northwood le sorprendió saber que se había redactado el Proyecto de Ley de Asociación, aunque lo cierto era que nunca había cumplido con rigor su deber parlamentario.

—No me gusta el cariz que presenta esto —dijo—. Comprendo vuestra preocupación. Claro que tiene que evitarse la interrupción de la actividad en las fábricas, eso todos lo sabemos, pero prohibir que los trabajadores se reúnan en cualquier circunstancia raya el abuso. Y yo detesto a los abusones.

—De hecho aquí, en Kingsbridge, el sindicato ha ayudado a poner fin a la huelga —explicó Spade.

—No lo sabía —confesó Northwood.

—Ha ocurrido recientemente. Pero créame, sin sindicatos en las fábricas habrá más conflictos, no al revés.

—Bueno, tendré que averiguar más cosas sobre ese Proyecto de Ley de Asociación.

Era una grosería meterle prisa a un aristócrata. Con todo, Spade decidió intervenir.

—¿Cuánto tiempo cree que necesitará, señor? —preguntó.

Northwood arqueó una ceja pero decidió no tomárselo como una ofensa.

—Hoy mismo enviaré una carta. Mi ayudante de Londres me mandará las señas.

—No puedo evitar preguntarme cuánto tardará en responder el comité —insistió Spade.

—Dada la evidente prisa del gobierno, probablemente serán solo unos días.

—¿Hay algo que podamos hacer para que el Parlamento lo reconsidere?

—Puesto que los trabajadores no pueden votar, la forma habitual para influir en la Cámara es que presenten una petición.

—Empezaré a ocuparme de eso hoy mismo.

Al viernes siguiente, Northwood recibió la respuesta a su carta. Llegó acompañada de un hombre achaparrado y calvo llamado Clement Keithley. Sentado en el gabinete que Northwood ocupaba frente a la catedral, le explicó a Spade que era abogado y que trabajaba de ayudante para Benjamin Hobhouse, un miembro del Parlamento que conocía Kingsbridge porque su padre había sido comerciante en Bristol.

Keithley, que había estudiado en la Escuela de Gramática de Bristol junto con Hobhouse, dijo con orgullo que el señor Hobhouse se había expresado con vehemencia en contra del Proyecto de Ley de Asociación, pero su objeción no había bastado para impugnarlo y solo quedaba que la Cámara Alta, la Cámara de los Lores, lo debatiera.

—El gobierno del señor Pitt tiene una tremenda urgencia con esto, ¿verdad? —preguntó Northwood.

—Ya lo creo, señor, y no han dado tiempo a que los opositores se organicen para presentar peticiones.

—Pues nosotros tenemos una petición firmada por cientos de ciudadanos —afirmó Spade.

—Entonces deberíamos conseguir algunas firmas más y presentarla ante la Cámara de los Lores. —Keithley se volvió hacia Northwood—. Señor, ¿sería tan amable de organizar una reunión pública para poder explicarles este asunto a sus electores?

—Es muy buena idea. ¿Cuándo?

—Hoy o mañana. No podemos retrasarlo.

—Bueno, seguro que mañana será posible.

—Permítame que vaya a comprobar si el Salón de Actos está libre —se ofreció Spade.

—Como gustes —dijo Northwood.

—A lo mejor el señor Keithley desea acompañarme y echar un vistazo al lugar donde hablará en público.

—Sí, con mucho gusto —repuso Keithley.

Salieron a la calle y Keithley se detuvo para admirar la catedral. Siempre lucía en todo su esplendor cuando la bañaban los rayos del sol, pensó Spade.

—Recuerdo este lugar —comentó Keithley—. Seguramente solía venir de niño. Es grandioso. Y lo construyeron sin máquinas.

—Personalmente, no tengo nada en contra de las máquinas —dijo Spade—. De todos modos, no podemos frenar su avance, pero sí mitigar el impacto.

—Exacto.

Subieron por Main Street hasta el Salón de Actos, situado en una esquina del cruce con High Street. La puerta estaba abierta y dentro había unas cuantas personas ocupándose de la limpieza y del mantenimiento. Spade guio a Keithley hasta el despacho del gerente. En efecto, la sala principal estaba libre el sábado por la tarde y, por supuesto, el gerente se mostró encantado de recibir al vizconde Northwood con el objeto de organizar una reunión política.

Se detuvieron en el salón de baile. La luz del sol penetraba por las ventanas y teñía de oro el polvo que levantaban los empleados de la limpieza.

—Como ve, es muy espacioso —dijo Spade—. En Kingsbridge hay unos doscientos votantes, pero doy por hecho que permitiremos también la asistencia a los miembros de la clase trabajadora.

—Por supuesto. Vuestro representante en el Parlamento debe presenciar la fuerte reacción de los trabajadores cuando sepan lo que se está tramando contra ellos. ¿Cuántos peones hay en Kingsbridge?

—En las fábricas de lana, unos mil.

—Anímalos a que asistan.

—Haré correr la voz.

—Estupendo. Te sugiero que recojas firmas para la petición en cuanto termine el acto y yo las presentaré en Londres el domingo.

—En su sincera opinión, ¿qué posibilidades tenemos de que el proyecto de ley no prospere? —preguntó Spade.

—El proyecto de ley es imparable —afirmó Keithley—. Igual que las máquinas. Lo único a lo que podemos aspirar es a que lo modifiquen. A mitigar el impacto, como tú mismo has dicho.

Era un panorama muy decepcionante y Spade se sentía furioso. «Me gustaría estar en el Parlamento —pensó—. Ya me encargaría yo de meter en cintura a esos cabrones».

A Sal, el emisario de Londres le pareció un ser anodino. Los buenos oradores solían imponer con su presencia, como Charles Midwinter, pero a Keithley le ocurría lo contrario. Pensó que ojalá no sucediera igual que con el reverendo Bartholomew Small, que había aburrido a todo el mundo. Su deseo era enardecer el ánimo de los trabajadores.

Sin embargo, la reunión atrajo a un grupo muy numeroso de ciudadanos. Entre ellos, Sal vio a la mayoría de los pañeros más importantes y a cientos de trabajadores de las fábricas. Todos los asientos estaban llenos y también había personas de pie al fondo de la sala. En la parte delantera se dispuso una tarima con una mesa. El vizconde Northwood se hallaba sentado frente a la mesa, en el centro, y resultaba evidente que dominaba la situación. Tenía a un lado al alcalde Fishwick y al otro a Keithley. Spade ocupaba uno de los extremos. Sal estaba sentada entre el público; a pesar de tratarse de una figura clave de la huelga, nadie esperaba que una mujer tuviera un puesto en el estrado.

En un lateral de la sala, Elsie Mackintosh estaba sentada ante una mesa con papel, plumas y tinta, dispuesta recoger firmas para la petición cuando terminase el acto.

Northwood abrió la reunión. Albergaba las mejores intenciones, pero no pudo evitar dar la impresión de estarles dirigiendo una arenga a sus tropas antes de una batalla.

—Que todo el mundo preste atención. Estamos aquí reunidos con el fin de ser informados sobre un importante proyecto de ley que ha sido presentado ante el Parlamento, de modo que debéis escuchar con mucha atención todo lo que os diga el señor Keithley, quien se ha desplazado expresamente desde Londres para dirigirse a nosotros hoy.

Keithley habló en un tono más relajado.

—Si este proyecto de ley se aprueba tal y como está, cambiará la vida de todos los trabajadores de este país, sean hombres, mujeres o niños —anunció—. De modo que si algo no queda suficientemente claro, por favor, poneos de pie y hacédmelo saber o preguntad y pedidme que os lo explique. No me importa que me interrumpáis.

Sal sabía que ese tipo de discurso era más adecuado para los miembros de la clase trabajadora, que reaccionaban mejor ante un estilo más informal.

Keithley empezó por explicar el acelerado proceso del proyecto de ley presentado en el Parlamento.

—El primer ministro lo anunció hace dos lunes, la primera lectura tuvo lugar al día siguiente y la segunda se produjo solo un día después. El comité respondió al cabo de tan solo siete días, lo cual fue el miércoles pasado. El proyecto de ley se presentará ante la Cámara de los Lores pasado mañana. Sin embargo, no tienen tanta prisa a la hora de escuchar a los hombres y las mujeres trabajadoras de la nación que gobiernan. Por ahora, el Parlamento no ha encontrado el momento de atender una petición que se opone al proyecto de ley enviada por los estampadores de indianas de Londres.

—¡Vergüenza debería darles! —gritó alguien.

—¿Y qué dice ese proyecto de ley? —Keithley bajó la voz para captar la atención de los asistentes—. Escuchad con mucha atención, amigos míos. —A partir de ahí, empezó a subir el tono poco a poco—. Dice que cualquier trabajador que se asocie con otro, ¡tan solo uno!, con el objeto de pedir un aumento de sueldo, habrá cometido un delito ¡y podrá ser castigado con dos meses de trabajos forzados!

Un clamor de protesta estalló entre la multitud.

Keithley resultaba más impactante de lo que parecía a simple vista, pensó Sal agradecida. Lo había infravalorado.

—Un momento —dijo una voz áspera y potente.

Sal miró de dónde procedía y vio a Hornbeam de pie.

Se dio cuenta de que Spade le susurraba algo a Keithley y supuso que le estaba explicando quién era el hombre que había interrumpido su discurso.

—Permítame señalar que el proyecto de ley prohíbe igualmente la asociación de patrones —dijo Hornbeam.

—Gracias por la aclaración —respondió Keithley—. Me han dicho que tengo el honor de encontrarme ante el concejal Hornbeam, ¿es cierto?

—Sí —afirmó Hornbeam.

—Y es usted pañero, ¿verdad, señor Hornbeam?

—Sí.

—Y también juez de paz.

—Sí.

—Ha empleado el término «igualmente», pero vamos a fijarnos mejor. —Keithley dejó de mirar a Hornbeam para dirigirse a la multitud—. Este proyecto de ley, amigos míos, permitirá que el señor Hornbeam acuse a cualquier pareja de trabajadores de sus fábricas de cometer un delito de asociación. A continuación, podrá juzgar el caso por cuenta propia, «sin que intervenga ningún otro juez ni jurado». Si halla culpables a los trabajadores, puede condenarlos a trabajos forzados, y todo sin consultarlo con absolutamente nadie más.

Se oyó un murmullo de indignación entre los asistentes.

—Prestad atención a la gran diferencia —prosiguió Keithley—. Si por ese mismo proyecto de ley se acusa a dos patrones, deberán ser juzgados como mínimo por dos jueces y un jurado.

—¡Eso no es justicia ni es nada! —exclamó Sal a voz en cuello.

Las personas que la rodeaban mostraron su acuerdo a coro.

—Pues la desigualdad no termina ahí —siguió diciendo Keithley—. Los trabajadores podrán ser interrogados acerca de las conversaciones que mantienen con otros trabajadores, y, si se niegan a contestar, se considerará que cometen un delito. «El trabajador tendrá la obligación de presentar testimonio contra sí mismo y contra otros trabajadores; en caso contrario, será encarcelado».

Hornbeam volvió a ponerse de pie.

—Creo que es usted abogado, señor Keithley, de modo que sabrá que la asociación, o conspiración, es tremendamente difícil de demostrar. Esa cláusula es esencial para que el proyecto de ley sea útil. Los acusados deben proporcionar las pruebas ellos mismos. De otro modo jamás podrán ser procesados.

—Gracias por aclararlo, señor Hornbeam. Repetiré su afirmación, pues es muy importante. Amigos míos, el señor Hornbeam acaba de señalar con gran acierto que es difícil demostrar que se ha conspirado a menos que los propios acusados testifiquen contra sí mismos. Y por eso la cláusula mencionada es esencial. ¡Tal vez por eso mismo la cláusula se aplica solo a los trabajadores y no a los patrones!

Las protestas de indignación se convirtieron en un rugido.

Sal reparó en que Hornbeam no se había enfrentado nunca a alguien del calibre de Keithley. Este era un hombre con una habilidad extraordinaria para debatir ideas. Superaba incluso a Spade, que era el mejor de todo Kingsbridge. Hornbeam solía salirse con la suya por medio de la intimidación, no de la argumentación, pero ese día le habían dado sopas con honda.

—Está previsto que se pueda apelar —dijo Hornbeam, desesperado.

—Gracias, señor Hornbeam. Está elaborando el discurso por mí. El señor Hornbeam nos recuerda que cualquier trabajador condenado por la aplicación de esa ley podrá apelar la sentencia. Es lo justo, ¿verdad? Lo único que tiene que hacer es... ¡pagar veinte libras!

La multitud estalló en carcajadas. Ningún trabajador de una fábrica había conseguido reunir jamás veinte libras.

—Y, si por una de esas desgracias de la vida, el trabajador no tuviera ahorradas veinte libras...

Las carcajadas habían dado paso a risitas burlonas y Hornbeam se sonrojó. Lo estaban humillando públicamente.

—... tal vez ese trabajador podría pedirles a otros que lo apoyaran y reunieran las veinte libras. Es mucho dinero, desde luego, pero a lo mejor podrían conseguirlo. Solo que entonces estarían formando una asociación y, en consecuencia, ¡estarían actuando en contra de la ley!

—¡Nos ponen contra la espada y la pared! —exclamó alguien.

—Una cosa más —dijo Keithley—. Tal vez algunos de vosotros hayáis aportado dinero a un fondo recaudado por un sindicato o un grupo similar.

Sal asintió. El sindicato había recolectado dinero para dar apoyo a los seguidores de la huelga, y, como esta había finalizado con rapidez, una parte del dinero todavía no se había gastado.

—¿Y qué creéis que dice el proyecto de ley al respecto? —preguntó Keithley, e hizo una pausa para imprimir más efecto a sus palabras—. ¡Pues que ese dinero se lo quedará el gobierno!

—¡Malditos ladrones! —gritó uno de los asistentes.

Hornbeam se puso de pie, abandonó su asiento y se dirigió a la salida. Keithley lo señaló.

—Ese es el concepto de justicia que tiene el señor Hornbeam.

Al concejal le ardían las mejillas.

—También parece que es el concepto de justicia del primer ministro —siguió diciendo Keithley después de que Hornbeam hubiese salido por la puerta—. Pero no es el mío, y sospecho que tampoco el vuestro.

Entre el público se oyeron gritos de acuerdo.

—Si ese no es vuestro concepto de justicia, es posible que deseéis firmar la petición. —Keithley señaló a Elsie, situada en el lateral de la sala—. La señora Mackintosh dispone de papel y tinta. Por favor, escribid vuestro nombre o dibujad una cruz y permitid que lo escriba la señora Mackintosh.

Los asistentes empezaron a levantarse de sus asientos para dirigirse a la mesa que ocupaba Elsie. Keithley levantó más la voz.

—Mañana llevaré vuestra petición a Londres y haré todo cuanto esté en mi mano para convencer al Parlamento de que la tenga en cuenta.

La fila que se formó frente a la mesa de Elsie ya incluía a más de la mitad de los asistentes.

Sal estaba muy satisfecha. Habían explicado el contenido de la ley con pelos y señales y nadie albergaba dudas acerca de su finalidad maliciosa.

Frank Fishwick se levantó para hablar.

—Como alcalde de Kingsbridge, me gustaría darle las gracias al señor Keithley —empezó a decir.

Nadie lo estaba escuchando, de modo que se dio por vencido.

Spade estaba contento. El gobierno había intentado colar la nueva ley sin que los ciudadanos se dieran cuenta, pero no se había salido con la suya. Keithley había dejado muy claro el riesgo que implicaba y el texto no se aprobaría como si tal cosa.

Mientras cientos de trabajadores esperaban pacientemente en la cola para firmar la petición, Keithley se dirigió a Spade.

—¿Te gustaría venir conmigo a Londres mañana?

Spade se sorprendió, pero tras pensarlo un instante aceptó la propuesta.

—Sí. No dispongo de mucho tiempo, pero puedo acompañarle.

—Me irá bien tener a mano a un ciudadano de Kingsbridge por si un comité parlamentario desea obtener información inmediata y de primera mano.

—Muy bien.

Charles Midwinter se acercó a donde estaban y Spade lo presentó.

—El pastor Midwinter es el tesorero del sindicato formado por los tejedores de las fábricas de Hornbeam.

Los dos hombres se estrecharon la mano.

—¿Me permite una pregunta, señor Keithley? —dijo Midwinter.

—Por supuesto.

—Tengo guardadas diez libras que pertenecen al sindicato y que fueron donadas por ciudadanos de Kingsbridge sensibles con la causa. ¿Puedo hacer algo para evitar que caigan en manos del gobierno?

—Sí —respondió Keithley—. Forme una sociedad de ayuda mutua.

Las sociedades de ayuda mutua eran muy populares. Cada persona que formaba parte del grupo contribuía con una modesta cuota semanal, y, cuando alguien se ponía enfermo o se quedaba sin trabajo, la sociedad le entregaba una pequeña paga para que pudiera sustentarse. En Inglaterra existían cientos de ellas; miles, tal vez. Las autoridades animaban a su creación, pues ayudaban a personas que de otro modo solicitarían el auxilio de la parroquia.

—Convierta a todos los miembros del sindicato en miembros de la sociedad de ayuda mutua —siguió diciendo Keithley—. Luego transfiera el dinero a la sociedad y así el gobierno no podrá arrebatárselo al sindicato.

—Qué ingenioso —dijo Midwinter con una sonrisa.

—Además, una sociedad de ayuda mutua podría realizar discretamente muchas de las funciones de un sindicato —añadió Keithley—. Por ejemplo, podría debatir con los patrones la necesidad de adquirir nueva maquinaria con el pretexto de que afecta a los gastos de la sociedad.

A Spade le gustó la idea, pero veía una pega.

—¿Y si la petición tiene éxito y el Proyecto de Ley de Asociación no llega a aprobarse?

—Pues basta con romper el documento que obliga a transferir el dinero.

—Gracias, señor Keithley —dijo Midwinter.

—Que útil resulta tener cerca a un abogado —comentó Spade.

Spade tenía amistad con uno de sus mejores clientes de Londres, Edward Barney, un joven comerciante de paños. El dueño de la tejeduría había llevado consigo un baúl lleno de muestras, como si quisiera justificar el dinero que costaba el viaje realizando algunas ventas. Hizo una visita al almacén que Edward tenía en Spitalfields, en cuya parte delantera, cerca de la puerta, se exponían telas especiales como moarés de seda, terciopelos, cachemiras y mezclas poco comunes, mientras que las piezas habituales de sarga y de mezcla de lino y lana permanecían en estantes situados al fondo del local.

Edward le ofreció alojamiento a Spade en el piso situado encima del almacén, cosa que él aceptó encantado. No le gustaba nada hospedarse en posadas puesto que jamás estaban limpias ni resultaban demasiado cómodas.

Pasó una semana entera sin que el Proyecto de Ley de Asociación de los Trabajadores progresara en el Parlamento. Mientras Spade aguardaba, se puso en contacto con todos sus clientes habituales de Londres. Daba la impresión de que el negocio se estaba recuperando: las exportaciones a América compensaban la caída del intercambio comercial en Europa.

Cuando se quedó sin clientes a los que visitar, fue a ver a Sid, el padre de Edward. Aunque el hombre solo tenía cuarenta y cinco años, se había retirado del negocio porque sufría artritis y permanecía todo el día sentado entre una pila de cojines donde apoyaba sus extremidades deformes. Le agradaba tener a alguien con quien hablar que lo ayudara a olvidarse de sus dolores.

Spade le explicó lo del Proyecto de Ley de Asociación y cómo habían reaccionado los ciudadanos de Kingsbridge.

—Hace años conocí a un muchacho llamado Hornbeam —dijo

Sid—. Joey Hornbeam, un huérfano. Entonces éramos todos muy pobres, pero yo conseguí labrarme un futuro, y Joey también.

Spade sentía curiosidad por saber más cosas acerca del pasado del empresario más rico de Kingsbridge.

—¿Cómo lo hizo?

—Igual que yo, pero en otro negocio. Empezó barriendo suelos, se hizo recadero, mantuvo los ojos abiertos y la mente despierta, aprendió todo lo que podía aprenderse acerca del mundo de la pañería y esperó su oportunidad. A partir de ahí, tomamos caminos distintos. Yo me casé con la hija de mi patrón, mi querida Eth, que me dio a Edward y cuatro hijas antes de morir; descanse en paz.

—¿Y Hornbeam?

—Se estableció por su cuenta.

—¿De dónde sacó el dinero?

—Nadie lo sabe con seguridad. Al cabo de un tiempo, lo vendió todo y se marchó de Londres. Ahora ya sé adónde fue: a Kingsbridge.

—¿Se dedicaba a estafar a la gente?

—Es probable, pero no lo culpo. Procedía de St. Giles, un barrio sin ley donde no se distingue el bien del mal.

Spade asintió.

—¿Cómo era en aquella época?

—Era un hueso —dijo Sid—. Duro de roer.

—Pues igual que ahora —afirmó Spade.

La Cámara de los Lores se reunía en el salón medieval llamado Queen's Chamber, dentro del palacio de Westminster, y, según Keithley le explicó a Spade, llevaba haciéndolo desde antes de que Guy Fawkes intentase volar el lugar con pólvora. Los visitantes podían entrar en la sala, pero debían permanecer de pie detrás de una barandilla. Spade aprovechó para apoyarse en ella mientras los lores debatían el Proyecto de Ley de Asociación. Nunca había visto a más de dos o tres aristócratas juntos y allí había decenas de ellos, además de obispos. Como es natural, le llamaron la atención sus ropas de corte muy cuidado y confeccionadas con buenos paños. Los discursos no le impresionaron en igual medida; utilizaban expresiones demasiado complejas y él tenía que simplificarlas mentalmente para poder comprender lo que exponían. Tal vez las clases altas gustaran de hablar así.

Varias personas se declararon a favor del proyecto de ley argumentando que las asociaciones de trabajadores, según ellos ilegítimas, eran cada vez más frecuentes y suponían un grave peligro.

—Paparruchas —dijo Spade con un hilo de voz.

No existían suficientes sindicatos. Los millones de personas que formaban la clase trabajadora no tenían manera de protegerse de la codicia de sus patrones.

De lo que la Cámara de los Lores tenía miedo en realidad era de que estallase una revolución como la de Francia; a Spade no le cabía duda.

Keithley se dirigió con familiaridad a un hombre que también permanecía de pie con los codos apoyados en la barandilla y, tras una breve conversación con él, regresó junto a Spade.

—El señor Holland hablará después del siguiente turno de palabra —dijo.

Holland era el único de los lores que estaba previsto que se pronunciara en contra del proyecto de ley.

—¿Quién es ese hombre con quien estaba hablando?

—Un redactor que trabaja para un periódico. Lo saben todo.

Spade examinó al hombre.

—¿Dónde tiene el cuaderno?

—No lo ha traído —dijo Keithley—. No está permitido tomar notas en la Cámara.

—De manera que tiene que memorizarlo todo.

—Todo lo que pueda. Si alguna vez oyes que un lord o un miembro del Parlamento se queja de que las noticias de los periódicos no reflejan la realidad, pregúntale por qué no permiten que los periodistas tomen notas.

—Me parece una tontería.

—Este sitio se rige por muchas reglas tontas.

Spade volvió a sentir la apremiante necesidad de entrar a formar parte del Parlamento y abogar por una reforma.

Keithley señaló a lord Holland, un hombre bien parecido de entre veinte y treinta años, con gruesas cejas morenas y un cabello negro y rizado que empezaba a clarear en las sienes. Aunque poseía esclavos en Jamaica, en otros aspectos se consideraba liberal.

—Está casado con una divorciada —musitó Keithley con tono reprobatorio, pero Spade, que amaba a una mujer casada, no podía estar de acuerdo en censurarlo.

Unos minutos después, Holland se hallaba de pie hablando con vehemencia.

—El proyecto de ley parte de un principio injusto y es tendencioso y perverso —dijo.

«Buen comienzo», pensó Spade.

—Se ha creado con objeto de evitar las asociaciones de trabajadores, pero su característica más destacable y peculiar es que cambia el veredicto de un jurado por un juicio sumario. Debemos plantearnos si ese proyecto de ley, aunque es probable que destruya las asociaciones, provocará también consecuencias igual de peligrosas para la sociedad.

A Spade todo eso le resultaba un poco abstracto, demasiado alejado de la vida cotidiana de las personas a las cuales afectaba el proyecto de ley.

—No hay igualdad de condiciones para las dos partes y la desigualdad favorece a los patrones. Tienen ventaja sobre los trabajadores, ya que podrán sostener su postura, y tienen más oportunidades de inclinar la opinión de la población en su favor. Son menores en número y, en consecuencia, tienen más posibilidades de concentrarse y unir sus fuerzas; y además sin que los descubran.

Holland utilizó una comparación larga y confusa referida a los guardabosques y los cazadores furtivos para ilustrar la simple cuestión de que los patrones y los trabajadores tenían intereses opuestos y, por tanto, los jueces que también poseían fábricas no serían objetivos en un juicio contra sus peones o aquellos que trabajaban en las fábricas de sus amigos.

—El patrón siempre tendrá interés en acusar a sus trabajadores de conspiración, aunque se trate de una demanda de aumento de sueldo más que justificada.

—Cuánta razón lleva, maldita sea —exclamó Spade sin que apenas se oyera.

Holland señaló que el proyecto de ley no dejaba ningún margen de movimiento.

—¡Una persona puede ser acusada de incurrir en un delito de asociación simplemente porque le ha dado un consejo bienintencionado a un amigo!

Terminó por sugerir un aplazamiento de tres meses para que el texto pudiera ser reconsiderado.

Sin embargo, nadie se mostró de acuerdo con él. Quienes habían presentado el proyecto de ley ni siquiera se molestaron en responder a su discurso y su propuesta de aplazamiento fue rechazada.

No se tuvo en cuenta ninguna petición.

El proyecto de ley se sometió a votación y hubo tan pocos hombres que pronunciaron un «no» que ni siquiera hizo falta contarlos.

Dos días más tarde, el monarca lo aprobó y adquirió rango de ley.

# 23

Elsie se preguntaba a qué podía deberse el evidente nerviosismo de su madre. Estaban desayunando en el palacio episcopal y Arabella tenía una tostada en el plato que había untado con mantequilla, pero ni siquiera la había probado aún. Fruncía levemente las cejas de color castaño rojizo, pero, por lo demás, parecía estar bien, con el mismo aspecto físico de siempre. Si acaso, puede que hubiera ganado algo de peso en los últimos tiempos, pero parecía rebosante de salud. ¿Qué era lo que la inquietaba de ese modo?

El obispo estaba engullendo una salchicha tras otra y leyendo *The Times*.

—Fuerzas anglo-rusas han invadido el territorio de los Países Bajos —leyó en voz alta. Le gustaba contarles a su hija y su esposa lo que sucedía en el mundo—. Los franceses habían conquistado esa parte de la República Holandesa y habían decidido llamarla la República de Batavia.

Elsie tenía la *Kingsbridge Gazette* abierta delante de ella.

—Dice aquí que el 107.º Regimiento de Infantería, el regimiento de Kingsbridge, forma parte de esas fuerzas. Algunos de mis antiguos alumnos de la escuela dominical pertenecen a ese destacamento. Espero que estén bien.

—Freddie Caines debe de estar ahí —señaló Arabella.

—¿Quién es Freddie Caines? —preguntó el obispo.

—Pues… antes estaba aquí en la milicia. No recuerdo cómo lo conocí. Un muchacho encantador.

—Me acuerdo de él —dijo Elsie—. Es el cuñado de Spade.

—Ah, lo había olvidado —repuso Arabella.

Era una hermosa mañana de septiembre y el sol brillaba a través de los ventanales de la sala de desayuno. Kenelm se levantó de la mesa en ese instante.

—Lo lamento, pero debo marcharme —dijo—. Tiene que venir un carpintero a instalar una puerta nueva en el pórtico norte, porque la madera de la vieja se ha podrido, y debo asegurarme de que la coloca en el lugar correcto.

Se marchó.

Elsie ya había pasado dos horas en el cuarto de su hijo aseando y vistiendo a Stevie, que ya había cumplido los dos años, con ayuda de la niñera. Ese mismo día, más tarde, iba a organizar una merienda en agradecimiento a todos cuantos contribuían al buen funcionamiento de su escuela, quienes la habían apoyado durante la huelga. Estaba a punto de excusarse y marcharse ella también cuando su madre anunció:

—Tengo una noticia un tanto sorprendente.

Elsie volvió a sentarse.

—Ah, qué emocionante —dijo.

El obispo no estaba tan emocionado.

—¿Qué noticia es esa? —preguntó con indiferencia.

—Estoy esperando un hijo —respondió Arabella.

Elsie se quedó mirando a su madre con expresión de absoluta perplejidad. ¡Pero si tenía cuarenta y cinco años! Y el obispo, a sus sesenta y dos, era diecisiete años mayor que ella… También estaba entrado en carnes y no se le podía considerar un hombre ágil, ni mucho menos. Por no hablar del hecho de que hacía muchos años que Elsie no había visto a su padre tocar a su madre con algo parecido al afecto. Estuvo a punto de decir: «¿Y eso cómo ha sido?», pero se contuvo a tiempo.

—¿Para cuándo? —preguntó en su lugar.

—Para diciembre, creo —contestó Arabella.

El obispo se había quedado estupefacto.

—Pero, querida... —dijo.

—Tienes que acordarte. Fue en torno a Pascua.

—Este año el Domingo de Pascua fue el veinticuatro de marzo —dijo. Parecía contento de poder aferrarse a un dato tan trivial mientras aquel terremoto ponía su mundo patas arriba.

—Yo lo recuerdo a la perfección —dijo Arabella—. Estabas rebosante de energía primaveral.

Él se mostró abochornado.

—¡No digas eso en público, por favor!

—Bah, no seas bobo... Elsie es una mujer casada.

—Eso da igual...

—Esa noche te regalaste con un oporto especialmente bueno.

—¡Ah! —Pareció recobrar la memoria de repente.

—Aunque, si no recuerdo mal, parecías un poco sorprendido de encontrarme en tu cama al día siguiente, cuando te despertaste.

—¿Y dices que eso fue en Pascua? ¿Tanto tiempo ha pasado ya?

—Sí, eso creo —contestó Arabella, pero Elsie percibió un brillo de preocupación en los ojos dorados de su madre, y en ese momento supo que pasaba algo. Arabella estaba interpretando un papel. Puede que se sintiese feliz de estar embarazada, pero estaba muy, muy preocupada por algo. Pero ¿por qué? Aquello no tenía sentido.

La actitud del obispo también era inesperada. ¿Por qué no se alegraba? ¡Un hijo, a su edad! Por lo general, los hombres estaban orgullosos de su capacidad para engendrar hijos. Los habitantes de Kingsbridge no tardarían en darse codazos unos a otros en la catedral y ponerse a murmurar: «Aún le queda cuerda al viejo carcamal».

A Elsie se le pasó por la cabeza una idea del todo descabellada: ¿era posible que el obispo creyese que ese niño no era suyo?

La mera idea se le antojaba ridícula. Las mujeres de la edad de Arabella no cometían adulterio, o al menos eso creía Elsie. ¿Acaso no perdían el interés por esa clase de cosas? Lo cierto era que en realidad no sabía nada de todo eso.

De pronto recordó una conversación que había mantenido con Belinda Goodnight, la mayor chismosa de la ciudad.

—¿Qué es eso que he oído decir por ahí de tu madre? —le había dicho Belinda a Elsie en la catedral un domingo—. Parece ser que se ha hecho amiga íntima de Spade.

Elsie se había echado a reír.

—¿Mi madre? —le había contestado—. No digas bobadas.

—Me ha dicho un pajarito que se pasa todo el día en la tienda de su hermana.

—Pues como todas las mujeres de Kingsbridge que quieren ir a la moda.

—Ya, bueno, sí, seguro que tienes razón —le había dicho Belinda.

Y Elsie había estado segura de que tenía razón... hasta ese momento.

¿Sería por eso por lo que Arabella estaba tan nerviosa ante la idea de revelar algo que tendría que haber sido una noticia maravillosa? Si el obispo sospechaba que su mujer le había sido infiel, sería imposible aplacar su ira. Tenía una vena vengativa que podía resultar pavorosa. En cierta ocasión había encerrado a Elsie en su cuarto y la había tenido a pan y agua durante una semana entera por alguna ofensa que ella ya ni siquiera recordaba. Las lágrimas de su madre no habían surtido ningún efecto en la tozudez de su marido.

En ese momento miró atentamente a su padre, tratando de adivinar qué pensaba. Su primera reacción había sido de sorpresa, y luego se había mostrado abochornado. En ese instante parecía desconcertado. Elsie suponía que le costaba creer que hubiese mantenido relaciones sexuales por primera vez en muchos años y lo hubiese olvidado por completo. Por otra parte, también debía de ser consciente de que de vez en cuando bebía más oporto de lo aconsejable, y todo el mundo sabía que eso hacía que un hombre olvidase qué había hecho la noche anterior.

Y admitía recordar la mañana siguiente. Se habían despertado juntos en la cama. ¿Acaso no zanjaba eso la cuestión? Elsie se dio cuenta de que eso no era del todo así. Una mujer que se había quedado preñada de su amante podía acostarse con su marido para convencerlo de que el hijo era suyo. Se preguntó si Arabella podía haber sido tan maquiavélica. «¿Mi madre?».

Una mujer desesperada era capaz de cualquier cosa.

Sal se sentía satisfecha por el modo en que estaban yendo las cosas. A pesar de que la Ley de Asociación había obligado al sindicato a echar el cierre, la sociedad de ayuda mutua había venido a ocupar su lugar y se había extendido a toda la ciudad. Los representantes de la fábricas ahora recogían suscripciones semanales a «la mutua», y se reunían de forma periódica para hablar de los asuntos de la sociedad y otros temas relacionados con ella. A dos pañeros que iban a introducir maquinaria nueva ya les había resultado provechoso acudir al representante de la mutua para hablar con antelación de los cambios.

Los trabajadores irlandeses se habían establecido en Kingsbridge, y ya nadie recordaba por qué había habido enfrentamientos en el pasado. Regentaban dos o tres tabernas en el puerto, conocidas por el nombre de «pubs» irlandeses, y estaban muy satisfechos con el volumen del negocio. Colin Hennessy, el irlandés al que Kit había conocido el día que llegaron, era el representante de la sociedad de ayuda mutua de la fábrica de la Porqueriza.

Una noche del mes de octubre, Colin se presentó en la taberna Bell, donde Sal estaba sentada a una mesa en compañía de Jarge y Spade. A Sal le gustaba Colin. Era su tipo de hombre: grande, fuerte y con arrojo. Spade lo invitó a una jarra de cerveza. El hombre tomó un largo trago, se limpió la boca con la manga y les contó el motivo por el que había acudido allí a verlos.

—Hornbeam ha comprado una máquina nueva, una máquina de cardar gigante.

Sal frunció el ceño.

—Primera noticia.

—Yo no me he enterado hasta hoy. Estaban haciendo sitio para cuando llegue mañana.

—Así que no lo ha hablado con los trabajadores.

—Para nada.

Sal miró a Spade.

—No está respetando el acuerdo.

—Tendremos que volver a la huelga —dijo Jarge.

Sal pensó en ese momento que Jarge se parecía mucho a Hornbeam, siempre presto a responder de la manera más agresiva. Los hombres como ellos creían que siendo beligerantes conseguirían imponer su voluntad sí o sí, aun a pesar de las múltiples evidencias de lo contrario.

—Tal vez tengas razón, Jarge —dijo Spade—, pero antes tenemos que hablar con Hornbeam y averiguar qué se trae entre manos. ¿Por qué ha hecho esto? Cuesta ver qué puede ganar él, más allá de buscarse problemas.

—Es que no nos va a decir la verdad —les advirtió Jarge.

—Pero siempre se puede descubrir algo simplemente permaneciendo atento a las mentiras que alguien decide contarnos.

Jarge recapacitó.

—Supongo que eso es verdad.

—Sal —dijo Spade—, tú y yo deberíamos ir a ver a Hornbeam, ya que pertenecemos al grupo asignado para supervisar el cumplimiento del acuerdo. Y deberíamos llevarnos a Colin con nosotros porque él puede declarar que Hornbeam lo ha roto.

—De acuerdo —convino Sal.

—¿Cuándo iremos?

—Ahora mismo —contestó Sal—. No puedo sacar el tiempo de mi jornada de trabajo.

Colin parecía un poco sorprendido, pero accedió igualmente.

—Está bien, vamos —dijo, y apuró su jarra de cerveza de un trago.

Dejaron a Jarge y se encaminaron hacia el selecto barrio del norte de High Street. Un lacayo abrió la puerta principal de la casa de Hornbeam; los recibió con expresión desdeñosa hasta que reconoció a Spade.

—Buenas tardes, señor Shoveller —dijo con recelo.

—Hola, Simpson —lo saludó Spade—. Tenga la bondad de decirle al concejal que le agradecería que pudiera dedicarnos unos minutos de su tiempo para tratar un asunto de suma importancia.

—Por supuesto, señor. Por favor, pasen al vestíbulo mientras averiguo si el concejal Hornbeam se halla en casa.

Pasaron al interior de la casa. A Sal el amplio vestíbulo le pareció una estancia oscura y deprimente. Había una chimenea donde no ardía ningún fuego, y un reloj de pie cuyo tictac resonaba con ostentación. En el retrato de encima de la repisa de la chimenea, Hornbeam fulminaba con la mirada a cualquiera que tuviese la osadía de entrar en su casa. ¿Qué sentido tenía poseer una mansión como aquella si vivías medio a oscuras y pasando frío? Definitivamente, a veces los ricos no sabían cómo gastarse el dinero.

Simpson regresó en ese momento y los condujo a una sala de dimensiones muy reducidas que parecía ser el estudio o gabinete de Hornbeam. Era tan gélida y poco acogedora como la sala de la entrada. El concejal estaba sentado tras un enorme escritorio, vestido con un abrigo de paño de buena calidad de color pardo oscuro.

—¿Qué pasa, Shoveller? —dijo con brusquedad.

Spade no pensaba prescindir de la cortesía.

—Buenas tardes, concejal —lo saludó.

Hornbeam no los invitó a tomar asiento. Escudriñó a Colin con la mirada y luego miró de nuevo a Spade.

—¿Qué hace este hombre aquí?

Spade no estaba dispuesto a dejar que Hornbeam llevase la iniciativa de la conversación.

—Ha adquirido una nueva máquina de cardar —dijo, haciendo caso omiso de la pregunta.

—¿Qué tiene eso que ver con vosotros?

—La señora Box y yo nos encontramos entre los encargados de supervisar el cumplimiento del acuerdo que puso fin a la huelga provocada por sus telares de vapor.

Hornbeam se enfureció.

—Provocada por las interferencias de gente ajena a la fábrica.

Spade siguió ignorando las beligerantes interrupciones de Hornbeam.

—Esperamos poder evitar otra huelga.

Hornbeam se rio con desprecio.

—¡Pues que no la convoquen!

Spade no respondió a eso.

—Sin duda recordará, Hornbeam, que los pañeros acordaron de forma colectiva consultar a los trabajadores en el momento en que los primeros fuesen a introducir maquinaria nueva y relevante, con el fin de evitar el malestar que suelen provocar los cambios inesperados.

—¿Qué queréis de mí?

—Queremos informar a sus trabajadores sobre la máquina nueva, explicarles cuántas personas trabajarán con ella y cuántas se verán sustituidas, y hablar de las consecuencias.

—Mañana tendréis mi respuesta.

Se produjo un silencio. Sal se dio cuenta de que la intención de ese silencio era poner fin a la reunión. Después de una incómoda pausa, los tres visitantes salieron de la habitación.

Una vez hubieron abandonado la casa, Spade fue el primero en hablar.

—No ha ido tan mal como yo pensaba…

—¡¿Qué?! —exclamó Colin—. ¡Pero si nos ha tratado como si fuéramos escoria! Si pudiera, nos ahorcaría a todos con mucho gusto.

—Sí, pero esperaba que finalizara la conversación con un no rotundo y, en cambio, nos ha dicho que esperemos a mañana. Eso indica que va a consultarlo con la almohada, lo cual resulta más prometedor.

—No sé —terció Sal—. Creo que ese se guarda algún as en la manga.

Sal estaba soñando que Colin Hennessy le hacía el amor, con el pelo negro azabache cayéndole en la cara mientras gemía de placer, cuando la despertaron unos golpes en la puerta de su casa. Se sintió culpable al mirar a su marido, acostado a su lado en la cama. Menos mal que los demás no podían saber con qué habías estado soñando...

Supuso que se trataría del *knocker-up*, la persona encargada de ir despertando casa por casa a los obreros de las fábricas hacia las cuatro de la mañana. Sin embargo, el ruido de los golpes no cesaba, y parecía como si alguien quisiese entrar en la casa.

Jarge se dirigió a la puerta en ropa interior y Sal lo oyó decir:

—Pero ¿qué horas son estas, maldita sea?

Luego, otra voz dijo:

—Ni se te ocurra crearme problemas, Jarge Box. Es a tu mujer a quien busco, no a ti.

«Parece la voz del alguacil Doye», pensó Sal y de pronto la embargó un miedo atroz. No era Doye propiamente quien la atemorizaba, pero este representaba el poder arbitrario de hombres crueles como Hornbeam. Era del concejal de quien tenía miedo.

Se levantó de la cama y se puso el vestido metiéndoselo por la cabeza. Se calzó los zapatos y se mojó la cara con agua. Luego se dirigió a la puerta.

Doye iba acompañado del agente, Reg Davidson.

—¿Qué demonios queréis de mí? —les preguntó Sal.

—Tienes que acompañarnos —le dijo Doye.

—No he hecho nada malo.

—Se te acusa de asociación.

—Pero si el sindicato ya no funciona.

—Yo de eso no sé nada.

—¿Quién me acusa?

—El concejal Hornbeam.

Sintió un escalofrío. Conque a eso se refería Hornbeam cuando había dicho: «Mañana tendréis mi respuesta».

—Esto no tiene pies ni cabeza —dijo, pero no era ese el problema, sino el miedo que le producía la situación.

Se puso el abrigo y salió.

Doye y Davidson la llevaron por las calles frías y oscuras en dirección al centro de la ciudad. Pensó horrorizada en los posibles castigos a los que se enfrentaba: azotes, el cepo, la cárcel o trabajos forzados. Las mujeres condenadas a trabajos forzados tenían que llevar a cabo una tarea que se llamaba agramar el cáñamo y que consistía en deslomarse durante doce horas utilizando unas gruesas mazas para machacar el cáñamo humedecido y así separar las fibras de la pulpa para destinarlas a la elaboración de cuerda. Era un trabajo durísimo y agotador, pero Sal no entendía cómo iban a poder declararla culpable de nada.

Dio por sentado que irían a casa de Hornbeam, pero, para su sorpresa, la llevaron a la mansión de Will Riddick.

—¿Qué hacemos aquí? —inquirió.

—El terrateniente Riddick es juez —dijo Doye.

Hornbeam era peligroso y Riddick era su marioneta. ¿Qué era lo que pretendían? Todo aquello le daba muy mala espina.

El vestíbulo de la casa de Riddick olía a ceniza de tabaco y a vino rancio. Había un mastín encadenado en un rincón, que se puso a ladrar al verlos. A Sal le sorprendió encontrar allí a Colin Hennessy, sentado en un banco, y recordó avergonzada su sueño. A Colin lo custodiaba un agente, Ben Crocket.

—Esto es por lo de nuestra visita de anoche a Hornbeam —le dijo Sal a Colin.

—Creía que estábamos haciendo lo que acordaron los pañeros —señaló Colin.

—Y así es. —Sal estaba perpleja, además de asustada. Se dirigió a Doye—. Es evidente que Hornbeam te ha ordenado que nos detuvieras.

—Es el presidente de la Judicatura de Paz.

Eso era verdad. No era culpa de Doye: él únicamente era un instrumento.

Sal se sentó junto a Colin en el banco.

—¿Y ahora qué? —le preguntó a Doye.

—Ahora vamos a esperar.

Fue una larga espera.

La casa fue despertándose poco a poco. Un lacayo de aire gruñón limpió la chimenea y preparó un nuevo fuego, pero no llegó a encenderlo. Alf Nash dejó el reparto de la leche y la nata frente a la puerta principal. La luz del día se colaba a través de un sucio ventanal del vestíbulo, junto con el ruido del trajín de la ciudad: los cascos de los caballos, las ruedas de los carros sobre los adoquines y las voces de hombres y mujeres dándose los buenos días al salir de sus casas para dirigirse al trabajo.

Sal percibió el olor a panceta frita y cayó en la cuenta de que aún no había comido ni bebido nada ese día. Tampoco le habían ofrecido ningún refrigerio a nadie, ni siquiera al alguacil Doye.

Justo cuando, en algún lugar de la casa, las campanadas de un reloj anunciaban las diez, apareció Hornbeam. El lacayo gruñón le abrió la puerta. El concejal no dijo nada al entrar en el vestíbulo, pero siguió al lacayo al piso de arriba.

Sin embargo, al cabo de unos minutos el lacayo se asomó en lo alto de la escalera y dijo:

—Venga, todos arriba.

El lacayo de Riddick era un zopenco. Sal se preguntó si los lacayos se parecerían a sus amos, al igual que ocurría con los perros.

Subieron por la escalera y los condujeron a un salón espacioso. Todavía no habían retirado los restos de la juerga y la comilona de la víspera, y había copas de vino y tazas de café sucias por todas partes. Sal pensó que Deborah, la esposa de Riddick e hija del concejal Hornbeam, no parecía haber obrado ningún cambio en la vida licenciosa de Riddick.

El propio Will estaba sentado en una silla alta, vestido con ropa de civil y tocado con una peluca, aunque, por su aspecto, no parecía haberse recuperado aún de los excesos de la noche anterior. Hornbeam ocupaba un sofá, sentado con la espalda erguida y muy serio. Entre ellos dos había un hombre al que Sal no conocía, sentado a una mesita con papel y tinta, a todas luces un secretario.

—Alguacil Doye, diga los nombres de los acusados y qué cargos se les imputa —indicó Riddick.

—Colin Hennessy y Sarah Box, ambos peones de las fábricas de Kingsbridge —dijo Doye—. El concejal Hornbeam los acusa a ambos de asociación.

El secretario escribió rápidamente con una pluma.

Sal reparó en la cuidadosa puesta en escena de todo aquello, de manera que pareciera que se trataba de un juicio justo.

—¿Cómo se declaran los acusados de los cargos que se les imputan? —dijo Riddick.

—No culpable —respondió Colin.

—No hay ninguna asociación —dijo Sal—. El sindicato se ha disuelto. Estábamos obrando según los deseos de los pañeros, no conspirando contra ellos.

—Concejal Hornbeam, ¿cuáles son los hechos? —preguntó Riddick.

El concejal habló en un tono desprovisto de toda emoción.

—Box y Hennessy se presentaron en mi casa sobre las ocho de la tarde de ayer. Dijeron que había comprado una nueva máquina de cardar de gran tamaño y que necesitaba el permiso de mis trabajadores para instalarla. Me amenazaron con ir a la huelga si me negaba.

—Bien, pues para mí está claro que se asociaron para interferir en el desarrollo de la actividad comercial de una manera que infringe claramente la Ley de Asociación —dijo Riddick.

—No, no la infringe —protestó Sal.

—Sal Box, te conocí en Badford, donde te llamabas Sal Clitheroe, y ya entonces eras una alborotadora.

—Y usted era un borracho violento. Pero ahora no estamos en Badford, estamos en Kingsbridge, y los pañeros de Kingsbridge tienen un acuerdo con los obreros, acuerdo que puso fin a la huelga y las factorías textiles de Hornbeam reabrieron. Y él no está respetando el acuerdo. Es como el hombre que ruega pidiendo la ayuda del Señor pero luego no va a la iglesia. Anoche, Colin y yo le dijimos que estaba quebrantando el acuerdo y yo le dije que respetar el acuerdo era la mejor forma de evitar futuras huelgas. Eso no es ninguna amenaza, eso es un hecho, y no hay ninguna ley en contra de los hechos.

—Así que admites que os asociasteis y admites que intentasteis interferir en el desarrollo de la actividad comercial del concejal Hornbeam.

—Cuando se le dice a un necio que está haciendo algo que obra en su propio perjuicio, ¿eso es interferir?

Will no respondió a esa pregunta.

—Os declaro a ambos culpables —dijo—. Y os condeno a dos meses de trabajos forzados.

# 24

Querido Spade:

Bueno, aquí estoy, en los Países Bajos. He superado mi primera experiencia en la batalla y aún sigo vivo y sin heridas graves. El resto son todo malas noticias.

Nos congregaron en Canterbury, y debo decir que su catedral es mayor aún que la nuestra de Kingsbridge. Muchos de los chicos se habían alistado desde las milicias, como yo, así que casi todos estábamos «verdes», como suele decirse, en el sentido de que nunca habíamos luchado de verdad. Bueno, pues eso no duró mucho.

Desembarcamos en un lugar llamado Callantsoog, que menudos nombres más raros tienen por aquí, y el enemigo enseguida se nos echó encima desde las dunas de arena. Bueno, me asusté tanto que quise salir huyendo, pero detrás solo tenía el mar, así que tuve que plantarme y luchar. El caso es que nuestras naves dispararon todos los cañones por encima de nuestras cabezas apuntando al enemigo y al final fueron ellos los que echaron a correr.

Dejaron vacías varias bonitas fortalezas que ocupamos, aunque no por muchos días. Pronto tuvimos una batalla en Krabbendam, donde el general francés era un hombre llamado Marie Anne (ya ves lo que digo de los nombres), y el caso es que no debía de ser muy bueno porque ganamos nosotros.

Entonces llegó el duque de York con refuerzos y pensamos

que no estábamos tan mal. Marchamos hacia una ciudad llamada Hoorn y la tomamos, pero pronto nos fuimos y regresamos a donde habíamos empezado; esta clase de cosas suceden mucho en el ejército. Menos mal que no diriges así tu negocio, Spade, ja ja.

Lo pasamos bastante mal marchando a lo largo de una playa estrecha en la que no había agua potable y los franceses nos disparaban. No estábamos seguros de si moriríamos antes de sed o de una bala. Mi compañero Gus recibió un tiro en la cabeza y murió; en el ejército se hacen amigos deprisa, pero puedes perderlos igual de rápido. Entonces oscureció y nos dijeron que el enemigo se había retirado. ¡No sé qué hicimos para espantarlos!

El desastre se desencadenó en la ciudad de Castricum. Estaba lloviendo a cántaros, pero ese no era nuestro mayor problema, por desgracia. Los franceses nos atacaron con bayonetas y empezó a correr la sangre, así que huimos. La caballería francesa nos persiguió. Yo tenía un tajo en el brazo que me sangraba, y sin duda me habrían matado de no ser por unos dragones ligeros que aparecieron desde una especie de valle entre las dunas e hicieron retroceder a los franchutes.

Perdimos a muchos hombres en esa batalla y el duque decidió retirarse, así que hubo una tregua y él se volvió a Londres. Creo que eso significa que nos derrotaron.

Ahora estamos en la costa, esperando a que se nos lleven en barcos. Nadie sabe adónde iremos, pero espero que a casa, así que tal vez pronto puedas beberte una jarra conmigo en Bell...

Tu afectuoso cuñado,

FREDDIE CAINES

Hornbeam contempló el funcionamiento de la gigantesca máquina de cardar. Era una maravilla. Impulsada a vapor, jamás paraba, jamás iba al retrete, jamás enfermaba. Jamás se cansaba.

El ensordecedor repiqueteo de la maquinaria no le molestaba; le hacía ganar dinero. Ni siquiera le molestaba el olor de los obreros, que no tenían bañeras y tampoco habrían sabido qué hacer con una. Todo era dinero.

La nueva factoría había duplicado su capacidad de producción. Hornbeam era capaz de suministrar él solo todo el paño que requería la Milicia de Shiring y servir a muchos otros clientes al mismo tiempo.

Únicamente esperaba que la paz no llegara nunca.

Ese agradable momento de contemplación fue interrumpido por la repentina aparición de Will Riddick, uniformado y con aspecto de estar enfadado.

—¡Maldita sea, Hornbeam! —dijo, gritando por encima del ruido—. Me han trasladado.

—¿Qué?

—Que me han puesto al cargo de la instrucción.

—Vayamos fuera.

Bajaron la escalera y salieron al frío aire de noviembre. En el barro que rodeaba la fábrica jugaban niños que aún eran demasiado pequeños para trabajar y se percibía el olor del humo de las calderas de carbón.

—Esto está mejor —dijo Hornbeam—. ¿Por qué no quieres encargarte de la instrucción?

—Porque ya no seré quien lleve las compras.

—Ah… —Eso era un problema. Tanto Hornbeam como Riddick se habían beneficiado del puesto de este como principal encargado de compras de la milicia. Perderían muchísimo dinero si lo trasladaban a otro lugar—. ¿Qué ha motivado el cambio?

—El duque de York.

—¿Y qué tiene que ver él en esto?

—Que ahora está al mando del ejército británico.

Hornbeam recordó haber leído algo en *The Times*.

—Los franceses acaban de derrotarlo en los Países Bajos.

—Sí, pero la gente dice que la gestión se le da mejor que la batalla. El caso es que se reunió con Northwood en Londres y ahora el duque se ha envalentonado y pretende encontrar nuevas formas de hacerlo todo: quiere abrigos gruesos para todas las tropas, más fusiles, menos azotes y, aquí viene lo malo, compras más racionales.

—Y por «más racionales» se refiere a…

—Ha investigado un poco y ha descubierto que hay demasiados intendentes que se lo compran todo a amigos y familiares.

—Vaya por Dios.

—Northwood me ha dicho: «Desde luego, estoy convencido de que usted no favorece a su familia, Riddick, pero de todos modos da mala impresión que le compre a su suegro». Capullo sarcástico.

—¿Y a quién han puesto al cargo de las compras?

—A Archie Donaldson. Lo han ascendido a comandante.

—¿Lo conozco?

—Es la mano derecha de Northwood. Se pasa la mitad del día con él en su despacho.

—¿Qué aspecto tiene?

—Joven, rostro lozano…

—Lo recuerdo.

—Es metodista.

—Eso lo complica más aún. —Hornbeam reflexionó un momento y añadió—: Acompáñame a la ciudad.

Le fue dando vueltas al problema mientras recorrían las nuevas calles con viviendas para los obreros de las fábricas, y después pasaron junto a un campo de coles para llegar al puente. Cuando llamaban a filas a un hombre para que se uniera a la milicia, este seguía teniendo una vía de escape: podía pagar a alguien y que ocupara su lugar. Donaldson no lo había hecho, lo cual significaba que o bien era demasiado pobre para pagar a un sustituto, o bien demasiado íntegro para eludir su deber patriótico. Si era pobre, podrían sobornarlo. Si era íntegro, quizá no fuera posible. Aunque todo el mundo tenía un precio… ¿O no?

—Deberías felicitar a Donaldson —dijo Hornbeam mientras subían por el adoquinado de Main Street.

Riddick se indignó.

—¿Felicitar a ese malnacido?

—Sí. Dile que tú ya has estado suficiente tiempo en el cargo y que ha llegado el momento de que otra persona ocupe tu lugar. Dile lo mucho que te alegras de que le hayan dado el trabajo a él.

—Pero eso es completamente falso.

—¿Y cuándo te ha importado a ti la verdad?

—Hummm…

Al llegar a la altura de Vinos Drummond's, Hornbeam hizo entrar a Riddick. Alan Drummond, un hombre con una calva incipiente y la nariz roja, estaba tras el mostrador.

—Tráigame una pluma, tinta y una hoja de buen papel de carta, Drummond, ¿quiere? —pidió Hornbeam después de intercambiar las cortesías de rigor.

El hombre obedeció.

—Envíe una docena de botellas de un buen oporto de precio medio al comandante Donaldson, de la milicia, y cárguelo a mi cuenta.

—¿Donaldson?

—Vive en West Street —dijo Riddick.

«Enhorabuena por su ascenso. Gentileza de Joseph Hornbeam», leyó Riddick por encima del hombro de su suegro mientras lo escribía.

—Muy inteligente —opinó.

Hornbeam dobló el papel y se lo entregó a Drummond.

—Envíe también esta nota.

—Muy bien, señor Hornbeam.

Salieron del establecimiento.

—Haré lo que me ha sugerido y le daré coba —dijo Riddick—. Lo pondremos de nuestra parte.

—Eso espero —repuso Hornbeam.

A la mañana siguiente, el vino apareció a la puerta de Hornbeam con otra nota: «Gracias por su gentil felicitación, que ha sido muy bien recibida. Lamento no poder aceptar su regalo. Archibald Donaldson (comandante)».

Elsie sacó una libra de panceta, un queso pequeño entero y un plato de mantequilla fresca de la cocina del palacio. Tal como habían previsto, en la plaza del mercado se reunió con Spade, que llevaba un jamón. Subieron por Main Street y entraron en el barrio noroeste de Kingsbridge, una zona más humilde, de camino a la casa de Sal Box, a quien habían encarcelado y condenado a trabajos forzados. Querían asegurarse de que su familia estuviera bien.

—No puedo creer que no lo viera venir —comentó Spade—. Jamás se me ocurrió que Hornbeam recurriría a la Ley de Asociación de esa forma.

—Parece demasiado atroz hasta para él.

—Exacto. Pero, aun así, debería haberlo imaginado, y ahora Sal sufre por culpa de mi descuido.

—No te tortures. No puedes preverlo todo.

Eran las siete y media de la tarde de un lunes, así que encontraron a Jarge y a los niños cenando gachas en la mesa.

—No queremos interrumpir —dijo Elsie mientras dejaba los obsequios en el aparador—. Solo hemos venido a ver cómo os va, pero parecéis estar bien.

—Añoramos a Sal, pero nos las apañamos —repuso Jarge—. Aun así, agradecemos mucho lo que nos ha traído, señora Mackintosh.

—Yo he hecho la cena —dijo Sue—. He puesto manteca en las gachas para que estén más ricas.

Tenía catorce años, la misma edad que Kit, pero crecía más deprisa que él y ya se le adivinaba la figura femenina.

—Son buenos niños —dijo Jarge—. Todos los días los despierto y me aseguro de que coman algo antes de ir a trabajar. Mañana, gracias a usted, podremos desayunar panceta. Hace mucho que no la probamos.

—Supongo que no sabréis cómo le va a Sal.

Jarge negó con la cabeza.

—No tenemos forma de averiguarlo. Es una mujer fuerte, pero agramar cáñamo es un trabajo durísimo.

—Rezo por ella todas las noches.

—Gracias.

—¿Irás hoy a la práctica de tañido de campanas?

—Sí, y será mejor que me dé prisa... Me estarán esperando ya.

—¿Tienes a alguien que cuide de Kit y de Sue?

—Nuestra inquilina, la señora Fairweather. Nos alquila el desván. Es viuda y sus dos hijos murieron en la hambruna de hace cuatro años.

—Lo recuerdo.

—Aunque estos dos tampoco dan muchos problemas. Se irán a la cama después de cenar y dormirán hasta el alba.

Elsie pensó que no era de extrañar, después de haber trabajado catorce horas. De todos modos, Jarge estaba cuidando muy bien de esos dos jóvenes, ninguno de los cuales era hijo suyo: Kit era su hijastro y Sue, su sobrina. Era un hombre de buen corazón.

Spade y Elsie se marcharon.

—La última vez que estuve en Londres me enteré de un detalle del pasado de Hornbeam —dijo él mientras regresaban al centro de la ciudad—. Se quedó huérfano siendo muy joven y tuvo que espabilarse solo. Consiguió un trabajo de recadero para un mercader de paños y luego aprendió el oficio y fue ascendiendo.

—Cualquiera pensaría que sería más compasivo con los pobres.

—A veces sucede todo lo contrario. Creo que le aterroriza volver a caer en la miseria de su infancia. No es algo racional; seguramente no puede quitarse de encima esa sensación. Ninguna cantidad de dinero conseguirá hacerle sentir seguro.

—¿Estás diciendo que te da lástima?

Spade sonrió.

—No. Al fin y al cabo, sigue siendo un cabrón rencoroso.

Se separaron en la plaza del mercado. Cuando Elsie entró en el palacio episcopal, enseguida intuyó que ocurría algo. La casa estaba extrañamente tranquila. No se oía hablar a nadie, ni el ruido de los cacharros de la cocina, o de alguien barriendo o fregando. Entonces llegó hasta ella un grito desde la planta superior; parecía una mujer que sufría.

¿Estaría dando a luz su madre? Todavía estaban en noviembre... Arabella había dicho que le tocaba en diciembre, pero quizá había calculado mal.

O había mentido.

Elsie subió la escalera corriendo e irrumpió en el dormitorio de su madre. Mason, la doncella, estaba sentada en el borde de la cama sosteniendo una toalla blanca. Arabella estaba tumbada en el colchón, cubierta solo por una sábana, con las piernas bien abiertas y las rodillas apuntando al techo. Tenía la cara roja del esfuerzo y toda mojada de lágrimas o de sudor, o de ambas cosas.

—Ya no falta mucho, señora Mackintosh —decía Mason mientras le secaba las mejillas con ternura.

Elsie sabía que la mujer también había estado con su madre cuando nació ella. Recordaba a la doncella cuidándola cuando era muy pequeña, y su propio asombro al descubrir que Mason tenía otro nombre: Linda. También había asistido al parto del hijo de Elsie, Stevie, y ayudaría con el de la criatura que Elsie llevaba en el vientre. Su presencia era reconfortante.

Arabella pareció encontrar un momento de alivio.

—Hola, Elsie, me alegra que estés aquí —dijo—. Por lo que más quieras, no me digas que empuje.

Entonces llegó otro espasmo que la hizo gritar. Elsie le dio la mano y su madre la agarró con tal fuerza que pensó que le partiría los huesos. Mason le entregó la toalla a Elsie, y esta la aceptó con la mano libre y enjugó el rostro de Arabella.

La doncella levantó la sábana.

—Ya veo la cabeza del bebé —anunció—. Pronto habrá terminado.

«Solo que esto no es más que el principio —pensó Elsie—. Otro ser humano que pelea por empezar el viaje de la vida, rumbo al amor, el dolor, la sangre y las lágrimas».

Arabella aflojó un poco la mano y su rostro se relajó, aunque no abrió los ojos.

—Menos mal que fornicar es tan maravilloso —dijo—, porque, si no, las mujeres jamás se someterían a esto.

Elsie se quedó de piedra al oír hablar así a su madre.

—Los dolores del parto hacen decir cosas extrañas a las mujeres —señaló Mason, disculpándola.

Arabella volvió a tensarse.

—Este podría ser el definitivo —opinó la doncella, mirando todavía bajo la sábana.

Arabella profirió un sonido que fue en parte gruñido de esfuerzo y en parte grito de agonía. Mason apartó la sábana, metió las manos entre los muslos de la mujer, y Elsie vio salir la cabeza de la criatura y oyó que su madre gemía.

—Vamos, pequeñín —dijo Mason—, ven con la tía Mason. Ay, pero qué cosita más bonita eres.

El recién nacido estaba cubierto de mucosidad y sangre, el cordón todavía lo unía a su madre y tenía la cara arrugada en una mueca de incomodidad, pero, aun así, Elsie estuvo de acuerdo en que era precioso.

—Es un niño —anunció Mason.

Volvió al bebé y, sosteniéndolo con destreza sobre la mano izquierda, le dio un cachete en el trasero. El niño abrió la boca, tomó su primera bocanada de aire y soltó un berrido de protesta.

Elsie reparó en que le caían lágrimas por las mejillas.

Mason tumbó al niño boca arriba y se acercó a la mesilla de noche, donde había un chal bien doblado, un par de tijeras y dos trozos de hilo de algodón. Ató dos nudos en el cordón y luego lo cortó entre ambos. Envolvió al pequeño en el chal y se lo tendió a Elsie.

Esta lo tomó con cuidado, sosteniéndole la cabecita, y lo estrechó en sus brazos. La invadió un sentimiento de amor tan poderoso que se sintió tambalear.

Arabella se incorporó en la cama y Elsie le entregó al niño. Su madre se bajó el escote del camisón y se lo llevó al pecho. La boca del pequeño encontró el pezón, sus labios se cerraron sobre él y empezó a mamar.

—Tiene un hijo, madre —dijo Elsie.

—Sí —repuso Arabella—. Y tú, un hermano.

A Amos le costaba entender lo que ocurría en París. Parecía que había habido una especie de golpe el 9 de noviembre, que era el 18 de brumario según el calendario revolucionario. El general Bonaparte había tomado el Parlamento francés con tropas armadas y se había nombrado a sí mismo primer cónsul de Francia. Los periódicos ingleses no parecían saber qué significaba eso de «primer cónsul», pero lo único seguro era que los acontecimientos estaban comandados por Napoleón Bonaparte y por nadie más. Era el mayor general de su época y gozaba de una inmensa popularidad entre el pueblo francés. Tal vez acabara siendo su rey.

Lo más importante para Amos era que el final de la guerra no se adivinaba aún. Eso significaba que seguirían pagando impuestos altos y que el negocio escasearía.

Después de leer el periódico, se dirigió al cuartel general de la milicia, en Willard House.

El vizconde Northwood había hecho lo que Amos le había sugerido a Jane. Él no había confiado mucho en que esta le transmitiera su propuesta ni en que Northwood la tomara en consideración, pero el vizconde había trasladado a Will Riddick a otro puesto y había colocado a un metodista al cargo de las compras, tal como había recomendado Amos.

Pensó unos instantes en ese matrimonio. Estaba claro que Northwood era capaz de sentir deseo; se había enamorado perdidamente de Jane, sin duda, aunque no había durado mucho. Sin embargo, tampoco corría ningún rumor sobre que hubiera otra mujer en la vida del vizconde. O, para el caso, sobre que Northwood frecuentara la compañía de otros hombres. Nunca acudía al burdel de Culliver. El rival de Jane, al parecer, era el ejército. Dirigir la milicia tenía a Northwood absorto; era lo único que le importaba.

El reemplazo de Riddick por Donaldson ofrecía una oportunidad para Amos y otros pañeros de Kingsbridge. Las necesidades militares de tela eran la única demanda constante en aquellos momentos, así que Amos entró en el cuartel general cargado de esperanza. Aunque consiguiera solo una participación en el negocio militar, eso le daría estabilidad a su empresa por primera vez.

Subió al despacho de la planta superior, el que antes había ocupado Riddick, y se encontró a Donaldson sentado tras el viejo escritorio de Will. Había una ventana abierta, y el olor a ceniza de tabaco y vino rancio había desaparecido. Una pequeña biblia negra ocupaba un lugar bastante prominente en la mesa.

Amos y Donaldson no eran amigos, pero se conocían de las reuniones metodistas. En sus debates, este último defendía a menudo un punto de vista dogmático, basado en una interpretación escrupulosamente literal de las Escrituras. A Amos le parecía un poco infantil.

Donaldson le hizo una señal para que tomara asiento.

—Enhorabuena por su ascenso —dijo Amos—. Muchos, yo entre ellos, estamos encantados de que Hornbeam haya dejado de tener el monopolio del suministro de tela para la milicia.

Donaldson no sonrió.

—No quiero que haya ningún malentendido entre nosotros —anunció—. Pretendo actuar solo en interés de la milicia de su majestad.

—Desde luego.

—Tiene mucha razón al suponer que no seguiré favoreciendo al concejal Hornbeam.

—Bien.

—Pero, por favor, entienda que tampoco favoreceré a nadie más, y eso incluye a mis compañeros metodistas.

Donaldson estaba siendo vehemente sin necesidad alguna. Amos había esperado que se mostrara escrupuloso, pero tampoco quería que se pasara. Habló con igual firmeza:

—Aun así, estoy convencido de que no excluirá a los metodistas simplemente por evitar la apariencia superficial de favoritismo.

—Claro que no.

—Gracias.

—De hecho, tengo órdenes del coronel Northwood para dividir el negocio entre pañeros anglicanos y metodistas, y no dejarlo todo en manos de un solo manufacturero.

Amos no podía pedir más.

—Me parece perfecto —dijo. Sacó una carta sellada del interior de su abrigo y la dejó en la mesa—. Aquí tiene mi oferta.

—Gracias. La estudiaré como haría con la de cualquier otro.

—Es exactamente lo que esperaría de un metodista —repuso Amos, y se marchó.

El hijo de Arabella fue bautizado por el obispo una fría mañana de invierno en la catedral.

Elsie observó el rostro de su padre, que no mostraba emoción alguna. No sabía muy bien qué le parecía tener un segundo hijo. Muchos hombres se sentían incómodos tratando con niños de pecho, sobre todo los de alto rango, como era el caso. De todos modos, se notaba que el obispo nunca había sostenido ni besado al pequeño, que ni siquiera le había sonreído. Tal vez le daba vergüenza haber engendrado un niño a una edad tan tardía. O quizá no estaba seguro de ser el padre. Fuera como fuese, celebró una ceremonia solemne pero lúgubre.

Nadie sabía qué nombre le pondría al niño. Se había negado a hablarlo incluso con su mujer. Arabella le había comentado que le gustaba David, pero él no había dicho ni que sí ni que no.

El bautismo solía ser una ceremonia familiar, pero el hijo de un obispo era especial, y alrededor de la antigua pila de piedra que había en el pasillo norte se había reunido una multitud de personas, todas ellas luciendo sus más gruesos abrigos de invierno. Allí estaban las personalidades más importantes de Kingsbridge, incluido el vizconde Northwood, el alcalde Fishwick, el concejal Hornbeam y la mayor parte de los altos cargos de la Iglesia. Muchos habían llevado caros regalos de plata con motivo del bautismo: tazas, cucharas, un sonajero.

Elsie estaba al lado de Kenelm, con Stevie en brazos. Al otro lado tenía a Amos; cuando sus hombros se tocaban, sentía el viejo y conocido dolor del anhelo.

Al fondo del grupo se encontraban Spade, su hermana Kate y la compañera de esta, Becca. Elsie pensó que eran los tres principales responsables de que Arabella fuese tan bien vestida.

Los ánimos estaban apagados, algo contenidos: nadie sabía si felicitar al obispo con mucha efusividad, puesto que él mismo mostraba pocas señales de sentir la dicha y el orgullo típicos de un padre.

El niño tenía mucho pelo oscuro. Llevaba un vestido de bautizo blanco y con magníficas puntillas, la misma prenda con que habían bautizado a la propia Elsie y a su hijo Stevie. Después de ese día, lo lavarían con esmero, lo plancharían y lo doblarían para guardarlo en una bolsa de muselina hasta el siguiente niño. Ese sería sin duda el próximo hijo de Elsie, que salía de cuentas para Año Nuevo. Solo se lo había dicho a unas cuantas personas, pues no quería robarle el protagonismo a su madre. Sin embargo, su embarazo pronto sería evidente aunque llevara ropa discreta y holgada.

Durante las oraciones, Elsie pensó en que Kenelm empezaba a relacionarse un poco más con Stevie. Incluso charlaba con el pequeño alguna que otra vez. Ahora que Stevie caminaba y hablaba, Kenelm se esforzaba por educarlo: «No te metas el dedo en la nariz, niño», le decía. También le daba información: «Ese caballo no es marrón, es zaíno; mira las patas y la cola negras». Elsie se dijo que cada cual tenía formas diferentes de demostrar su amor.

La ceremonia no duró mucho. Al final, mientras Arabella sostenía al niño, el obispo vertió un hilo de agua sobre su cabecita. El pequeño se puso a llorar al instante y con fuerza; el agua estaba fría.

—En el nombre del Padre, del Hijo y del Espíritu Santo —dijo el obispo—, yo te bautizo… Absalom.

Se oyeron discretos murmullos de sorpresa y gritos ahogados de conmoción al conocer el nombre. Cuando su marido dijo el último amén, Arabella lo fulminó con la mirada.

—¿Absalom? —protestó.

—El padre de la paz —dijo el obispo.

«Bueno, sí —pensó Elsie—. En hebreo, Absalom significa "padre de la paz"». Pero no era conocido por eso. Absalón, uno de los hijos del rey David, había asesinado a su medio hermano, se había rebelado contra su padre, se había declarado rey y había muerto tras una batalla contra el ejército de David.

Elsie comprendió que ese nombre era una maldición.

# 25

El nieto de Hornbeam, el pequeño Joe, le recordaba a alguien. Joe tenía dos años y medio y era alto y seguro de sí mismo, y en eso se parecía a su abuelo, pero había algo más. A Hornbeam no se le caía la baba con los niños pequeños, como sí les ocurría a su esposa y su hija, pero escudriñó al niño mientras las mujeres le hacían carantoñas. Había algo en aquel rostro infantil que enternecía el corazón de piedra del concejal. Decidió que eran los ojos. El niño no tenía los ojos de Hornbeam, hundidos bajo unas cejas formidables que ensombrecían sus sentimientos. Los ojos de Joe eran azules y cándidos. Puede que nunca llegase a imponer su voluntad al prójimo a fuerza de carácter, como hacía Hornbeam, pero conseguiría lo que quisiese con su encanto. Había algo que le resultaba familiar en aquellos ojos inocentes, pero Hornbeam no sabía decir por qué… hasta que descubrió, conmocionado, que cuando miraba a Joe veía a su propia madre, fallecida muchos años atrás. Ella tenía esos ojos. Hornbeam ahuyentó rápidamente ese pensamiento. No le gustaba acordarse de su madre.

Se puso el abrigo, salió de casa y se dirigió a Willard House, donde pidió reunirse con el comandante Donaldson.

El comandante tenía un aspecto un tanto pueril, pero Hornbeam supuso que debía de tener algo en la sesera porque, de lo contrario, Northwood no habría contado con él como su mano derecha durante tanto tiempo. Más le valía no subestimarlo. Hornbeam se fijó en la biblia que tenía a la vista encima del escritorio, aunque no hizo ningún comentario al respecto. Algunos metodistas llevaban su religión a modo de emblema. Al concejal, la religión le parecía bien siempre y cuando la gente no se la tomase demasiado en serio. Se guardaría esa opinión para sí durante la reunión con Donaldson.

—Ya he remitido una oferta por escrito para sus necesidades actuales en cuanto a los encargos de paño, pero me ha parecido una buena idea acudir personalmente a discutir el asunto —empezó diciendo.

—Continúe —dijo Donaldson sin más.

—Su carrera militar ha sido impresionante y, si se me permite añadir sin ánimo de parecer condescendiente, es obvio que es usted un hombre muy capaz, pero no cuenta con ninguna experiencia en el comercio de telas y paños y tal vez le resulten útiles algunos de mis consejos.

—Me interesan sobremanera. Siéntese, por favor.

Hornbeam se acomodó en la silla frente al escritorio. De momento, todo iba como la seda.

—En cualquier negocio hay maneras formales e informales de hacer las cosas —le explicó.

—¿Qué quiere decir, concejal? —preguntó Donaldson con recelo.

—Están las reglas, y luego está la manera en que la gente hace las cosas en realidad.

—Ah.

—Por ejemplo, nosotros le proponemos ofertas y en teoría usted asigna el encargo al comerciante que le haya propuesto el precio más bajo, pero, en la práctica, eso no es del todo así.

—Ah, ¿no? —El tono de Donaldson no dejaba lugar a dudas con respecto a lo que pensaba de aquello.

Hornbeam no estaba seguro de que su interlocutor estuviese captando el mensaje que le quería transmitir, pero prosiguió de todos modos.

—En realidad, funcionamos según un sistema que se llama el «sistema de descuentos especiales».

—¿Y eso en qué consiste?

—En que usted acepta mi oferta de, pongamos, cien libras, pero yo le hago una factura por valor de ciento veinte. Usted me paga cien libras, lo que le deja un excedente de veinte libras que, puesto que ya figura como contabilizado en sus libros de registro, puede ser utilizado para otros propósitos.

—¿Y qué otros propósitos serían esos?

—Podría apartar ese dinero para las viudas y los huérfanos de los hombres caídos en combate, por ejemplo. O podría comprar whisky para la cantina de los oficiales. Ese dinero constituiría una especie de fondo discrecional para los gastos que lo requieran y que tal vez no deberían constar en los libros de contabilidad. Por supuesto, usted nunca se vería en la obligación de tener que decirme a mí, ni a nadie, en qué lo ha gastado.

—En ese caso, la contabilidad sería fraudulenta.

—Puede planteárselo así o puede planteárselo como un modo de engrasar los engranajes de la maquinaria.

—Me temo que no me lo planteo como usted dice, señor Hornbeam. No pienso involucrarme en ninguna práctica fraudulenta.

Hornbeam adoptó una expresión impenetrable. Aquello era un revés importante para él. Se lo temía, pero en el fondo no creía que Donaldson fuese a reaccionar así. El comandante podría ganar una fortuna con aquella maniobra, pero no estaba dispuesto a aprovechar la oportunidad. Era algo incomprensible.

Hornbeam se retractó de inmediato.

—Por supuesto, debe proceder como usted considere. —Todavía podía hacerse con el contrato—. Será para mí un placer hacer tratos con usted de la manera que considere más adecuada. Espero que la oferta que le remití por escrito haya sido de su agrado.

—Pues lo cierto es que no ha sido así, señor Hornbeam. Ya

he revisado todas las ofertas con el coronel Northwood y me temo que no ha conseguido usted el contrato.

Fue como si acabasen de darle un puñetazo en el estómago. Hornbeam se quedó boquiabierto. Tardó unos segundos en recobrarse de la impresión y luego exclamó:

—¡Pero si he construido una fábrica nueva para cubrir todas sus necesidades!

—Me pregunto por qué estaba tan seguro de que conseguiría el contrato.

—¿A quién se lo ha dado? ¡A uno de sus compañeros metodistas, supongo!

—No tengo ninguna obligación de decírselo, pero tampoco tengo ninguna razón para no hacerlo. El contrato se ha dividido entre las dos mejores ofertas. Uno de los postulantes que lo ha obtenido es metodista…

—¡Lo sabía!

—… y el otro es un fervoroso anglicano.

—¿Quiénes son? ¡Dígame sus nombres!

—Le aconsejaría que no tratara de intimidarme, señor Hornbeam. Entiendo que se sienta decepcionado, pero no puede venir a mi despacho a insultarme, no lo permitiré.

El concejal controló su ira.

—Perdóneme. Pero si tuviera la amabilidad de decirme quiénes son los nuevos beneficiarios del contrato, le estaría enormemente agradecido.

—La anglicana es la señora Bagshaw y el metodista es Amos Barrowfield.

—¡Una mujer y un petimetre que está todo el día dándose humos!

—Por cierto. Ninguno de los dos mencionó ningún «sistema de descuentos especiales».

A Hornbeam acababan de tomarle el pelo: Donaldson le había dejado soltar su discurso, a sabiendas de que el asunto ya estaba decidido, hasta que Hornbeam le había revelado el sistema de soborno que había puesto en práctica todo ese tiempo con

Riddick. ¿Tendría intención Donaldson —o Northwood— de llevar a Hornbeam ante los tribunales? Si bien no había pruebas de ninguna clase. Siempre podía negar aquella conversación o decir que había habido un malentendido. No, no había ningún peligro real de que el caso llegara a los tribunales, pero había perdido el contrato. Iba a tener problemas para mantener la nueva fábrica a pleno rendimiento. Iba a perder dinero.

Le daban ganas de retorcerle el cuello a Donaldson. O a Barrowfield. O a la viuda Bagshaw. Preferiblemente, a los tres. Necesitaba matar a alguien, o romper algo. Le bullía la sangre de rabia e indignación y no tenía a nadie con quien desquitarse.

Se levantó.

—Que tenga un buen día, comandante —dijo, apretando los dientes.

—Buenos días, concejal.

Había un leve deje de sarcasmo en la forma en que Donaldson había dicho la palabra «concejal».

Hornbeam salió de la habitación y abandonó el edificio con paso enfurecido. La gente se apartaba de su camino mientras enfilaba la calle adoquinada, lanzando miradas fulminantes a diestro y siniestro.

Había sido derrotado y humillado.

Y, por una vez en su vida, no tenía ningún plan alternativo.

—¡Será posible! —exclamó Elsie, leyendo la *Kingsbridge Gazette* en la mesa del desayuno—. El señor Hornbeam no ha conseguido el contrato para suministrar el paño rojo para los uniformes de la milicia.

—¿Y quién se lo queda? —preguntó Arabella.

—Aquí dice que dos personas: la señora Cissy Bagshaw se queda con una mitad y el señor Amos Barrowfield con la otra mitad. Y el paño más caro, para los uniformes de los oficiales, será suministrado por el señor David Shoveller.

El obispo levantó la vista de su ejemplar de *The Times*.

—¿David Shoveller?

—Ese al que todos llaman Spade. —Elsie miró a su madre al tiempo que decía aquello. De pronto, Arabella parecía asustada.

—Había olvidado que su verdadero nombre es David —dijo el obispo.

Elsie se encogió de hombros.

—La mayoría de la gente no lo sabe.

Su padre parecía inexplicablemente conmocionado por aquel hecho tan insignificante.

Elsie volvió a mirar a su madre. A Arabella le temblaba la mano mientras agitaba la cucharilla para remover el azúcar de la taza del té.

—Arabella, querida mía, a ti te gusta el nombre de David, ¿no es así? —dijo el obispo.

A Elsie le inquietó la expresión que vio en sus ojos.

—A mucha gente le gusta —contestó Arabella.

—Un nombre hebreo, por supuesto, pero popular en Gales, cuyo santo patrón es san David. Suelen acortarlo como Dai, aunque no cuando hacen referencia al santo, naturalmente.

Elsie intuía que allí, bajo la apariencia de una conversación trivial, estaba pasando algo de consecuencias dramáticas, pero no acertaba a figurarse cuál podía ser la causa subyacente. ¿Qué importancia podía tener que a Arabella le gustase el nombre de David?

Cuando el obispo volvió a hablar, una expresión de rencor se había apoderado de su rostro.

—De hecho, si no recuerdo mal, tú querías llamar David a tu hijo.

¿Por qué había dicho «a tu hijo»?

Arabella levantó la cabeza y lo miró directamente a los ojos.

—Habría sido mejor que Absalom —dijo con gesto desafiante.

Elsie empezó a atar cabos. El obispo no creía que él fuese el padre de Absalom: siempre se había mostrado perplejo por la historia de su noche de borrachera la Pascua anterior. Arabella había querido llamar al niño David…, que era el verdadero nombre de Spade. Belinda Goodnight había dicho que, sorprendentemente, Arabella se había hecho amiga íntima de Spade.

El obispo sospechaba que Spade era el padre de Absalom.

¿Spade? Si Arabella había cometido adulterio, ¿había sido con Spade?

El obispo no parecía albergar ninguna duda al respecto. Se levantó, con los ojos encendidos de ira. Señaló a Arabella con el dedo y dijo:

—¡Serás castigada por esto! —Y abandonó la habitación.

Arabella rompió a llorar.

Elsie se sentó junta a ella y la rodeó con el brazo, percibiendo el olor de su perfume a azahar.

—¿Es eso cierto, madre? —dijo—. ¿Spade es el verdadero padre?

—¡Pues claro! —contestó Arabella entre sollozos—. El obispo habría sido incapaz, y fui una necia por fingirlo, pero ¿qué otra cosa podía hacer?

Elsie a punto estuvo de decir: «Pero si debes de ser al menos diez años mayor que Spade…», pero se dio cuenta de que eso no iba ayudarla en absoluto. Lo pensó de todos modos, y cosas aún peores. Su madre era la esposa del obispo, una de las damas de mayor influencia de la alta sociedad de Kingsbridge, y la mujer mejor vestida de la ciudad: ¿cómo podía estar manteniendo una relación extramatrimonial? ¿Una relación adúltera con un hombre más joven? ¿Con un metodista?

Por otra parte, pensó Elsie, Spade era un hombre divertido y encantador, inteligente y cultivado, e incluso era guapo en el sentido más rudimentario del término. Estaba muy por debajo de Arabella en el escalafón social, si bien esa era la menos importante de todas las reglas que estaba quebrantando su madre.

¿Adónde iban para estar juntos? ¿Dónde hacían las cosas que hacen los adúlteros? De pronto, Elsie recordó los probadores de la tienda de Kate Shoveller y tuvo la certeza de que debía de ser ese el lugar. En aquellas salas de la planta superior había unas camas.

De pronto miraba a su madre con otros ojos.

Los sollozos cesaron.

—Deja que te acompañe arriba —dijo Elsie.

Arabella se levantó.

—No, gracias, querida —dijo—. A mis piernas no les pasa nada. Voy a tumbarme un rato para descansar.

Elsie la acompañó al vestíbulo y la observó subir despacio por la escalera.

Se acordó de que ese era el día en que Sal iba a salir de la cárcel. Quería ir a verla para asegurarse de que estaba bien. Ahora ya podía dejar a su madre.

Se puso el abrigo y recordó que había sido confeccionado por Kate y Becca con el paño tejido por Spade. Salió a la mañana lluviosa y echó a andar con brío hacia el barrio del noroeste de la ciudad, en dirección a la casa de la familia Box. De camino la asaltó la desagradable imagen de su madre besando a Spade en una trastienda, imagen que ahuyentó de su mente.

Sal no estaba bien. Cuando Elsie entró en la casa, la vio sentada en la cocina, con los codos apoyados en la mesa. Estaba flaca, cansada y desaliñada. Kit y Sue estaban de pie, mirándola, impactados y sin palabras ante el cambio operado en el aspecto físico de la mujer. Sal tenía una jarra de cerveza delante, aunque no probó ni un sorbo. Elsie supuso que tendría hambre, que estaba demasiado exhausta para moverse siquiera.

—Está destrozada, señora Mackintosh —dijo Jarge.

Elsie se sentó al lado de Sal.

—Tienes que descansar y comer para recobrar las fuerzas —le dijo.

Sal habló con tono desfallecido.

—Hoy descansaré, pero mañana tengo que ir a trabajar.

—Jarge —dijo Elsie—, ve a la carnicería a por cordero y prepara un caldo bien contundente para que se lo beba. —Se sacó un soberano de la bolsa y lo puso encima de la mesa—. Y compra también pan y mantequilla. Cuando tenga algo en el estómago, dormirá.

—Es usted muy amable —repuso Jarge.

—Debe de haber sido terrible, tener que hacer trabajos forzados —le dijo Elsie a Sal.

—Es el trabajo más duro que he hecho en mi vida. Las mujeres se desmayan de puro agotamiento, pero las azotan hasta que vuelven en sí y se levantan y empiezan otra vez.

—Y los hombres que estaban a cargo en la cárcel, ¿cómo te han tratado?

Sal lanzó un destello de advertencia a Elsie con la mirada. Fue solo un momento, y Jarge no lo vio, pero Elsie adivinó el significado de aquella mirada: los carceleros habían abusado de las mujeres. Sal no quería que Jarge lo supiese. Si lo descubría, lo más probable era que acabase con la vida de alguno de los carceleros y entonces lo ahorcarían.

Sal habló para llenar el silencio.

—Eran unos capataces muy severos —respondió.

Elsie tomó la mano de Sal entre las suyas y se la apretó. Sal le devolvió el gesto de manera fugaz. Era lenguaje en código entre mujeres. Ambas guardarían el secreto de las violaciones en la cárcel.

Elsie se levantó.

—A comer y a descansar —dijo—, y volverás a ser la de siempre enseguida.

Se dirigió a la puerta.

—Es usted un ángel, señora Mackintosh —musitó Jarge.

Elsie salió de la casa.

Regresó al centro de la ciudad bajo la lluvia, reflexionando sobre la crueldad con que unos seres humanos trataban a otros y sobre cómo una moneda de oro podía suponer para un hombre pobre como Jarge un milagro propio de un ángel.

Seguía preocupada por su madre. ¿Qué estaría pasando en casa? ¿Cuál sería el castigo ideado por su padre? ¿Tendría a Arabella encerrada una semana entera a pan y agua, como había hecho con Elsie?

Cuando regresó al palacio, su madre no estaba en la salita y su padre no estaba en su despacho. Fue al dormitorio de su madre y la encontró llorando amargamente en la cama.

—¿Qué sucede, madre? —dijo Elsie—. ¿Qué ha hecho mi padre ahora?

Arabella parecía incapaz de hablar.

A Elsie le vino un pensamiento terrible a la cabeza: su padre no podía haberle hecho daño al niño, ¿verdad?

—¿Está bien Absalom? —dijo.

Arabella asintió.

—Gracias a Dios. Pero ¿dónde está mi padre?

—En... el jardín —acertó a decir Arabella.

Elsie bajó corriendo la escalera y atravesó la cocina, donde los criados la miraron con una expresión lúgubre y atemorizada. Salió por la puerta de atrás y miró alrededor. No veía a su padre por ninguna parte, pero sí oyó el sonido de unas voces. Atravesó un rodal de césped y pasó por debajo del arco de mimbre al que durante el verano se encaramaban un centenar de rosas pero por el que en esa época, en invierno, solo trepaban unas ramas desnudas. Luego entró en la rosaleda.

La desoladora escena la dejó consternada.

Alguien había destrozado el parterre de rosales del centro, y los tallos desgarrados ahora se mezclaban con los terrones desmenuzados de tierra. Al fondo, el espaldar había sido arrancado del muro centenario y arrojado al suelo, y los rosales que lo habían decorado hasta entonces estaban arrancados de raíz y desperdigados por el suelo. Una fría llovizna caía sobre los terrones desenterrados. Con la ayuda de sendas palas, dos jardineros trataban enérgicamente de nivelar el suelo, supervisados por el obispo, que llevaba manchadas de barro las calcetas de seda blanca. Al ver a Elsie, sonrió con una alegría que se le antojó rayana en la locura.

—Hola, hija mía —dijo.

—¿Qué está haciendo? —repuso ella con incredulidad.

—He pensado que vamos a plantar un huerto —le soltó—. ¡A la cocinera le encanta la idea!

Elsie hizo un gran esfuerzo por no llorar.

—Mi madre adora su jardín de rosas —dijo.

—Vaya, pero es que no se puede tener siempre lo que uno quiere, ¿no es así? Además, va a estar demasiado ocupada cuidando del niño para dedicarse a la jardinería.

—Es usted un hombre muy cruel.

Los jardineros la oyeron y pusieron cara de susto. Nadie criticaba nunca al obispo.

—Deberías tener más cuidado con lo que dices —repuso él—, sobre todo si pretendes continuar dando de comer a tus niños de la escuela dominical a mi costa.

—¡Mi escuela! ¿Cómo puede amenazarme con eso?

El obispo cruzó el terreno hasta donde estaba ella y bajó la voz para que nadie pudiera oírlo.

—Le he quitado a tu madre algo que amaba porque ella me ha hecho lo mismo a mí.

—¡Pero ella no le ha quitado nada!

—Me ha quitado lo más valioso que tenía: mi dignidad.

Elsie se dio cuenta de que eso era cierto. Se quedó atónita ante aquella revelación. Lo que el obispo estaba haciendo era cruel, eso era innegable, pero ahora entendía por qué lo hacía.

El hombre siguió hablando:

—De modo que no me faltes al respeto delante de los jardineros ni delante de nadie, o te enseñaré qué se siente cuando pierdes lo que te resulta más preciado.

Y dicho esto, se dio media vuelta y regresó junto a los jardineros.

Spade estaba ocupado en su telar, preparándolo para un complicado tejido a rayas, cuando Kate apareció a su lado.

—En casa está esperándote una sorpresa —le dijo.

Se levantó, dejó a Kate precipitadamente, atravesó el patio, entró en la casa y corrió escaleras arriba. Cuando entró en la habitación, Arabella estaba esperándolo, tal como suponía..., pero no estaba sola.

Llevaba al niño en brazos.

Los abrazó a ambos, besó a Arabella en la boca y luego miró a su hijo. En el bautizo en la catedral no había podido verlo con detenimiento, pues había un enjambre de importantes personalidades rodeando la pila bautismal y no había querido llamar la atención abriéndose paso hasta el frente. En ese momento contempló al niño con arrobo.

—Absalom —dijo.

—Voy a llamarlo Abe —dijo Arabella.

—Abe —repitió Spade.

—Nunca usaré el nombre con el que Stephen lo bautizó. Me niego a dejar que viva bajo una maldición.

—Me alegro —dijo Spade.

El niño tenía los ojos cerrados y una expresión plácida en la cara.

—Tiene tu pelo —señaló Arabella—. Oscuro y rizadito, y una buena mata, además.

—No me habría importado si hubiese heredado el tuyo. ¿De qué color tiene los ojos?

—Azules, pero la mayoría de los recién nacidos tienen los ojos azules. A muchos les cambian de color con el tiempo.

—A mí los recién nacidos siempre me parecen feos..., pero Abe es guapo.

—¿Quieres cogerlo en brazos?

Spade vaciló. No tenía ninguna experiencia previa.

—¿Puedo?

—Claro. Es tuyo.

—Está bien.

—Ponle una mano debajo del culito y la otra apoyada detrás de la cabeza, eso es lo único que tienes que hacer.

Spade hizo lo que le decía. Abe casi no pesaba nada. Spade estrechó al niño contra su pecho e inhaló un olor cálido y limpio. Unas poderosas emociones se adueñaron de él: sentía un orgullo inmenso, mucho amor e instinto de protección.

—Tengo un hijo —se maravilló—. Un varón.

Al cabo de un rato le preguntó a Arabella:

—¿Cómo van las cosas en casa?

—El obispo se ha cobrado su venganza: me ha destrozado el jardín de rosas.

—¡Lo siento mucho!

—Y yo también. —Arabella se encogió de hombros—. Pero te tengo a ti, y tengo a Abe. Puedo prescindir de las rosas.

Pese a sus palabras, parecía triste.

Spade besó a Abe en la cabeza.

—Es muy extraño —dijo.

—¿El qué?

—Este niño ha causado muchos problemas con su llegada al mundo, y es probable que vengan muchos más, pero a ti y a mí eso nos trae sin cuidado. Los dos estamos contentos de tenerlo, y lo adoramos. Vamos a dedicar gustosamente toda nuestra existencia a cuidar de él. Eso está muy bien..., pero es extraño.

—Tal vez sean los designios de Dios —dijo Arabella.

—Tal vez sí —respondió Spade.

CUARTA PARTE

# La patrulla de leva

## 1804-1805

# 26

En el otoño de 1804, Amos tomó una gabarra de Kingsbridge a Combe. Río abajo era un viaje tranquilo, aunque de regreso los gabarreros tendrían que remar contracorriente.

Cuando entraron en el puerto de Combe, Amos se llevó una sorpresa desagradable. En el extremo del cabo había una construcción nueva: una fortaleza redonda y achaparrada, con una forma parecida a la de una jarra de cerveza, la base más ancha que la parte de arriba. Resultaba hostil, daba miedo y, por algún motivo, le recordó a esos boxeadores de las ferias que se ofrecían a darle un buen recibimiento a todo el que se atreviera con ellos.

Hamish Law lo acompañaba. Ahora que el negocio empleaba a menos trabajadores en los pueblos y más obreros en las fábricas, Hamish no tenía que viajar tanto, así que se había convertido en ayudante de ventas de Amos. Kit Clitheroe desempeñaba un papel similar en producción.

—¿Qué diablos es eso? —preguntó Hamish, de pie en cubierta junto a él.

Amos pensó que conocía la respuesta.

—Tiene que ser una torre Martello —dijo—. Por lo visto, el gobierno va a construir cien como esa a lo largo de la costa para defendernos de la invasión francesa.

—He oído hablar de ellas —repuso Hamish—. Solo que no esperaba que fuesen tan espantosamente feas.

Amos recordó lo que había leído en *The Morning Chronicle*. Las torres Martello tenían muros de dos metros y medio de grosor y una cubierta plana con un cañón pesado que podía girar la circunferencia completa para disparar en cualquier dirección. Cada torre estaba dotada de un oficial y veinte hombres.

Llevaba meses leyendo acerca de la amenaza de invasión por parte de los franceses y se había preocupado, aunque de una forma algo vaga, al enterarse de que el gobernante de Francia, Napoleón Bonaparte, había congregado a doscientos mil soldados en Boulogne y otros puertos y estaba reuniendo una armada para hacerlos cruzar el canal de la Mancha. Sin embargo, la adusta visión de la fortaleza que guardaba el puerto de Combe había logrado que, de pronto, todo aquel asunto resultara más real.

Bonaparte tenía mucho dinero con el que pagar la invasión. Había vendido a Estados Unidos un vasto y poco fructífero territorio al que los franceses llamaban Luisiana, que se extendía desde el golfo de México hacia el norte, hasta alcanzar los Grandes Lagos en la frontera con Canadá. El presidente Thomas Jefferson había doblado el tamaño de su país por un precio de quince millones de dólares, y Bonaparte se lo estaba gastando todo en conquistar Inglaterra.

Paradójicamente, el comercio con el continente europeo proseguía gracias a la Armada Real, que patrullaba el canal. Francia era territorio vedado, y los franceses habían conquistado los Países Bajos, pero las embarcaciones de Combe todavía podían atracar en ciudades como Copenhague, Oslo e incluso San Petersburgo.

Amos llevaba una remesa de paño a Combe para desde allí enviarla a un cliente de Hamburgo. Le pagarían con una letra de cambio. Su cliente entregaría el precio de la tela a un banquero alemán llamado Dan Levy, y Amos recogería su dinero de manos del primo de Dan, Jonny, que tenía un banco en Bristol.

Mientras tanto, en Kingsbridge, Amos contaba ya con dos factorías. Su negocio con el ejército había crecido y su fábrica original se había quedado pequeña, así que le había comprado una segunda —llamada Widow's Mill— a Cissy Bagshaw, que se jubilaba. Hacía ya medio año que había nombrado a Kit Clitheroe director de ambas. Kit era muy joven para el puesto, pero entendía el funcionamiento de la maquinaria y se llevaba bien con la mano de obra: era, sin duda, el empleado más competente que Amos había tenido jamás.

Los muelles de Combe hervían de actividad. Porteadores y carreteros iban y venían, barcos y gabarras eran descargados y vueltos a cargar en el incesante trajín que hacía de Gran Bretaña el país más rico del mundo.

Los gabarreros encontraron la embarcación que Amos estaba buscando, el *Dutch Girl*, y atracaron al lado. Amos bajó a tierra firme y Hamish empezó a descargar las balas de paño. Kev Odger, patrón del *Dutch Girl*, apareció entonces. Amos lo conocía desde hacía años y confiaba en él, pero de todos modos contaron las balas juntos, y Odger abrió tres al azar para comprobar que eran de sarga de lana blanca, tal como especificaba el manifiesto. Firmaron dos copias del conocimiento de embarque y se quedaron una cada uno.

—¿Pasarán la noche aquí? —le preguntó Odger.

—Es demasiado tarde para regresar hoy mismo a Kingsbridge —repuso Amos.

—Entonces, cuidado con la patrulla de leva cuando oscurezca. Anoche perdí a dos buenos hombres.

Amos lo entendió enseguida. Gran Bretaña necesitaba constantemente hombres para la armada. En las milicias, las fuerzas de defensa del país, nunca faltaba personal porque contaban con autoridad para reclutar a ciudadanos tanto si estos querían como si no. El ejército regular no disponía de esa clase de reclutamiento, pero el territorio irlandés, asolado por la pobreza, había proporcionado alrededor de una tercera parte de los soldados, y los tribunales penales se habían encargado del resto, ya que podían condenar a los delincuentes a penas de servicio militar. De modo que el mayor problema lo tenía la armada que mantenía los mares seguros para el comercio británico.

Los marineros recibían una paga exigua, y a menudo con retrasos. La vida en el mar era brutal, los azotes eran un castigo cotidiano para delitos de poca monta. Una décima parte de la armada la formaban convictos sacados de las cárceles irlandesas, pero con eso no bastaba. En lugar de reformar la institución y pagar a los marineros un salario justo, el gobierno, que solo pensaba en los intereses de los contribuyentes, se limitaba a obligar a los hombres a embarcarse. Por toda Inglaterra, unos grupos llamados «patrullas de leva» reclutaban a la fuerza o, mejor dicho, secuestraban a hombres capaces de las ciudades costeras, los subían a bordo de sus barcos y los retenían maniatados hasta que estaban a millas de tierra firme. Era un sistema muy odiado, y a menudo provocaba disturbios.

Amos le agradeció la advertencia a Odger y fue con Hamish a la casa de huéspedes de la señora Astley, donde se alojaba siempre que tenía que hacer noche en Combe. Era una casa normal de la ciudad, pero llena hasta arriba de camas: una o dos en las habitaciones más pequeñas, muchas más en las mayores. La anfitriona era una jamaicana sonriente cuya oronda barriga hacía buena publicidad de su cocina.

Llegaron a tiempo para la cena. La señora Astley sirvió un estofado de pescado picante con pan del día y cerveza para beber, todo por un chelín. En la mesa comunitaria, Amos se sentó junto a un joven que lo reconoció.

—Usted no sabe quién soy, señor Barrowfield, pero vengo de Kingsbridge —dijo—. Me llamo Jim Pidgeon.

Amos no recordaba haberlo visto nunca.

—¿Y qué te trae por Combe? —preguntó con educación.

—Trabajo en las gabarras. Conozco bastante bien el río entre Kingsbridge y Combe.

Otro huésped, un hombre con el brazo derecho atrofiado a quien con sorna llamaban Lefty, «Zurdo», despotricaba contra los franceses entre bocado y bocado.

—Impíos, sanguinarios, ignorantes. Han asesinado a la flor y nata de la nobleza francesa y ahora quieren acabar también con la nuestra —dijo, y sorbió la cuchara.

Hamish mordió el anzuelo.

—Pues estuvimos en paz con ellos durante catorce meses —señaló.

Cuando se firmó el Tratado de Amiens en marzo de 1802, ricos compradores y turistas ingleses habían peregrinado de vuelta a su amado París, pero Gran Bretaña había puesto fin a la tregua en mayo del año anterior.

—Los franceses volvieron a atacarnos —dijo Lefty.

—Qué curioso que digas eso —repuso Hamish—. Según los periódicos, fuimos nosotros quienes declaramos la guerra a Francia, y no al revés.

—Porque invadió Suiza —insistió Lefty.

—Sin duda, pero ¿es ese motivo para enviar a ingleses a morir? ¿Por Suiza? Solo lo pregunto.

—No me importa lo que diga usted. Odio a esos malnacidos franceses.

Se oyó una voz desde la cocina:

—¡Nada de palabrotas, caballeros! Esta es una casa respetable.

El beligerante Lefty se sometió a la autoridad.

—Perdón, señora Astley —dijo.

La cena terminó poco después. Cuando los hombres se levantaron de la mesa, la señora de la casa salió al comedor.

—Que pasen una buena noche, caballeros —les deseó—, pero recuerden mi regla: la puerta se cierra con llave a medianoche, y no se devuelve el dinero.

Amos y Hamish pasearon por la ciudad. A Amos no le preocupaba la patrulla de leva; nunca se llevaban a caballeros bien vestidos de clase media.

Combe era una ciudad muy animada, como solían serlo las localidades portuarias. Músicos y acróbatas actuaban en las calles a cambio de unos peniques; los vendedores ambulantes publicitaban baladas, recuerdos y pociones mágicas; hombres y mujeres jóvenes ofrecían sus cuerpos; los carteristas les robaban la paga a los marineros. Amos y Hamish no se sentían tentados por los numerosos burdeles y las casas de juego, pero sí probaron la cerveza de unas cuantas tabernas y comieron ostras de un puesto callejero.

Cuando Amos anunció que ya era hora de regresar a la casa de la señora Astley, Hamish suplicó una jarra más, y Amos le dio el gusto. Fueron a una taberna que había cerca de los muelles. Dentro se encontraron más o menos con una docena de hombres que bebían cerveza, y también con unas cuantas muchachas. Amos reconoció a Jim Pidgeon, que disfrutaba de una agradable conversación con una chica vestida de rojo.

—Bonito lugar —comentó Hamish con aprecio.

—No, no lo es —dijo Amos—. Mira a ese joven, Jim, el de Kingsbridge. Va muy borracho.

—Suerte que tiene.

—¿Por qué crees que esa chica es tan amable con él?

—Supongo que le gustará.

—No es guapo ni rico. ¿Qué es lo que ve en él?

—A saber lo que piensan las mujeres…

Amos negó con la cabeza.

—Esto es una casa de engaño.

—¿Y eso qué quiere decir?

—La chica le ha puesto ginebra en la cerveza sin que él se diera cuenta. En cualquier momento se lo llevará a la sala de atrás, y él pensará que ha tenido suerte. Pero no, porque lo estará esperando la patrulla de leva. Se lo llevarán a bordo de un barco y lo encadenarán en el calabozo, y la próxima vez que vea la luz del día será marinero de la Armada Real.

—Pobre infeliz.

—Y la chica se llevará un chelín por su colaboración.

—Será mejor que lo salvemos.

—Sí. —Amos se acercó a Pidgeon y dijo—: Es hora de irse a casa, Jim. Se ha hecho tarde y vas borracho.

—Estoy bien —repuso el joven—. Solo estaba hablando con esta chica. Se llama mademoiselle Stephanie Marchmount.

—Sí, y yo soy William Pitt el Joven —repuso Amos—. Venga, vámonos.

—¿Por qué no te metes en tus asuntos, maldita sea? —espetó la mujer que se hacía llamar Stephanie.

Amos asió a Jim del brazo con firmeza.

—¡Déjalo en paz!

La muchacha se abalanzó sobre Amos y le arañó la cara, pero este le apartó la mano.

Cerca había tres hombres, hablando con otra chica guapa, y uno de ellos se volvió entonces.

—¿Qué ocurre? —preguntó.

—Mi amigo está borracho —dijo Amos con una mano en la mejilla ensangrentada—. Nos lo llevamos a casa antes de que lo atrape la patrulla de leva. Tal vez vosotros queráis hacer lo mismo.

—¿La patrulla de leva? —repitió el hombre. Estaba confuso, pero poco a poco se le fue encendiendo una luz—. ¿La patrulla de leva está aquí?

Amos miró hacia el fondo de la sala y vio a tres hombres de aspecto rudo que se acercaban encabezados por un cuarto, vestido con uniforme de oficial naval.

—Mirad —dijo, señalando—. Ahí vienen.

Stephanie los llamó con la mano. Los hombres se movieron deprisa, como si repitieran acciones ensayadas muchas veces, y en un segundo estaban junto a ella, que les señaló a Jim.

—Háganse a un lado, caballeros —ordenó el oficial.

Uno de los tipos agarró a Jim, que no estaba en condiciones de resistirse, pero Hamish tomó impulso para propinarle un contundente puñetazo al segundo, con el que lo tumbó. El tercero le clavó un puño en el estómago a Amos; un golpe dirigido con precisión que lo dobló, presa de la agonía. El hombre siguió atacándolo con una ráfaga de puñetazos. Amos era alto y fuerte, pero no estaba acostumbrado a peleas callejeras y se defendió como pudo, retrocediendo entre la clientela.

Sin embargo, los presentes no eran neutrales; todo el mundo odiaba a la patrulla de leva. Los que estaban más cerca de Amos se sumaron a la pelea, la emprendieron contra el de los puñetazos y lo hicieron recular.

Eso concedió a Amos un momento para recuperarse. La lucha ya era generalizada; había hombres gritando y soltando golpes a diestro y siniestro mientras las mujeres chillaban. Hamish había agarrado a Jim e intentaba separarlo de su captor. Amos acudió en su ayuda, pero uno de los presentes vio sus finas prendas, supuso que estaba del lado de la patrulla de leva y le asestó un puñetazo tremendo. Fue un golpe certero que le dio justo debajo de la barbilla. Amos perdió el conocimiento unos instantes y acabó en el suelo. No era el lugar más aconsejable en plena pelea, pero estaba demasiado aturdido para levantarse.

Consiguió ponerse a gatas, y entonces alguien lo agarró de las axilas y ante él apareció el grato rostro de Hamish. Este lo levantó como pudo y cargó con él sobre uno de sus anchos hombros. Amos relajó todos los músculos y se rindió a su destino. Los pies le golpeaban contra otras personas mientras Hamish se abría paso entre la muchedumbre. Unos segundos después respiró el frío aire del exterior. Hamish lo llevó unos metros más allá, lejos de la taberna, y lo dejó en el suelo contra una pared.

—¿Puedes tenerte en pie? —preguntó.

—Creo que sí.

Amos notaba las piernas débiles, pero se mantuvo erguido. Su compañero se echó a reír.

—Menudo follón se ha armado. —Era evidente que lo había disfrutado—. Aunque esa tal Stephanie te ha dejado la cara hecha un cristo… Antes eras bastante guapo.

Amos se llevó una mano a la mejilla y, al retirarla, vio que estaba manchada de sangre.

—Ya se curará —dijo—. ¿Dónde está Jim Pidgeon?

—He tenido que dejarlo allí. No podía cargar contigo y pelearme con la patrulla de leva al mismo tiempo.

—Espero que haya escapado —dijo Amos.

—Supongo que lo sabremos mañana, en el desayuno.

A la mañana siguiente no había ni rastro de Jim Pidgeon.

Elsie fue acostando a sus tres hijos de uno en uno. Era su momento preferido del día. Le encantaba ese rato tranquilo con los niños, y también esperaba con ganas la hora en que se quedaban dormidos y ella podía descansar.

Empezó por el menor, Richie, que tenía dos años. Era rubio, como Kenelm, y prometía ser guapo. Se arrodilló junto a su cuna y rezó una breve oración. Al terminar, el niño dijo «amén» con ella. Era una de las pocas palabras que sabía decir, además de «mamá», «caca» y «no».

Billy fue el siguiente. Tenía cuatro años y era un dechado de energía. Sabía cantar, contar, llevarle la contraria a su madre y correr, aunque no lo bastante deprisa para escapar de ella. Ya rezaba el padrenuestro con Elsie.

El último fue su primogénito, Stevie, de siete años. Su suave pelo pelirrojo se había oscurecido un poco y se parecía más al caoba de Arabella. Leía mucho y ya sabía escribir su nombre. Rezaba sin la guía de su madre, y era ella quien decía «amén» cuando el niño acababa.

Kenelm siempre había rezado con Stevie, pero ahora que tenían tres hijos le parecía que le ocupaba demasiado tiempo.

Elsie dejó a los pequeños al cuidado de la niñera, que dormía cerca para poder oírlos, y en el descansillo se encontró con su madre, que salía de la habitación del obispo.

Sus padres apenas se habían dirigido la palabra en los últimos cinco años, hasta que el obispo cayó enfermo ese último verano, a la edad de sesenta y siete años. Sufría dolores en el pecho y le faltaba la respiración hasta tal punto que cualquier esfuerzo lo dejaba agotado. Ya no se levantaba de la cama, así que Arabella había empezado a cuidar de él.

Elsie y su madre bajaron la escalera juntas y fueron al comedor a cenar. Tenían sopa caliente, pastel de caza frío y bizcocho. En la mesa también había una jarra de vino, pero ambas bebieron té.

Kenelm estaba en una reunión en la sacristía y había anunciado que llegaría tarde, así que empezaron sin él.

Elsie preguntó cómo se encontraba su padre.

—Algo más débil —dijo Arabella—. Se queja de que tiene los pies fríos, y eso que hay un fuego bien vivo en la habitación. Le he llevado un poco de sopa clara para cenar y se la ha bebido. Ahora duerme. Mason está con él.

—¿Por qué lo cuida tanto? Podría encargarse Mason sola.

—Esa es una pregunta que a menudo me hago a mí misma.

Elsie no quedó satisfecha con la respuesta.

—¿Es porque piensa usted en la otra vida? —Había estado a punto de decir «el Juicio Final», pero le había parecido falto de tacto.

—No sé mucho de la otra vida —dijo Arabella—. Y los clérigos tampoco, aunque finjan que sí. Las parejas felizmente casadas piensan que estarán juntos en el cielo, pero ¿y una viuda que se casa por segunda vez? Puede que en el cielo se encuentre con dos maridos. ¿Tendrá que escoger entre ambos, o podrá quedarse con los dos?

Elsie soltó una risilla.

—Madre, no sea boba.

—Solo señalo las tonterías en las que cree la gente.

—¿Sigue enamorada de mi padre?

—No, y seguramente nunca lo estuve. Pero no fue culpa suya. Ambos fuimos responsables de lo que ocurrió. Yo no debería haberme casado con él, desde luego, pero esa fue mi decisión. Me lo pidió y podría haberle dicho que no. Quizá lo habría hecho si no hubiese estado herida en mi orgullo por el muchacho que me rechazó.

—Hay matrimonios por despecho que salen bastante bien.

—El problema era que a tu padre yo nunca le interesé de verdad. Quería una esposa por conveniencia, y porque se supone que demuestra que un clérigo no es, ya sabes, «invertido».

—¿Mi padre es invertido?

—No, pero sus inclinaciones en la dirección contraria tampoco eran muy fuertes. Después de que nacieras, hacíamos el amor con muy poca frecuencia. Y al final, ya ves, encontré a alguien que apenas podía quitarme las manos de encima de lo mucho que me amaba, y me di cuenta de que así es como debería ser.

«No es así para mí —pensó Elsie con tristeza—. Aunque seguro que podría serlo... con Amos». Tomó un poco de sopa y no dijo nada.

—No quiero que muera odiándome —dijo su madre—. No quiero verme junto a su tumba maldiciéndolo. Así que pienso en los primeros tiempos, cuando era un hombre delgado y apuesto, no tan pomposo, y al menos le tenía cariño. Tal vez me perdone antes del final.

Elsie no creía que su padre fuera de los que perdonaban, pero también se guardó ese pensamiento para sí.

El ambiente de confidencias se evaporó en cuanto Kenelm entró en el comedor. Se sentó a la mesa y se sirvió una copa de madeira.

—¿Por qué tenéis las dos una cara tan solemne? —preguntó.

Elsie decidió no responder.

—¿Qué tal tu reunión? —dijo, en cambio.

—Directa al grano —repuso él—. Ha sido una discusión organizativa. Ya lo había aclarado todo antes con el obispo para poder decirles a los clérigos lo que su ilustrísima quiere que hagan. Cuando han protestado, les he dicho que volvería a hablar de ello con él, pero que no creía que fuese a cambiar de opinión.

—¿Estás seguro de que el obispo entiende siquiera lo que le dices? —objetó Arabella.

—Así lo creo. En cualquier caso, entre los dos tomamos decisiones muy sensatas.

Kenelm se sirvió una tajada de pastel de caza y se puso a comer.

Su suegra se levantó.

—Voy a retirarme. Buenas noches, Kenelm. Buenas noches, Elsie. —Y salió del comedor.

Kenelm frunció el ceño.

—Espero que tu madre no esté descontenta conmigo por alguna razón.

—No —dijo Elsie—, pero sospecho que cree que, en realidad, mi padre no es capaz de tomar decisión alguna, y que eres tú quien lo dirige todo ahora.

Él no lo negó.

—Y, de ser eso cierto, ¿importaría?

—Un observador hostil podría decir que lo que haces es engañar.

—Lo dudo —repuso Kenelm con una breve risa, fingiendo que esa insinuación era descabellada—. En cualquier caso, lo esencial es conseguir que la diócesis siga funcionando sin pegas mientras el obispo esté indispuesto.

—Puede que no mejore.

—Motivo de más para evitar rencillas entre el clero por quién debe ser obispo en funciones mientras tanto.

—Tarde o temprano se darán cuenta de lo que te traes entre manos.

—Mucho mejor. Si demuestro ser capaz para el puesto, cuando el Señor llame a tu padre a su lado el arzobispo podría nombrarme obispo en su lugar.

—Pero si solo tienes treinta y dos años...

La tez clara de las mejillas de Kenelm enrojeció de ira.

—¡La edad no tiene nada que ver! El puesto debería ser para el más apto.

—No dudo de tu competencia, Kenelm, pero esto es la Iglesia de Inglaterra y está dirigida por ancianos. Tal vez piensen que eres demasiado joven.

—¡Llevo nueve años aquí y he probado de sobra mi valía!

—Y todo el mundo estaría de acuerdo. —Eso no era del todo cierto. Kenelm había chocado con algunos altos cargos que no apreciaban su engreimiento y su seguridad, pero Elsie intentaba aplacar la indignación de su marido—. Es que no quiero que te lleves una decepción si la decisión no te favorece.

—No creo que haya muchas probabilidades de que eso ocurra, la verdad —comentó él con confianza.

Elsie no dijo más.

Cuando Kenelm terminó de cenar, subieron juntos. Él la siguió a su dormitorio y luego entró en el suyo por la puerta que los comunicaba.

—Buenas noches, querida —dijo al cerrar la puerta.

—Buenas noches —dijo Elsie.

Cuando el obispo murió, a Elsie le sorprendió sentir tanto dolor. La relación con su padre había sido tirante, de modo que no esperaba llorar. Pero cuando los empleados de las pompas fúnebres hicieron su trabajo y ella vio su frío cadáver en el féretro, ataviado con sus vestiduras episcopales y peluca, le sobrevino la tristeza y empezó a sollozar. Se descubrió recordando escenas de su infancia en las que no pensaba desde hacía veinticinco años: su padre cantándole himnos infantiles y canciones populares, contándole cuentos a la hora de dormir, diciéndole lo guapa que estaba con su ropa nueva, enseñándole a reconocer la primera letra de su nombre en las inscripciones grabadas en la catedral... Esos momentos de intimidad terminaron por desaparecer. Tal vez cuando dejó de ser una dulce niña para convertirse en una adolescente desafiante y contestataria.

—Cuántos buenos momentos —le dijo a su madre—. ¿Cómo he podido olvidarlos durante tanto tiempo?

—Los malos recuerdos envenenan los buenos —repuso Arabella—. Ahora, en cambio, podemos contemplar toda su vida en conjunto. A veces era amable y a veces cruel. Era inteligente, pero estrecho de miras. No se me ocurre ni una sola ocasión en que me mintiera, ni a mí ni a nadie, en realidad, aunque era capaz de engañar con el silencio. Todas las vidas, a menos que seas un santo, están compuestas de retazos así, una vez se examinan.

Amos le dijo que entendía cómo se sentía. Charlando en la escuela dominical mientras los niños disfrutaban de su comida gratuita, le habló de la muerte de su propio padre, doce años atrás.

—Cuando lo vi allí, pálido e inmóvil, me sobrevino el llanto.

Estaba abrumado, no podía parar de llorar. Y, aun así, al mismo tiempo sabía que me había tratado mal. Recordaba todo eso, pero no importaba. No podía entenderlo… Y sigo sin hacerlo.

Elsie asintió.

—El cariño es algo demasiado profundo para que las circunstancias lo alteren. El duelo no es racional.

Él asintió y sonrió.

—Qué sabia eres, Elsie.

«Y, sin embargo, prefieres a esa cabeza hueca de Jane», pensó ella.

El obispo dejó en su testamento cuatro mil libras divididas a partes iguales entre su esposa y su hija. Arabella podría vivir modestamente de su propia herencia; Elsie invertiría la suya en la escuela dominical.

El arzobispo no fue a Kingsbridge para el funeral, pero envió a su mano derecha, Augustus Tattersall, que se alojó en el palacio episcopal. Elsie quedó impresionada con él. Ya había conocido a otros dos emisarios del arzobispo, y ambos le habían parecido arrogantes y autoritarios. Tattersall, en cambio, era un intelectual, un hombre de influencia considerable, pero que hacía gala de su distinción sin darse aires. Hablaba con voz suave y procuraba ser cortés, sobre todo con quienes tenía por debajo, y, sin embargo, no había en él señal alguna de debilidad, sino que sabía ser muy firme cuando expresaba los deseos del arzobispo. A Elsie se le ocurrió pensar que Amos habría sido igual de haber seguido una carrera eclesiástica… Solo que Tattersall no era tan apuesto.

Durante las visitas anteriores, Elsie se había sentido avergonzada por lo evidentes que eran los esfuerzos de Kenelm por impresionar a sus superiores, cómo repetía constantemente lo mucho que dependía el obispo de él e insinuaba que él haría mejor trabajo. Entendía que su marido quisiera ascender en la Iglesia, pero le daba la sensación de que el alto clero habría quedado más impresionado con una táctica más sutil.

Kenelm le dijo a Elsie que se sentía bastante seguro de su

ascenso, pero estaba impaciente por conocer las noticias que traía Tattersall. Este, sin embargo, los tuvo a todos en ascuas y no dijo nada sobre la sucesión mientras se organizaba el funeral.

El obispo fue enterrado con gran ceremonia en el cementerio del muro norte de la catedral, y Tattersall había programado una reunión del cabildo para justo después. Sin embargo, pidió hablar antes con Arabella, Kenelm y Elsie, cosa que a esta le pareció un detalle.

Se sentaron en el salón y Tattersall tomó la palabra de forma resuelta.

—El arzobispo ha decidido que el nuevo obispo de Kingsbridge sea Marcus Reddingcote.

Elsie le dirigió una mirada a Kenelm, que había palidecido de la conmoción. Sintió una oleada de compasión; el ascenso habría significado mucho para él.

—Me parece que conoció usted a Reddingcote en Oxford —le dijo Tattersall a Kenelm—. Era profesor allí en esa época.

Elsie había oído hablar de Reddingcote, un intelectual conservador que había escrito un comentario al Evangelio de san Lucas.

—Pero ¿por qué no yo? —preguntó Kenelm, encontrando al fin las palabras.

—El arzobispo es muy consciente de sus aptitudes y considera que tiene un gran futuro por delante. Con unos años más de experiencia, puede que esté preparado para hacerse cargo de una diócesis. Ahora mismo, todavía es demasiado joven.

—¡Muchos hombres de mi edad han sido nombrados obispos!

—No muchos. Unos cuantos, sí, pero en general se trataba del segundo o tercer hijo de un noble rico, lamento decir.

—Pero...

—Prosigamos —dijo Tattersall con firmeza—. El deán de Kingsbridge se jubilará pronto y el arzobispo lo nombra a usted, señor Mackintosh, nuevo deán.

Eso no aplacó a Kenelm. Era un ascenso deseable, aunque él anhelaba más.

—Gracias —logró decir, pese a todo.

Tattersall se levantó.

—Reddingcote está impaciente por venir —informó—. Debería usted tomar posesión del deanato en cuanto el actual deán deje el cargo.

Elsie sintió que su vida estaba cambiando demasiado deprisa; ojalá pudiera dejarla en suspenso para asimilarlo mejor.

Tattersall miró su reloj.

—Me dirigiré al cabildo dentro de quince minutos. Supongo que se reunirá allí conmigo, señor Mackintosh.

Kenelm parecía a punto de decir «Váyase al diablo», pero aguardó un momento y asintió con obediencia.

—Allí estaré.

Tattersall abandonó la sala.

—Bueno, ¡pues nos trasladamos a la casa del deán! —comentó Elsie con alegría—. Es una casita muy agradable… Más pequeña que este palacio, desde luego, pero seguramente más cómoda. Y está en Main Street.

—Ocho años haciendo de recadero del obispo y todo lo que consigo es un deanato —comentó Kenelm con acritud.

—Es un ascenso rápido, comparado con los que suelen recibir los clérigos normales.

—Yo no soy un clérigo normal.

Elsie sabía que había esperado un trato especial por ser yerno del obispo, pero este había muerto y Kenelm carecía de otros contactos influyentes.

—Pensaste que obtendrías un trato de favor casándote conmigo —dijo con tristeza.

—¡Ja! —espetó él—. Menudo error, ¿verdad?

Fue como una bofetada, y Elsie no dijo más.

Kenelm salió de la habitación.

—Ay, cariño, eso ha sido cruel —comentó Arabella—, pero seguro que no lo decía en serio. Solo está disgustado.

—Estoy segura de que lo decía en serio —repuso Elsie—. Necesita alguien a quien culpar de su decepción.

—Bueno, no ha conseguido su deseo, pero tú sí el tuyo. Tienes a Stevie, a Billy y a Richie. Y yo tengo a Abe. Nos trasladaremos todos a la casa del deán y la llenaremos de niños. ¡La vida podría ser peor!

Elsie se levantó y abrazó a su madre.

—Tiene razón —dijo—. La vida podría ser mucho peor.

# 27

La hija de Hornbeam, Deborah, tenía una revista junto a su plato. Iba anotando números con un lápiz en un trozo de papel, muy concentrada, mientras se le enfriaba el té. En la página de la publicación se veían dibujos geométricos, triángulos y circunferencias con tangentes. Hornbeam se mostró intrigado.

—¿Qué estás haciendo?

—Es un acertijo matemático —respondió ella sin levantar la vista. Estaba totalmente absorta.

—¿Qué es esa revista? —preguntó el concejal.

—*The Ladies' Diary*; el almanaque femenino.

Hornbeam se sorprendió.

—¿Hay acertijos matemáticos en una revista femenina?

Deborah por fin levantó la vista.

—¿Por qué no?

—No me habría imaginado jamás que las mujeres fueran capaces de resolver problemas matemáticos.

—¡Por supuesto que somos capaces! Padre, ya sabe que siempre me han gustado los números.

—Pensaba que eras la excepción.

—Muchas mujeres fingen ser unas ignorantes en matemáticas porque les han dicho que a los chicos no les gustan las jóvenes inteligentes.

Hornbeam jamás se lo había planteado así.

—¿No estarás insinuando que, en el fondo, esas mujeres son tan inteligentes como los hombres?

—Oh, no, padre, desde luego que no.

Estaba siendo irónica. No existían muchas personas que se atrevieran a contrariar a Hornbeam, ni mucho menos a mofarse de él, aunque Deborah era una de las pocas. No había riesgo de que fingiera ser estúpida con él. Era una joven brillante y a su padre le encantaba debatir con ella.

Su marido ya no la acompañaba. A Will Riddick le había ido mal. Había perdido su fuente de ingresos al ser destituido de su puesto al frente de las compras para la Milicia de Shiring. Todavía recibía las rentas de Badford y su paga del ejército, pero ni mucho menos le alcanzaba para mantener su estilo de vida —sobre todo, en lo tocante al juego— y estaba arruinado. Hornbeam le había prestado cien libras, por hacerle un favor a Deborah, pero Riddick no se las había devuelto; de hecho, hacía tres meses le había pedido más dinero. Su suegro se lo había denegado. En ese momento, Riddick había dejado su casa de Kingsbridge para regresar a Badford. Deborah se había negado a acompañarlo, y a él pareció no importarle. Al no tener hijos, su separación no fue complicada.

No era lo que Hornbeam habría deseado para su hija, pero le gustaba que viviera con él.

El carillón del reloj tocó las nueve y media, y Hornbeam se levantó.

—Debo ir a resolver unos asuntos con los pobres de Kingsbridge —explicó con disgusto y salió de la habitación.

En el vestíbulo, su nieto, Joe, estaba jugando con una espada de madera, combatiendo un enemigo imaginario. Hornbeam miró con ternura al pequeño.

—Es una espada un poco grande para un niño de seis años —observó el concejal.

—Ya tengo casi siete —replicó Joe.

—Ah, pues eso cambia mucho las cosas.

—Sí —afirmó el niño sin percibir el sarcasmo—. Cuando sea mayor voy a matar a Bonaparte.

Hornbeam esperaba que la guerra hubiera acabado antes de que Joe fuera lo bastante mayor para unirse al ejército.

—Me alegra oírlo —dijo, no obstante—. Nos desharemos de Bonaparte. Pero ¿qué harás después?

Joe se quedó mirando a su abuelo con la pura inocencia de sus ojos azules.

—Ganaré mucho dinero, como usted.

—Ese me parece un plan maravilloso.

Al mismo tiempo, Hornbeam reflexionó que su nieto jamás experimentaría las dificultades que él vivió de niño. Ese era su gran consuelo en la vida.

—Volved aquí, franceses cobardes —exclamó Joe retomando la esgrima.

El concejal pensó para sí que los franceses eran cualquier cosa menos cobardes. Durante doce años habían resistido todos los intentos de los ingleses de sofocar su revolución. De todos modos, aquella era una reflexión demasiado sutil para compartirla con un patriótico niño de seis años, aunque se tratara de uno tan inteligente como Joe. Hornbeam se puso el abrigo y salió.

Hacía poco que lo habían nombrado supervisor de los pobres de Kingsbridge. Era un cargo que no quería ocupar casi nadie, ya que suponía mucho trabajo y escasa remuneración, pero a Hornbeam le gustaba tener las riendas del poder en sus manos. El Auxilio de los Pobres era distribuido por las iglesias de la parroquia, pero el supervisor gestionaba el sistema. Resultaba importante garantizar que el dinero de los contribuyentes no acabara en manos de vagos y derrochadores. Una vez al año, Hornbeam visitaba cada parroquia, se sentaba en la sacristía con el párroco y escuchaba las lacrimógenas historias de hombres y mujeres incapaces de alimentar a sus familias sin la ayuda de las personas más previsoras que ellos.

En esa ocasión acudió a St. John, en la margen izquierda del río, que fue, en su día, una parroquia semirrural y que, en ese momento, era el atestado barrio de casas construidas por Hornbeam y su hijo Howard para los peones que trabajaban en las fábricas situadas en la ribera.

El párroco de St. John, Titus Poole, era un joven delgado y emotivo de aspecto enternecedor. Para la ocasión, Hornbeam lucía una peluca con el objeto de realzar su dignidad y autoridad, pero no así el párroco. Con seguridad, Poole era una de esas personas que consideraban el accesorio innecesario y demasiado caro, además de ridículo. Hornbeam despreciaba al clérigo. Era el típico párroco sensiblero y tan ansioso por ayudar a sus semejantes que jamás pensaba en enseñarles a salir adelante por sí mismos.

Solo durante los primeros minutos concedieron el auxilio a varios casos que no lo merecían: un hombre con los ojos inyectados en sangre y la nariz roja que, sin duda alguna, tenía el dinero suficiente para emborracharse; una mujer que estaba gorda a pesar de la pobreza que alegaba; y una joven con tres hijos, conocida prostituta y que había comparecido ante Hornbeam, en más de una ocasión, en el tribunal de delitos menores. El supervisor habría discutido con Poole sobre cada uno de los casos, pero había unas normas, y era el deber de ambos acatarlas. Eso les permitía llegar a un acuerdo; hasta que apareció Jenn Pidgeon.

La mujer empezó a hablar en cuanto entró.

—Necesito ayuda para alimentar a mi chico. No tengo un penique y ni siquiera es culpa mía. Hoy en día, una barra de pan de cuatro libras cuesta más de un chelín y ¿qué otra cosa podemos comer? —Estaba enfadada, era deslenguada y no demostraba ningún miedo.

Poole intervino.

—Hable solo cuando se dirijan a usted, señora Pidgeon. El concejal Hornbeam y yo le haremos preguntas. Lo único que tiene que hacer es contestarlas con sinceridad. ¿Ha dicho que tiene un hijo?

—Sí, Tommy, tiene catorce años y sale a buscar trabajo a diario, pero es menudo y no es muy fuerte. Algunas veces le pagan por hacer recados o por barrer.

La mujer tenía unos treinta años, llevaba un vestido andrajoso y un chal plagado de agujeros hechos por las polillas. Iba calzada con unos zuecos de madera. Hornbeam reparó en su aspecto famélico. Eso jugaba en su favor. La esposa del concejal, Linnie, afirmaba que, en el caso de ciertos individuos, la gordura era una enfermedad. Hornbeam opinaba que se trataba de pura glotonería.

—¿Y dónde vive usted? —preguntó Poole.

—En la granja de Morley, pero no en la casa; hay una especie de cabaña pegada a la pared de la vivienda, lo que llaman cobertizo, no tiene chimenea, pero hay una campana de humo, y me permitieron usarla por un penique a la semana, también me dieron un jergón de paja para que los dos durmiéramos en él.

—¿Duerme en la misma cama que su hijo de catorce años? —preguntó Hornbeam con tono de desaprobación.

—Es la única forma de entrar en calor —respondió ella con indignación—. En ese cobertizo hay mucha corriente.

Hornbeam se sintió molesto; en su opinión, la mujer no debía de tener tanta hambre si le quedaban fuerzas para discutir con él.

—¿Qué trabajo desempeña usted? —preguntó Poole.

—El que consiga. Pero en la granja no necesitan ayuda durante el invierno y las fábricas no tienen muchos pedidos por la guerra. Antes era tendera, pero los comercios de Kingsbridge ya no contratan...

Hornbeam la interrumpió. No necesitaba que le dieran lecciones sobre el desempleo en su ciudad.

—¿Dónde está su marido?

Esperaba que le dijera que no tenía, pero se equivocaba.

—Se lo llevaron los hombres de la patrulla de leva, ojalá ardan todos en el infierno.

Aquel comentario rozaba la sedición.

—Tranquilícese —le advirtió Poole.

Pero ella desoyó la advertencia.

—Nunca he sido pobre antes. Cuando mi Jim y yo llegamos

aquí desde Hangerwold, él consiguió trabajo en las gabarras y, aunque no teníamos mucho, jamás me endeudé, no debía ni un solo penique. —Miró directamente a Hornbeam—. Entonces su primer ministro envió a esos matones a secuestrar a Jim y lo obligaron a subir a un barco y a estar en alta mar durante solo Dios sabe cuánto tiempo, y yo me quedé sola. No quiero el Auxilio de los Pobres, lo que quiero es a mi marido, pero ¡ustedes me lo han robado!

Rompió a llorar.

—Ya sabe que difamarnos no la ayudará —la avisó Poole.

Sus sollozos se acallaron de golpe.

—¿Difamarles? ¿Acaso he dicho algo que no sea cierto?

Hornbeam pensó con irritación que aquella mujer era una insolente. La mayoría de los solicitantes al menos tenían el sentido común de ser respetuosos. Jenn Pidgeon merecía morir de hambre como castigo por su descaro.

—¿Ha dicho que es de Hangerwold? —preguntó el concejal.

—Sí, mi Jim y yo. Está en Gloucestershire. Jim tenía una tía aquí, en Kingsbridge. Pero ahora ya ha muerto.

—Seguro que ya sabe que el Auxilio de los Pobres solo puede solicitarse en la parroquia donde uno nació.

—¿Cómo voy a llegar a Gloucestershire? No tengo abrigo y mi hijo no tiene zapatos; además, allí no tengo ni casa ni dinero para alquilar una vivienda.

Poole se dirigió a Hornbeam en voz baja.

—Por lo general, en circunstancias como esta, concedemos el Auxilio. Resulta evidente que esta mujer ha hecho todo lo que estaba en su mano.

Hornbeam no tenía muchas ganas de acomodar las normas para beneficiar a la insolente Jenn Pidgeon, quien, por lo visto, creía poder tratarlo de igual a igual.

—¿Ha dicho que la patrulla de leva se llevó a su marido?

—Eso creo.

—Pero no está segura.

—No informan a las mujeres de los pobres. Pero se fue a

Combe en una gabarra; esa noche la patrulla hizo una redada en la ciudad, y mi Jim nunca regresó a casa. A mí me parece que está bastante claro lo que ocurrió, ¿no cree?

—Puede que sencillamente se haya fugado.

—A lo mejor algunos hombres hacen esas cosas, pero no mi Jim.

Poole volvió a bajar la voz.

—Eso es una nimiedad, señor Hornbeam.

—No estoy de acuerdo. El marido puede estar muerto. Esta mujer debe regresar a su lugar de nacimiento.

La expresión del párroco se tornó iracunda.

—Seguramente morirá por el camino.

—No podemos cambiar las normas.

—Hornbeam —dijo Poole con contundencia—, ¡está claro que esta mujer es la víctima inocente de un gobierno que permite que la armada secuestre a hombres como su esposo! Reconozcámoslo: la patrulla de leva es una necesidad lamentable, sobre todo en tiempos de guerra, pero al menos podemos hacer algo por las familias de las víctimas, para que sus hijos no mueran de hambre.

—Pero eso no es lo que dictan las normas.

—Las normas son crueles.

—Sea como sea, debemos acatarlas. —Hornbeam miró a Jenn Pidgeon y dijo—: Su solicitud queda denegada. Debe realizarla en Hangerwold.

Esperaba que la mujer rompiera a llorar, pero quedó sorprendido por su reacción.

—Pues muy bien —dijo, y salió caminando con la cabeza bien alta.

Su actitud hacía pensar que tenía un plan alternativo.

A Elsie le encantaba su nuevo hogar. En lugar de las grandiosas estancias del palacio episcopal, donde los sonidos hacían eco, la casa del deán poseía habitaciones de dimensiones más humanas, cálidas y confortables, sin suelos de mármol en los que los niños corriesen el riesgo de resbalar, caerse y golpearse la cabeza. La familia disfrutaba de comidas más sencillas, tenía menos sirvientes y ninguna obligación de entretener a los clérigos visitantes.

A Arabella también le gustaba. Estaba de luto y seguiría así durante un año; con su tono claro de piel, el color negro le daba un aspecto pálido y un tanto enfermizo, como la bella heroína de una de las novelas góticas de cuya lectura disfrutaba; pero se sentía feliz, Elsie lo percibía. Caminaba como si se hubiera quitado un peso de encima. A menudo salía de compras, algunas veces en compañía de Abe, a la sazón de cinco años. Sin embargo, por lo general regresaba sin haber comprado nada, y Elsie suponía que estaba viéndose con Spade a escondidas. En ese momento, ninguno de los dos tenía pareja, pero todavía debían ser discretos, puesto que habría resultado impactante que una mujer de la posición social de Arabella cortejara a un hombre abiertamente mientras todavía seguía de luto. No obstante, la relación entre ambos era el secreto peor guardado de Kingsbridge; lo sabía cualquiera que tuviera los oídos abiertos.

No era de extrañar que algunas personas se preguntaran si Spade era el padre de Abe, sobre todo después de la destrucción del jardín de rosas; esa anécdota había dado para semanas de cotilleos entre Belinda Goodnight y sus amigas. Con todo, nadie, salvo Arabella, sabría jamás la verdad con certeza. En cualquier caso, todo el mundo tenía la sensación de que era mejor que esa clase de preguntas quedara sin respuesta. Elsie supuso que otras mujeres casadas tenían hijos de paternidad dudosa y debían de temer que el rumor sobre una de ellas acabara salpicándolas a todas.

El nuevo obispo estaba adaptándose bien. Marcus Reddingcote era un tradicionalista, y la mayoría de los habitantes de Kingsbridge esperaban que así fuera. Su esposa, Una, se daba aires de gran dama y, por lo visto, consideraba a sus predecesores en el palacio un tanto chabacanos. Cuando Elsie había dicho que se encargaba de la escuela dominical, Una se mostró asombrada y quiso saber por qué lo hacía. Además, quedó visiblemente impactada al conocer a Abe y caer en la cuenta de que Arabella, a sus cuarenta y nueve años, tenía un hijo de solo cinco.

Elsie envidiaba la apasionada relación amorosa de su madre. En su opinión, debía de ser maravilloso amar a alguien con toda el alma y ser correspondida de igual forma.

Una mañana, Elsie se asomó a la ventana, vio una multitud de transeúntes por Main Street, en dirección a la plaza, y recordó que era el día de San Adolfo. Las fábricas estaban cerradas y se celebraba una feria en el mercado para conmemorar la ocasión. Decidió llevar a su hijo mayor, Stevie; Arabella dijo que llevaría a Abe.

El sol de noviembre no calentaba y el aire era fresco. Ambas mujeres vestían ropa de abrigo con coloridos accesorios: Elsie lucía una bufanda roja y Arabella, un sombrero verde. Muchas otras personas iban ataviadas de forma similar, y la plaza se veía repleta de tonos intensos que contrastaban con el gris de fondo de la mampostería de la catedral. La escultura de piedra del ángel de la torre, de la que se decía que representaba a la monja Caris, fundadora del hospital, parecía estar mirando hacia abajo, con benevolencia, a los habitantes de la ciudad.

Elsie le dijo a Stevie que la tomara de la mano con firmeza y que no se alejara para no perderse. Lo cierto era que no estaba muy preocupada: ese día, muchos niños se separarían de sus padres, pero no llegarían muy lejos, y todos serían localizados gracias a la colaboración de una multitud formada por personas amigables.

Arabella quería comprar tela blanca de algodón para una enagua. Localizó un puesto que vendía, por un importe razonable, una tela que le gustó. El vendedor estaba atendiendo a una mujer pobre que regateaba por el precio de un retazo de áspero lino y tuvieron que esperar. Elsie empezó a mirar la exposición de pañuelos bordados. Un muchacho escuálido de unos catorce años estaba observando, con detenimiento, la gran variedad de tonos de cintas de seda dispuestas sobre una bandeja. Aquello llamó la atención de Elsie, ya que había sido maestra de muchos chicos de esa edad y jamás había conocido a ninguno que mostrara interés en las cintas.

Por el rabillo del ojo, lo vio agarrar como si nada dos carretes; devolvió uno a su sitio y el otro se lo metió con disimulo en el interior de su andrajoso abrigo.

A Elsie le sorprendió de tal manera que se quedó paralizada y en silencio; apenas daba crédito a lo ocurrido. ¡Había visto a un ladrón en pleno hurto!

La clienta del regateo decidió no comprar el lino.

—¿En qué puedo ayudarla hoy, señora Latimer? —preguntó el vendedor.

Cuando Arabella iba a contestarle, el ladronzuelo se alejó del puesto.

«¡Al ladrón!», debería haber gritado Elsie, pero el muchacho era tan menudo y delgado que no tuvo el valor de delatarlo.

No obstante, alguien más lo había visto. Un hombre fornido con abrigo de color verde lo agarró por el brazo.

—Quieto ahí, muchacho —dijo el hombre.

El chico se revolvió como una serpiente atrapada, pero no logró escapar de su captor.

Arabella y el vendedor dejaron de hablar y se quedaron mirando.

—Vamos a ver qué tienes dentro del abrigo, ¿te parece? —anunció el hombre.

—¡Suélteme, matón! —gritó el muchacho—. ¡Métase con alguien de su tamaño!

Las personas de su alrededor se detuvieron a mirar.

El hombre metió una mano por dentro del andrajoso abrigo del chico y sacó un carrete de cinta rosa de seda.

—¡Válgame Dios! ¡Eso es mío! —exclamó el vendedor.

—Conque eres un ladronzuelo, ¿verdad? —le dijo el hombre al muchacho.

—¡Yo no he hecho nada! Usted me lo ha metido en el abrigo, maldito cerdo mentiroso.

Elsie no pudo evitar sentir simpatía por el chico y su bravura.

—¿Cuánto cobra por una cinta como esta? —le preguntó el hombre al vendedor.

—¿Por todo el carrete? Seis chelines.

—¿Ha dicho seis chelines?

—Sí.

—Muy bien.

Elsie se preguntó por qué sería tan importante el precio que se lo había hecho repetir.

—Y ahora me lo devuelve, por favor —solicitó el vendedor.

—¿Testificará en el juzgado? —preguntó el hombre tras dudar un instante.

—Por supuesto.

El carrete de cinta fue restituido a su dueño.

—Un momento, ¿quién es usted? —preguntó Elsie.

—Buenos días tenga usted, señora Mackintosh —saludó el hombre—. Soy Josiah Blackberry. De un tiempo a esta parte, se ha producido un repunte de robos en Kingsbridge y el consejo municipal nos ha pedido a algunos hombres, entre los que me incluyo, que vigilemos a los sujetos sospechosos presentes hoy en el mercado. Doy por hecho que usted ha visto a este muchacho esconder el carrete de cinta.

—Sí, pero yo me pregunto el porqué. Los chicos no suelen interesarse por las cintas rosas.

—Tal vez no, pero, de todas formas, debo llevarlo en presencia del alguacil.

—¿Por qué has cogido la cinta? —le preguntó Elsie al chico.

Su actitud desafiante, exacerbada por las duras palabras del hombre que lo tenía sujeto, se suavizó, y dio la impresión de que estaba a punto de romper a llorar.

—Me lo dijo mi madre.

—Pero ¿por qué?

—Porque no tenemos pan. Mi madre puede vender la cinta y entonces podremos comer.

Elsie se volvió hacia Josiah Blackberry.

—Este niño necesita comida.

—Yo no puedo hacer nada al respecto, señora Mackintosh. El alguacil...

—No puede ayudarle, eso es cierto, y tampoco puede hacerlo el alguacil, pero yo sí puedo. Me lo llevaré a casa y le daré de comer. —Elsie se volvió hacia el muchacho—. ¿Cómo te llamas?

—Tommy —respondió él—. Tommy Pidgeon.

—Ven conmigo y te daré algo de comer.

—Está bien —accedió Blackberry—, pero debo permanecer con él. Tengo que entregarlo al alguacil. Lo que ha robado vale más de cinco chelines, y usted ya sabe lo que eso significa.

—¿Qué significa? —preguntó Elsie.

—Significa que podría acabar en la horca.

Cuando Roger Riddick entró en la nueva fábrica de Barrowfield, Kit lo reconoció al instante. El rostro de Roger había perdido su lustre juvenil —el muchacho calculó que, en ese momento, ya debía de tener más de treinta años—, aunque seguía conservando esa sonrisa traviesa que lo hacía parecer más joven.

Con los años, a Kit le habían ido llegando retales de información sobre las andanzas de Roger, quien había estado en varias universidades, a veces como estudiante y, otras, como orador. El chico había supuesto que Roger acabaría siendo profesor, seguramente en una de las universidades escocesas especializadas en matemáticas e ingeniería. Sin embargo, allí estaba, de regreso en Kingsbridge.

Con todo, Roger no reconoció a Kit.

—¿Es usted el director? —le preguntó Roger al muchacho cuando se le acercó.

Kit asintió.

—Busco al señor Barrowfield.

—Lo acompañaré hasta su gabinete —dijo Kit, sonriendo con calidez.

—¿Quién es usted? —preguntó Roger.

—¿Tanto he cambiado, señor Riddick?

Roger lo miró con detenimiento durante un instante; de pronto, se dibujó una amplia sonrisa en su expresión.

—¡Válgame el cielo! ¡Si eres Kit!

—El mismo que viste y calza —afirmó el muchacho, y se dieron un cariñoso apretón de manos.

—¡Estás hecho todo un hombre! —exclamó Roger—. ¿Cuántos años tienes?

—Tengo diecinueve, señor.

—Dios bendito, he estado mucho tiempo fuera.

—Así es. Le hemos echado de menos. Venga por aquí.

Kit llevó a Roger hasta el gabinete. Amos se mostró encantado de ver a su antiguo compañero de estudios después de tantos años. Los tres juntos realizaron una visita por la fábrica, que era una de las que Amos le había comprado a la señora Bagshaw. En ese momento, en la antigua fábrica solo se producía paño para uniformes militares, pero, en la nueva, la producción era más variada. Media docena de tejedores, instalados en la planta superior, fabricaban telas especiales, como brocado, damasco y tela acolchada, con complejos motivos multicolores, que se vendían a precios elevados.

Roger se quedó mirando con detenimiento uno de los telares. Cada hilo de urdimbre pasaba a través del ojal de una varilla metálica de control con un gancho en el otro extremo. En la fabricación de telas sencillas, el tejedor utilizaba los ganchos para levantar una hebra de cada dos y luego hacía pasar la lanzadera por el hueco, llamado «calada». A continuación, levantaba los hilos alternos para el retorno, con lo que se formaba un tejido liso, con punto de ida y vuelta. Cuando se trataba de fabricar telas con motivos, como las de rayas, había que levantar, a la vez, una selección de varillas en una secuencia que podía ser de doce hacia arriba, doce hacia abajo, seis hacia arriba, seis hacia abajo, y así sucesivamente. Esta acción era realizada por un segundo tejedor, o tirador de lazos, que a menudo se encontraba sentado en la parte alta del telar. Cuanto más complejo era el motivo, más veces había que detener el proceso de tejido para realizar los cambios pertinentes. Los operadores del telar debían ser peones cualificados y diligentes; además, el proceso suponía una gran inversión de tiempo.

Roger pasó varios minutos observando a los tejedores más experimentados que trabajaban en la fábrica y, después, se llevó a Amos y a Kit a un aparte para comentarles algo sin que lo oyeran los peones.

—En Francia hay un hombre que ha pensado en una forma más eficiente de hacer todo esto —comentó.

Kit parecía emocionado. Compartía la pasión de Roger por las máquinas. Él fue el primero que le mostró una máquina hiladora a Amos.

—Cuéntame —dijo el dueño de la fábrica.

—Verás —empezó a decir Roger—, cada vez que cambia el motivo del tejido, el tirador de lazos debe levantar una selección diferente de varillas de control, siguiendo las instrucciones del diseñador, que, en este caso, supongo que eres tú.

Amos asintió con la cabeza.

—La nueva idea es que todas las varillas de control sean presionadas contra una enorme tarjeta de cartón, perforada con agujeros que siguen el patrón de tu diseño. Donde hay un orificio, la varilla lo atraviesa; donde no, se desvía. Esto sustituye el largo proceso que obliga al tirador de lazos a manipular, una a una, las varillas de control. Cuando el motivo de rayas o cuadros cambia, se coloca una tarjeta diferente, con agujeros perforados en lugares distintos.

Kit se quedó pensando en lo explicado. El concepto no podía ser más simple.

—Entonces..., con solo cambiar las tarjetas, se puede variar el motivo tan rápido como uno quiera.

Roger asintió.

—Siempre has sido muy ágil para captar estas ideas.

—Y se pueden tener tantas tarjetas como uno desee.

—Es una idea brillante —afirmó Amos—. ¿A quién diantres se le ocurrió?

—A un francés apellidado Jacquard. Es lo último de lo último. Ni siquiera se puede comprar en Inglaterra. Pero, tarde o temprano, acabará llegando aquí.

Kit estaba maravillado. Amos podría fabricar elegantes telas al doble de velocidad, quizá hasta más deprisa si cabía. Si esa máquina existía de verdad, y si funcionaba, su patrón debía hacerse con una o, más bien, con varias.

El dueño de la fábrica había pensado lo mismo.

—En cuanto sepas si hay una a la venta… —empezó a decir.

—Serás el primero en enterarte —aseguró Roger.

A Spade le parecía que Sal había cambiado tras salir de la cárcel. Estaba más delgada, parecía menos alegre, más endurecida. Tal vez, los trabajos forzados fueran la causa, aunque el hombre sospechaba que le había pasado algo más en la prisión. Spade no sabía de qué se trataba y no preguntó; de haber querido que lo supiera, ella se lo habría contado.

La víspera del juicio de Tommy Pidgeon, Spade estaba sentado con Sal en la parte trasera de la taberna Bell, una noche estival sin estrellas, bebiendo sendas jarras de cerveza. El caso del joven Pidgeon se había convertido en la comidilla de todos los hogares de Kingsbridge. El hurto era algo muy frecuente, pero Tommy tenía solo catorce años y aparentaba menos edad incluso. Por si fuera poco, se trataba de un delito penado con la muerte. Nadie recordaba haber presenciado el ahorcamiento de un niño.

—Yo casi no conocía a la familia Pidgeon —comentó Spade.

—Eran vecinos de Jarge y míos —aclaró Sal—. No tenían gran cosa, pero siempre se mantuvieron a flote hasta que Jim desapareció. Después de eso, Jenn no pudo pagar el alquiler y la desahuciaron; nunca supe adónde se marchó.

—Yo ni siquiera sabía que Jim había sido reclutado a la fuerza.

—Jenn aprovechaba cualquier oportunidad para quejarse amargamente de ello, pero hay tantas mujeres en el mismo aprieto que nadie le mostraba mucha compasión.

—Calculo que han sido unos cincuenta mil hombres los obligados a alistarse —informó Spade—. Según *The Morning Chronicle* hay unos cien mil en la Armada Real y más o menos la mitad han sido reclutados a la fuerza.

Sal emitió un silbido.

—No sabía que fueran tantos. Pero ¿por qué no le concedieron a Jenn el Auxilio de los Pobres?

—Lo solicitó en la parroquia de St. John, en la zona donde vive —aclaró Spade—. El párroco es Titus Poole, un buen hombre, aunque, por lo visto, Hornbeam actuaba como supervisor de los pobres e impuso su criterio a Poole. Se decidió que Jenn no merecía recibir el subsidio.

Sal negó con la cabeza expresando su rechazo.

—Los hombres que gobiernan este país... —comentó—, ¿serán capaces de caer más bajo?

—¿Qué se comenta en el pueblo sobre Tommy en este momento?

—Se han formado dos bandos, por así decirlo —respondió Sal—. Unos dicen que es un niño y, los otros, que un ladrón es un ladrón.

—Supongo que la mayoría de los trabajadores de la fábrica están en el bando que apoya al muchacho.

—Sí. Incluso en los buenos tiempos, somos conscientes de que las cosas pueden cambiar y de que tal vez empiecen a despedir a gente. —Sal hizo una pausa—. Ya sabes que ahora Kit tiene un buen sueldo.

Spade lo sabía. El joven ganaba treinta chelines semanales como director de la fábrica de Amos.

—Se lo merece —afirmó Spade—. Amos lo tiene en muy alta estima.

—Kit no gasta ni la mitad de su sueldo. Sabe que el dinero viene y va. Lo está ahorrando en previsión de que lleguen tiempos difíciles.

—Muy inteligente por su parte.

Ella sonrió.

—Aunque sí que me compró un vestido nuevo.

Spade retomó el tema del caso del chico de la familia Pidgeon.

—No me puedo creer que vayan a colgar al pequeño Tommy.

—Yo me creo cualquier cosa de esa panda de desalmados, Spade. Las personas como tú deberíais ser los jueces y concejales, y miembros del Parlamento. Entonces veríamos un cambio para mejor.

—¿Y por qué no las personas como tú?

—¿Las mujeres? Soñar no cuesta nada, pero de momento, Spade, y hablando en serio, en esta ciudad tú eres un líder.

Era una observación muy perspicaz por parte de Sal. Su amigo había pensado en presentarse a las elecciones como miembro del Parlamento. Era la única forma de cambiar las cosas.

—Estoy planteándomelo —añadió.

—Bien.

Las sesiones trimestrales empezaron al día siguiente. La Sala del Consejo de la Casa Consistorial estaba a rebosar. Hornbeam se encontraba en el estrado, en calidad de presidente de la Judicatura de Paz, tapándose la nariz con un pañuelo para no oler la hediondez de los asistentes. Había otros dos jueces con Hornbeam, uno a cada lado, y Spade esperaba que influyeran en él para suavizar su rigidez. El secretario, Luke McCullough, estaba sentado delante de ellos, y su labor era la de asesorarlos en los aspectos legales.

Los jueces fallaron rápidamente sus sentencias en varios casos de agresiones violentas y ebriedad, y, a continuación, hicieron entrar a Tommy Pidgeon. Jenn le había lavado la cara y cortado el pelo, y alguien le había prestado una camisa limpia que le iba demasiado grande y le hacía parecer incluso más menudo y vulnerable. En ese momento, Spade ya era padre de un niño —Abe, de cinco años de edad, no reconocido, pero sí muy querido— y tenía el profundo convencimiento de que los menores debían ser cuidados y protegidos. Detestaba ver a Tommy sometido al implacable peso de la ley.

Como siempre, el jurado estaba compuesto por los hombres

que tenían el llamado Derecho de Voto de los Cuarenta Chelines, los propietarios adinerados de la ciudad. Spade conocía a la mayoría. Creían que su deber era salvaguardar la ciudad de los ladrones y de cualquiera que pudiera constituir una amenaza para la prosperidad de sus negocios y sus ganancias. Decidirían si el delito de Tommy era lo bastante grave para derivar su caso a la audiencia provincial. Se trataba de la única instancia que podía juzgar un delito penado con la horca.

Josiah Blackberry era el testigo de cargo. Spade sabía que era un hombre vanidoso, aunque también opinaba que era honrado, pues relató lo sucedido con claridad. Había visto al chico robar la cinta, lo había atrapado y retenido.

Elsie Mackintosh fue llamada a testificar para ratificar la declaración. A grandes rasgos, dijo lo mismo, y el caso quedó visto para sentencia.

—He contado la verdad, pero no toda la verdad —aseguró ella, no obstante, cuando Hornbeam le agradeció su testimonio.

La sala se quedó en silencio.

Hornbeam lanzó un suspiro, pero no podía ignorarla.

—¿Qué ha querido decir, señora Mackintosh?

—La verdad y toda la verdad es que este muchacho estaba muriéndose de hambre, porque su padre había sido secuestrado por la patrulla de leva y a su madre le habían denegado el Auxilio de los Pobres.

Se produjo un murmullo de indignación.

Spade percibió que el rostro de Hornbeam adoptaba una expresión de furia contenida.

—No estamos aquí para hablar del Auxilio de los Pobres.

Elsie se volvió hacia el chico.

—¿Para qué cogiste la cinta, Tommy?

Se hizo un silencio atronador mientras el tribunal aguardaba la respuesta.

—Para que mi madre pudiera venderla y comprar pan, porque no teníamos nada que comer.

En algún punto de la sala, una mujer emitió un sollozo.

Al final, Elsie se volvió hacia el jurado.

—Si envían a este muchacho a la audiencia provincial, lo condenarán a muerte —dijo—. Mírenlo bien ahora. Observen su mirada asustada y esas mejillas que ni siquiera han requerido un afeitado todavía. Les prometo que recordarán esa cara durante el resto de su vida.

—Señora Mackintosh —dijo Hornbeam—, ha declarado que el padre del acusado fue secuestrado por la patrulla de leva.

—Sí.

—¿Cómo lo sabe?

—Su mujer me lo contó.

Hornbeam señaló a Jenn.

—Señora Pidgeon, ¿vio usted cómo se llevaban a su marido?

—No, pero todos sabemos qué pasó.

—Pero usted no estaba allí.

—No, estaba aquí, en Kingsbridge, cuidando del muchacho al que ustedes quieren ahorcar.

Un murmullo de ira e indignación se propagó por la sala.

—Así que nadie sabe con certeza si Jim Pidgeon fue secuestrado por la patrulla de leva —insistió Hornbeam.

Jenn se quedó callada.

A continuación, Hamish Law dio un paso al frente.

—Yo sí estaba presente —afirmó—. Fui a una taberna de Combe y allí se encontraba Jim, tan borracho que estaba casi dormido.

Algunas personas entre los asistentes rieron.

—Jamás fue un borracho —protestó Jenn.

—Había una joven que seguramente estaba echándole ginebra en la cerveza.

—Eso sí me lo creo —confirmó Jenn.

—Me encontraba con el señor Barrowfield, mi patrón —prosiguió Hamish—, quien me explicó lo que era una casa de engaño, donde las chicas emborrachan a los hombres para entregarlos a la patrulla de leva a cambio de un chelín. Decidimos sacar a Jim de allí. Pero, de pronto, llegó un oficial de la armada con tres matones que nos atacaron. Por lo visto, le habían tendido una trampa a Jim y les habíamos arruinado el plan.

—¿Intentaron advertir a Pidgeon para que no lo alistaran a la fuerza? —preguntó Hornbeam.

Spade esperó que Hamish no reconociera haberlo hecho, pues eso era un delito.

—No lo hice. Vi que el señor Barrowfield estaba en el suelo, lo ayudé a levantarse y lo saqué de allí para evitar males mayores.

—Todo lo que ha dicho Hamish Law es cierto —afirmó Amos, dando un paso al frente.

—Muy bien —acató Hornbeam, molesto—. Vamos a suponer que Jim Pidgeon fue secuestrado por la patrulla de leva. Dicha circunstancia cambia muy poco las cosas. Nadie cree que las familias de los hombres obligados a alistarse tengan más derecho a robar que los demás. —Hizo una pausa, y Spade se percató de que estaba realizando un gran esfuerzo por mantenerse impávido—. Cada año, muchas personas mueren en la horca por robar, hombres y mujeres, jóvenes y viejos. —La voz temblorosa de Hornbeam dejó en evidencia su contención emocional—. La mayoría de ellos son pobres, muchos son padres y madres.

Parecía que le costaba hablar, y algunos de los presentes fruncieron el entrecejo porque su expresión pétrea amenazaba con resquebrajarse.

—No podemos tener misericordia con un ladrón, sin importar lo lastimera que sea la historia que nos cuente. Si perdonamos a uno, debemos perdonarlos a todos. Si perdonamos a Tommy Pidgeon, los miles de reos que han acabado en la horca por el mismo delito en el pasado habrían muerto en vano. Y eso sería… muy injusto.

Hizo una pausa para recuperar la compostura.

—Caballeros del jurado, la acusación ha quedado demostrada por las declaraciones de los testigos. Las excusas argüidas son irrelevantes. Tienen ustedes el deber de derivar la causa de Tommy Pidgeon a la audiencia provincial para que allí sea juzgada. Por favor, procedan a comunicar su decisión.

Los doce hombres departieron un instante y, a continuación, uno de ellos se puso en pie.

—Derivamos la causa de Tommy Pidgeon a la audiencia provincial.

Y volvió a sentarse.

—Caso siguiente —ordenó Hornbeam.

Spade pensó para sí que, en efecto, las cosas tenían que cambiar, y mucho.

# 28

Un lunes de enero, Sal llegó temprano a la plaza del mercado; los campaneros seguían practicando y el tañido podía oírse en toda la ciudad y más allá. Estaban aprendiendo un nuevo patrón —o «variación», como ellos lo denominaban—, y Sal percibía inseguridad en el compás, aunque el sonido era agradable. En lugar de esperar en la Bell, decidió reunirse con ellos.

Entró en la catedral por el porche septentrional. El templo estaba a oscuras salvo por las llamas de varias velas que parecían temblar con el repique. Sal se encaminó hacia el extremo occidental, donde una portezuela daba a una escalera de caracol que conducía a la sala de cuerdas.

Los campaneros sudaban los chalecos; llevaban las camisas arremangadas y habían dejado los abrigos apilados en el suelo. Formaban un círculo para que todos pudieran verse entre sí, algo esencial en la práctica del compás. Tiraban de sogas que oscilaban a través de orificios abiertos en el techo, que por lo demás era una recia barrera de madera que amortiguaba el ruido y permitía a los hombres oírse. Spade tañía la campana número uno y daba instrucciones. A su derecha, Jarge tocaba la número siete, la más grande.

Todos estaban consagrados a su arte, aunque sin excesiva reverencia, y, pese a la santidad del lugar, proferían exabruptos cuando se equivocaban. Aún no dominaban la nueva variación.

Cada oscilación de la campana duraba lo que se tardaba en decir «arzobispo uno, arzobispo dos». Era posible reducirla o prolongarla, pero no mucho. Por consiguiente, la única forma de modificar la melodía era que dos campaneros contiguos se intercambiaran los turnos en la secuencia. Así, la dos podía intercambiarse con la uno o la tres, pero no con otra.

Las instrucciones de Spade eran sencillas: se limitaba a indicar en voz bien alta los dos números que tenían que intercambiarse. Los hombres debían estar atentos a sus palabras si no conocían la secuencia ni qué iba a continuación. La parte complicada era dominar el patrón, modificar la secuencia de manera que las variaciones resultaran armoniosas y la melodía retomara al final la ronda con la que había comenzado.

Sal llevaba allí unos minutos cuando la nueva secuencia salió mal y se interrumpió antes de concluir. Los campaneros se rieron y señalaron a Jarge, que maldecía su torpeza.

—¿Qué te ha pasado en la mano? —le preguntó Spade.

Sal reparó entonces en que Jarge tenía la mano derecha enrojecida e hinchada.

—Un accidente —contestó Jarge, malhumorado—. Se me resbaló un martillo. —Jarge no utilizaba martillos en su trabajo, y Sal sospechó que aquello era consecuencia de una pelea—. Creía que podría practicar hoy —añadió—, pero ha empeorado.

—Seis hombres no pueden tañer siete campanas —repuso Spade.

Sal cedió a un impulso.

—Déjame probar —dijo.

Y se arrepintió al instante: haría un ridículo espantoso.

Los hombres volvieron a reír.

—Las mujeres no pueden tocar una campana —dijo Jarge.

Eso enervó a Sal.

—No veo por qué no —insistió, aunque ya lamentaba su temeridad—. Me sobra fuerza.

—Ya, pero es un arte —replicó él—. El compás lo es todo.

—¿El compás? —Sal estaba indignada—. ¿Qué crees que

hago durante todo el día? Opero una máquina hiladora. Hago girar la rueca con una mano mientras muevo el cepo adelante y atrás con la otra, y todo eso tratando de evitar que el hilo se corte. No me hables de compás.

—Déjala probar, Jarge —sugirió Spade—. Así veremos quién tiene razón.

Jarge se encogió de hombros y se apartó de su soga.

Sal deseó no haber sido tan insensata.

—Practicaremos la secuencia más sencilla —indicó Spade—: una ronda simple, luego la número uno, es decir, yo; a continuación, variaciones de un puesto hasta que lleguemos a donde empezamos.

«Bueno, allá vamos», pensó Sal. Agarró la soga de Jarge; su extremo yacía sobre la estera, a sus pies, en una espiral desaliñada.

—El primer tirón debe ser corto; el segundo, largo —la instruyó Spade—. Haz que la campana oscile bien y luego verás que se detiene por sí sola.

Sal se maravilló: ¿cómo era posible eso?, ¿tendría algún sistema de frenado? Seguro que Kit lo sabía.

—Empiezas tú, Sal, y nosotros nos iremos sumando progresivamente —dijo Spade sin darle tiempo a comprender del todo aquella mecánica—. Ah, procura no pisar la soga, saldrías volando de culo.

Los hombres se rieron y Sal retrocedió un paso.

Tuvo que tirar con más fuerza de la que había imaginado, pero la campana sonó y, acto seguido, tan deprisa que la pilló desprevenida, osciló hacia el otro lado arrastrando consigo la soga y deshaciendo la espiral. De haber estado pisándola, habría acabado en el suelo.

En cuanto la cuerda dejó de subir, Sal volvió a tirar de ella, esta vez con más ímpetu. Aunque no veía la campana, percibía su ritmo pendular, y enseguida comprendió que tenía que aplicar mayor fuerza cuando parecía más pesada.

Entonces la campana se detuvo.

Sal se sorprendió cuando Spade tañó, seguido por el hombre situado a su izquierda. La secuencia recorrió el círculo a una velocidad imposible. El campanero de su derecha, que tañía la número seis, era Sime Jackson, uno de los tejedores de Spade. Un instante después de que Sime tirara de su soga, Sal hizo lo propio, acopiando todo su vigor.

La campana número siete sonó demasiado pronto después de la seis. Sal se había precipitado. La siguiente vez acertaría.

La siguiente vez se demoró.

Seguía las variaciones bastante bien: la número uno sonaba un suspiro más tarde en cada ronda, pero el intervalo entre los tirones debía ser exactamente el mismo que entre los toques previos, y eso era lo más difícil. Aunque estaba muy concentrada, Sal no conseguía atinar del todo.

En un abrir y cerrar de ojos estaban tocando la última ronda, en la que la secuencia volvía a ser en orden descendente, de la más aguda a la más grave. Sal estuvo a punto de hacerlo perfecto; sin embargo, no lo consiguió. Había fracasado. «¡Qué estúpida soy por imaginar que lo dominaría enseguida!», pensó.

Para su asombro, los hombres aplaudieron.

—¡Bien hecho! —la felicitó Spade.

—Pensaba que iría mucho peor —opinó Jarge a regañadientes.

—Creía que lo había hecho mal en todas las rondas... —dijo Sal.

—Solo un poquito mal —puntualizó Spade—. En la calle nadie lo habrá notado, pero tú sí, y eso demuestra que tienes oído.

—¡Podría incorporarse al grupo! —propuso Sime.

Spade negó con la cabeza.

—Las mujeres no pueden ser campaneras. Al obispo le daría un ataque. No le cuentes esto a nadie, Sal.

Sal se encogió de hombros. No quería ser campanera. Se sentía satisfecha con haber demostrado que una mujer era capaz de tañer como un hombre. Uno pelea las batallas que puede ganar y se retira de todas las demás.

—Creo que será suficiente por hoy —dijo Spade.

Mientras los campaneros se ponían los abrigos, Spade les entregó la paga, cortesía del cabildo de la catedral: un chelín por cabeza; era una suma considerable por una hora de trabajo. Los domingos y las fiestas de guardar cobraban dos.

—Debería darte un penique del mío —le dijo Jarge a Sal.

—Puedes invitarme a una jarra de cerveza.

Amos trabajaba en la tienda entrada la tarde y anotaba cifras en un libro de cuentas a la luz de varias velas cuando alguien llamó a la puerta. Miró a través de la ventana, pero, pese a la luz de las farolas, no vio nada: la lluvia torrencial oscurecía los vidrios.

Abrió y se encontró frente a Jane, tan empapada y desaliñada por la lluvia que Amos soltó una carcajada.

—¿Qué te parece tan gracioso? —le preguntó ella, irritada.

—Lo siento. Pobrecita; pasa, por favor. —Jane entró, y Amos cerró la puerta con llave—. Ven, te daré unas toallas.

La acompañó a la cocina, donde el fuego aún ardía. Jane se quitó el abrigo y el sombrero y los arrojó a una silla, un gesto que a Amos le pareció íntimo, hogareño, casi como si ella viviera allí, y eso le provocó una emoción especial. Jane llevaba un vestido de color gris claro. Amos cogió unas toallas en el lavadero adyacente y la ayudó a secarse.

—Gracias —le dijo Jane—. ¿Qué te ha hecho reír?

—Es solo que siempre has sido la mujer mejor vestida que he conocido, pero cuando he abierto la puerta parecías un pez recién pescado. —Ella también rio entonces—. Dime, ¿por qué has venido? La gente recta de Kingsbridge se escandalizaría si supiera que estamos solos en esta casa.

En realidad, el propio Amos se sentía incómodo, aunque en cierto modo también emocionado. Nunca había estado a solas con una mujer, pero sin duda ella se marcharía pronto.

—Me aburría tanto en Earlscastle que he venido a Kingsbridge en un carruaje —contestó Jane—. Mi marido está acampado con la milicia; maniobras militares. Todos los sirvientes se han ido a la taberna y la única persona que quedaba en la casa era un cabo de guardia en el vestíbulo. Ese sitio es frío y no hay nadie que me haga la cena. Me sentía tan triste y sola que tenía que irme. Y aquí estoy.

Amos cayó en la cuenta de que quería que la invitara a cenar. Bien, eso era algo que podía hacer. La gente recta de Kingsbridge se escandalizaría aún más ante esto, pero nunca lo sabría.

—Puedo ofrecerte algo de comer, sí. Todavía no he cenado. Calentaré la sopa de guisantes. Tengo una ama de llaves, pero no vive aquí.

—Lo sé —repuso Jane.

De modo que sabía que estaría solo…

Amos casi no tenía experiencia con las mujeres. Había salido con tres chicas en los últimos años, pero con ninguna había llegado a nada: estaba demasiado obsesionado con Jane. No tenía la menor idea de qué debía hacer encontrándose a solas con una mujer casada.

En cualquier caso, sabía ser hospitalario; en eso no vacilaría.

En el aparador había un cazo lleno de sopa. Amos lo puso al fuego para calentarla. La mesa ya estaba puesta; en ella había pan, mantequilla, queso y una botella de oporto. Añadió un servicio para Jane y llenó dos copas con vino.

—Es una casa grande para una persona sola —comentó Jane—. Deberías buscarte una amante.

Jane solía hacer comentarios atrevidos.

—No quiero una amante —replicó él, sonriente—. No en vano soy metodista.

—Lo sé. —Jane se encogió de hombros y cambió de tema—: ¿Cómo le va al joven Kit Clitheroe como director?

—Muy bien. Entiende las máquinas mejor que yo. Los peones lo adoran, y ya no es tan joven.

—Ha tenido un buen aumento de sueldo.

—El chico vale el doble.

Charlaron amistosamente un rato y luego se sentaron a cenar.

—Es justo lo que necesitaba —comentó Jane cuando acabaron—. Gracias.

—De haber sabido que vendrías, habría hecho algo más elaborado.

—Y yo no lo habría disfrutado ni la mitad. ¿Queda vino?

Él volvió a sorprenderse. Había dado por hecho que se marcharía después de cenar.

—Sí, mucho.

—Ah, bien. ¿Vamos arriba? Estaremos más cómodos.

Jane llevaba las riendas de la situación, como siempre. En cierto modo, se había invitado ella sola a cenar y ahora se disponía a sentirse como en casa el resto de la velada. Aquel no era un comportamiento propio de una dama, pero a Amos no le importó.

—Tengo encendida la chimenea en la sala de estar —dijo.

Amos subió la botella y las copas y se acomodó en un sofá tapizado; Jane se sentó a su lado. Él se debatía entre la excitación por su repentina intimidad y la ansiedad por cómo estaban contraviniendo las normas de la conducta respetable.

Jane se quitó los zapatos —de punta y tacón bajo, y con un lazo de seda— y recogió las piernas en el sofá al tiempo que se volvía hacia Amos y tendía un brazo en el reposacabezas con la misma despreocupación con que lo habría hecho en su casa. Le preguntó por su negocio, por su viaje a Combe y por el pobre muchacho que aguardaba a ser juzgado en la audiencia provincial y podría ser condenado a la horca por robar una cinta. A medida que respondía a sus preguntas, Amos observaba el juego de expresiones que se dibujaban en su rostro: los ojos muy abiertos cuando algo la sorprendía y entornados cuando algo la divertía, los labios separados en una sonrisa y fruncidos para mostrar desaprobación, y deseó de corazón poder contemplarla de aquel modo todas las noches de su vida.

Jane se había acercado más a él, aunque Amos no había advertido cuándo. Notaba sus rodillas en el muslo. Recordó el beso en el bosque durante la Feria de Mayo, y a ella abrazándolo con tal fuerza que sintió la forma de su cuerpo contra el suyo.

Jane llevaba un vestido escotado, y cuando se inclinaba hacia delante —algo que hacía cada poco para tocarle el hombro o darle una palmadita en la mano para enfatizar un comentario—, él atisbaba la redondez de sus pequeños senos dentro del corpiño. En una ocasión ella se apercibió y supo al instante qué era lo que miraba.

Amos se ruborizó.

—La ropa femenina es tan seductora hoy en día... —comentó Jane—. A veces creo que tanto daría dejar verlo todo.

Aquella idea le secó la boca a Amos, pero la botella estaba vacía. ¿Cómo había ocurrido? Recordaba vagamente que Jane había rellenado las dos copas...

Jane cambió de postura, tan deprisa que Amos no habría podido detenerla de haber querido. De pronto estaba tendida boca arriba con la cabeza sobre su muslo y seguía hablando como si nada.

—Al fin y al cabo —dijo—, ningún mandamiento prohíbe mirar. Por eso hay tantos cuadros y esculturas de personas desnudas. Dios nos creó hermosos y después nosotros descubrimos las hojas de parra; una lástima. Dime, ¿qué te parece más atractivo de mí?

—Los ojos —contestó él de inmediato—. Son de un tono gris precioso.

—Bonito cumplido. —Jane volvió la cara para mirarlo, y al hacerlo presionó con la mejilla su pene, que (según advirtió Amos en ese instante) se erguía con descaro dentro de los calzones.

Jane dejó escapar un breve «¡Oh!», sorprendida, y luego posó los labios contra él y lo besó.

Amos se quedó estupefacto, a un paso de creer que lo estaba imaginando todo. Aquello no había ocurrido siquiera en sus sueños más explícitos. La impresión lo paralizó.

Entonces Jane se puso en pie de un salto y se situó frente a él.

—Yo creo que tengo las piernas bonitas —dijo, y se levantó la falda del vestido para mostrárselas. Llevaba unas medias de seda sujetas a las rodillas por unos lazos—. ¿Qué opinas? ¿Te gustan? —Amos estaba demasiado desconcertado para contestar—. Pero tienes que verlo todo en su conjunto para poder juzgar. —Se llevó las manos a la espalda y empezó a desabrocharse el vestido—. Quiero una opinión sincera —le pidió.

Amos sabía que aquello no tenía sentido, pero era incapaz de apartar la mirada. Pese a la infinidad de botones, Jane fue rápida, y Amos se preguntó si acaso habría planeado aquel momento y elegido aquel atuendo fácil de quitar. En un santiamén, la ropa cayó al suelo en un montón de seda de color gris claro y dejó a la vista una enagua y un corsé con ballenas. Jane se desató el corsé y se lo quitó por la cabeza con un movimiento ágil. Vestida ya solo con las medias, puso los brazos en jarras.

—Y bien, ¿qué te gusta más?

—Todo —respondió Amos con voz ronca.

Jane se sentó a horcajadas sobre él en el sofá y le desabrochó los calzones con la misma rapidez con que se había despojado del vestido.

—Sabes que no tengo experiencia en estas cosas, ¿verdad? —le preguntó Amos.

—Yo tampoco tengo mucha, a pesar de llevar nueve años casada —replicó Jane, pero sus gestos eran seguros al sujetarle el pene e introducírselo después de alzar las caderas, tras lo cual descendió emitiendo un suspiro complacido.

Amos se sentía abrumado de amor y deleite. Aunque sabía que aquello estaba mal, ya era incapaz de preocuparse por eso. También sabía, lo había sabido siempre, que Jane no lo amaba, al menos no como él a ella, pero ni siquiera eso aplacaba su dicha. Miró la hermosa danza de sus pechos frente a su cara.

—Puedes besarlos si quieres —le invitó Jane, y él los besó, una y otra vez.

Para estupefacción de Amos, todo acabó enseguida; lo pilló desprevenido. Un espasmo tras otro lo estremecieron, y oyó a Jane gemir hasta dejarse caer hacia delante y apretarse contra él; después, ambos se desplomaron jadeantes.

—No nos hemos besado —dijo Amos en cuanto recuperó el aliento.

—Podemos besarnos ahora —contestó Jane, y lo hicieron durante unos minutos largos y dulces.

Luego se separaron y ella se recostó sobre sus rodillas, boca arriba. Amos devoró su cuerpo con los ojos.

—¿Puedo tocarte? —le preguntó.

—Puedes hacer todo lo que quieras.

Al rato, el reloj que había en la repisa de la chimenea dio las diez y Jane se incorporó.

De cara a él, se calzó los zapatos, se agachó para coger la enagua y en ese instante vaciló.

—Eres el segundo hombre que me ve desnuda, pero el primero que me mira así —dijo.

—Así ¿cómo?

Ella buscó las palabras.

—Como Alí Babá en la cueva, contemplando un tesoro inimaginable.

—Eso es exactamente lo que estoy haciendo: contemplar un tesoro inimaginable.

—Eres encantador.

Jane se pasó la prenda por la cabeza, la alisó y luego se puso el vestido y se lo abrochó.

Ya arreglada, se quedó mirando a Amos con una expresión que él no supo descifrar; a Jane la dominaba una emoción que él no alcanzaba a identificar.

—Oh, cielos —dijo al cabo—. Lo he hecho. Lo he hecho de verdad.

Cayó en la cuenta de que su actitud temeraria se había materializado. Aquel había sido un momento trascendental no solo para él, sino también para ella, aunque no en el mismo sentido. Amos estaba perplejo pero feliz.

El instante pasó.

—¿Serías tan amable de traerme el abrigo y el sombrero? —le pidió Jane.

Amos se abrochó los calzones y le llevó las prendas. Mientras ella se las ponía, cogió su abrigo y su sombrero.

—Te acompaño a casa —se ofreció.

—Gracias, pero evitemos hablar con nadie por el camino. No tengo suficiente energía para idear una mentira plausible sobre dónde hemos estado.

En la calle no había muchos transeúntes, y todos corrían bajo la lluvia tan raudos como podían. Ninguno de ellos miró a Amos.

Jane abrió la puerta principal de Willard House con una llave.

—Buenas noches, señor Dangerfield —dijo—. Gracias por acompañarme a casa.

«Señor Dangerfield», pensó Amos. Le había cambiado el apellido en el último momento, y la palabra que se le había ocurrido era «peligro». No lo sorprendía.

En el camino de vuelta a casa pensó en todo lo que debería haberle preguntado a Jane. ¿Cuándo volverían a verse? ¿Aquel encuentro había sido algo puntual o tenía ella intención de iniciar una relación? En tal caso, ¿de qué tipo? ¿Dejaría a su esposo?

Llegó a casa y entró en la tienda por la puerta principal. Eso le hizo recordar la primera estampa de ella esa noche: empapada y alicaída. Revivió la conversación. Fue a la cocina y la vio quitándose el abrigo y el sombrero y lanzándolos a una silla. Se sentó en el banco y la visualizó frente a sí, tomando la sopa con una cuchara y cortando una rebanada de pan, y luego dando un bocadito al queso con su blanca dentadura. Se dirigió a la sala de estar, donde el fuego ya se extinguía; se sentó en el sofá y volvió a sentir el peso de su cabeza en el muslo, la presión de sus labios cuando le besó el pene a través de la lana de los calzones. Y, después, lo mejor de todo: la vio de pie frente a él solo ataviada con las medias sujetas con lazos.

Y entonces, al fin, se obligó a hacerse la pregunta: ¿qué significaba aquello?

Para él había sido un terremoto. Para Jane, algo menos, aunque la había desconcertado. Pero Jane había planeado aquello. ¿Por qué? ¿Qué buscaba?

Forzándose a ser realista, estaba seguro de que no dejaría a su marido. Más que difícil, era casi imposible conseguir el divorcio. Si vivía en pecado con Amos, todas las personas respetables de la ciudad boicotearían su negocio, lo que equivalía a decir todos sus clientes, y la pobreza era algo que Jane no toleraría. ¿Pretendía que se fugaran juntos y comenzaran una nueva vida con nombres ficticios en algún otro lugar, quizá incluso en el extranjero? Era algo factible. Amos podría vender su negocio en Kingsbridge para conseguir dinero y fundar otra empresa en otro sitio. Sin embargo, sabía bien que Jane nunca accedería a nada que conllevara dificultades y riesgos.

Entonces ¿qué perseguía? ¿Una aventura clandestina? Desde luego, no serían los primeros en tenerla. Spade y Arabella Latimer llevaban años siendo amantes, si había que creer los chismes de la ciudad.

Pero Amos no soportaría vivir con la culpa. Aquel día había pecado, un pecado que nunca antes había cometido: el adulterio, prohibido por el séptimo mandamiento de las Tablas de Moisés, una ofensa grave a Dios, a Northwood, a Jane y a sí mismo. No podía considerar la posibilidad de caer en el mismo pecado una y otra vez, por mucho que lo deseara.

Tal vez tuviera suerte. Tal vez se diera la fortuna de que Northwood muriera.

Pero tal vez no.

# 29

Kit pensaba mucho en Roger Riddick. De niño nunca había apreciado lo extraordinario que era. Desde que había regresado de sus viajes, Kit lo había conocido mejor y valoraba mucho sus cualidades. Era un hombre muy inteligente, por descontado, y eso hacía que todas sus conversaciones resultaran interesantes; pero más importante que eso era su naturaleza alegre.

Roger tenía trece años más que Kit y había recibido una educación con la que el muchacho no podía ni soñar; sin embargo, y pese a ello, hablaban como iguales sobre maquinaria y técnicas de tejido. Roger también parecía apreciarlo a él.

Los sentimientos de Kit eran tan fuertes que le provocaban cierta ansiedad. Casi parecía estar enamorado de Roger, una idea ridícula, claro, porque significaría que era un invertido, cosa del todo imposible. Reconocía que de más joven había hecho cosas con otros chicos. Se masturbaban juntos; lo llamaban «sacarle brillo». Se colocaban en círculo y competían para ver quién eyaculaba antes. De cuando en cuando, unos les «sacaban brillo» a otros, una práctica que siempre hacía eyacular más deprisa a Kit. Aun así, ninguno de ellos era un invertido; solo experimentaban, algo propio de la juventud.

Sin embargo, no conseguía quitarse de la cabeza a Roger, que a menudo le pasaba un brazo por los hombros y lo apretaba un instante en una especie de gesto de afecto varonil; cuando eso ocurría, Kit seguía sintiendo el apretón el resto del día.

Pensó en él durante todo el oficio de la comunión. Kit no era un metodista ferviente, asistía para acompañar a su madre. No le interesaban las reuniones de rezo semanales ni los grupos de estudio de la Biblia; prefería los clubes de intercambio de libros que fomentaban la lectura de textos científicos. Por todo ello se sentía algo culpable al salir de la Casa Metodista.

Roger estaba apoyado contra la fachada.

—Confiaba en encontrarte aquí —le dijo, y su sonrisa irradiaba la calidez de una hoguera—. ¿Podemos hablar?

—Claro —contestó Kit.

—Vayamos a tomar algo al Culliver.

Kit nunca había estado en el Culliver y no quería empezar a frecuentarlo, menos aún en domingo.

—¿Qué tal The Coffee House de High Street?

—De acuerdo.

El propietario de la posada Bell había abierto un negocio nuevo, The Coffee House, al lado de la Casa Consistorial. Aunque ese tipo de comercios se conocían como «cafeterías», en realidad servían menús completos y vino, y café después. Kit y Roger subieron bajo el sol invernal por Main Street hasta High Street. Una vez en el local, Roger pidió una jarra de cerveza y Kit, café.

—¿Recuerdas que os hablé del telar de Jacquard? —le preguntó Roger.

—Sí —contestó Kit—. Es fascinante.

—Sí, salvo por el detalle de que no he conseguido hacerme con uno. Si pudiera ir a París y hablar con los tejedores, estoy seguro de que averiguaría dónde comprarlo, pero incluso entonces sería complicado traerlo a Inglaterra.

—Vaya, eso es frustrante.

—Por eso he ido a buscarte.

Kit supo adónde quería llegar.

—Vas a fabricar uno.

—Y quiero que me ayudes.

—Pero yo no he visto ninguno.

Roger volvió a sonreír.

—Cuando estudiaba en Berlín, tenía un amigo especial, un alumno francés. —Kit se preguntó a qué se referiría exactamente Roger con «amigo especial»—. Pierre descubrió que el señor Jacquard había patentado esa máquina, lo que significaba que en la oficina de patentes había planos. —Roger se llevó una mano al interior del abrigo—. Y aquí tienes varias copias.

Kit cogió los papeles y desdobló un dibujo. Apartó a un lado su taza y la jarra de Roger y lo extendió en la mesa.

—Yo no puedo hacerlo solo —le dijo Roger mientras lo estudiaba—. Los planos nunca te dicen todo lo que hay que saber. Siempre hay que deducir e improvisar mucho, y para eso se precisan conocimientos exhaustivos de mecánica. Tú sabes todo lo que puede saberse sobre telares. Necesito tu ayuda.

La idea de que Roger necesitara su ayuda lo estremeció, pero negó con la cabeza, dubitativo.

—Se tardaría un mes en fabricarlo..., tal vez dos.

—Tanto da, no hay prisa. Es probable que seamos los únicos en toda Inglaterra que saben siquiera de la existencia de los telares de Jacquard. Por mucho que tardemos, seguiremos siendo los primeros.

—Pero tengo un trabajo. Y nada de tiempo libre.

—Deja el trabajo.

—¡Llevo muy poco en él!

—Calculo que podremos vender esta máquina por cien libras. Cada uno se quedará con la mitad de los beneficios, así que por un mes aproximado de trabajo ganarás cincuenta libras en lugar de..., ¿cuánto cobras ahora?

—Treinta chelines a la semana.

—Es decir, poco más de seis libras al mes, mientras que yo te estoy ofreciendo cincuenta. Y en cuanto esta máquina esté en activo, otros pañeros querrán comprar una lo antes posible. Te propongo compartir conmigo un negocio: fabricar telares de Jacquard y repartirnos las ganancias a partes iguales.

Y, en cuanto la primera máquina estuviese acabada y todos los tropiezos solventados, se tardaría menos en producir las siguientes; Kit lo sabía. Aunque los beneficios eran inimaginables, no era eso lo que lo tentaba, sino la idea de pasar todas sus horas laborales con Roger: una delicia.

—No lo decidas ahora —le dijo Roger al ver su vacilación y malinterpretarla—. Piénsatelo. Háblalo con tu madre.

—Sí, eso haré. —Kit se puso en pie. Le habría gustado pasar el resto de la tarde allí con Roger, pero tenía que volver a casa—. Me esperan para la cena.

—Antes de que te vayas... —Roger parecía incómodo.

—¿Sí?

—Voy escaso de efectivo. ¿Te importaría pagar las consumiciones?

Esa era la debilidad de Roger. Se gastaba el dinero en el juego y después tenía que mendigar a los amigos hasta que volvía a ganar algo. A Kit lo complació tener una manera de ayudarlo. Pidió la cuenta, la saldó y dejó en la barra el equivalente a una segunda jarra para Roger.

—Mil gracias —le dijo Roger.

—No hay de qué.

Kit salió y se encaminó a paso ligero hacia su casa.

Seguía viviendo con Sal, Jarge y Sue, pero el hogar ya no era el mismo: habían renovado las cortinas de las ventanas, utilizaban vasos de vidrio en lugar de jarras de madera y disponían de abundante carbón, todo sufragado con el salario de Kit. Al entrar, el chico percibió el aroma del jarrete de ternera que Sal asaba en un espetón sobre el fuego.

Se hacían mayores, algo que, por muy natural que fuera, siempre pillaba por sorpresa. Sal y Jarge ya pasaban de los treinta. Su madre estaba fuerte y en forma tras recuperarse por completo del suplicio que había vivido en la prisión de trabajos forzados. Jarge tenía la nariz roja y los ojos vidriosos de quien nunca rechaza una jarra de cerveza. Sue contaba los mismos años que Kit, diecinueve, y operaba una máquina hiladora en la fábrica de Amos. Era muy hermosa; Kit pensó que probablemente se casaría pronto. Confió en que no se fuera a vivir muy lejos; la echaría de menos.

Todos se sentaron a dar cuenta de la ternera, aún un gran lujo. Cuando acabaron, satisfechos, Kit les habló de la propuesta de Roger.

—Qué decepción para Amos, después de haberte promocionado tan joven —dijo Sue.

—Pero también ansía echarle mano al telar de Jacquard. Creo que estará encantado.

—¿Cómo sabes que tendrá éxito?

—Será como la hiladora Jenny —afirmó Kit con determinación—. En cuanto llegue, todos tendrán que adquirir uno. Y, cuando todo el mundo lo esté usando, aparecerá un nuevo invento.

—Les quitará trabajo a los tejedores —comentó Jarge con tono adusto.

—Eso ocurre siempre con las máquinas —repuso Kit—, pero su implantación es imparable.

—¿Crees que Roger es de fiar? —le preguntó Sue, precavida.

—No —respondió Kit—, pero yo sí. Me aseguraré de que la máquina se fabrica y funciona como es debido.

—Es arriesgado —dijo Sue—. Creo que deberías quedarte con Amos.

—Todo es arriesgado —replicó Kit al instante—. Nada garantiza que Amos vaya a seguir en el negocio textil. A veces las fábricas cierran.

—Debes hacer lo que te parezca más correcto —concluyó Sue con ganas de zanjar la discusión—. Solo me parece una lástima arriesgarlo todo justo cuando empezamos a disfrutar de un poco de holgura por primera vez en nuestra vida.

Kit se volvió hacia Sal.

—¿Tú qué opinas, mamá?

—Sabía que esto ocurriría —contestó Sal—. Lo vi venir desde que eras muy pequeño. Siempre dije que te aguardaba algo extraordinario. Debes aceptar la oferta de Roger, Kit. Es tu destino.

A Spade le gustaba ir a comer a The Coffe House. Las sillas eran cómodas, había periódicos a disposición de los clientes, y el local destacaba por su limpieza y tranquilidad. Durante el día lo prefería a la estridente algarabía de la taberna Bell, tal vez un indicio de que ya superaba los cuarenta años.

La clientela solía ser masculina, pero no había normas al respecto, y Cissy Bagshaw había sido una pañera destacada y se la consideraba a todos los efectos un hombre honorífico. Se sentó frente a Spade cuando él tomaba un café y leía *The Morning Chronicle*. A Spade le gustaba, aunque no lo suficiente para casarse con ella, y habían trabajado mano a mano para poner fin a la huelga de 1799.

—¿Qué opinas del nuevo Código Civil francés? —le preguntó Spade.

—¿Qué es?

—Napoleón Bonaparte ha promulgado un nuevo código legislativo de aplicación en todo el país, y ha abolido las tasas obligatorias y los servicios gratuitos que se prestaban a los terratenientes.

—Pero ¿qué dice el código nuevo?

—Que todas las leyes deben plasmarse en papel y publicarse; nada de normas secretas. Las costumbres ya no tienen valor legal, por muy antiguas que sean, a menos que se hayan incluido en el código y publicado, a diferencia de nuestra legislación consuetudinaria, la Common Law, que puede resultar imprecisa. Ninguna exención especial ni privilegios para nadie, se trate de quien se trate; la ley considera iguales a todos los hombres.

—Solo a los hombres.

—Me temo que sí. Bonaparte es reacio a los derechos de las mujeres.

—No me sorprende demasiado.

—Deberíamos tener lo mismo aquí: un código consensuado y accesible para todo el mundo. Sencillo pero genial. Bonaparte es lo mejor que le ha pasado jamás a Francia.

—¡Baja la voz! Aquí hay personas que querrían verte flagelado por decir eso.

—Disculpa.

—¿Sabes, Spade?, deberías ser concejal. La gente ya lo comenta. Ahora tienes una gran empresa, una de las más importantes de la ciudad, y estás bien informado. Serías una baza en el consejo municipal.

La idea parecía estar en el aire, pero Spade fingió sorpresa.

—Eres muy amable.

—Me he retirado del negocio y no quiero seguir siendo concejala mucho tiempo. Me gustaría proponer tu nombre como sustituto. Sé que estás de parte de los trabajadores, pero siempre te muestras prudente, y creo que se te aceptaría como candidato imparcial. ¿Qué me dices?

Aunque en la teoría los concejales eran cargos electos, en la práctica se solía nominar a una única persona, lo que evitaba llevar a cabo una votación. En ese sentido, el consejo era una oligarquía que se autoperpetuaba, algo que Spade desaprobaba; pero, si quería cambiar las cosas, debía incorporarse a él.

—Estaré encantado de ponerme al servicio de la ciudad —dijo.

Cissy se levantó.

—Hablaré con los demás concejales para ver si puedo conseguir apoyos —dijo.

—Gracias —contestó él—. Buena suerte.

Incapaz de reanudar la lectura del periódico, se puso a rumiar lo que Cissy acababa de decirle. La mayoría de los concejales eran conservadores, pero no todos: también había liberales y metodistas. Él reforzaría el grupo reformista, y esa perspectiva lo estimulaba.

Algo distrajo de nuevo sus pensamientos, esta vez Roger Riddick, que ya había regresado de sus viajes.

—Espero no interrumpir tu comida.

—En absoluto, ya había acabado. Me alegro de verte.

—Es fantástico estar de vuelta.

—Se ve a la legua que tienes algo en mente…

Roger se echó a reír.

—Así es. Me gustaría enseñarte algo. ¿Me complacerías?

—Por supuesto.

Spade pagó la cuenta y salió de la cafetería con Roger; luego enfilaron Main Street y doblaron por una calle secundaria, donde Roger se detuvo frente a una casa grande.

—¿No es aquí donde vive tu hermano Will? —le preguntó Spade.

—Sí —contestó Roger, y abrió la puerta principal con una llave.

En el vestíbulo reinaba el silencio y el polvo. Spade tuvo la impresión de que la casa estaba vacía. Roger abrió otra puerta, que daba a una pequeña estancia; Spade supuso que sería un despacho o una sala de desayuno. En ella no había ningún mueble.

Su desconcierto aumentó mientras recorrían el resto de la vivienda. La mayoría de los muebles habían desaparecido, incluidos los cuadros, cuya ausencia se hacía evidente en los rectángulos de las paredes en los que el papel se conservaba mejor. Sin poder considerarse palacio, era una residencia familiar espaciosa. Y necesitada de una buena limpieza.

—¿Qué ha pasado? —preguntó Spade.

—Cuando mi hermano estuvo al cargo de las adquisiciones para la Milicia de Shiring, se aprovechó de su posición y encontró formas de ganar mucho dinero que yo no entiendo.

Era una falsedad. Roger entendía bien lo que Will había hecho. Sin embargo, habría sido insensato reconocer que tenía conocimiento de actos corruptos y delictivos. Roger solo estaba siendo precavido.

—Creo que sé a qué te refieres —dijo Spade.

—Cuando sus responsabilidades cambiaron, Will debería

haber reducido sus gastos, pero no lo hizo. Despilfarraba en carreras de caballos, mujeres caras, banquetes de lujo y apuestas. Al final dilapidó su capital. Ya ha vendido todo el mobiliario y los cuadros, y ahora necesita vender esta casa.

—¿Y me la estás enseñando por...?

—Eres uno de los pañeros más ricos de la ciudad. He oído que podrían nombrarte concejal. Hay quien cree que estás a punto de casarte con la viuda del obispo. Y, aun así, estás viviendo en un par de dormitorios de un taller situado en el patio trasero de la tienda de tu hermana. Ya va siendo hora de que tengas una casa, Spade.

—Sí —convino Spade—, supongo que sí.

A Amos le encantaba el teatro. Lo consideraba uno de los grandes inventos de la humanidad, al nivel de la hiladora Jenny. Había presenciado ballets, comedias musicales, óperas y espectáculos acrobáticos, aunque lo que más le gustaba eran las obras dramáticas. Las contemporáneas solían ser cómicas, pero adoraba a Shakespeare desde que, diez años antes, había asistido a la representación de *El mercader de Venecia*.

Fue al Teatro Kingsbridge a ver *Ella se inclina para conquistar*. Se trataba de una comedia romántica, y tanto él como el resto del público se desternillaron con los malentendidos constantes. La actriz que encarnaba a miss Hardcastle era hermosa, y muy sensual cuando fingía ser una mesonera.

En el entreacto, Amos se encontró a Jane, sonrosada y espléndida. Habían transcurrido dos semanas desde que se había desnudado en su sala de estar, y hasta ese momento no había vuelto a verla ni a hablar con ella. Quizá se debiera a que las maniobras militares habían concluido y su esposo había vuelto a casa. O quizá el encuentro de dos semanas antes fuera algo puntual que nunca se repetiría.

Amos confiaba en que la opción correcta fuera la segunda. Lo lamentaría, pero también sentiría alivio. Se liberaría de aquella pugna titánica entre su deseo y su conciencia. Aceptaría el perdón misericordioso de Dios y proseguiría con una vida intachable.

Dado que era imposible hablar de ello en público con Jane, le preguntó por sus hermanos.

—Son tan aburridos… —contestó ella—. Los dos se han hecho pastores metodistas, uno en Manchester y el otro, lo creas o no, en Edimburgo. —Hablaba como si Escocia estuviera a la misma distancia que Australia.

Amos no veía qué tenía de aburrida la elección de sus hermanos. Ambos habían estudiado, se habían mudado a ciudades animadas y habían emprendido un trabajo estimulante. Y todo ello le parecía mejor opción que casarse por dinero y por un título, como había hecho ella, aunque no lo verbalizó.

Cuando la función terminó, Jane le pidió que la acompañara a casa.

—¿No ha venido contigo el vizconde Northwood? —le preguntó Amos.

—Ha tenido que asistir a una sesión del Parlamento en Londres.

Así que volvía a estar sola. A Amos no se le había ocurrido esa posibilidad; de haberlo hecho, la habría evitado. O no.

—De todos modos —prosiguió Jane—, a Henry no le entusiasma el teatro. Tolera las obras de Shakespeare sobre batallas reales, como la de Agincourt, pero no le encuentra sentido a las historias ficticias.

A Amos no lo sorprendía: Northwood era un hombre sin imaginación, inteligente pero limitado, solo interesado en caballos, armas y guerras.

Se dio cuenta de que no tenía modo de declinar su petición con cortesía, así que la acompañó por Main Street, preguntándose cómo acabaría aquello. Contra su voluntad, se vio asaltado por un sinfín de imágenes de aquella noche de enero: el susurro de la seda del vestido al caer, el modo en que el cuerpo de Jane se combaba como un arco al quitarse el corsé por la cabeza, el olor a lavanda y sudor de su piel. Sintió cierta excitación.

Jane debió de intuir el cariz de su silencio.

—Sé lo que estás pensando —le dijo. Él se ruborizó, y agradeció la oscuridad y la luz titilante de las farolas. Aun así, ella lo percibió—: No tienes por qué sonrojarte, lo entiendo.

A Amos se le secó la boca.

Cuando llegaron a la entrada de Willard House, se detuvo.

—Bien, pues buenas noches, vizcondesa Northwood —dijo.

—Entra —lo invitó Jane.

Amos sabía que una vez dentro le resultaría imposible resistir la tentación. Pese a ello, estuvo a punto de ceder, pero en el último momento endureció su corazón.

—No, gracias —le contestó. Y, por si alguien pudiera estar oyéndolos, añadió—: No debo entretenerla.

—Quiero hablar contigo.

Él bajo la voz.

—No, no quieres.

—Eso ha sido cruel.

—No es mi intención ser cruel.

Jane se acercó más a él.

—Mira mis labios —le dijo. Amos obedeció, no pudo evitarlo—. Podríamos estar besándonos dentro de un minuto —prosiguió—, y tú podrías besarme de la cabeza a los pies. En cualquier parte. En todas partes.

Allí de pie, tenso por su conflicto interno, Amos empezó a comprender el porqué de sus reticencias a acompañarla a casa y a hacer todo cuanto en verdad anhelaba. Jane lo quería atado a una cuerda de la que ella pudiera tirar siempre que lo necesitara. El pensamiento se le antojó humillante.

—Me estás ofreciendo la mitad de ti…, menos de la mitad. ¿Voy a disponer del deseo de mi corazón cuando Northwood se ausente y a languidecer de amor el resto del tiempo? No puedo vivir así.

—¿Acaso no es la mitad de una barra mejor que no tener pan? —repuso ella, citando un proverbio.

—No solo de pan vivirá el hombre —replicó él recurriendo a un pasaje del Deuteronomio.

—¡Bah! —exclamó ella—. Me asqueas. —Entró en casa y cerró de un portazo.

Él se dio media vuelta despacio. La catedral descollaba en la penumbra sobre la plaza del mercado vacía. Aunque era metodista, seguía considerándola la casa de Dios; se encaminó hacia su fachada principal y se sentó a reflexionar en la escalinata.

Se sentía extrañamente liberado. Acababa de apartarse de algo que lo abochornaba. Y empezó a ver a Jane bajo una luz distinta. Recordó el comentario sobre sus hermanos; Jane creía que eran aburridos por elegir ser pastores. Todos sus valores eran erróneos.

Utilizaba a las personas. Nunca había amado a Northwood, solo había querido lo que él podía proporcionarle, y ahora pretendía utilizar a Amos, aprovechándose de su pasión, siempre que necesitara sentirse amada. Era evidente, pero a Amos le había llevado mucho tiempo verla tal cual era y aceptar la verdad con coraje. Y ahora que lo había hecho, ya ni siquiera estaba seguro de amarla. ¿Era posible?

Todavía se le aceleraba el corazón cuando pensaba en ella. Quizá siempre le ocurriría, pero su obsesión ciega podría haber llegado a su fin. En cualquier caso, veía el futuro con optimismo.

Se puso en pie, se volvió y contempló la catedral, apenas iluminada por las farolas del extremo más alejado de la plaza.

—Mi mente está clara ahora —dijo en voz alta—. Gracias.

Hornbeam sabía cómo quería que fuera Kingsbridge en el futuro: la imaginaba convertida en un centro neurálgico industrial, un lugar donde se amasarían grandes fortunas, rivalizando con Manchester por el título de segunda ciudad de Inglaterra. Sin embargo, algunos de sus habitantes se interponían en ese sueño, siempre poniendo objeciones al progreso. El peor de ellos era Spade. Y por eso le enfurecía que tuviera números para ser concejal.

No era de sorprender que la propuesta procediera de una mujer: Cissy Bagshaw.

Estaba decidido a aniquilar esa idea.

Por suerte, Spade tenía un punto débil: Arabella Latimer.

Hornbeam dedicó algún tiempo a reflexionar sobre la mejor manera de utilizar esa debilidad contra Spade, y al final decidió hablar con el nuevo obispo, Marcus Reddingcote.

El siguiente domingo fue a la iglesia con un abrigo nuevo completamente negro, el atuendo que se estaba imponiendo como seña del hombre de negocios serio. Después del oficio, saludó al obispo y a su altanera esposa, Una.

—Ya lleva con nosotros medio año, señora Reddingcote —le dijo—. Espero que Kingsbridge le esté agradando.

La respuesta de la mujer no fue un sí.

—Antes de venir aquí estuvimos en una iglesia de Londres, Mayfair, supongo que la conoce. Era bastante diferente, pero uno debe servir allí adonde lo envían, por supuesto.

De lo cual Hornbeam infirió que habían descendido un peldaño en la escala social. Forzó una sonrisa.

—Si puedo hacer algo por usted, solo tiene que pedirlo.

—Le agradezco su amabilidad. Estamos muy bien atendidos en el palacio.

—Me alegra saberlo. —Hornbeam se volvió hacia el obispo, un hombre alto y corpulento, como solían serlo los clérigos acaudalados—. ¿Podría hablar con usted un momento, ilustrísima?

—Por supuesto.

Hornbeam lanzó una mirada rápida a la señora Reddingcote.

—Es un asunto de suma delicadeza.

Ella captó la indirecta y se alejó.

Hornbeam se acercó un poco más al obispo.

—Hay un pañero llamado David Shoveller…, quizá haya oído a la gente referirse a él como Spade, un apodo cómico.

—Ah, sí, ya veo: Shoveller, Spade; «paleador», «pala». Muy gracioso.

—Está maniobrando para ser concejal.

—¿Usted lo aprueba? —El obispo miró alrededor, como si fuera a encontrar a Spade.

—No está aquí, ilustrísima. Es metodista.

—Ah.

—Y aún más importante: es adúltero, y media ciudad lo sabe.

—¡Dios santo!

—Y todavía más impactante: su amante es Arabella Latimer, la viuda de su predecesor.

—Esto es algo inaudito.

—Su aventura comenzó mucho antes de que el obispo Latimer muriera, y la mujer tiene un hijo de cinco años que todo el mundo cree que es de Spade. El obispo, furioso, le puso de nombre Absalom. La significancia de tal decisión le resultará obvia a un hombre cultivado como usted.

—Absalom deshonró a su padre, el rey David.

—En efecto. Cabe decir que no hay pruebas de su adulterio, pero no me gustaría ver a Spade erigirse en concejal de esta ciudad.

—A mí tampoco. Aun así, Hornbeam, yo no tengo ni voz ni voto en la elección de los concejales... ¿No es más bien una de sus funciones?

Esa era la cuestión clave, y sin duda el punto más difícil del argumento de Hornbeam.

—He acudido a usted como líder moral de Kingsbridge.

—Comprendo, pero no sé de qué manera...

—¿Cree que podría pronunciar un sermón al respecto?

—No puedo condenar a un hombre desde el púlpito sin disponer de pruebas.

—Por descontado, pero ¿y en términos generales? ¿Un sermón sobre el adulterio?

El obispo asintió con la cabeza despacio.

—Tal vez, aunque sería algo explícito.

—En tal caso, el eje del sermón podría ser no cerrar los ojos ante el pecado.

—Oh, mucho mejor, sí. Las Escrituras hacen referencia en varias ocasiones a «cerrar los ojos», lo que significa exactamente aquello a lo que usted alude.

—Si un hombre obra mal, no debe pasarse por alto… ¿Es eso a lo que se refiere?

—Algo así, sí.

Hornbeam se sintió alentado, aunque necesitaba un compromiso más concreto.

—Bastaría con que insinuara que un pecador conocido no debería ser ascendido a una posición de respeto. No sería preciso presentar acusación alguna. La gente sabrá de qué está hablando.

—Debo pensarlo, pero gracias por ponerme sobre aviso de este problema.

Era todo cuanto Hornbeam iba a conseguir. Tenía que aceptarlo y confiar en lo mejor.

—Siempre a su servicio, ilustrísima —dijo.

Spade le dijo a Arabella que tenía que enseñarle algo, y le pidió que se encontrara con él en el número 15 de Fish Lane. Roger Riddick le había dejado la llave.

Llegó antes de la hora y deambuló por el lugar; cuando Arabella apareció, se apresuró a abrir la puerta y la invitó a entrar.

—Echemos un vistazo —dijo.

Era probable que Arabella sospechara lo que le rondaba por la cabeza, pero no preguntó nada. Juntos exploraron la residencia. Estaba muy descuidada; había ventanas rotas y suelos sucios. En la cocina y el resto de la planta principal faltaba luz y cundía la mugre; incluso vieron una rata muerta en la despensa.

—Toda la casa necesita un buen fregado —comentó Arabella.

—Además de una capa de pintura.

En la primera planta había una amplia sala de estar. En la siguiente, un dormitorio grande flanqueado por un tocador y un vestidor masculino. En la última se encontraban las habitaciones de los niños y los sirvientes. Las ventanas eran grandes y los hogares, amplios.

—Podría llegar a ser bonita —dijo Arabella.

—Está en venta. ¿Te gustaría?

Arabella lo miró con una sonrisa sesgada.

—¿Qué estás sugiriendo exactamente?

Spade la tomó de las manos.

—Arabella, magnífica mujer, ¿querrías ser mi esposa?

—David Shoveller, magnífico hombre, ¿acaso no recuerdas que tengo ocho años más que tú?

—¿Es eso un sí?

—¡Pues claro que es un sí!

—¿Y te gustaría que viviéramos en esta casa? ¿Serías feliz aquí?

—Absolutamente feliz, cariño.

—Tendremos que esperar hasta que concluya tu año de luto.

—El 30 de septiembre.

—Recuerdas la fecha exacta.

—Una dama no debería estar tan impaciente, pero no puedo evitarlo.

—Faltan seis meses.

—Si la compras ahora, tendremos tiempo para limpiar y pintar, y elegir los muebles, colgar las cortinas..., todo.

Se besaron, y luego Spade fingió dirigir una mirada furtiva alrededor.

—Diría que estamos solos...

—¡Fantástico! Pero el suelo parece duro... y no puede decirse que esté muy limpio...

—No hay problema, puedes ponerte encima.

—He estado charlando con varias mujeres...

Spade sonrió, preguntándose adónde querría llegar.

—¿Y qué te han contado?

Arabella esbozó una sonrisa mitad juguetona, mitad tímida.

—Me han hablado de una cosa que dicen que hacen las prostitutas. Yo no tenía ni idea. Es posible que se lo hayan inventado, pero...

—Pero ¿qué?

—Quiero probarlo.

Ese tipo de intercambios excitaba a Spade.

—¿En qué consiste?

—Lo hacen con la boca.

Él asintió con la cabeza.

—Algo he oído.

—¿Te lo ha hecho alguien alguna vez?

—No.

—Por lo visto se hace hasta el fondo…, no sé si me entiendes.

—Te entiendo.

Spade advirtió que se le había acelerado el pulso.

—Eso es lo que quiero probar.

—Pues hazlo, por favor.

—¿De verdad quieres que lo haga?

—No imaginas cuánto —contestó Spade.

# 30

Spade pensó en un buitre cuando vio el rostro afilado y adusto del juez de la audiencia provincial. El hombre tenía los ojos muy cerca del puente de la nariz aguileña, cuya punta se curvaba hacia abajo. Una vez que tomó asiento en la Casa Consistorial, el magistrado agachó la cabeza y levantó los brazos para extender la toga, como si fueran las alas de un buitre posándose en tierra. A continuación, paseó la vista por la sala, mirando a las personas reunidas delante de él como si oteara a sus presas.

«O quizá sea cosa de mi imaginación —pensó Spade—. A lo mejor es un anciano benévolo con tendencia a mostrarse clemente. El rostro no siempre es el espejo del alma, aunque sí a menudo».

En cualquier caso, no sería el juez quien decidiera si Tommy era culpable. Esa tarea le correspondía al jurado. Spade miró sin muchas esperanzas a los doce elegantes respetables de Kingsbridge a quienes estaban tomando juramento. Como siempre, el grupo estaba compuesto por comerciantes y mercaderes prósperos, el tipo de personas menos proclives a pasar por alto un robo en una tienda.

—Siento que no lo nombraran concejal —le dijo Cissy Bagshaw en voz baja mientras el procedimiento seguía su curso—. Hice cuanto pude.

—Lo sé, y se lo agradezco.

—Me temo que el sermón del obispo fue lo que decantó la balanza.

Spade asintió.

—Un pecador no debería ser ascendido a una posición de poder y responsabilidad.

—Alguien debió de ponerlo al tanto.

—Estoy seguro de que fue Hornbeam. Es el único enemigo que tengo.

—Eso imagino.

Spade había aprendido una lección desagradable en su primera incursión en política. Estaba contrariado consigo mismo por no haber previsto la contundencia e implacabilidad de la oposición de Hornbeam. Si algún día volvía a intentarlo, primero procuraría averiguar cómo neutralizar a sus enemigos.

La toma de juramento finalizó y los doce respetables tomaron asiento.

Si Tommy era declarado culpable —algo que prácticamente parecía inevitable— el juez decidiría la pena, la única parte del proceso en que cabía esperar clemencia. No era habitual que se ahorcara a un menor; no era habitual, pero había sucedido. Spade rezó por que el aura malevolente del hombre se limitara solo a eso, a su aspecto.

La sala estaba abarrotada y se respiraba un aire sombrío en el ambiente cargado. Jenn Pidgeon se encontraba en la primera fila, entre las personas que seguían la vista de pie, con los ojos enrojecidos de tanto llorar, mientras doblaba y desdoblaba el extremo de la faja que llevaba ceñida a la cintura. Spade pensó que costaba imaginar nada peor que estar esperando a oír si tu hijo iba a ser ejecutado.

Por otro lado, había supuesto que Hornbeam no se presentaría. Por la ciudad corrían bastantes rumores acerca de la dureza con que había tratado a Jenn e imaginaba que le resultaría incómodo asistir al juicio, fuera cual fuese el resultado. Sin embargo, allí estaba, altivo y desafiante. Sus miradas coincidieron y Spade vio que sus labios formaban una sonrisita triunfante. «Sí, ganaste esa batalla», pensó Spade.

Se sentía desengañado, pero no abatido. Sin embargo, lo contrariaba que hubieran utilizado su relación con Arabella para derrotarlo. Entendía que la situación pecaminosa en la que habían vivido causara desaprobación, pero, aun así, tenía la sensación de que Arabella se había llevado la peor parte. La gente había estado hablando de ella a sus espaldas y había decidido que era la culpable del descrédito de Spade. Jamás le perdonaría aquello a Hornbeam.

Sin embargo, se recordó que sus desgracias eran banales en el momento en que vio cómo hacían entrar a Tommy en la sala.

Las audiencias provinciales solo se celebraban dos veces al año, por lo que el chico había estado hasta entonces en la prisión de Kingsbridge. No era un lugar para un niño. Estaba más delgado; abatido y cabizbajo. Spade sintió lástima por él. Quizá su aire lastimero le valiera la compasión del jurado. O quizá no.

Las declaraciones de los testigos no variaron un ápice. Josiah Blackberry describió el robo y la detención. Elsie Mackintosh corroboró la historia, pero insistió en señalar que el niño pasaba hambre porque una patrulla de leva se había llevado a su padre, y a su madre se le había negado el Auxilio de los Pobres. Aquel último apunte pareció indignar al altivo Hornbeam, encargado de conceder o denegar la ayuda, pero no dijo nada.

El jurado ya conocía la historia. La *Kingsbridge Gazette* había publicado la orden de derivación de la causa de Tommy a la audiencia provincial, y quienes no habían estado presentes en el tribunal de sesiones trimestrales se habían informado a través de los asistentes. Era probable que los miembros del jurado ya hubieran tomado una decisión hacía tiempo.

En cualquier caso, no tardaron mucho en alcanzar un veredicto. Declararon a Tommy culpable.

El juez tomó la palabra a continuación.

—Caballeros del jurado, han emitido un fallo que, a mi juicio, es el único posible —anunció con voz áspera y seca—. Ustedes han cumplido con su deber, y ahora es el mío imponer el castigo apropiado al culpable.

Hizo una pausa y tosió llevándose el puño a la boca. La sala estaba en silencio.

—En este caso se ha sugerido que, en cierta manera, Thomas Pidgeon es la víctima en lugar del autor del delito. Se ha intentado culpar del crimen en cuestión a la patrulla de leva y a aquellos responsables de la administración del Auxilio de los Pobres, incluso al Gobierno de Su Majestad. Sin embargo, hoy no estamos aquí para juzgar a la patrulla de leva, ni tampoco al sistema de Auxilio de los Pobres, ni mucho menos al Gobierno. Hoy se juzga exclusivamente a Thomas Pidgeon y a nadie más.

Miró a Elsie.

—Podemos compadecernos de quienes viven situaciones desafortunadas, pero no por ello tienen derecho a robarnos, lo cual sería una proposición ridícula.

Se detuvo de nuevo e hizo algo por debajo de la mesa con las manos que nadie alcanzó a ver. Cuando levantó los brazos, llevaba unos guantes negros de algodón.

Jenn Pidgeon lanzó un chillido.

—Oh, que Dios se apiade de nosotros —dijo Spade en voz alta.

El juez también sacó un birrete negro y se lo colocó en la cabeza, sobre la peluca.

Jenn lloraba de manera incontrolable y se oían comentarios hostiles entre los asistentes, pero el magistrado prosiguió, imperturbable.

—Thomas Pidgeon —dijo con la misma voz áspera—, de acuerdo con la ley, será trasladado de este lugar a una prisión legal y desde allí al lugar de ejecución, donde deberá ser colgado por el cuello hasta que haya muerto.

Varias personas lloraban; sin embargo, el juez no había terminado.

—Muerto —repitió, y luego una tercera vez—: Muerto.

Y finalmente añadió:

—Y que el Señor tenga misericordia de su alma.

—Señoría, deseo informarle de que se presentará una apelación ante el rey contra esta sentencia —anunció Spade en voz alta mientras se llevaban fuera a Jenn Pidgeon, quien a duras penas se sostenía en pie.

Un rumor de aprobación recorrió la sala.

—Se toma debida nota —dijo el juez con apatía—. La sentencia no se llevará a cabo hasta haber recibido respuesta de Su Majestad. Siguiente caso.

Spade abandonó el tribunal.

Fue a su fábrica para ver cómo iba todo, pero le resultaba difícil concentrarse. Nunca había tenido que apelar al rey, no sabía ni por dónde empezar.

Al mediodía, fue a The Coffee House, en High Street. Tomó un café y consiguió centrarse en el problema que se le presentaba. Necesitaba ayuda para redactar la apelación, y lo mejor sería que estuviera firmada por ciudadanos prominentes. Mientras rumiaba cómo hacerlo, el local empezó a llenarse de personas que iban allí a comer. Spade reparó en el concejal Drinkwater. El hombre pasaba de los setenta y caminaba ayudado de un bastón, aunque no había perdido el paso brioso ni la claridad mental. Spade se sentó a su mesa.

Drinkwater pidió un bistec de ternera y una jarra de cerveza.

—Hornbeam y ese juez son unas hienas —comentó con Spade. Había estado en la sala—. ¡Mandar a un crío a la horca!

—¿Estaría dispuesto a añadir su firma en la apelación al rey? —preguntó Spade—. Tendrá más posibilidades de prosperar si está respaldada por un antiguo alcalde.

—Sin duda.

—Gracias.

—Lo único cristiano que dijo ese juez fue: «Y que el Señor tenga misericordia de su alma». No sé adónde vamos a ir a parar.

Spade se alegraba de que alguien más compartiera su rabia.

—Habría que encontrar más firmas para la apelación.

—Charles, mi yerno, colaborará, estoy seguro. ¿A quién más podríamos preguntar?

Spade lo pensó un momento.

—Amos también aceptará, pero no todos pueden ser metodistas. Se lo preguntaré a la señora Bagshaw.

—Bien. Con esto tendremos dos comerciantes de Kingsbridge, personas poco sospechosas de mostrarse transigentes con un ladrón.

—No creo que Northwood se preste a ayudarnos.

Drinkwater también lo dudaba.

—Imagino que no, pero nada se pierde por intentarlo.

—Quizá su nieta podría convencerlo.

—¿Jane? No creo que tenga mucha influencia sobre su marido, pero se lo preguntaré.

—Necesito que alguien me asesore sobre la redacción de la apelación. Supongo que habrá una fórmula establecida.

—Para eso están los abogados. Hable con Parkstone.

Había tres abogados en Kingsbridge, quienes básicamente se dedicaban a transacciones inmobiliarias, testamentos y disputas entre los granjeros de Shiring por las lindes. Parkstone era el mayor de los tres.

—Iré a verlo ahora —dijo Spade.

—¿No va a comer primero?

—No —dijo Spade—. Ahora mismo no me entra nada.

Kit dimitió de su cargo de director de las dos fábricas de Barrowfield. Amos lo lamentó, pero lo aceptó de buen talante y dijo que tener la oportunidad de comprar el primer telar de Jacquard de Inglaterra sería cierto consuelo. También le pidió que continuara un mes más en la fábrica para que pudiera reorganizarse. Kit accedió. Se alegraba de que, a pesar de los cambios, no hubiera resentimiento por ninguna de las partes.

El mes casi había transcurrido cuando Kit recibió una carta. La primera de toda su vida.

La entregaron un sábado, por lo que la misiva estaba esperándolo en casa cuando llegó de la fábrica. Los vecinos le contaron que el reparto lo había hecho un soldado cargado con una saca que parecía llena de cartas.

La suya le informaba de que había sido reclutado para la milicia.

Se sintió desfallecer. Nunca se le había dado bien pelear y temía no estar a la altura.

Debería haber tenido en cuenta que aquello podía ocurrir, dado que reunía todos los requisitos desde los dieciocho años, pero ni tan siquiera se le había pasado por la cabeza.

La familia lo habló mientras comían sentados a la mesa.

—El ejército no es para mí —protestó Kit—. Sé que debemos defender nuestro país, pero seré el peor soldado del mundo.

—Te endurecerá —aseguró Jarge, hasta que captó la mirada reprobadora de Sal y añadió—: Sin ánimo de ofender, muchacho.

—La milicia no es el ejército —apuntó Sal—. No va al extranjero, tiene que quedarse en casa para defendernos en caso de invasión.

—¡Cosa que podría ocurrir en cualquier momento! —exclamó Kit—. Bonaparte tiene doscientos mil hombres esperando a cruzar el Canal.

Aun sin invasión, aquel nuevo giro de los acontecimientos daría al traste con su plan de construir telares de Jacquard con Roger. No solo perdería el dinero, sino que además debería renunciar al placer de trabajar con el hombre con el que mayor afinidad sentía del mundo.

—No tienes por qué ser tú quien nos salve de Bonaparte —dijo Sal—. Por lo general, se puede pagar a alguien para que vaya en tu lugar. Y creo que no es mucho dinero. Hay centenares de hombres que lo hacen. Que peleen los chicos de la taberna Slaughterhouse, ya que les gusta tanto.

—Primero hay que encontrar a alguien dispuesto a ir en mi lugar.

—Eso no será difícil. Será por hombres sin trabajo..., y muchos de ellos además tienen deudas. Con tu ayuda, esa persona salda sus deudas y además obtiene un empleo. La paga no es nada del otro mundo, pero te dan de comer, un uniforme y una cama. No es un mal trato para un joven en apuros.

—Mañana empezaré a hacer correr la voz.

Al día siguiente, domingo, el comandante Donaldson se acercó a Kit tras el oficio de la comunión en la Casa Metodista y le preguntó si podían ir a hablar a un lugar tranquilo. Kit se preguntó qué demonios pasaría ahora.

—Sé que ha salido elegido en el sorteo —dijo Donaldson.

Kit se animó. Tal vez el comandante pudiera ayudarlo a evitar que lo reclutaran.

—Voy a ser un soldado pésimo —dijo—. Odio la violencia. Quería buscar a alguien que fuera en mi lugar.

Donaldson lo miró muy serio.

—Lamento decepcionarlo, pero ahora mismo le puedo asegurar que no será posible.

Kit se quedó helado. Tenía la sensación de estar atrapado en una pesadilla de la que no podía despertarse. Se quedó mirando a Donaldson. Estaba claro que no pretendía engañarlo, el hombre estaba siendo completamente sincero.

—¿Y por qué narices no? —preguntó Kit—. ¿No es lo que suelen hacer muchos hombres?

—Sí, pero es el oficial al mando quien debe aprobarlo, y en su caso el coronel Northwood no dará su consentimiento.

—¿Por qué? ¿Qué tiene contra mí?

—Nada. Al contrario. Lo conoce, ha oído hablar de su talento y lo quiere en la milicia. Estamos sobrados de jóvenes pendencieros con ganas de trifulca, lo que nos faltan son hombres con algo de seso.

—¿Así que estoy condenado a ser soldado?

—Mírelo de otra manera. Usted es ingeniero, le prometo que será teniente en menos de seis meses. La oferta procede del coronel en persona.

—¿Ingeniero? ¿Para qué quieren ingenieros?

—Imagine, por ejemplo, que necesitáramos cruzar un río cuanto antes con diez mil hombres y veinte piezas de artillería pesada y no hubiera puentes.

—Seguramente habría que construir uno de barcas.

Donaldson sonrió como el hombre que acaba de jugar el as que escondía bajo la manga.

—¿Ve por qué nos hace falta?

Kit comprendió que acababa de sentenciar su destino.

—Supongo que sí —contestó alicaído.

—Los soldados deben permanecer en la milicia hasta que acabe la guerra, que aún podría durar muchos años, pero los oficiales solo están obligados a cumplir entre tres y cinco años de servicio. Y la paga es mucho mejor.

—La vida militar no está hecha para mí.

—Nuestro país está en guerra. Le conozco desde hace años, es muy maduro para su edad. Piense en su deber para con Inglaterra. Bonaparte ha invadido media Europa y nuestras fuerzas armadas son lo único que impide que no sea nuestro gobernante… aún. Si invade Inglaterra, la milicia tendrá que hacerle frente.

—No siga. Lo está empeorando.

Donaldson se levantó y le dio una palmada en el hombro.

—Aprenderá mucho en la milicia. Considérelo una oportunidad.

Y se fue.

Kit enterró la cabeza entre las manos. «Se parece más a una sentencia de muerte», dijo para sí mismo.

Spade fue a los muelles para supervisar la carga de una remesa con destino a Combe. El dueño de la gabarra era un hombre canoso de unos cincuenta años y con acento de Londres al que Spade no conocía y que se presentó como Matt Carver. Viendo que le costaba manipular las pesadas balas, Spade se prestó a ayudarlo a cargarlas; aun así, el gabarrero tenía que parar a menudo para recuperar el aliento.

—¡Madre mía! ¿Ese del abrigo negro no es Joey Hornbeam? —dijo el hombre durante una de las pausas.

Spade miró en la dirección que señalaba.

—Aquí todo el mundo lo llama concejal Hornbeam, pero sí, creo que su nombre de pila es Joseph.

—Vaya, ¡que me aspen! Concejal, y con un abrigo que cuesta tres meses de paga. ¿Un buen tipo?

—Es bastante duro.

—Ya, siempre lo fue.

—¿Lo conoce?

—De hace mucho. Nos criamos en Seven Dials, un barrio de Londres. Joey y yo éramos de la misma edad.

—¿Eran pobres?

—Peor que pobres, éramos ladrones; vivíamos de lo que robábamos.

Aquello despertó la curiosidad de Spade. Hornbeam había sido un ladronzuelo.

—¿Y sus padres?

—A mí me abandonaron al nacer, pero Joey tuvo madre hasta los doce. Lizzie Hornbeam. Ella también se dedicaba a robar, lo suyo eran los ancianos. Les pedía unos peniques y mientras el viejo decía que no, o que sí, ella le birlaba el reloj de oro del bolsillo del chaleco. Hasta que un día escogió a la persona equivocada y el tipo fue más rápido que ella. La agarró por la muñeca y no la soltó.

—¿Qué fue de ella?

—La ahorcaron.

—Santo Dios —dijo Spade—. Igual por eso Hornbeam es como es.

—No lo dude. Fuimos a la ejecución. —Al hombre se le empañó la mirada y Spade adivinó que estaba reviviendo el momento—. Estaba junto a Joey cuando su madre cayó. Algunos mueren al instante, se parten el cuello, pero ella no fue de las afortunadas y tardó varios minutos en asfixiarse. Fue espantoso: la boca abierta, la lengua fuera... y se meó. La verdad es que es terrible que un niño de esa edad vea morir así a su madre.

Spade sintió un escalofrío.

—Casi me compadezco de él.

—Ni se moleste —dijo el gabarrero—. Él no le daría ni las gracias.

# 31

El enlace entre Spade y Arabella Latimer fue la boda no conformista del año en Kingsbridge. Además de la cantidad de asistentes que abarrotaban la Casa Metodista —estaban construyendo un nuevo lugar de reunión, el doble de grande que el primero, pero las obras no habían acabado—, también había una pequeña multitud fuera. Y eso a pesar de la atmósfera que rodeaba aquella unión, una atmósfera de pecado que todos conocían y nadie mencionaba, de vergüenza oculta solo a medias. O quizá, se dijo Spade, precisamente por eso había acudido tanta gente a la ceremonia, atraída por ese ambiente, tan escandaloso como irresistible, perverso y fascinante al mismo tiempo. Dudaba que a aquellas alturas quedara alguien en la ciudad al que no le hubiera llegado el rumor de que Arabella había sido la amante de Spade antes del fallecimiento de su marido..., mucho antes. No descartaba que algunos acudieran a la boda para mirarlos con desaprobación mientras intercambiaban gestos de censura con sus amistades; pero cuando Spade paseó la mirada entre los asistentes, tuvo la sensación de que casi todos parecían desear lo mejor a la pareja con sinceridad.

Era lunes, 30 de septiembre de 1805.

Arabella lucía un vestido de seda de color castaño, un tono que, a juicio de Spade, le daba un brillo especial a su tez. No podía evitar pensar en el cuerpo que aquella prenda cubría, ese que conocía tan bien. Había amado la figura grácil y esbelta de la joven Betsy y su piel perfecta, y ahora amaba el cuerpo maduro de Arabella, sus suaves redondeces, sus pliegues y arrugas, y las hebras plateadas que salpicaban su melena caoba.

Spade se había cortado el pelo y llevaba un abrigo azul marino de una tonalidad viva que, según Arabella, hacía que sus ojos azules resaltaran con un brillo especial.

Kenelm Mackintosh era yerno de Arabella y su único pariente varón, pero en esos momentos también era deán y no podía tomar parte en una ceremonia metodista, así que fue Elsie quien acompañó a Arabella hasta el altar. Llevaba de la mano al pequeño Abe, de cinco años, quien lucía un «traje esqueleto» azul que se ceñía mucho al cuerpo y que consistía en una chaqueta abotonada a un par de pantalones, una prenda infantil que por entonces gozaba de gran popularidad.

El pastor Charles Midwinter leyó un pequeño sermón sobre el perdón, extraído del Evangelio de Mateo: «No juzgues y no serás juzgado». El perdón era uno de los pilares fundamentales del matrimonio, dijo Charles; era prácticamente imposible que dos personas vivieran juntas durante largo tiempo sin ofenderse en alguna ocasión, y no había que dejar que el resentimiento se enconara. Prosiguió diciendo que lo mismo debía aplicarse a todos los ámbitos de la vida, recomendación que Spade tomó como una invitación a que la gente olvidara el pecado que Arabella y él habían cometido ahora que iban a casarse.

A pesar de que debería concentrarse en el sermón, Spade no podía dejar de mirar a Arabella. Años atrás habían decidido que querían estar juntos para siempre, que su compromiso era de por vida, y aquella promesa se había reforzado con el tiempo. Él estaba seguro de lo que Arabella sentía por él y viceversa. Aun así, le sorprendió hasta qué punto lo conmovía sellar esa promesa en la iglesia delante de sus amigos y vecinos. No tenía preocupaciones que aliviar, ni dudas que disipar; no necesitaba que ella lo tranquilizara jurándole amor eterno, y, pese a todo ello, las lágrimas acudieron a sus ojos cuando Arabella aceptó tomarlo por esposo hasta que la muerte los separara.

Entonaron el Salmo 23, «El Señor es mi pastor, nada me falta». Spade cantaba tan mal que en alguna ocasión le habían pedido que lo hiciera en voz baja para no desconcentrar a los demás, pero ese día a nadie le importó que lo hiciera en alto y desentonando.

Cuando salieron de la Casa Metodista, los feligreses los siguieron. Todo el mundo estaba invitado a su nuevo hogar, donde podrían disfrutar de la comida y la bebida dispuestas en el salón. Elsie se había encargado de la organización y Spade de pagar las facturas. La casa olía a pintura fresca y estaba llena de muebles que Arabella y él habían escogido juntos. Spade no probó bocado; todo el mundo quería hablar con él y no tuvo ocasión de comer nada, como vio que también le ocurría a Arabella, pero agradecía las felicitaciones de corazón.

Dos horas después, Elsie persuadió a los invitados para que volvieran a sus casas. Había apartado un poco de comida, que dispuso en una mesa de la sala de estar junto con una botella de vino. A continuación, les deseó buenas noches y se fue. Cuando la casa por fin estuvo vacía, Spade y Arabella se sentaron juntos en un sofá, cada uno con un plato y una copa. La suave brisa de aquel atardecer de septiembre entraba por las ventanas abiertas. Una vez que hubieron acabado, continuaron sentados, cogidos de la mano, mientras la oscuridad invadía lentamente la habitación y las sombras conquistaban los rincones.

—Estamos a punto de hacer algo que no hemos hecho nunca —dijo Spade—: dormir y amanecer juntos en la misma cama.

—¿No es maravilloso? —dijo Arabella.

Spade asintió.

—No se le puede pedir más a la vida —dijo.

Amos fue a casa del deán con un libro de contabilidad. Llevaba las cuentas de la escuela dominical y las repasaba con Elsie cada tres meses. Los maestros eran voluntarios y la comida la aportaban sus colaboradores, pero seguían necesitando dinero para libros y material escolar, y los donantes tenían derecho a saber qué se hacía con sus contribuciones.

Elsie siempre se alegraba de ver a Amos, quien en esos momentos tenía treinta y dos años y, desde el punto de vista de Elsie, nunca había estado tan atractivo. En sus sueños estaba casada con él, no con Kenelm. Sin embargo, ese día estaba nerviosa: tenía algo importante que decirle. Habría preferido no tener que hacerlo, pero era mejor que lo supiera por medio de alguien que lo quería.

Le ofreció una copa de jerez, que él aceptó, y se sentaron juntos a la mesa del comedor para repasar el libro de contabilidad, tan cerca que Elsie percibió una débil y agradable fragancia de sándalo. No había que preocuparse por las cuentas, se veía capaz de reunir sin dificultad el dinero que hacía falta.

—¿Qué tal te va sin Kit? —le preguntó Elsie cuando Amos cerró el libro. Sabía que tendría que haberlo informado de inmediato, pero estaba demasiado tensa, así que decidió ganar tiempo—. Era tu mano derecha.

—Lo echo de menos. Todavía tengo a Hamish Law, pero estoy buscando a alguien que entienda el funcionamiento de las máquinas.

—Soy incapaz de imaginar a Kit disfrutando de la vida militar.

—Estoy convencido de que el coronel Northwood está encantado de contar con él.

—Seguro que sí. —Aquella era su oportunidad, y se armó de valor—. Hablando de Northwood... —Con esfuerzo, controló el temblor de la voz—. ¿Sabes que Jane está embarazada?

Se hizo un largo silencio.

—Dios bendito —musitó él al fin.

Se la quedó mirando mientras ella trataba de leerle el pensamiento. Se había puesto pálido. Estaba claro que la noticia lo había afectado, pero Elsie ignoraba en qué sentido.

Amos movió los labios como si fuera a decir algo.

—Después de tanto tiempo —consiguió decir al fin.

—Llevan nueve años casados —contestó ella sin que su voz traicionara sus nervios.

Belinda Goodnight y los chismosos de la ciudad siempre habían dicho que Jane no podía concebir: «estéril» era la palabra que empleaban. También especulaban con que el problema lo tuviera Northwood y, por lo tanto, que el verdadero padre fuera otro hombre. En realidad no sabían nada.

—Les gustaría que fuera niño —dijo Elsie para llenar el silencio—. Supongo que Northwood y su padre deben de querer un heredero.

—¿Para cuándo lo esperan? —preguntó Amos.

—Para dentro de no mucho, creo.

Se quedó pensativo.

—Puede que esto los una un poco.

—Puede.

Northwood y Jane siempre habían pasado mucho tiempo separados.

—Jane nunca se ha esforzado por disimular su insatisfacción —dijo Amos.

Hacía meses que Elsie tenía la sensación de que Amos ya no estaba tan interesado en Jane como antes y se preguntaba si algo habría cambiado entre ellos; sin embargo, comprendió que todo habían sido imaginaciones suyas. Era innegable que la noticia había afectado a Amos.

La otra teoría que barajaban los chismosos consistía en que Amos era el padre del hijo de Jane.

Pero eso, se dijo Elsie, era algo completamente inconcebible.

En un campo situado a ocho kilómetros de Kingsbridge, Kit enseñaba a formar un cuadro a quinientos soldados recién reclutados.

La infantería solía avanzar en línea en el campo de batalla; una buena formación siempre y cuando no se enfrentaran a la caballería, cuyos jinetes solo tenían que rodear los flancos de la línea para atacarlos por detrás. La única manera de hacer frente a una carga de caballería era formando un cuadro.

Sin embargo, si una línea de soldados recibía la orden de formar uno sin más instrucciones que esa, estarían dando vueltas de manera confusa durante media hora, lo cual ofrecería al enemigo un tiempo precioso para aniquilarlos por completo. Y ese era el motivo por el que existía un procedimiento reglamentado.

Los hombres se dividían en ocho o diez compañías, cada una de ellas con dos o tres sargentos y el mismo número de tenientes. Los soldados que ocupaban el centro de la línea debían permanecer donde estaban para formar el frente, mientras que los extremos se replegaban para crear los flancos derecho e izquierdo, y los cuerpos especializados de granaderos y las compañías ligeras se colocaban detrás para formar la base. Los sargentos empuñaban alabardas para que las líneas fueran rectas.

Los hombres se distribuían a lo largo de las líneas, constituidas por veinticinco soldados, dejando un metro de separación entre ellos. A partir de ese momento, se desdoblaban. Cuando las líneas eran de a cuatro en fondo, las dos primeras se arrodillaban y las dos siguientes continuaban de pie. Los oficiales y el personal médico permanecían en el centro del cuadro.

Kit estuvo haciendo que los hombres formaran líneas y cuadros durante tres horas. Al final de la mañana, apenas tardaban cinco minutos en crear un cuadro.

En el campo de batalla, la línea del frente disparaba y a continuación retrocedía para recargar.

Debían disparar sus armas cuando la caballería estuviera a treinta metros. Si lo hacían antes, las balas no alcanzaban sus objetivos y la caballería se les echaba encima y los aplastaba cuando estaban recargando. Si lo hacían después, caballos y jinetes heridos arremetían contra ellos y rompían la fila.

Les dijo a los hombres que podrían resistir una carga de caballería si conservaban la calma y la formación. Nunca había estado en un campo de batalla, de modo que se veía obligado a impostar la voz para parecer convincente. Cuando se imaginaba a un lado del cuadro, frente a centenares de hombres a lomos de imponentes caballos que cargaban contra él a toda velocidad empuñando pistolas con que dispararle y hojas largas y afiladas con que ensartarlo, no le cabía la menor duda de que soltaría el mosquete y saldría corriendo como alma que lleva el diablo.

El bautizo del hijo de Jane fue un gran acontecimiento. Las campanas de la catedral tocaron una compleja variación que Spade y sus campaneros habían estado practicando. Todas las personalidades importantes del condado estaban allí, ataviadas con sus mejores galas. El sol brillaba con fuerza a través de las vidrieras de la nave, llena de flores. El conde de Shiring en persona también se encontraba entre los presentes, tan alto como siempre, si bien algo encorvado por la edad, pero visiblemente satisfecho de que su linaje tuviera continuación. Se entonaron himnos y oraciones de agradecimiento y el coro cantó.

Amos estudió con atención al vizconde Northwood. Camino de los cuarenta y con aquel pelo rizado que empezaba a clarear y las prominentes entradas en forma de eme, cada vez se parecía más a su padre. Se le veía tan ufano que Amos estaba convencido de que el hombre ni siquiera se había planteado que el hijo no fuera suyo.

En realidad, Amos tampoco podía asegurar que no lo fuera. Habría querido preguntarle a Jane, pero aún no había tenido oportunidad de hablar con ella. De todas formas, puede que no le dijera la verdad. Quizá ni ella misma lo supiera. Jane se había sincerado con él y le había confiado que Northwood y ella apenas hacían el amor, pero «apenas» no era lo mismo que nunca. Ellos dos solo lo habían hecho una vez, aunque con una bastaba. Además, aún cabía otra posibilidad: quizá Amos no hubiera sido su único amante.

En cualquier caso, estaba convencido de que Jane había acudido a su casa a pesar del aguacero porque quería que la dejara embarazada. Y había querido asegurarse, por eso se había enfadado tanto cuando él se había negado a volver a hacerlo. Sus actos no habían estado motivados por el afecto, ni siquiera por el deseo, sino que lo había utilizado con la esperanza de concebir un heredero. Quería ser la madre de un conde.

Jane tenía a su hijo en brazos, envuelto en una toquilla blanca de lana suave que, para el ojo experto de Amos, tenía aspecto de cachemira. Iba tan bien vestida como siempre: lucía un abrigo ribeteado de piel, una capota atada bajo la barbilla y dos vueltas de perlas en el cuello, pero parecía exhausta. Sin duda el parto había sido una dura prueba para ella, como, por otro lado, solían serlo todos los partos, reflexionó. Aunque también debía de estar aliviada. Las mujeres de la aristocracia que no eran capaces de dar hijos a sus maridos a veces eran tratadas como si hubieran rehuido sus responsabilidades. Había esquivado ese destino; a partir de entonces nadie podría llamarla estéril.

El obispo Reddingcote ofició la ceremonia. Actuó con majestuoso orgullo, ataviado con sus vestiduras litúrgicas —una capa pluvial blanca que le llegaba hasta los tobillos y una larga estola morada— mientras sostenía un aspersorio de plata con el que esparcía agua bendita. Parecía que disfrutaba siendo la estrella del espectáculo.

—Henry, yo te bautizo en el nombre del Padre, del Hijo y del Espíritu Santo —dijo con pomposidad.

Amos pensó con acritud que lo hacía para dejar bien claro que el niño era hijo de Henry Northwood.

Tras el oficio, los asistentes a la ceremonia se dirigieron al Salón de Actos, donde el conde celebraba el convite. Habían invitado a un millar de personas, y para todos los demás habían dispuesto unas mesas con caballetes en la calle, donde se servía cerveza gratis. El pequeño Henry descansaba en una cuna que colocaron en el salón de baile, donde Amos pudo verlo con calma por primera vez.

Comprobó que el niño tenía los ojos azules, la piel rosada y la cara redondita, como todos los recién nacidos que había visto hasta entonces. El pequeño Henry llevaba un gorrito de punto, de modo que ignoraba de qué color tenía el pelo, en el caso de que tuviera. Y no se parecía ni a Henry Northwood, ni a Amos Barrowfield ni a nadie. Por lo que había visto, de mayor tanto podría tener el pelo rizado y la nariz grande de Northwood como la cara afilada y la barbilla puntiaguda de Amos. Incluso podría parecerse al padre de Jane, el apuesto Charles Midwinter, y entonces nadie sabría jamás quién era el verdadero padre del niño.

Sin embargo, algo más ocurría en su interior mientras seguía absorto en sus cavilaciones. De pronto sintió la imperiosa necesidad de proteger a aquella criatura indefensa. Deseó tranquilizarlo, alimentarlo y mantenerlo caliente, si bien estaba claro que el niño dormía plácidamente y parecía bien alimentado y muy calentito envuelto en su toquilla de cachemira. El impulso de Amos no tenía nada de racional, pero no por eso dejaba de ser intenso.

El niño abrió los ojos con un débil quejido y Jane apareció de inmediato y lo cogió para susurrarle unas palabras amorosas al oído que parecieron calmarlo y devolverle la serenidad.

—¿Verdad que es guapo? —le dijo a Amos, al ver que los miraba.

—Guapísimo —contestó este como dictaba la buena educación, aunque faltando a la verdad.

—Lo llamaré Hal —dijo Jane—. Solo me faltaba tener dos Henrys en casa, es un lío para ellos.

—Pienso en enero y no puedo evitar preguntarme... —dijo Amos, bajando la voz y aprovechando que no había nadie cerca.

—No digas nada más —lo interrumpió ella en un susurro, aunque con firmeza.

—Pero seguro que...

—No vuelvas a mencionarlo nunca más —le advirtió Jane con fiereza—. Jamás.

A continuación se volvió hacia una invitada que se acercaba, a la que dedicó una amplia sonrisa.

—Lady Combe, qué amable de su parte que haya venido ¡y desde tan lejos!

Amos abandonó el Salón de Actos y se fue a casa.

El rey Jorge denegó el indulto de Tommy Pidgeon.

La noticia fue recibida con consternación. Todo el mundo daba casi por hecho que se lo concedería dado que se trataba de un menor y de un robo relativamente insignificante.

Hornbeam tendría que haberse alegrado, pero no era así. Un año antes había estado convencido de que el ladronzuelo debía pagar con su vida el delito que había cometido, pero en esos momentos ya no estaba tan seguro. Las cosas habían cambiado desde entonces. La opinión pública se había vuelto contra él. En realidad, le importaba muy poco lo que la gente pensara de él, pero si continuaban considerándolo como una especie de monstruo puede que aquello afectara a sus ambiciones. Creía que estaba bien que lo temieran, pero aspiraba a convertirse en alcalde de Kingsbridge algún día, o quizá en su representante en el Parlamento, y eso significaba que necesitaba sus votos.

Para colmo, su esposa, Linnie, lo compadecía, algo que lo sacaba de sus casillas. Lo veía cada vez que la mujer disponía que sirvieran lo que más le gustaba cuando había comidas familiares, o cuando le daba palmaditas afectuosas sin venir a cuento o cuando le pedía al pequeño Joe que no hiciera tanto ruido mientras jugaba. Detestaba que lo compadecieran. Se volvió seco y cortante con ella, pero solo logró que Linnie se mostrara más compasiva aún con él.

Si el rey hubiera indultado a Tommy, el perdón habría restado dramatismo a la situación y la gente lo habría olvidado; sin embargo, ya no había forma de evitar su espeluznante desenlace.

Hornbeam seguía convencido de que había hecho bien en presionar para que lo ejecutaran. Se empezaba perdonando a los ladrones porque tenían hambre y se acababa cayendo en la anarquía; sin embargo, en esos momentos comprendía que lo había defendido con demasiada vehemencia. Tendría que haber fingido compasión por Tommy y haberlo derivado a la audiencia provincial con aparente reticencia. Tendría que probar ese enfoque a partir de entonces. «Entiendo su situación, pero no está en mi mano cambiar las leyes del país. Lo lamento profundamente, créame».

No se le daba bien hacer teatro, pero lo intentaría.

Se puso un abrigo y un pañuelo de cuello negros en señal de respeto y salió antes del desayuno. Sospechaba que podría haber algún disturbio, así que le había pedido al alguacil Doye que dispusiera la ejecución a una hora temprana, antes de que la chusma saliera de la cama.

El cadalso ya estaba en la plaza del mercado, con la soga colgando y el nudo corredizo hecho; su contorno se recortaba con sorprendente crudeza contra la fría piedra de la catedral, que le servía de telón de fondo. La trampilla sobre la que el niño debía colocarse tenía bisagras y estaba apuntalada por debajo con un madero de roble. Morgan Ivinson esperaba junto al cadalso empuñando el mazo con el que derribaría el madero para que la trampilla se abriera, tras lo que Tommy Pidgeon moriría.

Ya se había congregado una pequeña multitud. Hornbeam prefirió no mezclarse con la gente y se mantuvo apartado a cierta distancia. Poco después se acercó Doye.

—Cuando usted quiera —dijo Hornbeam.

—Muy bien, concejal —dijo Doye—. Ahora mismo voy a buscarlo a la prisión.

La plaza iba llenándose poco a poco, como si unos heraldos invisibles hubieran ido anunciando que estaba a punto de celebrarse la ejecución, o como si las campanas hubieran tocado a muerto y solo las hubieran oído ellos. Doye regresó pocos minutos después acompañado de Gil Gilmore, el carcelero. Entre los dos llevaban la pequeña figura de Tommy Pidgeon, quien tenía las manos atadas a la espalda. Estaba llorando.

Hornbeam buscó a Jenn, la madre del ladrón, entre la multitud, pero no la vio. Mejor, habría armado un alboroto.

Condujeron a Tommy a los escalones. El muchacho tropezó con los peldaños y tuvieron que levantarlo por los brazos y llevarlo hasta la trampilla. Lo sujetaron con fuerza mientras Ivinson le colocaba la soga alrededor del cuello y se la ajustaba con cuidado y movimiento experto. A continuación, los tres hombres abandonaron el cadalso.

Los sustituyó un clérigo. Hornbeam reconoció a Titus Poole, el párroco de St. John que había intentado convencerlo de que le concediera a Jenn Pidgeon el Auxilio de los Pobres. Poole habló con claridad para que todo el mundo pudiera oírlo.

—He venido a ayudarte a rezar tus oraciones, Tommy.

—¿Iré al infierno? —preguntó el niño, aterrorizado, con voz de pánico.

—No, si crees en Cristo Nuestro Señor y le pides que perdone tus pecados.

—¡Creo en Dios! —gritó Tommy—. Creo en Nuestro Señor Jesucristo, pero ¿me perdonará?

—Sí, Tommy, lo hará —dijo Poole—, igual que perdona los pecados de quienes creemos en su misericordia.

Poole puso las manos en los hombros del chico y bajó la voz. Hornbeam supuso que estarían rezando juntos el Padrenuestro. Un momento después, Poole bendijo a Tommy y bajó los escalones de nuevo, dejando al niño solo en el cadalso.

Doye miró a Hornbeam, quien asintió.

—Adelante —dijo Doye dirigiéndose a Ivinson.

El verdugo alzó el mazo, tomó impulso y golpeó con precisión el madero de roble, que salió disparado. La trampilla se abrió y rebotó contra la base del cadalso con un ruido seco. Tommy cayó, la soga se tensó y el lazo se ciñó alrededor de su cuello.

La multitud lanzó un gemido teñido de compasión.

Tommy abrió la boca tratando de gritar o respirar, aunque no podía hacer ninguna de las dos cosas. Continuaba vivo, no se había roto el cuello en la caída, quizá porque pesaba tan poco, y en lugar de una muerte instantánea empezaba a sufrir un estrangulamiento lento. Se retorció desesperado, como si sus movimientos fueran a liberarlo, y comenzó a balancearse. Los ojos parecían a punto de salírsele de las órbitas y se puso rojo. Los segundos transcurrían con una lentitud angustiosa.

Muchas personas lloraban.

Tommy permaneció con los ojos abiertos, pero sus movimientos se volvieron más débiles hasta que se detuvieron. El balanceo del cuerpecito dibujaba un arco cada vez más pequeño. Finalmente, Ivinson se acercó y le tomó la muñeca. Esperó un momento y luego miró a Doye y asintió con la cabeza.

Doye se volvió hacia la multitud.

—El chico ha muerto.

Hornbeam comprendió que no iba a haber disturbios. La gente estaba apenada, no furiosa. Algunos le dirigieron miradas sombrías, pero nadie le dijo nada. La plaza empezó a vaciarse y Hornbeam volvió a casa.

Cuando llegó, su familia estaba desayunando. Su nieto, Joe, estaba sentado a la mesa. Era un poco pequeño para comer con los adultos, pero Hornbeam tenía debilidad por el niño. Le habían puesto una servilleta bajo la barbilla y estaba comiendo huevos revueltos.

Hornbeam tomó un café con nata. Cogió una tostada y la untó con mantequilla, pero solo le dio un bocado.

—Supongo que lo que había que hacer ya está hecho —comentó Deborah en voz baja.

—Sí.

—Y que todo ha transcurrido sin problemas.

—Sí.

Empleaban términos poco específicos por el bien de Joe, pero el niño no era tonto.

—Han colgado a Tommy Pidgeon y ahora está muerto —comentó alegremente.

—¿Quién te ha dicho eso? —le preguntó su padre, Howard.

—Lo estaban diciendo en la cocina.

—Qué poca cabeza, delante de un niño… —masculló Hornbeam.

—Abuelo, ¿por qué lo han colgado? —preguntó Joe.

—No molestes al abuelo cuando está con el café —lo reprendió Howard.

—No pasa nada —aseguró Hornbeam—. Tarde o temprano tendrá que saber cómo es la vida. —Se volvió hacia Joe—. Lo han colgado porque era un ladrón.

La respuesta no convenció a Joe.

—Dicen que había robado porque tenía hambre.

—Y posiblemente sea cierto.

—A lo mejor no tuvo otro remedio.

—¿Y eso qué tiene que ver?

—Bueno, es que si tenía hambre...

—Imagina que hubiera robado otra cosa. ¿Qué dirías si se llevara tus soldaditos de juguete?

Los soldaditos eran la posesión más preciada de Joe. Tenía más de un centenar y conocía el rango de todos por el uniforme. A menudo se pasaba las horas muertas tumbado en la alfombra enfrascado en batallas imaginarias. El niño se quedó desconcertado.

—¿Para qué iba a robarme mis soldados? —preguntó al cabo de un momento.

—Por el mismo motivo por el que robó la cinta rosa, para venderlos y utilizar el dinero para comprar pan.

—Pero los soldados son míos.

—Pero tenía hambre.

Joe se descubrió tan dividido por aquel dilema moral que acabó al borde de las lágrimas. Bel, su madre, se dio cuenta e intervino.

—Joe, seguramente le dejarías jugar contigo y con tus soldados y le pedirías a la cocinera que le trajera un poco de pan y mantequilla.

A Joe se le iluminó la cara.

—Sí —dijo—. Y mermelada. Pan, mantequilla y mermelada.

Los problemas de Joe estaban resueltos, pero no podía decirse lo mismo de los de la gente como Tommy Pidgeon. No obstante, Hornbeam no dijo nada. Había tiempo de sobra para que Joe aprendiera que no todos los problemas de la vida podían solucionarse con pan, mantequilla y mermelada.

Elsie fue a ver a Jenn Pidgeon para asegurarse de que estaba bien. Cruzó el puente doble y tomó el camino que llevaba a la granja de Morley. Antes de llegar, pasaba por un campo cuando vio a Paul Morley, quien le indicó que Jenn vivía en un cobertizo, detrás del granero. Elsie lo encontró, pero no había nadie. Era la morada más pobre que hubiera visto nunca. Había un colchón y dos mantas, además de dos tazas y dos platos, pero ni mesa ni sillas. Jenn no vivía con estrecheces, vivía en la más absoluta indigencia.

La señora Morley, que estaba en la casa de la granja, le informó de que Jenn había salido el día anterior, ya tarde, y no había vuelto.

—Le pregunté si estaba bien, pero no me contestó.

Elsie había hecho el viaje en vano, y emprendió el camino de vuelta a la ciudad. Se acercaba al puente por el lado sur cuando vio avanzar a un hombre por la orilla más próxima a ella. Llevaba una caña de pescar atada a la espalda y cargaba con algo que hizo que a Elsie se le parara el corazón.

A unos metros de ella, Elsie comprobó que se trataba de una mujer con el vestido tan empapado que iba dejando un reguero de agua tras el hombre.

—No —murmuró Elsie—. No, no...

La cabeza, los brazos y las piernas de la mujer colgaban sin fuerza. Estaba inconsciente del todo, o algo peor.

Elsie se quedó helada al ver que tenía los ojos abiertos, aunque miraba al cielo sin ver nada.

—La he encontrado en la curva del río, donde se atasca toda la basura —dijo el hombre. Por las ropas de Elsie, comprendió que se encontraba ante una persona de cierta autoridad y añadió—: Espero haber hecho bien en traerla.

—¿Está muerta?

—Ya lo creo, y fría. Calculo que caería al agua ayer, después de que anocheciera, y que nadie la ha visto hasta que me la he encontrado. Aunque no sé quién es.

Ella sí. Se trataba de Jenn Pidgeon.

Elsie trató de contener un sollozo.

—¿Podría llevarla al hospital de la isla de los Leprosos? —le preguntó.

—Claro —dijo el pescador—. No me cuesta nada. Si es que apenas pesa, pobre mujer. Es como una pluma.

Napoleón no invadió Inglaterra.

Se puso al frente del ejército que había reunido en Boulogne y marchó con él al este, hacia los territorios germanohablantes de Europa Central. Entraron en liza con el ejército austriaco y ese otoño los franceses ganaron batalla tras batalla: Wertingen, Elchingen, Ulm.

Sin embargo, la Armada Real británica se hizo con una importante victoria naval frente a las costas españolas, cerca de Gibraltar, para regocijo nacional.

Más tarde, en diciembre, los franceses derrotaron a las fuerzas conjuntas ruso-austriacas en Austerlitz.

Y así, año tras sangriento año, la guerra se eternizaba.

QUINTA PARTE

# La guerra del mundo

## 1812-1815

# 32

Querido Spade:

Bueno, pues sigo vivo después de trece años en el ejército. ¡Deberían darme una medalla solo por haber aguantado! Estoy en España, donde tienen unas cosas a las que llaman cigarros puros, que son tabaco envuelto en una de sus hojas, y se queman enteros y no hace falta pipa. Ahora todos fumamos eso.

El caso es que acabamos de conseguir una victoria, aunque la hemos pagado muy cara. Sitiamos una ciudad llamada Badajoz, que tiene unas murallas muy robustas, y los franceses se resistieron como demonios, y encima tuvimos el tiempo en contra y estuve cavando trincheras mientras me caía un aguacero encima.

Tardamos una semana en colocar los cañones en posición. Las pasarelas de madera que nuestros ingenieros construyeron sobre el barro no hacían más que desplazarse, pero al final lo conseguimos y ojalá me hubieran dado una libra por cada bala de cañón que disparamos. Caían sobre la ciudad como si fueran una lluvia. Nos llevó casi dos semanas más, pero por fin abrimos una brecha en las murallas y tomamos las defensas por asalto.

Bueno, pues fue la peor batalla en la que he estado hasta ahora, porque nos atacaban desde arriba con todo lo que tenían: metralla, granadas, bombas, incluso balas de paja ardiendo. Perdimos a miles de hombres, fue una carnicería, Spade, pero al final nos impusimos, y debo decir que a los ciudadanos se lo hicimos pagar con creces. No me explayaré sobre el tema, pero al día siguiente muchos hombres fueron azotados por violación.

La estampa era mucho peor por la mañana. Montañas de cadáveres, trincheras llenas de sangre. Vi a nuestro comandante, Wellington, contemplando los cuerpos sin vida de sus hombres. Lloraba y se enjugaba las lágrimas con un pañuelo blanco.

Después marchamos hacia el norte. Por favor, ruégale a Dios en tus oraciones que siga protegiéndome.

Tu afectuoso cuñado,

FREDDIE CAINES

El conde de Shiring murió en julio de 1812. Dos días después, Amos se encontró a Jane en la librería Kirkup's, en High Street. Iba vestida de negro, pero no cabía en sí de entusiasmo.

—Ni se te ocurra darme el pésame —le advirtió—. Estoy agotada de tanto aparentar dolor. Espero no tener que fingir contigo. He vivido dieciséis años con ese viejo aburrido... ¡Quién habría dicho que duraría hasta los setenta y cinco! Para el caso, más me habría valido casarme con él, y no con su hijo.

Jane había cumplido los cuarenta y seguía siendo irresistiblemente atractiva. Las pequeñas arrugas que rodeaban sus ojos y los escasos cabellos plateados de su melena oscura solo parecían resaltar su belleza. Y el negro le sentaba muy bien. Sin embargo, Amos ya no estaba enamorado de ella. Por irónico que pareciera, eso había fortalecido su amistad, y ella tenía la amabilidad de dejarle pasar algún que otro rato con Hal, que estaba a punto de cumplir siete años. Él sospechaba que era hijo suyo, aunque carecía de confirmación.

No lamentaba ese cambio en su relación con Jane. Había sentido por ella una pasión de juventud que, por desgracia, le había durado hasta bastante después de dejar atrás la adolescencia. Tenía la sensación de que, en ciertos aspectos, había tardado en madurar. Ahora, en teoría, podía enamorarse de nuevo, pero le faltaba menos de un año para cumplir los cuarenta y se veía demasiado viejo para hacerle la corte a nadie. Únicamente se sentía solo por las noches. Contaba con muchos amigos y sus días eran ajetreados, pero no tenía a nadie con quien compartir la cama.

Jane, como de costumbre, solo pensaba en sí misma.

—Por fin me he librado de mi suegro —dijo, pletórica—. ¡Y soy condesa!

—Que es lo que siempre has querido —apuntó Amos—. Enhorabuena.

—Gracias. Tengo que organizar el funeral, porque Henry está demasiado ocupado. Ahora es el conde, claro, de manera que tendrá que ocupar su escaño en la Cámara de los Lores. Será el nuevo lord teniente de Shiring, y el pequeño Hal se ha convertido en el vizconde Northwood.

Amos no había caído en eso. El niño, que podía o no ser hijo suyo, era de pronto un aristócrata. Caray... Cuando pasaran diez años más, tal vez fuera a Oxford a estudiar. Amos siempre había deseado poder estudiar y, al no haberlo conseguido, esperaba que algún día un hijo suyo cumpliera su sueño. Quizá, después de todo, sí fuera a suceder.

Entonces se le ocurrió pensar que tal vez Hal quisiera seguir los pasos de su padre y hacerse soldado. Esa posibilidad le causó consternación. ¡Que una espada o una bala de cañón se llevara la vida del pequeño...! Sintió ganas de vomitar, aunque fue solo un instante.

En ese momento, el niño salió de la tienda con un libro en la mano, y Amos enseguida fue consciente de los latidos de su corazón. Debía ocultar la oleada de afecto que lo invadió al ver a Hal.

Hasta la fecha, el aspecto del pequeño no hacía pensar que pudiera ser su padre: tenía el pelo oscuro y un rostro precioso, igual que el de su madre. En la adolescencia cambiaría, y tal vez entonces Amos podría estar seguro de la verdad.

Después del niño salió del establecimiento el dueño, Julian

Kirkup, un hombre calvo y orondo que se mostraba servilmente encantado de tener clientela aristocrática.

—¿Qué libro has comprado, Hal? —preguntó Amos, obligándose a hablar con ligereza.

—Se titula *La historia de Sandford y Merton*. Son dos niños.

—Muy apropiado para el joven lord Northwood, si me permiten decirlo —señaló Kirkup—. Buenos días tengan, lady Shiring, concejal Barrowfield.

Habían nombrado concejal a Amos unos años atrás, durante el auge del apoyo a la tolerancia liberal que por fin había hecho entrar a Spade en el gobierno de la ciudad.

—No tengo dinero —manifestó Hal—, pero el señor Kirkup dice que puedo cargarlo en su cuenta, madre.

—Sí, cariño, por supuesto —dijo Jane—. ¿De qué trata?

—Tommy Merton es un jovencito bastante consentido que se hace amigo del sencillo y honrado Harry Sandford. Un cuento con una buena moraleja, señora, y muy popular.

Amos pensó que el argumento parecía un poco beato, pero no hizo ningún comentario.

—Gracias, señor Kirkup —repuso Jane, displicente.

El librero se retiró haciendo una reverencia.

—Siento que hayas perdido a tu abuelo, Hal —dijo Amos.

—Era muy divertido —respondió el niño—. Solía leerme cuentos, pero ahora ya sé leer yo solo.

Al recordar el fallecimiento de sus propios abuelos, Amos no sintió ninguna emoción especial. Siempre le habían parecido unos ancianos a las puertas de la muerte, e incluso le sorprendió la aflicción de sus padres en su día. Su reacción había sido igual que la de Hal: un pesar objetivo que no se asemejaba a la pena.

—Supongo que el funeral será en la catedral, ¿no? —le dijo a Jane.

—Sí. Lo enterrarán en Earlscastle, en el panteón familiar, pero la misa será aquí, en Kingsbridge... Espero que vengas.

—Desde luego.

Se separaron y Amos siguió su camino. Casi inmediatamente después se encontró con Elsie, que llevaba un vestido amarillo pálido. Comentaron la muerte del viejo conde, ya que era la gran noticia del momento.

—Ahora que Henry es el conde —dijo Elsie—, Kingsbridge tendrá que escoger a un nuevo representante para el Parlamento.

—No lo había pensado —repuso Amos—. Puede que se celebre una elección parcial, aunque tal vez no sea necesario. Dicen que pronto habrá elecciones generales.

El primer ministro Spencer Perceval había sido asesinado de un tiro en el vestíbulo de la Cámara de los Comunes por un hombre obsesionado con la figura del mandatario y movido por un fuerte sentimiento de agravio. El nuevo primer ministro era el conde de Liverpool, quien tal vez deseara consolidar su posición buscando el refrendo de los votantes.

—Hal Northwood es demasiado joven, evidentemente —dijo Elsie.

—Hornbeam querrá el puesto —opinó Amos.

—Siempre lo quiere todo —replicó ella con desdén—. Ya es supervisor de los pobres, presidente de la Judicatura de Paz y concejal. Si existiera el puesto de inspector de estercoleros, también lo querría.

—Le gusta ostentar poder sobre los demás.

Elsie señaló al pecho de Amos con un dedo.

—Tú. Tú deberías ser nuestro miembro del Parlamento.

Eso lo sorprendió.

—¿Por qué yo?

—Porque eres listo e imparcial, y la ciudad entera lo sabe —dijo Elsie con entusiasmo y calidez—. Le vendrías muy bien a nuestra localidad.

—No tengo tiempo.

—Podrías designar a un sustituto que dirigiera las fábricas cuando hubiera sesión parlamentaria.

Amos comprendió que a Elsie no se le había ocurrido la propuesta en aquel momento, sino que era algo a lo que había estado dándole vueltas. Se tiró de la nariz con gesto meditabundo.

—Podría encargarse Hamish Law. Conoce el negocio al dedillo.

—Ahí lo tienes.

—Pero ¿tendría opciones de ganar?

—Todos los metodistas te votarían.

—La mayoría de los votantes son anglicanos.

—A nadie le gusta Hornbeam.

—Pero le tienen miedo.

—Qué perspectiva más funesta: tener a un miembro del Parlamento al que nadie desea, solo porque nos da miedo.

Amos asintió.

—No es así como se supone que debe funcionar.

—Bueno, pues plantéate presentarte, por favor.

Elsie era muy convincente.

—Está bien.

—Tal vez podrías conseguir la paz.

—Sin duda estaría a favor de ello.

Gran Bretaña llevaba veinte años en guerra con la Francia de Bonaparte y no se veía el final. De hecho, el conflicto se había extendido por todo el mundo.

El gobierno británico había encolerizado a la nueva república norteamericana al secuestrar sus barcos y obligar a los marineros a incorporarse a la Armada Real —una nueva artimaña basada en las patrullas de leva—, así que Estados Unidos había declarado la guerra contra Gran Bretaña y había ocupado Canadá.

España había sido invadida por el ejército francés, y Bonaparte había puesto allí de rey a su hermano José. Los patriotas españoles se habían levantado contra los invasores franceses con la ayuda de una fuerza británica en la que participaba el 107.º Regimiento de Infantería (de Kingsbridge). El comandante en jefe de esta, el conde de Wellington, estaba muy bien considerado, pero lograba pocos progresos.

Bonaparte también había invadido Rusia.

La guerra incesante había causado un declive aún más pronunciado en el comercio mundial, además de una inflación galopante. El pueblo británico era más pobre y pasaba más hambre, mientras que sus hijos morían en lugares lejanos.

—Tiene que haber una solución. ¡La guerra no es inevitable! —exclamó Elsie con rabia.

A Amos le encantaba lo mucho que se sulfuraba con esos temas. Qué diferente era de Jane, que solo se enfadaba por lo que le concernía a ella misma...

—Miembro del Parlamento —dijo con tono reflexivo—. Tendré que pensarlo un poco más.

Elsie sonrió con una expresión radiante, como siempre.

—Sigue pensando —dijo, alejándose ya.

Amos cruzó el puente y fue a la zona industrial de la orilla sur del río. Ya tenía tres factorías. En una de ellas, Barrowfield's New Mill, Kit Clitheroe estaba instalando una máquina de vapor que Amos le había encargado.

Kit había servido cinco años en la milicia y había llegado a comandante, pero luego se había despedido y había fundado con Roger Riddick un negocio que ambos llevaban tiempo ideando. Roger diseñaba máquinas y Kit las construía. A pesar de la depresión económica provocada por la guerra, estaban ganando dinero.

Amos todavía pensaba en Kit como en un niño, aunque ya tenía veintisiete años y se había convertido en un hombre próspero y un mago de la ingeniería. Tal vez fuera porque seguía soltero y no parecía tener ningún interés por encontrar novia, y menos aún por casarse. Se preguntó entonces si el joven sería esclavo de una pasión imposible, tal como la que él mismo había sentido por Jane.

Kingsbridge se estaba pasando al vapor. El río era más barato como fuente de energía para la maquinaria, pero no tan fiable. A veces su fuerza era poderosa; a veces, débil. Después de un verano seco, el nivel del agua bajaba mucho, la corriente se aletargaba y las norias de las fábricas giraban perezosamente mientras todos esperaban las lluvias del otoño. El carbón costaba dinero, pero nunca se agotaba.

La nueva máquina de vapor de Amos estaba encerrada en una salita propia para contener los daños en caso de que estallara, cosa que sucedía a veces, si fallaba una válvula de seguridad. La sala tenía buena ventilación y una chimenea para expulsar los gases, y la caldera estaba montada sobre un robusto pedestal de roble. Utilizaría agua bombeada del río y luego filtrada.

—¿Cuándo estarás listo para conectarla a la maquinaria? —preguntó Amos.

—Pasado mañana —dijo Kit. Siempre se expresaba con exactitud y seguridad.

Amos fue a inspeccionar las otras dos fábricas; su principal interés era asegurarse de que podría servir a todos los clientes en las fechas prometidas. Al final de la tarde, regresó a su despacho y estuvo escribiendo cartas. Las máquinas aminoraron la marcha hasta detenerse a las siete en punto, y entonces regresó a su casa.

Se sentó a devorar la cena que el ama de llaves le había dejado preparada en la mesa de la cocina. Un momento después, oyó unos golpes apremiantes en la puerta principal y se levantó a abrir.

En la entrada estaba Jane.

—Esto ya ha pasado antes —dijo Amos.

—Pero ahora no llueve, y tampoco vengo en busca de afecto —contestó ella—. Estoy furiosa. Tan enfadada que no podía quedarme en casa con mi marido. —Y entró sin que él la invitara.

Amos cerró la puerta.

—¿Qué ha ocurrido?

—¡Que Henry se va a España! ¡Justo cuando creía que, por fin, podría empezar a vivir como una condesa!

Amos imaginó el motivo.

—Se incorporará al regimiento de Kingsbridge.

—Sí. Por lo visto es una tradición familiar. Cuando el viejo conde heredó su título, a los veintipocos años, pasó tres años de servicio activo con el 107.º de Infantería. Henry dice que se espera lo mismo de él, sobre todo ahora que el país está en guerra.

—Es uno de los pocos sacrificios que hacen los aristócratas ingleses para justificar una vida de lujo y ociosidad.

—Hablas como un revolucionario.

—Un metodista es un revolucionario que no quiere cortarle la cabeza a nadie.

Jane se sintió repentinamente abatida.

—No te pases de listo —dijo—. ¿Qué voy a hacer yo ahora?

—Entra y cena conmigo.

—No podría comer nada, pero me sentaré a tu lado.

Fueron a la cocina, donde Amos sirvió un poco de vino y Jane bebió un sorbo.

—Hal tiene buen aspecto —comentó Amos.

—Es un encanto.

—Dentro de unos años, tal vez empiece a parecerse a su padre... Sea quien sea.

—Ay, Amos, es hijo tuyo.

Se quedó pasmado. Jane nunca le había dicho nada.

—¿No tienes ninguna duda?

—¡Acabas de verlo salir de la librería! Henry no ha comprado una novela en su vida. Solo lee historia militar.

—Eso no demuestra nada, en realidad.

—No puedo demostrarlo, pero todos los días te veo en él.

Amos reflexionó un momento. Estaba predispuesto a fiarse del instinto de Jane.

—Tal vez, cuando Henry se marche a España, yo pueda ver a Hal un poco más, ¿no? —propuso—. Aunque supongo que viviréis en Earlscastle.

—¿Yo sola? No, gracias. Haré que Henry conserve Willard House. Tendré mis propias dependencias, y la milicia, que use el resto del edificio. Le diré que el país lo necesita. Haría cualquier cosa si cree que es su deber patriótico.

—¿Estás segura de que no quieres un poco de pastel de carne? Está muy bueno.

—Tal vez sí.

—Te cortaré un trozo pequeño. En cuanto hayas comido algo, te encontrarás mejor.

Ella aceptó el plato y lo dejó en la mesa, pero, en lugar de comer, se quedó mirando a Amos.

—¿Qué he hecho ahora? —preguntó él.

—Nada. Solo te has portado como sueles hacer, con consideración y lealtad. Debería haberme casado contigo.

—Deberías, sí —dijo Amos—. Pero ahora ya es muy tarde.

Elsie era muy consciente de la suerte que tenía. Seguía viva después de haber tenido cinco hijos; el último, George, había nacido en 1806. Muchas mujeres morían al dar a luz, y pocas vivían para tener tantos. Más insólito aún era que todos sus hijos estuvieran perfectamente sanos. El nacimiento de Georgie, sin embargo, no había sido como los demás: el parto se había prolongado muchas horas y ella había sangrado en abundancia. Cuando todo terminó, le anunció a Kenelm con firmeza que no habría más y él aceptó su resolución. La intimidad marital nunca había sido una prioridad para él, de modo que no lamentó demasiado tener que renunciar a ella. Ahora, seis años después, Elsie notaba en su cuerpo ciertos cambios que indicaban que, de todos modos, pronto perdería la capacidad de concebir.

Kenelm y ella nunca habían estado muy unidos. A él no se le daban bien los niños, así que no participaba mucho en la crianza de sus hijos y rara vez iba a ver a Elsie a la escuela dominical. No era un hombre perezoso; como deán, desempeñaba sus deberes con energía. Pero compartían poco. Su auténtico compañero era Amos, que estaba muy entregado a la escuela y, pese a no ser padre, tenía buena mano con los jóvenes.

Sus cinco hijos entraron en el comedor de la casa del deán para desayunar. Sin duda, Kenelm habría preferido que los más pequeños lo hicieran en el cuarto de los niños, pero Elsie opinaba que ya eran mayores —George tenía seis años— y que, de todos modos, esa era la única forma de enseñarles modales en la mesa. Stephen, el mayor, tenía quince años y ya iba a la Escuela de Gramática de Kingsbridge.

De vez en cuando, Kenelm aprovechaba la oportunidad para poner a prueba sus conocimientos religiosos, y ese día preguntó quién de la Biblia no tenía madre ni padre. Les pidió a sus hijos que contestaran por orden de edad, empezando por el benjamín.

—Jesús —respondió Georgie.

—No —dijo Kenelm—. Jesús tiene madre, María, y padre, José.

Elsie se extrañó de que su marido no se hubiera parado a pensar cómo podía ser José el padre si la madre era virgen. Los niños mayores podían preguntárselo, pero Kenelm esquivó la cuestión siguiendo de inmediato con su interrogatorio:

—Martha, ¿lo sabes tú?

Martha tenía un año más que Georgie y contaba con una respuesta mejor.

—Dios —dijo.

—Cierto. Dios no tiene padres, pero no estoy pensando en una divinidad, sino en un hombre.

—Yo lo sé, yo lo sé. Adán —dijo Richie, de diez años.

—Muy bien. Pero hay alguien más.

Billy, el siguiente en orden de edad, puso cara de compungido.

—Yo no lo sé —contestó.

Kenelm miró a Stephen.

—Has hecho trampa —dijo este, que ya era un adolescente malhumorado.

—Ah, ¿sí? —repuso su padre—. ¿Por qué?

—La respuesta es Eva, porque tampoco fue engendrada por un padre y una madre, pero no es un hombre, sino una mujer.

Billy se indignó.

—¡No es justo! —exclamó—. Nos ha engañado, padre.

Elsie se echó a reír.

—Billy tiene razón, no ha sido justo. Creo que todos los niños lo han hecho muy bien, así que todos recibirán seis peniques para comprar regaliz.

Mason entró entonces con la correspondencia y Kenelm se concentró en sus cartas. Los niños terminaron de desayunar y salieron. Elsie estaba a punto de levantarse de la mesa cuando Kenelm alzó la mirada.

—¡Oh!

—¿Qué pasa? —preguntó Elsie.

—El obispo de Melchester ha muerto.

—¿No era muy joven?

—Cincuenta años. Ha sido algo inesperado.

—Qué lástima.

—El arzobispo tendrá que buscar a alguien que lo sustituya.

Kenelm estaba emocionado, pero Elsie solo sintió consternación.

—Sé lo que estás pensando.

Aun así, Kenelm lo expresó en voz alta:

—Es la gran oportunidad que estaba esperando. No se trata de uno de los obispados más importantes, de manera que es adecuado para un hombre joven. Tengo cuarenta años, he sido deán de Kingsbridge durante ocho y cuento con un diploma de Oxford... Soy el candidato perfecto para obispo de Melchester.

Elsie se sintió abatida.

—¿No eres feliz aquí?

—Claro que sí, pero no es suficiente. Mi destino es ser obispo. Siempre lo he sabido.

Eso era cierto, pero las ambiciones de los jóvenes solían moderarse a medida que cumplían años.

—Yo no quiero ir a Melchester —dijo ella—. Está a ciento sesenta kilómetros.

—Pues tendrás que ir —repuso Kenelm sin darle más vueltas—. Es un obispado.

Tenía razón, por supuesto. Una mujer siempre seguía a su marido; disponía de menos libertad que un sirviente.

—Te veo muy confiado —dijo Elsie—, pero no puedes saber lo que tiene en mente el arzobispo.

—Pronto lo descubriré. Augustus Tattersall está llevando a

cabo sus visitas trienales por la diócesis y llegará a Kingsbridge la semana que viene.

Tattersall era la mano derecha del arzobispo.

—Se alojará en el palacio episcopal.

—Desde luego, pero lo invitaré a cenar con nosotros una noche.

—Muy bien.

Kenelm dobló su servilleta con gesto complacido.

—Creo que tal vez me entere de todo lo que necesito saber —sentenció.

Tres años atrás, cuando Kit todavía estaba en la milicia, Roger había ido a su casa un lunes por la noche para cenar con la familia. Al terminar, Jarge se había ido a la práctica de tañido de campanas, Sal a la taberna Bell y Sue a dar una vuelta con un chico que le gustaba, Baz Hudson.

Kit y Roger se quedaron sentados en la cocina, frente al fuego, mientras Roger fumaba en su pipa. Kit se sentía extraño al estar a solas con él en la casa, aunque no sabía por qué. Debería haber estado contento: Roger le gustaba.

Permanecieron un par de minutos sin decir nada, y entonces Roger dejó la pipa y tomó la palabra:

—No pasa nada, ¿sabes?

Kit estaba desconcertado.

—¿No pasa nada?

—Por sentir lo que sientes.

Kit notó un calor repentino en las mejillas. Se había sonrojado. Había mantenido en secreto sus sentimientos porque le resultaban bochornosos. Roger no podía saber lo que ocultaba en su corazón. ¿O sí? No, era imposible.

—Créeme, sé cómo te sientes —dijo Roger.

—¿Cómo puedes saber lo que siente otra persona si no te lo ha dicho?

—Porque yo mismo he pasado por ello… Por todo lo que

tú estás pasando ahora. Y quiero que comprendas que está bien.

Kit no sabía cómo responder a eso.

—Deberías decirlo —continuó Roger—. Decir lo que sientes. Dímelo. Te prometo que así recuperarás la alegría.

Kit estaba decidido a no decir nada, pero se le escapó contra su voluntad:

—Te quiero.

—Lo sé —dijo Roger—. Yo también te quiero.

Y lo besó.

Poco después, Kit consiguió dejar la milicia y entre los dos montaron su negocio. Alquilaron una casa en Kingsbridge, con un taller en la planta baja y una vivienda arriba, y desde entonces habían dormido juntos todas las noches.

Kit había adoptado poco a poco el papel del responsable, el adulto. Era quien gestionaba el dinero. El propio Roger lo había puesto como condición para su asociación, consciente de que él siempre se jugaba todo lo que tenía. Kit recibía los pagos, saldaba las facturas y dividía los beneficios entre dos. Su propio dinero lo ingresaba en una cuenta del Kingsbridge and Shiring Bank; la mitad de Roger acababa en manos de Sport Culliver tarde o temprano. Otra condición, esta vez impuesta por Kit, fue que Roger jamás pidiera ningún préstamo, aunque no estaba muy seguro de que respetara esa regla. Roger era un genio, tenía un cerebro privilegiado para la ingeniería, pero era adicto al juego. Kit lo cuidaba y lo protegía; su relación era la contraria a la que habían tenido en Badford, en los viejos tiempos.

Los domingos, Roger se iba al establecimiento de Culliver a jugar al *loo* de cinco naipes mientras Kit visitaba a su madre. Se reunía con la familia en el oficio de la comunión metodista y luego los acompañaba a casa. Les había comprado una casita modesta. Sal tenía cuarenta y cinco años y Jarge cuarenta y tres; ambos seguían trabajando, Sal para Amos y Jarge para Hornbeam. Kit les compraba un cargamento de carbón todos los inviernos y les enviaba un corte de carne los sábados para la comida de los domingos. No deseaban ningún lujo. «No queremos vivir como los ricos, porque no lo somos», decía Sal. Pero Kit se aseguraba de que nunca les faltara de nada.

Sue se había casado con Baz Hudson, que era un buen carpintero y casi nunca andaba corto de trabajo. No era metodista, así que Sue y él iban a misa en St. Luke, pero luego se reunían con el resto de la familia para comer.

Sal sirvió cerveza. Kit prefería el vino, pero nunca se lo había pedido a su madre porque sabía que Jarge bebía demasiado. Aun estando sobrio, Jarge era un provocador.

—Digo yo que a los rusos les hará mucho bien que los conquiste Bonaparte —comentó, muy consciente de que Baz era un patriota conservador.

—Esa sí que es una opinión sorprendente —comentó Kit con tacto—. ¿Qué te hace decir eso, Jarge?

—Bueno, los rusos son esclavos, ¿verdad?

—Siervos, tengo entendido.

—¿Qué diferencia hay?

—Trabajan su propia tierra.

—Pero son propiedad del conde local, ¿o no?

—Sí, los siervos son como la propiedad.

—Pues ahí lo tienes.

Baz tomó la palabra:

—¿No fue Bonaparte el que reinstauró la esclavitud en el Imperio francés?

—No —dijo Jarge—. La revolución abolió la esclavitud.

—Sí, pero Bonaparte volvió a implantarla —insistió Baz.

—Baz tiene razón, Jarge. Tenían miedo de perder el imperio en las Indias Occidentales, así que Bonaparte legalizó de nuevo la esclavitud.

Jarge se molestó.

—Bueno. Aun así, yo creo que a los rusos les iría mejor con Bonaparte que con sus zares.

Baz no dio su brazo a torcer.

—No creo que lleguemos a saberlo. Por lo visto, a los franceses no les está yendo muy bien en Rusia. Sus soldados mueren de hambre y enfermedades, y ni siquiera han luchado ninguna batalla todavía, según los periódicos.

—Yo no presto mucha atención a lo que publican los periódicos —dijo Jarge, de mal humor.

No le sentaba bien que le quitaran la razón.

—En fin —zanjó Sal—. Esta carne estaba buenísima, Kit, gracias. También he preparado un estupendo budín de sebo con pasas.

—Me encanta el budín de sebo —dijo Baz.

El ambiente se distendió un poco mientras recogían los platos y sacaban el postre.

—¿El negocio sigue viento en popa, Kit? —se interesó Baz.

—No va mal. El soporte de roble que construiste para la caldera de Amos está muy bien hecho, es muy sólido, gracias.

—Durará más que la caldera.

Jarge levantó la cuchara, pero no se la metió en la boca.

—Bueno, no sé —dijo—, los dos estáis construyendo una maquinaria que deja sin trabajo a otros hombres. ¿Qué sentido tiene eso?

—Lo siento, Jarge, pero los tiempos cambian —repuso Kit—. Si no le seguimos el ritmo al progreso, nos dejará atrás.

—¿Es eso lo que me pasa, entonces? ¿Que me han dejado atrás?

Sal le puso una mano en el brazo.

—Come un poco de budín, marido mío —dijo.

Jarge no le hizo caso.

—Sabéis lo que están haciendo los luditas en el norte, ¿verdad?

Todo el mundo había oído hablar de los luditas. Decían que estaban encabezados por un tal Ned Ludd, aunque seguramente se trataba de un nombre falso, si es que el hombre existía.

—¡Están destrozando las máquinas! —exclamó Jarge.

—Me parece que casi todos son operarios de tricotadora —dijo Kit.

—Son hombres que no están dispuestos a que sus patrones los traten mal, eso es lo que son —puntualizó Jarge.

—Bueno —dijo Sal—, espero que no tengas ganas de ver máquinas destrozadas aquí en Kingsbridge.

—Solo digo que no se puede culpar a unos hombres que están furiosos porque los pisotean.

—Puede que nosotros no los culpemos, pero el gobierno sí. No querrás que te envíen a Australia...

—Preferiría pasar catorce años en Australia a dejar que los patrones me exploten.

Sal se enfadó.

—No tienes ni idea de lo que es ir a Australia y, de todas formas, ¿qué te hace pensar que serían solo catorce años?

—Son los que le cayeron a mi hermana.

—Sí, pero se marchó hace diecisiete años y todavía no ha regresado. Pocos lo hacen.

—Da igual, porque la ley ha cambiado —informó Kit—. Ahora, destruir maquinaria se castiga con la pena capital.

—¿Desde cuándo? —preguntó Jarge.

—El Parlamento aprobó la Ley de Destrucción de Maquinaria en febrero o marzo.

—Pretenden quebrantar nuestro espíritu, eso es lo que pretenden —opinó Jarge—. Primero la Ley de Traición y la Ley de Reuniones Sediciosas, luego la Ley de Asociación y ahora esto. Cualquier hombre que defienda los derechos de los trabajadores se arriesga a que lo cuelguen. Nos estamos convirtiendo en un país de cobardicas.

Se detuvo y, con gesto beligerante, añadió:

—No me extraña que no consigamos derrotar a los franceses.

Cuando Augustus Tattersall fue a cenar a la casa del deán, le estuvo preguntando a Elsie por la escuela dominical con genuino interés, cosa que le gustó y la halagó. El hombre comía con entusiasmo y bebía poco vino. Kenelm estaba claramente molesto por tanta charla insustancial, así que pronto se le agotó la paciencia.

—Arcediano, debo preguntarle por el obispado vacante de Melchester —dijo cuando les sirvieron la fruta y los frutos secos.

—Faltaría más.

—Tengo curiosidad por saber a qué clase de hombre busca el arzobispo.

—Me alegra poder satisfacer su curiosidad —dijo Tattersall con su voz suave y precisa—. Supongo que se considera usted un candidato adecuado, y no le falta razón, por lo que debo comunicarle sin más preámbulos que no será el elegido.

Elsie pensó que la forma más directa era la menos dolorosa, pero Kenelm no logró disimular su decepción. Se le congestionó el rostro y, durante un preocupante segundo, Elsie temió que fuera a echarse a llorar. Sin embargo, la ira ganó la partida y Kenelm cerró los puños sobre el mantel blanco.

—Piensa que soy un buen candidato, pero... —Casi se atragantó al hablar—. Pero insinúa que ya le han dado el puesto a otro.

—Sí.

—¿De quién se trata? —quiso saber Kenelm, aunque entonces se dio cuenta de que estaba siendo descortés, por lo que añadió—: Si me permite la pregunta.

—Por supuesto. El arzobispo ha elegido a Horace Tomlin.

—¿A Tomlin? ¡Lo conozco! Iba dos cursos por detrás de mí en Oxford. No he oído que se haya distinguido especialmente por su carrera desde entonces. Dígame, con sinceridad, arcediano..., ¿es porque soy escocés?

—De ninguna manera. Eso puedo asegurárselo.

—Entonces ¿por qué?

—Se lo diré. Tomlin ha pasado los últimos cinco años siendo capellán de un regimiento de dragones, y solo ha presentado su renuncia a causa de una enfermedad que contrajo en España.

—¿Un capellán?

—Sé lo que está pensando. La flor y nata del clero no suele trabajar de capellán del ejército.

—Exacto.

—En cierto modo, de eso se trata. El arzobispo tiene firmes opiniones respecto a la guerra. Considera que estamos luchando contra unos ideales ateos y, aunque Bonaparte ha revertido algunas de las decisiones anticristianas más insultantes de los revolucionarios franceses, no ha devuelto la propiedad robada a la Iglesia francesa. Opina que nuestro clero debe participar en la batalla. Los soldados del frente, conscientes de que pueden morir en cualquier momento, necesitan el consuelo de Dios más que nadie. Nuestros mejores clérigos no deben quedarse en casa a vivir con comodidades, sino ir a donde se los necesita. Esa es la clase de servicio que el arzobispo está decidido a recompensar.

Kenelm guardó silencio un rato. Elsie intuía que no era momento para decir nada, y finalmente fue su marido quien habló:

—Permítame asegurarme de que lo he entendido bien.

Tattersall sonrió para animarlo.

—Hable con total libertad, por favor.

—Cree que merezco un obispado.

—Lo creo. Es usted inteligente, recto y trabajador. Sería un buen partido para cualquier diócesis.

—Pero sabe que, en las circunstancias actuales, el arzobispo siempre favorecerá a cualquier hombre que haya servido como capellán.

—Correcto.

—De modo que la única forma que tengo de conseguir lo que anhelo es hacerme capellán.

—La única forma segura, sí.

Kenelm levantó su copa de vino y la vació de golpe. Parecía un reo antes de su ejecución.

«Oh, no», pensó Elsie.

—En tal caso —anunció su marido—, mañana por la mañana me ofreceré para unirme al 107.º Regimiento de Infantería.

# 33

El pastor Midwinter dijo que anunciaría su candidatura el domingo por la mañana, después del oficio de la comunión. Amos estuvo nervioso todo el tiempo que duró el oficio. No podía prever cuánto apoyo tendría. Elsie había dicho que los ciudadanos lo conocían y lo veían con buenos ojos, pero ¿hasta el punto de elegirlo su representante en el Parlamento?

Se hallaban en la tercera Casa Metodista que se construía en Kingsbridge, que era la más grande, tan imponente que algunos miembros de la congregación la consideraban un exceso de lujo. Pensaban que era la obra de Dios lo que debía impresionar a los hombres y no los edificios que estos construían. Sin embargo, otros opinaban que era hora de que el metodismo empezara a reflejar por fuera lo bien que su religión les hacía sentir por dentro.

Amos no se definía con respecto a esa cuestión. Tenía cosas más importantes en las que pensar.

Midwinter introdujo el tema.

—Seguramente todos sabéis que el Parlamento se ha disuelto y que se han convocado elecciones generales.

También Midwinter imponía con su presencia. Había cumplido sesenta y siete años, pero en su caso la edad le confería un aire distinguido. Tenía el pelo y la barba completamente blancos, aunque igual de poblados que siempre. Las mujeres jóvenes lo veían como a un padre, pero las de mediana edad solían ruborizarse y esbozar una sonrisita cuando él les hablaba con su voz aterciopelada.

—Me complace deciros que un miembro de esta congregación, aquí presente, se ha propuesto como candidato. —Hizo una pausa para conseguir aún más efecto con sus palabras y a continuación pronunció su nombre—: Amos Barrowfield.

La gente no aplaudía en la iglesia, ni siquiera en la Casa Metodista, pero todos expresaron su aprobación diciendo «Amén» o «Alabado sea el Señor». Varias personas cruzaron la mirada con Amos y le dirigieron gestos de ánimo.

Era una buena señal.

—Ha llegado el momento de que este movimiento nuestro tenga más peso en la forma de gobernar el país —siguió diciendo Midwinter—. Estoy de acuerdo en proponer a Amos y confío en que la iniciativa reciba vuestra aprobación.

Se oyeron más voces diciendo «Amén».

—Aquellos que deseen ayudar en la campaña electoral de Amos están invitados a quedarse para que podamos celebrar una reunión y planificarla.

Amos se preguntaba cuántas personas se quedarían.

Al terminar el oficio los feligreses siempre tardaban un rato en dispersarse. Se saludaban, charlaban e intercambiaban noticias. Al cabo de una media hora, la mitad se había marchado ya y el resto empezó a ocupar de nuevo sus asientos con aire expectante.

Midwinter los llamó al orden y le pidió a Amos que hablara.

Era la primera vez que pronunciaba un discurso.

Elsie le había aconsejado que lo hiciera igual que si se tratara de una clase de la escuela dominical: «Sé natural, sé amable y expresa claramente lo que quieras decir. Verás que es muy fácil».

Elsie siempre había tenido fe en él.

Se levantó y miró alrededor. Casi todos los asistentes eran hombres.

—Gracias a todos —dijo un poco tenso, y a continuación decidió ser sincero y añadió—: No estaba seguro de que se quedara alguien.

Todos rieron ante su modestia, y así se rompió el hielo.

—Me presentaré como *whig* —prosiguió. Los *whigs* eran el partido de la tolerancia religiosa—. Pero no tengo previsto hacer campaña sobre cuestiones religiosas. Si salgo elegido, debo trabajar en interés de todos los habitantes de Kingsbridge, metodistas o anglicanos, ricos o pobres, con derecho de voto o no.

De pronto, se dio cuenta de que era un discurso demasiado general.

—Supongo que es lo que dice todo el mundo —afirmó con pesar, y de nuevo su sinceridad fue obsequiada con risas de agradecimiento.

»Permitidme que concrete un poco más —siguió diciendo—. Creo que este país necesita dos cosas muy sencillas: pan y paz.

Dio un sorbo de un vaso de agua. Algunos de los asistentes asentían para mostrar su acuerdo.

—Es una vergüenza que tengamos leyes que favorezcan los altos precios del cereal. Eso protege los ingresos de los terratenientes más ricos mientras los ciudadanos corrientes tienen que pagar más dinero por el pan. Esa clase de leyes deben revocarse y la población debe tener acceso al pan, que según la Biblia es nuestro sustento.

Se oyeron varios «Amén» a coro. Acababa de mencionar el tema más sensible entre la opinión pública de Kingsbridge. La aristocracia del país, poseedora de tierras, utilizaba su poder de forma descarada —sobre todo los representantes de la Cámara de los Lores— para asegurarse beneficios procedentes de la agricultura y, por tanto, mucho dinero a cambio del arrendamiento de los miles de hectáreas de tierras de cultivo que les pertenecían. Los metodistas, que en su mayoría eran artesanos de clase media y pequeños empresarios, estaban indignados. Los pobres no tenían más remedio que pasar hambre.

—Necesitamos la paz casi tanto como los pobres necesitan el pan. La guerra ha causado estragos a los empresarios y los trabajadores, y sin embargo quienes han ocupado el cargo de primer ministro —William Pitt, el duque de Portland, Spencer Perceval y ahora el conde de Liverpool— ni siquiera han intentado negociar el cese de las hostilidades. Eso debe cambiar. —Vaciló—. Podría decir más, pero veo por vuestras caras que no necesitáis que os convenza.

Ese comentario arrancó nuevas risas a los presentes.

—Vamos a hablar, pues, de lo que tenemos que hacer para cambiar las cosas.

Se sentó y le hizo una señal al pastor.

Midwinter volvió a ponerse de pie.

—En Kingsbridge hay unos ciento cincuenta hombres con derecho de voto —empezó a decir—. Necesitamos averiguar quiénes son, qué han votado en el pasado y qué se sienten inclinados a votar esta vez. Luego podremos iniciar la campaña para cambiar la mentalidad de los ciudadanos.

A Amos se le antojaba una empresa titánica.

Midwinter prosiguió.

—El alcalde está obligado a publicar la lista de los ciudadanos con derecho de voto, de modo que durante los próximos días deberíamos verla en los tablones de anuncios, y también se publicará en la *Kingsbridge Gazette*. Necesitamos averiguar qué votaron en las últimas elecciones generales, hace cinco años. La información es pública y en la Casa Consistorial deben tener un registro, y también en los archivos del periódico. —El voto no era privado. Los hombres estaban obligados a expresar su preferencia en una sala llena de gente y cada uno de los votos se publicaba en la *Kingsbridge Gazette*—. Una vez que obtengamos la información, iremos a hablar con ellos.

Hizo una pausa.

—Perdonadme si lo que voy a deciros os parece innecesario: en nuestra campaña no se aceptarán sobornos; que a nadie se le pase por la cabeza.

En realidad, en Kingsbridge las elecciones siempre habían transcurrido sin que apenas hubiera casos de corrupción. En los últimos años los votantes, muy alegremente, habían elegido al vizconde Northwood. Sin embargo, Midwinter tenía la sensación de que debía hacer hincapié en la postura de los metodistas y Amos estuvo de acuerdo.

—No se ofrecerá ni prometerá ningún favor a cambio de apoyo —siguió diciendo Midwinter—. Les pediremos a los ciudadanos que voten a quien consideren el mejor candidato, y esperemos que se decidan por el nuestro.

Alguien habló desde la última fila y Amos vio que se trataba de Spade.

—Creo que las mujeres tienen un papel muy importante en las elecciones —dijo.

Su esposa, Arabella, estaba con él. Se había convertido al metodismo cuando se casaron. Entre ambos se hallaba Abe, de trece años, el hijastro de Spade, o mejor dicho su hijo si se daba crédito a las habladurías propagadas por Belinda Goodnight.

—Puede que no estén predispuestas a discutir sobre las leyes del cereal o sobre Bonaparte, pero todas y cada una de las mujeres de esta congregación son capaces de hablar con la mano en el corazón y decir que conocen a Amos Barrowfield desde hace muchos años y que es un hombre honrado y trabajador. Una apreciación así puede ser más beneficiosa que entrar en polémicas sobre Austria y Rusia.

—Muy bien —dijo Midwinter—. Propongo que volvamos a reunirnos el miércoles después del oficio; para entonces deberíamos tener la lista de los votantes. Pero antes de marcharnos de aquí hace falta que firmemos los documentos para proponer al candidato. Yo voy a firmarlos. Spade, ¿tú te animas? Nos irá bien tener a un concejal en la lista.

—Lo haré encantado.

—Y también nos iría bien tener a un anglicano. Como ya ha dicho el propio Amos, no quiere ser un candidato que solo represente a los metodistas.

—¿Qué tal Cecil Pressman, el constructor? —sugirió Amos—. Sé que está en contra de la guerra, pero va a la iglesia de St. Luke.

—Buena idea.

—Conozco a Cecil. Hablaré con él —se ofreció Spade.

Y la campaña se puso en marcha.

La mayoría de las tardes Elsie iba a ver a su madre. La casa era espaciosa, y la joven pensó que resultaba demasiado grande para dos adultos y un niño. Cuando pertenecía a Will Riddick estaba decorada con paneles de madera de roble y telas de terciopelo oscuro y era famosa por todas las prostitutas que entraban y la gran cantidad de botellas vacías que salían. Ahora tenía un aspecto bastante distinto. A Spade le gustaban los muebles de línea clásica, como las sillas de respaldo cuadrado y las mesas de patas rectas, pero con tejidos de motivos elaborados. A Arabella, en cambio, le encantaban las formas redondeadas y los cojines, los tapizados generosos y las cortinas con drapeados y festones. Elsie había observado a lo largo de los años cómo sus distintas preferencias se combinaban en un único estilo práctico y abundante en detalles sin llegar a resultar recargado. Y en verano lucían jarrones con rosas del jardín.

A sus cincuenta y ocho años, Arabella seguía siendo hermosa. Spade también compartía esa opinión; solo había que verlos juntos para darse cuenta. Ese día llevaba puesto un vestido de seda verde oliva con encajes en las mangas y el bajo. A Spade le gustaba que luciera ropas elegantes.

Cuando Elsie iba de visita solían estar las dos a solas, ya que Spade había ido a trabajar y Abe, a la escuela. Así podían hablar de sus cosas. Arabella sabía que Elsie seguía perdidamente enamorada de Amos y Elsie sabía que Abe era hijo de Spade, no del obispo. Era un niño feliz, de modo que la maldición de Latimer no había dado resultado.

Tomaron el té en la sala de estar, que con su orientación oeste quedaba bañada por el tenue sol de octubre.

—De camino hacia aquí me he encontrado a Belinda Goodnight —dijo Elsie.

—De pequeñas erais uña y carne —respondió Arabella.

—Recuerdo que tenía un teatro de marionetas y solíamos representar funciones sobre muchachas que se enamoraban de vagabundos.

—Una vez me hicisteis asistir a una. Fue horroroso.

Elsie se echó a reír.

—Belinda se ha convertido en una chismosa de miedo.

—Ya lo sé. La gente dice que se entera de más cosas por ella que por la *Kingsbridge Gazette*.

—Me ha contado algo que me inquieta. Parece que por ahí andan diciendo sin tapujos que Amos es el padre del pequeño vizconde Northwood.

Arabella se encogió de hombros.

—Es posible que sea cierto, aunque nadie lo sabe seguro. Cuando nació hubo rumores, pero pronto cesaron. Me pregunto por qué la gente vuelve a hablar de ello.

—Por las elecciones, claro. Los secuaces de Hornbeam se encargan de airearlo.

—¿Crees que los rumores harán que la gente deje de votar a Amos?

—Es posible.

—Hablaré con David sobre eso.

A Arabella le gustaba llamar David a su marido en lugar de Spade.

Se quedaron calladas unos instantes, cosa que no solía ocurrir. Fue Arabella quien rompió el silencio.

—Hay alguna otra cosa que te ronda por la cabeza.

Elsie asintió.

—Kenelm está preparándose para marcharse a España.

—¿Cuándo se va?

—Depende. Después de Año Nuevo enviaremos refuerzos a Wellington y saldrá un barco de Combe con oficiales y soldados que se han alistado en el 107.º de Infantería. Kenelm está esperando a recibir la notificación.

—Tendrás que dejar la casa del deán. ¿Adónde irás?

—No estoy segura. A lo mejor alquilo una casa.

—Se te ve preocupada. Dime qué te ronda por la cabeza.

—¡Oh, madre! —exclamó Elsie—. Me encantaría vivir aquí, con usted.

Arabella asintió, nada sorprendida.

—Y a mí me encantaría tenerte cerca, ya lo sabes.

—Pero ¿qué pasa con Spade?

—Esa es mi única duda. Es un hombre amable y generoso, pero ¿estará dispuesto a compartir la casa con los hijos de otro hombre? ¡Y con cinco, nada menos!

—Es pedir demasiado, ya lo sé, pero ¿sería tan amable de hablarlo con él?

—Claro que sí —respondió Arabella—. Aunque no sé qué dirá.

Arabella observó a Spade, que estaba en el vestíbulo preparándose para asistir a una reunión del consejo. Los calzones empezaban a pasar de moda y se había vestido con unos pantalones confeccionados con un paño gris de rayas. Se puso una levita de frac azul con doble botonadura y un sombrero de copa con el ala curvada y se miró en el espejo colgado junto a la puerta.

—Me encanta cómo te queda lo que te pones —le dijo—. Muchos hombres tienen un aspecto descuidado y anodino, en cambio tú siempre pareces sacado de un anuncio del taller de algún sastre.

—Gracias —respondió él—. Sí que soy un anuncio, pero más del paño que de la prenda.

—Hoy me ha llegado un rumor que deberías conocer —prosiguió Arabella.

—Espero que tenga enjundia.

—Sí que la tiene, pero no te gustará.

—Cuéntamelo.

—Elsie ha venido de visita esta tarde, como de costumbre.

Spade recordó que el yerno de Arabella se había incorporado al 107.º Regimiento de Infantería como capellán.

—¿Cuándo se marcha Kenelm a España?

—Aún está ultimando detalles.

—Te he interrumpido, disculpa. ¿Qué dice ese rumor?

—La gente dice que Amos es el padre del pequeño vizconde Northwood.

Spade pensó que era una mala noticia. Cualquier indicio de inmoralidad podía ser muy perjudicial en unas elecciones. A él le pasó algo parecido que arruinó su candidatura cuando quiso ser concejal por primera vez. La segunda vez, sin embargo, ya se había casado y el escándalo perdió fuerza.

—¿A quiénes se refiere Elsie con «la gente»?

—A ella se lo ha dicho Belinda Goodnight, que está hecha una buena chismosa.

—Hummm... Hubo rumores sobre el joven Hal, pero eso fue hace años.

Spade se acordaba porque la situación de Hal era parecida a la de Abe. De ambos se decía que habían sido concebidos en adulterio. El primer marido de Arabella, el obispo Latimer, reaccionó con furia, pero cuando Jane le dijo a Henry que esperaba un hijo y heredero suyo él no cuestionó la paternidad del niño y los rumores acabaron por disiparse.

—Pues parece que vuelve a haberlos.

Spade emitió un gruñido de indignación.

—Ya sé por qué. Es por las elecciones.

—¿Crees que Hornbeam se ha encargado de propagar la noticia?

—No me cabe ninguna duda.

Arabella hizo una mueca de disgusto, como si se hubiera llevado a la boca algo en mal estado.

—Ese hombre es una hiena.

—Tienes razón. Pero creo que puedo hacerle callar. Esta noche hablaré con él.

—Buena suerte.

Spade le dio un beso en los labios y se marchó.

El consejo municipal, formado por doce concejales, se reunía en la sala de la Casa Consistorial. Como siempre, sobre una mesa había una jarra de jerez y una bandeja con copas para que los concejales se sirvieran a su gusto. El alcalde, Frank Fishwick, presidía la reunión con su habitual mezcla de amabilidad y firmeza.

Los dos candidatos parlamentarios eran concejales y estaban presentes en la reunión. A Spade le llamó la atención el gran contraste que había entre ambos. Amos no había cumplido aún los cuarenta años y a Hornbeam le faltaba poco para los sesenta, pero no era solo una cuestión de edad. Amos parecía encontrarse cómodo con quién era y lo que hacía, pero la cara de Hornbeam revelaba que se trataba de un hombre cuya vida había estado plagada de conflictos. Tenía la cabeza inclinada y levantaba la vista por debajo de sus pobladas cejas como dispuesto a atacar a cualquiera que se atreviera a desafiarlo.

Las elecciones eran el punto principal del orden del día. El Parlamento había dictaminado que se convocaran entre el 5 de octubre y el 10 de noviembre. La fecha concreta era potestad de la autoridad local. El consejo decidió que se celebrara un acto de campaña con discursos por parte de los candidatos en la plaza del mercado el día de San Adolfo y que la votación tuviera lugar al día siguiente en la Casa Consistorial. Se habían recibido dos candidaturas y ambas eran válidas. El recuento sería supervisado por el secretario de los jueces, Luke McCullough. No hubo controversia en los acuerdos y Spade dedicó el tiempo a planear la conversación con Hornbeam.

En cuanto se disolvió la reunión, fue directo hacia él.

—Si me lo permite, me gustaría intercambiar unas palabras con usted, concejal.

Hornbeam se mostró distante.

—Tengo prisa.

Spade cambió de tono.

—Si sabes lo que te conviene, Joey, más te vale tener tiempo para esto.

El hombre se quedó demasiado sorprendido para protestar.

—Ven conmigo un momento. —Spade lo guio hasta un rincón—. Parece que alguien ha desenterrado el antiguo rumor sobre Amos y Hal Northwood.

Hornbeam recuperó su habitual actitud arrogante.

—Espero que no creas que ando por ahí propagando chismes obscenos.

—Tú eres el responsable de lo que dicen quienes son tus amigos y te apoyan. No quieras hacerme ver que actúan por iniciativa propia. Ellos hacen lo que tú les pides, y, cuando les ordenes que paren, pararán. Ha llegado el momento de que les digas que se muerdan la lengua y dejen de hablar de Hal Northwood.

Hornbeam levantó la voz.

—Aunque lo que me estás diciendo fuera verdad, ¿por qué motivo debería obedecerte?

Un par de hombres se volvieron a mirarlos.

Spade también levantó la voz para responder.

—Porque aquellos que viven en palacios de cristal no deberían arrojar piedras.

Hornbeam moderó el tono.

—No tengo ni idea de qué me estás hablando —dijo, pero su actitud contradecía sus palabras.

Spade siguió hablando en voz más baja pero con igual insistencia.

—Me obligas a decírtelo; tú también eres hijo ilegítimo.

—¡Qué necedad!

Hornbeam empezó a resoplar entrecortadamente, como si tuviera problemas para controlar la respiración.

—Siempre has dicho que tu madre murió durante una epidemia de viruela en Londres.

—Es la pura verdad.

—No puedes haberte olvidado de Matt Carver.

Hornbeam soltó un gruñido como si acabaran de propinarle un puñetazo en el estómago. Su rostro palideció y empezó a tener serias dificultades para respirar. Parecía incapaz de pronunciar palabra.

—He conocido a Matt Carver —dijo Spade—. Y se acuerda bien de ti.

El concejal recuperó el habla.

—No sé de nadie con ese nombre.

—Matt estaba a tu lado cuando viste morir a tu madre en la horca.

Eran palabras crueles, pero Spade tenía que asegurarse de que Hornbeam comprendiera que lo sabía todo.

—Eres un demonio —consiguió articular Hornbeam.

Spade negó con la cabeza.

—No soy ningún demonio y no pienso arruinar tu reputación. No te mereces ningún miramiento, pero las elecciones no deben ganarse o perderse en función de unos rumores malintencionados. Hace siete años que sé cuál es tu pasado, pero no le he dicho nada a nadie, ni siquiera a Arabella. Y seguiré callado si cesan las habladurías sobre Amos y Hal.

—Me encargaré de que sea así —musitó Hornbeam.

—Muy bien —dijo Spade, y se marchó.

Hornbeam jamás se lo perdonaría, pero de todos modos eran enemigos desde hacía años, de manera que no perdía nada.

Cuando volvió a casa, la cena estaba servida en la mesa del comedor. Spade tomó un poco de sopa de col y se cortó dos rodajas de ternera fría. Arabella dio unos sorbos de vino y Spade tuvo la sensación de que quería decirle algo. Cuando terminó de cenar, apartó el plato y le tiró de la lengua.

—Vamos, suéltalo.

Ella sonrió.

—Siempre sabes cuándo algo me preocupa.

—Adelante.

—Vivimos muy felices en esta casa, Abe, tú y yo.

—Doy gracias al Señor, y a ti.

—También yo te doy las gracias, David. Se ve que te gusto.

—Por eso me casé contigo.

—Te parecerá normal pero no lo es. Nunca hasta ahora había vivido con un hombre al que le gustase. Mi padre me consideraba fea y desobediente, y Stephen no se interesaba mucho por mí.

—Me cuesta imaginarlo.

—No quiero que nada cambie.

—Pero la vida trae cambios y…

—Y Elsie y sus hijos se quedarán sin hogar cuando Kenelm se marche a España.

—¡Vaya! —exclamó Spade—. Yo creía que se vendrían a vivir aquí con nosotros.

—¿En serio?

—Tenemos sitio suficiente.

—¿Y no te importará?

—¡Estaré encantado! Los quiero mucho a todos.

—Oh, David, gracias —dijo Arabella, y estalló en lágrimas.

Amos Barrowfield siempre conseguía poner furioso a Hornbeam. Le había desbaratado el plan cuando quiso quedarse con el negocio del viejo Obadiah Barrowfield y luego consiguió que destituyeran a Will Riddick de su cargo de responsable de las compras de tela para la milicia. Ahora intentaba convertirse en miembro del Parlamento. Hornbeam llevaba tanto tiempo aspirando a sustituir a Northwood que lo consideraba su derecho legítimo. No imaginaba que tendría que luchar por el puesto.

Albergaba la esperanza de destruir la reputación de Amos propagando la noticia de que era el verdadero padre de Hal Northwood, pero Spade, el muy ladino, le había arruinado la estrategia, de modo que no le quedaba otro remedio que recurrir a la artillería pesada.

Se dispuso a hacerle una visita a Wally Watson, un fabricante de hilo. Wally no tejía, tan solo hilaba y teñía un producto de calidad uniforme en una fábrica que constituía la mayor hilatura de la ciudad. Lo lógico sería que fuese un *tory* y votara a Hornbeam, pero era metodista, por lo cual tal vez sintiera inclinación por los *whigs* y por Barrowfield.

Los hombres como Wally formaban una parte importante de los votantes. Con todo, Hornbeam sabía cómo ocuparse de ellos.

Cuando salía por la puerta se le sumó su nieto, que iba camino de la Escuela de Gramática situada en la plaza, y recorrieron juntos el tramo de Main Street. El joven Joe Hornbeam ya era más alto que su abuelo. Tenía quince años, pero parecía mayor e incluso lucía un bigote bastante respetable. Sus ojos seguían siendo azules, aunque habían perdido la inocencia y su mirada se había tornado retadora y penetrante. Siempre estaba serio, tanto que resultaba muy poco común para su edad. Se aplicaba mucho y tenía planeado ir a la Universidad de Edimburgo para cursar estudios de ciencias e ingeniería.

Hacía años que a Joseph Hornbeam le preocupaba quién lo relevaría en la dirección de su negocio. Deborah estaba capacitada para hacerlo, pero para una mujer era difícil estar al frente de un grupo de hombres. A su hijo Howard el puesto le venía grande. Sin embargo, Joe podía ocuparse de ello. Era su único nieto y el hombre tenía todas las esperanzas puestas en él.

Para el concejal era importante que el negocio siguiera en marcha, ya que significaba el trabajo de toda una vida. Se había asegurado una pequeña parcela de tierra en el camposanto de la catedral que le había costado el precio de una nueva sillería para el coro de madera de roble cuidadosamente tallada, pero lo que de verdad mantendría viva su memoria era el mayor negocio de pañería del oeste de Inglaterra.

—¿Qué tal va la campaña electoral, abuelo? —preguntó Joe—. ¿Ha empezado con buen pie?

—No esperaba tener competencia —dijo Hornbeam—. Normalmente solo se presenta un candidato.

—No me cabe en la cabeza que un metodista pueda dedicarse a elaborar leyes. Ya han quebrantado las leyes de la Iglesia.

El único defecto del joven Joe consistía en su tendencia a ceñirse a una moral estricta. No era ni mucho menos bondadoso, más bien al contrario, pero de vez en cuando insistía en hacer lo que creía que era lo correcto, aun cuando las circunstancias invitaran a actuar de otro modo. En la escuela había rechazado un premio porque otro muchacho lo había ayudado a redactar el trabajo ganador. Estaba en contra de que se negociara la paz porque Bonaparte era un tirano. Admiraba al ejército porque los oficiales daban órdenes y los hombres tenían que obedecer. Sin embargo, Hornbeam estaba seguro de que dichas actitudes se suavizarían a medida que madurara.

—Tenemos que ocuparnos de los hombres tal como son, no como deberían ser —dijo.

Joe parecía reacio a aceptar eso, pero antes de que le diera tiempo de pensar una respuesta llegaron a la plaza y se separaron.

Hornbeam cruzó el puente, pasó junto a sus fábricas y se dirigió a la hilatura de Watson. Como casi todos los patrones, Watson pasaba la mayor parte del tiempo en la fábrica, observando las máquinas y a la mano de obra que se ocupaba de su funcionamiento, de modo que el concejal lo encontró allí. Sin embargo, disponía de un despacho cerrado con paredes para aislarlo del ruido, y lo invitó a pasar.

Wally era joven, y Hornbeam había observado que quienes se convertían en disidentes solían hacerlo de jóvenes.

—Confío en que el hilo de seda y lana merino teñido de rojo que fabriqué para usted esté dando buen resultado, señor Hornbeam.

La lana merino era suave, y la seda lo hacía más fuerte y le daba un ligero brillo. Era un hilo que gozaba de gran popularidad a la hora de confeccionar vestidos de mujer.

—Me va bien, gracias —respondió Hornbeam—. Probablemente pronto le encargaré más.

—Estupendo. Estamos a su disposición para servirle. —Wally estaba nervioso porque no sabía qué esperar a continuación—. Usted y yo hemos hecho muchos negocios juntos a lo largo de los años y me parece que eso siempre nos ha beneficiado a ambos.

—Más o menos. En los últimos doce meses le he comprado hilo por valor de dos mil trescientas setenta y cuatro libras.

Wally se quedó de piedra al ver que conocía la cifra exacta.

—Pues me alegro mucho de tener un cliente como usted, señor Hornbeam —dijo.

Este fue directamente al grano.

—Supongo que puedo contar con su voto en las próximas elecciones.

—Ah —exclamó Wally con aire apurado y un poco temeroso—. Bueno, como sabe, Barrowfield es metodista, igual que yo, de manera que estoy en una situación difícil.

—¿Sí? —preguntó Hornbeam—. ¿De verdad?

—¡Ojalá pudiera votarles a los dos! —exclamó Wally con una risita tonta.

—Pero como eso no es posible...

Se hizo un silencio.

—No seré yo quien le diga a quién tiene que votar, por supuesto —prosiguió Hornbeam.

—Es muy amable por su parte.

Daba la impresión de que Wally había creído que el concejal iba a echarse atrás, pero le esperaba un buen desengaño.

—Tendrá que sopesar qué es más importante, si su amistad con Barrowfield o las dos mil trescientas setenta y cuatro libras que me he gastado en su negocio.

—Oh.

—¿Qué le conviene? Esa es la decisión que tiene que tomar.

Wally parecía muy angustiado.

—Si lo plantea de esa manera...

—Sí, así es como lo planteo.

—Pues tenga por seguro que mi voto será para usted.

—Gracias. —El concejal se puso de pie—. Sabía que terminaríamos entendiéndonos. Que tenga un buen día.

—Que tenga un buen día, señor Hornbeam.

El día de San Adolfo amaneció frío pero con sol. La plaza estaba abarrotada, ya que el acto de campaña ofrecía un atractivo adicional. Sal acudió con Jarge, como siempre, pero estaba nerviosa. Jarge trabajaba en la Upper Mill de Hornbeam y esta permanecía cerrada tres días a la semana porque ya no abastecía a la milicia, por lo cual sus ingresos se habían reducido a la mitad y pasaba los días libres de taberna en taberna. La ociosidad combinada con la ingesta de alcohol lo volvía irascible. Andaba en compañía de otros tejedores que también luchaban por mantenerse a flote y se retroalimentaban en su descontento.

En la feria de San Adolfo siempre ocurrían pequeños incidentes: hurtos, borracheras y disputas que a veces terminaban a golpes. Sin embargo, ese día Sal captó algo en el ambiente que suponía una amenaza mayor. A principios de año el destrozo de maquinaria de toda índole se había multiplicado, empezando por el norte y propagándose por todo el país, y los ataques a las fábricas se organizaron con un grado de disciplina tal que habían conseguido aterrorizar a la élite dominante. Jarge lo aplaudía.

También estaba inquieta por otra cosa. Aunque el asesinato del primer ministro Perceval no tenía nada que ver con la industria del paño —el asesino estaba obsesionado con un ajuste de cuentas personal—, en algunas poblaciones la noticia había suscitado entusiasmo. El odio entre clases había alcanzado en Inglaterra un nuevo punto álgido.

Sal temía que ese día se produjera un altercado cuando los candidatos parlamentarios pronunciaran sus discursos. Si eso llegaba a ocurrir, su mayor preocupación sería conseguir que Jarge se mantuviera al margen de las reyertas.

Mientras paseaban entre los puestos ambulantes apareció Jack Camp, el amigo de Jarge.

—¿Te vienes a tomar una jarra de cerveza, Jarge? —lo tentó.

—Más tarde a lo mejor —respondió él.

—Estaré en la Bell —insistió Jack, y se marchó.

—No tengo dinero —se quejó Jarge a Sal.

A ella le supo mal y le dio un chelín.

—Pásatelo bien, cariño, y prométeme que no te emborracharás —le dijo.

—Te lo prometo —afirmó, y se marchó.

Sal vio un puesto regentado por un sargento que reclutaba hombres para el 107.º Regimiento de Infantería. Estaba hablando con un grupo de jóvenes de la ciudad y les mostraba un mosquete. Ella se detuvo para prestar atención.

—Es el último mosquete de chispa Land Pattern que se ha enviado a los regimientos de infantería —dijo—. Mide casi un metro de largo sin la bayoneta. Se conoce como Brown Bess.

Se lo entregó a un chico alto que estaba a su lado y Sal reconoció a Joe, el nieto de Hornbeam. Una muchacha que trabajaba en una de las fábricas lo observaba con gran interés. Recordó su nombre al instante: Margery Reeve. Era guapa, de expresión decidida, y resultaba evidente que solo tenía ojos para Joe. Suspiró al recordar sus propios anhelos de juventud.

Joe levantó el arma y la apoyó en su hombro. Sal lo observó con curiosidad.

—Fíjate en que el cañón no es plateado sino marrón —dijo el sargento—. ¿Alguno de vosotros sabe por qué lo han fabricado así?

—¿Para evitar que haya que sacarle brillo? —aventuró Joe.

El sargento se echó a reír.

—El ejército no se molesta en evitarte trabajo —dijo, y los otros chicos también rieron—. No, el color marrón mate es para que no refleje la luz. Si el sol rebota en tu arma puede hacer que un soldado francés apunte con más seguridad y te dé.

Los muchachos estaban fascinados.

—Tiene un punto de mira moldeado en la parte posterior para mejorar la puntería y un guardamonte que ayuda a mantener el pulso firme. ¿Cuál creéis que es la cualidad más importante que debe tener un soldado armado con un mosquete?

—Buena vista —respondió Joe de nuevo.

—Eso es muy importante, claro —admitió el sargento—. Pero te aseguro que lo que más necesita un soldado de infantería es saber mantener la calma. De esa manera puedes apuntar mejor y disparar con mayor precisión. Y eso es al mismo tiempo lo más difícil cuando vuelan los proyectiles y los hombres caen como moscas. Sin embargo, es lo que te mantiene con vida cuando los otros sucumben al pánico.

Le quitó el mosquete a Joe y se lo entregó a otro muchacho. Era Sandy Drummond, el hijo del comerciante de vino.

—Ahora casi siempre utilizamos cartuchos precargados. El antiguo sistema de la polvorera de cuerno y la bolsa de balas es más lento. Hoy en día los soldados de infantería pueden cargar y disparar tres veces por minuto.

Sal se alejó.

Cerca de la escalera de la catedral había dos carros con la plataforma descubierta aparcados a veinte metros de distancia el uno del otro, y los grupos políticos rivales los estaban decorando con banderas e insignias para utilizarlos como tarima para los discursos. Sal vio a Mungo Landsman y a sus compinches de la taberna Slaughterhouse merodeando cerca de allí. Siempre estaban dispuestos a buscar pelea.

Amos se encontraba junto a la tarima de los *whigs* ataviado con un abrigo verde botella y un chaleco blanco e iba estrechando la mano y hablando a quienes se acercaban. Uno de ellos vio a Sal y quiso hacerle una pregunta.

—Señora Box, usted que trabaja para este hombre, díganos la verdad. ¿Qué tal es como patrón?

—Mejor que la mayoría, eso os lo puedo asegurar —dijo Sal con una sonrisa.

En ese momento llegó Luke McCullough, el secretario de los jueces y abogado del consejo municipal, seguido de Hornbeam, que iba vestido rigurosamente de negro y llevaba una peluca y un sombrero. McCullough era el responsable de que las elecciones se desarrollaran con normalidad.

—Señor Barrowfield, señor Hornbeam, voy a lanzar esta moneda al aire. Usted, señor Hornbeam, como es el concejal más antiguo, tiene el privilegio de elegir cara o cruz. Quien acierte podrá decidir si quiere pronunciar su discurso en primer lugar o en segundo.

—Cara —dijo el hombre cuando McCullough lanzó la moneda.

El secretario atrapó la moneda, cerró el puño y la depositó sobre el dorso de la otra mano.

—Cruz —anunció.

—Hablaré en segundo lugar —decidió Amos.

Sal supuso que había tomado esa decisión para poder rebatir lo que su oponente dijese.

—Señor Hornbeam, empezaremos en cuanto esté preparado —dijo McCullough.

El concejal regresó al carro de los *tories* y se dirigió a Humphrey Frogmore, que era quien había presentado su candidatura. Frogmore le tendió un fajo de papeles y Hornbeam los leyó con atención.

Los ciudadanos de Kingsbridge no habían olvidado a Tommy Pidgeon, por lo que Hornbeam jamás gozaría de popularidad, pero Sal pensó que no tenía por qué preocuparse de los ciudadanos de a pie puesto que lo único que importaba eran los votos, y quienes tenían derecho a votar eran empresarios y terratenientes con escasa tendencia a compadecerse de un ladrón.

Sal vio que Jarge y Jack Camp salían de la Bell junto con algunos amigos, todos con sus respectivas jarras de cerveza, y pensó que ojalá se hubieran quedado dentro de la taberna.

McCullough se subió al carro de los *tories* y agitó una campanilla enérgicamente. Más personas se apiñaron alrededor.

—Elecciones para designar a un miembro del Parlamento por Kingsbridge —anunció—. Joseph Hornbeam hablará en primer lugar; después lo hará Amos Barrowfield. Por favor, escuchen a los candidatos en silencio. No se tolerará que nadie arme alboroto.

«Pues estáis listos…», pensó Sal.

Hornbeam subió a la tarima con los papeles en la mano y permaneció callado unos instantes mientras ponía en orden las ideas. La multitud guardaba silencio, pero, mientras esperaban, un hombre lo abucheó.

—¡Sarta de tonterías!

La ocurrencia fue recibida con gran hilaridad y Hornbeam se quedó desconcertado.

Con todo, enseguida se recuperó.

—¡Votantes de Kingsbridge! —empezó a decir.

De las aproximadamente mil personas reunidas en la plaza, la mitad estaban escuchándolo. Sin embargo en la ciudad solo había ciento cincuenta hombres con derecho de voto, de modo que la mayor parte de los asistentes al acto no pertenecía a ese grupo y muchos estaban resentidos por ello. En las tabernas había muchas discusiones acaloradas sobre los defectos del «gobierno hereditario», un término utilizado como eufemismo para designar al rey y a la Cámara de los Lores, ya que la ley no permitía criticarlos.

Los ciudadanos más radicales se pronunciaban en las tabernas a favor de la Revolución francesa. Sal había hablado sobre Francia con Roger Riddick, el socio de Kit, que había vivido en ese país. Roger sentía desprecio por los ingleses que aprobaban la Revolución, puesto que solo había servido para sustituir un tipo de tiranía por otro. Él afirmaba que los ingleses disfrutaban de mucha más libertad que sus vecinos, y Sal le creía, pero consideraba que no era suficiente con argumentar que en Inglaterra no se vivía tan mal como en otros lugares. Seguían produciéndose muchas injusticias y crueldades. Roger no se mostraba en desacuerdo con ella.

—Nuestro rey y nuestra Iglesia se ven amenazados —prosiguió Hornbeam.

Sal respetaba a la Iglesia, o por lo menos alguna parte de ella, pero no tenía tiempo para preocuparse por el rey y suponía que la mayoría de los trabajadores de las fábricas compartían su punto de vista.

—¡El rey no me ha ayudado en nada! —gritó alguien situado cerca de Jarge, lo cual arrancó vítores de la multitud.

Hornbeam habló sobre Bonaparte, que se había convertido

en emperador de los franceses. En ese terreno pisaba más firme. La mayor parte de los peones de Kingsbridge tenían algún hijo en el ejército y veían a Bonaparte como la mano derecha de Satán, de modo que el discurso difamatorio le valió unos cuantos aplausos más.

Se refirió a la Revolución francesa dando a entender que los *whigs* habían contribuido a que se produjera. Sal se preguntó cuántos de los asistentes caerían en su trampa. Tal vez algunos se dejaran engañar, pero la mayoría de los ciudadanos con derecho de voto estaban bien informados.

La mayor equivocación de Hornbeam era su actitud. Hablaba como si les estuviera dando órdenes a los directores de sus fábricas. Utilizaba un tono firme y autoritario, pero distante y poco amable. Si aquel discurso estaba sirviendo para algo era más bien para hacerle perder votos.

Al final volvió sobre el tema del rey y la Iglesia, y mencionó la necesidad de mostrar respeto por ambos. Esa forma de dirigirse a la clase trabajadora era un error y desató más abucheos. Sal se abrió paso entre la multitud para situarse junto a Jarge. Cuando vio que Jack Camp se agachaba y cogía una piedra del suelo, lo aferró por el brazo.

—Oye, Jack, piénsatelo bien antes de intentar matar a un concejal.

Eso bastó para disuadirlo.

Hornbeam terminó su discurso entre aplausos poco entusiastas y gritos de burla. Sal pensó que, por el momento, todo iba viento en popa.

La actitud de Amos fue muy distinta. Subió a la tarima y se quitó el sombrero como muestra de respeto por los asistentes. A continuación, habló sin consultar ninguna nota.

—Cuando les pregunto a los ciudadanos de Kingsbridge qué les preocupa, la mayoría mencionan dos cosas: la guerra y el precio del pan.

Ese inicio hizo que el público estallara inmediatamente en aplausos.

—El concejal Hornbeam se ha referido al rey y a la Iglesia —siguió diciendo—. Sin embargo, a mí ninguno de vosotros me ha hablado de eso. Creo que lo que deseáis es que se restablezca la paz y poder comprar una barra de pan por siete peniques.

Se oyó un clamor y Amos tuvo que levantar la voz para terminar la frase.

—¿Estoy en lo cierto?

El clamor aumentó hasta convertirse en un rugido.

La aversión por la guerra no estaba reservada a la clase trabajadora. Entre los ciudadanos que podían votar se contaban muchos que estaban hartos de un conflicto que ya duraba veinte años. Habían perecido demasiados jóvenes y, en general, el pueblo deseaba recuperar aquella normalidad en que el continente europeo era un destino adonde acudir de visita para comprar ropas de moda en París o contemplar las ruinas de Roma, y no un lugar en el que los propios hijos caían heridos de muerte. Sin embargo, la mayoría de los miembros del Parlamento tenían las miras puestas en la victoria y no en la paz. Tal vez algunos de los ciudadanos con derecho de voto considerasen que el Parlamento necesitaba a más hombres como Amos.

Sal pensó que su amigo tenía el don de la palabra. Era una de esas personas que consiguen ganarse al público sin que ni siquiera parezca que lo están intentando. Y su carisma se debía, en parte, a que no era consciente de poseerlo.

Pocos lo abuchearon y nadie le tiró piedras.

Cuando terminó el discurso, Sal fue a felicitarlo.

—Les encantas —dijo—. Les gustas mucho más tú que Hornbeam.

—Eso creo yo también, pero a Hornbeam le tienen más miedo —respondió él.

La votación tuvo lugar a la mañana siguiente. Los ciento cincuenta y siete electores de Kingsbridge acudieron a la Casa Consistorial y la llenaron de bote en bote. Luke McCullough y un ayudante tomaron asiento detrás de una mesa situada en mitad de la sala, donde cada uno disponía de un listado ordenado alfabéticamente. Los votantes se apiñaron en torno a la mesa mientras trataban de atraer la atención de McCullough. Cuando este veía a alguien u oía un nombre, comprobaba el listado para asegurarse de que el hombre en cuestión aparecía en el registro y repetía su nombre en voz alta. En ese momento el votante debía anunciar cuál era su voto y McCullough anotaba H o B al lado del nombre.

Hornbeam sentía un agradable aumento de su autoestima cada vez que alguien le votaba a él y se retorcía por dentro cuando alguien daba su voto a Amos. El proceso era lento y pronto perdió la cuenta de la cantidad exacta. Todos aquellos con quienes tenía tratos comerciales lo elegían a él, puesto que se había asegurado el voto yendo a visitarlos personalmente. Pero ¿bastaría? De lo único que estaba seguro era de que no había mucha diferencia entre los dos candidatos.

Se tardó casi dos horas en completar la votación. Por fin, McCullough anunció el resultado.

—¿Queda alguien por votar? —preguntó, pero no contestó nadie.

Tanto su ayudante como él llevaron a cabo el recuento. Cuando ambos hubieron terminado, el ayudante le susurró algo al oído y McCullough asintió en señal de acuerdo. A continuación volvieron a contar los votos, solo para asegurarse, y al parecer el resultado fue el mismo porque McCullough se puso de pie.

—El representante del Parlamento por Kingsbridge ha sido elegido libremente y con justicia —anunció, y toda la sala guardó absoluto silencio—. Declaro que el ganador es Joseph Hornbeam.

Sus simpatizantes estallaron en vítores.

—La próxima vez será, Amos —dijo en voz alta uno de los partidarios de Barrowfield cuando cesaron los aplausos.

Alan Drummond, el comerciante de vino, felicitó a Hornbeam y le estrechó la mano. Su hijo y el nieto del concejal eran amigos y la tarde anterior habían estado jugando juntos al fútbol, tras lo cual Joe había pedido permiso para quedarse a dormir en casa de Drummond.

—Me imagino que nuestros muchachos lo habrán pasado bien. Es probable que no hayan pegado ojo en toda la noche hablando de mujeres.

—Sin duda —repuso Drummond—, pero me ha sorprendido no verlos en la iglesia esta mañana. Tendrías que haberlos espabilado y sacado de la cama.

Hornbeam se quedó desconcertado.

—¿Yo tendría que haberlos sacado de la cama? Pero si estaban en tu casa.

—No, discúlpame pero estaban en la tuya.

El concejal estaba seguro de que los dos jóvenes no habían pasado la noche en su casa.

—Joe me dijo que se quedaría a dormir en casa de Sandy.

Los dos hombres se miraron, perplejos.

—Pues esta mañana he mirado en el dormitorio de Sandy y no ha deshecho la cama.

Eso no dejaba lugar a dudas.

—Entonces estarán en mi casa —dijo Hornbeam—. Debí de entenderlo mal. —Aun así se quedó preocupado porque no solía entender mal las cosas—. Voy a comprobarlo.

—Iré contigo si no te importa —decidió Drummond—. Para asegurarme.

Tardaron un rato en abandonar la sala ya que los partidarios de Hornbeam querían felicitarlo. Él fue brusco con todos; les estrechaba la mano y les daba las gracias, pero no se paró e ignoró sistemáticamente todos los intentos de entablar conversación. Una vez en mitad del frío de la calle, avivó el paso y Drummond tuvo que correr para seguir el ritmo de las largas piernas de Hornbeam.

Llegaron a casa del concejal en pocos minutos. Simpson, el lacayo, les abrió la puerta.

—¿Has visto a Joe esta mañana? —le preguntó Hornbeam sin preámbulos.

—No, señor, está en casa del señor Drummond…

Simpson se interrumpió al ver al comerciante de vino.

—Voy a mirar en su habitación.

Hornbeam subió corriendo la escalera y Drummond lo siguió. La cama de Joe estaba intacta.

—¿Qué diantres se traen entre manos esos dos? —exclamó Drummond.

—Espero que se trate de alguna travesura y nada más —dijo Hornbeam—. La otra posibilidad es que hayan tenido un accidente o se hayan metido en una pelea y estén tirados en alguna zanja. —Frunció el entrecejo, pensativo—. ¿Quién más había ayer jugando al fútbol? ¿Lo sabes?

—Sandy mencionó a Bruno, el hijo de Rupe Underwood.

—Vamos a ver si él sabe algo.

El negocio de cintería de seda de Rupe había resultado próspero, y ahora poseía una bonita casa en Cookshop Street. Hornbeam y Drummond se dirigieron allí a toda prisa y, al llegar, llamaron a la puerta. Encontraron a la familia Underwood sentada a la mesa, a punto de comer. Hornbeam recordó que Rupe había sido uno de los muchos admiradores de Jane Midwinter, pero se había casado con una mujer menos agraciada y más sensata. Obviamente, ella le había dado los tres hijos que, convertidos en sanos adolescentes, los acompañaban a la mesa.

Rupe se puso de pie.

—Concejal Hornbeam, señor Drummond, qué sorpresa. ¿Ocurre algo?

—Sí —respondió Hornbeam—. No encontramos a Joe ni a Sandy. Creo que ayer su hijo Bruno estuvo jugando al fútbol con ellos y nos gustaría preguntarle si tiene idea de dónde pueden estar.

Un muchacho de unos dieciséis años contestó:

—Yo lo sé, señor.

—Levántate cuando te dirijas al concejal Hornbeam, chico —le ordenó Rupe.

—Lo siento.

Bruno se levantó de forma apresurada.

—¿Y bien? ¿Dónde están?

—Se han alistado en el ejército —respondió Bruno.

Se hizo un silencio sepulcral.

—Dios que estás en los cielos, ten piedad —musitó Drummond.

—Qué muchachos tan necios —exclamó Hornbeam.

—No me lo habías dicho, Bruno —lo reprendió su padre.

—Nos pidieron que no contáramos nada.

—¿Por qué diantres habrán hecho una cosa así? —se preguntó Drummond.

—Eso —convino Hornbeam—. ¿Qué mosca les habrá picado?

Bruno respondió la pregunta.

—Joe dijo que tenía el deber de defender a su país y Sandy estuvo de acuerdo.

—Por el amor de Dios —exclamó Drummond, nervioso y exasperado.

—A los demás nos pareció que estaban locos —confesó Bruno.

—¿Adónde han ido? —quiso saber Hornbeam.

—Se marcharon con el sargento que estaba reclutando hombres en la feria.

—Es inaceptable. ¡Solo tienen quince años! —se quejó Hornbeam.

—Ahora a los quince años ya les dejan alistarse siempre que tengan la estatura mínima requerida —dijo Rupe—. La ley cambió en 1797.

—No pienso tolerarlo —dijo el concejal.

La idea de que su único nieto arriesgara la vida yendo a la guerra le resultaba atroz.

—¿Con quién podríamos hablar? —preguntó Drummond.

El 107.º Regimiento de Infantería estaba destinado en España y no tenía ningún cuartel en Kingsbridge. El ejército estaba allí representado por la milicia. Lord Combe era el nuevo coronel honorario, pero no era un militar en activo, a diferencia de Henry, que en ese aspecto había supuesto una excepción. Quien dirigía la milicia era Archie Donaldson, ascendido a teniente coronel, que ocupaba el antiguo gabinete de Henry en Willard House.

—Voy a cantarle las cuarenta a Donaldson. Tiene que devolvernos a los chicos.

Los dos hombres se pusieron en marcha de nuevo para dirigirse a Willard House, en la plaza del mercado. El sargento Beach, quien cumplía su deber con tal celo que resultaba exasperante, estaba de servicio en el vestíbulo y, tras una deliberada muestra de reticencia, los hizo pasar al despacho de Donaldson.

Muchos oficiales y soldados de la milicia se habían unido al 107.º Regimiento de Infantería para cobrar más y tener la oportunidad de ver mundo a pesar del riesgo que entrañaba, pero Donaldson había decidido quedarse. Era metodista y, tal vez, demasiado impresionable para matar hombres. Hornbeam lo recordaba como un joven alférez, pero ahora era de mediana edad y complexión robusta.

—Mire, Donaldson —empezó a decir Hornbeam—, un sargento ha embaucado a mi nieto y al hijo de Drummond para que se incorporen al ejército.

Donaldson no mostró la más mínima compasión.

—Pues me temo que yo no tengo nada que ver.

—Pero debe de saber dónde están.

—No. Los reclutadores no son tontos; no me lo dicen, ni a mí ni a nadie. En la milicia estamos acostumbrados a que los soldados se arrepientan de su decisión o a que los familiares intenten hacerles cambiar de idea, y son casos que despiertan pocas simpatías en un ejército en guerra.

Hornbeam estaba furioso, pero intentó adoptar un tono persuasivo.

—Vamos, Donaldson, debe de tener alguna idea de adónde han ido.

—Sí, cierta idea sí que tengo —reconoció el teniente coronel—. Estarán de camino a algún puerto donde reúnen tropas de refuerzo para enviarlas a España. Podría ser Bristol, Combe, Southampton, Portsmouth, Londres o algún otro lugar del que ni he oído hablar. Estén donde estén, el oficial al mando no les quitará ojo mientras sigan en Inglaterra. La próxima vez que tengan alguna oportunidad de salir corriendo estarán en Portugal.

—Iré a la Oficina de Guerra de Londres.

—Le deseo suerte. Aunque me parece que allí no encontrará ni siquiera la lista con los nombres de los soldados del ejército, así que todavía menos la información sobre dónde están destinados.

—¡Maldita sea!

Donaldson tenía un brillo de superioridad moral en la mirada.

—Es más o menos lo que le pasó a Jim Pidgeon —dijo como quien no quiere la cosa—. Seguro que se acuerda. Su mujer no sabía adónde había ido. Debía de sentirse igual que se siente usted ahora. Cuando se dio cuenta de que lo habían forzado a entrar en la armada, no hubo forma de conseguir que volviera.

Hornbeam estaba fuera de sí.

—Cómo se atreve…

—Lo que digo es la pura verdad.

—Es usted un perro insolente, Donaldson.

—Tiene suerte, Hornbeam; va contra mi religión retar a un hombre a batirse en duelo. Pero si no sabe hablar como un caballero, más vale que salga de mi despacho.

—Venga, Hornbeam —terció Drummond—. Vámonos.

Los dos hombres se dirigieron a la puerta y Drummond la abrió.

—Esto no termina aquí, Donaldson —lo amenazó Hornbeam.

—¿Piensa enfrentarse al ejército, Hornbeam? Será una batalla interesante, aunque ya sé quién la ganará.

Hornbeam salió del despacho y Drummond lo siguió.

—Donaldson es un cerdo engreído, pero tiene razón —dijo

Drummond mientras cruzaban el vestíbulo—. No hay salida. No podemos hacer nada.

—Yo siempre encuentro una salida —aseguró Hornbeam—. ¿Sabes que el deán de la catedral se ha presentado voluntario como capellán del 107.º de Infantería?

—Sí, Kenelm Mackintosh. Está casado con la hija del anterior obispo.

—¿Ya ha salido hacia España?

—No lo creo. Me parece que sigue viviendo en la casa del deán.

—Vamos a ver si puede ayudarnos.

La casa del deán estaba a cuatro pasos de allí. Una doncella salió a abrir y los hizo pasar al despacho de Mackintosh, donde lo encontraron guardando libros en un baúl. Su agraciado rostro mostraba claros signos de extremo nerviosismo.

—¿Se lleva libros a una zona en guerra?

—Por supuesto —respondió Mackintosh—. Una biblia, un libro de oraciones y unos cuantos ejemplares de obras devocionales. Mi misión es ofrecer sustento espiritual a las tropas. ¿Qué otra cosa iba a llevarme? ¿Pistolas?

Hornbeam no quería debatir sobre el papel de un capellán del ejército.

—Joe Hornbeam y Sandy Drummond se alistaron ayer en el 107.º de Infantería y no hemos logrado averiguar dónde están.

—¡Válgame Dios! —exclamó Mackintosh, horrorizado—. Espero que no convenzan a mi hijo Stephen.

—Es casi seguro que se encuentran de camino a España, donde el regimiento lucha bajo las órdenes de Wellington.

—¿Y qué quieren que haga yo?

—¡Consiga que vuelvan a casa!

—Bueno, los comprendo, pero no puedo hacer eso. No pienso ir contra las fuerzas del ejército haciendo que manden a casa a los mejores hombres. Si lo intentara, lo más probable sería que me mandasen a mí de vuelta. No cabe duda de que en su opinión los capellanes no somos tan útiles como los soldados jóvenes y robustos. Pero, si les sirve de consuelo, llegado el momento les ofreceré un entierro cristiano.

De pronto Hornbeam sintió que lo abandonaban las fuerzas. Al oír la palabra «entierro» se desmoronó. Durante años había conseguido afianzarse en la idea de que el sufrimiento y la pérdida habían terminado, de que se había convertido en dueño de su propio destino y la vida no le tenía reservadas más tragedias. Sin embargo, en ese momento su firme convicción se vino abajo y sintió por dentro el temblor provocado por un miedo profundo que no conocía desde que, de niño, se dedicaba a robar.

—Mackintosh, por favor, se lo ruego —le suplicó con una gran pesadumbre—. Cuando llegue, busque a Joe y averigüe cómo está, si se encuentra bien de salud y si tiene ropa y comida suficientes, y escríbame si puede. Es el ser a quien más quiero en el mundo y, de repente, no puedo comunicarme con él porque está de camino a la guerra y ya no puedo protegerlo. Me siento impotente, y le pido de rodillas que cuide de mi chico. ¿Lo hará?

Drummond y Mackintosh se lo quedaron mirando, estupefactos. Hornbeam sabía por qué: jamás lo habían visto de ese modo y ni siquiera imaginaban que pudiera actuar así. Apenas daban crédito a lo que estaban viendo y oyendo. Sin embargo, al concejal le daba igual lo que pensaran de él.

—¿Lo hará, Mackintosh, por favor? —insistió.

—Haré lo que pueda —respondió el capellán, perplejo.

# 34

Cuando Jarge llegó a casa, estaba de un humor de perros, y apestaba a cerveza y humo de tabaco. Saltaba a la vista que había pasado gran parte del día en alguna taberna con sus amigos. Sal estaba consternada.

—Creía que hoy ibas a ir a visitar a Mose Crocket.

Crocket era un pañero. Había pasado uno o dos años luchando por mantener su fábrica a flote, pero, en ese momento, había conseguido un contrato de avituallamiento con el ejército para un regimiento desplazado a Devon y su negocio tenía buenas perspectivas. Jarge seguía trabajando solo tres días a la semana para Hornbeam, y Sal le había comentado la posibilidad de que Crocket estuviera buscando tejedores para los seis días de la semana.

—Sí —dijo Jarge—. Fui a ver a Mose por la mañana.

—¿Y cuál es el problema?

—Está haciendo el cambio a los telares de vapor, ese es el problema. No puede dar trabajo a todos los tejedores con los que contaba antes, ni mucho menos contratar a peones nuevos. Un solo hombre es capaz de supervisar el funcionamiento de tres o cuatro telares de vapor al mismo tiempo.

—Qué lástima.

—Dice que debe adaptarse al avance de los tiempos.

—Contra eso no se puede discutir.

—Yo sí que puedo. A lo mejor los tiempos dejan de avanzar.

Sal sintió lástima por el apacible Mose Crocket al imaginárselo enfrentado a un airado Jarge.

—Espero que no te pelearas con él. —Colocó el cuenco humeante delante de su marido—. Tu favorita: sopa de patata, y hay mantequilla fresca para el pan.

Sal tenía la esperanza de que la comida absorbiera parte del alcohol que corría por las venas de Jarge.

—No, no quería pelearme con Mose —afirmó Jarge—. Pero, uno de estos días, es posible que Ned Ludd sí se pelee con él.

Sorbió una cucharada de sopa.

En un principio, Ned Ludd se había dado a conocer como el legendario cabecilla de los destructores de máquinas en las Midlands y el norte del país y, más adelante, el ludismo se había propagado también por el oeste de Inglaterra.

Sal se situó frente a Jarge y empezó a comer. La sopa y el pan estaban buenos y saciaban el hambre. Comían solos porque Sue se había casado y Kit se había ido a vivir con Roger.

—Ya sabes lo que está pasando en York, ¿verdad? —preguntó Sal.

—Han detenido a unos cuantos.

—Los llevarán a juicio. ¿Y tú crees que será un juicio justo?

—Ni por asomo. Seguro que han detenido a hombres inocentes. Les trae sin cuidado. Mandarán a algunos a la horca y, a otros, los deportarán a Australia. Solo quieren meter el miedo en el cuerpo a los peones, para que no se atrevan a protestar.

—Y, si hay altercados y alguien empieza a destrozar maquinaria aquí en Kingsbridge, ¿a qué hombres crees que detendrían primero?

Sal untó una rebanada de pan con mantequilla y se la pasó a su marido.

Él no respondió a la pregunta.

—Ya sabes quién le vendió a Mose esos malditos telares de vapor, ¿verdad que sí? Fue tu hijo, ni más ni menos que Kit.

—Kit también es hijo tuyo y lo es desde hace diecisiete años.

—Es mi hijastro.

—Eso mismo, y, por ser su padrastro, has salido bastante beneficiado, ¿no te parece? Tienes un hogar en condiciones y un buen plato de comida cada domingo, todo a costa de Kit.

—No quiero la caridad de nadie. Quiero poder disfrutar de un buen plato de comida a costa de mi trabajo. Lo que quiere un hombre de verdad es trabajar y ganar un salario para poder pagarse sus cosas.

—Ya lo sé —confirmó Sal, suavizando su tono de dureza. Y, en efecto, lo sabía. El dinero había dejado de ser su principal preocupación, puesto que Kit ganaba un sueldo bastante bueno y era generoso. El auténtico problema era el orgullo de Jarge. Todos los hombres eran orgullosos, pero él lo era mucho más—. La ociosidad se le hace muy difícil a un hombre bueno. A los holgazanes les encanta, pero, para alguien como tú, es una auténtica tortura. No permitas que eso te arruine la vida.

Siguieron comiendo en silencio durante un rato y luego Sal lavó los platos. Esa noche había práctica de tañido de campanas. Sal había adoptado la costumbre de acompañar a Jarge. En el pasado, iba a la Bell con Joanie a esperar a los campaneros, pero, como su amiga había sido deportada, Sal prefería no ir sola a la taberna.

La pareja iba caminando por Main Street, a la luz de las farolas, en dirección a la catedral. Cuando cruzaban la plaza adelantaron a Jack Camp, el amigo de Jarge, que llevaba una pelliza vieja y llena de agujeros.

—¿Todo bien, Jarge? —preguntó.

—Todo va bien —respondió este—. Voy a la práctica de tañido de campanas.

—Pues a lo mejor nos vemos luego.

—Pues sí.

—Parece que Jack te tiene en muy buena estima —le comentó Sal a su marido cuando se acercaban a la catedral.

—¿Por qué lo dices?

—Se ha pasado todo el día en la taberna contigo y ahora quiere volver a verte por la noche.

Jarge sonrió con malicia.

—Qué le voy a hacer si soy un encanto…

El comentario hizo reír a Sal.

La puerta norte de acceso a la iglesia estaba abierta, lo que indicaba que Spade ya se encontraba dentro. Ascendieron por la escalera de caracol hasta la sala de cuerdas, donde los campaneros estaban quitándose los abrigos y arremangándose. Sal se sentó con la espalda apoyada contra la pared, para no estorbar. Disfrutaba con la música de las campanas, pero, aún más, con la continua cháchara de los hombres, que, en ocasiones, era ocurrente y siempre divertida.

Spade los llamó al orden y empezaron a calentar con una variación común. A continuación, pasaron a variaciones más festivas, para ocasiones especiales como bodas y bautizos. Sal aprovechó para pensar en sus cosas mientras escuchaba.

Como siempre, estaba preocupada por sus seres queridos. Conseguir que Jarge no se metiera en líos había sido su objetivo vital. Defender los derechos de uno estaba bien, pero había que hacerlo de la manera adecuada, con más aflicción que ira. Jarge siempre acababa metiéndose en alguna pelea.

Kit tenía veintisiete años y seguía soltero. Hasta donde su madre sabía, jamás había tenido novia; desde luego, no había llevado ninguna a casa. Sal estaba casi segura de conocer el motivo. En esos casos, solía decirse que el chico en cuestión no estaba «hecho para el matrimonio», pero era un eufemismo. A su madre no le importaba, aunque la decepcionaba saber que no tendría nietos.

A Kit siempre se le habían dado bien las máquinas, y el negocio estaba prosperando, pero Roger no era el socio ideal. Un jugador jamás era de fiar.

Su sobrina, Sue, era la que menos le preocupaba. Estaba casada y parecía feliz. Tenía dos hijas, y a Sal le consolaba el hecho de tener, al menos, dos sobrinas nietas.

Jarge interrumpió su ensimismamiento.

—Tengo que salir un momento: ¡la llamada de la naturaleza! Tú te sabes la siguiente pieza, Sal, ¿puedes sustituirme?

—Encantada.

Con el paso de los años, la mujer lo había hecho a menudo, cuando un campanero avisaba de su ausencia en el último momento. Sal era lo bastante fuerte y sabía seguir el ritmo.

En cuanto Jarge empezó a descender por la escalera de piedra, se situó junto a la cuerda que pendulaba. Se quedó un poco sorprendida por su inesperada ausencia, pues la naturaleza no solía llamarlo de manera tan repentina. Tal vez hubiera comido algo que le había sentado mal; no su sopa de patatas, de eso estaba segura; quizá algún plato que había comido en la taberna Bell.

Apartó esa idea y se concentró para seguir las instrucciones que le había dado Spade. El tiempo se le pasó volando y el final del ensayo la pilló por sorpresa. Jarge no había regresado. Su mujer esperaba que no se encontrara mal. Spade le entregó el chelín que cobraba su marido y ella dijo que se lo daría.

Todos cruzaron la plaza hasta la taberna Bell y se toparon con Jarge en la puerta.

—¿Te encuentras mal? —preguntó Sal con preocupación.

—No.

Ella le entregó el chelín.

—Con eso puedes invitarme a una jarra de cerveza —sugirió ella—. Me lo he ganado.

Se sentaron dispuestos a relajarse durante una hora antes de ir a dormir. Las personas que empezaban a trabajar a las cinco de la mañana no trasnochaban.

No obstante, el rato de relajación no duró el tiempo previsto. Transcurridos tan solo un par de minutos, entró el alguacil Doye, con su peluca barata y su pesado báculo, con una expresión que combinaba agresividad y amedrentamiento. Iba en compañía de dos agentes, Reg Davidson y Ben Crocket. Sal se quedó mirándolos, preguntándose qué los tendría tan inquietos. Captó una mirada de desasosiego en el rostro de Spade y supo que su amigo conocía el motivo de preocupación del alguacil. Sal lo ignoraba.

Los parroquianos que estaban bebiendo en la taberna no tardaron en apercibirse del cambio de ánimo en el ambiente. El espacio fue sumiéndose en el silencio y todos dirigieron la mirada hacia Doye. A nadie le gustaba.

—Se ha declarado un incendio en la fábrica de Mose Crocket —anunció el alguacil.

Un murmullo de sorpresa recorrió la taberna.

—Los restos del incendio indican que muchas de las máquinas fueron destruidas antes de iniciarse el fuego.

Los parroquianos se mostraron impactados.

—Además, la cerradura estaba forzada.

—¡Oh, maldición! —exclamó Spade y Sal lo oyó.

—En la pared de la fachada, alguien ha escrito NED LUDD con pintura roja.

En opinión de Sal, ese dato era definitivo: la fábrica había sufrido el ataque de los luditas.

—Los hombres que lo hayan hecho morirán en la horca, no os quepa la menor duda —prosiguió Doye. A continuación, señaló directamente a Jarge—. Box, tú eres el más alborotador de toda la ciudad. ¿Qué tienes que decir?

Jarge sonrió, y Sal se preguntó cómo podía parecer tan seguro de sí mismo cuando estaban amenazándolo con la pena de muerte.

—¿Está usted sordo, alguacil? —preguntó Jarge.

—Pero ¿qué dices? —preguntó el hombre con enfado.

—Tendremos que empezar a llamarlo Doye, «el Sorderas» —replicó Jarge, quien parecía estar divirtiéndose.

—No estoy sordo, patán.

—Bueno, pues si no lo está, tiene que haberme oído, como todos los habitantes de Kingsbridge, tocando la campana número siete de la catedral durante la pasada hora, esta misma noche.

Los clientes de la taberna rieron, encantados de ver cómo el infame Doye era ridiculizado. Sin embargo, Sal ni siquiera sonrió. Entendió lo que había hecho Jarge y estaba furiosa. Su marido la había involucrado en una conspiración sin advertírselo. A ella no le cabía ninguna duda de que su marido se hallaba entre los hombres implicados en el asalto a la fábrica de Mose Crocket. Sin embargo, tenía una coartada: había estado en la práctica de tañido de campanas. Sal y los otros campaneros eran los únicos testigos de su ausencia durante el ensayo, y Jarge confiaba en que le guardaran el secreto. Su mujer pensó que tenía dos alternativas: mentir sobre lo ocurrido o traicionar a su marido y verlo morir en la horca. Era una situación del todo injusta.

Por segunda vez esa misma noche, se topó con la inteligente mirada de Spade. Sin duda alguna, había hecho el mismo razonamiento que ella y llegado a la misma conclusión: Jarge los había puesto a todos en peligro.

Por el momento, no obstante, Doye estaba desconcertado. No era un hombre muy espabilado. Su principal sospechoso tenía una coartada, y no se le ocurría qué hacer a continuación.

—¡Eso ya lo veremos! —exclamó con énfasis tras una larga pausa.

Fue una réplica tan endeble que todos los presentes se echaron a reír de nuevo.

Doye salió a toda prisa del lugar.

Las conversaciones se retomaron y la taberna recuperó su ruidosa atmósfera. Spade se inclinó hacia delante para dirigirse a Jarge con voz clara y grave, para que pudieran oírlo también los demás campaneros.

—No has debido hacerlo, Jarge —lo reprendió—. Ahora todos nos veremos obligados a mentir por ti. Está bien, yo lo haré. Pero el perjurio es un delito grave y no tengo ningunas ganas de delinquir por ti.

Los demás asintieron con la cabeza, pues estaban de acuerdo. Jarge adoptó una actitud de fingido desdén.

—El caso jamás llegará a los tribunales.

—Espero que no —deseó Spade—. Pero, si es así y me veo obligado a prestar declaración, te lo digo desde ya: contaré la verdad. Maldita sea, si acabas en la horca, será solo culpa tuya.

A principios de febrero, cuando Elsie estaba viviendo con su madre y Spade, recibió una carta procedente de España, escrita con la ya conocida y clara caligrafía de Kenelm. Se fue con la misiva al salón y la abrió con impaciencia.

Ciudad Rodrigo, España
25 de diciembre de 1812

Mi querida esposa:

Me encuentro en Ciudad Rodrigo, en España. Se trata de una pequeña población ubicada en lo alto de un monte, con vistas a un río. Tiene una catedral y me apena decir que, obviamente, es católica romana. Vivo en una habitación diminuta, en una casa habitada por oficiales del 107.º Regimiento de Infantería.

Bueno, al menos había llegado sano y salvo, y eso hizo que Elsie se sintiera aliviada. Una travesía por mar siempre era algo preocupante.

No estaba enamorada de Kenelm —jamás lo había estado—, pero, con el paso de los años, había llegado a admirar sus virtudes y a tolerar sus debilidades. Además, era el padre de sus cinco hijos. El bienestar de Kenelm era importante para ella.

Siguió leyendo:

Creía que España era un país caluroso, pero hace muchísimo frío, y las ventanas de la casa no tienen cristales, como la mayoría de las viviendas del lugar. Al este se ve la nieve en las cumbres de las montañas, que aquí llaman «sierras».

Tendría que enviarle algo de ropa de abrigo: un calzoncillo, tal vez, y unas calzas. Pobre hombre. Y eso que la gente no hacía más que hablar del insoportable calor que hacía en España.

El ejército está recuperándose de un importante revés. El sitio de Burgos fue un fracaso y nuestro regimiento llevó a cabo una retirada caótica; perdimos a muchos hombres a causa del frío y el hambre que sufrieron durante la larga marcha de regreso al cuartel general de invierno. Todo eso ocurrió antes de mi llegada.

Elsie había leído la noticia de la retirada en la prensa. El marqués de Wellington había gozado de algunas victorias durante el año anterior, pero, al final de esos doce meses, parecía encontrarse en el mismo punto donde empezó. Elsie se preguntó si sería tan buen general como pretendía.

Nuestros hombres están muy necesitados de guía espiritual. Cualquiera imaginaría que la batalla les recordaría la cercanía con el cielo y el infierno, les haría reflexionar sobre su situación y recurrir a Dios, pero, por lo visto, no funciona así. Son pocos los que desean acudir a los oficios. Muchos se pasan el tiempo bebiendo agua ardiente, gastándose la paga en el juego, y, disculpa que use este lenguaje, en compañía de fulanas. ¡Tengo muchísimo trabajo que hacer! Pero, ante todo, les recuerdo que soy su capellán y que siempre estoy dispuesto a rezar con ellos si me necesitan.

Elsie lo consideró todo un cambio en su marido. Kenelm siempre había estado muy aferrado al aspecto litúrgico del cristianismo. Daba una gran importancia a las casullas, los cálices ornamentados con piedras preciosas y las procesiones. Rezar con los hombres angustiados no había sido una prioridad para él hasta ese instante. El ejército ya había conseguido que tuviera una mentalidad más abierta.

En cuanto estuve instalado se me ocurrió que debía hacerle una visita a Wellington. Su cuartel general se encuentra en una aldea llamada Freineda, que está a cierta distancia a pie desde aquí, aunque no se me ocurriría pedir un caballo del ejército. La aldea se encuentra en un estado de tal ruina e inmundicia que asusta. Sentí mucha lástima al percatarme de la numerosa presencia de jóvenes mujeres de mala vida (sáltate esta frase cuando les leas la carta a nuestros hijos).

Nuestro comandante en jefe habita la casa situada junto a la iglesia. Es la mejor vivienda del lugar, lo que no es decir gran cosa; son un par de estancias construidas sobre un establo. Su padre era el conde de Mornington, y él se crio en Dangan Castle, ¡esto debe de ser todo un cambio para él!

Cuando llegué hablé con un edecán y me dijo que Wellington había salido de caza. Algo tendrá que hacer para entretenerse cuando no hay batallas que librar. El edecán se mostró bastante altanero y me dijo que no estaba seguro de si Wellington tendría tiempo para verme. No tuve más remedio que esperar, por supuesto.

Mientras lo hacía, ¿a que no sabes con quién me encontré? ¡Con Henry, el conde de Shiring! Se le ve delgado, pero parece feliz; de hecho, yo diría que está en su elemento. Lo han destinado como personal del cuartel general, por lo que trabaja codo con codo con Wellington. Tienen la misma edad y se conocieron allá por 1786, cuando ambos eran alumnos de la École Royale d'Équitation, en Angers.

Elsie pensó que, además, ambos tenían algo en común: Henry estaba más interesado en el ejército que en su esposa y, si los rumores eran ciertos, Wellington compartía esos mismos intereses.

Recordé el disgusto del concejal Hornbeam y le comenté que Joe Hornbeam y Sandy Drummond se habían alistado de forma voluntaria en el ejército, movidos por su patriotismo, y Henry pareció interesado. Le conté que eran dos jóvenes brillantes de la Escuela de Gramática de Kingsbridge, con madera de oficiales, y Henry me aseguró que intentaría localizarlos; estoy encantado de poder contarle a Hornbeam que he hecho cuanto estaba en mi mano por allanarle a su nieto el camino hasta alcanzar la condición de oficial.

Sin duda alguna, Elsie se lo haría saber a Hornbeam. No era una noticia que garantizase gran cosa, pero, al menos, el concejal sabría que dos hombres de Kingsbridge estaban pendientes de su nieto en España.

Al final, apareció Wellington, luciendo una capa negra y un abrigo de color celeste, que más adelante supe que era su atuendo habitual de caza en Salisbury. Entendí de inmediato por qué lo llaman «Viejo Narigudo»: tiene una magnífica nariz aguileña, con el tabique prominente y la punta ganchuda. Por lo demás, es un hombre bien parecido, un poco más alto que la media y con el pelo ondulado, que se peina hacia delante para ocultar su incipiente, aunque casi inapreciable, calvicie.

Henry me presentó y Wellington estuvo hablándome varios minutos, junto a su caballo. Me preguntó sobre mi trayectoria en Oxford y en Kingsbridge, y me dijo que se alegraba de verme. No me invitó a su casa, pero me sentí encantado de que tantas personas hubieran sido testigos del interés que demostró por mí. Fue amigable y mantuvo una actitud relajada, aunque presentí que mejor sería no tenerlo como enemigo. La expresión «puño de hierro en guante de seda» fue lo primero que me vino a la cabeza.

Elsie se alegraba por Kenelm. Sabía cuánto valoraba ese tipo de vivencias. Esa conversación con el comandante en jefe delante de un numeroso grupo de personas lo mantendría feliz durante meses. Era una debilidad inofensiva y su mujer había aprendido a tolerarla.

Ya termino, y me aseguro de que esta carta llegue en el envío semanal procedente de Lisboa con destino a Inglaterra. Esta misiva viajará junto a los despachos de Wellington y muchas otras cartas enviadas a casa, con todo el amor, a nuestros seres queridos. Pienso a menudo en los niños; por favor, transmíteles todo mi amor. Huelga decir que te envío mis más sinceros sentimientos de aprecio y amor, mi querida esposa.

Tu devoto esposo,

Kenelm Mackintosh

Elsie dejó la carta y se quedó pensando en su contenido durante un rato; luego la releyó. Se fijó en que, en el último párrafo, había tres menciones al amor. Eso eran más veces de las que había pronunciado la palabra en sus dieciocho años de matrimonio.

Pasados un par de minutos, Elsie les pidió a los niños que acudieran al salón.

—Hemos recibido una carta de vuestro padre —les anunció, y los pequeños reaccionaron con gritos de emoción—. Sentaos en silencio —indicó su madre—, y os la leeré.

El alcalde Fishwick convocó al consejo municipal para una reunión de emergencia debido al brote de violencia a causa de los ataques luditas. Spade sabía más sobre lo ocurrido que cualquiera de los presentes, pero debía ocultarlo. Decidió acudir, pero no decir nada o casi nada. Podría haberse mantenido al margen, aunque eso habría levantado sospechas.

Las reuniones del consejo —en las que participaban todos los concejales— solían ser ocasiones animadas, un encuentro de hombres elegantes y pagados de sí mismos que tomaban decisiones con firmeza sobre la gestión de los asuntos de la ciudad, mientras iban sirviéndose jerez del decantador situado en el centro de la mesa, una verdadera antigüedad. Creían que gobernar Kingsbridge era su derecho y tenían el convencimiento de que hacían bastante bien su trabajo.

Spade observó que, en esa ocasión, los concejales no se mostraban tan petulantes. Su estado de ánimo era pesimista. Parecían asustados.

Fishwick resumió el porqué.

—Desde el asalto a la fábrica de Mose Crocket, tres establecimientos más han sufrido los ataques de esos maleantes —anunció—. La Porqueriza, la fábrica del concejal Hornbeam; la fábrica vieja del concejal Barrowfield y mi propia fábrica. En todos los casos, las máquinas sufrieron daños, se produjeron incendios y alguien escribió el nombre de Ned Ludd en letras mayúsculas y con pintura roja en la pared. Además, se han producido incidentes similares en las ciudades colindantes.

—¿Creemos que ese hombre se ha trasladado hasta aquí desde el norte? —preguntó Hornbeam.

—Yo no creo que exista siquiera —afirmó Fishwick—. Lo más probable es que Ned Ludd sea un personaje de leyenda, como Robin Hood. En mi opinión, estas atrocidades no han sido organizadas por ningún cabecilla. Se trata de un puñado de hombres descontentos imitando a otros en la misma situación, eso es todo.

—Hasta ahora he tenido la suerte de librarme de esa clase de problema —aseguró Rupe Underwood.

Tenía poco más de cuarenta años, como Amos. Su flequillo rubio empezaba a encanecer, pero conservaba la costumbre juvenil de echar la cabeza hacia atrás para apartarse el pelo de los ojos. Lo más probable era que siguiera librándose del vandalismo, pensó Spade. Los procesos relacionados con la fabricación de cintas de seda eran los mismos que para el paño de algodón —hilar, teñir y tejer—, pero se trataba de una empresa especializada que daba empleo a un número reducido de personas.

—Debo preguntar algo —prosiguió Rupe—: esas fábricas que han sufrido los ataques ¿estaban vigiladas?

—Todas ellas —aseguró Fishwick.

—¿Y por qué los vigilantes no hicieron su trabajo con eficacia?

—Los atacantes superaban a mis hombres en número y los maniataron.

—Mis vigilantes tiraron los garrotes y salieron huyendo —dijo Hornbeam con desprecio—. He contratado a nuevos hombres y los he armado con pistolas, pero ¡a buenas horas!

Amos Barrowfield frunció el ceño.

—Me preocupan las armas de fuego. Si nuestros vigilantes las tienen, los luditas podrían quitárselas y entonces habrá muertos. He aumentado el número de vigilantes, pero van armados como siempre: solo con garrotes.

Eso enfadó a Hornbeam.

—Si nos mostramos aprensivos con las tácticas defensivas, no nos desharemos jamás de esos luditas del demonio.

Fishwick se erizó de indignación.

—Con el debido respeto, concejal Hornbeam, soy consciente de que las emociones están a flor de piel, pero, en líneas generales, le suplico que intente evitar el lenguaje indecoroso en las reuniones del consejo.

—Ruego me disculpe —se excusó Hornbeam con hosquedad—. Sin embargo, no me cabe ninguna duda de que la mayoría de los aquí presentes hemos leído las noticias sobre el juicio a los luditas celebrado en York. Sesenta y cuatro hombres fueron llevados ante un tribunal especial de la audiencia provincial. Diecisiete de ellos acabaron en la horca y veinticuatro, deportados. Así se ha terminado con la destrucción de las máquinas.

—Pero jamás hemos pillado *in fraganti* a los culpables —recordó Fishwick—. Siempre realizan sus ataques de noche. Van encapuchados, con agujeros en los ojos para que no se les vea el rostro, por lo que ni siquiera sabemos de qué color tienen el pelo. Está claro que conocen bien las fábricas, porque actúan con mucha rapidez. Entran, provocan los destrozos y vuelven a salir antes de que pueda darse la voz de alarma. Y luego desaparecen.

—Seguramente se alejan corriendo una distancia corta, se quitan las capuchas, se hacen pasar por vecinos colaboradores y empiezan a echar agua para sofocar el incendio —aventuró Rupe.

Spade creía que eso era justo lo que hacían.

—Un momento —intervino Hornbeam—. Estos mismos problemas no consiguieron amedrentar a las autoridades de York. Sabían quiénes eran los alborotadores y los declararon culpables sin preocuparse por esa nimiedad de las pruebas legales.

Spade sabía que eso era cierto. Había leído las noticias sobre el juicio en los periódicos. Fue un caso muy controvertido. Algunos de los acusados no tenían relación alguna con los luditas y otros contaban con coartadas, pero fueron declarados culpables de todas formas. Sin duda alguna, Hornbeam deseaba aplicar la misma clase de justicia en Kingsbridge.

—Sabemos qué peones de Kingsbridge han perdido el sustento debido a la nueva maquinaria —prosiguió Hornbeam—. No tenemos más que redactar una lista con sus nombres.

—¿Y después qué? —preguntó Amos—. ¿Los enviamos a todos a la horca?

—Podríamos empezar por detenerlos a todos. Al menos así nos aseguraríamos de tener encerrados a los luditas.

—Y a un par de centenares de hombres respetuosos con la ley.

—No son tantos.

—¿Cuándo los ha contado, señor Hornbeam?

Al concejal no le gustaba ser cuestionado.

—Está bien, Barrowfield, entonces cuénteme cuál es su plan.

—Hacer más por los peones desempleados.

—¿Cómo qué?

—Como garantizarles que reciban el Auxilio de los Pobres y no ponerles objeciones nimias cuando lo soliciten.

Eso era un reproche sin ambages a la labor de Hornbeam como supervisor de los pobres.

—Reciben lo que merecen —replicó con indignación.

—Y por eso destruyen las máquinas —afirmó Amos—. Y tal vez sigan haciéndolo a menos que los ayudemos, sin importar qué es lo que merecen según esa estricta interpretación de las normas.

Spade aplaudió mentalmente a Amos.

—¡Debemos respetar las normas! —protestó Hornbeam.

—Y debemos respetar a los hombres necesitados —rebatió Amos.

Hornbeam empezaba a perder los estribos.

—¡Hay que darles una lección! Un par de ahorcamientos pondrán fin al ludismo.

—Si mandamos a la horca a hombres inocentes, tal vez acabemos con el vandalismo, pero seremos culpables de asesinato.

—¡Ninguno de ellos es inocente! —espetó Hornbeam, rojo de furia.

—Mire, si tratamos a los peones como enemigos, ellos se comportarán como tales —explicó Amos con un resoplido.

—Está excusando a los delincuentes.

—Nosotros seremos los delincuentes si actuamos como el tribunal de York.

Fishwick los interrumpió.

—Caballeros, permítanme intervenir. No vamos a excusar a los delincuentes ni vamos a mandar a la horca a hombres inocentes. Vamos a reunir a una serie de testigos y a obtener pruebas para acusar a personas probadamente culpables. De esta forma, si las condenamos a muerte, lo haremos con la bendición de Dios.

—Amén —concluyó Amos.

Hornbeam se encontraba en la sala de tejido de su segunda fábrica, que seguía operativa. Todavía no había sufrido ningún ataque, pero era un objetivo vulnerable, ya que poseía telares de vapor, lo que constituía una provocación para los luditas.

Hornbeam jamás había participado en una batalla, pero imaginaba que el ruido debía de ser muy parecido al que había en una sala ocupada por numerosas máquinas de esa clase. Durante todo el día, los telares traqueteaban produciendo tal estruendo que se hacía imposible sostener una conversación en ese mismo espacio. Los peones que trabajaban con los telares durante un periodo de varios años a menudo acababan sordos.

La tarea principal de esos trabajadores era buscar taras en el tejido: remendar los errores en la trama y reparar las pasadas rotas en el derecho y en el revés eran las más importantes. Enmendaban las roturas de los hilos con el pequeño y plano nudo de tejedor, y debían hacerlo a toda prisa para minimizar la pérdida del material. La otra tarea importante era cambiar cada lanzadera cada pocos minutos, porque el hilo se agotaba a gran velocidad debido al rápido ritmo de la máquina. Una sola persona podía ocuparse de dos o tres telares a la vez.

Los accidentes eran frecuentes, porque los peones eran unos descuidados, en opinión de Hornbeam. Él mismo había visto a un hombre engancharse la manga holgada de la camisa en una correa de transmisión y perder el brazo, arrancado de cuajo desde el hombro.

La lanzadera volante era la causante de la mayoría de los accidentes. Se desplazaba a gran velocidad y pasaba por la calada entre dos y tres veces por segundo. Estaba fabricada de madera, pero tenía los extremos metálicos para evitar que se dañara al impactar contra el amortiguador. Si el operario manejaba el telar a gran velocidad, el impacto de la lanzadera tenía una potencia demasiado fuerte y salía disparada del telar, lo cual podía lastimar a cualquiera que se encontrara en su trayectoria.

Cuando Phil Doye llegó, Hornbeam salió de la sala de tejido y se reunió con el alguacil en un gabinete alejado del ruido.

—Debemos encontrar al menos a uno de los luditas y condenarlo —ordenó—. Voy a facilitarle media docena de nombres de los sujetos que podrían darnos información.

Todas eran personas que le debían dinero al concejal y no podían pagarle, pero Doye no tenía por qué saberlo.

—Muy bien, señor Hornbeam —accedió Doye—. ¿Qué clase de información debo buscar?

—Sin duda alguna, los nombres de los luditas, pero necesitamos algo más que eso. Intente dar con alguien que los haya visto aproximarse a las fábricas atacadas cuando ya era de noche. Tal vez alguien los viera ponerse y quitarse las capuchas.

—Bueno, puedo intentarlo —acató Doye con cierta reticencia.

—Podemos ofrecer una discreta recompensa a cualquiera que colabore con nosotros. Correrán cierto riesgo al informarnos sobre los actos de hombres violentos, razón por la que necesitan un incentivo. Podríamos pagar una libra a cualquiera que testifique durante el juicio. No obstante, tales pagos deben mantenerse en secreto; de no ser así, los peones insinuarán que nuestros testigos han recibido un soborno y que, por tanto, sus testimonios no son fiables.

—Entendido, señor.

—Sigo sospechando de Jarge Box —añadió Hornbeam con tono más pensativo.

—Pero si estaba tañendo las campanas…

—Averigüe si alguien lo vio paseando por la ciudad mientras sonaban las campanas.

—¿Cómo sería eso posible?

—Podría haberlo sustituido otro hombre. ¿Cómo íbamos a darnos cuenta?

—El tañido de las campanas es un arte, señor. Hay que aprender para saber hacerlo.

—El sustituto podría ser un antiguo campanero ya jubilado. O alguno procedente de otra ciudad. Hable con las personas que conozcan a los miembros de ese gremio y que tal vez hayan oído algún comentario.

—Sí, señor.

—Está bien —concluyó Hornbeam con desdén—. Será mejor que se ponga manos a la obra. Quiero encontrar a un culpable. Y quiero mandarlo a la horca.

# 35

Kit Clitheroe visitó a Spade en su fábrica y le preguntó qué tal le iba con el telar de Jacquard.

—Es ciertamente extraordinario —contestó Spade—. Lo maneja Sime Jackson, pero en realidad no precisa de un tejedor. Una vez puesto a punto, hasta un crío podría hacerlo funcionar. Lo que ahora requiere habilidad es el diseño de estampados y la confección de tarjetas perforadas.

—Deberías encargar otro —le sugirió Kit—. Duplicarías la producción. —Ese era el motivo de su visita.

—Si conservara a los clientes franceses, lo compraría —repuso Spade—. En París hay infinidad de pequeñas tiendas llamadas *marchands de modes*. Venden vestidos, sombreros y toda clase de accesorios: encaje, pañuelos, hebillas... Antes esos comercios me compraban la mitad de la producción.

—Bueno, a cambio ahora tienes a los clientes del Báltico y Norteamérica.

—Sí, gracias a Dios, pero solo quieren paño liso y resistente. Te compraré otro telar de Jacquard en cuanto acabe esta maldita guerra.

—Esperaré ansioso. —Kit sonrió, si bien estaba desanimado.

—Siento decepcionarte —dijo Spade, sensible al ánimo ajeno—. ¿Flojea el negocio?

—Un poco, sí, por los luditas.

—Creía que muchos pañeros reemplazarían las máquinas destrozadas.

—No lo harán pronto, no pueden permitírselo. Wally Watson no piensa comprar otra máquina de cardar, ha vuelto al cardado manual.

—Supongo que si alguien invierte mucho en máquinas nuevas, podría suscitar una segunda visita de los luditas.

—Ese es justo el problema. —Kit se puso en pie. Ni siquiera ante Spade quería mostrarse débil—. En fin, habrá que seguir al pie del cañón.

—Buena suerte.

Kit se marchó.

Aunque había intentado ocultar sus emociones, estaba desmoralizado. Por primera vez desde que Roger y él fundaron el negocio, no tenía trabajo ni encargos en perspectiva. No sabía qué podía hacer, y no quería gastar los ahorros.

Era un día gris de febrero que ya declinaba y se sentía incapaz de acopiar suficiente arrojo para intentar hacer otra venta a la desesperada, así que se fue a casa. Entró en el taller de la planta principal; allí olía a serrín y aceite de engrasar máquinas, un aroma que siempre le producía bienestar. Todo estaba limpio y ordenado a la perfección: el suelo barrido, las herramientas en su sitio, la madera apilada en la parte trasera. Era obra suya; Roger descuidaba estos detalles.

Subió la escalera hacia la vivienda de la planta superior y allí encontró a Roger, desmadejado en el sofá y contemplando el fuego de carbón. Lo besó en los labios y se sentó a su lado.

—¿Me darías algo de dinero? —le dijo Roger—. Sé que te lo pido antes de tiempo, pero estoy sin blanca.

Ocurría a menudo. Todos los meses, Kit calculaba los beneficios y reservaba una parte para posibles contingencias; después dividía el resto entre dos y entregaba la mitad a Roger; sin embargo, con mucha frecuencia a Roger se le acababa antes de concluir el mes. Por lo general, él siempre le daba un adelanto, pero los tiempos habían cambiado.

—No puedo —contestó Kit—. Creo que este mes no ganaremos nada.

—¿Por qué no? —le preguntó Roger con tono airado.

—Nadie compra máquinas por culpa de los luditas. —Kit mesó la cabellera rubia de Roger. Se sorprendió al ver un fino mechón gris sobre su oreja, aunque lo cierto era que pronto cumpliría los cuarenta; quizá no fuera algo tan sorprendente. Decidió no comentar nada al respecto—. Vas a tener que dejar de jugar a las cartas durante un tiempo. Quédate en casa conmigo por las tardes después de trabajar. —Acercó la boca a su oído y añadió en voz baja—: Pensaré en algo en lo que tenerte ocupado.

Roger sonrió al fin.

—*Danke schön* —dijo. Estaba enseñando alemán a Kit—. Tal vez la pobreza resulte divertida.

Kit tuvo la sensación de que se guardaba algo.

—Tomemos una copa de vino —propuso—, eso nos animará.

Se levantó y se acercó al aparador; siempre tenían una botella de madeira a mano. Sirvió dos copas y volvió a sentarse.

Hacía mucho tiempo que amaba a Roger. De niño lo había poseído una adoración infantil hacia su protector adulto. Después Roger se fue a Alemania y Kit superó la devoción a su héroe. Pero, cuando regresó a su vida, brotaron en él unos sentimientos abrumadores que lo sorprendieron y asustaron. En su momento intentó contener esas sensaciones y ocultarlas.

No obstante, Roger las captó y le habló de ciertas realidades. «No es algo insólito que dos hombres se amen —le dijo. Kit no daba crédito—. Olvida lo que dice la gente. Ocurre a todas horas, especialmente en Oxford. —Roger se rio, pero enseguida recuperó la seriedad—. Te amo, y quiero acostarme contigo y besarte y acariciarte todo el cuerpo, y tú quieres lo mismo, ¡lo sé! No intentes fingir lo contrario».

Cuando Kit se recuperó de la conmoción, sintió una felicidad infinita, y seguía sintiéndola. Roger tenía momentos desdichados, como ese. Kit trataba de dar con la mejor forma de preguntarle qué le ocurría cuando se oyeron unos fuertes golpes en la puerta.

—Ya voy yo —se ofreció.

Tenían un ama de llaves, pero su jornada ya había acabado. Kit bajó la escalera a toda prisa y abrió.

Era Sport Culliver, tocado con una chistera roja.

—Tengo que hablar con Roger —espetó sin más preámbulo.

—Buenas tardes para ti también, Sport —replicó Kit con sarcasmo.

—Puedes prescindir de las cortesías.

Kit se volvió.

—¿Quieres ver a Sport Culliver? —voceó.

—Déjale entrar —contestó Roger.

—Estará encantado de recibirte —dijo Kit.

Cerró la puerta y acompañó a Sport arriba.

Sin quitarse el sombrero y sin que nadie lo invitara a hacerlo, Sport se sentó en una silla frente a Roger.

—Se acabó el tiempo, Roger —lo abordó.

—No tengo dinero —repuso este—. ¿Por qué llevas ese sombrero tan ridículo?

—¡Santo Dios! ¿Has estado jugando con dinero prestado? —le preguntó Kit.

Roger parecía abochornado y no contestó.

—Sí, en efecto, y tenía que haberme pagado ayer —respondió Sport en su lugar.

Hacía mucho tiempo que Kit sospechaba que Roger incumplía su promesa, por lo que la revelación no fue tan impactante como podría haber sido. Se contuvo de hacer referencia alguna a la promesa; Roger ya estaba lo bastante hundido.

—Oh, Rodge —dijo—, ¿cuánto debes?

—Noventa y cuatro libras, seis chelines y ocho peniques. —Una vez más, fue Sport quien contestó.

Eso sí fue un impacto para Kit.

—¡No tenemos tanto! —exclamó.

—¿Cuánto tenéis? —preguntó Sport.

Kit estaba a punto de decírselo, pero Roger se le adelantó:

—Eso no importa. Tendrás tu dinero, Sport. Te pagaré mañana.

Kit estaba seguro de que era un farol.

Sport también lo sospechó.

—Te doy de margen hasta mañana —respondió—, pero, si vuelves a fallarme, tendrás que vértelas con Toro y Ojos de Sapo.

—¿Quiénes son? —preguntó Kit.

—Trabajan para él —contestó Roger— echando a patadas a los borrachos y dando puñetazos a los que le deben dinero.

—No le veo el sentido —se extrañó Kit—. Si alguien no tiene el dinero que debe, seguirá sin tenerlo después de recibir una paliza.

—Pero a otros les dará miedo intentar engañarme —terció Sport, y se puso en pie—. O me ves a mí mañana, o verás a Toro y a Ojos de Sapo pasado mañana.

Se dispuso a marcharse y Kit lo siguió por la escalera. Sport abrió la puerta y se fue sin mediar palabra. Kit cerró y volvió arriba.

—Lo siento —le dijo Roger sin mirarlo—. Lo siento mucho. Te he defraudado.

Kit rodeó sus hombros con un brazo.

—No te preocupes por eso. ¿Qué vamos a hacer?

—No es tu problema. Tú no debes nada, nunca has jugado.

—¿Y qué crees que voy a hacer? ¿Esperar a que esos tipos de apodos raros vengan y te den una paliza?

—Cuando lleguen ya me habré ido. Voy a tener que marcharme mañana.

A Kit eso le dolió. ¿Cómo podía pensar Roger en abandonarlo?

—Pero ¿adónde irías? ¿Qué harías? —le preguntó.

—Ya lo he pensado —contestó Roger—. Me voy a alistar en la Artillería Real. En ese regimiento siempre necesitan a hombres capaces de reparar cosas, en especial cañones.

Kit guardó silencio, tratando de digerir lo que acababa de oír. ¡Roger en el ejército! Seguramente lo enviarían a España. Era probable que nunca regresara. No soportaba siquiera contemplar la idea.

Pero ¿qué podía hacer? No tenía dinero para saldar la deuda, no podía defender a Roger —ni defenderse él mismo— de los matones a sueldo de Sport, y no podía vivir sin él.

Al final comprendió cuál era la solución.

—¿Lo dices en serio? —le preguntó a Roger—. ¿De verdad piensas alistarte?

—Sí. No hay alternativa.

—¿Cuándo?

—Tomaré la diligencia a Bristol mañana. He oído que allí hay un barco esperando a llevar refuerzos a España.

—¡Tan pronto!

—Tiene que ser mañana.

—En ese caso —dijo Kit—, me voy contigo.

Sal y Jarge se afanaban en cerrar la casa de Kit. Jarge engrasaba las herramientas y las envolvía en tela encerada. Sal guardaba la ropa y las sábanas en sacos de arpillera, introducía en ellos un poco de lavanda para repeler las polillas y los cosía. Guardó el resto del menaje en cajas de madera prestadas.

Llevaba la nota de Kit metida en la manga.

> Mi querida madre:
>
> Tenemos que huir. Roger debe dinero y no puedo prestárselo: nuestro negocio ha quebrado por culpa de los luditas. Cuando leas esto ya estaré lejos de Kingsbridge. Vamos a alistarnos en la Artillería Real.
>
> Siento darte este disgusto.
>
> Por favor, envía todas nuestras cosas al taller que Roger tiene en Badford. Te dejo la llave con esta nota.
>
> Tu hijo, que te quiere,
>
> Kit

Sal estaba horrorizada y no podía dejar de llorar. Era su único hijo. Aunque su parte racional sabía que un hombre de veintiocho años no tenía por qué vivir cerca de su madre, en su corazón se sintió abandonada. Y le aterraba lo que pudiera sucederle en la guerra. Kit tenía muchas cualidades preciosas y un talento extraordinario, pero nunca había sido un combatiente. «Artillería» significaba cañones, de modo que Kit y Roger estarían en pleno campo de batalla, con soldados enemigos intentando matarlos por todos los medios. La muerte de Kit la destrozaría. Y, para empeorar aún más las cosas, siempre sentiría que la culpa sería de Jarge, el causante de aquella crisis por destrozar máquinas.

Seguían empaquetando cuando aparecieron dos hombres. Uno era bajo y tenía el cuello robusto; el otro, los ojos saltones. Cada uno llevaba en la mano un recio garrote de roble toscamente tallado.

—¿Dónde está Roger Riddick? —preguntó el de los ojos saltones.

Jarge se giró despacio para situarse frente a él.

—¿Y por qué lo buscas con un garrote en la mano, Ojos de Sapo?

Sal estaba preparada para intervenir en una pelea, pero no quería que se produjera.

—La blanda respuesta quita la ira, Jarge; recuérdalo —le susurró citando un proverbio.

—Riddick debe dinero, como ya debes de saber —dijo Ojos de Sapo.

—Ah, ¿sí? —replicó Jarge—. Pues no está aquí, y empiezo a tener tentaciones de partir ese garrote en tu fea cabeza, así que te aconsejo que te largues de aquí ahora que aún estoy de buen humor. —Miró al otro hombre—. Y lo mismo te digo a ti, Toro.

—¿Y qué hay del dinero de Culliver? —preguntó Ojos de Sapo—. Riddick le debe noventa y cuatro libras, seis chelines y ocho peniques.

A Sal le sobresaltó la cantidad. Era más de lo que Kit tenía ahorrado.

—Si Sport Culliver permite que Roger Riddick acumule semejante deuda, es aún más necio de lo que creía —intervino Sal, indignada.

—Debemos llevarle el dinero al señor Culliver.

—Bueno —dijo Jarge—, tengo unos seis chelines en el bolsillo. Podríais intentar quitármelos, si confiáis en vuestras posibilidades.

—¿Adónde ha ido Riddick?

—A hablar con el arzobispo de Canterbury sobre los males del juego.

Ojos de Sapo pareció confundido unos instantes; luego su semblante se relajó.

—Vas de farol, ¿eh? —Se dio media vuelta y Toro lo siguió.

Cuando estuvieron a una distancia prudencial, Ojos de Sapo se giró.

—Volveremos a encontrarnos, Jarge Box. Y ya veremos lo gracioso que eres cuando estés colgado de una horca.

Jarge se personó ante el tribunal de las sesiones trimestrales de marzo, que Hornbeam presidía como presidente de la Judicatura de Paz. Se había convocado a un gran jurado que dictaminaría si el caso de Jarge debía ser elevado a la audiencia provincial para que esta lo juzgara por el delito de destrozar maquinaria, castigado con la pena capital.

El alguacil Doye oficiaba de fiscal, algo que no siempre ocurría. Por lo general, era la parte perjudicada quien nombraba a la acusación —en este caso habría sido Mose Crocket—, pero la norma era laxa.

La primera testigo fue Maisie Roberts, trabajadora de una fábrica y residente en una de las calles propiedad de Hornbeam en la ribera sur del río cerca de las factorías. Era joven y vestía con harapos. Aunque Sal la conocía de vista, nunca había hablado con ella.

Maisie parecía encantada de ser el centro de atención. Sal

pensó que probablemente estaría dispuesta a cometer perjurio por seis peniques.

La mujer testificó que había visto a Jarge caminando hacia la fábrica de Crocket justo en el momento en que sonaban las campanas. Lo recordaba porque era algo que la había sorprendido.

—Sé que es campanero —dijo.

Sal había comentado con Jarge las preguntas que debía hacer a los testigos. Él no las llevaba por escrito porque no sabía leer, pero estaba acostumbrado a retener las cosas importantes.

—¿Recuerdas si ya había anochecido cuando estábamos tañendo las campanas? —le preguntó a Maisie.

—Sí, ya había anochecido —contestó Maisie.

—Entonces ¿cómo pudiste reconocerme?

—Llevabas una lámpara.

La respuesta fue rauda, y Sal imaginó que alguien la había prevenido de esa pregunta.

—Y la luz de la lámpara bastó para que me reconocieras —dijo Jarge.

—Eso y tu estatura —repuso Maisie, y añadió con una sonrisa burlona—: No hay muchos tipos tan grandes por aquí. —Era rápida y aguda.

Se oyeron risas en la sala, y Maisie parecía complacida.

—El hombre al que viste, el que crees que era yo, ¿te dijo algo?

—No.

Jarge dio la impresión de haber olvidado qué decir a continuación.

—Pregúntale quién es su patrón —le susurró Sal.

Jarge siguió sus instrucciones.

—Mi patrón es el señor Hornbeam —contestó Maisie.

—¿Y cuánto le debes de alquiler?

—Estoy al día con el alquiler. —La mujer parecía aún más complacida.

Sal estaba segura de que la habían sobornado de alguna manera, pero le costaba sentirse indignada: a fin de cuentas, Jarge era culpable.

La segunda testigo fue Marie Dodds, viuda de Benny Dodds, que había sido campanero. Años atrás, Benny se había prendado de Sal, y, aunque ella nunca le había dado esperanzas, Marie le tomó antipatía. Aún le guardaba resentimiento.

Marie testificó que Benny le había dicho que Sal sustituía a Jarge de cuando en cuando. Era algo muy condenatorio, puesto que invalidaba la coartada de Jarge.

—Pero las mujeres no pueden tañer esas campanas, no son lo bastante fuertes —le dijo Jarge a Marie.

—Ella sí puede —replicó Marie—. Solo tienen que mirarla —agregó con malicia, y los espectadores se echaron a reír.

El alguacil Doye sorprendió entonces a Sal llamándola a testificar.

Sal tenía que tomar una decisión, y disponía de apenas unos segundos para ello. Aunque estaba enfadada —furiosa— con Jarge por haberla puesto en esa tesitura, de nada servía enervarse. ¿Cometería perjurio por él? Era un pecado, además de un delito. Podría pagarlo, no solo en la vida terrenal, sino también en la eterna.

Pero, si decía la verdad, cabía la posibilidad de que ahorcaran a Jarge.

Hizo el juramento.

—Señora Box, ¿se encontraba usted en la sala de cuerdas con los campaneros durante su práctica la noche de autos? —le preguntó Doye.

No había nada malo en admitirlo.

—Sí —contestó.

—¿De principio a fin?

Sal pensó que alguien había instruido a Doye sobre lo que debía decir. No era tan astuto.

—Sí.

—Y en ese intervalo, ¿abandonó la sala su esposo, Jarge Box?

Había llegado el momento, y Sal no vaciló.

—No —mintió—. En absoluto.

—¿Ha tañido usted en alguna ocasión una campana de la iglesia?

—No. —Ya le costaba menos mentir.

—¿Cree que sería capaz de hacerlo?

—Ni idea.

—Señora Box, ¿cometería el delito de perjurio por salvar a su esposo de la horca?

La pregunta la pilló desprevenida. Acababa de cometer ese delito, sí, pero no podía contestar afirmativamente, ya que eso debilitaría su testimonio. Por otra parte, dudaba de que un no fuera una buena opción: la haría parecer una mujer insensible. Y el jurado estaba formado solo por hombres.

Vaciló, aunque no le dio importancia: al fin y al cabo, era una pregunta hipotética, así que ¿por qué no iba a mostrarse insegura? Al cabo optó por decir eso.

—No lo sé —contestó—. Nunca se me ha pedido hacer tal cosa.

Miró los semblantes del jurado y creyó haber dado la respuesta correcta.

Al final, Sal y Jarge debatieron unos instantes; luego Jarge se puso en pie para pronunciar el alegato que habían acordado.

—Maisie Roberts posiblemente vio a un tipo corpulento caminando por la calle a oscuras mientras las campanas sonaban. No habló con él, por lo que no puede asegurar que su voz se parezca a la mía. Es evidente que está equivocada.

Era una certeza, y el jurado debía verlo.

—Mi viejo amigo Benny Dodds —prosiguió— tendía a exagerar un poco, y podría haberle dicho a su esposa que Sal Box parecía lo bastante fuerte para tañer una campana de la iglesia. Benny, que en paz descanse, lleva seis años muerto, así que a la señora Dodds se le podría disculpar un fallo de memoria. ¡Y esto es todo lo que el jurado ha oído! No pueden ahorcar a un hombre con estas pruebas. —Y se sentó.

El último turno de palabra fue para Hornbeam.

—Caballeros del jurado: Jarge Box es un tejedor que ha visto reducido su trabajo a consecuencia de la implantación de los telares de vapor, por lo que tiene motivos para ser ludita. Asegura haberse encontrado tañendo, pero la señora Roberts tiene la certeza de que lo vio en la calle mientras las campanas sonaban. Aunque él sostiene que su esposa no es lo bastante fuerte para tañer en su lugar, Benny Dodds, otro campanero, aseguró lo contrario, y que además lo hacía.

»Recuerden, miembros del jurado, que hoy no se les pide determinar si Jarge Box es culpable. Están aquí para decidir si el caso tiene suficiente trascendencia para elevarlo a la audiencia provincial. Existen pruebas, pero se han arrojado dudas sobre ellas, y bien podrían considerar que corresponde a un tribunal superior juzgar el asunto que nos ocupa.

»Sean tan amables de emitir su veredicto.

Los doce hombres deliberaron y, para consternación de Sal, las cabezas enseguida empezaron a asentir de común acuerdo. Momentos después, uno de ellos se puso en pie.

—Derivamos la causa del acusado a la audiencia provincial.

# 36

Kit Clitheroe nunca había visto un desierto, pero estaba casi seguro de que se encontraba en uno. El terreno era duro y arenoso, y el sol brillaba implacable todo el día. Aunque siempre había imaginado los desiertos llanos, en las últimas semanas había cruzado las montañas más altas que jamás había visto.

Roger y él se sentaron en el suelo a comer cordero estofado con alubias mientras el sol se ponía sobre el río Zadorra, en el norte de España. Todos aseguraban que la gran batalla se libraría al día siguiente. Para Kit sería la primera, y tal vez la última. El miedo lo atenazaba de tal modo que tenía que obligarse a tragar la comida.

Corría el mes de junio y llevaban dos meses en España. Cuando llegaron a Ciudad Rodrigo, los pusieron a trabajar de inmediato revisando y reparando los cañones que habían permanecido a cubierto todo el invierno y que ahora tenían que ponerse a punto para entrar en acción. El comandante del Regimiento Real de Artilleros era el teniente coronel Alexander Dickson, un hombre por el que Kit sintió un gran respeto desde el primer momento por su brío e inteligencia. Kit había sido director de una fábrica y comprendía la necesidad primordial de dictar órdenes claras que resultaran coherentes para los hombres.

Los cañones eran de bronce y descansaban sobre cureñas de madera reforzada con hierro de dos ruedas. El clima de España no era tan húmedo como el de Inglaterra, pero el hierro se oxidaba allí como en todas partes. Kit y Roger supervisaban a los soldados que los limpiaban y engrasaban, y comprobaban que la artillería rodada estaba en condiciones de iniciar la marcha. Los cañones británicos pesaban tres quintas partes de una tonelada; desplazarlos por pistas sin pavimentar suponía, cuando menos, todo un desafío, y a menudo una pesadilla. Cada cañón estaba sujeto a un armón de dos ruedas, y se requerían seis caballos para desplazarlo.

La mayoría de los días, Kit había estado tan atareado que había olvidado inquietarse por la perspectiva de entrar en combate.

El ejército había movilizado centenares de vehículos, casi todos ellos carros de suministro, y también estos debían revisarse y, con frecuencia, repararse al final del invierno. Los bueyes y los caballos que tiraban de ellos eran, por fortuna, responsabilidad de otro. Kit nunca había tenido un caballo y los odiaba desde que el semental de ojos desorbitados de Will Riddick le había fisurado el cráneo cuando tenía seis años.

Los nuevos reclutas estaban recibiendo instrucción; se les enseñaba a disparar y se los enviaba en largas marchas completamente pertrechados para endurecerles los pies e inculcarles resiliencia. De Inglaterra llegaban barcos cargados de suministros: botas y uniformes nuevos, mosquetes y munición, y carpas. Todo ello era en lo que el gobierno invertía el dinero recaudado con los nuevos impuestos.

Los soldados ascendían de rango deprisa. Las batallas del año anterior habían privado al ejército de Wellington de cuantiosos oficiales. A Kit y a Roger los promocionaron enseguida para conferirles autoridad en la supervisión del trabajo. Roger fue nombrado teniente; Kit, por sus años de servicio en la milicia, capitán.

En Ciudad Rodrigo se habían encontrado con muchos hombres del 107.º Regimiento de Infantería. Joe Hornbeam y Sandy Drummond eran alféreces, el rango más bajo de oficial.

A Kit le sorprendió ver a centenares de inglesas en la ciudad;

no tenía idea de la cantidad de mujeres que acompañaban a sus maridos al frente. Según supo después, el ejército lo toleraba porque cumplían funciones de gran utilidad. En el campo de batalla llevaban a sus hombres comida, bebida y en ocasiones munición. Lejos de él, se consagraban a lo mismo que todas las esposas: lavar la ropa, cocinar y hacer el amor por las noches. Los oficiales creían que la presencia de las esposas reducía la propensión de los soldados a beber en exceso, enzarzarse en peleas y reyertas, y contagiarse de enfermedades desagradables por su trato con prostitutas.

Kit y Roger habían coincidido con Kenelm Mackintosh ejerciendo su papel de capellán del 107.º Regimiento y lo encontraron cambiado, con el hábito cubierto de polvo, el rostro sin afeitar y las manos mugrientas. Su actitud también era diferente. Siempre se había mostrado soberbio y distante, y menospreciaba a los peones analfabetos; sin embargo, parecía haber perdido su aire altivo. Les preguntó si comían bien y disponían de mantas decentes para abrigarse en las noches frías. De hecho, se había transformado en un tipo más o menos agradable.

A mediados de mayo, el ejército de Wellington había abandonado Ciudad Rodrigo en dirección al norte. Algunos hombres se mostraban anhelantes tras haber pasado un invierno marcado por la monotonía. Kit solo pensaba que era preferible estar aburrido que muerto.

Hablando con el personal del Estado Mayor, Roger supo que el ejército aliado estaba formado por ciento veinte mil soldados. Los cincuenta mil británicos constituían el mayor contingente, reforzados por cuarenta mil españoles y treinta mil portugueses. Se desconocía cuántos hombres componían la guerrilla de la resistencia española.

En el norte de España se creía que el ejército francés contaba con unos ciento treinta mil efectivos, que no recibían refuerzos. Se decía que más de la mitad de todo el ejército nacional francés se había perdido en el catastrófico marzo de Napoleón en Moscú. Lejos de aumentar la presencia de su ejército en España, Bonaparte había retirado a sus mejores hombres para destinarlos a las batallas en curso en el noroeste de Europa, mientras que las fuerzas de Wellington habían recibido un flujo constante de hombres y suministros a lo largo del invierno.

Bonaparte siempre sorprendía a su enemigo..., pero Bonaparte no estaba en España. Era su hermano José quien ostentaba el mando allí.

La marcha había sido ardua. Kit tenía el cuello quemado por el sol y ampollas en los pies. Aunque de estatura menuda, no era un hombre debilucho, si bien todos los días se sentía extenuado al anochecer, cuando al fin podía descansar. Vivía como un auténtico alivio que un eje se quebrara o que la rueda de una cureña se combara y los obligara a detenerse durante una hora o más para reparar la avería. Mejor aún eran los arenales en los que las ruedas se hundían demasiado para rodar, cuando era preciso dedicar toda una tarde a construir una pista provisional con tablones sobre el obstáculo.

Kit se consolaba pensando que por muy dura que fuera la marcha, era mejor que combatir.

Roger mantenía el contacto con amigos del Estado Mayor y estaba al corriente de la información secreta que recibían, referente en su mayor parte a la guerrilla española. El rey José de España —el hermano de Napoleón— había trasladado la capitalidad de Madrid a Valladolid, una ciudad con una posición dominante en el centro norte del país. El ejército de Wellington marchaba hacia el nordeste, rumbo a Valladolid, pero también había enviado una fuerza de flanqueo en una curva septentrional para abordar a los franceses desde un ángulo insospechado.

En lugar de oponer resistencia a la maniobra, los franceses, inesperadamente, se retiraron. El personal de los cuarteles generales británicos no entendía por qué. Los servicios secretos calculaban que los soldados enemigos eran menos de los que creían: apenas unos sesenta mil. Tal vez muchos de ellos se encontraban más al norte, en las montañas, combatiendo a la guerrilla. Su retiro hacia el nordeste los acercaba más a la frontera francesa.

¿Era posible que huyeran a su país por las montañas? Por un instante a Kit se le ocurrió que quizá los británicos pudieran ganar sin combatir. Luego se dijo que solo eran ilusiones.

Y, en efecto, lo eran. El rey José opuso resistencia en el valle del río Zadorra, al oeste de la ciudad vasca de Vitoria, y ahora, al fin, Kit tendría que entrar en combate.

Se encontraban en una llanura diáfana con montañas al norte y al sur, angostos cañones al este y al oeste, y el río que la cruzaba serpenteante de nordeste a sudeste. Los franceses estaban acampados en el extremo más alejado de ese río en diagonal. El ejército de Wellington tendría que vadearlo para atacar.

Kit se sentía aterrado.

—¿Cómo empezará? —le preguntó a Roger, inquieto.

—Formarán un frente perpendicular a nuestra ruta para detener nuestro avance.

—¿Y después?

—Es probable que ataquemos en columnas, intentando abrir brechas en su línea. —Kit vio la lógica de la estrategia—. Nuestro problema es el río —prosiguió Roger—. Cuando un ejército cruza un río, por un puente o un vado, avanza muy concentrado y despacio, por lo que se convierte en un blanco fácil. Si el rey José tiene un mínimo de sentido común, apostará destacamentos fuertes en todos los puntos de cruce y confiará en arrasarnos justo cuando seamos más vulnerables.

—Podríamos construir puentes provisionales.

—Para eso está el Real Cuerpo de Ingenieros, pero, si el enemigo es hábil, atacará mientras los construyen.

Kit empezó a pensar que no había posibilidad de supervivencia para ningún soldado. Sin embargo, muchos hombres sobrevivían, se dijo. No alcanzaba a imaginar cómo.

Esa noche solo pudo dormir a ratos y se levantó al alba para supervisar el enjaezamiento de los bueyes.

Cada cureña la complementaban dos vehículos auxiliares, llamados «armones», que transportaban la munición. Para acelerar la carga de los cañones, se preparaba con antelación una ronda de disparos: en una bolsa de lona se introducía una bala y la cantidad exacta de pólvora necesaria. El ejército británico casi siempre empleaba balas de hierro de seis libras de peso y casi diez centímetros de diámetro. Los armones eran pesados y tiraban de ellos seis caballos.

Los ejércitos británico, español y portugués se pusieron en marcha a las ocho en punto. «Nos dirigimos a nuestras tumbas», pensó Kit.

Para sorpresa de todos, la mayor parte de los puentes y vados no estaban defendidos por el enemigo. Los oficiales no daban crédito a su suerte. «José no es Napoleón». Los artilleros, incluidos Kit y Roger, cruzaron el río con los cañones sin encontrar oposición y se aproximaron a un pueblo llamado Ariñez, ocupado por los franceses. Se detuvieron a una distancia prudencial, superior al alcance de los mosquetes, pero la artillería francesa no tardó en hostigarlos desde el pueblo, que se encontraba en una ladera. Los soldados británicos se refugiaron detrás de las cureñas y empujaron más deprisa los cañones. Kit tuvo que supervisar el terreno y guiarlos por áreas relativamente llanas donde el retroceso de los cañones no los hiciera caer ladera abajo. Aunque se expuso y corrió peligro, fue capaz de hacerlo.

Se requerían cinco hombres para disparar un cañón. Apuntar era la función del comandante de armas, por lo general un sargento, equipado con un cuadrante y una plomada. Al soldado encargado de la lanada le correspondía la sencilla tarea de limpiar el interior del tubo de latón con un paño húmedo atado a un vástago alargado para retirar cualquier posible resto de ascuas y evitar una ignición prematura cuando se volviera a cargar el cañón. A continuación, el cargador insertaba la bala en el tubo. El encargado de la lanada utilizaba el extremo seco del vástago para apretar con fuerza la bala contra el fondo del tubo mientras otro soldado, el responsable del fogón, tapaba este con el pulgar y prevenía así que alguna chispa provocara una detonación accidental. Cuando la carga estaba firme en su sitio, este cuarto soldado introducía una varilla afilada por el fogón para perforar la bolsa de lona y después llenaba la cazoleta con más pólvora. Por último, cuando el comandante consideraba que el cañón apuntaba en la dirección correcta, gritaba «¡Fuego!»; el quinto hombre acercaba entonces la punta incandescente de una mecha al fogón y se producía el disparo.

El cañón retrocedía casi dos metros. Cualquiera lo bastante insensato para encontrarse detrás de él moría o quedaba mutilado.

El equipo se apresuraba después a resituar el cañón y el proceso volvía a empezar. Debían hacer una pausa cada diez o doce disparos para enfriar el cañón con agua, ya que, si se calentaba en exceso, la pólvora de la bolsa explotaba en cuanto se introducía en el tubo y el arma se encasquillaba.

A Kit le habían asegurado que un equipo eficaz podía disparar unas cien veces en una batalla que durase todo un día.

Pronto los cañones estuvieron disparando tan deprisa como el equipo era capaz de recargarlos. Operaban sumidos en una niebla de humo denso provocado por la pólvora negra empleada en la munición.

Kit iba de un lado al otro de la línea de cañones supervisando problemas y solucionándolos. Uno de los equipos prendió fuego a una lanada no lo bastante húmeda; otro vertió agua en la pólvora; un tercero perdió a la mitad de sus hombres víctimas de un cañonazo francés. La tarea de Kit era conseguir que los cañones volvieran a disparar con la menor demora posible. Advirtió que ya no estaba asustado, algo que lo sorprendió mucho, pero no tuvo tiempo de pensar en ello.

El ruido y el calor eran abrumadores. Los hombres maldecían cuando se quemaban al tocar los tubos sin querer. Todos estaban ensordecidos. Kit había observado que los veteranos de la artillería acababan sufriendo sordera completa; ahora entendía por qué.

En cuanto hubieron vaciado un armón de munición, lo enviaron de vuelta al parque de la artillería para que volvieran a cargarlo. Mientras tanto, el equipo utilizó el segundo armón.

Resultaba difícil saber qué efecto estaban teniendo sus disparos, ya que las posiciones del enemigo quedaban ocultas tras el humo de sus propios cañones. Se decía que cada bala disparada contra una línea de infantería mataba a tres hombres. Si un fragmento incandescente del proyectil caía sobre una caja de pólvora, mataba a muchos más.

El fuego enemigo estaba pasando factura a los artilleros británicos. Los hombres caían, a menudo entre gritos. Los cañones y sus cureñas quedaban maltrechos. Las mujeres que habían seguido a los soldados al campo de batalla retiraban a los heridos y a los muertos. En un recoveco de la mente de Kit, apenas consciente, un terrible recuerdo cobró vida: su padre, aplastado por el carro de Will Riddick, aullando cada vez que intentaban moverlo. Aunque era incapaz de apartar esa imagen de su cabeza, sí consiguió obviarla.

La infantería aliada atacó Ariñez desde el extremo opuesto, y a los cañones británicos se les ordenó cesar el fuego por temor a disparar contra sus propios hombres.

Al fin los cañones franceses enmudecieron, y Kit supuso que eso significaba que los aliados habían ganado la batalla por el pueblo. No sabía cómo ni por qué. Estaba, ante todo, perplejo por cómo se había concentrado en el trabajo que tenía que hacer y se había olvidado del peligro en el que se encontraba. No había sido valiente, se dijo; solo había estado demasiado ocupado para pensar en eso.

El humo no se había dispersado del todo cuando llegó la orden de seguir avanzando. Llevaron a la vanguardia los caballos y los bueyes. Mientras los enjaezaban, un grupo de oficiales se acercó a caballo; el que ostentaba el mando era un hombre alto y esbelto ataviado con un polvoriento uniforme de general.

—¡Es el Viejo Narigudo! —exclamó alguien.

Debía de tratarse de Wellington, pensó Kit. El hombre tenía, en efecto, la nariz grande y de punta aguileña.

—¡Avancen! —voceó Wellington, perentorio.

—¿En columna o en fila, señor? —preguntó un coronel que se encontraba cerca.

—¡Como sea, pero, por el amor de Dios, avancen ya! —contestó Wellington, impaciente. Y se alejó a lomos de su caballo.

Adelantaron los cañones un kilómetro y medio, y después, no lejos de un pueblo llamado Gomecha, según comentó alguien, se toparon con una inmensa batería francesa. A medida que tomaban posición, fueron llevándoles más cañones. Kit calculó que cada bando disponía de no menos de setenta. Había tanto humo que los sargentos no podían ver el blanco y tenían que apuntar por deducción. Ahora los cañones aliados estaban agrupados demasiado próximos entre sí, y las balas de los cañones franceses acertaban en sus objetivos a pesar del humo.

Un armón que transportaba más municiones de repuesto chocó contra un cañón y dañó la cureña. Kit vio que las ruedas y el eje estaban intactos, y se afanaba en reparar las galgas con madera cuando una bala impactó en un cañón cercano, justo en la munición. Kit salió despedido por la explosión, y el mundo se sumió en el silencio. Yació en el suelo aturdido, no supo cuánto tiempo, y luego consiguió ponerse en pie. Le dolía el cuello. Tocó algo pegajoso y su mano quedó ensangrentada.

Siguió reparando las galgas y poco a poco fue recuperando la audición.

La infantería aliada avanzaba. Los cañones disparaban por encima de sus cabezas, confiando en inutilizar los cañones franceses; sin embargo, y pese a sus esfuerzos, Kit vio caer a muchos soldados. Los supervivientes siguieron corriendo directos hacia las fauces de los cañones enemigos. El día anterior, a Kit lo habría maravillado su coraje. Ese día, sin embargo, los comprendía: no tenían tiempo para preocuparse, igual que él.

Los cañones franceses detuvieron el fuego.

La artillería aliada volvió a avanzar, pero esta vez fue incapaz de alcanzar a su propia infantería. A medida que el humo se disipaba, Kit vio que las fuerzas aliadas estaban desplegadas a lo largo de la llanura, en una línea que debía de superar los tres kilómetros. La línea avanzaba y la resistencia parecía estar desvaneciéndose. Los artilleros recibieron la orden de detenerse y esperar nuevas órdenes.

Kit reparó de pronto en lo agotado que estaba y se tumbó boca arriba en el suelo. Aquel silencio era el mayor lujo que había experimentado en la vida. Cerró los ojos bajo el sol.

—¡Oh, Dios mío! ¡Kit! ¿Estás muerto? —oyó que exclamaba una voz al cabo de un rato.

Era Roger. Kit abrió los ojos.

—No, todavía no.

Se puso en pie de un salto y se abrazaron. Permanecieron así unos minutos y luego se dieron unas palmadas en la espalda con actitud varonil, solo por aparentar.

Roger retrocedió un paso, miró a Kit y se echó a reír.

—¿Qué? —le preguntó Kit.

—No te haces una idea de las pintas que tienes, con la cara negra de humo y sangre en el uniforme, y te falta una pernera de los pantalones.

Kit bajó la mirada.

—¿Cómo habrá pasado esto?

Roger volvió a reír.

—Debes de haber tenido un día entretenido.

—Sí, bastante —repuso Kit—. ¿Hemos ganado?

—Ah, sí —contestó Roger—. Hemos ganado.

La causa de Jarge Box había llegado al tribunal de la audiencia provincial en verano. Sal estaba de pie a su lado en la Sala del Consejo de la Casa Consistorial. Cuando vio entrar al juez, se le cayó el alma a los pies: era el buitre de nariz ganchuda que había hecho ahorcar a Tommy Pidgeon ocho años antes. Estuvo a punto de perder toda esperanza.

«De haber vivido, Tommy sería ahora un hombre joven —pensó, apenada—. Se habría convertido en un ciudadano decente de habérsele dado la oportunidad. Pero no se le dio ninguna».

Sal rezó por que Jarge tuviera una oportunidad ese día.

Mientras el jurado efectuaba el juramento, observó los rostros de los hombres que lo componían —bien alimentados, seguros de sí mismos, con aires de superioridad moral— y cayó en la cuenta de que todos ellos eran patrones en el negocio textil. Sin duda Hornbeam había intimidado al alguacil Doye para que se asegurara de que así fuera. Aquellas eran las personas que más tenían que temer del ludismo, las más ansiosas por imponer a alguien —a cualquiera— un castigo ejemplar con la esperanza de asustar a los luditas para que abandonaran su campaña.

Entonces vio que Doye había cometido un error. Uno de los miembros del jurado era Isaac Marsh. Su hija estaba casada con Howard Hornbeam, y Doye seguramente había dado por hecho que Marsh sería partidario de la línea dura. Sin embargo, era tintorero, una rama de la industria textil que no se había mecanizado, por lo que tenía menos motivos para declarar culpable a Jarge. Además, era metodista, y podría vacilar antes de condenar a muerte a un hombre.

Era un tenue rayo de esperanza.

Se presentaron las mismas pruebas que en las sesiones trimestrales. Maisie Roberts aseguró haber visto a Jarge en la calle cuando sonaban las campanas, y Marie Dodds afirmó que Sal podría haberlas tañido, pero Sal juró que Jarge no había abandonado la sala de cuerdas, y con ello cometió perjurio por segunda vez.

El juez, en suma, no fingió ser imparcial. Le dijo al jurado que debía sopesar las pruebas aportadas por dos personas, la señora Roberts y la señora Dodds, quienes no tenían motivos para mentir, frente a las de una persona, la señora Box, que podría estar mintiendo para salvarle la vida a su esposo.

El jurado, las únicas personas sentadas a excepción del juez, empezaron a deliberar, pero no llegaron a un acuerdo enseguida. Pronto se hizo evidente que once de ellos convenían entre sí y que uno mantenía su negativa: Isaac Marsh. Aunque no intervenía mucho, de cuando en cuando negaba solemne con la cabeza mientras los otros hablaban.

Aquello dio alas a las esperanzas de Sal. El jurado tenía que presentar un veredicto unánime. Si eso no era posible, en teoría se repetiría el juicio. En la práctica, según había oído Sal, a veces se trataba de alcanzar un compromiso, como considerar al acusado culpable de un delito menor.

Al cabo de un rato, todos empezaron a asentir y se arrellanaron en sus asientos, como si hubiesen llegado a una resolución.

Uno de ellos se puso en pie y anunció que tenían un veredicto unánime.

—Culpable, señoría, con la más encarecida recomendación de clemencia.

El juez les dio las gracias y luego buscó algo bajo la mesa. Sal supo que estaba a punto de ponerse su birrete negro y sentenciar a muerte a Jarge pese a la recomendación del jurado.

—No —musitó—. Por favor, Señor, no.

Las manos del juez aparecieron sobre la mesa con el birrete negro frente a sí, y en ese instante Amos Barrowfield avanzó un paso.

—Señoría —dijo en voz alta y clara—, el 107.º Regimiento de Infantería de Kingsbridge está combatiendo contra los franceses en España.

El juez pareció irritado. Semejante intervención en la fase de dictar sentencia era algo insólito, aunque no era la primera vez que ocurría.

—¿Qué tiene eso que ver con este juicio? —preguntó.

—Muchos hombres de Kingsbridge han muerto en el campo de batalla, y el regimiento necesita reclutas. Creo que usted tiene potestad para enviar a un hombre al ejército como alternativa a la pena de muerte; después estará en manos de Dios si vive o muere. Le insto a seguir este curso de acción con Jarge Box, pero no por compasión, sino porque por su fortaleza sería un soldado formidable. Gracias por permitirme hablar. —Amos retrocedió.

Había hablado con tono frío, como si no le preocupara Jarge en el plano personal, sino que solo quisiera ayudar al ejército. Sal sabía que era una pose: era muy probable que Amos hubiera dicho aquello para convencer al juez, a quien a todas luces poco importaba la compasión.

Pero ¿funcionaría? El juez vaciló, sentado con el birrete negro entre las manos. A Sal se le entrecortó la respiración. La sala estaba en silencio.

—Le sentencio a ingresar en el 107.º Regimiento de Infantería —anunció al fin.

El alivio que aquello supuso para Sal hizo que le flaquearan las piernas.

—Si lucha con coraje por su país, dará algún paso hacia la reparación de sus delitos —añadió el juez.

—No digas nada —le susurró Sal a Jarge.

Jarge obedeció.

—Siguiente caso —dijo el juez.

# 37

Tras la batalla de Vitoria, a Napoleón Bonaparte todo empezó a irle de mal en peor.

La batalla de Leipzig fue la más larga jamás librada hasta entonces en Europa. Tuvo lugar en octubre y en ella se vieron implicados más de medio millón de hombres. Bonaparte la perdió. Mientras tanto, el ejército de Wellington cruzó los Pirineos y ocupó Francia desde el sur.

Bonaparte regresó a París, pero las fuerzas que lo habían derrotado en Leipzig le dieron alcance. En marzo de 1814 los aliados, liderados por el zar de Rusia y el rey de Prusia, entraron triunfantes en París.

Al cabo de unos días Amos leyó un titular en la *Kingsbridge Gazette*.

¡Bonaparte abdica!

¿Sería cierto? El texto lo explicaba así:

«El hecho ha sido confirmado oficialmente por los despachos del general sir Charles Stewart. El tirano derrocado ha renunciado a las funciones de la realeza y ha aceptado un destierro en la isla de Elba, un lugar insignificante situado cerca de la costa toscana».

—Gracias a Dios —exclamó Amos.

La guerra había terminado.

Esa noche hubo numerosas muestras de júbilo en las calles de Kingsbridge. Los hombres que nunca habían servido en ningún ejército levantaban sus jarras de cerveza y se consideraban merecedores de la gloria. Las mujeres preguntaban cuándo volverían a casa sus maridos y sus hijos, pero nadie les daba respuestas. Los niños se construían espadas de madera y prometían ir a luchar cuando hubiera otra guerra. Las niñas soñaban con casarse con un valiente soldado ataviado con una casaca roja.

A Wellington lo nombraron duque.

Amos acudió a casa de Jane con un regalo para su hijo: una bola del mundo montada sobre un pie. Pasó una hora mostrándosela a Hal, a quien ese tipo de cosas le despertaba mucha curiosidad. Amos le enseñó los lugares donde el ejército de Gran Bretaña y sus aliados se habían batido contra las fuerzas de Bonaparte.

Más tarde, subió a sentarse en el salón de Willard House, con vistas a la catedral, mientras Jane le leía una carta de su marido.

> Mi querida esposa:
>
> Me hallo en París, donde por fin hay paz. El 107.º Regimiento de Infantería ha luchado con honor hasta el final y en Toulouse obtuvimos una rotunda victoria. (De hecho, eso fue algunos días después de que Bonaparte admitiera la derrota, pero a nosotros la noticia nos llegó después de la batalla).
>
> El regimiento ha tenido bastante suerte en la guerra. En los últimos combates ha habido pocas bajas, relativamente. Entre los oficiales solo ha perdido la vida el alférez Sandy Drummond, el hijo del comerciante de vino. El capellán Kenelm Mackintosh recibió un disparo en el trasero. (¡Qué humillante para un eclesiástico!). El cirujano consiguió extraer la bala, le limpió la herida con ginebra y le puso un vendaje. Al parecer el capellán está bien, aunque cojea un poco. El alférez Joe Hornbeam ha resultado ser un soldado bastante bueno a pesar de su juventud. Puedes decirle a ese concejal déspota que su nieto sigue con vida.

Los dos hombres de Kingsbridge que se unieron a los artilleros resultaron muy útiles en Vitoria, sobre todo Kit Clitheroe, de quien ya sabía que era un buen oficial por el tiempo que estuvo sirviendo en la milicia. Lo he convencido para que sea mi edecán.

Ahora el regimiento se trasladará a Bruselas.

—¿A Bruselas? —se extrañó Amos—. ¿Por qué?

—Escucha —dijo Jane, y siguió leyendo:

Los grandes hombres de las naciones vencedoras se reunirán en Viena, donde dividirán Europa para repartírsela de aquí en adelante y tratar de asegurarse de que jamás vuelva a haber una guerra tan larga y terrible como esta. Entre las cuestiones conflictivas está qué hacer con los Países Bajos. Bonaparte ha cedido el territorio que conquistó allí, pero ¿a quién le pertenece ahora? Mientras en Viena intentan alcanzar un acuerdo al respecto, alguien tiene que gobernar en Bruselas, y corre el rumor de que una coalición de tropas británicas y prusianas se harán cargo del país de forma conjunta hasta que se tome una decisión.

Y el 107.º de Infantería forma parte de esas tropas británicas.

—Lo que significa que ninguno de los hombres de Kingsbridge volverá a casa —dijo Amos—. Muchas personas sufrirán una decepción.

—Bueno, yo no seré una de ellas. A mí me importa bastante poco si Henry está aquí o a mil kilómetros.

Amos habría preferido que Jane no anduviera siempre quejándose de lo infeliz que era al lado de su marido, pero la cosa no tenía remedio. Y, de todos modos, prefería no decir nada. Quería estar junto a ella y apoyarla para poder ver a Hal.

—Léeme el resto —dijo.

En agosto de 1814, el regimiento se hallaba acampado en un terreno de las afueras de Bruselas. El hecho de que Kit hubiera sido transferido del Regimiento Real de Artillería al 107.º de Infantería para nombrarlo edecán del conde de Shiring había sido todo un honor para él, pero lo cierto era que habría rechazado el puesto de haber tenido la oportunidad porque eso lo había obligado a separarse de Roger, que seguía formando parte de la Artillería Real. Kit no tenía ni idea de dónde estaría en esos momentos, lo cual le causaba una tremenda congoja.

Por lo demás, era feliz. Ganaba diez chelines al día sin tener en cuenta las deducciones. Un soldado raso ganaba ocho peniques al día. Su trabajo consistía en llevar misivas y hacer encargos para el conde, pero en tiempo de paz no tenía grandes ocupaciones y pasaba el tiempo libre aprendiendo alemán.

Había trabado amistad con un oficial de bajo rango de la Legión Alemana del Rey, una unidad del ejército británico de catorce mil hombres que tenía su cuartel en Bexhill-on-Sea. El motivo principal de tal peculiaridad era que el rey Jorge III de Inglaterra era también gobernador del estado de Hannover. Un batallón alemán estaba acampado en el terreno contiguo, y Kit y su amigo se daban mutuamente clases de su propia lengua materna.

Kit había hecho que los hombres del 107.º de Infantería montaran las tiendas formando líneas perfectas y que cavaran letrinas en cada extremo del campamento. Si alguien orinaba fuera del lugar indicado, tenía que satisfacer una multa. En Barrowfield's Mill había aprendido que era necesario imponerse incluso para hacer respetar las normas que beneficiaban a todo el mundo.

El capellán Mackintosh disponía de una tienda pequeña de uso individual, igual que los oficiales. Kit fue a verlo y lo encontró tumbado sobre una fina estera y arropado con mantas. Su pelo rubio estaba húmedo. Se arrodilló a su lado y le tocó la frente; la tenía ardiendo.

—Está enfermo, señor Mackintosh —le dijo.

—Creo que me he resfriado, pero me pondré bien.

—Déjeme ver la herida.

Sin esperar su consentimiento, Kit retiró las mantas y le bajó los calzones a Mackintosh. La herida le supuraba y tenía la piel de alrededor enrojecida.

—Esto no tiene buen aspecto —observó.

Volvió a subirle los calzones y a arroparlo con las mantas.

—Me pondré bien —repitió el capellán.

En una caja de municiones vacía había una jarra de agua y una taza. Kit sirvió un poco y se la dio a Mackintosh, que la bebió con ansia. No quedaba mucha, así que Kit cogió la jarra.

—Iré a buscar más agua.

—Gracias.

Cerca de uno de los límites del terreno discurría un riachuelo cristalino, lo cual era en parte el motivo por el que habían elegido aquel emplazamiento para acampar. Kit llenó la jarra y regresó a la tienda del capellán. Nada más entrar, tomó una decisión sobre lo que debía hacerse.

—Creo que no debería dormir en el suelo —dijo—. Voy a ver si podemos ubicarlo en algún sitio más cómodo hasta que se recupere.

—Mi sitio está aquí, junto a los hombres.

—Será mejor que eso lo decida el coronel.

Parte del trabajo de Kit consistía en asegurarse de que el coronel estuviera al corriente de todas las cosas importantes que sucedían en el regimiento, de modo que fue a comunicarle que el capellán estaba enfermo.

—No se ha recuperado bien —dijo—. Tiene algo de fiebre.

—¿Qué crees que deberíamos hacer?

El conde sabía que, cuando Kit le comunicaba un problema, ya solía tener pensada alguna solución.

—Deberíamos llevarlo a alguna casa de huéspedes decente de Bruselas. Tal vez todo cuanto necesite sea calor, una cama confortable y reposo.

—¿Tiene dinero para pagarla?

—Lo dudo. —A los capellanes les pagaban menos que a los oficiales—. Le escribiré a su esposa para pedirle dinero.

—Muy bien.

—Mañana tengo que ir a la ciudad para recoger a unos reclutas recién llegados de Inglaterra. Veré si puedo encontrar una buena casa de huéspedes.

—Me parece bien. Yo mismo me encargaré de pagar lo que cueste hasta que recibamos el dinero de Inglaterra.

De hecho, Kit tenía la esperanza de que el conde hiciera ese ofrecimiento.

—Gracias, señor.

A primera hora de la mañana siguiente, Kit fue al establo, donde había algunas monturas reservadas para uso de los oficiales. Eligió una yegua de edad avanzada. Se había acostumbrado a montar a caballo en el ejército y lo hacía sin ninguna dificultad, pero aun así prefería un ejemplar tranquilo y sosegado.

Se hizo acompañar por un alférez que hablaba un poco de francés, y el muchacho eligió un poni con el pecho bien desarrollado.

Cabalgaron hasta Bruselas. Pasaron de largo el caro y esplendoroso centro de la ciudad y buscaron casas de huéspedes en los concurridos callejones secundarios. Algunas se veían tan sucias que Kit las descartó al instante. Por fin encontraron un lugar pulcro regentado por una viuda italiana llamada Anna Bianco. Parecía una mujer amable dispuesta a recibir con los brazos abiertos a un inválido, y de la cocina procedía un olor que hacía la boca agua. En la planta de arriba, la casa disponía de una sala de estar espaciosa con grandes ventanales. Kit dejó pagadas dos semanas por adelantado y dijo que el inquilino ocuparía la habitación al día siguiente.

Tendrían que trasladar a Mackintosh en carro porque la herida le impedía montar a caballo.

A continuación, Kit, acompañado por el alférez, cabalgó hasta una taberna llamada Hôtel des Halles, situada en la orilla este del canal procedente de Amberes. Vio una barcaza tirada por caballos amarrada cerca del lugar y supuso que los reclutas ya habrían llegado. En el patio había aproximadamente cien hombres y también algunas mujeres, todos comandados por un sargento inglés.

—Hay ciento tres hombres, señor —le dijo a Kit—. Y seis mujeres que acompañan a los hombres al campamento, todas respetables.

Kit pensó que la barcaza debía de haber ido llenísima. Con toda probabilidad el sargento había recibido dinero para pagar dos pero había decidido hacinar a todos los reclutas en una y guardarse lo ahorrado.

—Gracias, sargento. ¿Cuándo han comido por última vez?

—Al amanecer han tomado un buen desayuno, señor; pan con queso y un poco de cerveza.

—Con eso aguantarán un rato más.

—Seguramente, señor.

—Muy bien. Hágalos formar de cinco en fondo y emprenderemos la marcha.

—Sí, señor.

Kit observó a los hombres con mirada crítica mientras el sargento los colocaba en posición. Llevaban el uniforme sucio a causa del viaje. Dejando aparte unos cuantos jóvenes con buena disposición, el resto de ellos tenían una expresión hosca y era muy posible que lamentaran el impulso que los había llevado a alistarse como voluntarios. Con todo, la mayoría parecían gozar de buena salud. Participarían en maniobras y los harían formar para mantenerlos en alerta por si acaso, pero no tendrían que luchar, puesto que la guerra había terminado.

Le llamó la atención un hombre alto y de hombros anchos que le daba la espalda y pensó cuán útil habría resultado para manejar los cañones en la batalla. El hombre tenía el pelo rubio, largo y desgreñado, y le resultaba vagamente familiar. Entonces se dio la vuelta y Kit se quedó de piedra al reconocer a Jarge Box.

¿Qué hacía allí? Tal vez había perdido la esperanza de encontrar trabajo y se había incorporado al ejército por pura desesperación. O, lo más probable, lo habían juzgado por algún delito grave, del que perfectamente podía ser culpable, y lo habían condenado a alistarse como soldado.

La relación de Kit con su padrastro había estado jalonada de escollos, pero le alegraba verlo. Cuando se acercó, Jarge, cuyo rostro tenía el aspecto de quien ha soportado con estoicismo los estragos de someterse a un viaje largo e incómodo, sonrió de oreja a oreja.

—¡Que me aspen! —exclamó—. Me preguntaba si daría contigo.

Kit le estrechó la mano con firmeza.

—Llegas justo a tiempo —dijo—. La guerra ha terminado.

Entonces asomó la cabeza por encima del hombro de Jarge y vio a su madre. Y en ese momento estalló en lágrimas.

Fue hasta ella y se abrazaron. A Kit no le salían las palabras, estaba sobrepasado por la felicidad y el amor que lo invadían.

Al final ella se retiró y lo miró de arriba abajo.

—Dios mío —exclamó—. Qué moreno y qué delgado, pero estás hecho todo un hombre. —Le acarició un lateral del cuello—. Y tienes una cicatriz.

—Es un recuerdo de España. Tú tienes muy buen aspecto. —Sal debía de rondar los cuarenta y cinco años, pero se la veía tan saludable y robusta como siempre—. ¿Qué tal ha ido el viaje?

—En la barcaza no cabía ni un alfiler. Por suerte, ya estamos en tierra.

—¿Habéis comido algo?

—Un desayuno más bien escaso.

—En el campamento se servirá comida.

—No veo la hora de llegar.

—Pues entonces será mejor que nos pongamos en marcha.

Kit se alejó de su madre y dejó que el sargento siguiera con la formación para hacer marchar a los soldados.

Cuando estuvieron a punto, se subió de nuevo a la yegua para dirigirse a ellos alzando la voz tal como había aprendido a hacer:

—Formar parte del ejército es muy sencillo. Si hacen lo que les digo cuando se lo digo y lo hacen bien, no tendrán problemas.

Se oyó un leve murmullo de conformidad; lo que decía era justo.

—Pero si me causan enojo, haré que lo pasen tan mal que desearán estar muertos.

Ante eso hubo risas, aunque teñidas de cierto nerviosismo.

La verdad es que Kit nunca hacía que nadie lo pasara especialmente mal. Con todo, la amenaza surtió efecto.

Por fin les indicó que se pusieran en marcha.

—En marcha... ¡Ar!

Dio media vuelta en su montura y la arreó para que anduviese. Los reclutas lo siguieron.

Era media mañana cuando Elsie recibió la carta de Kit Clitheroe. Lo recordaba como un niño brillante en la escuela dominical. Ahora el pequeño Kit se había convertido en capitán del 107.º Regimiento de Infantería destinado en Bruselas.

Si Kit y su madre se hubieran quedado en la aldea de donde procedían, seguirían siendo unos pobres jornaleros del campo y lo más lejos que habrían viajado sería a Kingsbridge. Menudo cambio habían sufrido sus vidas con la industrialización y la guerra...

Leyó la carta de Kit varias veces. Le pareció entender que Kenelm estaba enfermo de gravedad. Pasó la mañana reflexionando, hasta que por fin a la hora de comer cogió la carta y se la enseñó a su madre y a Spade.

Arabella convino con ella que la cosa pintaba mal.

—La infección dura demasiado —dijo—. Ojalá estuviera aquí para que pudiéramos cuidar de él, pero el viaje empeoraría su estado.

—Qué amabilidad por parte del conde pagar la casa de huéspedes —comentó Elsie—. Le mandaré dinero de inmediato. Aún conservo la mayor parte de la herencia de padre.

Arabella seguía estando preocupada.

—No se me ocurre qué más podemos hacer por el pobre Kenelm.

Eso era a lo que Elsie había estado dándole vueltas toda la mañana, y encontró la respuesta.

—Debo ir a Bruselas a cuidar de él —decidió.

—¡Oh, no, Elsie! —se alarmó Arabella—. Es un viaje muy peligroso.

—No, no lo es —repuso ella—. Hay que ir en diligencia hasta Folkestone, luego viene una breve travesía por mar, y por último hay que coger una barca para llegar por el canal hasta Bruselas.

—Cualquier viaje por mar es arriesgado.

—Pero este no lo es tanto.

—¿Cuánto tiempo tienes pensado quedarte en Bruselas?

—Hasta que Kenelm se recupere.

—Nosotros podemos cuidar de los niños, claro, ¿verdad, David?

—Lo haremos encantados.

Los cinco hijos de Elsie tenían entre ocho y diecisiete años.

—No será necesario —respondió ella—. Pueden venir conmigo. Alquilaré una casa. Para ellos será una buena experiencia, así aprenderán francés.

—Y les ensanchará la mente —convino Spade—. Me parece bien.

A Arabella seguían sin gustarle los planes de Elsie.

—¿Y qué pasa con la escuela dominical?

—Lydia Mallet la dirigirá en mi ausencia. Amos la ayudará.

—Aun así...

—Tengo que asistir a Kenelm. Me casé con él y se lo debo.

Su madre se quedó pensativa un momento. Por fin, dio su brazo a torcer.

—Sí —dijo a regañadientes—. Supongo que sí.

Jane leyó un largo artículo en *The Lady's Magazine* que le llamó mucho la atención y se lo mostró a Amos. Según el texto, Bruselas era el nuevo destino popular de la élite seguidora de la moda. Aquellos que durante años habían acudido a Bath en masa con el pretexto de tomar las aguas —aunque en realidad iban allí para bailar, cotillear y exhibir sus ropas más elegantes— ahora viajaban a Bruselas con la misma finalidad. Cenas de gala, excursiones a merenderos, cacerías y salidas al teatro constituían las ocupaciones favoritas de los expatriados. La ciudad estaba llena de gallardos oficiales ataviados con sus espléndidos uniformes. La atrevida danza llamada «vals», en que las parejas se abrazaban de forma escandalosa, se bailaba siempre que se presentaba la oportunidad. Surgían buenas amistades entre personas que no se habrían conocido de vivir en Londres, algo que a Amos, leyendo entre líneas, le sugirió que estaban cometiendo adulterio. Acudían numerosos aristócratas ingleses, y quien lideraba la alta sociedad de Bruselas era la duquesa de Richmond.

Amos se mostró un poco disgustado.

—Esos cabezas de chorlito de la alta sociedad bailan una danza obscena —dijo de mal humor. Entonces se le ocurrió una idea—. Pero seguro que todos quieren comprar ropa nueva.

—¡Ajá! —exclamó Jane con aire triunfal—. Veo que has cambiado el tono de tu discurso.

Amos estaba pensando que eso haría aumentar la demanda de tejidos de lujo, lo cual era muy conveniente, puesto que la de uniformes para el ejército, que en su negocio era el pan de cada día, pronto caería en picado. Tenía que ponerse en contacto con compradores de los Países Bajos.

—A lo mejor viajo a Bruselas —dijo Jane.

—¡Tú también! —exclamó Amos.

—¿Qué quieres decir?

—Elsie va a ir allí para cuidar de Kenelm, que está herido. Lydia se hará cargo de la escuela dominical y yo la ayudaré.

—Harías cualquier cosa por Elsie...

A Amos le sorprendió esa observación.

—¿A qué te refieres?

—Eres un hombre peculiar, Amos Barrowfield.

—No tengo ni idea de qué me estás hablando.

—No, seguro que no.

Amos no tenía paciencia para conversaciones crípticas.

—Bueno, pero ¿quién cuidará de Hal mientras tú estés en Bruselas?

—Lo llevaré conmigo.

—Ah. —Eso implicaba que Amos dejaría de verlo—. ¿Cuánto tiempo estaréis fuera?

—No lo sé. Mientras Henry siga allí… como mínimo.

—Ya lo comprendo.

—No veo el momento de marcharme. Da la impresión de que es el tipo de vida que siempre he querido pero que nunca he podido tener con Henry: fiestas, bailes y vestidos nuevos.

Jane no cambiaría nunca, pensó Amos. Qué suerte que lo hubiera rechazado. Si algún día llegaba a casarse, lo haría con una mujer formal.

De buena se había librado.

# 38

Elsie nunca había viajado en barco ni había estado en ningún país extranjero, y tampoco se había alojado en una casa de huéspedes. No tenía más que unas pocas nociones de francés, le costaba comprender el cambio de moneda y se quedó boquiabierta ante la extraña apariencia de las casas, las tiendas y las ropas de los habitantes. No era una persona miedosa, pero jamás había imaginado las dificultades a las que tendría que enfrentarse sola.

Sabía que había cometido un tremendo error al viajar a Bruselas con sus cinco hijos, y cuando por fin pudo dejarse caer en un camastro de una sucia habitación de hotel con los baúles y los niños apiñados a su alrededor, se echó a llorar.

Haciendo un esfuerzo considerable, consiguió enviarle un mensaje al conde de Shiring en el campamento del 107.º Regimiento de Infantería, y poco después las cosas empezaron a irle mejor. El mensajero regresó con una amable nota del conde y otra carta sin sellar para que ella misma se la hiciese llegar a la duquesa de Richmond. En la carta se solicitaba a la duquesa que tendiera una mano amiga a la señora de Kenelm Mackintosh, y mencionaba que Elsie era la hija del difunto obispo de Kingsbridge y la esposa de un capellán del ejército británico que había resultado herido en Toulouse.

Al día siguiente Elsie se dirigió a la residencia Richmond en la rue de la Blanchisserie. La casa tenía tres plantas de altura y espacio suficiente para los catorce niños que la duquesa había dado a luz. Su ubicación no correspondía al barrio más caro de Bruselas y corrían rumores de que el duque y la duquesa se habían trasladado allí para ahorrar dinero, ya que era más barato que Londres. El champán costaba tan solo cuatro chelines la botella, lo cual para el presupuesto de Elsie no suponía una gran diferencia pero seguramente lo era para los Richmond, amantes de las fiestas.

La recomendación de un conde junto con la mención del obispo y el capellán del ejército herido bastaron para vencer el famoso esnobismo de la duquesa, que se comportó con mucha amabilidad cuando le dio la bienvenida a Elsie. No es que fuese guapa, pero tenía unas facciones agradables, con una nariz y una barbilla prominentes que rodeaban su boca en forma de corazón. Le entregó a Elsie una nota con las señas de un comerciante de Bruselas que hablaba bien el inglés y la ayudaría a encontrar una buena casa de alquiler.

Elsie se decidió por una casa cercana a la catedral de St. Michel y St. Gudule, y se instaló allí con los cinco niños. Fue a la casa de huéspedes a buscar a Kenelm y le pareció gracioso que a él casi le diera pena tener que decirle adiós a la signora Bianco, quien a todas luces se había ganado su gratitud.

La casa que Elsie había alquilado no era un despliegue de lujo pero resultaba cómoda. Su mayor ventaja era que no estaba alejada de la joya de Bruselas, su parque, el cual disponía de quince maravillosas hectáreas de césped, caminos de grava, estatuas y fuentes. No se permitía la entrada a los caballos, lo que significaba que los ciudadanos podían dejar que los niños corrieran sin miedo a que los atropellara un carruaje.

Cuando hacía buen tiempo, Elsie llevaba a Kenelm al parque. Al principio tenía que sentarlo en una silla de ruedas y empujarla, pero el hombre pronto estuvo lo bastante recuperado para poder andar, aunque iba despacio. Siempre los acompañaban dos o tres de sus hijos y solían llevar un balón para jugar.

Un día, por casualidad, se topó con Jane, la condesa de Shiring, que ahora vivía en Bruselas, y charlaron amistosamente. Jane había trabado una estrecha amistad con la duquesa de Richmond.

Le preguntó a Elsie por qué había rechazado muchas invitaciones para asistir a las fiestas organizadas por la duquesa y otras personas influyentes. Ella le explicó que apenas tenía tiempo para esas cosas, con sus cinco hijos y un marido convaleciente a quien cuidar; y era cierto, pero también lo era que encontraba triviales y aburridos los bailes, las excursiones a merenderos y las carreras de caballos. Detestaba las constantes conversaciones sobre frivolidades. Pero no le dijo nada de todo eso a Jane.

En una ocasión, Elsie vio a la condesa acompañada de un apuesto oficial: el capitán Percival Dwight. Esa vez no se paró a hablar con ella. Le pareció que se comportaba con especial alegría y encanto mientras coqueteaba con el capitán, y se preguntó si estarían teniendo relaciones adúlteras. Imaginaba que era algo que ocurría con más facilidad en una ciudad extranjera, no sabía muy bien por qué.

Una tarde de diciembre, fría pero soleada, Elsie y Kenelm estaban reposando en un banco del parque mientras contemplaban el fluir del agua de una fuente y vigilaban a Martha y Georgie, sus dos hijos más jóvenes. Elsie estaba fascinada por la transformación que había sufrido su marido, y la herida era solo uno de los motivos. Había visto mucho sufrimiento y muchas muertes, y su rostro demacrado lo evidenciaba. Tenía la mirada vuelta hacia el interior de su mente y los recuerdos de las carnicerías que había presenciado. Poco quedaba de aquel joven clérigo ambicioso y petulante con el que se había casado, pero ella lo prefería así.

—Ya casi estoy lo bastante bien para volver al regimiento —dijo él.

Sin embargo, en opinión de Elsie, no lo estaba. Su cuerpo sanaba con más rapidez que su mente. Cualquier ruido de la calle —cuando alguien dejaba caer una pesada caja en la plataforma de un camión o un operario demolía una pared con un martillo— le hacía agachar la cabeza y arrojarse de rodillas en la alfombra de la sala de estar.

—No tengas prisa —le dijo ella—. Asegurémonos primero de que estás recuperado del todo. Creo que enfermaste porque quisiste volver al deber demasiado pronto.

Él no lo aceptaba.

—Dios me ha enviado aquí para que cuide del bienestar espiritual de los hombres del 107.° de Infantería. Es una misión sagrada.

Parecía haber olvidado que el único motivo por el que se hizo capellán fue para mejorar sus posibilidades de que algún día lo nombraran obispo.

—La guerra ha terminado —dijo Elsie—. Seguro que ya no es tan necesario.

—A los soldados les cuesta adaptarse de nuevo a la normalidad. Se han acostumbrado a la idea de que su vida carece de valor. Han matado a hombres y han visto morir a sus amigos, y esas experiencias anulan la capacidad de sentir compasión. El único modo que tienen de superarlo es ponerse una coraza. No pueden volver a vivir la vida como si tal cosa. Necesitan ayuda.

—Y tú puedes ofrecérsela.

—La verdad es que no tanta —dijo cuando, por un momento, afloró su antigua determinación—. Pero Dios sí que puede; lo único que tienen que hacer es volver la mirada hacia él.

Elsie lo observó en silencio unos instantes.

—¿Sabes lo mucho que has cambiado? —le preguntó.

Él asintió con aire pensativo.

—Fue en España —confesó. Kenelm estaba mirando la fuente, pero Elsie sabía que solo veía un campo de batalla agostado por el sol—. Había un soldado moribundo tumbado en el suelo y su sangre empapaba la tierra árida.

Hizo una pausa, pero Elsie no dijo nada y le dio tiempo para que siguiera hablando.

—Teníamos al enemigo pisándonos los talones. Los compañeros del soldado herido no tuvieron tiempo de consolarlo; estaban disparando los mosquetes y cargándolos de nuevo para volver a disparar lo más rápido posible. Yo me arrodillé a su lado y le dije que iba a ir al cielo. Cuando me habló tuve que pegar la oreja a su boca para poder oírlo entre el fragor de los mosquetes y los cañones. «¿Al cielo? —me preguntó—. ¿De verdad?», y yo le contesté: «Sí, si crees en nuestro señor Jesucristo». Entonces le sugerí que rezáramos juntos el padrenuestro. «No te preocupes por el ruido —le dije—. Dios nos oye igual». Fue entonces cuando me confesó que no se lo sabía.

A Kenelm se le llenaron los ojos de lágrimas al recordar ese momento.

—¿Te lo imaginas? —dijo—. No sabía rezar el padrenuestro.

Elsie se lo imaginaba perfectamente. Algunos de los niños nuevos que acudían a la escuela dominical no sabían quién era Jesús. No sucedía con frecuencia, pero a veces sí.

—Le tendí la mano y recé por él, y cuando llegué a la frase «porque tuyo es el reino, y el poder, y la gloria» el muchacho había abandonado este mundo y se hallaba en un lugar en el que no existen las guerras.

—Descanse en paz —dijo Elsie.

Spade se quedó boquiabierto ante el Passage des Panoramas de París. En Londres no había nada parecido. Era un paseo pavimentado y con el techo de cristal, flanqueado por tiendas que vendían joyas, prendas íntimas, golosinas, sombreros, papel de carta y muchas más cosas. Discurría entre el boulevard Montmartre y la rue St. Marc. En cada extremo se apostaba un fornido guardia vestido de uniforme que se ocupaba de mantener alejados a los granujillas y los ladronzuelos. Las elegantes mujeres parisinas, y también muchas procedentes de otros países, podían hacer sus compras sin que la lluvia les mojara el cabello y sin mancharse los zapatos con las toneladas de inmundicia que se acumulaban en las calles. La galería contaba con un atractivo adicional que consistía en dos torres decoradas con pinturas panorámicas de ciudades famosas entre las que estaban representadas Roma y Jerusalén.

Arabella se mostró encantada. Adquirió un sombrero de paja, un pañuelo para el cuello y una caja de almendras garrapiñadas. Spade la llevó a una tienda donde vendían tejidos de lujo: seda, cachemira, lino de calidad superior y mezclas de diversos colores y motivos. Se sacó del bolsillo una tarjeta que explicaba que era fabricante de paños de calidad excepcional para vestidos a cuyos compradores no les importaba lo que tuvieran que pagar por ellos, y que estaría encantado de enseñarle a la dueña del establecimiento algunas muestras si se avenía a concertar una cita.

La dependienta respondió en francés fluido. Abe, que tenía quince años y había estudiado el idioma en la Escuela de Gramática de Kingsbridge, le pidió que repitiera lo que había dicho pero más despacio y luego lo tradujo.

—Con mucho gusto lo recibirá mañana por la mañana, a las diez.

Spade saludó a la mujer con una inclinación de cabeza y le dio las gracias en francés. Tenía un acento horroroso pero la obsequió con su sonrisa de disculpa más encantadora y ella se echó a reír.

Cuando salieron de la galería comercial, Spade percibió un cambio en el ambiente de la calle. Algunas personas seguían paseando como si tal cosa, pero otras estaban enfrascadas en conversaciones vehementes. No era la primera vez que lo asaltaba el deseo de comprender el idioma.

Pasaron al lado de una mujer sentada junto a una mesa de la acera donde se apilaban periódicos para su venta. A Spade le llamó la atención un titular:

*NAPOLÉON A FUI!*

—¿Qué pone ahí? —le preguntó a Abe.

—No lo sé. Algo ha pasado con Bonaparte, eso está claro, pero no sé qué.

—Pregúntaselo a la vendedora.

Abe señaló el titular.

—*Madame, qu'est-ce que ça veut dire?* —le preguntó a la mujer.

—*Il a échappé* —contestó ella, y, al ver que el muchacho no la comprendía, lo intentó de diversas maneras—: *Il est parti! Il s'est sauvé! Il a quitté son prison!*

—Creo que se ha escapado —dijo Abe.

—¿De Elba? —preguntó Spade sin dar crédito.

La vendedora de periódicos asintió muy emocionada.

—*Oui, oui, oui!* —Agitó la mano en señal de despedida—. *Au revoir, Elba! Au revoir!* —dijo, y estalló en una carcajada.

Todos sabían lo que eso significaba.

—Pregúntale adónde va —dijo Spade.

—*Où va-t-il?* —preguntó Abe.

—*Il est déjà arrivé en France! Au Midi!*

Spade compró el periódico.

Arabella parecía consternada.

—¿Cómo es posible? ¡Creía que lo tenían vigilado!

Spade sacudió la cabeza con desconcierto y preocupación. No era posible que regresara.

—Volvamos a la casa de huéspedes —resolvió—. Es posible que allí tengan más noticias.

La casa de huéspedes donde se alojaban estaba regentada por un francés casado con una inglesa, lo cual la hacía popular entre los turistas ingleses. Cuando llegaron, encontraron a todo el mundo reunido en la sala de estar, charlando animadamente. Spade les mostró el periódico.

—¿Alguien puede leer esto? —preguntó.

La propietaria, Eleanor Delacroix, cogió el ejemplar y leyó el artículo en diagonal.

—¡Qué cosas! —exclamó—. ¡Se las ha apañado para reunir una pequeña flota de barcos y un ejército de mil hombres!

—Se supone que un inglés debía vigilarlo —dijo Spade.

—Neil Campbell —confirmó madame Delacroix—. Parece

que se marchó de Elba en el *HMS Partridge* con un mensaje para lord Castlereagh.

Spade rio sin ganas.

—¿Y qué dice el mensaje, que Bonaparte está planeando escaparse?

—No me sorprendería, pero aquí no lo pone.

—¿Dónde está ahora?

—En Golfe-Juan, en la costa sur.

—O sea que no viene hacia aquí. Qué alivio.

—Bueno, si lo que pone es cierto —observó la propietaria de la casa de huéspedes—. Los periódicos no lo saben todo.

—Pero ¿qué hará en Francia con solo mil hombres?

La mujer se encogió de hombros, muy a la francesa.

—Yo lo único que sé es que no hay que subestimar a Napoleón —dijo.

Amos Barrowfield estaba a punto de llevar una importante remesa de lana merino azul oscuro en una gabarra por río hasta Combe y, desde allí, por mar hasta Amberes. Era el primer pedido procedente de los Países Bajos recién liberados y le interesaba que el paño se entregara con rapidez y seguridad porque tenía la esperanza de cerrar más operaciones con el mismo cliente e incluso con otros de la zona. Por eso iba a encargarse personalmente del porte cruzando el canal de la Mancha.

El día anterior a su partida cenó en The Coffee House, en High Street, donde tomó cordero asado con patatas y leyó las últimas noticias.

El titular de la *Kingsbridge Gazette* rezaba así:

Bonaparte en Francia

—¡Diantres! —exclamó.

—Es lo mismo que estaba pensando yo —dijo una voz, y cuando levantó la cabeza vio que Rupe Underwood se encontraba en la mesa contigua, tomando cordero asado y leyendo el mismo periódico que él.

Amos y Rupe mantenían ahora un trato bastante cordial, aunque en otra época habían rivalizado por el amor de Jane Midwinter. Los dos tenían más de cuarenta años y a Amos le impactaba el cambio que Rupe había experimentado con la edad, aunque al pensarlo mejor se dio cuenta de que también él había cambiado del mismo modo: tenía mechones grises en el pelo, el vientre algo flácido y dificultades para correr.

—Aquí dice que Bonaparte ha desembarcado en la costa sur de Francia, en una ciudad que se llama Cannes. Tras su llegada ha ido a una misa en la iglesia —añadió Rupe.

—Lo peor es que parece que los hombres se están incorporando en masa a su ejército —contestó Amos.

—Todo el mundo creía que escaparía a algún sitio donde su imperio aún no se ha venido abajo.

—Como Nápoles.

—Pero lo hemos subestimado otra vez.

Amos asintió en señal de acuerdo.

—Solo puede haber un motivo para que vuelva a Francia con un ejército, aunque sea pequeño. Quiere ser otra vez emperador.

—¿Tú crees que es posible?

—Lo que yo creo es que muchos franceses lo recibirán con los brazos abiertos. Parece que el nuevo rey, Luis XVIII, no hace más que recordarles los motivos por los que hubo una revolución.

—¿Como cuáles?

—Tengo entendido que ha recuperado la vieja costumbre monárquica de no pagarles a los soldados.

—¿Bonaparte llegará hasta París?

—Eso es lo que me pregunto yo. Mañana tengo que ir a Amberes.

—¿Y eso a qué distancia está de la costa sur de Francia? ¿Mil, mil doscientos kilómetros?

—Algo así.

—Es un largo trecho.

—La cuestión es que me estoy planteando cancelar el viaje.

—Pero el camino hasta París no está abierto a todo el que quiera pasar, precisamente. Hay unidades del ejército francés que impedirán que Bonaparte avance.

Amos asintió. El ejército francés estaba al servicio del nuevo rey, al menos en teoría, y él ordenaría que defendiesen el país contra Napoleón. A su vez, los Países Bajos estaban bajo la protección de los ejércitos británico y prusiano, de modo que...

—No parece que haya peligro de que Bonaparte llegue hasta Amberes.

—Y la remesa es importante; por eso no quiero dejarla sin supervisión. Además, me gustaría saludar a los clientes. Es más fácil cerrar tratos cuando te conoces en persona.

—Entonces ¿qué harás?

—Aún no lo he decidido. Tengo que pensar por cuánta lana merino estoy dispuesto a jugarme la vida.

Rupe dio un suspiro.

—Esta maldita guerra... —dijo—. Llevamos ya veintidós años y aún no se ha terminado del todo. Toda nuestra vida adulta hemos tenido que soportar que nos arruine los negocios, además de los disturbios por el pan, la destrucción de maquinaria y las leyes que convierten en un delito cualquier crítica al gobierno. Y ¿de qué nos ha servido?

—Supongo que los que mandan te dirían que así hemos evitado que Europa se convierta en un imperio francés.

—Pero eso no es verdad —replicó Rupe—. Por lo menos aún no está claro.

Los huéspedes de madame Delacroix leían los periódicos con nerviosismo e iban traduciéndolos gracias a la ayuda de la mujer. La Provenza y el sudoeste de Francia estaban con el rey, en contra de la revolución y de Napoleón. Spade suponía que por eso Bonaparte permanecía en el margen oriental y avanzaba desde

Cannes hacia el norte por carreteras de montaña cubiertas de hielo. Con todo, muchos aseguraban que el ejército nacional francés le impediría el paso en cuanto se topara con él.

Los periódicos explicaban que había alcanzado Grenoble en seis días, una ciudad que distaba unos doce días de París. Sin embargo, las noticias tardaban aproximadamente cuatro días en llegar hasta la capital, por lo que, en realidad, debía de encontrarse a ocho días de distancia.

Además, en Grenoble las noticias no eran muy halagüeñas.

Napoleón y su ejército cada vez más numeroso se habían enfrentado a un batallón del 5.º Regimiento de Infantería de línea. Las fuerzas del gobierno superaban en número a las de Bonaparte. Eso debería haber puesto fin a su regreso.

Al parecer se había separado de sus hombres y había avanzado, en solitario y sin ningún miedo, hacia los mandos del ejército que estaban allí para detenerlo.

Según el artículo del periódico —que también podría estar exagerando las cosas—, Napoleón se abrió su famosa casaca gris, se señaló el corazón y dijo: «Y bien, señores, ¿acaso desean matar a su emperador?».

Nadie disparó.

Uno de los soldados del regimiento gritó: «*Vive l'empereur!*». «¡Larga vida al emperador!».

Los vítores se repitieron y los soldados acabaron por despojarse de las escarapelas blancas de la casa de Borbón, que representaban al rey Luis XVIII, y abrazaron a los hombres de Bonaparte.

A continuación, el regimiento cambió de bando y marchó junto a Napoleón.

Spade se dirigió a Arabella.

—Hasta ahora eran solo campesinos y la Guardia Nacional, pero por primera vez los soldados del ejército se suman a él. Eso representa un cambio importante.

Lo mismo ocurrió en la siguiente población, Vizille, donde el 7.º Regimiento de Infantería de línea se unió a Napoleón.

Y en la ciudad de Grenoble lo recibieron como a un héroe conquistador.

—¡Maldita sea! —exclamó Spade a medida que la situación resultaba cada vez más obvia.

De inmediato, salió a la calle y compró tres billetes para viajar en diligencia hasta Bruselas. Tuvo que pagar diez veces su precio normal pero lo hizo sin vacilar, y partieron al día siguiente al amanecer.

El 20 de marzo, al despuntar el alba, Luis XVIII huía de París.

Pocas horas después, Napoleón entraba en la capital sin que nadie se lo impidiera.

# 39

Después de visitar a sus clientes en Amberes, Amos viajó a Bruselas. Hal no debería estar en una zona donde podía estallar una guerra, y deseaba que Jane se lo llevara de vuelta a Inglaterra para que los dos se pusieran a salvo. A esas alturas no le cabía ninguna duda de que Hal era hijo suyo. La madre quería mucho al pequeño y seguro que se daba cuenta de que Bruselas no era el lugar más apropiado para un niño de nueve años.

Jane había alquilado una mansión cerca del parque. Mientras observaba el edificio desde la calle, Amos pensó que una familia de tres miembros no necesitaba ni mucho menos tanto espacio. Cuando entró en el vestíbulo reparó en que apenas había evidencias de que allí viviera un hombre: en el suelo no se veía ningún par de botas de montar, de la pared no colgaba ninguna espada y no había ningún bicornio sobre la repisa de los sombreros. Lo cierto era que no resultaba sorprendente, reflexionó, ya que Henry pasaba más noches con el regimiento que en compañía de su familia.

Hicieron pasar a Amos a la sala de estar, donde Jane estaba sentada leyendo una revista de moda. Iba vestida con elegancia, como siempre, y a su alrededor se percibía cierto aroma a flores.

Tenía el rostro encendido por la emoción. Se la veía feliz, y Amos se preguntó por qué. Sin duda, no era su presencia lo que la llenaba de vitalidad y alegría; aquellos tiempos habían pasado para ambos. Se le ocurrió pensar que tal vez tuviera un amante.

Se dijo que era una idea maliciosa, pero no conseguía descartar del todo esa posibilidad.

Jane llamó para que les sirvieran el té y estuvieron charlando unos minutos. Él la puso al día de los últimos hechos acontecidos en Kingsbridge y ella le habló con gran animación de la vida social de Bruselas.

—La duquesa de Richmond ha organizado un baile —dijo—. Tienes que venir. Te conseguiré una invitación.

En otra época se había quejado de que nunca podía asistir a fiestas. Amos supuso que ahora no le faltaba ocasión.

La duquesa era conocida por su esnobismo.

—¿Seguro que no le importará recibir a un simple pañero? —preguntó.

—Yo diría que no. Ya ha invitado a más de doscientas personas. Seguro que no le importará una más.

Les sirvieron el té, y en ese momento llegó Hal. Amos experimentó un intenso sentimiento en lo más hondo de su ser. Aunque a su hijo aún le quedaban años para convertirse en un hombre, estaba cambiando. Le estrechó la mano con solemnidad; adoraba el contacto de aquella piel suave. El muchacho, que estaba creciendo y tenía mucho apetito, devoró tres porciones seguidas de pastel.

Al observarlo, a Amos le llamó la atención su rostro y se dio cuenta de que le recordaba al mismo que veía en el espejo cuando se afeitaba. Si otras personas reparaban en lo mucho que se parecían podría haber problemas, de modo que decidió dejarse barba.

Hal se marchó y él aprovechó el momento para desviar la conversación hacia el propósito de su visita.

—Los aliados reunidos en Viena han declarado la guerra —anunció—. No a Francia sino a Napoleón personalmente. No creo que haya pasado nunca una cosa así.

—Eso es porque no tenemos conflictos con Francia y su pacífica monarquía —opinó Jane—. Vamos a invadir Francia solo para hacer caer a ese corso arribista. Y esta vez no se escapará.

Era el tipo de frase que los ingleses podrían perfectamente

andar repitiendo como un loro. Jane no tenía ni idea de la dificultad que entrañaba derrotar a Bonaparte.

—¿Sabes que está reuniendo a un ejército a tan solo ochenta kilómetros de aquí, justo al otro lado de la frontera?

—Sí, claro que lo sé —dijo ella—. Pero nosotros tenemos al duque de Wellington, que ha demostrado ser más que un buen rival para él.

Eso no era cierto. Los dos generales no se habían enfrentado nunca en una batalla. Con todo, Amos prefirió no discutir.

—Tengo la impresión de que Hal y tú estaríais mucho más seguros en Inglaterra.

—Sí, desde luego, en Earlscastle —dijo ella con desdén—. Donde nunca pasa nada. Pues a mí me parece que aquí estamos bastante seguros.

—La verdad es que no —insistió él—. Es una imprudencia subestimar a Bonaparte.

—Mi marido forma parte del Estado Mayor de Wellington, ya lo sabes —repuso Jane con cierta altivez—. Seguramente sé más que tú sobre la guerra.

—Yo no soy ningún experto —reconoció Amos—, pero estoy convencido de que es totalmente imposible prever cuál será el resultado si se enfrentan en una batalla.

Jane cambió de estrategia.

—Espero que no hayas venido hasta aquí para sermonearme.

—Quiero que Hal y tú estéis a salvo, eso es todo.

—El que te preocupa es Hal, no yo.

—¡Tú también me preocupas! —protestó Amos—. ¡Eres la madre de mi único hijo!

—Baja la voz, por el amor de Dios.

—Lo siento.

Hubo una breve pausa, tras la cual Amos insistió.

—Piensa bien lo que te he dicho, por favor.

Jane estaba a todas luces enfadada y avergonzada.

—Lo pensaré, lo pensaré —dijo con un tono despreciativo que indicaba que no le haría ningún caso.

Amos, disgustado, se marchó.

En el noroeste de Europa la primavera estaba resultando lluviosa, pero ese día hacía sol y caminó por las calles bañadas por la luz hasta el barrio menos selecto donde Elsie se había instalado junto con su marido y los niños. Su amiga lo recibió en el vestíbulo con su sonrisa de oreja a oreja habitual.

—Por favor, no le digas a Kenelm el buen aspecto que tiene —le pidió mientras subían la escalera—. Quiero evitar que vuelva al regimiento antes de que esté en condiciones.

Amos disimuló una sonrisa. «Qué típico de Elsie, siempre decidida a tenerlo todo bajo control», pensó con cariño.

—Lo tendré en cuenta —dijo.

Kenelm se hallaba en la sala de estar. Su rostro, que en otro tiempo lucía una belleza angelical, estaba demacrado. Sin embargo, por lo demás no tenía el aspecto de un inválido en absoluto. Iba vestido de pies a cabeza con sus ropas de eclesiástico y llevaba puestos los zapatos como si estuviera a punto de salir a dar un paseo.

—Me alegro de verte. Parece ser que te estás recuperando bastante bien —dijo Amos con tacto.

—Me encuentro en perfecta forma —repuso Kenelm en señal de desacuerdo—. Me ha llevado más tiempo del que pensaba pero estoy preparado para volver a cumplir con mi deber.

—¿Qué prisa tienes? —le preguntó Amos.

—Los hombres me necesitan.

«¿De verdad? —pensó Amos—. Seguro que lo que necesitan son unas buenas botas, mucha munición y que sus mandos tengan dos dedos de frente».

Kenelm le leyó la mente.

—Tú no sabes cómo es la vida en el campamento —dijo—. Los hombres no hacen más que beber, jugar y andar con malas mujeres. Que Elsie me perdone por el vocabulario, pero no quiero pintar las cosas de color de rosa. ¿Sabes cuál es la ración diaria de un soldado británico?

—No, me temo que no.

—Una libra de ternera, una libra de pan y media pinta de ginebra. ¡Media pinta! Por eso cuando tienen dinero y no lo pierden jugando a las cartas, se lo gastan en más ginebra.

—¿Y tú puedes librarlos de esa clase de vida?

Kenelm sonrió con aire compungido.

—Ay, Amos, me da la impresión de que te estás burlando de mí. No, no puedo, pero a veces Dios sí que puede.

—Pero debes de decirles que no se entreguen a semejantes vicios.

—Una de las muchas cosas que he aprendido en el ejército es que no sirve de nada pedirles a los hombres que se porten bien. En lugar de prohibirles los vicios, intento animarlos a pensar en otras cosas. Doy misa en el campamento, les leo pasajes de la Biblia. Cuando están heridos, o echan de menos su hogar, o les entra el pánico justo antes de una batalla, rezo con ellos. Les gusta cantar y alguna vez he conseguido que todo un pelotón entone a coro algún himno conocido. En esos momentos siento que mi existencia en la tierra está justificada.

Amos tuvo que ocultar su sorpresa. Le habían dicho que la vida en el ejército había hecho cambiar a Kenelm; sin embargo, no imaginaba semejante transformación.

En ese momento intervino Elsie.

—De acuerdo, Kenelm, pero no deberías volver allí hasta que estés bien del todo.

—En el campamento hay muchos hombres que no están bien del todo.

La discusión terminó a causa de un repentino alboroto de voces en el vestíbulo.

—Son los niños, que ya vuelven —explicó Elsie—. Han ido al parque con mi madre y con Spade.

Amos no esperaba encontrar allí a Spade y Arabella. Sabía que habían viajado a París, pero no había vuelto a tener noticias de ellos. Le alegraba comprobar que habían conseguido escapar de Bonaparte y tenía la esperanza de que en Bruselas estuvieran todos a salvo, aunque pensaba que tal vez no fuera así.

Los niños entraron desordenadamente. Conocían bien a Amos y no sentían ninguna necesidad de emplear sus mejores modales. Los más pequeños hablaron por los codos de todo lo que habían visto y hecho en el parque y los mayores se mostraron más contenidos —Stephen, el hijo de Elsie, tenía dieciocho años y Abe, el de Arabella, quince—, pero no cabía duda de que se habían divertido tanto como sus hermanos.

Spade le explicó a Amos que había recibido muchos encargos de París; el negocio había prosperado rápidamente. Esperaba poder entregar los pedidos, pero eso dependía de lo que ocurriera con Bonaparte.

Amos imaginó que Arabella se habría comprado ropa en París. Tenía sesenta y un años y se la veía esbelta y distinguida con aquel vestido de seda de color verde.

Le ofrecieron té por segunda vez en una misma tarde y él aceptó por cortesía. Los niños se abalanzaron sobre los sándwiches y después se marcharon.

—Ahora que los diablillos se han ido, tengo que pedirte un favor, Amos —dijo Kenelm.

—Haré cualquier cosa que esté en mi mano, claro.

—¿Acompañarías a Elsie al baile de la duquesa de Richmond? La han invitado y me gustaría que asistiera, se merece una tarde de asueto y diversión, pero yo no puedo ir. Si me ven bebiendo champán en una reunión social de la aristocracia, daré una impresión equivocada.

Elsie se sintió turbada.

—¡Kenelm, por favor! Menuda carga sería eso para Amos. Además, me imagino que no está invitado.

—Resulta que sí. Jane, la condesa de Shiring, ha prometido conseguirme una invitación.

—Ah, ya —repuso Elsie con tono de reproche.

—No tenía pensado aceptar, pero me alegrará mucho acompañarla, señora Mackintosh. De hecho, será un honor.

—Estupendo —concluyó Kenelm, satisfecho—. Pues ya está todo arreglado.

El duque de Wellington había pasado un tiempo lejos de la milicia desempeñando otras funciones, como la de embajador británico en París, pero había vuelto a asumir sus obligaciones militares y estaba al frente de los ejércitos británico y neerlandés. Las fuerzas aliadas prusianas se hallaban bajo otro mando.

Al regresar, Wellington le había pedido a Henry, el conde de Shiring, que se incorporara a su Estado Mayor, igual que hizo en España. Henry estuvo de acuerdo —de todos modos se trataba más de una orden que de una petición— y solicitó que Kit fuera su edecán.

—Es un joven muy espabilado —le dijo Henry al duque—. Empezó a trabajar en una fábrica a los siete años y a los dieciocho ya la dirigía.

Según le explicó más tarde a Kit, el duque había respondido: «Esa es la clase de hombre que quiero a mi lado».

Ese día, Kit tenía que llevarle un mensaje al nuevo oficial al mando del 107.º Regimiento de Infantería y acudió con su montura en mitad de un temporal. Mientras estaba en el campamento, aprovechó para buscar a su madre.

Sal iba vestida con ropa de hombre, pero Kit sabía que no se trataba de ningún disfraz. No es que quisiera hacerse pasar por un soldado: el motivo era que en un campamento del ejército resultaban más prácticos los pantalones y el chaleco que los vestidos. Muchas de las mujeres que habían acompañado a los hombres hasta allí vestían igual. Otra ventaja era que esas ropas las diferenciaban de las prostitutas y así no tenían que responder a proposiciones indeseadas.

Le preguntó a Kit con toda naturalidad cuánto tardarían los aliados en ocupar Francia.

—Wellington aún no lo ha decidido —respondió el chico, lo cual era cierto—. Pero no creo que tarde muchos días.

Kit deseaba que su madre regresara a Inglaterra para ponerse a salvo, pero no intentó convencerla. Ella había resuelto permanecer al lado de su marido cuando arriesgara su vida en el campo de batalla y Kit no tenía más remedio que respetar su elección. De todos modos, él había hecho lo mismo al alistarse junto con Roger. Las dos parejas entrarían en Francia con el ejército y formarían parte del ataque a las fuerzas de Bonaparte. Tenía la esperanza de que los cuatro salieran con vida.

La idea se le antojó muy deprimente y la apartó de sí.

Se habían cobijado dentro de una tienda. De pronto entró un soldado y le compró a Sal una ración de tabaco de pipa.

—¿Ahora te dedicas a vender tabaco? —le preguntó Kit a su madre cuando el soldado se hubo marchado.

—Y más cosas —confesó ella—. Los hombres no pueden salir del campamento. Algunos se saltan la regla, pero pocos, porque los castigan con azotes. Por eso voy a Bruselas una vez a la semana. Tardo dos horas en llegar y allí compro cosas que no se encuentran en el campamento, no solo tabaco sino también material para escribir, naipes, naranjas, periódicos ingleses y demás. Lo vendo por el doble de lo que me cuesta.

—¿A los soldados les da igual el precio?

—Les digo la verdad: la mitad es lo que a mí me cuesta y la otra mitad es lo que cobro por tener que andar casi diez kilómetros de ida y otro tanto de vuelta.

Kit asintió. En cualquier caso, los hombres no solían estar muy dispuestos a discutir con una mujer corpulenta como Sal.

La lluvia cesó y Kit se despidió de su madre. Se subió a la yegua y se marchó pero no volvió directamente al cuartel. La batería de Roger se hallaba a un kilómetro y medio de distancia, y cabalgó hasta el lugar con la esperanza de ver al hombre al que amaba. Los oficiales estaban exentos de la obligación de permanecer en el campamento, de modo que era posible que Roger no estuviera allí.

Sin embargo tuvo suerte y lo encontró en su tienda jugando a cartas con otros oficiales, lo cual no le extrañó. Seguramente le pediría que le prestara dinero, como siempre; y Kit se lo negaría, como siempre.

Observó unas cuantas partidas del juego. A continuación, Roger se excusó, se guardó el dinero en el bolsillo y abandonó la mesa. Se alejaron juntos bajo la llovizna y Kit le explicó lo del pequeño negocio de Sal.

—Qué mujer tan extraordinaria es tu madre —observó Roger.

Kit se mostró de acuerdo.

Tras caminar varios minutos sobre la tierra empapada, tuvo la sensación de que Roger lo estaba llevando a algún sitio en concreto. Desde luego: atravesaron una zona de terreno boscoso y llegaron a una choza abandonada. Roger lo guio hasta el interior.

No había ventanas y la única puerta estaba colgando de los goznes. Roger la cerró y la aseguró por dentro con una piedra grande.

—Si alguien intenta entrar, lo cual es improbable, lo oiremos empujar la puerta y nos dará tiempo de sobra de adecentarnos y fingir que hemos entrado para resguardarnos de la lluvia.

—Buena idea —dijo Kit, y se besaron.

Wellington convocó una reunión de su Estado Mayor para revisar las últimas tácticas. Los hombres se reunieron en la casa que el general había alquilado en la rue Royale y se situaron de pie alrededor de un gran mapa extendido sobre la mesa del comedor. En el exterior llovía mucho, tal como venía ocurriendo durante la mayor parte del mes de junio. Kit ocupaba una posición trasera y se esforzaba por alcanzar a ver el mapa por encima del hombro de los soldados más altos. El ambiente estaba tenso. Pronto se enfrentarían al general más victorioso de su tiempo; tal vez de todos los tiempos. Según los cálculos de Kit, Bonaparte había luchado en sesenta batallas y había ganado cincuenta. Era un hombre temible.

El ejército nacional francés estaba dividido en cuatro cuerpos situados de forma estratégica para defender el país contra las invasiones del norte, el este, el sudeste y una posible insurrección monárquica en el sudoeste. Para los británicos, el cuerpo más importante era el ejército del norte, que defendía una franja de casi cien kilómetros de la frontera entre Beaumont y Lille.

—Calculamos que Napoleón cuenta con ciento treinta mil hombres —dijo el jefe de inteligencia militar—. El grupo más cercano está a unos ochenta kilómetros de nuestra posición.

Los británicos y los neerlandeses ocupaban una zona muy extensa, y así debía ser si querían que el terreno proveyera suficientes frutos para los hombres y forraje para los caballos.

—Nosotros solo disponemos de un efectivo de ciento siete mil hombres —prosiguió el oficial—. Pero nuestros aliados prusianos, situados al sudeste con respecto a nosotros, cuentan con ciento veintitrés mil.

«De manera que superamos el número de soldados de Napoleón y casi lo doblamos», pensó Kit.

Hacía más de dos años que formaba parte del ejército de Wellington y sabía que el Viejo Narigudo siempre intentaba luchar con ventaja y que prefería retirarse antes que arriesgarse a librar una batalla en circunstancias poco favorables.

—¿Qué estrategia empleará Bonaparte? —quiso saber alguien.

Wellington sonrió.

—Mientras estaba en Viena le pregunté eso mismo a un mariscal de campo de Baviera, el príncipe Karl Philipp Wrede, que luchó en el bando de Napoleón hasta hace un par de años, cuando desertó. Wrede me explicó que Bonaparte le había dicho lo siguiente: «No tengo ninguna estrategia. Nunca planifico una campaña militar». Bonaparte es un oportunista. Lo único que de él puede predecirse es que es impredecible.

Kit pensó que eso no ayudaba, pero no dijo nada, claro.

—Los prusianos querrán ocupar el territorio de inmediato —siguió diciendo Wellington—. Blücher se queja de que se dejó su vieja pipa en París y quiere recuperarla. —Los hombres reunidos alrededor del duque soltaron unas risitas. El comandante prusiano, de setenta y dos años, se ganaba muchas simpatías con sus bromas—. La verdad es que su gobierno anda escaso de dinero y quiere que la guerra termine cuanto antes, y sus hombres están desesperados por volver a casa para la cosecha. Yo preferiría esperar, pero no quiero retrasar las cosas y que los hombres de Blücher empiecen a enfriarse. Los he convencido prometiéndoles que iniciaríamos la ofensiva en julio.

Kit agradeció el tiempo de demora. No tenía ninguna prisa por librar otra batalla. Deseaba sobrevivir y volver a casa para emprender de nuevo su actividad de fabricación de máquinas destinadas a la industria del paño, y para compartir su cama con Roger. En dos semanas podía pasar de todo: Bonaparte podía morir o los franceses podían rendirse y tal vez no hubiera más combates.

—Una cosa más —dijo el oficial de inteligencia—. Ayer una patrulla británica del 95.º Regimiento de Fusileros se topó con un grupo de lanceros franceses en el sudoeste, lo que podría significar que tienen previsto cruzar la frontera y atacar desde Mons.

—Es muy probable —convino Wellington—. Puede que quiera rodearnos y cortarnos el paso hacia la costa para que no nos lleguen pertrechos, pero no lo sabremos con certeza hasta que conozcamos un poco más lo que está ocurriendo. Mientras tanto, debemos aparentar que estamos absolutamente tranquilos. Nuestras fuerzas superan a las suyas, contamos con la ventaja de poder decidir el momento de la batalla y tenemos poco que temer. —Sonrió—. Y para demostrar que todo eso es cierto, mañana asistiré al baile que ha organizado la duquesa de Richmond.

# 40

Wellington había alquilado una casa majestuosa en la rue Royale, una calle repleta de magníficas mansiones que bordeaban el parque. El edificio hacía las veces de cuartel general y de residencia habitual. El jueves 15 de junio, el día del baile, los altos mandos de su Estado Mayor se reunieron para comer, a las tres de la tarde. No se trataba de un acto social, la esposa del duque se encontraba en Gran Bretaña y no había mujeres en la mesa. Por otro lado, el menú tampoco era sofisticado: a Wellington le gustaba la ternera, el buen vino y poco más.

Henry, el conde de Shiring, se encontraba entre los comensales, mientras que Kit esperaba en el gran vestíbulo con los demás edecanes. El conde estaba preocupado, pues persistían los rumores acerca de la invasión inminente de los franceses. Sin embargo, Wellington seguía confiando en los espías que tenía apostados en París y estos no tenían indicios de que fueran a producirse movimientos en breve. El duque sospechaba que era Napoleón quien había hecho difundir aquellos rumores con intención de confundirlo.

Según uno de esos rumores, Napoleón iba a enviar una pequeña fuerza de distracción para atacar a los prusianos en el sudeste de Bruselas con el objetivo de obligar a Wellington a desplegar allí los ejércitos anglo-neerlandeses y, a continuación, lanzar el ataque principal por el oeste para cortar las líneas de comunicación de Wellington con la costa. Kit consideraba que se trataba de una táctica muy propia del general francés, pero Wellington no estaba tan seguro.

Minutos después de que los altos mandos del Estado Mayor hubieran tomado asiento, llegó Guillermo, príncipe de Orange. Era el comandante del Primer Cuerpo de Wellington, por lo que estaba al frente de las tropas neerlandesas; un hombre de figura estilizada al que apodaban el Esbelto. La puerta del comedor quedó entreabierta para que los edecanes pudieran oír lo que tuviera que anunciar.

El príncipe informó de que se había producido una escaramuza entre las tropas prusianas apostadas en la periferia y una fuerza francesa que había cruzado la frontera al sur de Bruselas, acción que ya había anticipado uno de los rumores a los que Wellington había hecho oídos sordos.

Por un momento, el duque pareció desconcertado. Sus espías no le habían avisado al respecto.

—Quizá se trate de un ataque de poca importancia —dijo Wellington—. Quizá un encontronazo con una unidad de reconocimiento.

—¡O quizá no! —protestó el príncipe.

¿Treta o ataque? Era imposible saberlo. El comandante en jefe debía decidirlo y, para hacerlo, solo contaba con su instinto.

—Necesitamos más información —dijo Wellington.

El tono de voz del príncipe delató su decepción. A todas luces, consideraba que Wellington debía enviar tropas al sur en apoyo de los prusianos. Kit no sabía qué pensar. Napoleón era famoso por la rapidez con que se movía, de manera que cualquier dilación a la hora de responder podía resultar nefasta. Sin embargo, si Wellington desplazaba las tropas basándose en una información tan escasa también podía estar cometiendo un error. ¿Moverse o esperar?

Se retomó la comida, aunque no por mucho tiempo. El siguiente en llegar sin aliento fue el hijo de los duques de Richmond, quien había recorrido treinta y cinco kilómetros al galope —cambiando de caballos varias veces— para llevarles la noticia de que los soldados franceses habían capturado la pequeña población medieval de Thuin, en la frontera belga, y habían hecho retroceder a las tropas prusianas.

¿Cómo era de grave la situación? El joven noble, con las ropas cubiertas de barro tras el precipitado viaje, no podía ofrecerle una estimación de los efectivos de las fuerzas de ataque. Por desgracia. En esos momentos, a Wellington le urgía saber cuántas tropas francesas habían cruzado la frontera. Tenía que tomar una decisión trascendental.

¿Cara o cruz?

Minutos después, el oficial de enlace prusiano, el mariscal de campo Von Müffling, llegó para informarles de que los franceses habían avanzado quince kilómetros hacia el norte y estaban atacando la ciudad de Charleroi, una población de mayor importancia que la anterior.

Wellington seguía considerando improbable que el ejército francés al completo estuviera implicado en aquella incursión. A su juicio, era más factible que se tratara de la treta de la que hablaba el rumor y que Napoleón pretendiera alejar las fuerzas de defensa de la invasión real, que tendría lugar en otra parte. Algunos de los hombres sentados alrededor de la mesa discrepaban.

No obstante, como precaución, Wellington hizo llamar al intendente general del ejército, el coronel sir William de Lancey, y dispuso que todas las fuerzas aliadas estuvieran listas para marchar. También informó a De Lancey acerca de cuáles eran las órdenes de avance a fin de que las transmitiera.

Kit estaba preocupado. En un primer momento había coincidido con Wellington en que la aparición de lanceros franceses cerca de Mons, al sudoeste de Bruselas, indicaba que el ataque principal se produciría más al oeste, pero cada vez había más pruebas en contra. Aun así, Wellington se aferraba al criterio que había adoptado desde el principio e interpretaba los informes que llegaban como la constatación de que se trataba de una treta.

¿Y si el duque se equivocaba? En esos momentos, las fuerzas aliadas se encontraban diseminadas a lo largo de centenares de kilómetros de campo; debían hacerlo así para encontrar suficiente alimento para los hombres y forraje para los caballos. Así que, para poder luchar, primero había que agruparlas y hacerlas avanzar hacia el lugar donde se combatiría, cosa que llevaba su tiempo, mientras que el ejército de Napoleón quizá ya estaba reunido y dispuesto para la batalla.

Y se acababa el tiempo.

Kit temía que se avecinara una gran amenaza y el duque se negara a verla.

Cuando la comida tantas veces interrumpida por fin finalizó, Wellington salió a caminar por el parque, como tenía por costumbre. Un paseo que distaba mucho de ser despreocupado: sus subordinados sabían dónde encontrarlo a esas horas y mientras paseaba se dedicó a emitir órdenes sin descanso.

Volvió a casa. Había carruajes esperando para llevar a todos al baile, pero Wellington y su Estado Mayor se quedaron. Al anochecer, Von Müffling apareció de nuevo con más información desde el frente prusiano. Las noticias fueron profundamente impactantes: los franceses habían tomado la fortaleza de Charleroi, a tan solo sesenta y cuatro kilómetros de Bruselas, y los prusianos se habían visto obligados a retirarse.

Y, lo que era peor, se confirmaba que la Guardia Imperial, un cuerpo de élite que siempre viajaba con Napoleón, acompañaba a las fuerzas de ataque francesas.

Kit sintió un escalofrío. Wellington se había equivocado. No se trataba de ninguna treta. Mientras los aliados habían estado preparándose para invadir Francia, Napoleón había vuelto las tornas y había invadido los Países Bajos: los invasores habían sido invadidos.

Wellington empalideció ligeramente.

Kit recordó las palabras del duque: «Bonaparte es un oportunista. Lo único que de él puede predecirse es que es impredecible».

«Ahora sí que tenemos problemas», pensó.

Wellington se recuperó de inmediato. Miró un mapa. De Charleroi partían dos carreteras que recordaban las manecillas de un reloj señalando las dos.

—¿Qué camino han tomado los prusianos en su retirada?

—El del nordeste. —Müffling recorrió con el dedo la manecilla que indicaba las horas hasta donde habría estado el número dos y se detuvo en la población de Ligny—. Blücher tomará posiciones aquí.

Wellington colocó el suyo en el minutero, una carretera larga y recta que se dirigía hacia el norte, hacia Bruselas. Había minas de carbón cerca de Charleroi, y Kit sabía que un flujo constante de pesados carros tirados por bueyes circulaba lentamente por ese camino para llevar carbón a las fábricas y a los hogares de Bruselas.

—¿La vía del carbón ha quedado desprotegida? ¿O Blücher la tiene cubierta? —preguntó Wellington.

—No estoy seguro.

Kit sintió que el pánico se apoderaba de él. La vía del carbón se encontraba en la frontera entre Prusia y las fuerzas británicas, y en esos momentos cayó en la cuenta de que no se había debatido quién debía defenderla.

Wellington mantuvo la calma.

—Entonces debemos prevenir cualquier ataque francés por ese camino.

A continuación, ordenó que la división del general Picton abandonara Bruselas y se desplazara veinte kilómetros al sur para bloquear la vía del carbón en la aldea de Mont-Saint-Jean.

Acto seguido, y para sorpresa de Kit, Wellington acudió al baile.

Elsie estaba muy guapa.

Según el canon de belleza, tenía la boca y la nariz demasiado grandes para considerársela hermosa, aunque Amos se preguntó quién había decidido aquella convención. La boca de sonrisa amplia acompañaba a su espíritu generoso y los ojos de color avellana casaban con su corazón rebosante de bondad. O quizá fuera de esas mujeres que resultaban más atractivas cuando alcanzaban la mediana edad. Aunque también podría ser que ese día el atuendo la favoreciera. El vestido se lo había regalado Spade y lo había confeccionado la hermana de este, Kate, en seda de dos colores: rojo llameante y amarillo vivo. No necesitaba joyas que lo realzaran, pero la mayoría de las mujeres que acudirían al baile lucirían diamantes refulgentes, así que Elsie le había pedido prestado un collar a Arabella.

Se debiera a lo que se debiese, el corazón de Amos palpitó al verla. Una reacción que lo confundió. Solo eran amigos, colaboraban en la dirección de la escuela dominical. La conocía mejor que a cualquier otra mujer, incluida Jane. Se sentía extraño sintiendo aquello por una amiga. Se sentaron el uno frente al otro en el carruaje, los dos sonriendo sin motivo, o al menos sin ninguno que a Amos se le ocurriera.

La residencia Richmond se alzaba en la rue de la Blanchisserie. Una *blanchisserie* era una lavandería, por lo que el duque de Richmond a veces se refería a su hogar como «el lavadero» en tono jocoso.

En la calle esperaba una hilera de carruajes, alrededor de los cuales se había reunido una multitud de curiosos para contemplar la llegada de los invitados, todos ricos y nobles: ellas ataviadas con sedas de elaborados drapeados y joyas ostentosas mientras que la mayoría de ellos vestían de uniforme.

El salón de baile no estaba en la casa, sino que se ubicaba en otro edificio, de grandes dimensiones. Según le habían contado a Amos, anteriormente había sido una sala de exposición de un fabricante de carruajes. Lo primero que lo asombró al entrar fue la explosión de luz: había centenares de velas, quizá miles, y más flores de las que hubiera visto nunca juntas. Se sintió un poco mareado, como si acabara de apurar una copa de champán.

—Esto es más lujoso que cualquier cosa que hayamos visto en el Salón de Actos de Kingsbridge —comentó Elsie.

—Es asombroso.

Los recibió la duquesa de Richmond, una atractiva mujer de mediana edad.

—Excelencia, permítame presentarle al señor Amos Barrowfield, un amigo muy querido.

Amos hizo una reverencia.

—La condesa de Shiring me había dicho que el señor Barrowfield era el hombre más apuesto del oeste de Inglaterra —comentó la duquesa con coquetería— y ya veo a qué se refería.

El flirteo desconcertó a Amos, quien dijo lo primero que se le pasó por la cabeza:

—Ha sido muy amable al invitarme, excelencia.

—No lo pierda de vista, señora Mackintosh, o alguien se lo robará.

Y por si fuera poco insinuaba que Amos y Elsie tenían una relación amorosa, nada más lejos de la realidad.

Elsie le dio un ligero codazo a Amos y se adentraron en el salón de baile, dejando atrás a la duquesa. Un camarero apareció con una bandeja de champán y cogieron sendas copas.

—Lo siento, no sé qué decir cuando empiezan con esas bobadas —se disculpó Amos—. Es muy incómodo.

—La duquesa solo estaba de broma, y que te muestres tímido forma parte del juego. No te preocupes, lo has hecho bien.

—Supongo que la mayoría de los hombres que acuden a estos actos están acostumbrados y saben qué decir.

—Sí, y me alegro de que no sea tu caso. Me gustas tal como eres.

—Lo mismo digo de ti. No cambiemos.

Elsie sonrió, complacida.

La banda de música atacó una pieza alegre en compás de tres por cuatro.

—Sé que te gusta bailar —dijo Elsie—, pero ¿qué te parece el vals?

—Creo que puedo apañármelas.

—Pues vamos a ver cómo se nos da —dijo Elsie, dejando la copa en una mesa.

Amos apuró la suya y, tras deshacerse de ella, agarró a Elsie y fueron bailando hasta la pista de baile.

Notó su cálida cintura bajo la mano derecha mientras pensaba en lo agradable que era bailar con una mujer con la que se sentía tan a gusto.

Con delicadeza, la atrajo hacia sí un poco más.

Cuando llegó la comitiva de Wellington, se había formado un atasco en la entrada de la residencia Richmond. El militar, impaciente, bajó del carruaje de un salto a unos cincuenta metros de las puertas. Mientras caminaba al lado del grupo que acompañaba al duque, a Kit le sorprendió ver el cuerpo robusto y la cara redonda de Sal, su madre, entre la multitud.

Kit estaba con Wellington y, por un momento vergonzante, fingió no haberla visto, pero entonces el duque lo miró por casualidad y pensó en lo contenta que se pondría Sal si la saludaba, así que se separó de los demás, se acercó a ella y la estrechó entre sus brazos.

—Vaya, vaya —dijo la mujer, sonriendo complacida—. Mi pequeño Kit con el duque de Wellington. Nunca creí que llegaría a ver algo así.

—¿Cómo estás, mamá? ¿Y Jarge?

—Estamos bien. Él se ha quedado en el campamento y yo he venido a comprar unas cosillas. Será mejor que vuelvas con el duque.

Recordando que iba vestido de uniforme, hizo una reverencia formal y regresó junto al grupo.

A Wellington no solía escapársele nada y había visto lo que había ocurrido.

—¿Quién era?

—Mi madre, señor —dijo Kit.

—Válgame Dios —exclamó el duque.

Kit se ofendió.

—La única persona a la que admiro más que a usted, señor —dijo.

Por un instante, el duque no supo cómo tomarse aquella respuesta, que podría considerarse una insolencia, pero entonces sonrió y asintió.

—Es usted un buen hombre —dijo, y continuaron caminando.

El baile estaba en pleno apogeo y los invitados más jóvenes bailaban un vals con entusiasmo. Kit se quedó perplejo. ¿Cómo podía la gente bailar con Bonaparte en camino?

La llegada del duque causó un leve revuelo. Era la figura más prominente de Bruselas, y un héroe tras las victorias que había cosechado en Vitoria y Toulouse. Todo el mundo quería saludarlo y estrecharle la mano.

Además de miedo, Kit también tenía hambre. Miró con ansia la sala del banquete, cuya puerta estaba abierta, pero debía permanecer cerca del conde de Shiring por si este lo necesitaba. Tendría que esperar hasta que a Northwood se le despertara el apetito.

Wellington no bailó, sino que se paseó del brazo de la embarazada lady Frances Webster, de quien se rumoreaba que era su amante. Aunque la fiesta continuaba, un reguero constante de oficiales uniformados entraba en el edificio, cruzaba el salón de baile y murmuraba algo al oído del duque, quien entablaba una breve conversación con ellos y luego los despedía con nuevas órdenes.

El duque reconsideró el problema de la vía del carbón y concluyó que no bastaba con enviar la división de Picton a Mont-Saint-Jean, por lo que dispuso que los neerlandeses, bajo el mando de Guillermo de Orange, tomaran posiciones en el cruce de Quatre Bras, también en la vía del carbón, pero pasado Mont-Saint-Jean, y disponer así de un primer bloqueo a cualquier avance francés.

Entre pieza y pieza, cuando la banda de música dejaba de tocar, en el exterior se oía el rumor de pasos de marcha y el tintineo de los arneses de los caballos a medida que iban llegando las tropas.

Varios oficiales de Intendencia General aparecieron e interrumpieron el baile para informar a sus hombres de las órdenes de destino. La impactante noticia de la retirada prusiana de Charleroi tiñó el ambiente de desazón. Durante una demostración de danzas escocesas a cargo del regimiento de infantería Gordon Highlanders, los hombres empezaron a desaparecer del salón, unos porque obedecían órdenes y otros porque sospechaban que podrían necesitarlos.

Algunas despedidas entre oficiales jóvenes y sus también jóvenes parejas fueron sorprendentemente apasionadas, quizá conscientes de que tal vez no volverían a verse.

El duque regresó a su residencia a las tres de la mañana y sus edecanes por fin pudieron irse a la cama.

Kit y el conde formaban parte de la comitiva de Wellington cuando este se puso en marcha a las ocho de la mañana del viernes 16 de junio.

Salieron a caballo de Bruselas por la Porte de Namur en dirección sur, siguiendo la vía del carbón. La carretera, empedrada para facilitar el tránsito de los vehículos rodados, estaba flanqueada a ambos lados por un camino de tierra destinado a los jinetes. El polvo del carbón que transportaban los carros había ennegrecido el barro. La vía cruzaba a través de bosques.

La lluvia había decidido darles un descanso, aunque el suelo estaba embarrado y lleno de charcos, y el sol ya había empezado a calentar: iba a ser un día sofocante.

Wellington estaba tenso. Su expresión no delataba lo que ocurría en su interior, quienes lo conocían sabían interpretar las señales. La invasión lo había cogido por sorpresa. Y lo que era peor: había cometido un error al permitir que Napoleón llegara a Charleroi. Viéndolo en retrospectiva, comprendió que debería haber concentrado antes a sus tropas. Napoleón había reunido a sus fuerzas con gran celeridad y discreción y había conseguido mantener la invasión en secreto hasta que ya estaba muy avanzada. Kit le había oído decir un par de veces que Bonaparte lo había embaucado.

Todos sabían que, en esos momentos, el objetivo principal era unir sus fuerzas a las de los prusianos para formar un ejército que superara abrumadoramente en número al de Napoleón, algo que el astuto emperador francés trataría de impedir a toda costa.

El grupo que conformaba el Estado Mayor, todos a caballo, adelantaron a las tropas regulares que se dirigían al sur. Kit se emocionó al ver a Roger con su artillería, los pesados cañones tirados por caballos que avanzaban lentamente sobre el empedrado. Cabalgó un rato a su lado, contento de verlo bien y lleno de energía a pesar de que debía de haber emprendido la marcha al amanecer. «Cuídate», le dijo Kit, consciente de que nunca había pronunciado aquella palabra con tanta emoción. Acto seguido, espoleó a su caballo y continuó su camino.

Poco después pasaron junto al 107.º Regimiento de Infantería. Kenelm Mackintosh cantaba junto a unos soldados un himno titulado *Awake our drowsy souls*, una buena elección para unos hombres que se habían levantado en mitad de la noche. Las mejores tonadas siempre eran baptistas, como Kit sospechaba que ocurría con aquella, pero hacía mucho que Mackintosh había superado las trivialidades sectarias.

El joven paseó la vista entre los rostros mientras adelantaba al grupo y no tardó en encontrar a su madre y a su padrastro. Jarge llevaba una Trotter a la espalda, la típica mochila del soldado, llamada así por su inventor. Sal cargaba con una similar que seguramente habría birlado del carro de provisiones. Jarge vestía el uniforme habitual: chaqueta roja corta y pantalones grises, mientras que Sal lo hacía como un hombre, con pantalones y chaleco. Marchaban contentos bajo aquel cielo despejado. Los dos eran lo bastante fuertes para caminar todo el día sin dificultad. Mientras Kit los miraba, Sal sacó del interior del chaleco una morcilla picante que allí llamaban *boudin*, desenfundó un cuchillo innecesariamente largo que llevaba en el cinturón, cortó un trozo y se lo dio a Jarge, quien se lo metió en la boca y masticó complacido.

Kit estuvo a punto de detenerse, pero había hablado con su madre apenas unas horas antes, así que se contentó con atraer su atención y saludarla antes de continuar su camino.

Seguía avanzando junto al contingente de Kingsbridge cuando vio que Joe Hornbeam llegaba a caballo, por lo que supuso que se habría adelantado y estaba de regreso.

—¡Un poco más adelante hay un arroyo claro en el bosque, a su izquierda! —les gritó a los soldados de a pie—. ¡Deténganse y aprovechen para llenar la cantimplora con agua fresca lo más rápido que puedan!

Recorrió la columna repitiendo el mensaje.

Era poco más que un crío, reflexionó Kit, pero se había convertido en un buen oficial que se preocupaba de las necesidades de sus hombres, algo que no había heredado de su abuelo.

La carretera atravesaba una aldea que alguien identificó como Mont-Saint-Jean, donde el camino se bifurcaba. Wellington se detuvo para dirigirse a su Estado Mayor.

—Escogí este lugar hace un año —dijo—. El ramal de la izquierda continúa hasta Charleroi y el de la derecha hasta Nivelles, de manera que aquí podemos bloquear dos grandes vías de entrada a Bruselas.

Estaban cerca de la cima de una larga loma, rodeados de extensos campos de trigo y centeno, aún verdes, pero ya muy altos. Al otro lado, la vía del carbón descendía con suavidad hacia una hondonada en la que se alzaban dos granjas de gran tamaño, a unos dos o tres kilómetros la una de la otra. A continuación, se cruzaba con otro camino que iba de este a oeste y volvía a elevarse en la siguiente loma, donde había una taberna.

—En el peor de los casos, aquí es donde libraríamos nuestra

última batalla. Si nos derrotan, habremos perdido Bruselas, y quizá toda Europa.

Una idea estremecedora que hizo enmudecer al grupo.

—¿Cómo se llamaba el último pueblo que hemos pasado? —preguntó alguien.

—Waterloo —contestó el duque.

SEXTA PARTE

# La batalla de Waterloo

## Del 16 al 18 de junio de 1815

«Fue un asunto condenadamente reñido».

Mariscal de campo sir ARTHUR WELLESLEY,
Duque de Wellington

# 41

Wellington estaba serio, pensativo. No habló mucho mientras cabalgaban. Había sufrido un revés, pero no era de los que se regodeaban en sus errores. Estaba continuamente atento al paisaje y, por experiencias pasadas, Kit supo que evaluaba el potencial militar de cuantos campos, colinas y bosques cruzaban. La comitiva respetaba su silencio y procuraba no molestarlo. Kit confiaba en que Wellington daría con la solución al problema.

A las diez de la mañana, hizo que el grupo se detuviera en un cruce en el que ya se encontraba un pequeño destacamento neerlandés al que no tardarían en unírsele más fuerzas, que llegaban por la derecha, por el oeste, con artillería. Kit supuso que debían de estar en Quatre Bras. Había una granja en una de las intersecciones y una posada enfrente, en diagonal. El ramal que se desviaba hacia el este, también empedrado, presumiblemente se adentraba en el territorio ocupado por los aliados prusianos de Gran Bretaña.

Cuando el ruido de los cascos de los caballos se acalló, Kit oyó fuego esporádico de mosquete hacia el sur, lo cual indicaba que fuerzas francesas del calibre que fueran habían llegado desde Charleroi por la vía del carbón y que los neerlandeses las habían detenido antes de alcanzar el cruce. El enemigo estaba cerca. En aquella dirección, más allá de un campo de trigo, vio varias columnas de humo. Seguramente se trataba de una posición avanzada de poca importancia, pero también podía anunciar una fuerza de mayores dimensiones. En cualquier caso, las tropas del cruce parecían relajadas mientras preparaban la comida.

Wellington estudió el paisaje y Kit lo imitó. El terreno era sobre todo llano, cubierto de campos de cultivo que empezaban a madurar. A la derecha, los campos daban paso a un bosque cerrado de hayas y robles; enfrente, siguiendo la carretera, otro pequeño conjunto de casas flanqueaba el camino, y a unos dos kilómetros a la izquierda había un pueblo que alguien dijo que se llamaba Piraumont. El grupo supervisó la zona a caballo, prestando atención a las características del terreno que podrían resultar importantes si la escaramuza que estaban oyendo adoptara visos de batalla.

A medida que el sol se elevaba en el firmamento, hacía más calor.

Finalmente, Wellington reunió al grupo e hizo un simple anuncio:

—Antes de que acabe el día, hemos de lograr dos objetivos: el primero, unir fuerzas con los prusianos; el segundo, detener el avance de Bonaparte.

Antes de proseguir, hizo una pausa para que el mensaje calara.

—Y tenemos dos problemas. Primero: ¿dónde está Blücher? —Se refería al mariscal de campo Gebhard von Blücher, príncipe de Wahlstatt y comandante en jefe del ejército prusiano en los Países Bajos—. Y segundo: ¿dónde está Bonaparte?

El oficial de enlace prusiano, Müffling, que acompañaba al grupo, señaló hacia el este.

—Excelencia, la última información de la que dispongo sitúa al mariscal de campo Blücher a once kilómetros, en Sombreffe, cerca de Ligny.

—Entonces vayamos allí.

El grupo tomó el ramal que se desviaba hacia el este y cabalgó a galope ligero. Ya cerca de Sombreffe, se encontraron con un oficial de enlace británico que se ofreció a guiarlos hasta Blücher.

Los llevó a un molino de viento con unas escaleras de madera que conducían a un puesto de observación, probablemente construido por los ingenieros prusianos, supuso Kit, dado que los molinos de viento no solían disponer de aquel tipo de instalaciones.

No había espacio suficiente para todo el grupo de Wellington, pero el duque le pidió a Kit que lo siguiera porque el joven chapurreaba el alemán.

Blücher tenía poco más de setenta años, grandes entradas, el pelo blanco y un enorme bigote castaño. Se decía que era un hombre de gran valía, aunque de maneras toscas y poco cultivado, pero con un cerebro militar privilegiado. Tenías las mejillas sonrosadas de un bebedor empedernido y aferraba entre los dientes una gran pipa curvada. Wellington lo saludó con afabilidad, incluso mostrando cierto aprecio, cosa que sorprendió a Kit dado lo exigente que solía ser el duque con sus allegados.

Blücher estaba utilizando un telescopio con el que oteaba hacia el sudoeste. Wellington sacó su propio catalejo y apuntó en la misma dirección. Los dos hombres hablaban en francés mezclado con alguna palabra en inglés, y de vez en cuando le pedían a Kit que tradujera para ellos. Este creía que su alemán dejaba bastante que desear y temía no ser de gran ayuda, pero al final salió airoso.

—Tropas francesas —dijo Blücher sin apartar el telescopio del ojo.

—A unos ocho kilómetros —añadió Wellington.

—Veo dos columnas.

—En un camino rural.

—Aproximándose a Ligny.

Ambos llegaron a la conclusión de que Napoleón había dividido su ejército en Charleroi y que una parte, la que veían, iba tras los prusianos en retirada. La otra casi con toda certeza se encontraba en la vía del carbón. Era imposible saber las fuerzas que integraban cada parte, pero Blücher creía que la mayoría de los franceses se encontraban allí mismo. Wellington estaba de acuerdo. Tras un pequeño debate —que Kit no logró seguir por completo— se decidió que Wellington partiría de Quatre Bras con el grueso de su ejército para prestar apoyo a los prusianos en Ligny.

Kit se sintió aliviado. Al menos tenían un plan.

Sin embargo, el plan se desbarató casi de inmediato.

Volvían a caballo cuando empezaron a oír el estruendo de artillería lejana. El ruido procedía del oeste, hacia donde se dirigían, lo cual significaba que estaba librándose una batalla en Quatre Bras.

Wellington espoleó a su caballo —un animal magnífico llamado Copenhague— y el resto del grupo trató de no quedarse atrás.

Acercándose a Quatre Bras se encontraron con fuego de mosquete procedente de la izquierda, desde el sur de la carretera. Kit agachó la cabeza y el grupo viró a la derecha, salió del camino y se adentró en el bosque que se extendía al norte. Por lo que sabía, nadie había resultado herido, pero se vieron obligados a aminorar el paso.

La presencia de tropas francesas tan cerca de la carretera no era una buena noticia. Estaba claro que el enemigo había ganado terreno desde esa mañana.

La sangre fría de Wellington se vio sometida a una dura prueba mientras azuzaban a los caballos a través de la maleza y oían el fragor de la lucha encarnizada que estaba librándose delante de ellos sin poder hacer nada.

Por fin llegaron al cruce de Quatre Bras y lograron tener una visión clara del campo de batalla. A apenas un kilómetro al sur, parecía que se había entablado un duro combate a ambos lados de la vía del carbón. La línea francesa se extendía hacia el nordeste, hasta el pueblo de Piraumont, llegando casi a la carretera de Ligny, lo que explicaba el fuego de mosquete.

Kit comprendió que, si los franceses tomaban el pueblo, controlarían la carretera que conducía al este e impedirían que Wellington y el ejército anglo-neerlandés se unieran a las fuerzas prusianas, con lo cual no podrían alcanzar los objetivos de Wellington de ese día.

Kit estaba consternado. Se había acostumbrado a que Wellington fuera siempre el amo de la situación. Sin embargo, el duque seguía siendo el mismo, la diferencia radicaba en que en esos momentos se enfrentaba a un general enemigo de su propio calibre. Napoleón era un genio militar a la altura de Wellington. «Es una batalla de gigantes —pensó Kit—. Me pregunto si viviré para ver quién gana».

Wellington recuperó el mando de inmediato y dijo:

—Nuestro cometido consiste en aniquilar a las fuerzas francesas para poder partir hacia Ligny en apoyo de los prusianos.

Ordenó que el 95.º Regimiento de Fusileros liberara Piraumont y se concentró en la batalla principal.

No iba bien. Los franceses habían tomado el conjunto de casas que flanqueaban la vía del carbón y parecían a punto de aplastar a las fuerzas anglo-neerlandesas. Kit estaba desesperado, todo se desmoronaba por momentos.

Sin embargo, parecía que llegaban más tropas. El 95.º Regimiento de Fusileros eran la vanguardia de la división del general Picton, quien aparecía en esos momentos con el resto de sus brigadas. Picton, un galés de mal genio que se negaba a mostrar la deferencia debida a un duque inglés, no era santo de la devoción de Wellington. Sin embargo, todo el mundo se alegró de verlo, y Wellington le ordenó que entrara en combate de inmediato.

Pese a aquel respiro, los franceses también recibieron refuerzos y los atacantes ganaban terreno poco a poco, metro a metro, cada vez más cerca del cruce de vital importancia estratégica.

A las cinco de la tarde, más tropas británicas engrosaron las filas de Wellington, quien contraatacó y obligó a retroceder al enemigo, aunque muy despacio. Además, los franceses mantenían su posición en Piraumont, por lo que Wellington estaba obligado a permanecer en Quatre Bras, sin poder acudir en apoyo de los prusianos.

Kit iba y venía de la línea del frente con mensajes de Wellington para los comandantes. Como siempre que se encontraba en una batalla, olvidaba que podían matarlo en cualquier momento.

Siempre atento por si veía al 107.º de Infantería, reparó en Joe Hornbeam adentrándose en la arboleda del oeste y concluyó que las tropas de Kingsbridge estaban entablando combate en el bosque, pero no distinguió a su madre.

Las líneas avanzaban y retrocedían. Los hombres caían heridos y morían entre gritos sobre el trigo aplastado y echado a perder. Las mujeres llevaban munición y ginebra a la línea del frente y volvían arrastrando a los heridos hasta la tienda del cirujano. Muchas acababan mutiladas en la masacre indiscriminada de las balas de cañón o por disparos de mosquete fortuitos, pero Kit no vio a Sal entre ellas.

No hubo un final claro. Los enfrentamientos fueron reduciéndose a medida que oscurecía y ambos bandos acabaron no muy lejos de las mismas posiciones en las que habían empezado el día.

El último mensaje que Wellington recibió era de Blücher. Los prusianos habían sufrido innumerables bajas, decía, pero habían podido mantener su posición hasta el anochecer.

Kit se durmió en un banco y no se despertó hasta el alba.

Sal y Jarge construyeron un refugio improvisado en el bosque usando ramas frondosas. No era, ni mucho menos, un cobijo impermeable, pero al menos no estaban bajo la lluvia. Se envolvieron en mantas y se tumbaron a dormir en el suelo húmedo.

Sal se despertó con la primera luz del día. La lluvia había cesado, pero oía unos gritos débiles pidiendo ayuda. Dejó a Jarge durmiendo y echó a andar hasta que llegó a la linde del bosque, frente al que se extendía el campo de batalla.

De pronto tuvo ante sí una visión que nunca olvidaría. Muertos y heridos cubrían el trigo pisoteado, miles de ellos, mutilados y desfigurados, cabezas sin cuerpos, tripas esparcidas por el suelo, piernas y brazos arrancados, rostros cubiertos de sangre. El aire estaba impregnado de un olor nauseabundo a entrañas y cultivos aplastados.

La sangre ya no la afectaba, estaba curada de espantos. Había visto cómo hombres y mujeres quedaban mutilados en los espantosos accidentes que sufrían en las fábricas, y a su propio Harry, muerto por culpa del carro de Will Riddick, pero nunca habría imaginado que pudiera existir un infierno de aquellas dimensiones. La invadió la desesperación. ¿Por qué se hacían aquello los unos a los otros? Spade decía que la guerra era para impedir que los franceses dominaran Europa, pero ¿acaso sería tan malo? Sin duda lo que tenía delante era peor.

Reparó en un hombre con las piernas destrozadas quien, al verla, la llamó con voz ronca:

—Ayúdame.

Sal vio que tenía encima un soldado muerto que le impedía moverse y comprendió que no le quedaban fuerzas para poder desplazarlo por sí mismo. Sal apartó el cadáver.

—Agua —dijo el hombre malherido—, por amor de Dios.

—¿Dónde tienes la cantimplora?

—Mochila.

Sal consiguió abrir la mochila y sacó la cantimplora. Estaba vacía.

—Te traeré agua —dijo.

Había visto una acequia en el bosque. La buscó y siguió su curso hasta un estanque, pero, para su horror, vio que había un cadáver en el agua. Contempló la idea de buscar otra fuente, pero al final la desechó. Al hombre de las piernas destrozadas le daría igual que supiera a sangre. Llenó la cantimplora, volvió a su lado y lo ayudó a beber. El hombre tragó con fruición el agua contaminada.

Poco a poco, más hombres empezaron a levantarse y a moverse. Los heridos que podían caminar enfilaron el largo camino de vuelta a Bruselas. Los que no, eran recogidos por sus compañeros, quienes los trasladaban hasta el cruce, donde había carros esperando para llevárselos de allí. Kenelm Mackintosh oficiaba funerales sin parar.

Sal se enteró de que el 107.º de Infantería había perdido a varios oficiales de alto rango el día anterior. El teniente coronel, uno de los dos comandantes y varios capitanes habían muerto o estaban gravemente heridos. El comandante que había sobrevivido estaba al mando en esos momentos.

Los vivos saqueaban a los muertos. Se proveían de lo que hubieran perdido o se hubiera dañado rebuscando entre las pertenencias que aquellos cadáveres ya no iban a necesitar: cuchillos, tazas, cinturones, cartuchos… o dinero. Sal se quedó con las botas de montar de un oficial menudo para sustituir su propio calzado gastado. En la mochila de un francés muerto encontró un queso y una botella de vino y se los llevó junto a Jarge para desayunar.

El sábado 17 de junio, antes del alba, Wellington preguntó de nuevo dónde estaba Blücher. En esa ocasión, Müffling no disponía de información, así que Wellington envió a un edecán en busca del comandante prusiano. El hombre volvió a las nueve y dijo que Blücher había desaparecido y que se le daba por muerto.

Aun así, eso no era lo peor: los prusianos se habían retirado hacia el norte con la caída de la noche y planeaban reagruparse en Wavre.

—¿En Wavre? —dijo Wellington—. ¿Dónde demonios está Wavre?

Un edecán extrajo un mapa.

—¡Por el amor de Dios, eso está a kilómetros de aquí! —exclamó Wellington, furioso.

Kit estudió el mapa con atención y calculó que la localidad se encontraba a veinticuatro kilómetros de Ligny, de manera que, en lugar de unir sus fuerzas, los británicos y los prusianos estaban más alejados que nunca los unos de los otros.

Aquello era una catástrofe. Napoleón había logrado dividir

a los aliados en dos ejércitos de menor tamaño, más fáciles de vencer por separado que si hubieran formado una fuerza conjunta, y, además, tenía el camino despejado y no habría nada que le impidiera marchar desde Ligny en dirección a Quatre Bras, unirse a las tropas francesas que esperaban allí y atacar con su extenso ejército al anglo-neerlandés, más reducido.

De hecho, comprendió Kit, era probable que Napoleón ya estuviera de camino. La solución era obvia, y Wellington la anunció: tenían que retirarse, de inmediato.

Wellington ordenó que el ejército retrocediera hasta Mont-Saint-Jean y acampara allí esa noche, a veinte kilómetros de Wavre. Si los prusianos pudieran unirse a los británicos en Mont-Saint-Jean, aún tendrían posibilidades de vencer a Napoleón.

Kit recuperó ligeramente el ánimo.

Wellington escribió a Blücher para informarle de que al día siguiente opondrían resistencia y lucharían en Mont-Saint-Jean si los prusianos podían llegar hasta allí.

El mensaje se envió, las órdenes se emitieron y comenzó la retirada.

—No entiendo por qué nos retiramos —dijo Jarge—. Creía que lo de ayer había sido una victoria.

—Logramos detener el avance francés, si te refieres a eso —repuso Kit—, pero los prusianos no tuvieron tanta suerte y se han visto obligados a replegarse, lo que permitió a Bonaparte atacarnos por el flanco.

—Ya, pero ¿por qué nos vamos? Irá tras nosotros.

—Cierto, pero cuando llegue el momento daremos media vuelta y nos enfrentaremos a ellos. Lo hacemos solo porque Wellington quiere escoger el campo de batalla.

—Hummm... —Jarge lo pensó un momento y al fin asintió—. Eso es otra cosa.

Marchaban hacia el norte por la vía del carbón, pero la retirada amenazaba con convertirse en una desbandada. En Genappe, una aldea de callejuelas estrechas, las ambulancias que volvían a Bruselas se habían topado con la artillería y los carros de suministros que se dirigían a Quatre Bras. Y al caos reinante se habían sumado los lugareños, quienes, invadidos por el pánico, huían hacia Bruselas conduciendo el ganado delante de ellos.

Un teniente y trece granaderos habían descongestionado el atasco haciendo vaciar los carros de suministros: habían tirado los víveres y enviado los carros de vuelta a Bruselas cargados de hombres heridos.

Sal se preguntó qué iban a comer cuando llegaran a Mont-Saint-Jean, así que, como precaución, se hizo con un saco de cincuenta libras de patatas que había quedado en una cuneta y se lo ató a la espalda.

Poco después del mediodía empezó a llover de nuevo.

En Bruselas, la lluvia era torrencial. Amos se caló el sombrero para evitar que el agua le entrara en los ojos, pero aun así tenía que limpiarse la cara con un pañuelo constantemente porque apenas veía. Las calles estaban atestadas de carros, unos llenos de hombres heridos que se dirigían a los hospitales, ya de por sí desbordados, y otros, cargados con munición y suministros, que trataban de abandonar la ciudad para abastecer al ejército. Los conductores de ambulancias que no lograban alcanzar los hospitales por culpa del tráfico descargaban a los heridos en las elegantes calles y plazas, por lo que Amos tenía que ir sorteándolos, algunos aún vivos, otros ya muertos, mientras la lluvia arrastraba su sangre hacia las alcantarillas. El pánico también se había apoderado de los habitantes de la ciudad y, al pasar frente al Hôtel des Halles, Amos vio a unos hombres bien vestidos tratando de conseguir como fuera billetes para barcazas y diligencias que los sacaran de la ciudad.

Fue a casa de Jane para insistir en que enviara a Hal de vuelta a Gran Bretaña; sin embargo, la visita era innecesaria: Jane, vestida con ropas viejas y con el pelo recogido bajo un pañuelo, ya estaba haciendo el equipaje.

—Tengo un carruaje y caballos esperando en los establos —dijo—. Partiré en cuanto Henry dé la orden, si no antes.

Parecía más contrariada que asustada, por lo que Amos supuso que lamentaba tener que dejar a su joven galán. Muy propio de Jane ver la guerra simplemente como una molesta interrupción de su aventura amorosa. Amos pensó en la adoración que le había profesado, y en lo que había durado, algo que en esos momentos se le antojaba incomprensible.

Salió de casa de Jane y fue a ver a Elsie. Esperaba encontrarla haciendo lo mismo, preparando el equipaje para partir. No soportaba la idea de que se encontrara en peligro. Quería que abandonara aquella pesadilla de ciudad ese mismo día.

Sin embargo, no estaba haciendo las maletas. En la sala de estar se celebraba un consejo de guerra. Elsie, Spade y Arabella estaban muy serios, preocupados.

—Tienes que irte, Elsie, tu vida corre peligro —dijo Amos de inmediato.

—No puedo irme —repuso Elsie, negando con la cabeza—. Mi lugar está al lado de Kenelm, y él está arriesgando su vida a pocos kilómetros de aquí.

Amos se desesperó. Elsie no quería a su marido, lo sabía, pero también sabía que tenía un sentido exacerbado de la responsabilidad. La admiraba por ello, pero en esos momentos aquella entrega podía costarle la vida. Temía que no hubiera manera de convencerla.

—Elsie, por favor, recapacita —le pidió.

La mujer miró a Spade, su padrastro.

Amos deseó que Spade ejerciera su autoridad como cabeza de familia e insistiera en que Elsie se marchara, pero sabía que esa no era su forma de actuar.

Y acertó.

—Debes hacer lo que te dicte el corazón —le dijo a Elsie.

—Gracias.

Arabella estaba de parte de Amos.

—Pero ¿y tus hijos? Mis nietos —dijo con la voz atenazada por el miedo.

—Deben quedarse conmigo. Soy su madre.

—Podría llevármelos de vuelta a Kingsbridge —insistió Arabella, suplicante—. Estarían a salvo con David y conmigo.

—No —contestó Elsie de manera tajante—. Somos una familia, estamos mejor juntos. No soportaría tenerlos alejados de mí.

Arabella se volvió hacia Spade.

—¿Tú que piensas, David?

—Lamento repetirme, pero creo que Elsie debe hacer lo que le dicte el corazón.

—En ese caso, yo también me quedo, pero tú puedes irte, David.

Spade sonrió.

—No me voy a ninguna parte —dijo en un tono que no admitía réplica—. Yo también debo seguir los dictados de mi corazón.

Se hizo un largo silencio. Amos sabía que no tenía nada que hacer.

—Pues está decidido —dijo Elsie al fin—: nos quedamos todos.

Esa tarde, Sal y Kit se encontraban en la cima de la loma, en las afueras de la aldea de Mont-Saint-Jean, oteando el terreno que se extendía hacia el sur. Parecía que la tormenta empezaba a amainar: el sol asomaba por entre las nubes, aunque seguía lloviendo. El trigo empapado desprendía nubecillas ondulantes de vapor a medida que se calentaba. El bosque del extremo oriental de la loma, a su izquierda, estaba bañado en oscuridad.

La vía del carbón que dividía el valle por la mitad estaba transitada por una masa ingente de hombres, caballos y carros de artillería, los supervivientes de Quatre Bras en retirada. Oficiales con órdenes escritas los distribuían a lo largo y ancho de la pendiente de la loma de acuerdo con un plan elaborado en Quatre Bras por Wellington y De Lancey.

Sal se preguntó a qué distancia estaría Napoleón.

Kit y ella estaban cerca de un árbol al que algunos soldados de Kingsbridge ya habían despojado de sus ramas frondosas para destinarlas a la construcción de refugios improvisados. Jarge y otros cuantos habían optado por una solución distinta: habían colocado los mosquetes de pie, con las bayonetas clavadas en el suelo, y los habían envuelto con mantas para formar una tienda. Ninguna de las dos construcciones sería impermeable, pero eran mejor que nada.

Sal se percató de que estaban destinando a varios soldados a las dos granjas fortificadas del valle y se lo señaló a Kit.

—La de la derecha se llama Hougoumont —dijo Kit—, y la otra La Haye Sainte.

—¿Por qué nos molestamos en defender unas granjas?

—Serán un obstáculo en el camino de Bonaparte cuando pretenda atacarnos.

—No podrán detener a todo su ejército.

—Puede que no.

—Así que esos hombres serán sacrificados.

—No es seguro, pero sí muy probable.

Sal estaba profundamente agradecida de que el 107.º de Infantería no hubiera sido escogido para ese cometido. Aunque sus propias perspectivas no fueran mucho mejores.

—Me pregunto cuántos moriremos aquí mañana —dijo—. ¿Diez mil? ¿Veinte mil?

—Más, seguramente.

—¿Es el último cartucho de Wellington?

Kit asintió.

—Si nos derrotan aquí, Bonaparte tendrá el camino libre hasta Bruselas... y la victoria. Y entonces los franceses dominarán Europa durante muchos años.

Sal recordó que Spade había dicho lo mismo.

—En lo que a mí respecta, ya pueden quedarse toda Europa para ellos —dijo Sal—. Yo solo quiero que mi familia vuelva a casa sana y salva.

—Para Bonaparte también es el momento de la verdad —dijo Kit—. Si logramos destruir su ejército, marcharemos hasta París. Será su fin definitivo.

—Y supongo que luego les devolveremos a los franceses ese rey gordo suyo.

El corpulento Luis XVIII no era ni competente ni popular, pero los aliados estaban decididos a restaurar la monarquía francesa y demostrar que la revolución republicana había sido un fracaso.

—Y para eso mañana morirán veinte mil hombres —dijo Sal—. No lo entiendo. Dime, hijo mío, tú que eres tan listo, ¿soy una necia y por eso no me cabe en la cabeza? ¿O el necio es el gobierno?

Jarge salió de la tienda improvisada con los pantalones empapados de barro y se estiró.

—No hay comida —le dijo a Kit en un tono que sugería que culpaba a los oficiales en general y a Kit en particular.

—La mayoría de las provisiones se tiraron en medio del caos de Genappe —contestó Kit.

Sal recordó que había visto cómo vaciaban los carros.

—La cena está en una cuneta —dijo.

—Podríamos hacer algo con esas patatas —sugirió Jarge.

Sal todavía llevaba el saco atado a la espalda. Se había acostumbrado tanto a la molestia que ya ni la notaba, y ni se había preocupado de descargarlo.

—¿Y dónde las cocemos? —preguntó la mujer—. No se puede hacer fuego, está todo mojado. Y aunque consiguieras encender uno, solo haría humo, no llama.

—¿Vamos a comerlas crudas?

—Podrías llevarlas a ese pueblo, a Waterloo, mamá —dijo Kit—. Está a unos cinco kilómetros al norte de aquí. Seguro que allí alguien tendrá horno.

—Tú lo que quieres es que me aleje del campo de batalla.

—Me declaro culpable —confesó Kit—. Pero ¿qué tienes que perder?

Sal lo pensó un momento. Allí no podía hacer nada por Jarge y los demás soldados de Kingsbridge, así que ¿qué menos que intentar lo de las patatas?

—Muy bien —dijo—, a ver qué pasa.

# 42

Las nubes de lluvia ocultaban la luna y Sal apenas veía nada. Tenía la certeza de que estaba en la carretera solo porque notaba la textura del empedrado bajo las suelas de las botas que le había quitado al oficial muerto. Si notaba que un pie le resbalaba en el barro, sabía que se había desviado hacia la izquierda o la derecha. De vez en cuando, a través de las rendijas de los postigos de una casa, observaba el brillo trémulo de una vela encendida hasta tarde, tal vez, o de una lumbre a punto de extinguirse. Los habitantes del campo no solían quedarse levantados hasta mucho después del ocaso. Y, aunque no servía de gran consuelo, un poco sí la animaba que alguien en alguna parte gozara de luz y calor.

Avanzó con dificultad bajo la intensa lluvia mientras se concentraba pensando en su buena suerte. Kit seguía con vida y Jarge también. Ella había salido ilesa de la carnicería de Quatre Bras. Y la batalla del día siguiente podría ser la última, fuera cual fuese el resultado. Si sobrevivían, cabía la posibilidad de que ni ella ni su familia tuvieran que arriesgar sus vidas por la guerra nunca más.

¿O estaba siendo demasiado optimista?

Llevaba a cuestas cincuenta libras de patatas y, aunque le dolía la espalda por el peso, estaba contenta de cargar con ellas. No había comido nada desde el desayuno de esa mañana, que había consistido en un poco de queso sin pan.

Al observar un ramillete de puntos de luz destellando a la vez, dedujo que se hallaba en una aldea. Imaginaba que debía de ser casi medianoche y, a esas horas, seguro que había una persona despierta trabajando: el panadero. Pero ¿cómo podría encontrarlo?

Siguió avanzando por la carretera hasta que vio que las luces eran más escasas, por lo que supuso que se había alejado demasiado, de modo que dio media vuelta y desanduvo el camino. Tendría que llamar a alguna puerta y despertar a alguien para pedirle que la orientara.

Entonces notó el olor del humo. No era la acritud que desprenden las cenizas cuando el fuego se extingue tras haber cocinado, sino el vivo aroma de algo ardiendo, tal vez dentro de un horno. Giró sobre sí misma para aspirar el aire en distintas direcciones y fue hacia allí donde el olor era más intenso. La ruta la guio a través de un sendero cenagoso hasta una casa en la que había mucha luz. Le pareció que olía a pan recién horneado, pero quizá fuesen imaginaciones suyas. Aporreó la puerta.

Un hombre grueso de mediana edad acudió a abrir. Tenía polvo blanco en la barba y manchas blancas en la ropa que, sin duda, eran de harina, y él era el panadero. Le habló malhumorado en francés, y Sal no lo entendió pero alargó el brazo para sostener la puerta abierta. El hombre pareció sorprendido por su fuerza.

—No quiero pan —dijo ella, y haciendo uso de unas pocas palabras del idioma que había aprendido en Bruselas añadió—: *Cherche pas de pain.*

El panadero dijo algo que seguramente significaba que, en tal caso, se había equivocado de casa.

Sal entró sin que la invitara. El ambiente era cálido. Desató las cuerdas que sostenían el saco de patatas a su espalda y se liberó de la carga, lo cual siempre hacía que acusara más el dolor. A continuación, depositó el saco sobre una mesa donde el panadero había estado amasando.

Señaló las patatas y luego el gran horno situado en una esquina de la habitación.

—*Cuire* —dijo porque creía recordar que significaba «cocer o asar». Entonces usó una frase que había memorizado—: *Je vous paie*. —Le pagaré.

—*Combien?*

Esa era la primera palabra en francés que había aprendido cuando empezó a ir a de compras a Bruselas y sabía que significaba «cuánto». Rebuscó por dentro del chaleco. Tenía mucho dinero, ya que había hecho un buen negocio con las ventas de productos en el campamento. Imaginó que el panadero le pediría cinco francos al saber que estaba desesperada, pero con suerte aceptaría tres. Antes de partir de Mont-Saint-Jean se había guardado tres francos en un bolsillo. Los sacó y cerró el puño para que el panadero no pudiera verlos. A continuación, separó dos y los depositó sobre la mesa.

El hombre dijo algo negativo, porque sacudió la cabeza.

Sal añadió otra moneda.

Cuando el panadero volvió a negar con la cabeza, ella le mostró la mano vacía.

—*Bien* —accedió él encogiéndose de hombros.

Abrió la puerta del horno y sacó una bandeja con unas barras pequeñas de pan que parecían recién terminadas de cocer. Las arrojó dentro de una gran cesta y colocó la bandeja sobre la mesa.

Sal abrió el saco y extendió las patatas en la bandeja. Acto seguido, las pinchó superficialmente con su cuchillo para que no reventaran. El panadero volvió a introducir la bandeja en el horno.

Dio un gran trago de una botella depositada junto a la mesa donde amasaba y Sal notó el olor a ginebra. Luego, el hombre siguió amasando. Sal lo observó durante un rato mientras se debatía entre pedirle o no que le dejara dar un trago. Al final decidió que no lo necesitaba.

Se tumbó en el suelo junto al horno y disfrutó del calor que desprendía. Sus prendas empapadas empezaron a humear. Pronto estarían secas.

Cerró los ojos y se quedó dormida.

Desde que Kit se había unido al ejército, todas las noches eran iguales: se dormía en cuanto se tumbaba y no se despertaba hasta que alguien acudía a espabilarlo. Ese día, sin embargo, tuvo la sensación de que acababa de cerrar los ojos cuando lo zarandearon con fuerza. Quiso continuar durmiendo, pero entonces oyó la voz de Henry, el conde de Shiring, y se incorporó de inmediato.

—¿Qué hora es? —preguntó.

—Son las dos y media de la madrugada y Wellington está a punto de convocarnos para darnos información. Ponte las botas, deprisa.

Kit recordó que estaba en un granero en el pueblo de Waterloo y que ese día iba a librarse una importante batalla. Lo invadió la antigua sensación de miedo, pero esta vez no fue tan intensa y consiguió quitársela de encima. Tiró de la manta y buscó las botas. Al cabo de unos instantes, salía del granero detrás del conde.

Estaba lloviendo a cántaros.

Se dirigieron a la granja que Wellington había convertido en su cuartel general. El granjero y su familia debían de estar durmiendo en el establo; en tiempos de guerra, los ejércitos tomaban lo que necesitaban y prestaban poca atención a las protestas de la población civil.

Wellington se hallaba de pie en el extremo de una gran mesa de cocina. Sus oficiales de mayor rango estaban sentados alrededor de la mesa y los edecanes se apostaban junto a la pared. El duque saludó a Henry con una inclinación de cabeza.

—Buenos días, Shiring, creo que ya estamos todos. Vamos a oír las últimas noticias.

Henry le correspondió con una reverencia y se sentó. Kit permaneció de pie.

El jefe de inteligencia se levantó de la silla.

—Ayer envié a nuestros espías franceses, hombres y mujeres,

al campamento de Bonaparte con la excusa de vender las fruslerías que suelen comprar las tropas: tabaco, ginebra, lápices, jabón... Lo tuvieron difícil con tanta lluvia, porque los franceses están acampados en varios kilómetros a la redonda. Pero por lo que ya sabíamos y lo que me han comunicado, diría que Bonaparte tiene unos setenta y dos mil soldados.

—Más o menos igual que nosotros —dijo Wellington—. Estimamos que nuestro efectivo es de unos sesenta y ocho mil. ¿Qué hay del estado de ánimo?

—Los está afectando la lluvia y el frío, como a nosotros, y llevan todo el día marchando, igual que nosotros. Pero los espías han observado una diferencia: casi todos son franceses y están dispuestos a luchar. Adoran a Bonaparte como si fuera un dios.

Kit sabía lo que eso implicaba, aunque el jefe de inteligencia no lo expresara con palabras. La mayoría de los franceses, tanto los oficiales como los soldados rasos, eran de clase baja y debían su ascenso social a la revolución y a Bonaparte. En el ejército de Wellington, en cambio, los oficiales eran aristócratas o nobles, y los otros rangos procedían de varias de las clases sociales inferiores. Además, dos de cada tres hombres de los aliados eran naturales de los Países Bajos o de Hannover. Solo un tercio eran británicos, y, de estos, la mayoría estaban allí contra su voluntad porque habían sido condenados por un juez o los habían reclutado con engaños. Las tropas más leales a Wellington pertenecían a la Legión Alemana del Rey.

—En cuanto a la artillería, Bonaparte cuenta con unos doscientos cincuenta cañones —siguió diciendo el jefe de inteligencia.

—O sea, que tienen un centenar más que nosotros —dedujo el duque.

Kit estaba consternado. Al parecer los aliados se hallaban en desventaja. Bonaparte había actuado de manera brillante y con más astucia que Wellington. «O sea que es posible que vaya a morir», pensó.

Permanecieron en silencio unos momentos. El comandante

en jefe disponía de toda la información posible y ahora recaía en sus manos la decisión sobre qué hacer.

Por fin habló Wellington.

—Luchar en igualdad de condiciones siempre implica sacrificar vidas en vano, y esta vez nuestras fuerzas ni siquiera igualan a las contrarias. Con esas cifras, no me enfrentaré a Bonaparte —afirmó con determinación, y se detuvo para dar tiempo a que los hombres asimilaran lo que acababa de decir.

Kit no se sorprendió. Wellington solo estaba dispuesto a enfrentarse en el campo de batalla cuando llevaba ventaja.

—Tenemos dos opciones —siguió diciendo—. La primera es que los prusianos se incorporen a nuestras fuerzas. Con unos setenta y cinco mil hombres más, equilibraríamos la balanza. Si llegan hasta aquí, sí que lucharemos.

Nadie se atrevió a abrir la boca, pero hubo gestos de asentimiento alrededor de la mesa.

—Si no llegan, nos retiraremos de nuevo cruzando el bosque de Soignes. Desde Wavre hay un camino por el que los prusianos podrían atravesarlo y llegar hasta un punto de la carretera principal un poco al sur de Ixelles. Esa será nuestra última posición defensiva.

Esta vez no asintió nadie.

Kit sabía que se trataba de un plan desesperado. El camino que debían tomar los prusianos era un sendero que se adentraba en el bosque, y resultaba imposible que miles de hombres avanzaran por esa clase de terreno con agilidad. Además, a pocas horas del amanecer, empezaba a ser tarde para una retirada a tiempo.

Wellington se hizo eco de sus pensamientos.

—Yo me decanto, sin duda, por el plan A —dijo—. Por suerte, el mariscal de campo Blücher se ha reincorporado a sus funciones. Parece que lo hirieron y estuvo un tiempo inconsciente, pero ha vuelto a tomar el mando en Wavre, donde su ejército está acampado a las afueras de la ciudad. Ayer a última hora recibí un mensaje que decía que esta mañana podríamos contar con ellos.

Kit se sintió muy aliviado. No se libraría ninguna batalla a menos que el bando británico tuviera unas altas probabilidades de ganar.

—No obstante, muchas veces en la guerra la situación cambia de repente y debo confirmar que las intenciones de Blücher siguen siendo las de anoche. En ese caso, necesito saber a qué hora llegarán. —Wellington se volvió hacia el conde—. Shiring, quiero que cabalgue hasta Wavre y le entregue una carta en mano a Blücher. Llévese con usted al joven Clitheroe, que habla un poco de alemán.

—Sí, señor —acató Henry.

Kit se sentía emocionado porque lo habían elegido para una misión muy importante, aunque eso significara tener que cabalgar casi veinte kilómetros en plena oscuridad bajo la intensa lluvia.

—Preparen los caballos mientras escribo la carta —ordenó Wellington.

Kit y el conde salieron de la casa y buscaron los establos. El conde despertó a un par de mozos. Kit observó con todo detalle cómo los hombres, con los ojos empañados por el sueño, ensillaban dos ejemplares; no deseaba tener que pararse a medio camino para ajustar la cincha.

Los mozos amarraron una lámpara de queroseno a cada silla, justo por delante de donde iría sentado el jinete. Solo serviría para iluminar el camino unos metros, pero era mejor que nada.

Cuando los caballos estuvieron a punto, los dos hombres regresaron a la cocina de la granja. Encontraron a Wellington y un pequeño grupo de generales inclinados sobre un mapa dibujado a mano que representaba el campo de batalla e intentando adivinar las intenciones de Bonaparte. El duque levantó la cabeza para dirigirse a Henry.

—Shiring, si es tan amable, regresará urgentemente con la respuesta de Blücher. Clitheroe, dando por sentado que aceptará, quiero que se quede un poco más con los prusianos. En cuanto hayan emprendido el camino sin problemas, adelántese y tráigame información sobre la hora estimada de su llegada.

—Sí, señor.

—No pierdan tiempo, salgan de inmediato.

Los dos hombres regresaron al establo y montaron los caballos.

Cabalgaron por el sendero enfangado que bordeaba el camino empedrado y bajaron la cuesta que conducía al cruce cercano a La Haye Sainte. Allí doblaron a la izquierda y tomaron la carretera sin pavimentar que llevaba hasta Wavre.

La oscuridad era excesiva incluso para ir al trote. Los dos hombres avanzaron el uno al lado del otro para poder sumar el efecto de las lámparas de queroseno. A Kit le entraban gotas de lluvia en los ojos, que dificultaban su visión. El camino rural serpenteaba hacia el interior del terreno montañoso cubierto de barro. Todos los valles estaban anegados y el muchacho temió que la tarea de mover las piezas de artillería prusianas en tales condiciones resultara tremendamente difícil y lenta.

La monotonía con que avanzaban hizo que Kit empezara a sentir el agotamiento derivado de las pocas horas de sueño. El conde iba dando tragos de un frasco que contenía brandy, pero él no quiso beber porque tenía miedo de que el fuerte licor lo obligara a dar cabezadas montado en la silla.

«Espero que la respuesta sea la que deseamos. Espero que Blücher nos confirme que sigue teniendo la intención de incorporar sus tropas a las nuestras esta mañana», se repetía continuamente.

Por fin, la débil luz del alba empezó a abrirse paso entre las nubes. En cuanto lograron ver el camino, arrearon a los caballos para que avivaran el paso al medio galope.

Todavía les quedaba un buen trecho para llegar.

Sal se perdió durante el camino de vuelta al campamento.

Pisó barro y se volvió hacia donde creía que estaba la carretera, pero no notó el contacto del empedrado. Pensó que debía de haberse distraído.

Intentó moverse en círculos cada vez más amplios, ya que se figuraba que en algún momento daría con el camino correcto, pero, al no ver nada, no tenía la certeza de estar andando en círculos realmente. Extendió las manos frente a sí y topó con un árbol. Enseguida topó con otro. En ese momento reparó en que se había adentrado en el bosque sin darse cuenta. Trazó medio círculo para cambiar de sentido con la esperanza de emprender el camino por el que había llegado, pero topó con otro árbol.

Desesperada, decidió parar. No tenía sentido seguir avanzando si no sabía hacia dónde iba. Le entraron ganas de echarse a llorar; no obstante, se contuvo. «Me duele la espalda, y estoy perdida, agotada y empapada —pensó—, pero dentro de unas horas, cuando empiece la batalla, pasarán cosas peores».

Dio con un árbol que tenía un tronco muy ancho y se sentó con la espalda apoyada en él. Las hojas la protegían un poco de la lluvia. El saco estaba mojado, pero las patatas aún desprendían calor, de manera que abrazó el fardo contra su pecho para conservar la temperatura.

En la tahona, había vivido un momento muy desagradable. Cuando se durmió, soñó que estaba en la cama con Jarge y que él la acariciaba. Pero, cuando se despertó, encontró al panadero arrodillado junto a ella. Le había desabrochado los pantalones y tenía la mano dentro.

Sal se vio transportada de inmediato al tiempo en que estuvo prisionera en el campo de trabajos forzados, donde las mujeres no tenían otro remedio que soportar ese tipo de conductas o sufrir azotes como castigo por su desobediencia. Sin embargo, ya no era ninguna prisionera y la invadió una oleada de rabia. Apartó la mano del hombre con un fuerte manotazo y se puso en pie de un salto. Él retrocedió enseguida. Entonces ella sacó el largo cuchillo que llevaba enfundado en el cinturón y empezó a caminar hacia el panadero, dispuesta a clavarle la hoja en su vientre fofo. Por suerte, en ese momento, recobró la razón.

El hombre estaba aterrado.

Sal enfundó el cuchillo y se abrochó los pantalones.

Sin pronunciar palabra, abrió la puerta del horno y, sirviéndose de la pala de madera, sacó la bandeja con las patatas. Enseguida vio que estaban bien asadas, porque la piel se veía oscura y un poco arrugada. Las metió en el saco sin demora y se lo ató a la espalda.

A continuación, cogió una barra de pan recién horneada y se la colocó bajo el brazo mientras miraba fijamente al panadero como retándolo a que se atreviera a protestar. El hombre no dijo nada.

Sal abandonó la tahona en silencio. Empezó a comerse la barra de pan mientras caminaba por la carretera y se la terminó en cuestión de minutos.

En ese momento, sentada bajo el árbol, notó que se le cerraban los ojos. Pero no debía quedarse dormida allí; tenía que llevarles las patatas a los hombres del regimiento, de modo que se levantó para espabilarse.

Entonces, casi sin que se diera cuenta, el cielo empezó a clarear. Estaba amaneciendo. Al cabo de unos instantes logró distinguir el bosque que la rodeaba. Miró entre los árboles y vio el camino empedrado a solo cien metros de distancia. En realidad, no se había alejado demasiado en ningún momento.

Volvió a atarse el saco a la espalda, fue hasta la carretera y caminó hacia el sur.

La lluvia cesó y Sal envió en silencio una plegaria de agradecimiento al cielo.

Cuando llegó a Mont-Saint-Jean, el sol empezaba a asomar por el este y ofrecía luz aunque no se notaba su calor. Se abrió paso por el campamento. La mayoría de los hombres yacían tumbados en el suelo enfangado, arropados con mantas mojadas. Los caballos, empapados, trataban de alimentarse inútilmente con el trigo que la lluvia había convertido en incomible. Vio a Kenelm Mackintosh, de pie y con la cabeza descubierta, rezando oraciones matutinas junto con algunos hombres. Entre ellos estaba el cuñado de Spade, Freddie Caines, a quien habían ascendido a sargento.

Sal avanzó tan deprisa como pudo, temiendo que, si alguien descubría lo que llevaba en el saco, la asesinara para arrebatárselo.

Encontró la tienda improvisada de Jarge y se coló dentro, agradecida. Este y varios hombres de Kingsbridge estaban tumbados en el suelo mojado, hacinados como sardinas en lata.

—¡Despertad, hombres afortunados! —los instó Sal.

Abrió el saco y el aroma de las patatas asadas invadió el pequeño espacio.

Jarge se incorporó al instante. Sal le dio una patata y él la mordió.

—¡Santo Dios! —exclamó.

Los otros soldados también empezaron a comer patatas. Jarge se terminó la suya y cogió otra.

—Es como estar en el séptimo cielo —dijo—. Y tú eres un ángel, Sal Box.

—Vaya, nunca me habían dicho nada parecido —respondió ella.

Se había hecho de día, por lo que Kit y el conde pudieron aligerar la marcha. Sin embargo, no existía caballo en el mundo capaz de galopar durante casi veinte kilómetros, de modo que fueron alternando el aire entre el trote y el paso. Y, aunque a Kit le resultaba frustrante tal lentitud, el conde le aseguró que era la manera más rápida de cubrir una distancia larga sin matar al caballo; estaba demostrado. Empezaron a ver a algunos granjeros que se levantaban temprano, y muchas veces el conde se paraba a hablar con ellos para comprobar que se hallaban en la carretera que conducía a Wavre, según dedujo Kit. El muchacho estaba tenso e impaciente. Wellington les había ordenado que se dieran prisa.

Vio que el conde tenía todo el cuerpo manchado de barro. No solo se había ensuciado las botas y los pantalones; las salpicaduras le cubrían todo el cuerpo hasta la cara. Kit imaginó que él debía de tener un aspecto igual de lamentable.

Les hicieron detenerse en un puesto avanzado de caballería

a cargo de unos hombres vestidos con el uniforme prusiano. Los guardias les confirmaron que se hallaban cerca de Wavre y les explicaron que Blücher tenía montado el cuartel general en la gran taberna que había en la plaza.

El reloj de la iglesia estaba dando las cinco cuando entraron en la ciudad. La carretera era un camino de tierra lleno de charcos y lodo después de la lluvia. A medida que se aproximaban al centro, las calles se volvían más angostas y serpenteantes, y los charcos de barro tenían una profundidad de más de un palmo.

—Wellington ha dicho que los prusianos estaban acampados al este de la ciudad —dijo el conde, nervioso—. Va a llevar varias horas conseguir que el ejército de Blücher avance por este laberinto.

La calle principal los llevó directamente al centro de la ciudad y entraron en la taberna más grande de la plaza. Un soldado prusiano los detuvo en la puerta y observó sus sucios uniformes. El conde se dirigió a él en francés, titubeante, y el hombre emitió unos sonidos negativos.

El problema era que no inspiraban suficiente respeto. Las personas de miras estrechas a veces creían que los extranjeros que hablaban mal su idioma eran unos necios ignorantes.

—*Achtung! Der Graf sucht Blücher! Geh holen!* —dijo en su precario alemán—. ¡El conde está buscando a Blücher! ¡Vaya a por él!

La cosa funcionó. El soldado pronunció unas palabras de disculpa y desapareció por una puerta.

—Bien hecho, Clitheroe —musitó el conde.

Cuando el soldado regresó, le dijo a Kit que el mariscal de campo los recibiría enseguida. Él lo encontró exasperante. ¿Por qué el hombre no salía de inmediato, aunque fuera vestido con la camisa de dormir? ¿Dónde estaba su sentido común ante una emergencia? El conde parecía frustrado, pero no se quejó.

Kit le ordenó al soldado que fuese a por café y pan para el conde de Shiring y el hombre se apresuró a obedecer y regresó al cabo de unos instantes con el desayuno.

Por fin apareció Blücher, recién afeitado, vestido con su uniforme y fumando en pipa. Tenía los ojos inyectados en sangre, lo cual daba a entender que la víspera había estado bebiendo lo suyo, tal vez incluso durante varias noches anteriores. No obstante, su actitud era enérgica y decidida. El conde lo saludó con una reverencia y le entregó de inmediato la carta de Wellington, que estaba escrita en francés. Mientras Blücher la leía, el soldado prusiano le sirvió una taza de café y el mariscal la vació sin apartar los ojos del papel.

La conversación posterior fue en francés, pero Blücher no dejaba de repetir «*oui*», que Kit sabía que quería decir «sí». Le pareció una buena señal.

Mientras los dos hombres hablaban en un idioma ajeno para ambos, empezaron a aparecer oficiales prusianos de alto rango. La conversación terminó con una señal afirmativa tanto por parte del conde como del mariscal, y a continuación Blücher se dirigió a los edecanes para darles órdenes.

El conde le explicó la situación a Kit: un grupo de soldados de Bonaparte habían seguido a los prusianos hasta allí y Blücher había tenido que dejar atrás a una sección de su ejército para contenerlos. Sin embargo, se sentía preparado y dispuesto a guiar a la gran mayoría de sus hombres hasta Mont-Saint-Jean esa mañana. De hecho, los que iban en vanguardia ya habían cruzado el río.

—¿Cuándo llegarán? —quiso saber Kit.

—Es pronto para saberlo. Volveré al campamento para decirle a Wellington que están de camino. Tú quédate con los prusianos, como ha ordenado Wellington, hasta que puedas estimar con seguridad la hora de su llegada. Tienes una misión crucial. Wellington debe de estar desesperado por saber en qué momento se incorporarán los refuerzos que doblarán los efectivos de su ejército.

Kit estaba entusiasmado por la confianza que habían depositado en él al encomendarle una misión tan importante, aunque a la vez sentía el peso de la gran responsabilidad.

—Quédate con ellos por lo menos hasta que todos hayan salido de la ciudad —le ordenó el conde—. A partir de ahí, haz uso de tu sentido común.

—Sí, señor.

El conde saludó a Blücher con una reverencia y se marchó.

«Ahora estoy solo», pensó Kit.

La ciudad de Wavre se asentaba en la orilla oeste del río Dyle. Kit fue a por su caballo y recorrió la corta distancia entre la plaza del mercado y el puente. Las fuerzas de Blücher ya lo estaban cruzando. De inmediato lo asaltó una idea: harían falta varias horas para que miles de hombres avanzaran por un paso tan estrecho. El río estaba en plena crecida tras los recientes aguaceros y a todas luces era imposible vadearlo. Miró a lo lejos en ambos sentidos de la corriente y vio dos puentes más, uno en el extremo sur de la ciudad y el otro un kilómetro y medio hacia el norte, ambos de poca amplitud.

Cuando volvió al puente principal, los soldados marchaban intercalados con los cañones en baterías de ocho y se había formado una cola. El número de soldados que aguardaban para cruzar era cada vez mayor. Como estaban acostumbrados a esperar, se sentaron despreocupadamente en el suelo. Kit le preguntó a un capitán cuántos cañones querían trasladar hasta Mont-Saint-Jean.

—*Einhundertvierundvierzig* —respondió el oficial.

Después de pensarlo, Kit dedujo que eran ciento cuarenta y cuatro.

Siguió el recorrido del ejército hacia el interior de la ciudad. Las cosas allí no estaban tan tranquilas. Los soldados al marchar removían el barro con las botas y lo estaban convirtiendo en un lodo casi líquido. Pronto descubrió el motivo del atasco: uno de los cañones más pesados tenía el eje partido y estaba bloqueando la carretera. Debían retirarlo para despejar el paso, pero la calle era demasiado estrecha. Un oficial con el rostro encendido estaba azotando a los caballos y profiriendo insultos con furia mientras una decena de soldados se esforzaban por mantener el equilibrio sobre el suelo enfangado a la vez que empujaban la cureña en un intento desesperado por moverla.

Kit se abrió paso como pudo y fue al extremo opuesto de la ciudad, donde se aseguró de que las tropas que habían conseguido llegar hasta allí enfilaran el camino rural que los llevaría hasta Mont-Saint-Jean.

Mientras, en el puente, miles de hombres seguían inmovilizados en la otra orilla y el joven empezó a temer que tardaran todo el día en cruzarlo.

La formación empezó a moverse de nuevo. Por fin debían de haber apartado de en medio la cureña con el eje roto. Los soldados tenían que hacerse a un lado y permanecer quietos mientras los caballos que arrastraban los pesados cañones cruzaban el puente uno a uno y entraban en la ciudad. A las ocho aún no habían conseguido trasladarlos todos hasta el otro extremo.

Entonces se desató un incendio.

Kit notó el olor antes de verlo; era paja quemada. Se suponía que estaba demasiado mojada y no podía arder. La mayoría de los edificios eran de madera y el humo que ascendía desde el centro de la ciudad formó una columna, luego una nube y finalmente una capa densa que invadió las calles y provocó tos y lagrimeo a los soldados.

El ejército tuvo que frenar en seco. Algunos de los hombres abandonaron los cañones y los caballos y salieron corriendo para huir de las llamas. Los que estaban más cerca de los armones con las municiones entraron en pánico y escaparon por miedo a que se produjera una grave explosión. Los oficiales ordenaron a los que quedaban que regresaran por donde habían venido. En las estrechas calles, el esfuerzo por conseguir que la tropa al completo diera media vuelta —incluidas las cureñas de artillería tiradas por seis caballos— provocó mucha más confusión y las consiguientes sartas de insultos.

Kit regresó al puente con la intención de proponerles a los prusianos que utilizaran otros para cruzar, pero los oficiales se habían adelantado y ya estaban enviando batallones dando un rodeo por caminos secundarios.

Cruzó el puente más cercano, el que quedaba más al sur, y fue bordeando la ciudad por la zona exterior hasta llegar a la parte oeste. Halló el camino que conducía a Mont-Saint-Jean y se aseguró de que los prusianos fuesen bien orientados.

A continuación, regresó al puente principal y vio que las tropas empezaban a avanzar con mayor agilidad por rutas alternativas. Los soldados estaban retirando los cañones del centro de la ciudad y los armones con la munición se estaban incorporando al éxodo.

Ya eran las diez y media, la hora a la que Wellington esperaba que los prusianos se presentaran en el campo de batalla.

Kit trató de estimar la nueva hora de llegada. Pensó que una vez que consiguieran acceder a una carretera despejada, el ritmo de la marcha sería de entre tres y cinco kilómetros por hora, de modo que podía decirle a Wellington que el grueso del ejército llegaría a Mont-Saint-Jean al cabo de unas cinco horas, a las tres y media de la tarde. Eso si no sufrían ningún otro contratiempo.

Se dispuso a cabalgar deprisa y adelantarse para darle la noticia al duque.

# 43

Wellington ordenó que todas las mujeres abandonaran el campo de batalla. Algunas obedecieron la orden. Sal se contaba entre las que optaron por desobedecerla.

Ese era el motivo de su aburrimiento. Jamás imaginó que algo así fuera posible. Estaba tumbada en el suelo, cerca de la cima de la loma, junto a Jarge y los demás miembros del 107.º Regimiento de Infantería, contemplando el paisaje desde lo alto, a la espera del inicio del combate. Se suponía que los soldados de infantería no debían encontrarse en una posición tan avanzada, pero quedaban ocultos a la vista gracias a una ligera depresión del terreno donde estaban desplegados.

Sal se descubrió deseando con impaciencia que empezara la acción y le pareció un anhelo descabellado.

Entonces, a las once y media, dio comienzo la batalla.

Tal como se había previsto, los franceses atacaron la casa solariega y las demás edificaciones de la granja fortificada de Hougoumont, el puesto de avanzada de las tropas aliadas, situado a casi un kilómetro del lugar donde estaba Sal y peligrosamente cerca del frente francés.

La mujer logró distinguir un conjunto de casas, graneros y una capilla, todos rodeados por árboles. También vio un jardín amurallado y un huerto en el oeste, en el flanco derecho desde donde estaba ella. A lo lejos, en el sur, pero todavía visible para

Sal, se distinguía un bosquecillo —de solo un par de hectáreas—, ubicado entre la granja y el frente francés. Le habían contado que Hougoumont estaba defendido por doscientos miembros de la Guardia de Infantería británica y mil soldados alemanes. Las tropas se encontraban situadas de forma estratégica en el bosque y el huerto, así como en el interior de la granja fortificada.

El ataque francés se inició con un intenso bombardeo del destacamento de artillería; Sal imaginó que debió de tener consecuencias devastadoras para los hombres que se encontraban tan cerca de la línea de fuego.

A continuación, los soldados de infantería franceses avanzaron en campo abierto desde su línea con destino a Hougoumont. En ese momento, los cañones aliados respondieron con fuego de metralla contra la infantería.

Los aliados apostados en el bosque y parapetados por detrás de los árboles empezaron a disparar a los soldados de Bonaparte. Los alemanes iban armados con fusiles, cuyo rango de tiro y precisión eran superiores a los del armamento francés.

La metralla y los fusiles poseían una eficacia letal, y los casacas azules de Bonaparte cayeron por centenares; pero mantuvieron su posición y siguieron marchando.

—Son un blanco muy fácil —comentó Sal en voz alta—. ¿Por qué no avanzan corriendo en lugar de hacerlo caminando?

Lanzó la pregunta al aire, pero un veterano de la guerra de España le respondió.

—Es por su disciplina —aclaró—. Dentro de nada se detendrán y dispararán todos al unísono.

A pesar de la explicación, Sal pensó que ella habría corrido como el rayo.

Kit se encontraba de regreso en Mont-Saint-Jean poco después del mediodía.

Encontró a Wellington montado en su caballo, cerca de la Guardia de Infantería británica, en la cresta de la loma que se alzaba sobre Hougoumont, contemplando la encarnizada refriega en la granja fortificada.

—¿Dónde diablos se han metido esos prusianos? —preguntó Wellington, airado, en cuanto vio a Kit—. ¡Hace horas que espero su llegada!

La ira del general podía resultar corrosiva y no siempre iba dirigida a las personas que la habían provocado.

Kit se armó de valor para dar las malas noticias a su comandante.

—Señor, confirmo que la mayoría de los prusianos ya habían salido de Wavre a las diez y media de la mañana; calculo que no llegarán hasta pasadas las tres y media de la tarde.

—¿Por qué demonios están tardando tanto? ¡Hay luz desde antes de las cinco de la mañana!

Kit le ofreció una versión explicativa de los hechos.

—Wavre es un atolladero, con un puente angosto que cruza el río y un pueblo de callejuelas tortuosas; donde, por si fuera poco, se ha declarado un grave incendio esta mañana. En cuanto se sale de la población, el camino desde allí hasta aquí está anegado....

—¿Un incendio? ¿Cómo es eso posible con todo lo que ha llovido?

Se trataba de una pregunta absurda.

—No tengo más información, señor —respondió Kit.

—Vaya a buscar a Shiring —ordenó Wellington—. Tendrá mucho trabajo para usted esta tarde.

Kit se alejó al galope.

Encontró al 107.º de Infantería en el flanco oeste de la línea aliada. Algunos hombres habían abandonado su puesto, arrastrándose cuerpo a tierra, con tal de ver el campo de batalla; el teniente Joe Hornbeam estaba ordenándoles que regresaran para que no los divisaran los franceses.

—No nos interesa que nuestro amigo Bonaparte sepa dónde estamos ni cuántos somos —advirtió—. Mejor será que a ese malnacido le reconcoma la duda, ¿no les parece?

Kit vio a Jarge, detuvo su caballo y desmontó.

—El joven Joe no es un mal oficial, ¿no te parece? —comentó Jarge—, sobre todo si tenemos en cuenta que es un muchacho de tan solo dieciocho años.

—Una auténtica sorpresa —contestó su hijastro—. Con un abuelo tan desagradable como el concejal Hornbeam… —Kit perdió el hilo al ver a su madre. Se quedó consternado—. ¿Qué estás haciendo aquí? —le preguntó—. Han ordenado que las mujeres abandonen el campo de batalla.

—Nunca se me notificó esa orden —repuso Sal.

—Bueno, pues te ha sido notificada ahora.

—Estoy aquí para permanecer junto a mi marido y no pienso salir huyendo.

Kit iba a discutírselo, pero, de pronto, cambió de opinión. Resultaba inútil rebatirle algo a su madre cuando ella ya había tomado una decisión.

En lugar de hacerlo, se acercó a Joe Hornbeam.

—Teniente, ¿ha visto al conde de Shiring?

—Sí, señor. —Señaló en dirección al norte, por detrás de la loma—. Hace un par de minutos se encontraba a unos trescientos metros en esa dirección, hablando con el general Clinton.

—Gracias.

—A sus órdenes, mi capitán.

Kit montó su caballo y cabalgó colina abajo hasta el punto donde se encontraban el conde Henry y el general Clinton, ambos a lomos de sus monturas. Antes de que Kit pudiera hablar con el conde, se oyó una estruendosa cacofonía, similar al estallido de diez truenos al mismo tiempo; un fragor que solo podía anunciar el fin del mundo. Sin embargo, Kit había servido en una batería de artillería y supo que se trataba del estrépito de los cañones; aunque, en esa ocasión, fueron más disparando a un tiempo de los que jamás había oído.

Describió un quiebro con su caballo y remontó la ladera a galope tendido, con el conde de Shiring y el general Clinton a la zaga. Al llegar a la cima se detuvieron y contemplaron la escena.

Se encontraban en el flanco occidental de la vía del carbón, y Kit se dio cuenta enseguida de que los cañones franceses estaban ubicados en el flanco oriental, disparando al centro y a la izquierda de la línea aliada. Había, como mínimo, setenta cañones de grandes dimensiones alineados y disparando a su máxima velocidad de tiro.

No obstante, tenían pocos blancos a los que disparar. Las tropas aliadas de la pendiente meridional de la loma sufrieron importantes bajas, pero la mayoría de los efectivos del ejército de Wellington se encontraban por detrás de la elevación montañosa; muchas de las balas de cañón de Bonaparte acabaron hundidas en el barro y demostraron ser proyectiles inútiles.

Entonces ¿qué objetivo tenía esa cortina de fuego?

Transcurridos unos minutos, Kit lo entendió.

Los casacas azules de Bonaparte empezaron a avanzar, atravesando la línea de cañones y cruzando el valle. Los proyectiles de las bocas de fuego pasaban sobrevolando las cabezas de las tropas francesas y desalentaban a los soldados aliados a remontar la loma para enfrentarse al ejército enemigo.

Pronto quedó claro que ese avance de las fuerzas napoleónicas era un ataque de proporciones descomunales. Kit hizo un cálculo aproximado y contó unos cinco mil soldados de infantería; a continuación, le parecieron diez mil y el número iba en aumento, tal vez hasta un total de veinte mil hombres.

Los cañones aliados abrieron fuego contra ellos y el capitán supo que estaban disparando botes de metralla: recipientes cilíndricos de fino metal cargados con balas de acero y serrín, que, al explotar, seguían un patrón de dispersión cónico con un radio de alcance de treinta metros. Sus consecuencias eran letales: segaban las vidas de las tropas enemigas como una guadaña gigantesca. Sin embargo, los franceses pasaban por encima de los cadáveres de sus compañeros de armas y seguían marchando sin tregua.

La batalla había comenzado.

El objetivo de cualquier ataque era, por lo general, destruir la integridad de la línea enemiga situándose en su retaguardia. Esto se podía conseguir o bien rodeando uno de los flancos de la línea —lo que a veces recibía el nombre de «maniobra envolvente»— o abriendo, por la fuerza, un agujero en el centro de la formación. De ese modo, los hombres de la línea enemiga podían ser rodeados, quedar atrapados y convertirse en el blanco de ataques desde todos los flancos.

Kit utilizó el catalejo —sustraído del cadáver de un oficial francés caído en Vitoria— para observar con detenimiento el lejano extremo oriental de la batalla. Los soldados franceses que seguían avanzando fueron los primeros en llegar a las posiciones de los aliados, atacaron con bravura y lograron el retroceso de la línea defensiva británica. El frente aliado siguió el curso de un angosto camino que quedaba hundido y oculto entre matorrales, una suerte de trinchera natural, pero los franceses no tardaron en llegar a ese refugio. Entonces, los británicos contraatacaron. Se desató una lucha feroz y sangrienta, y Kit se alegró de no encontrarse allí.

El avance francés perdió ímpetu, pero no se detuvo. Kit observó, con desesperación, que la táctica se repetía a lo largo de la línea situada en el extremo más alejado de la vía del carbón: un enérgico ataque del bando francés, el contraataque británico y el lento aunque imparable avance de los franceses.

Eran las dos de la tarde, y las tropas aliadas iban perdiendo.

Los soldados aliados que se encontraban alrededor de Kit y el conde se mostraban inquietos, desesperados por acudir en ayuda de sus compañeros, pero Wellington no había dado la orden.

—¡Les ordeno que se queden donde están, soldados! —espetó el conde—. Cualquiera que salga corriendo sin que se le haya ordenado hacerlo, recibirá un tiro por la espalda.

Kit no estaba seguro de si lo decía en serio, pero la amenaza surtió efecto y los hombres se calmaron.

Las bajas francesas eran numerosas, pero seguían llegando nuevos combatientes, incluidos los soldados de caballería, que ellos llamaban los coraceros. Kit volvió a mirar ladera abajo por detrás de la cresta de la loma y vio que Wellington tenía pocos hombres de reserva de infantería para lanzarse al ataque cuerpo a cuerpo. Sin embargo, la caballería británica estaba esperando. Kit logró divisar a un mínimo de mil brigadistas de la Caballería de la Guardia Real de pie junto a sus caballos, aguardando con impaciencia la orden de ataque. Los guardias reales y los guardias montados tenían corceles de color negro azabache. Estaban al mando del conde de Uxbridge, quien se contaba entre el considerable número de hombres que Wellington detestaba.

Kit había oído comentar a los oficiales del Estado Mayor que la caballería británica poseía las mejores monturas, pero que la francesa tenía los mejores jinetes. Lo que sí resultaba innegable era la superioridad en experiencia de combate de la caballería francesa.

Se oyó un toque de corneta y un millar de hombres montaron sus caballos; a continuación sonó un toque distinto y todos desenvainaron sus sables al unísono. Se trataba de una visión formidable, y Kit se sintió agradecido de no encontrarse entre los hombres que deberían resistir su embate.

En respuesta a nuevos toques de corneta, formaron una línea este-oeste de un kilómetro y medio de longitud, y empezaron a avanzar al paso colina arriba, permaneciendo siempre fuera del rango de visión del enemigo. Pasaron al trote, siguieron por el repecho de la loma y, a continuación, entre gritos de bravura, cargaron colina abajo para lanzarse al ataque cuerpo a cuerpo.

La infantería aliada puso pies en polvorosa para despejar el camino. Los franceses intentaron batirse en retirada hasta su línea, pero no podían correr más rápido que los caballos; los guardias de la caballería británica, sables en ristre, los degollaron y mutilaron sin piedad; los decapitaban y les amputaban las extremidades. Los soldados a la carrera tropezaban, caían y acababan aplastados por los poderosos caballos. El avance de la caballería fue aplastante y la matanza, terrorífica.

El conde Henry se sentía eufórico.

—¡Hemos repelido la ofensiva de Bonaparte! —se jactó—. ¡Que Dios bendiga a la caballería!

Cuando los caballos llegaron al punto desde donde podían ser alcanzados por la primera línea francesa, Uxbridge ordenó a los cornetas tocar a retreta. Kit oyó el toque con nitidez, pero, para su sorpresa, la caballería parecía haber ensordecido. Los hombres ignoraron la insistente consigna y siguieron avanzando, lanzando gritos victoriosos y agitando sus sables en el aire. Kit oyó al conde Henry, situado junto a él, emitir un gruñido de disgusto. Los jinetes estaban embriagados por la sed de sangre y no atendían a la disciplina. Esa reacción era una prueba innegable de su falta de experiencia en la batalla.

El frenesí de los soldados de caballería era una actitud suicida. En cuanto se lanzaron a la carga contra la línea francesa, empezaron a caer derribados por los cañonazos y el fuego de los mosquetes. La potencia de su avance decreció tan pronto alcanzaron una pendiente y sus caballos comenzaron a dar señales de agotamiento.

La caballería pasó de la actitud victoriosa a la sensación de derrota en cuestión de minutos. De pronto, ellos eran las víctimas de la matanza. Cuando se dividieron en pequeños grupos, los franceses los rodearon y fueron despachándolos de forma metódica. Kit contempló, desesperado, la aniquilación de la flor y nata del ejército británico. Unos pocos supervivientes afortunados fustigaron a sus caballos para ponerse a un extenuante galope tendido con tal de regresar a la línea aliada.

En efecto, los soldados atacantes de Bonaparte se habían batido en retirada, pero a qué precio.

Los franceses contaban con más hombres y tenían la capacidad de lanzar otro ataque de su infantería. Sin embargo, los británicos ya no podían organizar una nueva carga con su caballería.

Kit se sintió abrumado por la desesperación.

Se produjo un momento de calma. La batalla no se detuvo, aunque sí se rebajó el grado de violencia. Los artilleros del bando francés empezaron a disparar de forma intermitente desde la otra punta del valle y, de tanto en tanto, derribaban a un oficial a caballo o hacían saltar un cañón enemigo por los aires. Al mismo tiempo, continuaba la escaramuza en los alrededores de Hougoumont y La Haye Sainte; los francotiradores de ambos bandos disparaban sin descanso y, de vez en cuando, daban en el blanco.

Un mensajero se dirigió a Wellington, quien mandó llamar al conde Henry.

—Me informan de que los prusianos por fin han aparecido —le comunicó el general a su oficial—. Diríjase al extremo oriental de nuestra línea para comprobarlo. Si es cierto que han llegado, dígale a su comandante que quiero que refuercen el flanco izquierdo. ¡En marcha!

A Kit le pareció una orden muy coherente. El ala izquierda del ejército de Wellington se había centrado en rechazar los ataques de la artillería y la infantería de Bonaparte, mientras que los hombres del flanco derecho —donde se encontraban Sal y Jarge— apenas habían participado en la contienda hasta ese instante. La colaboración prusiana era vital para el flanco izquierdo.

Kit y Henry partieron al galope.

A poco más de un kilómetro y medio del ala más oriental de la línea aliada había dos zonas boscosas: el bosque de Ohain, al norte, y el llamado «bosque de París», al sur. Mientras avanzaban a caballo, Kit creyó percibir actividad en ambas arboledas. Cuando estuvo más cerca, vio salir, de entre los árboles de Ohain, a cientos de soldados ataviados con uniformes de color azul oscuro.

La noticia era cierta. Los prusianos por fin habían hecho acto de aparición.

Kit y el conde Henry habían llegado a Ohain sanos y salvos. Dos o tres mil prusianos aguardaban en ese bosque y había más en la arboleda situada al sur. Un par de miles no marcaría una diferencia muy notable, pero, cuando llegaran los demás, los aliados contarían con una sobrecogedora ventaja numérica frente a los franceses.

Sin embargo, ¿había tiempo para esperar a que eso ocurriera?

Las tropas desplazadas a Ohain pertenecían al Primer Cuerpo y servían al mando del varias veces condecorado teniente general Von Zieten, un hombre de calvicie incipiente, de cuarenta y cinco años de edad, que estaba a punto de librar su tercera batalla en un periodo de cuatro días. Blücher todavía no había llegado al lugar, por lo que el conde Henry y Kit transmitieron el mensaje de Wellington a Zieten en la combinación habitual de idiomas.

El teniente general prusiano se limitó a decir que comunicaría la petición de Wellington a Blücher lo antes posible. Kit se llevó la impresión de que las fuerzas prusianas decidirían, por su cuenta y riesgo, en qué ubicación les resultaría más favorable sumarse a la contienda.

Zieten prefirió no hacer suposiciones sobre cuánto tardarían en llegar los demás efectivos de su ejército.

El conde Henry y Kit regresaron a caballo hasta el lugar donde se encontraba Wellington para informarle de lo sucedido.

Kit consultó su reloj —otro trofeo sustraído de un cadáver— y se quedó perplejo al ver que ya eran las cinco de la tarde. Le daba la sensación de que no habían pasado más que unos minutos desde el primer ataque de la infantería francesa.

Durante esos últimos tres días de intensa contienda, el objetivo de Bonaparte había sido evitar que los prusianos se unieran al ejército anglo-holandés. En cuestión de un par de horas, eso sería lo que por fin iba a ocurrir.

Sin duda alguna, el emperador de Francia había divisado a las fuerzas prusianas y debió de entender que el tiempo era un elemento crucial. Su última esperanza residía en aniquilar al ejército aliado antes de que el gran número de soldados prusianos se uniera a la batalla y cambiaran las tornas.

Kit se percató de la intensa actividad desplegada tras las líneas francesas. Estuvo varios minutos intentando adivinar, en vano, qué estaba pasando.

—Se están formando las tropas de coraceros —aclaró por fin el conde—. Van a lanzar un ataque de la caballería.

Los artilleros británicos y los holandeses estaban transportando los cañones de reserva hacia la primera línea de batalla para sustituir el armamento maltrecho. Kit intentó localizar a Roger entre los soldados, pero no lo vio.

Los soldados de artillería franceses seguían disparando de forma intermitente mientras los hombres de su caballería se congregaban; en ese preciso instante, cayó un proyectil a veinte metros del lugar donde se encontraba Kit e impactó contra un cañón de reemplazo que estaba siendo colocado en posición. Se oyó un estruendo acompañado por un destello, seguido por los gritos de los hombres y el terrorífico relincho de un caballo herido. A renglón seguido, se produjo un segundo impacto, que provocó una explosión mayor, pues hizo estallar la reserva de pólvora situada en la parte trasera del cañón y este quedó hecho trizas. Kit cayó derribado al suelo por la onda expansiva y se quedó sordo, aunque, transcurridos unos segundos, se dio cuenta de que no había recibido impacto alguno ni sufría quemaduras por los fragmentos que habían salido disparados. Se levantó como pudo a pesar del aturdimiento. Todos los artilleros yacían muertos o heridos, y el cañón quedó reducido a un amasijo de metal retorcido y madera carbonizada. Kit se quedó mirando al conde Henry, tendido en el suelo e inmóvil. Tenía la cabeza sobre un charco de sangre. Sin duda, la herida había sido provocada por algún fragmento perdido del armamento pesado. Kit se arrodilló junto a él y comprobó que todavía respiraba.

Vio a un grupo de soldados de infantería que contemplaban, perplejos, el cañón hecho añicos.

—¡Usted y usted! —exclamó Kit señalando a dos de ellos—: Este hombre es el conde de Shiring. Levántenlo y llévenlo con el cirujano. ¡Paso ligero!

Los hombres obedecieron.

Kit se preguntó si el conde sobreviviría. Cuando se producían heridas en la cabeza, los cirujanos no podían hacer gran cosa más allá de vendarlas. Todo dependía de la gravedad de las lesiones que hubiera sufrido el cerebro.

No había tiempo para la reflexión. Kit dio media vuelta y regresó al campo de batalla. Había dado comienzo un nuevo ataque del ejército francés.

Lo que Kit vio emerger de las líneas enemigas parecía una gigantesca ola de jinetes. El sol asomó por detrás de una nube y proyectó sus destellos sobre las hojas de los sables y las corazas de los soldados de caballería. El suelo temblaba por el impacto de las pisadas de decenas de miles de caballos.

A los aliados les quedaban pocos efectivos de caballería para combatirlos.

—¡Prepárense para el ataque de la caballería! —ordenó Wellington con un grito.

La consigna pasó de boca en boca, de un extremo a otro de la línea, y los batallones de infantería se recolocaron a toda prisa para disponerse a formar en cuadro, tal como habían aprendido en la instrucción militar. Al observar la línea con atención, Kit vio que los soldados del 107.º de Infantería formaban con eficacia rápida y enérgica.

A medida que la caballería enemiga se aproximaba, Wellington, montado a caballo, iba rodeando los cuadros de soldados y lanzando, a voz en cuello, poderosos mensajes de aliento. Kit y otros edecanes lo siguieron. Unos instantes después, los franceses iniciaron su ofensiva.

Al principio, los soldados que defendían la posición llevaban ventaja. La caballería francesa inició la carga contra los cuadros británicos, rodeándolos al grito de «*Vive l'Empereur!*», pero muchos de esos hombres a caballo cayeron bajo el intenso fuego de los extremos de los cuadros británicos, donde los mosqueteros defendían la formación en líneas de a cuatro en fondo. Cada uno de esos tiradores británicos hincaba la rodilla en el suelo, disparaba y luego retrocedía al último puesto de la línea de cuatro para recargar su mosquete y dejar que el siguiente en la formación disparase, en una danza de eficacia letal.

Tras varios minutos aterradores, la caballería francesa se batió en retirada, pero tomó el relevo un refuerzo de caballos y jinetes con las energías intactas, algunos armados con lanzas de casi tres metros de longitud, con las que atacaban a los cuadros británicos en un intento de abrir huecos en la formación. Los muertos y heridos eran arrastrados hasta el centro del cuadro y los soldados cerraban filas para cubrir los espacios vacíos.

Kit no pudo evitar sentir admiración por el valor de los jinetes franceses al verlos cargar con denuedo, una y otra vez, cabalgando sobre los cuerpos de sus compañeros caídos, saltando por encima de los cadáveres y caballos heridos. Los efectivos de la caballería británica que todavía resistían contraatacaron, pero no sumaban el número suficiente para cambiar el signo de la contienda.

Durante un momento de calma, Kit se preguntó por el paradero de la infantería de Bonaparte. Cabía pensar que debería estar prestando apoyo a la caballería; al menos, esa era la táctica habitual. Pero entonces dirigió la mirada hacia el otro lado del valle, en un intento de vislumbrar algo a través de las nubes del humo de la pólvora, y comprendió el motivo: los prusianos por fin se habían incorporado a la batalla.

Tras ignorar la orden de Wellington, la mayoría de los recién llegados había virado hacia la retaguardia del ala oriental de la línea francesa para asaltar la aldea de Plancenoit, situada en la cresta de la loma que quedaba enfrente y próxima al cuartel general enemigo. Bonaparte había sido atacado por sorpresa.

En ese punto del campo de batalla, la contienda parecía encarnizada; Kit supuso que el emperador francés no podía permitirse desplazar a la infantería que estaba luchando en Plancenoit para que fuera a prestar apoyo a su caballería. Mientras el joven contemplaba la escena, creyó ver más soldados de la guarnición de reserva, procedentes de un punto más elevado de la ladera, desplegándose en la aldea de Plancenoit. Sin embargo, también vio más hombres uniformados de color azul oscuro, que llegaban por el este y se lanzaban a la carga.

Allí abajo, la infantería francesa estaba entregándose en cuerpo y alma; era imposible que prestara apoyo al ataque de su caballería. Esa circunstancia podía acabar siendo la salvación para el ejército de Wellington.

Kit pensó que Bonaparte debía de estar desesperado. Era imperativo que saliera victorioso esa jornada, pues, la siguiente, los ejércitos combinados de los anglo-holandeses y los prusianos serían imbatibles.

Se oyó un murmullo angustiado entre los edecanes de Wellington.

—La Haye Sainte ha caído —anunció alguien con voz grave.

El capitán oteó el horizonte y vio, en plena huida, a los patéticos soldados alemanes que, hasta ese instante, todavía defendían la granja fortificada; sumaban una diminuta fracción en comparación con el despliegue inicial. También divisó a los soldados franceses, que por fin habían tomado posesión del lugar. Esa conquista suponía un estímulo para Bonaparte, pues debilitaba de manera significativa a la línea aliada.

Los soldados de artillería aliados abrieron fuego de inmediato contra La Haye Sainte; Kit imaginó que Roger estaría disparando. A pesar de la ofensiva, los franceses mantuvieron la posición.

El ataque de la caballería francesa fue decreciendo en intensidad alrededor de las seis y media de la tarde. Sin embargo, los aliados habían sufrido graves bajas, sobre todo en la parte central de su línea. Había llegado el momento de que Bonaparte asestara un golpe letal. Wellington era consciente de la peligrosa posición de vulnerabilidad en la que se encontraban los aliados y cabalgó con furia a lo largo de la línea, sin preocuparse por el peligro que corría su vida, para dar una serie de consignas. Kit y los demás edecanes las hicieron llegar a los oficiales: ordenar a los efectivos de reserva que se adelantaran para reforzar la línea, reunir los armones de munición, sustituir los cañones destruidos por sus repuestos, que, en ese momento, escaseaban peligrosamente. Mientras tanto, los hombres del Primer Cuerpo de Zieten habían hecho, por fin, lo que Wellington quería: reforzar el ala izquierda de los aliados, lo que permitía al general recuperar a unos cuantos hombres de ese flanco para fortalecer el debilitado centro de la línea británica. Por si fuera poco, durante todo ese proceso, evitaron que Bonaparte atacara el punto vulnerable de los aliados gracias a la ofensiva de los prusianos contra Plancenoit.

Un coronel francés desertó y cabalgó hacia la línea aliada al grito de «*Vive le roi!*», «¡Larga vida al rey!». Cuando los oficiales de inteligencia lo interrogaron, les reveló que Bonaparte había decidido utilizar a sus soldados de élite, la Guardia Imperial —que estaban en la reserva hasta ese momento— para atacar el ala derecha de la línea aliada.

Los efectivos de la Guardia Imperial no solían entrar en batalla hasta los momentos finales de la misma, con el propósito de asestar el golpe de gracia. ¿Acaso la contienda ya había llegado a ese punto?

Los edecanes recibieron la orden de llevar esa noticia a las fuerzas desplazadas en el extremo más alejado de la vía del carbón; soldados que, hasta ese instante, habían visto poca acción. Kit cabalgó hasta el 107.º de Infantería y alertó al comandante Denison, quien estaba al mando. Los hombres que lo rodeaban se mostraron contentos de entrar en batalla por fin, aunque solo fuera para responder a la futura pregunta de qué habían hecho en Waterloo.

En cuanto dieron las siete de la tarde, mientras el sol se ponía por el extremo occidental del valle, apareció la Guardia Imperial; Kit calculó que debían de ser unos seis mil hombres, ataviados con sus uniformes azules, marchando, al ritmo de los tambores, por los campos alfombrados de cadáveres, hombres y caballos heridos, que rezumaban hedor a sangre y entrañas. Kit se quedó sentado sobre su caballo, contemplando la escena a través del catalejo a medida que los hombres se aproximaban. Los soldados del emperador bordearon Hougoumont —todavía ocupado por los aliados— y dejaron atrás La Haye Sainte, que en ese momento ya se encontraba en manos de los franceses.

Las tropas aliadas aguardaban por detrás de la cresta de la loma, ocultas a la vista para el enemigo.

—Permanezcan en su posición —iba diciendo Joe Hornbeam al tiempo que recorría la línea de un extremo a otro—. Aguarden la orden. Que nadie se precipite. Permanezcan en su posición.

Kit se dio cuenta de que los franceses estaban atacando la línea aliada en toda su extensión, sin duda alguna con la finalidad de mermar las tropas y evitar que acudieran a reforzar la línea de defensa contra la Guardia Imperial. Al contemplar el sol del ocaso, Kit se dio cuenta de que lo que estaba a punto de suceder constituiría el drama final de la batalla y decidiría el signo de la victoria. Entonces, tomó la resolución de permanecer con el 107.º de Infantería.

Cuando los soldados de la Guardia Imperial se encontraban a unos doscientos metros de distancia, los cañones aliados abrieron fuego. Kit vio que volvían a disparar botes de metralla y, cuando los guardias de Bonaparte empezaron a caer, murmuró para sí: «Buena puntería, Roger». Sin embargo, la disciplina imperial no flaqueaba: sin perder el paso, los soldados franceses siguieron marchando, esquivando a muertos y heridos, cerrándose para tapar los huecos entre sus filas y ganando posiciones.

Cuando la Guardia Imperial se encontraba a tan solo treinta metros de la línea británica, los soldados de Wellington ubicados por detrás de la loma se incorporaron de súbito y abrieron fuego con sus mosquetes: fue una lluvia letal. A tan corta distancia, numerosas balas daban en el blanco. Los franceses respondieron con sus fusiles y cayeron algunos de los hombres de Kingsbridge, incluido el oficial al mando, el comandante Denison. Kit vio al capellán, Kenelm Mackintosh, recibir un disparo mortal en el pecho y pensó en los cinco hijos de Elsie, que acababan de perder a su padre.

Con el enemigo a tan solo treinta metros de distancia, no había tiempo para recargar, y los aliados continuaron la lucha a bayonetazo limpio. Los soldados de la Guardia Imperial flaquearon, pero no se batieron en retirada, y la contienda se transformó en una sangrienta escaramuza cuerpo a cuerpo.

El 107.º de Infantería se encontraba entre los efectivos situados en el extremo derecho del campo de batalla, disparando en diagonal contra el enemigo en avanzada. En ese momento, un batallón británico se lanzó a la carga colina abajo y viró a la izquierda para atacar el flanco vulnerable de la Guardia Imperial. Wellington no había dado la orden: los oficiales estaban tomando la iniciativa. Inmediatamente después, otro grupo se sumó al asalto.

—¡A la carga! —gritó, de pronto, Joe Hornbeam.

Un teniente no tenía derecho a dar esa clase de orden, pero Denison había muerto y Joe era el único oficial a la vista; los impacientes soldados siguieron a Hornbeam sin vacilar.

Kit entendió que podía tratarse del momento decisivo de la batalla y, por ende, de los veintitrés años de guerra, y se dejó llevar por su instinto. Agarró de pronto el mosquete con la bayoneta calada de un soldado caído, volvió a montar en su caballo de un salto y se sumó a la carga.

—¡Kit, no vayas! —oyó gritar a su madre mientras se alejaba a galope tendido.

Pero siguió galopando.

En ese instante, la Guardia Imperial era blanco de un doble ataque por ambos extremos, y sus hombres empezaron a flaquear. Los aliados sacaron todo el partido que pudieron a su posición aventajada. El 107.º de Infantería cargó con las bayonetas en ristre. Una bala francesa hirió al caballo de Kit y la pobre bestia cayó desplomada. Kit logró desmontar de un salto antes de que el animal impactara contra el suelo. Salió a la carrera blandiendo su arma. De pronto se encontró corriendo, codo con codo, junto a su padrastro, Jarge.

A esas alturas, algunos franceses empezaban a huir, aunque la mayoría de los soldados de Bonaparte resistían y seguían combatiendo. Kit se mantuvo al lado de Jarge; ambos asestaban furiosas cuchilladas al enemigo con sus bayonetas caladas en los mosquetes. El joven había matado a muchos hombres, pero siempre como resultado de cañonazos; en ese momento estaba experimentando la extraña y horrenda sensación de penetrar la carne humana con la hoja afilada de un arma blanca. Lo cual no afectó en lo más mínimo a su espíritu de lucha: estaba poseído por el deseo de matar soldados enemigos y lo hizo con la mayor rapidez y eficacia que pudo.

Justo delante de él, cayó el caballo de Joe Hornbeam y su jinete impactó contra el suelo. Un soldado de la Guardia Imperial se plantó ante el joven teniente con el sable en alto; durante un segundo de impotencia, Joe levantó la vista para mirar directamente a los ojos de su verdugo. Jarge dio un paso al frente y se lanzó al ataque con la bayoneta por delante. El guardia francés se volvió y ensartó su sable en el cuello del inglés; un sablazo letal que lo degolló al tiempo que él lograba desgarrar el uniforme de su enemigo con el filo de la bayoneta. Se la clavó en el vientre, hasta el fondo, y acabó destripándolo. Ambos hombres cayeron al suelo. Un chorro de sangre roja y brillante manaba del cuello de Jarge y las tripas del francés quedaron desparramadas sobre la tierra.

—¡Dios mío, he estado a punto de morir! —le dijo Joe a Kit, sin dar crédito, mientras se incorporaba de un salto. Miró hacia el suelo y añadió—: Jarge me ha salvado la vida.

El joven teniente recogió su espada y volvió a unirse al fragor de la batalla.

La Guardia Imperial empezó a dispersarse. Los hombres de la retaguardia ya no presionaban para avanzar, sino que daban media vuelta y regresaban corriendo. Al ser testigos de cómo sus tropas mermaban en número, los soldados de la primera línea retrocedieron; la retirada francesa se convirtió en derrota aplastante. Los aliados persiguieron a los que huían vociferando gritos victoriosos.

Al mirar hacia el campo de batalla, Kit percibió que todos los soldados franceses sin excepción estaban desmoralizados. Algunos se batían en retirada; otros empezaban a correr y los demás seguían sus pasos. En cuestión de segundos, la línea francesa al completo fue presa del pánico. A continuación, los aliados iniciaron su persecución de los franceses vencidos colina abajo y hasta lo alto de la loma situada enfrente.

Kit de inmediato pensó en Roger.

Dejó a sus compañeros al cargo de la derrota aplastante, dio media vuelta y corrió de regreso ascendiendo por la ladera, saltando por encima de los cuerpos retorcidos en posiciones imposibles y los heridos que gritaban, hasta alcanzar el destacamento de artillería que se encontraba en la cresta de la loma. Algunos de los artilleros habían abandonado los cañones para sumarse a la matanza definitiva, aunque Kit tenía la certeza de que Roger no se contaba entre ellos.

Recorrió a toda prisa la línea y fue mirando, uno a uno, a los soldados sentados o acostados junto a las bocas de fuego, algunos, exhaustos; otros, sencillamente muertos. Ansiaba distinguir el rostro de Roger, al tiempo que rezaba por identificarlo entre los vivos. En ese instante tenía más miedo del que había sentido durante toda la jornada. El peor resultado habría sido seguir vivo y que Roger hubiera fallecido; en tal caso, preferiría estar muerto.

Cuando por fin lo localizó, Roger estaba en el suelo, abatido, con la espalda apoyada contra la rueda de un cañón y los ojos cerrados. ¿Respiraba todavía? Kit se imaginó lo peor. Se arrodilló junto a él y le tocó el hombro.

Roger abrió los ojos y sonrió.

—¡Oh, gracias, Dios mío! —exclamó Kit, y lo besó.

Sal había visto a su hijo ascender por la ladera, caminando erguido y visiblemente ileso, lo cual le había proporcionado un instante de auténtico alivio; entonces empezó a buscar a Jarge.

Los soldados del 107.º de Infantería corrían por el valle a la caza de los franceses que se batían en retirada. Sal albergaba la esperanza de que su marido fuera uno de esos perseguidores; aun así, lo buscó entre los soldados que yacían en el campo de batalla, tirados sobre las maltrechas espigas del trigal. La mujer se dijo que los cadáveres eran los que habían corrido mejor suerte: para ellos, el dolor ya no existía. Los heridos gritaban pidiendo agua, un médico o la presencia de sus madres. Sal hizo de tripas corazón y los ignoró a todos.

Cuando por fin divisó a Jarge, al principio no lo reconoció y pasó de largo con la mirada; pero algo la impulsó a mirar de nuevo; entonces lanzó un suspiro ahogado de horror. Su marido estaba tendido boca arriba, degollado y con los ojos en blanco dirigidos hacia el cielo, que empezaba a oscurecer.

Sal se sumió en una profunda tristeza. Rompió a llorar con tal desesperación que apenas veía. Se arrodilló junto al cuerpo y le puso la mano en el pecho, como si pudiera sentir sus latidos, aunque sabía que eso era imposible. Le tocó la mejilla: todavía la tenía caliente. Le alisó el pelo.

Debía darle sepultura.

Se incorporó, se enjugó las lágrimas y miró a su alrededor. La granja fortificada de Hougoumont se encontraba a unos doscientos metros de distancia y algo ardía en el recinto. Sin embargo, localizó una de las edificaciones del bastión con aspecto de pequeña iglesia o capilla.

Distinguió a dos hombres que le resultaban familiares y que sin duda formaban parte del 107.° de Infantería regresando desde el otro lado del valle; uno cojeaba ligeramente y el otro transportaba un saco donde, a todas luces, llevaba un botín. Les pidió que la ayudaran a cargarse a la espalda el cuerpo sin vida de Jarge, y así lo hicieron.

Su difunto marido pesaba bastante, pero ella era una mujer fuerte, e imaginó que podría arreglárselas. Les dio las gracias a los dos saqueadores y se puso en marcha sin dejar de llorar mientras avanzaba.

Caminó como pudo por el campo de batalla, sorteando los cuerpos, hasta cruzar la entrada de la granja fortificada. La casa solariega estaba en llamas, pero la capilla permanecía intacta. Junto al muro situado al sur del modesto templo había un pequeño claro en la hierba. Tal vez no fuera suelo consagrado, pero a Sal le pareció el lugar apropiado para dar sepultura a su marido.

Depositó el cuerpo en la tierra con toda la delicadeza que pudo. Le estiró las piernas y le colocó los brazos formando una cruz sobre el pecho. A continuación, con profunda ternura, le tomó la cabeza entre ambas manos y la recolocó para que el tajo del cuello se cerrara y su aspecto resultara menos impactante.

Se incorporó de nuevo y echó un vistazo a la fortificación. Había cadáveres por todos lados, centenares de ellos. Pero se trataba de una granja; debía de haber una pala en algún lugar. Entró en un granero. Los restos de la batalla ocupaban hasta el último rincón: cajas de munición, sables partidos y botellas vacías; además de partes desmembradas de cuerpos humanos: un brazo, un pie calzado con una bota, media mano…

En una pared, colgadas de unos ganchos de madera, había unas cuantas herramientas de los tiempos en los que reinaba la paz. Sal localizó una pala y regresó junto a Jarge.

Empezó a cavar. Era un trabajo duro. La tierra estaba tan embarrada por la lluvia que se hacía difícil levantarla. Sal se preguntó por qué le dolería tanto la espalda y luego recordó que había pasado la noche anterior —¿solo había pasado un día desde entonces?— cargando con cincuenta libras de patatas durante los cinco kilómetros de ida hasta Waterloo, más los cinco de vuelta.

Cuando hubo cavado casi un metro y medio, sintió que, si continuaba, moriría de agotamiento; y decidió que con esa profundidad bastaba.

Agarró a Jarge por las axilas y lo depositó lentamente en la fosa. Cuando lo tuvo colocado en el interior, le recompuso de nuevo la postura corporal: las piernas estiradas, los brazos cruzados y la cabeza bien asentada sobre el cuello.

Se puso en pie ante la sepultura de su marido y se quedó mirándolo, mientras el ocaso iba dando paso a la noche. Rezó un padrenuestro. Dirigió la vista al cielo.

—Señor, apiádate de él. Tenía más…

Se le entrecortó la voz, ahogada por el llanto, y esperó a poder volver a hablar.

—Tenía más bondad que maldad.

Recogió la pala y empezó a rellenar el agujero con tierra. Ya lo había hecho antes: hacía veintitrés años, cuando enterró a Harry. Por aquel entonces vaciló a la hora de cubrir de tierra al hombre que amaba; le pasó lo mismo al dar sepultura a Jarge. Sin embargo, tal como ocurrió en el pasado, se obligó a hacerlo, porque formaba parte de la aceptación: su marido ya no estaba y lo que quedaba era solo una carcasa. «Polvo al polvo», se dijo.

Entonces llegó lo peor: cuando el cuerpo de Jarge ya estaba cubierto de tierra, pero todavía se le veía la cara. Sal volvió a titubear; una vez más, se forzó a seguir.

Cuando la fosa estuvo del todo cubierta, tiró la pala al suelo y lloró hasta quedarse sin lágrimas.

—Pues hasta aquí hemos llegado, Jarge.

Permaneció junto a la tumba un rato más, hasta que la noche fue demasiado cerrada y se quedó sin visibilidad.

Sal se dirigió a su marido por última vez.

—Adiós, Jarge —se despidió—. Me alegro de haberte traído las patatas.

Y se alejó caminando.

SÉPTIMA PARTE

# La paz

## 1815-1824

# 44

Cuando los aliados entraron en París, Napoleón Bonaparte abdicó por segunda vez y fue encarcelado, en esta ocasión en la remota isla de Santa Elena, en mitad del Atlántico, más de tres mil kilómetros al oeste de Ciudad del Cabo y cuatro mil al este de Río de Janeiro.

El 107.º de Infantería regresó a Kingsbridge, igual que el conde de Shiring, su esposa, Jane, y el hijo de ambos, Hal. Dos días después, Amos, que había vuelto a casa algo antes, recibió una nota en la que Jane lo invitaba a tomar el té en Willard House.

La encontró deshaciendo el equipaje en la sala de estar, sobre la alfombra, rodeada de los baúles manchados de barro tras el viaje. Con la ayuda de una doncella de lavandería, iba sacando sus espléndidos vestidos de uno en uno y decidía si había que pasarles una esponja y plancharlos, o lavarlos, o regalarlos.

—¡Paz, al fin! —le dijo a Amos—. ¿No es maravilloso?

—Ahora podremos recuperar la vida normal —repuso él—. Si es que alguno de nosotros recuerda lo que era eso.

—Yo sí —dijo ella con firmeza—. Y pienso disfrutarlo.

Amos la observó con atención. Debía de tener unos cuarenta y dos años, y seguía siendo delgada y atractiva. Él la había adorado durante mucho tiempo, pero al fin podía contemplarla con objetividad. Le seguía gustando su *joie de vivre*, que era lo que la hacía tan seductora, pero a menudo veía también su mirada calculadora y el mohín egoísta que ponía cuando tramaba formas de manipular a la gente.

—¿Cómo está el conde? —se interesó—. Tiene suerte de haber sobrevivido a una herida en la cabeza.

—Ahora lo verás. Dentro de nada se reunirá con nosotros. —Esa referencia a la batalla hizo que Jane pensara en otra baja, y añadió—: Pobre Elsie Mackintosh, con cinco hijos y sin marido.

—Siento mucho que Mackintosh haya muerto. Se convirtió en un hombre valiente, ¿sabes?, tras hacerse capellán del ejército.

—Aun así, ahora podrás casarte con Elsie.

Amos frunció el ceño.

—¿Qué te hace pensar que querría casarme con Elsie Mackintosh? —espetó, molesto.

—Tu forma de bailar con ella en la velada de la duquesa de Richmond. Nunca te había visto tan feliz.

—Por favor. —A Amos le disgustó más aún porque era verdad. Lo había pasado de maravilla—. Eso no significa que quiera casarme con ella —dijo.

—No, claro que no —repuso Jane, que zanjó el tema con un ademán—. Solo era una idea.

Un mayordomo entró con la bandeja del té, y Jane desocupó algo de espacio en un sofá y dos sillones. Amos pensó en lo que acababa de decirle. Se había sentido feliz con Elsie entre sus brazos, era cierto, pero eso no implicaba que la amara. Le tenía cariño. Admiraba el valor que había demostrado al desafiar a todo el mundo para dar de comer a los hijos de los obreros en huelga. Con ella nunca se aburría. Sentía todo eso, sí; pero no amor.

Al recordar el baile, reparó en lo mucho que había disfrutado de la intimidad que ofrecía el vals: tocar el cuerpo de Elsie, cálido bajo la seda de su vestido…, y se dio cuenta de que le gustaría volver a hacerlo.

Pero una cosa era bailar y otra casarse.

—Llévate la ropa que ya he revisado y los baúles vacíos —ordenó Jane a la doncella—. Vuelve dentro de media hora y terminaremos el resto.

Se sentó y sirvió el té.

El conde apareció vestido de uniforme. Llevaba la cabeza vendada y caminaba con bastante inseguridad. Amos se levantó para estrecharle la mano y lo observó mejor mientras tomaba asiento y aceptaba la taza de té que le ofrecía su mujer.

—¿Cómo se encuentra, señor? —preguntó.

—¡Nunca he estado mejor! —contestó Henry, aunque habló demasiado deprisa y con demasiada vehemencia, como si necesitara negar lo contrario.

—Felicidades por su papel en la victoria de la mayor batalla de la historia.

—Wellington estuvo absolutamente asombroso. Brillante.

—Según tengo entendido, fue una lucha muy reñida.

Henry negó con la cabeza.

—En algún momento, tal vez, pero nunca tuve duda alguna sobre el resultado final.

No era eso lo que Amos había oído.

—Parece que Blücher llegó en el último momento.

Henry reaccionó con desconcierto un instante.

—¿Blücher? —dijo—. ¿Quién es Blücher?

—El comandante del ejército prusiano en los Países Bajos.

—¡Ah! Sí, sí, desde luego, Blücher. Pero fue Wellington quien ganó la batalla, claro.

Amos se quedó pasmado. Al conde siempre le había interesado la guerra y sabía mucho sobre ella. Sin embargo, en esa conversación solo aportaba lugares comunes, como un analfabeto en una taberna. Decidió cambiar de tema.

—Yo, al menos, me alegro de estar de vuelta en Inglaterra y en Kingsbridge. ¿Cómo está Hal?

—El año que viene empezará en la escuela de gramática de aquí —respondió Henry.

Jane hizo una mueca.

—No sé por qué no puede tener un tutor, como tú cuando eras niño, Henry.

El conde no estaba de acuerdo.

—Un muchacho tiene que pasar tiempo con otros niños y aprender a llevarse bien con gente de cualquier procedencia, como en el ejército. No queremos criar a la clase de oficial que no sabe cómo hablar a sus hombres.

Amos se horrorizó un momento al oír que daban por hecho que Hal —su hijo— sería soldado, pero entonces recordó que el niño heredaría un día todos los deberes del conde, entre ellos el de ser coronel del 107.° Regimiento de Infantería de Kingsbridge.

Jane suspiró.

—Lo que tú consideres mejor, desde luego, Henry.

Amos estaba convencido de que no lo decía de verdad. La discusión volvería a surgir.

Entonces entró Hal. Ya tenía diez años, por lo que, en efecto, casi había llegado el momento de que empezara en la escuela.

Henry miró al niño, arrugó la frente y apartó la mirada, como si no lo hubiera reconocido.

—Aquí está Hal —anunció Jane con alegría—, que ha venido a tomar el té con nosotros, Henry. ¿No crece deprisa nuestro hijo?

El conde lo miró perplejo un segundo.

—Hal, sí, pasa, hijo mío, y come un poco de bizcocho.

Se produjo una interacción extraña. A Amos le pareció que Henry no sabía quién era Hal hasta que Jane se lo dijo. También había olvidado a Blücher, el tercer hombre más importante de Waterloo, después de Wellington y Bonaparte. Tal vez ese fragmento de cureña que había salido volando le había provocado algo más que un rasguño en la cabeza. Se comportaba como si tuviera una lesión cerebral.

Hal se comió tres trozos de bizcocho —igual que había hecho en Bruselas—, luego se bebió su té y se fue. El conde lo siguió al cabo de poco. Amos miró a Jane.

—Ahora ya lo sabes —dijo esta.

Amos asintió.

—¿Es muy grave?

—Ha vuelto siendo un hombre diferente. La mayor parte del tiempo se las apaña bien. —Bajó la voz—. Pero entonces dice algo y piensas: «Ay, Dios mío, no tiene ni idea de lo que está pasando».

—Es muy triste.

—Es completamente incapaz de dirigir el regimiento y le deja todas las decisiones a Joe Hornbeam, que se supone que es su edecán, aunque ahora es comandante.

A Amos no le importaba Henry, pero sí le preocupaba su hijo.

—¿Y Hal entiende que ahora el conde es...?

—¿... un débil mental? No del todo.

—¿Qué le has dicho?

—Que su padre sigue confuso a causa de la herida, y que estamos seguros de que pronto mejorará. En realidad no creo que llegue a recuperarse, pero es mejor que Hal se dé cuenta poco a poco.

—Siento mucho oír eso. Por el conde y por ti, pero sobre todo por Hal.

—Bueno, hay algo que podrías hacer para ayudar.

Amos supuso que por eso lo había invitado al té.

—Será un placer —dijo.

—Sé un buen mentor para Hal.

Amos se animó. Le encantaría tener una excusa para pasar más tiempo con su hijo.

—Nada formal —siguió diciendo Jane—. Solo habla con él sobre la vida en general. Sobre la escuela, los negocios, las chicas...

—Sabes que tengo muy poca experiencia en ese último tema.

Ella le dirigió una sonrisa insinuante.

—Puede que no hayas recibido muchas lecciones, pero tuviste una buena maestra.

Amos se sonrojó.

—En serio...

—Se trata más de cómo hablar con las muchachas, cómo tratarlas, sobre qué temas no hay que bromear. A las mujeres les gustas, Amos, y eso es por cómo las tratas.

Aquello era nuevo para él.

—Tú misma deberías ser su consejera, no yo.

—A mí no me hará caso; soy su madre. Se acerca a esa edad en que los niños piensan que sus padres son tontos y seniles y no entienden nada.

Amos recordaba haber pensado eso de su padre.

—Por supuesto que lo haré. Estaré encantado.

—Gracias. Podrías dejar que pasara el día en alguna de tus fábricas, y tal vez llevarlo a una reunión del consejo municipal. Esa clase de cosas. Algún día será el conde y le irá bien estar familiarizado con todo lo que ocurre en el condado.

—No estoy seguro de ser el más adecuado, pero lo intentaré.

—Es todo lo que pido. —Jane se levantó, se acercó a él y le dio un cariñoso beso en los labios—. Gracias.

El concejal Hornbeam salió de la fábrica a las doce del mediodía y echó a andar hacia el centro de la ciudad. Tenía sesenta y dos años, así que caminar no le resultaba tan fácil como antes. El médico le había dicho que fumara menos puros y bebiera menos vino, pero ¿qué placer había en una vida así?

Pasó por delante de las largas hileras de modestas casas adosadas donde vivían muchos de los obreros. El negocio volvería a crecer ahora que la guerra había terminado, así que se necesitarían más viviendas para futuros trabajadores.

Cruzó el primer puente, pasó por el hospital de la isla de los Leprosos, luego cruzó el segundo y empezó a subir por Main Street. Ese tramo siempre le hacía echar los bofes.

Atravesó la plaza del mercado, pasó junto a la catedral y continuó hacia The Coffee House, en High Street, donde su hijo, Howard, lo esperaba para comer. Sintió alivio al sentarse. Notaba un leve dolor en el pecho, pero remitiría al cabo de unos minutos. Recorrió el establecimiento con la mirada y saludó a varios conocidos, luego Howard y él pidieron la comida.

Como esperaba, el dolor no duró mucho, así que comió con gusto y luego encendió un cigarro.

—Dentro de poco habrá que construir otro par de calles —le comentó a Howard—. Pronostico un auge vigoroso tras la guerra.

—Espero que tenga razón —dijo Howard—. De todos modos, poseemos varias hectáreas de tierra allí cerca y podemos levantar más casas en un periquete.

Hornbeam asintió con la cabeza.

—Quiero que tu hijo entre en el negocio.

—Joe sigue en el ejército.

—Eso no durará. Ahora que la guerra ha terminado, se aburrirá de ello.

—Solo tiene dieciocho años.

—Crece deprisa, y yo no voy a vivir para siempre. Un día, el negocio necesitará un nuevo patrón.

Howard parecía herido.

—Y no seré yo, entonces.

Hornbeam suspiró con impaciencia.

—Vamos, Howard, tú mismo sabes cómo eres. Te ocupas muy bien de las viviendas, pero no eres el más adecuado para dirigir toda la empresa. Ni siquiera quieres el trabajo, en el fondo. Lo detestarías.

—Podría encargarse mi hermana.

—No seas necio. Debbie es lista, pero la mano de obra no aceptará órdenes de una mujer. En cambio, sí puede asesorar a su sobrino, y Joe hará caso de lo que le diga, si es un poco listo, que lo es.

—Veo que ya lo tiene decidido.

—En efecto.

Hornbeam sostuvo el cigarro entre los dientes y se levantó; Howard hizo lo propio. Padre e hijo salieron juntos, pero Howard se dirigió a la casa —aún vivía con sus padres— y Hornbeam regresó por Main Street, fumando con satisfacción, agradecido de ir cuesta abajo.

En la plaza del mercado, cerca de Willard House, reconoció a Joe: una visión que siempre le agradaba. El muchacho era alto y ancho de espaldas, y se lo veía muy apuesto con el nuevo uniforme que había adquirido —del sastre de Hornbeam— tras regresar de Bruselas. Sin embargo, no pudo evitar fijarse en que ya no parecía joven. No había absolutamente nada de juvenil en él.

Eso había sido obra de la guerra. El muchacho había crecido deprisa. Hornbeam lo comparó con su propia experiencia al quedar huérfano a los doce años y tener que robar comida y buscar un lugar cálido donde pasar la noche sin ayuda de ningún adulto. Uno hacía lo que había que hacer, y eso cambiaba su visión del mundo. Recordaba que, una noche fría, había acuchillado a un borracho para robarle el monedero y había dormido satisfecho después.

Entonces reparó en que Joe no iba solo. Estaba con una chica más o menos de su edad y, de hecho, le rodeaba la cintura con un brazo y descansaba la mano levemente en la cadera de esta, lo cual daba a entender que existía entre ellos una familiaridad agradable, bastante cercana a la posesión. Era una muchacha trabajadora, bien vestida, con una cara bonita y una sonrisa descarada. Cualquiera que los viera así daría por hecho que estaban «saliendo».

Hornbeam se horrorizó. Esa chica no era lo bastante buena para su nieto, pero ni de lejos. Le habría gustado pasar de largo sin hacerles caso, pero ya era demasiado tarde para fingir que no los había visto. Tenía que decir algo.

—¡Joe! —se limitó a exclamar, ya que no se le ocurrió nada más adecuado para el atroz encuentro.

Joe no parecía avergonzado.

—Buenas tardes, abuelo —dijo—. Esta es mi amiga Margery Reeve.

—Encantada de conocerlo, señor Hornbeam —dijo ella.

Hornbeam no le ofreció la mano, pero ella no pareció percatarse del desaire.

—Puede llamarme «señorita Margie», como todo el mundo.

Hornbeam no tenía intención de llamarla de ninguna manera.

La muchacha no hizo caso de su frío silencio.

—Antes trabajaba para usted en la Porqueriza. —Y añadió con orgullo—: Pero ahora soy dependienta.

Era evidente que pensaba que había ascendido en la escala social.

—Mi abuelo está muy ocupado, Margie —dijo Joe, que sí había reparado en el rechazo de Hornbeam, aunque tampoco le había sorprendido—. No debemos entretenerlo.

—Hablaremos más tarde, Joe —repuso él, y siguió su camino.

Una dependienta. Eso explicaba por qué su ropa era bastante buena: se la habría proporcionado su jefe. Pero había empezado siendo una obrera de fábrica, de las que llevaban las uñas sucias y prendas cosidas en casa. ¡Joe no podía cortejar a una muchacha así! Era una preciosidad, no cabía duda, pero con eso no bastaba. Ni muchísimo menos.

Hornbeam regresó a la fábrica para trabajar toda la tarde, pero le costaba concentrarse y no hacía más que pensar en la novia de Joe. Una relación poco apropiada en la juventud podía destruir la carrera de un hombre. Debía proteger a su nieto.

Le preguntó al director de la Porqueriza si conocía a la familia Reeve.

—Ah, sí —respondió el hombre—. La joven Margie estuvo aquí hasta que consiguió un trabajo mejor, y tanto su padre como su madre trabajan en nuestra vieja factoría. La madre lleva una máquina hiladora y el padre, una de batanado.

Hornbeam seguía dándole vueltas al asunto cuando regresó a casa al final de la jornada.

—¿Está el señor Joe en casa? —le preguntó a Simpson, el lacayo melancólico, nada más entrar en el vestíbulo.

—Así es, concejal —contestó el hombre como si fuera una tragedia.

—Pídele que vaya a mi gabinete. Quiero hablar con él antes de cenar.

—Muy bien, señor.

Mientras esperaba a su nieto, Hornbeam volvió a notar el dolor del pecho; no fue muy fuerte, pero sí algo punzante durante un par de segundos. Se preguntó si lo habría provocado la preocupación.

Joe entró hablando ya:

—Siento haberle presentado a Margie de esa manera, abuelo. Tenía intención de explicárselo antes de que la conociera, pero no ha habido oportunidad.

Hornbeam fue directo al grano.

—No es la adecuada, y lo sabes —dijo con firmeza—. No quiero que te vean por ahí saliendo con esa clase de mujer.

Joe se detuvo a pensar y arrugó la frente.

—¿A qué clase se refiere exactamente?

Sabía a la perfección lo que quería decir su abuelo. Sin embargo, si el joven quería oírlo de sus labios, que así fuera:

—Me refiero a que es de clase baja, a que apenas es más que una obrera de fábrica, y tú deberías aspirar a algo más.

—Margie es muy inteligente, sabe leer y escribir muy bien, es una joven bondadosa y también divertida.

—Pero es una trabajadora. Igual que sus padres, que están los dos empleados en la factoría vieja.

Joe respondió con calma y objetividad, como si fuera algo sobre lo que ya hubiera reflexionado.

—En el ejército pude estar cerca de numerosos trabajadores y descubrí que se parecen mucho al resto de nosotros. Algunos son deshonestos y no puede uno fiarse de ellos, pero otros son los amigos más incondicionales que cualquiera podría desear. No despreciaré a ningún hombre porque sea un obrero. Y tampoco a ninguna mujer.

—No es lo mismo, y lo sabes. No te hagas el tonto conmigo, muchacho. —Hornbeam lamentó al instante haberlo llamado «muchacho».

Joe, sin embargo, no parecía ofendido. Tal vez había aprendido que no merecía la pena reñir por las palabras. Lo meditó un momento y luego habló:

—Diría que no le he contado toda la historia de cómo estuve a punto de perder la vida en Waterloo.

—Sí que lo hiciste. Dijiste que alguien se interpuso en la trayectoria de una espada que iba directa hacia ti.

—Pasó algo más que eso. Se lo contaré, si tiene tiempo.

Hornbeam no quería escucharlo. Le resultaba demasiado doloroso pensar que su único nieto había estado a punto de morir, pero no podía negarse.

—Está bien.

—Era media tarde y estábamos en lo que resultó ser la última fase de la batalla. El 107.º de Infantería estaba en el extremo oeste de la línea de Wellington, esperando órdenes. Habían matado al comandante Denison y yo era el oficial de mayor rango que quedaba, así que asumí el mando.

Hornbeam no pudo evitar pensar que aquel era justamente el espíritu que deseaba en el hombre que un día le tomaría el relevo en el negocio.

—Bonaparte envió a la Guardia Imperial, sus mejores hombres, es de suponer que con la esperanza de aniquilar a nuestro ejército. Ordené la carga y, junto con otros, atacamos a la Guardia desde el flanco, directos al punto más vulnerable. En mitad de la refriega, mi caballo recibió una bala desde abajo y yo caí de espaldas. Alcé la mirada y vi a un soldado de la Guardia con la espada levantada, listo para acabar conmigo. Estaba convencido de que sería mi final.

«Dios no lo quiera», pensó Hornbeam. Casi no soportaba ni pensarlo, pero dejó que Joe continuara.

—Uno de mis hombres se adelantó empuñando la bayoneta. El soldado francés lo vio acercarse, giró y atacó con un mandoble. Espada y bayoneta golpearon a la vez. El francés quedó destripado y mi hombre acabó con el cuello cercenado hasta la mitad. Me levanté, completamente ileso, y seguí luchando.

—Gracias a Dios.

—Ese hombre me salvó la vida sacrificando la suya.

—¿Quién era? Creo que no lo has dicho.

—Me parece que usted lo conocía. Se llamaba Jarge Box.

Hornbeam se quedó de una pieza.

—¿Que lo conocía? —No sabía qué decir—. Desde luego que lo conocía. A él y a su mujer.

—Sal. También ella estuvo en Waterloo. Una de las mujeres que seguían al ejército. Una de las mejores. Tan útil como un hombre.

El concejal buscó palabras para expresar sus sentimientos.

—¡Durante años fueron los peores alborotadores de Kingsbridge!

—Y, sin embargo, me salvó.

Hornbeam seguía perplejo. No sabía qué sentir. ¿Cómo podía estarle agradecido a un hombre que había sido su enemigo durante décadas? Por otro lado, ¿cómo podía odiar al hombre que le había salvado la vida a su nieto?

—Por eso —dijo Joe—, espero que entienda por qué no aceptaré que Margie Reeve no sea lo bastante buena para mí. Yo mismo espero poder ser lo bastante bueno para ella.

Hornbeam no supo qué contestar a eso.

Un minuto después, Joe se levantó.

—Iré a ver si la cena está lista.

—Muy bien —dijo Hornbeam.

A Kit seguían sin gustarle los caballos. Nunca encontraría ningún placer en ellos, jamás admiraría su fuerza ni su belleza, tampoco disfrutaría del reto que suponía un galope enérgico. Sin embargo, esos días montaba con tanta naturalidad como caminaba.

Llegó a Badford a caballo, junto a Roger. No había regresado a la localidad desde el día en que se marchó de allí, hacía ya veintidós años. Tal vez la aldea fuera diferente de como la recordaba. ¿Sentiría afecto por el lugar que lo vio nacer? ¿O lo detestaría por haberlos expulsado a su madre y a él?

Roger había vuelto muchas veces a lo largo de los años.

—¿Qué te parece Badford en la actualidad? —le preguntó Kit.

—Es un páramo tedioso —opinó Roger—. Los aldeanos son

unos ignorantes, granjeros analfabetos. Están mal gobernados por mi hermano Will, pero son demasiado estúpidos para que les importe. He detestado Badford desde que salí de aquí para ir a Oxford y comprendí que existía un mundo mejor.

—Vaya... —dijo Kit—. Tal vez no deberíamos volver.

—No hay más remedio.

Iban a refundar su antiguo negocio. Habían dejado la casa de Kingsbridge cuando se alistaron en el ejército, y Sal y Jarge habían llevado todas sus herramientas al viejo taller de Roger en Badford. Tenían pensado trabajar allí y vivir en la casa solariega sin pagar ningún alquiler.

Eso ponía a Kit algo nervioso, aunque Roger le había asegurado que no pasaría nada. Will los había odiado a su madre y a él. ¿Lo recordaría aún? ¿Seguiría sintiendo lo mismo? A Kit le daba miedo que así fuera.

El problema era que tenían muy poco dinero. Algunos hombres habían regresado de la guerra con las bolsas llenas, sobre todo de robar las pertenencias de los soldados muertos. A Kit, eso nunca se le había dado demasiado bien. Roger era algo más diestro en ello, pero siempre perdía el dinero jugando. Todavía cargaba con las deudas que lo habían obligado a escapar; aunque los acreedores se lo pensarían dos veces antes de acosar a un hombre que había luchado en Waterloo. El caso era que no disponían de fondos para comprar materiales.

Amos los había salvado. Les había encargado otro telar de Jacquard y les había pagado la mitad del precio por adelantado. Kit se lo había agradecido, pero Amos no quiso aceptar su gratitud. «Cuando yo estuve con el agua al cuello, la gente me ayudó —dijo—. Ahora solo hago lo mismo». Así que habían podido comprar madera y hierro, clavos y cola, pero no les sobraba absolutamente nada.

Cuando entraron en la aldea, Kit vio la casa en la que había vivido. Estaba igual, aunque le pareció más pequeña. La estampa le inspiró cariño, y supuso que sería porque allí había sido feliz hasta que su padre murió y todo empezó a ir mal.

Mientras la contemplaba, un niño salió de ella con un cuenco de madera lleno de grano que lanzó a las pocas gallinas escuálidas que tenía. Las aves acudieron corriendo a picotear las semillas con avidez. El pequeño se las quedó mirando. «Ese podría ser yo», pensó Kit. Intentó recordar qué se sentía siendo un niño sin preocupaciones, pero no pudo. Sonrió y negó con la cabeza. Algunas etapas pasadas eran imposibles de recuperar.

Pasaron junto a la iglesia. «Aquí yace mi padre», se dijo. Estuvo tentado de detenerse, pero decidió no hacerlo. La tumba de Harry solo estaba marcada por una cruz de madera que sin duda se habría podrido, de modo que no lograría localizar el lugar exacto. El domingo se acercaría al cementerio, simplemente para recordarlo durante unos minutos.

Cuando llegaron a la casa solariega, le sorprendió ver que estaba en deplorables condiciones. La pintura de la puerta principal se desconchaba, había una ventana rota y reparada con tablones. La rodearon a caballo para ir al establo, pero nadie salió a desensillar sus monturas, así que lo hicieron ellos mismos.

Entraron por la puerta principal. En el vestíbulo había varios perros grandes, pero los animales reconocieron a Roger y menearon la cola. La sala olía fatal. Ninguna mujer habría tolerado tanta suciedad y tanto abandono, pero Will y su mujer estaban separados, George había muerto sin casarse y Roger, por supuesto, estaba soltero.

Este le había dicho que Will se había gastado todo el dinero que tenía, más todo el que había conseguido que le prestaran. Lo encontraron en la sala de estar, jugando a las cartas con un hombre al que Kit reconoció como Platts, el mayordomo. A Will el pelo le llegaba hasta los hombros. Platts llevaba camisa, pero no chaqueta ni corbata. En la mesa había una botella de oporto vacía y dos vasos sucios que mostraban adónde había ido a parar su contenido. También allí olía a perro.

Kit recordó cómo había sido Will años atrás: un joven caballero alto y fuerte, arrogante, bien vestido, con los bolsillos llenos de dinero y el corazón orgulloso.

En ese momento levantó la mirada y vio a Roger.

—Roger. ¿Qué haces aquí?

«Menuda forma más desagradable de recibir a tu hermano», pensó Kit.

—Sabía que querrías felicitarme por mi papel en la victoria de la batalla de Waterloo —dijo Roger con sarcasmo.

Will no había participado en la guerra más que para sacar dinero de ella. No sonrió.

—Espero que no tengas intención de quedarte mucho tiempo. No puedo permitirme alimentarte. —Entonces vio a Kit—. ¿Qué demonios está haciendo aquí ese mocoso?

—Kit y yo somos socios, Will. Vamos a utilizar mi taller.

—Pues dile que no se cruce en mi camino.

—Tal vez sea mejor que no te cruces tú en el suyo —repuso Roger—. Ya no es el niño al que solías torturar. Ha estado en la guerra y ha aprendido a matar hombres. Si le das motivo, te rebanará el cuello antes de que puedas sacar el cuchillo.

Era una exageración, pero Will pareció amilanado. Miró a Kit fijamente y luego apartó el rostro, casi como si le tuviera miedo.

Kit ya no lo temía, pero le horrorizó pensar que tendría que vivir en esa casa sucia y decadente, propiedad de un borracho. «Bueno —se dijo—, dormí en sitios peores durante la guerra. Esto será mejor que una manta empapada en un lodazal».

—Vamos a echar un vistazo arriba —anunció Roger—. Espero que hayas mantenido mi dormitorio limpio y ordenado mientras yo estaba protegiéndote de Bonaparte.

Platts habló por primera vez.

—Nos falta personal —se lamentó—. No conseguimos sirvientes: muchos hombres se han alistado en el ejército. ¿Qué se le va a hacer?

—Podrías haber limpiado todo esto tú mismo, pedazo de holgazán. Vamos, Kit, subamos a ver mi habitación.

Roger salió y Kit lo siguió. Al subir la escalera, recordó lo enorme que le había parecido de niño. Roger abrió la puerta de un dormitorio y entraron. La habitación estaba pelada. Había una cama sin colchón, y menos aún almohadas o sábanas.

Roger abrió los cajones y los encontró vacíos.

—Dejé ropa aquí —dijo—. Y un cepillo de plata, un espejo para afeitarse y un par de botas.

Entonces entró una doncella, una mujer flaca de treinta y tantos años con el pelo oscuro y mal color de tez. Llevaba un sencillo vestido hecho en casa con un manojo de llaves colgando de un cinto que le ceñía la estrecha cintura. Sonrió a Kit con calidez, y este solo tardó unos segundos en reconocerla.

—¡Fan! —exclamó, y le dio un abrazo. Enseguida se volvió hacia Roger—. Fan me cuidó cuando sufrí la fractura en el cráneo. Nos hicimos grandes amigos.

—Lo recuerdo bien —dijo Roger—. Desde entonces, cada vez que he visto a Fanny, me ha preguntado cómo estabas.

Kit no lo había sabido.

—Me sorprende encontrarte todavía aquí —le dijo.

—Ahora es el ama de llaves —explicó Roger.

—Aunque sigo sin cobrar nada —dijo ella.

—¿Por qué no te has marchado? —preguntó Kit.

—No tengo adónde ir —repuso Fanny—. Soy huérfana, ya lo sabes. Esta es la única familia que conozco. Que Dios se apiade de mí.

—Pero este sitio está en muy malas condiciones.

—Casi todo el personal se ha marchado. Solo quedamos Platts y yo, y él casi nunca se ocupa de ningún trabajo. Tampoco hay mucho dinero para jabón, cera, plumbagina para las chimeneas y demás.

Roger señaló los cajones vacíos.

—¿Qué ha sido de todas mis cosas?

—Lo siento, señor Roger. Los criados se lo llevaron todo a cambio de los salarios que les debían. Les dije que eso era robar, pero ellos dijeron que seguramente usted moriría en la guerra y que nadie sabría jamás que se lo habían llevado.

Kit detestó oír eso. No se sentía bienvenido en esa horrible casa.

—Vayamos a ver el taller —propuso.

—Aquello no está tan mal —dijo Fanny enseguida—. Ha estado bien cerrado y yo soy la única que tiene la llave, aparte de usted, señor Roger. He cuidado del sitio, y de todas sus herramientas y sus trastos.

—No sé qué ha sido de mi llave —explicó Roger—. Ya no la tengo.

—Pues tome la mía.

Fanny sacó una llave de su manojo y se la entregó. Roger le dio las gracias.

Kit y él salieron de la casa solariega y caminaron menos de un kilómetro cruzando la aldea. Tardaron un buen rato, porque Kit no hacía más que detenerse a hablar con personas a quienes recordaba. Brian Pikestaff, el jefe de la comunidad metodista, había engordado. Alec Pollock, el desharrapado cirujano que le había vendado la cabeza a Kit, por fin tenía un abrigo nuevo. Jimmy Mann seguía llevando su sombrero de tres picos. Kit tuvo que contarles a todos lo de Waterloo.

Por fin llegaron al taller. Era un establo de construcción sólida que Roger había modificado para abrir grandes ventanas por las que entraba más luz. Kit vio las herramientas bien ordenadas en ganchos por toda la pared. Había un armario con loza y cristalería, todo limpio.

En un extremo había un antiguo pajar que fácilmente podría convertirse en un dormitorio. «Un nidito de amor», pensó Kit.

—Podríamos vivir aquí, ¿no crees? —dijo.

—Cómo me alegra que digas eso —repuso Roger.

Hornbeam no podía dejar de pensar que Jarge Box había salvado a Joe en la batalla de Waterloo. Quería olvidar todo el asunto, pero no hacía más que venirle a la cabeza. Estaba reflexionando sobre ello en su despacho de la Porqueriza mientras miraba las cartas de los clientes sin poder leerlas. No soportaba la idea de estar tan en deuda con uno de esos inútiles a los que tenía contratados en sus fábricas. Le resultaba indigerible, como si alguien le hubiera dicho que el rey de Inglaterra, en realidad, era un avestruz.

¿Qué podía hacer para recuperar la tranquilidad? Si pudiera entregarle a Box alguna clase de recompensa, tal vez con ello equilibraría la balanza, pero Box había muerto. Sin embargo, se le ocurrió que sí podía hacer algo por su viuda. Pero ¿el qué? ¿Ofrecerle una cantidad de dinero? Conociendo a Sal Box, era capaz de rechazarla y humillarlo más aún.

Decidió traspasarle el problema a Joe.

En cuanto se le ocurrió la idea, quiso quitárselo de encima lo antes posible: ese era su estilo. Salió de la fábrica a media mañana y se dirigió a Willard House.

Lo condujeron a la sala delantera, la que tenía una buena vista de la catedral. Dedujo que seguiría siendo el despacho del conde, pero Henry debía de estar en alguna otra parte. El abrigo rojo de Joe colgaba de un gancho que había detrás de la puerta y su nieto estaba sentado al gran escritorio, frente a un pequeño montón de papeles, un bote con plumas afiladas y un tintero junto a la mano derecha.

Hornbeam se sentó y aceptó una taza de café. Joe sabía cómo le gustaba: fuerte y con crema de leche.

—Estoy orgulloso de ti —le dijo al joven—. Ya eres comandante y solo tienes dieciocho años.

—En el ejército creen que tengo veintidós —repuso este.

—O fingen hacerlo.

—Y esto es temporal. Un nuevo teniente coronel viene de camino para tomar el mando.

—Perfecto. No quiero que te pases la vida en el ejército.

—Lo cierto es que aún no he hecho planes para el resto de mi vida, abuelo.

—Bueno, pues yo sí. —No era eso de lo que Hornbeam había ido a hablarle, pero le costaba ir al grano. Su deuda para con Jarge Box le resultaba humillante. Siguió eludiendo el asunto—. Quiero que dejes el ejército y te pongas a trabajar en la empresa familiar.

—Gracias. Sin duda es una opción.

—No seas necio; es la mejor opción. ¿Qué más vas a hacer? No me contestes, no quiero una lista. Tengo tres fábricas y un par de centenares de casas alquiladas, y todo es tuyo, como mi único nieto.

—Gracias, abuelo. Es un verdadero honor.

Era una respuesta amable, pero Hornbeam comprendió que no había aceptado. Sin embargo, por el momento tendría que bastar. No era cuestión de insistir. Una rencilla enquistada podía empujar a Joe en una dirección errónea. No era fácil obligarlo a nada: en eso se diferenciaba de su padre y se parecía a su abuelo.

Hornbeam se levantó.

—Quiero que lo pienses bien. Eres muy capaz, pero tienes mucho que aprender. Cuanto antes empieces, más competente serás cuando yo me retire.

Seguía sin sacar el tema que había ido a tratar. «Qué poco propio de mí...», pensó.

—Te prometo que lo pensaré bien —aseguró Joe.

Hornbeam se acercó a la puerta y, fingiendo que acababa de recordar algo, dijo:

—Ah, y ve a ver a la viuda de Jarge Box. Seguramente debería hacer algo por ella, para recompensarla. Entérate de lo que quiere.

—Haré cuanto esté en mi mano.

—Siempre debes hacer cuanto esté en tu mano, Joe —dijo Hornbeam, y se marchó.

Kenelm Mackintosh fue enterrado en un cementerio protestante de Bruselas. Elsie había sido una de los cientos de mujeres que recorrieron el valle en busca de los cadáveres de sus seres queridos después de la batalla de Waterloo. Aquel había sido el peor día de su vida: tener que contemplar los rostros sin vida de miles de hombres, casi todos jóvenes, repartidos por los campos de lodo y trigo pisoteado, con los cuerpos horriblemente destrozados y los ojos ciegos, abiertos hacia el cielo. El peso del dolor que sentía era casi insoportable. A la mayoría los enterraron donde habían caído: los oficiales, en tumbas individuales; los soldados rasos, en fosas comunes. Pero los capellanes tenían privilegios, y Elsie pudo llevarse el cuerpo de Kenelm y darle un funeral de verdad.

Los niños estaban deshechos. Les dijo que debían sentirse orgullosos de su padre porque había arriesgado la vida en aras del consuelo espiritual de los soldados, y les recordó que su padre estaba en el cielo y que algún día se reunirían allí con él. Ella solo lo creía a medias, pero a sus hijos les hizo bien oírlo.

Su duelo fue más devastador de lo que había esperado. Jamás había estado enamorada de Kenelm, que había sido un hombre egocéntrico hasta que el ejército lo había cambiado. Aun así, habían estado juntos mucho tiempo y habían traído al mundo a cinco hijos maravillosos, de modo que su muerte había dejado un gran vacío en su vida. Lloró cuando su ataúd descendió a la tumba.

Y ahora estaba de vuelta en Kingsbridge, donde vivía con su madre y con Spade y gestionaba la escuela dominical con Amos. A su hijo mayor, Stephen, lo habían admitido de inmediato en Oxford por ser nieto de un obispo, y se encontraba allí estudiando, pero, por lo demás, todo era como antaño para Elsie, salvo por su condición de viuda y por la imposibilidad de recibir más cartas de Kenelm.

No contemplaba la idea de volver a casarse. Muchos años antes había anhelado ser la esposa de Amos, pero este amaba a Jane y seguía pasando mucho tiempo con ella. Se había mostrado muy malhumorado durante la visita de un tal comandante Percival Dwight, de la oficina del alto mando del ejército en Londres. Dwight solo había ido a inspeccionar el 107.º Regimiento de Infantería, según dijo, pero había encontrado tiempo para acompañar a Jane al hipódromo, al teatro y al Salón de Actos, ocupando el lugar de su esposo convaleciente. Amos dijo que no le gustaba ver flirtear a Jane mientras su marido se recuperaba de una herida de guerra. Aunque sin duda era la habitual actitud estricta y moralista de Amos, Elsie sospechaba que a ella subyacían los celos.

Había disfrutado del baile con él en la velada en casa de la duquesa de Richmond. Tenía la sensación de que el vals era una especie de adulterio simbólico, una experiencia emocionante y muy física con un hombre que no era su cónyuge. Quizá Amos había sentido algo parecido. Pero eso era todo.

Un domingo de octubre en la escuela dominical, después de cerrar y recoger, Amos le preguntó con tono despreocupado qué opinaba de la Iglesia anglicana.

—Es la única religión que conozco bien —contestó Elsie—. Creo en la mayor parte de sus preceptos, y me gusta ir al templo a rezar y cantar himnos, pero estoy segura de que los clérigos no saben tanto como fingen. Mi padre era obispo, ya lo sabes, y yo no confiaba en la mitad de lo que predicaba.

—¡Válgame Dios! —Elsie vio que lo había impactado—. No tenía ni idea de que eras tan agnóstica.

—A mis hijos les digo que su papá los espera en el cielo, pero ahora sabemos demasiado sobre los planetas y las estrellas para creer que el cielo bíblico está ahí arriba, así que ¿dónde está?

En lugar de contestar a su pregunta, Amos le formuló otra:

—¿Crees que volverás a casarte?

—No he pensado en eso —respondió Elsie faltando a la verdad.

—¿Qué opinas del metodismo?

—Spade y tú lo promocionáis muy bien. No os mostráis dogmáticos, respetáis las opiniones ajenas y no sois partidarios de perseguir a los católicos. Tampoco sabéis más que los anglicanos, pero la diferencia es que vosotros sí reconocéis la ignorancia.

—¿Has asistido alguna vez a un oficio metodista?

—Pues no, pero puede que vaya algún día para ver cómo es. ¿Por qué me preguntas todo esto?

—Por nada, solo sentía curiosidad.

Siguieron hablando de buscar un nuevo profesor de matemáticas. Después, Elsie reflexionó sobre su conversación sobre la religión y cuando llegó a casa la compartió con su madre.

—¿No te parece un poco extraña?

Arabella se echó a reír.

—¿Extraña? —contestó—. En absoluto. Me preguntaba cuándo sacaría Amos el tema.

Elsie no la entendía.

—¿En serio? ¿Por qué? ¿Por qué se ha vuelto tan importante?

—Porque Amos quiere casarse contigo.

—Oh, madre —dijo Elsie—, qué idea más absurda.

Sal vivía en una habitación alquilada; a la propietaria de la casa, Patience Creighton, se la conocía como Pat. Kit le había sugerido que viviera con Roger y con él, pero ella se había negado. Aunque no dudaba de que ellos la quisieran allí, hacía mucho tiempo que había adivinado que eran una pareja casada en todos los sentidos excepto el oficial, y estaba segura de que necesitaban intimidad. Además, se habían mudado a Badford.

Pat era una persona grata y una patrona amable, pero Sal era infeliz y añoraba a Jarge. No trabajaba; había ganado dinero en los Países Bajos, principalmente vendiendo a los soldados bienes que el ejército no les proporcionaba, y podría subsistir aún unos meses antes de tener que volver a una fábrica. Sin embargo, vivía con la sensación de que su existencia no tenía sentido. Había mañanas en que se cuestionaba para qué se levantaba. Pat creía que no era algo de extrañar durante un duelo; ella había pasado por lo mismo cuando su marido, el señor Creighton, murió. Aunque Sal la creía, eso no la ayudaba.

Cuando recibió la visita de Joe Hornbeam, se quedó atónita. El joven iba muy elegante, ataviado con un uniforme nuevo.

—Hola, señora Box —la saludó—. No había vuelto a verla desde Waterloo.

Sal no estaba segura de si podía confiar en él. Había sido un buen oficial, pero la sangre infecta del concejal Hornbeam corría por sus venas. Decidió mostrarse receptiva.

—¿Qué puedo hacer por usted, comandante? —le preguntó con tono neutro.

—Como sabe, su esposo me salvó la vida.

Sal asintió con la cabeza.

—Varias personas que estaban cerca me lo contaron con detalle.

—Más aún: murió por salvarme la vida.

—Era un hombre de gran corazón.

—Y ello a pesar de ser, junto con usted, el gran enemigo de mi abuelo.

—Cierto.

—Al abuelo Hornbeam le cuesta asimilar esta paradoja.

—Espero que no haya venido a buscar mi compasión.

Joe sonrió atribulado y negó con la cabeza.

—Es más complejo que eso.

Sal estaba intrigada.

—Será mejor que se siente. —Señaló una silla de la habitación y se sentó en el borde de la cama.

—Gracias. Verá, es muy probable que mi abuelo nunca cambie.

—La gente no suele cambiar, sobre todo en la vejez.

—En cualquier caso, quiere reconocer el heroico sacrificio de su esposo. Le gustaría agradecérselo de algún modo y, dado que no puede darle nada a Jarge, quisiera darle algo a usted.

Sal dudaba de querer recibir un presente de Hornbeam. Se negaba a que nada en su vida le recordara a ese hombre.

—¿En qué ha pensado el señor Hornbeam? —preguntó, cautelosa.

—En nada en particular, por eso me ha pedido que sea yo

quien hable con usted. ¿Hay algo que precise o desee y que pudiéramos ofrecerle?

«Solo quiero que me devuelvan a mi Jarge», pensó, pero decir eso habría sido absurdo.

—¿Cualquier cosa? —preguntó.

—No ha establecido límites. Estoy aquí para averiguar qué le gustaría recibir. Tampoco insinuó ningún precio aproximado; pero, pida lo que pida, haré cuanto esté en mi mano para asegurarme de que lo tenga.

—Esto es como un cuento de hadas: alguien frota una lámpara mágica y aparece un genio.

—Vestido con el uniforme del 107.° Regimiento de Infantería.

Sal se rio. Ciertamente, Joe no era un mal muchacho.

Pero ¿debía aceptar el regalo? Y, en tal caso, ¿qué debía pedir?

Reflexionó unos minutos mientras Joe esperaba paciente. En verdad, ya tenía algo en mente; de hecho, llevaba meses contemplando la idea, imaginando cómo sería, intentando encontrar la forma de hacerlo realidad.

Al fin decidió verbalizarlo.

—Quiero una tienda.

—¿Quiere abrir una tienda o comprar una?

—Abrirla.

—¿En High Street?

—No. No quiero vender vestidos sofisticados a mujeres ricas, no se me daría bien.

—Entonces ¿qué?

—Quiero una tienda en la otra ribera del río, cerca de las fábricas, en una de las calles que construyó su abuelo. La gente que vive allí siempre se queja de que tiene que caminar mucho para comprar en los comercios de la ciudad.

Joe asintió.

—Recuerdo que en los Países Bajos siempre disponía de chismes y productos que los soldados precisaban: lapiceros, tabaco, caramelos de menta, agujas e hilo para remendar los rotos de la ropa…

—Llevar una tienda consiste en saber qué necesitan los clientes y ponerlo en los estantes.

—¿Y cómo sabrá lo que necesitan?

—Preguntándoselo.

—Muy lógico. —Joe volvió a asentir—. ¿De qué manera desea proceder?

—Bien, si su abuelo consiente, me asignará una casa en ese barrio, una que haga esquina. Utilizaré la planta principal como tienda y viviré arriba. Puede que, si gano lo suficiente, con el tiempo haga alguna reforma; pero al principio lo único que necesitaré serán unas cuantas existencias, y dispongo de suficiente dinero para empezar.

—De acuerdo, se lo consultaré. Creo que accederá.

—Gracias —le dijo Sal.

Joe le estrechó la mano.

—Me alegro de haber hablado con usted, señora Box.

Poco antes de Navidad, durante el entreacto de una obra de teatro, Jane llevó a un aparte a Amos y se dirigió a él con tono serio.

—No me gusta nada cómo estás tratando a Elsie —le espetó.

Amos se quedó perplejo.

—¿A qué demonios te refieres? No estoy tratándola mal.

—Todo el mundo cree que vas a casarte con ella, pero ¡tú no se lo propones!

—¿Por qué cree todo el mundo que voy a casarme con ella?

—¡Por el amor de Dios, Amos! Os veis casi a diario. En el Baile de la Audiencia Provincial no te separaste de ella. Ninguno de los dos muestra el menor interés por otra persona. Elsie tiene cuarenta y tres años, es atractiva y viuda, y sus cinco hijos necesitan un padrastro. Pues claro que la gente cree que te vas a casar con ella, ¡es la única opción razonable! Pero no entienden por qué aún no se lo has pedido.

—No es de su incumbencia.

—Pues sí, lo es. Debe de haber media docena de hombres

que se lo pedirían si creyeran tener alguna oportunidad. Estás echando a perder sus expectativas. ¡No es justo! Tienes que casarte con ella o quitarte de en medio.

Un acomodador hizo sonar una campanilla y ambos volvieron a sus asientos. Aunque Amos miraba el escenario, apenas veía la obra de tan ensimismado como estaba en sus pensamientos. ¿Tenía razón Jane? Era muy probable; ella no se inventaría algo así, no tenía ningún motivo para hacerlo.

La única solución sería distanciarse de Elsie y dar a saber que no mantenían ninguna relación romántica. Pero esa opción lo entristecía. La vida sin ella se le antojaba deprimente.

Y sus sentimientos habían cambiado desde el baile de la duquesa de Richmond. Amos siempre se había dicho que solo quería ser amigo de Elsie, pero la verdad era que ya no se conformaba con eso. Un sentimiento nuevo brotaba en su interior, relacionado con el tacto cálido y suave de Elsie a través del vestido de seda cuando compartieron el vals. Se sentía un poco como un volcán que parece extinguido pero oculta lava incandescente en sus profundidades. Sí, quería ser algo más que un amigo para ella.

Eso era un cambio enorme, y no albergaba la menor duda: la amaba. ¿Por qué le había costado tanto tiempo darse cuenta? «Siempre he sido torpe con estas cosas», pensó.

Empezó a imaginar cómo sería su vida estando casado con ella, y la anheló de tal modo que habría querido desposarla al día siguiente.

Sin embargo, había un problema: Amos tenía un hijo ilegítimo. ¿Lo sabría o lo sospecharía Elsie? Y, en tal caso, ¿qué opinaría al respecto? Su hermano Abe era ilegítimo, y ella siempre había sido amable y cariñosa con él. Por otra parte, Jane era hija de un obispo; ¿querría casarse con un hombre adúltero?

No lo sabía. Pero podía preguntárselo.

A Spade le sorprendió la visita de Joe Hornbeam. También lo intrigó. Para sorpresa de todos, teniendo en cuenta quién era su abuelo, el chico se había granjeado muy buena reputación entre los hombres del 107.º Regimiento de Infantería.

Joe le estrechó la mano.

—Me alegro de que su cuñado Freddie sobreviviera en Waterloo —le dijo.

Spade asintió con la cabeza.

—Ha decidido quedarse en el ejército.

—No me sorprende, es un buen sargento. Su decisión los complacerá.

Sime Jackson también se encontraba allí, sentado al telar de Jacquard. Joe observó la máquina con interés.

—Me parece que mi abuelo no tiene ninguna de estas —dijo.

—La tendrá pronto, te lo garantizo —repuso Spade.

—Los orificios de la tarjeta indican al telar cómo tejer el patrón —explicó Sime—. Eso acelera todo el proceso.

—Fascinante.

—Se lo mostraré —se ofreció Sime, e hizo funcionar el telar unos minutos. Joe estaba maravillado—. Luego, cuando el patrón cambia, se reemplaza la tarjeta perforada por otra —prosiguió Sime—. La inventó un francés. Sé que en teoría tenemos que odiar a los franceses, por Bonaparte, ya sabe, pero el gabacho que inventó esto era un hacha.

—¿Lo compraron en Francia?

—No, lo han fabricado Kit Clitheroe y Roger Riddick.

—Pero imagino que no has venido a ver cómo funciona el telar de Jacquard, Joe —señaló Spade.

—No. Me gustaría charlar tranquilamente un momento con usted, si no le importa.

—Por supuesto. —Spade dedujo que «tranquilamente» implicaba en privado, por lo que añadió—: Pasa a mi pequeño despacho.

Una vez en él, Joe miró alrededor.

—No es tan espléndido como el de mi abuelo, pero sí más acogedor —comentó.

Ambos se sentaron.

—¿Qué te inquieta?

—Mi abuelo quiere que abandone el ejército y empiece a trabajar en su negocio.

—¿Y a ti qué te parece la idea?

—Quiero conocer mejor el sector antes de tomar una decisión.

«Muy sensato», pensó Spade.

El siguiente comentario de Joe lo sorprendió.

—Usted dirige la sociedad de ayuda mutua.

—En efecto.

—Mi abuelo asegura que es un sindicato enmascarado, una simple artimaña para esquivar la Ley de Asociación.

Spade se preguntó si aquello sería una trampa.

—Le he oído decir eso —contestó, evasivo—. Si está en lo cierto, la sociedad es ilegal.

—En realidad no me importa si es o no legal; solo pensaba que usted sería la persona idónea para aconsejarme.

«¿Hacia dónde demonios va esto?», pensó Spade, y guardó silencio.

—Verá —prosiguió Joe—, no quiero dirigir el negocio como mi abuelo. Ha convertido a sus empleados en sus enemigos. Para serle franco, lo odian. Yo no quiero que me odien. —Spade afirmó con la cabeza. Joe tenía razón, aunque no todo el mundo lo veía de ese modo—. Creo que le iría mejor si los convirtiera, no ya en sus amigos, eso sería poco realista, pero quizá sí en sus aliados. A fin de cuentas, los peones quieren producir buen paño y cobrar bien por ello, igual que él.

Era lo que todas las personas razonables opinaban, pero resultaba extraordinario oírlo en boca de alguien que se apellidaba Hornbeam.

—Entonces ¿qué quieres hacer?

—He venido a preguntárselo a usted: ¿cómo puedo gestionar el negocio de otra manera?

Spade se reclinó en la silla. Aunque aquello era muy sorprendente, se le estaba dando la oportunidad de educar a un joven que con el tiempo sería un potentado en Kingsbridge. Podía ser un momento clave.

Pensó unos minutos en qué decirle a Joe, si bien la cuestión era sencilla.

—Habla con los peones —le aconsejó—. Cuando decidas hacer un cambio (incorporar maquinaria nueva, por ejemplo, o modificar la duración de la jornada), coméntaselo antes. La mitad de las disputas que se dan en nuestra industria se deben a imposiciones a los obreros de las que no se les había avisado, por lo que su reacción inmediata es oponerse a ellas. Anúnciales que quieres hacer un cambio determinado, dialoga con ellos sobre los problemas que podría acarrear, escucha sus sugerencias...

—Usted puede hablar con sus trabajadores, apenas llegan a la docena —objetó Joe—. Solo en la Porqueriza, los de mi abuelo superan el centenar.

—Lo sé —repuso Spade—. Por eso resultan tan útiles los sindicatos.

—Excepto cuando son ilegales, como usted mismo ha dicho.

—Muchos patrones, tanto en la industria del algodón como en la de la lana, quieren que se revoque la Ley de Asociación. Entre esa ley, la de Traición y la de Reuniones Sediciosas, los peones apenas pueden hablar sin poner su vida en peligro, y los hombres son propensos a recurrir a la violencia cuando es lo único que les queda.

—Sí, tiene sentido —convino Joe—. Gracias.

—No hay de qué. Te soy muy sincero cuando te digo que estaré encantado de ayudarte en lo que pueda.

Joe se levantó para marcharse y Spade lo acompañó hasta la puerta.

—¿Hay algo que pueda hacer ya, quizá un pequeño gesto que indique que las cosas van a ser diferentes? —le preguntó Joe antes de salir.

Spade reflexionó unos instantes.

—Suprimir la norma que prohíbe ir al excusado salvo en las horas estipuladas —le sugirió.

Joe lo miró atónito.

—Santo Dios, ¿eso hace mi abuelo?

—Sí, así es. Y también otros patrones de la ciudad, aunque no todos. Yo no aplico esa norma; Amos Barrowfield tampoco.

—Nunca lo habría imaginado. ¡Es una brutalidad!

—Las mujeres en particular la detestan. Los hombres, si están desesperados, orinan en el suelo.

—¡Repulsivo!

—Puedes cambiar eso.

Joe le estrechó la mano.

—Lo haré —dijo, y se marchó.

Amos esperó hasta encontrarse a solas con Elsie, algo que ocurría una vez por semana, tras el cierre de la escuela dominical. Estaban sentados a una mesa en un aula que aún olía a niños desaseados.

—¿Alguna vez has dudado de que el conde Henry sea el padre del pequeño Hal?

Elsie arqueó las cejas. Amos vio que la pregunta la había pasmado, pero la respuesta que obtuvo fue comedida.

—Todo el mundo lo ha dudado alguna vez. Al menos, todos los aficionados a los chismes, es decir, la mayor parte de la población de Kingsbridge.

—Pero ¿qué les hace sospechar?

—El simple hecho de que Jane tardara nueve años en quedarse embarazada. Cuando ocurrió, la gente se preguntó cómo habría sido posible, y no es de extrañar. Había varias posibilidades, claro, pero los chismosos siempre preferirán la más sórdida.

De modo que consideraba sórdido el adulterio. Bien, tenía razón. Amos estuvo a punto de tirar la toalla en ese mismo instante.

Aunque sabía lo que tenía que decir, llegado el momento se sentía abochornado. Aun así, se obligó a confesarlo.

—Creo que soy el padre biológico de Hal. —Notó que la vergüenza le encendía las mejillas—. Siento darte esta sorpresa.

—No estoy muy sorprendida —repuso Elsie.

—¿En serio?

—Siempre me lo olí, como muchos otros.

Amos se sintió aún más abochornado.

—¿Quieres decir que en esta ciudad hay personas que en su momento creyeron que yo era el responsable?

—Bueno, todo el mundo pensaba que estabas teniendo una aventura con Jane.

—No fue una aventura.

—De acuerdo, pero pareció irritarte bastante la visita del comandante Dwight.

—Sí, me irritó, porque no soporto ver a Jane comportándose de una forma tan ignominiosa. Hubo un tiempo en que la amé y ahora ya no la amo, esa es la verdad.

—Entonces ¿cómo podrías ser tú el padre de Hal?

—Por una noche. Me refiero a que no fue un pecado reiterado. Oh, Dios..., ya no sé ni lo que digo.

—Amos, una de tus cualidades más adorables es la ingenuidad, pero no tienes nada de lo que lamentarte o avergonzarte, al menos por lo que a mí refiere.

—Pero soy un adúltero.

—No, no lo eres. Pecaste una vez. Y fue hace mucho tiempo. —Alargó el brazo sobre la mesa y posó una mano en la de Amos—. Te conozco bien, seguramente mejor que nadie en el mundo, y no eres un hombre malvado. En absoluto.

—Bueno, me alegra que al menos opines eso.

Hubo una pausa. Elsie abrió la boca para decir algo, cambió de opinión y por último volvió a decidirse.

—¿Por qué has sacado este tema ahora, más de diez años después de que ocurriera?

—Pues no lo sé —contestó Amos, y enseguida vio que era una respuesta ridícula—. Sí, claro que sé por qué.

—¿Y bien...?

—Temía que no quisieras casarte con un adúltero.

Elsie se quedó petrificada.

—¿Casarme?
—Sí, temía que me rechazaras.
—¿Estás pidiéndome que me case contigo?
—Sí, aunque no lo estoy haciendo muy bien, ¿verdad?
—No estás siendo muy claro, no.
—Es verdad. Muy bien: Elsie, te amo. Creo que te he amado muchísimo tiempo sin ser consciente de ello. Soy feliz cuando estoy contigo, y cuando no estoy contigo te echo de menos. Quiero que te cases conmigo y vengas a vivir a mi casa y duermas en mi cama, y quiero desayunar contigo y con tus hijos todas las mañanas. Pero me asusta que mi sórdido pasado lo imposibilite.
—Yo no he dicho eso.
—¿No te importa lo que hice con Jane?
—No, no me importa. Bueno, en cualquier caso, no me importa mucho. Bien, en realidad sí me importa, pero de todos modos te amo.
¿De verdad había dicho eso?
«De todos modos te amo».
Lo había dicho.
—Entonces... —repuso Amos— ¿te casarás conmigo?
—Sí, me casaré contigo. Es lo que siempre he deseado. Por supuesto que me casaré contigo.
—¡Oh! —exclamó Amos—. ¡Oh, oh, gracias!

El lunes, de camino a casa desde la fábrica, Hornbeam entró en la catedral llevado por un impulso. Creía que allí podría pensar con claridad, y estaba en lo cierto. Las columnas y los arcos formaban un conjunto armónico y significativo, y, al contemplarlos a la luz de unas pocas velas, sintió que sus pensamientos se ordenaban. Fuera, en su mente solo reinaban la ira y la confusión. Todo aquello en lo que había creído había resultado ser erróneo, y no tenía nada con lo que reemplazarlo. Allí dentro se sintió en paz.

Avanzó por la nave hasta el crucero, rodeó el altar y prosiguió hasta el extremo oriental del templo, su parte más sagrada, donde se detuvo y se volvió para mirar atrás.

Pensó en Jarge Box. Siempre lo consideró un hombre despreciable, o algo peor. Box causaba problemas, se enzarzaba en peleas, hacía huelga, destrozaba maquinaria. Y, aun así, al final le hizo a Hornbeam el más preciado de todos los regalos posibles: la vida de Joe.

Se había sometido a Box a la prueba más trascendental: se le había pedido salvar la vida de un compañero aun a riesgo de perder la suya. Había sido un desafío doble, y su valentía había superado la prueba, como también su generosidad.

El sermón del día anterior, domingo, había girado en torno al versículo: «Nadie tiene mayor amor que este, que uno ponga su vida por sus amigos». El obispo había aludido a todos cuantos habían sacrificado su vida en Waterloo, pero Hornbeam solo pensó en Box, y preguntó: «¿Qué es mi vida en comparación con la suya?». Y Jesús le dio la respuesta: «Nadie tiene mayor amor que el que Jarge Box demostró».

Ahora la vida de Hornbeam parecía carecer de valor. De muy joven había vivido de la violencia y el robo. De adulto había hecho lo mismo de una manera encubierta: había sobornado para conseguir encargos para el negocio, y había sentenciado a personas a la flagelación o a trabajos forzados, o las había enviado a la audiencia provincial para que las condenaran a muerte.

Su excusa siempre había sido la muerte cruel de su madre, pero muchos niños eran víctimas de la crueldad y de mayores llevaban vidas decentes; Kit Clitheroe era un ejemplo.

Lo arrancaron de su ensimismamiento unas voces y unas risas estridentes: por el otro extremo de la catedral entraban los campaneros para practicar. Hornbeam no podía permitirse malgastar su tiempo en reflexiones melancólicas. Se dispuso a marcharse por donde había llegado.

Cuando llegó al crucero, reparó en una portezuela situada en la esquina del crucero septentrional. Estaba abierta. Recordó haber visto ese mismo día a obreros en el tejado, tal vez reparando el emplomado; debían de haberse marchado sin cerrar. Obedeciendo a otro impulso, franqueó la portezuela y subió una escalera de caracol.

Tuvo que detenerse en varias ocasiones debido al dolor que sentía en el pecho, pero, tras descansar un momento, siguió ascendiendo.

Era una noche clara con luna. Caminó por una pasarela estrecha y vio que estaba cerca de la cúspide del campanario. Alzó la mirada hacia el chapitel y observó la escultura de un ángel que, según se decía, representaba a Caris, la monja que había construido el hospital durante la terrible Peste Negra; otra persona que había hecho algo bueno con su vida.

Hornbeam se encontraba en la vertiente norte del tejado, y cuando miró abajo vio el cementerio a la luz de la luna. Las personas que reposaban allí tenían paz de espíritu.

Sabía que había una solución a su problema, un remedio para su enfermedad. Se mencionaba a menudo en todas las iglesias cristianas del mundo: confesión y arrepentimiento. A un hombre se le podía perdonar haber hecho el mal, pero el precio era humillante. Cuando Hornbeam se imaginaba reconociendo que había hecho el mal —a su familia, a sus clientes, a otros pañeros, a los concejales—, se estremecía horrorizado. ¿Arrepentimiento? ¿Qué significaba eso? ¿Debía pedir perdón a quienes había perjudicado? No se había disculpado por nada en el último medio siglo. ¿Podía devolver el dinero que había ganado gracias a los contratos corruptos con el ejército? Lo juzgarían. Podría acabar en la cárcel. ¿Qué sería de su familia?

Sin embargo, no podía seguir viviendo de aquel modo. Por la noche apenas dormía a causa de sus pensamientos atormentados. Sabía que no dirigía el negocio como debía. Casi nunca hablaba con nadie. Fumaba a todas horas. Y el dolor en el pecho empeoraba.

Se dirigió al borde mismo del tejado y miró las sepulturas. Los campaneros comenzaron con su práctica, y, justo a su lado, las notas estruendosas de las enormes campanas empezaron a sonar; tuvo la impresión de que el ruido le reverberaba en los huesos, que lo poseía. Todo su ser vibraba. «Paz de espíritu —pensó—, paz de espíritu».

Se asomó al borde.

En cuanto lo hubo hecho, lo invadió el terror. Quiso retractarse, volver atrás. Se oyó gritar como un animal torturado. Tenía los ojos abiertos y veía el suelo acercarse. El miedo lo atenazó y creció, pero él ya no podía gritar más alto. Entonces ocurrió lo peor, y el suelo lo sacudió con un golpe descomunal que anegó su cuerpo en una agonía atroz, insufrible.

Y, después, la nada.

# 45

—Han disuelto el Parlamento —comentó Arabella levantando la vista del periódico.

Su hijo, Abe, de dieciocho años, tragó la panceta que estaba masticando y preguntó:

—¿Y eso qué significa?

El muchacho tenía un conocimiento desigual del mundo. En algunos temas estaba muy informado y en otros era un completo ignorante. Quizá fuera lo normal a su edad. Spade intentaba recordar si él había sido igual, pero no estaba seguro. En cualquier caso, Abe iría a la Universidad de Edimburgo en otoño y a partir de entonces sus conocimientos acerca de cuanto lo rodeaba aumentarían rápidamente.

—Significa que habrá elecciones generales —contestó Arabella.

—Y que tendremos la oportunidad de deshacernos de Humphrey Frogmore —añadió Spade.

Una perspectiva atractiva. Humphrey Frogmore había ganado las elecciones parciales tras el fallecimiento de Hornbeam y había resultado ser un miembro del Parlamento holgazán e incompetente.

—¿Y cómo es eso? —preguntó Abe.

—Frogmore tendrá que presentarse para ser reelegido si quiere continuar siendo nuestro representante en el Parlamento —contestó Arabella.

—¿Cuánto tiempo tenemos? —quiso saber Spade.

Arabella volvió a echarle un vistazo al periódico.

—El nuevo Parlamento se constituirá el 4 de agosto.

—Eso solo nos deja dos meses —dijo Spade, calculando. Se encontraban a mediados de junio de 1818—. Hay que encontrar a alguien que se presente y le haga frente.

—¿Por qué? —preguntó Abe.

—Porque Frogmore apoya la Ley de Asociación —le explicó Spade.

Existía un movimiento que pretendía derogar la odiada ley, pero Frogmore quería conservarla. Era el único tema del que había hablado en el Parlamento. Representaba a los partidarios de la línea dura de Kingsbridge, que antes habían estado liderados por Hornbeam.

—De una manera u otra, necesitamos un nuevo candidato —dijo Arabella—. Creo que debería ser mi yerno.

—Amos goza de popularidad —convino Spade, asintiendo con la cabeza. Amos Barrowfield había sido elegido alcalde tras la muerte de Hornbeam. Spade consultó la hora en el reloj de bolsillo—. Creo que voy a acercarme a hablar con él. Puede que aún lo encuentre, antes de que salga para la fábrica.

—Te acompaño —dijo Arabella.

Se pusieron los sombreros y salieron. Hacía un día magnífico, fresco, pero soleado, propio del mes en que estaban; la ciudad aún seguía envuelta en su manto matinal, reluciente de rocío. Encontraron a Amos y a la familia en pleno desayuno. Los hijos de Elsie crecían a ojos vistas: Stephen estaba en Oxford, Billy y Richie ya eran dos hombrecitos y la figura de Martha empezaba a apuntar formas de mujer. Solo Georgie seguía siendo un niño.

Hicieron sitio para los abuelos y les sirvieron café. Spade esperó a que los jóvenes hubieran acabado y se hubieran ido antes de decir:

—¿Ya te has enterado de que han disuelto el Parlamento?

—Sí —contestó Amos—, hay que buscar a alguien que le dispute la candidatura al inútil de Frogmore.

Spade sonrió.

—Muy cierto. Y creo que deberías ser tú.

—Me lo temía.

—Eres un alcalde querido. Puedes vencer a Frogmore.

—Siento defraudarte.

Amos miró a Elsie en busca de apoyo.

—No vamos a ir a Londres. No estoy dispuesta a dejar la escuela dominical —dijo Elsie.

—No tienes por qué hacerlo —repuso Spade—. Tu marido podría ir a Londres solo cuando necesitara estar allí.

Sin embargo, Spade tenía la sensación de que no había nada que hacer. Amos estaba a gusto como estaba. Incluso parecía satisfecho. Había ganado algo de peso.

Amos negó con la cabeza.

—He malgastado la mitad de mi vida lejos de Elsie —dijo—. Ahora que estamos juntos, no pienso pasarme varios meses en Londres sin ella.

—Pero seguro que...

—Déjalo, cariño —lo interrumpió Arabella—. Lo tienen decidido.

Spade lo dejó correr. Arabella solía tener razón en aquellas cosas.

—Pero necesitamos un candidato —dijo Amos—. Y creo que la mejor opción es el otro caballero que hay sentado a la mesa.

Miró a Spade.

—No soy un hombre cultivado —repuso este.

—Sabes leer y escribir, y eres más inteligente que la mayoría.

—Pero no puedo dar discursos citando en latín y griego.

—Ni yo tampoco. Esas cosas son innecesarias. A la gente de Oxford le encanta alardear en los debates, por descontado, pero la mayoría de ellos desconocen por completo el tejido industrial que hace próspero a nuestro país. Tú sabrías muy bien cómo defender la derogación de la Ley de Asociación.

Spade lo pensó con detenimiento. La ley había sido un decidido intento de las clases gobernantes de aplastar todos los esfuerzos de los obreros por mejorar sus condiciones. Estaba ofreciéndosele la oportunidad de ayudar a abolir aquella maldita ley. ¿Cómo podía negarse?

—¿De verdad van a derogarla? —preguntó Arabella—. ¿Tener a los obreros bajo su yugo no es lo que quieren todos?

—Algunos sí, pero no todos los miembros del Parlamento son iguales —dijo Amos—. Joseph Hume es el líder de los radicales y está en contra de la ley. El director del diario *The Scotsman* está de acuerdo con Hume. Y hay un sastre retirado llamado Francis Place que informa a Hume y a los miembros más progresistas sobre los efectos nocivos de la ley. Place también apoya un diario político llamado *The Gorgon*.

Spade se volvió hacia Arabella.

—¿Qué te parecería ir a Londres?

—Echaría de menos a Elsie y a mis nietos, naturalmente —dijo—, pero de todas maneras podríamos seguir pasando gran parte del año aquí. Y puede que sea divertido vivir en Londres.

Por el brillo de los ojos de su esposa, Spade supo que lo decía en serio. Tenía sesenta y tres años y más vitalidad que la mayoría de las mujeres con la mitad de edad que ella.

—Dejad que me lo piense —dijo.

Al día siguiente accedió a presentarse.

Y ganó.

Hacía veinte años que los irlandeses habían llegado a Kingsbridge traídos por Hornbeam para romper la huelga, pero estos se habían mezclado con la población y ya nadie los llamaba esquiroles. Seguían conservando su encantador acento irlandés, a diferencia de sus hijos, y acudían a la pequeña iglesia católica de la ciudad, aunque no hacían ninguna otra ostentación de su culto. Por lo demás, eran unos obreros como otros cualesquiera. Colin Hennessy, su líder, solía pasarse por la tienda de Sal con frecuencia.

Un mostrador dividía en dos la planta baja de la casa de Sal. Detrás de este, donde la mujer pasaba la mayor parte del día, había estantes y armarios abarrotados de todo tipo de artículos. Vendía de todo, salvo ginebra. Podría haber hecho mucho dinero sirviendo ginebra a granel, pero aborrecía a los borrachos —tal vez porque había sido la debilidad de Jarge— y prefería no tener nada que ver con el alcohol.

Charlaban a menudo. A Sal siempre le había gustado Colin: tenían la misma edad, ambos eran líderes de sus comunidades y habían ido juntos a enfrentarse a Hornbeam. Y Sal había soñado que se acostaba con él.

Un día de 1819, le dijo:

—No sé si te lo había contado alguna vez, pero mi hijo fue la primera persona de aquí con la que hablaste cuando llegasteis.

—Ah, ¿sí?

—Y con tu mujer, Dios la tenga en su gloria. Lo sentí mucho cuando me dijeron que había fallecido.

—Ya hace medio año.

—Y los niños ya son todos adultos y se han casado.

—Sí.

—Recuerdo el día que llegasteis. Mi hijo, Kit, vino a casa corriendo con la noticia de que había visto cuatro carros llenos de forasteros.

—Creo que ahora recuerdo al chiquillo.

—Le preguntaste cómo se llamaba y te presentaste. Dijo que había estado charlando con un hombre alto de pelo negro que hablaba raro.

Colin se echó a reír.

—Vaya, pues sí que era yo.

Sal miró por la ventana y vio que caía la noche.

—Es hora de cerrar —dijo.

—Pues sí, me marcho.

Sal lo miró haciendo cábalas. Seguía siendo un tipo muy atractivo.

—¿Te apetece una taza de té?

—Vaya, no te digo que no.

Sal cerró la puerta de la tienda y lo condujo arriba, donde había encendido un pequeño fuego, en cuya rejilla para cocinar puso agua a hervir.

Llevaba cuatro años al frente de la tienda y había sido un gran éxito. Había ganado tanto dinero que se había visto obligada a abrir una cuenta en un banco por primera vez en su vida. Sin embargo, lo que más le gustaba era la gente. Entraban y salían a todas horas, cada uno con sus penas y alegrías, y compartían sus historias con ella. Solo se sentía sola por las noches.

—La gente creía que los irlandeses os volveríais a casa, pero la mayoría os habéis quedado.

—Adoro Irlanda, pero allí es difícil ganarse la vida. El gobierno de Londres no es muy amable con los irlandeses.

—Ni con los ingleses, salvo que sean nobles o comerciantes ricos. Los primeros ministros siempre gobiernan para los suyos.

—Eso es una verdad como un templo.

Sal preparó el té, le tendió una taza y le ofreció azúcar.

—Buenísimo —comentó Colin tras beber un sorbo—. Es curioso eso de que el té siempre sepa mejor cuando lo ha hecho otra persona.

—Echas de menos a tu mujer.

—Desde luego. ¿Y tú a tu marido?

—Igual. Mi Jarge tenía sus cosas, pero lo quería.

Se hizo un pequeño silencio tras el que Colin dejó la taza a un lado y dijo:

—Será mejor que me vaya yendo.

Sal vaciló. «Tengo cincuenta años —pensó—, ¿cómo voy a hacer estas cosas?». Pero dijo:

—No tienes por qué irte.

Y contuvo el aliento.

—¿No?

—Puedes quedarte si quieres.

Colin no contestó.

—Puedes pasar aquí la noche —insistió Sal, dejándolo claro—. Si te apetece —añadió, nerviosa.

Colin sonrió.

—Sí, querida Sal —dijo—. Ya lo creo que me apetece.

Henry, el conde de Shiring, murió en diciembre de 1821. Al final, su muerte no tuvo nada que ver con la herida de la cabeza: falleció a causa de una caída de caballo.

A Jane le sentaba bien el negro, aunque Amos sabía que en realidad no estaba de luto. Henry había sido un buen soldado, pero un marido desastroso.

El funeral se celebró en la catedral de Kingsbridge, oficiado por el viejo obispo Reddingcote. Acudió prácticamente toda la aristocracia del condado, además de las personalidades de Kingsbridge y los oficiales del regimiento. Amos calculó que había más de un millar de personas en la iglesia.

El comandante Percival Dwight fue desde Londres. Le dijo a todo el mundo que representaba al duque de York, el comandante en jefe del ejército, y sin duda era cierto, pero quienes estaban enterados sospechaban que había acudido a consolar a la viuda.

Tras el oficio, sacaron el ataúd y lo cargaron en un carruaje tirado por cuatro caballos negros. Caía una ligera aguanieve y los copos se quedaban pegados a las crines y se derretían sobre sus lomos cálidos. Cuando el ataúd estuvo bien sujeto, el carruaje emprendió la marcha en dirección a Earlscastle, donde Henry descansaría en el panteón familiar.

El convite se celebró en el Salón de Actos, en el que se había dispuesto una sala adicional para los invitados especiales, como Amos. Jane se levantó el velo para hablar con la gente, dejando a la vista una expresión que distaba de ser llorosa.

Tras el primer aluvión de personas que deseaban darle el pésame, Amos logró charlar con ella a solas unos minutos y le preguntó qué planes tenía.

—Me iré a Londres —dijo ella—. Allí tenemos una casa, que Henry casi nunca usaba. Ahora es de Hal, claro, pero he hablado con él y le parece bien que viva allí.

—Bueno, al menos tendrás un amigo.

—¿A quién te refieres?

—Al comandante Dwight.

—Tendré más amigos aparte de él, Amos. La duquesa de Richmond, para empezar. Y muchos otros que conocí en Bruselas.

—¿Tendrás suficiente dinero?

—Hal ha accedido a mantener mi asignación para vestuario, que siempre fue muy generosa.

—Lo sé. Hiciste bastante rica a la hermana de Spade.

—Y eso no fue lo único que hice. Suscribí un seguro de vida a nombre de Henry y pagué las mensualidades con el dinero que me asignaba, sin que él lo supiera. De manera que tendré dinero propio.

—Me alegro mucho.

«Tendría que haber imaginado que Jane se habría ocupado de su futuro económico», pensó Amos.

—¿Volverás a casarte? —le preguntó.

—Una pregunta bastante inapropiada en el funeral de mi marido.

—Lo sé, pero odias que la gente se ande con rodeos con estas cosas.

Jane reprimió una risita.

—Me conoces muy bien, canalla. Pero no voy a contestarte.

—Estás en tu derecho.

Alguien se acercó para ofrecerle sus condolencias y Amos se dirigió al bufet. Su hijastro, Stephen, estaba hablando con Hal, el nuevo conde, aunque solo tenía dieciséis años. Amos oyó que Hal decía:

—Entonces ¿a cuántas clases hay que asistir a la semana?

—No tienes que asistir a ninguna —contestó Stephen—, pero casi todo el mundo va a una al día más o menos.

Hablaban de Oxford, obviamente. Amos recordaba cómo

envidiaba a los jóvenes que iban a la universidad y las veces que se había preguntado si un hijo suyo podría disfrutar algún día de ese privilegio, un sueño que su hijo ilegítimo no reconocido estaba a punto de hacer realidad. «Qué extraño —pensó Amos—, mi deseo se ha cumplido de una manera que jamás había imaginado».

Sin embargo, había aprendido que la vida era así. Las cosas no siempre salían como uno esperaba.

Poco antes de la Navidad de 1823, Spade, en esos momentos miembro del Parlamento, acudió a la reunión secreta que se celebraba en casa de Francis Place, en Londres.

La campaña contra la Ley de Asociación se acercaba a su momento álgido. El año que estaba a punto de empezar auguraba ser un Waterloo parlamentario. Si el gobierno representaba a Napoleón y la oposición era Wellington, entonces el pequeño grupo que se reunía en Charing Cross eran los prusianos, quienes esperaban decantar la balanza.

Entre los asistentes se encontraban varios radicales, incluido Joseph Hume. Todos habían hecho campaña durante años contra la Ley de Asociación, aunque en vano. La mayoría de los parlamentarios discrepaban de su postura y se comportaban como si cualquier reunión de trabajadores fuera a conducir a la revolución y la guillotina.

Sin embargo, ahora se enfrentaban a un momento decisivo.

Hume anunció que había convencido al gobierno para que designara un Comité sobre Artesanos y Maquinaria.

—El comité investigará la emigración de los artesanos y la exportación de maquinaria —dijo Hume—. Dos temas que interesan tanto al gobierno como a los fabricantes, pero, sin hacer mucho hincapié en ello, también se nos ordena que estudiemos el desarrollo de la Ley de Asociación. Como fue idea mía, el gobierno ha accedido a que sea el presidente. Esta es nuestra gran oportunidad.

—Hay que actuar con astucia. No conviene levantar la liebre antes de tiempo.

—¿Y cómo vamos a hacerlo? —preguntó el cauto Michael Slater, un parlamentario del norte—. No podemos mantener el comité en secreto.

—No, pero podemos desviar la atención lejos de él —contestó Spade—. Hablar de él como si se tratara de una tarea tediosa con la que apenas va a conseguirse nada. —Spade había aprendido mucho sobre el Parlamento en los últimos cinco años. Como en el juego del ajedrez, un ataque no debe parecerlo hasta que ya es imposible defenderse.

—Bien pensado —dijo Hume.

—Sin embargo, todo dependerá de qué miembros integren el comité —repuso Spade.

—De eso ya me he ocupado yo —dijo Hume—. En teoría, el presidente de la Junta de Comercio es el encargado de elegirlos, pero le presentaré una lista de recomendaciones y, sin que él lo sepa, solo consistirá en hombres que simpatizan con nuestra causa.

Spade creyó que podría funcionar. Tanto Hume como Place tenían experiencia en aquel tipo de tácticas parlamentarias y era difícil superarlos en estrategia.

—Lo crucial —prosiguió Hume—, y el motivo por el que hemos convocado esta reunión, es llevar testigos convincentes que declaren ante el comité, testigos que hayan sufrido personalmente la injusticia y los graves problemas que causa la ley. Primero, necesitamos trabajadores que hayan sido castigados sin piedad por infringirla.

Spade pensó en Sal, Sal Hennessy en esos momentos, tras haberse casado con Colin.

—Hay una mujer en Kingsbridge que tuvo que cumplir dos meses de trabajos forzados por decirle a un patrón que estaba rompiendo el acuerdo al que los propios pañeros habían llegado —dijo Spade.

—Eso es justo lo que necesitamos. Decisiones judiciales absurdas y dolosas basadas en la ley.

—Los trabajadores incultos son testigos pésimos —comentó Slater con escepticismo—. Siempre salen con quejas ridículas. Dicen que los patrones usan la brujería y ese tipo de cosas.

Spade creía que Slater era un pesimista útil: siempre era muy negativo, pero incidía en problemas reales.

—El señor Place aquí presente entrevistará primero a nuestra gente y luego me informará sobre las circunstancias personales de cada testigo para que pueda hacerles las preguntas adecuadas —dijo Hume.

—Bien —dijo Slater, satisfecho.

—Y también necesitamos dueños de fábricas que testifiquen que es más sencillo dirigirlas si hay un sindicato con el que negociar —prosiguió Hume.

—También conozco a unos cuantos de esos —dijo Spade.

—Hay sitios donde las pagas son tan bajas que los empleados reciben el Auxilio de los Pobres —intervino Francis Place—. Y los contribuyentes se indignan porque están subvencionando los beneficios de los patrones.

—Bien visto —dijo Hume—. Tenemos que encontrar personas que testifiquen al respecto. Es muy importante.

—Nuestros enemigos también aportarán testigos —apuntó Slater.

—Sin duda —dijo Hume—, pero si somos cautos a la hora de llevar este asunto, ni se les ocurrirá hasta que sea demasiado tarde y ya no les dé tiempo de informarse adecuadamente.

Así funcionaba la política, se dijo Spade cuando acabó la reunión. Nunca bastaba con tener la razón de tu parte, había que ser más astuto que la oposición.

Regresó a Kingsbridge por Navidad. Los miembros del Parlamento no recibían un sueldo y, por lo tanto, quienes no eran ricos debían contar con otro trabajo. Spade continuaba dirigiendo su negocio.

Durante su estancia en Kingsbridge, convenció a Sal y a Amos para que declararan ante el comité de Hume.

El comité se reunió en Westminster Hall en mayo de 1824 y oyó más de cien testimonios.

Amos habló acerca de las ventajas de tratar con los sindicatos mientras su mujer, Elsie, lo miraba con orgullo.

El momento culminante llegó cuando los obreros testificaron. Para consternación de los presentes, quedó patente que la Ley de Asociación se había utilizado para intimidar y castigar a los trabajadores de maneras que el Parlamento no había tenido la intención de autorizar cuando se aprobó la ley, y muchos miembros estaban indignados.

Un fabricante de botas de Londres había reducido a la mitad la paga de sus trabajadores y, cuando estos se habían negado a trabajar, los había convocado ante el alcalde, quien los había condenado a trabajos forzados. Una historia similar relató un tejedor de algodón de Stockport a quien un agente le había dado una paliza y lo había encarcelado durante dos meses junto con otros diez hombres y doce mujeres.

—En Kingsbridge —dijo Sal cuando le llegó su turno— se puso fin a una huelga tras la negociación entre un grupo de representantes de los patrones y otro que representaba a los trabajadores. El acuerdo también incluía que cuando un patrón planeara introducir nueva maquinaría, lo consultaría con los trabajadores.

—¿El patrón estaba obligado a hacer lo que los trabajadores quisieran? —preguntó Hume.

—No, solo estaba obligado a consultarlo, nada más.

—Prosiga.

—Uno de los patrones, el señor Hornbeam, sorprendió a sus trabajadores al introducir una máquina de cardar nueva sin haberlo consultado. Fui a su casa con otro miembro de la delegación de los trabajadores, Colin Hennessy, y uno de los patrones, David Shoveller, y los tres hablamos con él acerca del asunto.

—¿Lo amenazó?

—No, me limité a recordarle que la mejor manera de evitar una huelga era ceñirse al acuerdo.

—¿Qué ocurrió a continuación?

—Al día siguiente, fueron a buscarme temprano y me llevaron a casa del señor Will Riddick, un juez. Lo mismo ocurrió con el señor Hennessy.

—¿Y el señor Shoveller?

—No se tomó ninguna medida contra él. Pero el señor Hennessy y yo fuimos acusados de asociación y condenados a trabajos forzados.

—¿Existía alguna relación entre el señor Hornbeam y el juez?

—Sí, Hornbeam era el suegro de Riddick.

Se oyó un murmullo de sorpresa y desaprobación entre los miembros del comité.

—De modo que, para resumir —dijo Hume—: usted le dijo al señor Hornbeam que estaba rompiendo un acuerdo y él, a continuación, hizo que la detuvieran y la acusó de asociación, tras lo cual su yerno la condenó a trabajos forzados.

—Sí.

—Gracias, señora Hennessy.

El comité redactó un informe que condenaba sin reservas la Ley de Asociación.

La ley fue derogada pocos días después.

Will Riddick murió ese mismo año y Roger heredó las propiedades.

Sal y Colin se mudaron a Badford y se encargaron de la tienda de abastos del pueblo.

Sal no volvió a ver a Joanie nunca más, pero un hombre con un acento extraño apareció en Badford con una carta para ella. Tras cumplir su condena, Joanie se había casado con un colono y habían puesto una granja de ovejas en Nueva Gales del Sur. El trabajo era duro, y pensaba a menudo en su hija, Sue, pero amaba a su marido y en sus planes no estaba volver al Reino Unido.

Kit, Roger, Sal y Colin se mudaron a la casa solariega.

Lo primero que hicieron fue sacar a los perros de Will de la casa para que vivieran en el patio, junto a los establos, de manera permanente.

Luego limpiaron la mansión de arriba abajo, con la ayuda de Fanny.

Una semana después, se pusieron ropa vieja y pintaron todos los paneles de madera de un tono blanco crema.

—Bueno, al menos ahora la casa ya no huele como antes —se alegró Sal.

—Todavía queda mucho trabajo —repuso Kit.

—Tengo ganas de ponerme con ello —dijo Fan—. Pero el señor y su familia no deberían dedicarse a estas cosas. Yo podría apañármelas con un poco de ayuda.

Platts se había ido —aunque nunca había sido de gran ayuda— y Fan era la única criada que quedaba.

—En algún momento buscaremos a alguien, pero habrá que ajustarse el cinturón durante un tiempo —dijo Kit—. El negocio de la maquinaria da dinero, pero hay que pagar las deudas que dejó Will. —Decidió no mencionar las de Roger—. Tengo que ver cómo están las cuentas de la casa y empezar a amortizar la hipoteca con lo que se saque de los arrendamientos.

Kit continuaba controlando todo el dinero. Roger recibía una asignación mensual, y, cuando se le acababa, no le quedaba más remedio que dejar de jugar hasta el mes siguiente. Se había acostumbrado y decía que lo prefería de esa manera.

—Necesitamos gatos que mantengan a raya a las ratas y los ratones —comentó Kit al ver que una rata se colaba como podía a través de una grieta del zócalo.

—Yo le traeré gatos —dijo Fan—. En el pueblo siempre encuentras a alguien tratando de vender una camada de gatitos por unos peniques.

Cuando se hizo de noche, todos se fueron a la cama. Kit y Roger compartían un vestidor que comunicaba sus respectivos dormitorios, aunque lo de las habitaciones separadas solo era para guardar las apariencias, ya que siempre dormían juntos.

Fanny conocía su secreto, pero cuando tuvieran más criados tendrían que deshacer una de las camas todas las mañanas para continuar aparentando respetabilidad.

Kit se desvistió y se acostó, pero se quedó sentado, paseando la mirada por la habitación a la luz de las velas.

—¿No tienes sueño? —preguntó Roger—. Yo estoy agotado después de tanto pintar.

—Estoy recordando la vez que dormí aquí de niño —dijo Kit—. Creía que era la casa más grande del mundo y que la gente que vivía aquí eran como dioses.

—Y ahora tú eres uno de los dioses.

Kit se echó a reír.

Roger se metió en la cama.

—Dioses griegos, probablemente —añadió Roger—. Y ya sabes lo que hacían los griegos, ¿no?

—No. Yo no fui a Oxford como tú, ya lo sabes. ¿Qué hacían los griegos?

Roger lo envolvió en sus brazos.

—Yo te lo enseño.

# Agradecimientos

Mis asesores en cuanto a los acontecimientos históricos que aparecen en *La armadura de la luz* han sido Tim Clayton, Penelope Corfield, James Cowan, Emma Griffin, Roger Knight y Margarette Lincoln.

También debo mi gratitud por su ayuda a las siguientes personas: David Birks y Hannah Liddy, de The Trowbridge Museum; Ian Birtles, Anna Chrystal, Clare Brown, Jim Heaton, Ally Tsilika y Julie Whitehouse de la Quarry Bank Mill, y a Katherine Belshaw del Science and Industry Museum de Manchester.

Con frecuencia he recurrido a *William Pitt the Younger: A Biography*, de William Hague, quien tuvo la amabilidad de ampliar la información recogida en su libro en una entrevista cara a cara.

El personal y los voluntarios de la organización benéfica Waterloo Uncovered, especialistas en arqueología, siempre se han mostrado más que dispuestos a soltar sus palas y responder a mis preguntas.

Mis editores han sido Brian Tart en Viking y Vicki Mellor, Susan Opie y Jeremy Trevathan en Macmillan.

Entre los amigos y familiares que me han proporcionado sus útiles consejos se incluyen: Lucy Blythe, Tim Blythe, Barbara Follett, Maria Gilders, Chris Manners, Alexandra Overy, Charlotte Quelch, Jann Turner y Kim Turner.

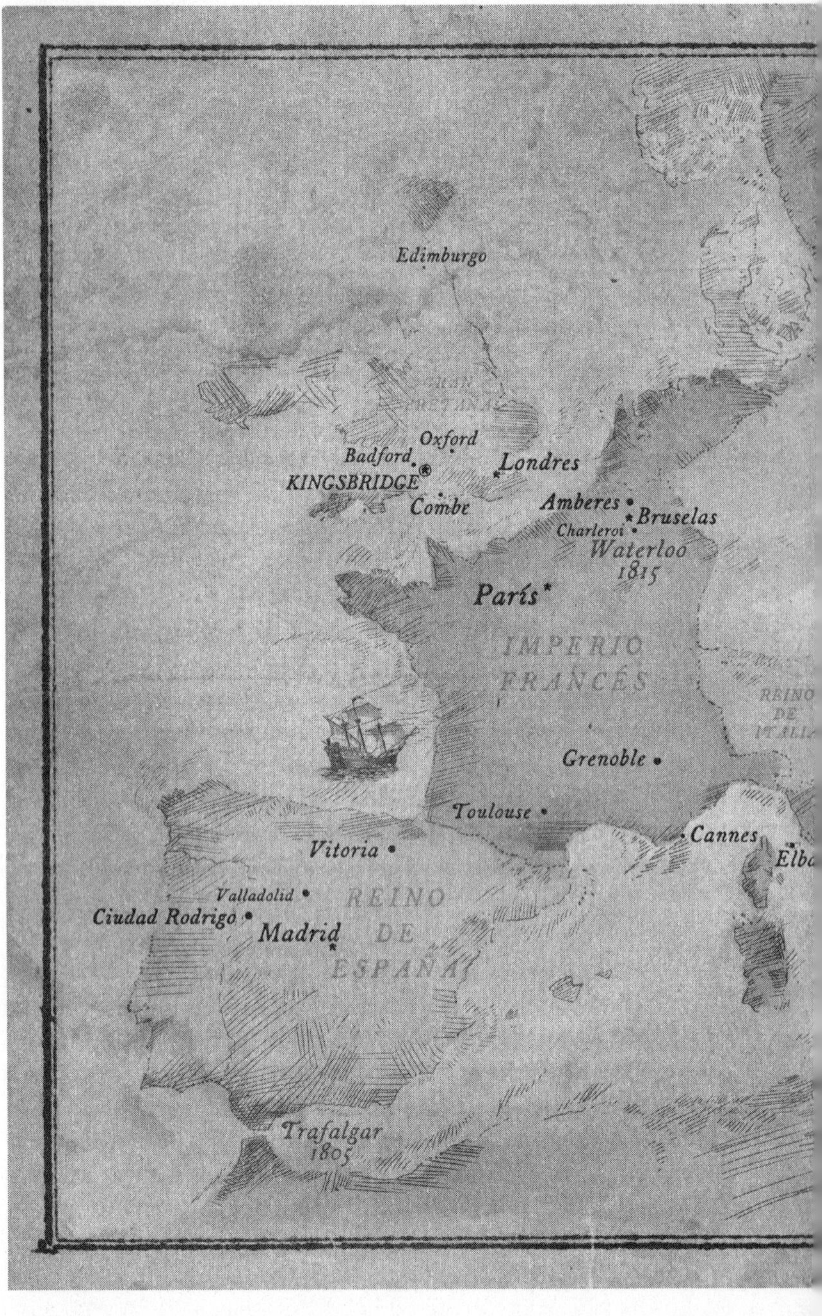

Edimburgo
GRAN BRETAÑA
Oxford
Badford
KINGSBRIDGE
Londres
Combe
Amberes
Bruselas
Charleroi
Waterloo
1815
París
IMPERIO FRANCÉS
REINO DE ITALIA
Grenoble
Toulouse
Cannes
Elba
Vitoria
Valladolid
Ciudad Rodrigo
Madrid
REINO DE ESPAÑA
Trafalgar
1805

EUROPA EN 1815
IMPERIO
AUSTRIACO